KB248204

벨아미

국립중앙도서관 출판시도서목록(CIP)

벨아미 / 기 드 모파상 지음 ; 이창래 옮김. – 고양 : 현대문화센타, 2012

  p. ;   cm. – (세계명작시리즈)

원표제: Bel-Ami
원저자명: Guy de Maupassant
프랑스어 원작을 한국어로 번역
ISBN 978-89-7428-386-5 03860 : \14000

프랑스 소설[–小說]

863-KDC5
843.8-DDC21   CIP2012003714

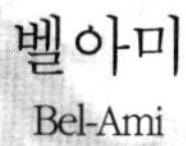

벨아미
Bel-Ami

기 드 모파상 지음 | 이창래 옮김

벨아미
Bel-Ami

기 드 모파상 지음 | 이창래 옮김

차례

1부 · 9

2부 · 215

옮긴이의 글 · 424

■번역 대본으로는 무료 공개된 Bel Ami PDF(beq.ebooksgratuits.com/ vents/Maupassant_Bel_Ami.pdf)를 사용했다. 원본이 필요하신 독자는 www.yahoo.com 등 포털에서 "Bel Ami PDF"를 검색을 하면 PDF 자료를 얻을 수 있다.
■본문에 있는 주(註)는 옮긴이가 단 것이다.

1부

1

계산대 여점원에게 100수*를 내고 거스름돈을 건네받은 조르주 뒤르와는 식당을 나섰다.

천성이 남자다운 그는 예전에 군에서 하사관으로 근무를 한 적이 있어 자세도 꼿꼿했다. 그는 군인다운 풍모로 몸을 꼿꼿이 세워 뒤로 젖히고 수염을 비틀어 올리며 식당에 있는 손님들을 훑었다. 능숙한 어부가 투망을 펼치듯 훑어내는 미남 독신자 특유의 눈길이었다.

식당에 있던 여인들이 고개를 들어 그를 바라보았다. 세 명의 어린 여공과, 항상 허름한 모자에 줄무늬 원피스를 입으며 머리 손질도 하지 않고 옷차림도 신경 쓰지 않는 중년의 여자 음악 선생, 그리고 남편과 함께 온 아녀자 둘이었다. 그들은 고정된 메뉴를 정액으로 파는 이 싸구려 식당의 단골이었다.

거리로 나선 그는 발걸음을 멈추고 궁리를 했다. 오늘이 6월 28일인데 주머니에는 3프랑 40상팀밖에 없다. 이 돈으로 월말까지 버텨야 했다. 수중에 있는 돈으로는 이틀 동안 점심을 굶고 저녁을 먹든가, 저녁은 굶고 점심을 먹든가 해야 할 판이다. 그는 궁리했다. 점심은 22수고 저녁은 30수니까, 점심만 먹는다면 1프랑 20상팀이 남는다. 그 돈이면

---

* 수(sou)는 프랑스의 구 화폐단위로 1수는 5상팀(centime)이다. 1프랑(franc)은 100상팀인데, 상팀은 달러의 센트(cent)와 동일한 개념이다. 즉, 20수가 1프랑, 100수는 5프랑인데, 여기서 뒤르와는 5프랑짜리 동전을 낸 것이다. 이하에 나오는 22수는 1프랑 10상팀, 30수는 1프랑 50상팀이다.

빵과 소시지로 간단히 두 끼를 때울 수도 있고, 더구나 대로 쪽으로 가서 250cc 맥주 두 조끼를 들이킬 수도 있다. 그것은 큰 비용을 들이지 않고 맛볼 수 있는 저녁나절의 커다란 즐거움이었다. 마음을 정한 그는 노트르담 드 로레트 거리 쪽으로 내려갔다.

그는 경기병 제복을 입던 때처럼 가슴을 활짝 펴고 방금 말에서라도 내린 듯 다리를 약간 벌린 채 휘적휘적 걸었다. 그러다가 혼잡한 거리에서 사람들과 어깨를 부딪치기도 하고 거치적거리는 사람은 밀어젖히며 성큼성큼 나아갔다. 낡아빠진 모자를 비스듬히 쓰고 옷매무새를 갈무리하며 구두 뒤축으로 보도를 박차듯이 걸었다. 그것은 군대에서 갓 제대한 미남 병사가 세련된 매력을 발산하며 거리의 사람들이건, 건물들이건, 도시 전체건 맞서보겠다는 기백을 한껏 뽐내는 모습이었다.

한 벌에 60프랑짜리 양복을 걸쳤지만 그는 희한하게도 남들의 눈길을 잡아끄는 경망스러우면서도 우아한 구석이 있었다. 훤칠한 키에 호감 가는 인상, 약간 불그레한 갈색 금발 머리, 입술 위에서는 보풀보풀 거품처럼 보이고 양끝은 말아 올린 콧수염, 맑고 푸른 눈, 그 속에 자리한 조마한 눈동자, 자연스런 곱슬머리, 머리 한복판을 가른 가리마 등 영락없이 통속소설에 등장하는 동네 건달의 모습이었다.

바람도 지쳐서 흐름을 멈춘 듯 푹푹 찌는 파리의 여름날 밤이었다. 한증막 같은 도시는 질식할 듯한 밤을 땀으로 홍건하게 만들었다. 하수도에서는 화강암으로 된 입구를 통해 악취 가득한 숨결을 토해내고, 지하 식당 주방의 나지막한 창문에서는 눌어붙은 소스나 설거지물에서 나는 고약한 냄새를 뿜어냈다.

집집마다 문지기들은 셔츠의 소매를 걷어붙인 채 대문 앞에 나와 (앉는 부분이) 짚으로 된 의자에 걸터앉아 파이프 담배를 피웠다. 지나가는 사람들도 모자를 손에 벗어 들고 이마를 드러낸 채 늘어진 발걸음을 옮겼다.

조르주 뒤르와는 대로로 나서자 망설이며 걸음을 멈추었다. 그는 샹젤리제를 지나 불로뉴 숲*의 가로수 길로 걷다가 나무 밑에서 선선한 바람이나 쐬어볼까 생각했다. 하지만 끈질긴 욕망덩이 하나가 그를 놓아두지 않았다. 사랑을 나눌 여인이 그리웠다.

그 여인이 언제 어디서 나타날지 모르지만, 그는 석 달 전부터 밤낮으로 학수고대했다. 물론 천부적인 외모와 세련된 매너를 미끼로 가끔은 하찮은 사랑을 훔쳤다. 하지만 그에게는 항상 더 많은 것, 더 나은 것에 대한 욕망의 갈증이 있었다.

텅 빈 주머니와 끓어오르는 욕정을 지닌 그에게 길모퉁이의 거리 여인들이 어슬렁거리며 다가와 속삭였다. "멋진 총각! 놀다 가." 하지만 돈을 낼 능력이 없으니 따라나설 수도 없다. 게다가 항상 그의 가슴속에는 싸구려가 아닌 색다른 키스에 대한 염원이 있었다.

어쨌든 그는 거리의 여인들이 우글거리는 곳이나 그녀들이 그물을 쳐놓고 기다리는 무도장이나 카페, 길거리가 좋았다. 그녀들에게 은근슬쩍 몸을 부딪치고, 농을 던지고, 달콤한 말을 건네고, 그네들의 짙은 향수를 맡으며 가까이 붙어 있는 게 좋았다. '어쨌건 그들도 여자다. 사랑을 갈구하는 여자다.' 그에게는 지체 높은 가문 남자들이 그녀들에게 품는 경멸감 따위는 없었다.

그는 마들렌 성당** 쪽으로 꺾어 더위에 녹초가 되어 흘러가는 인파에 묻혔다. 커다란 카페는 손님으로 가득 차 길가에까지 넘실댔고, 가게를 밝힌 휘황한 불빛 아래 사람들은 술잔을 기울였다. 둥글거나 혹은 네모진 작은 탁자에는 빨강, 노랑, 갈색 등 온갖 색깔의 술이 유리잔에서 일렁였고, 투명한 물병 속에는 긴 원통 모양의 투명한 얼음덩이가 잠겨 투명한 빛을 내뿜었다.

---

* 불로뉴 숲(Bois de Boulogne)은 파리 서부에 있는 삼림공원으로, 연못·섬·폭포·승마 코스 등이 있어 동쪽의 방센과 함께 파리 시민의 대표적인 휴식장소다.

** 마들렌 성당(Église de la Madeleine)은 파리 8구역, 콩코르드 광장 북쪽에 있는 가톨릭 성당이다. 부르봉 왕조 말기에 착공되었다가 프랑스혁명에 의해 중단되었고, 나중에 건설이 재개되면서 나폴레옹 1세의 명령으로 전몰장병 추도를 위한 건물로 용도가 변경되어 1842년에 완성되었다. 하지만 이때는 나폴레옹이 실각한 이후라서 루이 18세에 의해 가톨릭 성당으로 용도가 변경되었다. 때문에 성당 건물로서는 특이하게 30m 높이의 기둥 52개가 늘어서서 그리스로마 신전처럼 보인다.

뒤르와는 걸음을 늦추었다. 술을 마시고픈 욕망에 목이 바싹바싹 탔다.

질식할 듯한 한여름 밤의 갈증은 그를 놓아주지 않았다. 차디 찬 음료수가 목줄을 타고 흘러내리는 짜릿한 쾌감을 머릿속에서 지워버릴 수가 없었다. 하지만 오늘 밤 두 잔을 마셔버린다면 내일 저녁나절 요깃거리마저 사라진다. 그는 월말이 되기만 하면 피할 수 없는 허기에 몸부림치던 그 몇 시간을 너무나도 잘 기억하고 있었다.

그는 중얼거렸다. "10시까지만 참자. 그리고 나서 카페 아메리캥에서 딱 한 잔만 하자. 빌어먹을! 목이 타서 정말 미치겠네!" 그러면서 그는 테이블에 앉아 마시고 있는 사람들을 둘러보았다. '저들은 실컷 마시며 목을 축이고 있다.' 그는 일부러 매력 넘치고 쾌활한 표정을 하고, 쭉 늘어선 카페 앞길을 거닐면서 손님들의 생김새며 옷차림으로 그들 수중에 돈이 얼마나 있을지 가늠해보았다. 그러자 느긋하게 식탁에 앉아 있는 사람들에 대해 화가 치밀었다. '저들의 호주머니를 뒤집어 깐다면 금화며 은화며 잔돈이 마구 쏟아질 테지. 적어도 1루이*짜리 금화 두 개 정도는 지니고 있을 테고, 손님이 100명 있다면, 2루이의 100배, 4,000프랑!' 그는 중얼거렸다. "돼지 같은 놈들!" 그는 이리저리 거드름을 피우며 걸었다. 저 중에서 아무 녀석이나 길모퉁이에서 낚아채 으슥한 곳으로 끌고 가서 목을 비틀고 싶었다. 정말이지, 군대 시절 대기동훈련 때 시골 집 닭을 잡아 목을 비틀 듯이 아무런 양심의 가책도 느끼지 않을 것 같았다.

그러면서 그는 아프리카에서 보낸 2년의 생활을 떠올렸다. 그는 알제리 남부의 작은 전방 초소에 근무하며 아랍인들을 종종 약탈했다. 그 생각이 떠오르자 입가에는 잔혹한 듯, 유쾌한 듯 야릇한 미소가 번졌다. 그 시절 그는 울레드 알안 족** 남자 세 명의 생명을 빼앗고, 암닭

---

* 루이(loui)는 과거 20프랑짜리 프랑스 금화를 말한다.

** 울레드 알안(Ouled-Alane) 족은 아프리카의 알제리 지역임을 암시하기 위해 작가가 가상으로 만들어낸 토착부족인 듯하다. 울레드(Ouled)는 알제리 북부 메디아 주에 위치한 지역이다.

스무 마리와 양 두 마리, 그리고 상당한 금을 자기와 동료들이 나눠가진 적이 있다. 생각만 해도 뿌듯한 추억어린 무용담이 떠오른 것이다. 그 사건은 그 후 여섯 달 동안이나 동료들에게 유쾌한 웃음거리를 선사했다.

범인은 끝내 밝히지 못했고, 애당초 찾아낼 생각도 없었다. 아랍인이란 병사들에게는 널려 있는 먹잇감으로 여겨졌다.

하지만 파리의 상황은 달랐다. 칼을 허리에 차고 권총을 들고 경찰의 손길이 미치지 않는 곳이라 해도 멋대로 약탈할 수 없다. 그는 정복한 대지에서 안하무인으로 날뛰던 하사관의 원초적 본능이 꿈틀대고 있음을 느꼈다. 2년간의 사막 생활이 그리웠고, 그곳에 더 머무르지 않은 것에 은근히 화가 치밀었다. 하지만 어쩔 수 없는 노릇이다. 고향에 돌아오면 더 좋은 일이 기다리고 있으리라 생각했다. 하지만 이제 와서는……. 제기랄! 지금은 몸도 제대로 추스를 없는 비참한 지경에 빠졌다!

그는 낮은 소리로 읊조리며 가볍게 혀를 차면서 마른 입천장을 적시기라도 하듯이 헛바닥을 입안에서 굴렸다.

더위에 치진 사람들이 느릿느릿 그의 곁을 지나쳤다. 그는 생각했다. '악당들이 대세군! 이 멍청한 녀석들 조끼 속엔 돈이 두둑하겠지!' 그는 경쾌하게 휘파람을 불며 지나가는 사람들과 어깨를 부딪쳤다. 부딪친 남자들은 투덜대며 뒤돌아보고, 여자들은 "어머, 정말 잡스러운 놈이네!" 하고 신경질을 냈다.

그는 보드빌 극장* 앞을 지나치다가 카페 아메리캥 입구에서 걸음을 멈추고 한잔 할까 고민했다. 목이 타서 더 이상 견딜 수 없었다. 결정을 하지 못하고 주저하며 그는 도로 한복판에 서서 밝게 빛나는 괘종시계를 쳐다보았다. 9시 15분이다. 그는 자신을 잘 알고 있었다. 맥주가 그득 담긴 술잔이 앞에 놓인다면 단숨에 들이킬 것이다. 하지만 그

---

* 보드빌(Vaudeville) 극장은 1792년 1월 17일 문을 연 공연장으로 연극, 코미디, 서커스 등 다양한 공연을 펼쳤다. 현재는 구몽 오페라 극장으로 바뀌었다.

런 다음에 11시까지 어떻게 때운단 말인가?

그는 걸으며 생각했다. '마들렌 성당까지 갔다가 천천히 되돌아오자.'

오페라 광장의 모퉁이에 당도했을 때, 그는 뚱뚱한 젊은 사내와 스쳐 지났다. 그는 불현듯 어디선가 본 얼굴이라는 생각이 들었다.

그는 기억을 더듬으며 그 사내 뒤를 밟으며 중얼거렸다. "도대체 저 녀석을 어디서 봤지?"

아무리 머리를 까뒤집어도 좀처럼 떠오르지 않았다. 그러다가 기억이란 것이 늘 그렇듯이 갑자기 요술처럼 튕겨져 나오며, 지금처럼 뚱뚱하지 않고, 좀 더 앳된 경기병 제복을 입은 사내가 떠올라 저도 모르게 외쳤다. "아니? 포레스티에 아니야!" 그러면서 성큼성큼 쫓아가 그 사내의 어깨를 두드렸다. 사내는 돌아서서 힐끗 보며 반문했다.

"무슨 일이시죠, 신사 양반?"

뒤르와는 호탕하게 웃었다.

"나 못 알아보겠어?"

"글쎄요."

"경기병 제6연대 조르주 뒤르와."

그제야 포레스티에는 두 손을 내밀었다.

"어, 자네! 그동안 어떻게 지냈어?"

"잘 있었어. 자넨?"

"나? 별로야. 제기랄, 가슴이 벌레가 먹은 종잇장처럼 돼버렸으니까. 일 년의 절반은 기침을 달고 살고 있지. 파리로 돌아오던 해에 부지발*에서 걸린 기관지염이 때문이야. 햇수로 벌써 4년째지."

"그래? 하지만 건강해 보이는데."

그러자 포레스티에는 옛 전우의 팔을 잡고 자기 병에 대해 넋두리를 늘어놓았다. 의사의 진단은 어떠했고, 의사의 소견이라든가 충고는 이

---

* 부지발(Bougival)은 파리 외곽의 센 강변에 위치한 휴양지다. 모네나 르노아르 등 인상파 화가들이 자주 그곳에서 풍경을 스케치했다.

랬고, 지금 자기는 그럴 형편이 못 된다고 하소연을 했다. 의사는 겨울에는 따뜻한 남부 프랑스에서 지내야 한다고 권했지만 그건 엄두도 낼 수 없다고 했다. 그는 결혼을 한 몸으로, 더욱이 신문기자로서 입지가 든든한 것 같았다.

"난 《라 비 프랑세즈》*의 정치를 담당하고 있어. 《쌀뤼》에 상원 의회 관련 기사를 쓰고, 이따금 《라 플라네트》에 문예평론도 게재하지. 나도 이제야 겨우 자리를 잡았어."

뒤르와는 놀라며 찬찬히 그를 뜯어보았다. 풍채가 당당한 것이 예전과는 완전히 달랐다. 태도며 말씨, 복장도 세련되고 자신감이 넘쳤고, 기름진 음식을 자주 먹는지 배도 불룩 나와 있었다. 예전의 그는 마르고 홀쭉해서 날씬했다. 게다가 덜렁거리고 주의가 산만한 말썽꾸러기였고, 항상 활기차게 야단법석을 떠는 사내였다. 하지만 3년의 파리 생활은 그를 완전히 딴 사람으로 만들었다. 뚱뚱하고 신중한 사람이 되어 있었다. 더구나 스물일곱밖에 안 되었지만 귀밑에 서너 개의 흰 머리까지 섞여 있었다.

포레스티에가 물었다.

"어디 가는 길이야?"

"딱히 없어. 그냥 집에 가기 전에 한 바퀴 도는 거지."

뒤르와의 대답에 그는 제안했다.

"그렇다면 《라 비 프랑세즈》에 한번 안 가볼래? 교정 볼 게 좀 있어서. 그리고 맥주나 한잔 하지 뭐."

"그래? 그럴까?"

그들은 동창을 만난 듯, 같은 연대의 옛 전우의 허물없는 친밀감을 과시하듯 서로 팔을 끼고 걸었다.

"자네는 파리에서 뭘 하지?" 포레스티에가 물었다.

---

* 라 비 프랑세즈(La Vie Française)를 풀이하면 "프랑스적인 삶"이란 뜻이다. 《쌀뤼》, 《라 플라네트》 등 작품 속에 등장하는 신문들은 모두 19세기 초 신문의 사전허가제가 폐지되자 우후죽순 격으로 등장한 파리의 신문들이다.

뒤르와는 어깨를 으쓱했다.

"한마디로 말해 돌아가시기 직전이지. 제대하고 뭐랄까, 아니 그보단 파리에서 살고 싶어 왔는데…… 겨우 6개월 전부터 북부철도* 사무직으로 취직해서 1,500프랑을 연봉으로 받고 있어. 그거지 뭐."

포레스티에가 중얼거렸다.

"거 참 그러네."

"정말이야. 하지만 어쩔 수가 없어. 난 외톨이라서 아는 사람도 없고 부탁할 사람도 없지. 어떻게 해볼 생각은 굴뚝같지만 딱히 방법이 없어."

동료는 면접이라도 보듯이 익숙한 태도로 뒤르와의 머리끝부터 발끝까지 살피더니 자신 있게 말했다.

"자네, 이 세상에선 뭐든 배짱으로 밀고나가는 게 제일이야. 재주깨나 있는 놈이라면 과장(課長)보단 장관(長官) 되기가 쉽지. 남한테 머리를 조아리며 부탁하는 게 아니라 당차게 밀고 나가야 뭔가 돼. 그건 그렇고, 북부철도 사무직보다 더 나은 자리는 없었어?"

뒤르와는 대답했다.

"사방에 수소문했지만 헛수고였지. 하지만 지금은 하나 생각하고 있는 데는 있어. 펠랭 승마연습장에서 교관이 될까 해. 그렇게만 되면, 우리끼리 얘기지만 3,000프랑은 너끈히 벌지 않겠어?"

포레스티에는 걸음을 멈추었다.

"그따위는 생각도 하지 마. 설령 1만 프랑을 받는다 해도 어리석은 짓이야. 단박에 장래를 망치는 꼴이지. 지금 일하는 사무실에 앉아 있으면 최소한 남의 눈에는 띄지 않고, 이상한 소문도 날 리 없어. 더구나 능력만 있으면 그곳에서 빠져나와 출세할 수도 있고. 하지만 일단 승마교관이 돼봐, 그걸로 끝이야. 마치 파리의 온갖 사람들이 밥을 먹

---

* 북부철도(Chemin de Fer du Nord)는 1845년 9월 20일 은행가인 로스차일드(James de Rothschild), 오탕그(Jean-Henri Hottinguer), 블런트(Edward Blount) 등에 의해 설립된 프랑스의 철도회사다. 북부철도는 파리에서 벨기에 국경까지 이어지는 철도 허가를 1845년 9월 10일에 국가로부터 받았다. 금융 가문 로스차일드는 이 작품 속에도 언급되고 있다.

으로 드나드는 식당 지배인이 된 거나 마찬가지지. 사교계 인간들이나 그 애들한테 승마 교습을 시켜주고 있다면, 그들은 절대로 자네를 대등한 입장으로 취급하지 않아."

그는 말을 끊고 잠시 생각하다가 물었다.

"자네, 대학입학 자격시험은 합격했나?"

"아니, 두 번이나 물먹었지."

"까짓것 상관없어. 학교를 마쳤으면 됐지 뭐. 헌데 '키케로'나 '티베리우스'*란 말을 들으면 그게 무슨 뜻인지는 알아?"

"뭐, 대략적으로는."

"그럼 됐어. 자기가 해보겠다고 나서서 깽판을 치는 (국정을 운영한다는) 스무 명 정도의 멍청이를 빼고는 대개가 그 정도지. 뭐든 아는 척을 하는 건 그리 어려운 일이 아니야. 단지 무식하다는 빌미를 잡히지 않는 게 중요하지. 가급적 요령껏 처신하고, 난관에 봉착하면 몸을 빼고, 장애물은 피해서 돌아가고, 모르는 건 사전을 찾아가며 남의 눈을 속이는 거야. 자고로 인간이란 거위처럼 어리석고 잉어처럼 무식한 존재지."

그는 제법 인생에 대해 안다는 듯이 천천히 기분 좋게 이야기를 이어나갔다. 그러고는 주위 사람들을 둘러보며 미소를 지었다. 그러다가 갑자기 기침을 시작하더니 발작이 멈출 때까지 걸음을 멈추었다. 이어서 맥이 풀린 어조로 말했다.

"이놈의 기관지염이 좀처럼 떨어지지 않아 큰일이야. 한여름에도 이런 꼴을 하다니? 올 겨울에는 꼭 망통**에 가서 요양을 해야지. 귀찮더라도 별 도리가 없어. 하여튼 건강이 최고야."

---

* 키케로(Marcus Tullius Cicero, BC 106~BC 43년)는 로마시대의 정치가, 웅변가, 문학가, 철학자다. 티베리우스(Tiberius Caesar Augustus, BC 42~AD 37년)는 로마제국의 제2대 황제다.

** 망통(Mentone)은 프랑스 쪽 지중해 연안지대인 코트다쥐르에서 가장 따뜻한 겨울휴양지로 정평이 나 있으며 인기 있는 여름휴양지이기도 하다. 프랑스는 이곳을 1860년에 사들였다

그들은 푸아소니에르 대로로 나가서 커다란 유리문 앞에 이르렀다. 유리문 안에는 신문이 양면으로 활짝 펼쳐져 붙어 있었고, 세 사람이 걸음을 멈추고 읽고 있었다.

문 위쪽에는 마치 무슨 구호라도 걸어놓은 것처럼 '라 비 프랑세즈'라는 커다란 글자가 가스등 불빛 아래 빛나고 있었다. 눈부신 이 세 단어 아래를 지나치는 사람들은 갑자기 스포트라이트를 받은 듯 환히 빛나다가 이내 어둠 속으로 사라졌다.

포레스티에는 문을 밀며 말했다. "들어와." 뒤르와는 그의 뒤를 따라 계단을 올랐다. 계단은 온 거리가 환히 내다보이는 것이 호사스러웠지만 지저분했다. 그는 계단을 올라 대기실로 들어섰다. 그곳에 있던 직원 두 명이 그의 친구에게 인사를 했다. 그곳은 먼지투성이에 허름했고 벽도 누렇게 색이 바래 있었다. 녹색의 인조 벨벳이 드리워 있었는데 얼룩 투성이에 쥐가 갉아먹었는지 군데군데 구멍이 나 있었다.

포레스티에가 말했다. "편히 앉아 있어. 5분 후에 돌아올 테니까."

그 방에는 문이 세 개 있었는데 그 중 하나로 사라졌다. 그곳에는 이상야릇한 냄새, 뭐라 형용할 수 없는 잉크 냄새 비슷한 편집실 특유의 냄새가 감돌았다. 약간 겁을 먹기도 하고 당혹스럽기도 한 뒤르와는 꼼짝도 하지 않고 앉아 있었다. 이따금 직원들이 한쪽 문으로 들어왔다가 쳐다볼 겨를도 없이 다른 쪽 문으로 쏜살같이 뛰어갔다.

젊은 사람들이었는데 어떤 때는 매우 바쁜지 뛰다시피 해서 손에 들고 있던 종이가 팔랑거렸다. 또 때로는 식자공처럼 보이는 사람들도 있었는데, 잉크로 얼룩진 그들의 작업복 속으로는 새하얀 와이셔츠 컬러가 내비쳤고, 사교계 사람들이나 입는 고급스런 천으로 된 바지가 눈길을 끌었다. 그들은 인쇄한 신문 뭉치며, 채 마르지도 않은 인쇄 교정지를 조심스레 들고 가기도 했다. 이따금 작달막한 신사도 드나들었다. 그는 눈에 띄게 말쑥한 옷차림을 하고 있었는데, 프록코트는 너무 몸에 꼭 끼었고, 바지는 넓적다리에 들러붙어 있었다. 끝이 뾰족한 구두는 발을 너무 죄는 듯했다. 그는 저녁나절에 벌어진 가십거리를 들고 온 취재기자였다.

또 다른 사람들도 연달아 들어왔다. 모두들 점잖으면서도 거만해 보였는데, 하나같이 챙이 납작한 모자를 쓰고 있었다. 그 모자는 그들과 다른 사람들을 구별해주는 일종의 표식 같기도 했다.

포레스티에가 깡마르고 키 큰 사내의 팔을 잡고 돌아왔다. 서른이나 마흔은 되어 보였는데, 검은 양복에 흰 넥타이를 매고 짙은 갈색 머리에 끝이 말려 올라간 콧수염을 하고 있었다. 매우 거만하면서도 자신만만한 태도였다.

포레스티에는 사내에게 말했다.

"그럼 안녕히 가십시오, 선생님."

사내는 그의 손을 잡고 말했다.

"그럼 잘 있게."

그러고는 지팡이를 겨드랑이에 끼고 휘파람을 불며 계단을 내려갔다.

뒤르와가 물었다.

"저 사람 누구야?"

"자크 리발이야. 자네도 알겠지만 유명한 칼럼니스트에 결투의 명수지. 교정보러 온 거야. 파리에는 유명한 칼럼니스트가 셋 있는데, 가랭과 몽텔, 그리고 저 사람이지. 저 사람은 우리 회사에 매주 두 번 기사를 쓰고 일 년에 3만 프랑을 받아."

그들은 사무실을 나서려다 숨을 헐떡이며 계단을 오르는 긴 머리에 뚱뚱하고, 몸집이 작은 꾀죄죄한 사내와 마주쳤다.

포레스티에는 허리를 굽혀 정중히 인사를 했다.

"시인인 노르베르 드 바렌야. 「파멸된 태양」을 쓴 작가인데, 저 사람도 엄청난 돈을 받지. 단편을 하나를 쓰면 300프랑인데 아무리 긴 것이라도 200줄이 안 돼. 그건 그렇고 나폴리탱에나 가지? 목이 말라 죽을 지경이야."

카페 탁자에 앉자마자 포레스티에는 소리쳤다. "맥주 두 잔!" 그는 단숨에 마셔버렸지만 뒤르와는 마치 값비싸고 진귀한 물건을 음미하며 감상하듯이 맥주를 조금씩 목덜미로 넘겼다.

친구는 잠시 무언가 생각하더니 갑자기 불쑥 물었다.

"혹시 신문에 손 한번 대보지 않을래?"

그는 놀라며 상대를 쳐다보고 더듬거렸다.

"하지만… 나는… 아무것도 써본 적이 없는데."

"에이, 하다 보면 차차 느는 거야. 싫지 않다면 내 밑에서 일해볼 테야? 나를 대신해서 잡무 처리며, 심부름이며, 정보도 얻어오는 거지. 처음에는 월급 250프랑하고 교통비가 나오지. 어때, 사장한테 한번 얘기해볼까?"

"그렇다면야 나로서는 황송하지."

"그럼 이렇게 하지. 내일 우리 집에 와서 저녁을 먹자구. 손님은 대여섯 명인데, 사장인 왈테르 씨 부부, 아까 본 자크 리발과 노르베르드 바렌, 그리고 우리 집사람의 친구 한 사람이야, 괜찮겠지?"

뒤르와는 얼굴을 붉히며 당황해서 망설였다. 그러다가 마지못해 중얼거렸다.

"헌데 실은…… 내일 입을 만한 적당한 게 없어서."

포레스티에는 놀랐다.

"연미복도 없어? 참, 내! 그런 게 없다니 말도 안 돼. 파리에서는 침대 없이는 살아도 연미복이 없이는 못 살아."

그는 조끼 주머니를 뒤져 금화를 꺼내더니, 그 가운데 1루이짜리 금화 두 개를 집어 옛 전우 앞에 내려놓으며 다정한 어조로 말했다.

"언제든 형편이 될 때 갚아. 일단 이걸 보증금으로 주고 옷을 빌리든 할부로 사든 한 벌 마련해. 그리고 내일 7시 30분까지 우리 집으로 와. 퐁텐 거리 17번지야."

뒤르와는 몹시 겸연쩍어하며 금화를 주워 들고 중얼거렸다.

"정말 면목이 없네. 정말 고마워. 이 은혜 잊지 않을게……."

상대는 그 말을 가로막았다.

"자아, 자! 그만 해. 아무튼 한 잔 더 어때?"

그러고는 외쳤다. "어이! 맥주 두 잔!"

그것을 다 마시자 신문기자가 물었다.

"한 시간쯤 걷지 않을래?"

"좋지."

그들은 마들렌 성당 쪽으로 걷기 시작했다.

"헌데 우리 뭐할까?" 포레스티에가 물으며 말을 이었다. "사람들은 파리 거리를 서성이다 보면 언제든 즐거운 일과 마주칠 수 있다고들 하지만 그건 새빨간 거짓말이야. 난 밤에 산책할 때마다 항상 어디로 갈까 고민을 하지. 숲을 한 바퀴 돌자니 그건 여자가 있어야 재미있지. 그렇다고 늘 여자가 있는 것도 아니고. 음악이 흐르는 카페는 약국 약사나 그 마누라라면 좋아할지 몰라도 난 맞지 않고. 그렇다고 딱히 무엇을 할까 생각해보면 아무것도 없지. 여기도 몽소 공원*처럼 한여름 밤에 개장하는 공원이 있어야 돼. 밤에도 나무 그늘 아래서 시원한 음료수를 마시며 멋진 음악을 들을 수 있게 말이야. 그곳은 쾌락의 장소가 아니라 오로지 산책만 하는 곳이어야 해. 게다가 아리따운 귀부인들만 올 수 있도록 입장료를 아주 비싸게 받고. 전등이 은은히 빛을 뿌리는 모래 깔린 산책로를 천천히 걷다가 음악이 듣고 싶으면 아무데서나 앉아서 들을 수 있게 말이야. 전에 뮈자르**가 비슷한 것을 만들었지. 하지만 싸구려 댄스홀 취향의 무도곡이 너무 많았고, 게다가 좁기도 했고, 그늘도 제대로 없었고, 으슥한 곳도 적었지. 아주 넓고 아름다운 공원을 만들어야 될 거야. 그렇다면 아주 매력적일 텐데. 그건 그렇고 어디로 갈까?"

뒤르와는 난감해 하며 망설이다가 겨우 마음을 정하고 말했다. "난

---

* 몽소 공원(Monceau Park)은 프랑스 파리 개선문 북동쪽에 자리하고 있는 넓은 녹지 공원이다. 18세기 오를레앙 공작의 상상력을 자극하는 재미있는 정원으로 시작되었다. 이후 차츰 규모를 넓힌 공원은 19세기부터 시민들의 편안한 휴식처가 되고 있다.

** 뮈자르(Musard)는 프랑스의 지휘자로 그는 1838년 런던에서 최초로 프롬나드 콘서트(Promenade Concerts)를 개최했다. 프롬나드란 산책·산책로 등의 뜻으로, 청중이 산책을 하며 혹은 선 채로 듣는 음악회를 일컫는다.

아직 폴리베르제르*를 못 가봤는데, 거기 한번 가보면 어떨까?"

함께 가던 친구는 놀라서 소리쳤다.

"폴리베르제르? 거긴 아마 냄비 속처럼 푹푹 찔 거야. 하지만 좋아, 좋지. 그것도 재미있겠네."

그들은 발길을 돌려 포부르 몽마르트르 거리로 향했다.

조명장치를 갖춘 건물의 입구는 환하게 불이 밝혀져 있었고, 앞쪽으로 뻗은 네 갈래 길도 휘황찬란했다. 길가에는 역마차들이 늘어서서 손님들을 기다렸다.

뒤르와는 포레스티에가 성큼성큼 들어서는 뒤에서 붙잡았다.

"표를 사야지."

상대는 아무렇지도 않은 듯 대답했다.

"나하고 들어가면 돈은 안 내도 돼."

검표소로 다가서자 검표원 세 명이 그에게 인사를 했다. 가운데 있던 사람이 손을 내밀어 그를 맞이했다. 신문기자가 물었다.

"좋은 좌석 있나?"

"있고 말구요, 포레스티에 씨."

그는 건네준 표를 들고 문을 밀고 안으로 들어갔다. 문은 두꺼운 천을 대고 가죽으로 옆 테두리를 갈무리한 것인데, 안쪽으로 밀게 되어 있었다.

담배 연기가 엷은 안개처럼 무대며 건너편 객석까지 희미하게 감싸고 있었다. 그 엷은 안개는 수많은 손님들이 피워대는 시가나 온갖 담배에서 끊임없이 하얀 줄기로 피어올랐다. 그리고 그 하얀 줄기들은 천정으로 모아져 넓은 둥근 천정 아래 샹들리에 주위까지, 만원을 이룬 2층 객석까지 마치 구름처럼 자욱하게 만들었다.

공연장을 빙 둘러 넓은 복도가 이어졌고, 산책로로 통하는 출입구에

---

* 폴리베르제르(Folies-Bergère)는 1869년에 설립된 파리에서 가장 오래된 뮤직홀이다. 뮤직홀이란 손님에게 음악을 제공하는 오락시설로서 음악뿐만 아니라 촌극, 마술, 만담 등도 공연한다.

는 한껏 차려 입은 한 떼의 여인들이 칙칙한 옷을 입은 남자들과 뒤섞여 서성였다. 음료를 파는 바가 세 곳 있었는데 한 곳 앞에는 한 무리의 여인들이 손님을 기다리고 있었다. 카운터에는 짙은 화장에 윤기 없는 얼굴로 마실 것도 팔고 몸도 파는 여인이 한 명씩 자리 잡고 있었다.

여점원들 뒤에는 커다란 거울이 있어, 그녀들의 등과 지나가는 사람들을 비추었다.

포레스티에는 번잡한 사람들 사이를 헤치며, 마치 다른 사람들에게 배려를 받을 만한 당연한 권리가 있는 사람처럼 성큼성큼 걸어갔다.

그들은 여성 안내원에게 다가가서 물었다.

"17번 좌석이 어디지?"

"이쪽입니다."

그녀는 두 사람을 빨간 색으로 도배된, 위쪽이 트인 작은 나무 상자 같은 곳으로 데려갔다. 그곳에는 같은 색깔의 의자 네 개가 줄지어 있었는데 의자 사이가 매우 좁아 간신히 지나가야 했다. 앉고 보니 좌우 양쪽으로 같은 모양의 칸막이가 둥글게 줄지어서 무대 쪽까지 이어져 있었다. 각각의 칸으로는 앉아 있는 관객들의 머리와 가슴밖에 보이지 않았다.

무대에서는 몸에 착 달라붙는 타이츠를 입은 크고, 작고, 중간 키의 세 사내가 번갈아가며 공중그네 위에서 묘기를 펼쳤다.

먼저 키 큰 사내가 미소를 지으며 종종걸음으로 미끄러지듯 나와서 키스를 날려 보내는 시늉을 하고 손을 흔들며 인사했다.

타이츠 속에는 건장한 근육이 울룩불룩했지만 배가 나온 것을 감추기 위해서인지 가슴을 부풀리고 있었다. 머리 한가운데를 일자로 가르마를 타고 양쪽으로 눌러 붙인 것이 마치 이발사와 같았다. 그는 매끄러운 동작으로 그네에 뛰어오르더니 양 손으로 매달려 잘 돌아가는 바퀴처럼 빙글빙글 돌기도 하고, 양 팔을 뻗치며 몸을 똑바로 가로뉘어 수평으로 고정시킨 채 한동안 버텼다. 손목 힘만으로 공중그네에서 동작을 멈춘 것이다.

그리고 나서 마루 위로 뛰어내리자 객석의 박수갈채가 이어졌다. 그는 웃는 얼굴로 인사를 하고 다리 근육을 자랑이라도 하듯 걸음을 옮길 때마다 힘을 주면서 무대 뒤쪽으로 사라졌다.

두 번째로 키가 좀 더 작고 뚱뚱한 사내가 나와서 비슷한 공중돌기 묘기를 펼쳤다. 세 번째 사내도 똑같은 묘기를 보여주었는데, 관중들에게 가장 인기가 많았다.

하지만 뒤르와는 무대에는 관심을 두지 않고, 끊임없이 사내들과 거리의 여인들이 혼잡하게 뒤섞여 있는 산책로 쪽을 힐끗거렸다.

포레스티에가 그에게 말했다.

"아래쪽 좌석을 보게나. 구경 온 것은 여편네들하고 아이들과 함께 온 부르주아들뿐이야. 구경하러 와서 입을 다물지 못하는 그런 얼간이들이지. 그리고 저 칸막이 안에는 파리 시내를 어슬렁대는 건달들과 예술가 나부랭이, 최고는 아니지만 그럭저럭 봐줄 만한 여자들이 들어앉아 있지. 헌데 우리 뒤쪽은 파리의 온갖 부류 사람들을 희한하게 짬뽕시켜놓은 것 같군. 저 사내들을 잘 보게. 온갖 직업, 온갖 계층계급이 망라되어 있지. 하지만 확실한 것은 저들은 한결같이 바람둥이라는 사실이야. 우선 사무실에서 일하는 인간들, 다시 말해 은행원, 상점 점원, 관청 직원, 게다가 신문기자, 기둥서방, 사복을 입은 장교, 멋지게 빼입은 꼴사나운 젊은이들이 있지. 선술집에서 식사를 마치고 온 사람도 있고, 혹은 오페라 극장으로, 이탈리앵*으로 떠도는 사람도 있지. 하지만 저쪽 무리들은 아무래도 정체를 모르겠어. 여자들을 한번 보자구. 숫자는 많지만 하나같이 쓸모없는 종자지. 카페 아메리캥에서 저녁을 먹고, 1루이나 2루이가 적당한 주제에 5루이를 우려낼 얼뜨기를 노리다가 몸이 비면 단골손님에게 추근거리는 그런 계집들이지. 저들은 6년 전부터 모습을 드러낸 패거리들이야. 생라자르*나 루이신**에서

---

* 이탈리앵(Italiens)은 이탈리아 극장(Théâtre-Italien) 또는 이탈리아 희극단(Comédie-Italienne)으로 칭해지던 파리에 있는 공연장이다. 연극과 오페라가 공연되었다.

위생 검진을 받을 때를 빼고는 일 년 내내 밤마다 이곳에 나타나지."

뒤르와는 그 말이 귀에 들어오지 않았다. 지금 이야기한 것과 비슷한 여자 하나가 그들의 좌석에 팔꿈치를 괴고 쳐다보고 있었기 때문이다. 몸집이 우람한 갈색 머리 여자로, 새하얗게 분칠을 하고, 검은 눈을 화장 연필로 그어 더욱 검게 만들고, 커다란 인조 눈썹을 붙이고 있었다. 짙은 색 실크 드레스가 터질 듯한 커다란 가슴에, 상처가 난 것처럼 새빨갛게 칠한 입술은 왠지 짐승처럼 강렬하고 육감적인 느낌을 주어 보는 이로 하여금 강렬한 욕정을 불러일으켰다.

그 여자는 옆을 지나가던 뚱뚱하고 붉은 갈색의 금발머리인 친구에게 고갯짓을 해보며 들으란 듯이 큰 소리로 말했다.

"어머, 굉장한 미남인데. 10루이만 준다면 난 사양하지 않을 거야."

포레스티에는 뒤를 돌아보고 웃으며 뒤르와의 무릎을 툭 쳤다.

"자네한테 하는 말이야. 아주 인기가 좋구만. 축하해."

퇴역 하사관은 얼굴을 붉혔다. 그러면서도 기계적으로 손가락을 움직여 조끼 호주머니 속 금화 2루이를 만지작거렸다.

막이 오르고 오케스트라가 왈츠를 연주하기 시작했다.

뒤르와가 말했다.

"복도를 한 바퀴 돌아볼까?"

"그래, 그러지 뭐."

그들은 좌석에서 일어나서 곧바로 돌아다니는 사람들의 물결 속에 휩쓸렸다. 그들은 붐비는 인파에 밀고 밀리면서 빠져나갔는데, 눈앞은 가히 모자의 홍수였다. 여자들은 둘씩 팔짱을 끼고 익숙한 자태로 남자들의 팔꿈치 사이나 가슴이나 등 사이를 미끄러지듯 빠져나갔다. 남자들의 물결 속에서도 그 여자들은 부끄러워하거나 망설이는 기색 없이, 마치 물속에서 헤엄치는 물고기처럼 자유자재로 헤집고 다녔다.

뒤르와는 밀치고 밀리는 대로 걸음을 옮기면서 담배 연기와 후끈한

---

* 생라자르(Saint-Lazare)는 파리의 감옥 이름이다.

** 루이신(Lourcine)은 파리의 공립 산부인과 병원이다.

체취, 여인들의 향수 냄새로 뒤범벅된 탁한 공기를 취한 듯이 들이마셨다. 하지만 포레스티에는 땀을 흘리며 숨이 가쁜지 연신 기침을 했다.

그는 말했다. "정원으로 나가지."

두 사람은 왼쪽으로 방향을 틀어 지붕이 덮인 정원 같은 곳으로 나왔다. 조잡한 분수대에서는 두 줄기의 물을 뿜어져 나와 그나마 서늘했다. 커다란 화분에 심어놓은 주목과 측백나무 그늘에서 남녀가 양철 테이블에 마주 앉아 술을 마시고 있었다.

"맥주 더 할 테야?" 포레스티에가 물었다.

"응, 좋지."

그들은 앉아서 지나가는 사람들을 바라보았다. 이따금 여자가 걸음을 멈추고 미소를 지으며 말했다.

"저기요, 저한테 한잔 사주실래요."

그러자 포레스티에가 응대했다. "분수에 가서 물이나 한잔 해." 그러자 여자는 떠나가며 투덜댔다. "꺼져라, 후레자식아!"

그때 방금 전 객석 뒤에 기대섰던 뚱뚱한 갈색 머리 여자가 나타났다. 그녀는 친구인 듯한 뚱뚱한 붉은 갈색 금발의 여자와 팔짱을 끼고 거들먹거리며 다가왔다. 묘하게도 잘 어울리는 매력적인 한 쌍이었다.

그녀는 뒤르와에게 미소를 보냈다. 그러면서 눈빛으로 서로가 은밀한 속삭임을 주고받았다는 듯 의자를 끌어당겨 그의 앞에 천연덕스럽게 앉았다. 그녀는 친구도 앉게 하고는 낭랑한 목소리로 주문했다. "여기 석류 시럽 두 잔이요!" 포레스티에가 놀라서 말했다.

"염치하고는 완전 담을 쌌군!"

그녀는 대답했다.

"난 당신 친구분한데 완전히 반했어요. 정말 멋쟁이에요. 이분이라면 정열을 불태울 수 있을 것 같아요!"

뒤르와는 그녀들의 행동거지에 질려 아무 말도 하지 못하고, 그저 곱슬곱슬한 콧수염을 꼬아대며 어리벙벙한 듯 엷은 미소를 머금을 뿐이었다. 사내아이가 시럽을 가져오자 여자들은 단숨에 마셔버리고 일어섰다. 그러면서 갈색 머리 여인은 다정스럽게 고개를 까딱하고 부채로 가볍게 뒤르와의 팔을 톡 치며 말했다. "고마워요, 귀여운 나의 고양이. 보기보단 입이 무거우시군요."

그러고 나서 그녀들은 엉덩이를 흔들며 떠났다.

포레스티에는 웃어댔다.

"이보게, 선수. 자넨 정말 여자들한테 인기가 좋구만! 그 능력을 잘 가다듬게. 그러면 잘될 걸세."

그는 잠시 말을 끊었다가 생각나는 것이 있는지 입을 삐쭉 내밀며 꿈을 꾸는 듯한 어조로 말했다.

"출세하는 데는 여자를 이용하는 게 최고지."

하지만 뒤르와가 응답을 하지 않고 미소만 띠우자 그는 다시 물었다.

"자넨 여기 좀 더 있을 거야? 난 돌아갈래. 이젠 지겨워졌어."

상대는 중얼거리듯 읊조렸다.

"응, 그래. 난 조금 더 있다 가지 뭐. 아직 이르니까."

포레스티에는 일어섰다.

"맘대로 해. 그럼 내일 또 보자구. 잊지 말어, 퐁텐 거리 17번지, 7시 반이야."

"알고 있어. 그럼, 내일 만나지 뭐. 고맙네."

그들은 악수하고 신문기자는 떠났다.

그가 떠나자 뒤르와는 갑자기 짐을 내려놓은 듯 홀가분해져서 다시금 호주머니 속의 1루이짜리 금화 두 개를 즐거운 듯 만지작거렸다. 그는 일어서서 사람들이 모인 곳을 이리저리 둘러보며 거닐었다.

얼마 가지 않아 그는 금발 머리와 갈색 머리 두 여인을 찾아냈다. 그녀들은 여전히 천연덕스러운 얼굴로 구걸을 하며 떠들썩한 남자들의 무리를 비집고 다녔다.

그는 곧장 그쪽으로 다가갔지만 막상 다가서자 어쩔 줄 몰라 하며 쭈뼛쭈뼛 말을 제대로 잇지 못했다.

갈색 머리의 여자가 말했다.

"이봐요, 당신. 이제 입이 떨어졌나요?"

그는 중얼거리며 받았다. "물론이지!" 하지만 더 이상 말을 잇지 못했다.

그들 세 사람이 통로 한가운데 서 있었던 터라 인파를 막아버린 꼴이 되어 그들 주위로는 사람들로 소용돌이가 이는 듯했다.

불쑥 여자가 물었다.

"우리 집에 안 갈래요?"

그는 욕망에 몸을 떨며 퉁명스럽게 받았다.

"좋지. 하지만 주머니엔 1루이밖에 없어!"

그녀는 아무렇지 않은 듯 웃으며 말했다.

"상관없어요."

그러고는 자기가 차지했다는 표시로 남자의 팔을 낚아챘다.

여자와 함께 나가며 그는 나머지 20프랑으로 내일 연미복쯤은 충분히 빌릴 수 있을 거라고 생각했다.

2

“저어, 포레스티에 씨 댁이 어디죠?”

“4층 왼쪽 문입니다.”

관리인은 정중하게 대답했다. 그 말투에는 임대인에 대한 존경심이 배어 있었다. 조르주 뒤르와는 계단을 오르기 시작했다.

그는 약간 낯설기도 하고 흥분되기도 하여 초조함을 감출 수 없었다. 난생 처음 제대로 된 예복을 입은 터라 어쩐지 남의 옷을 입은 것 같았다. 옷도 전체적으로 통일성이 없어 보였다. 그는 신발에는 매우 신경을 쓰는 편이라서 구두는 꽤나 고급이었지만 광택이 없는 군화 스타일 부츠라서 불만이었다. 셔츠도 그날 아침 루브르에서 4프랑 50상팀을 주고 산 것인데, 앞쪽 천이 너무 얇아서 그런지 벌써 주름이 잡혀 짜증스러웠다. 평소에 입던 셔츠가 몇 장 있긴 했지만 모두 조금씩 헤어졌고, 가장 양호한 것이라 해도 입을 만한 것은 못 되었다.

바지는 폭이 넓어서 다리 선이 살지 않았다. 종아리 부근부터 뒤틀린 것처럼 보여, 흡사 얻어 입은 후줄근한 바지가 대충 다리를 감싸고 있는 꼴이었다. 다만 웃옷만은 그래도 몸에 잘 맞아서 보기에 그다지 흉하지 않았다.

그는 남들에게 웃음거리가 되지 않을까 하는 두려움에 두근거리는 마음을 졸이며 천천히 계단을 올랐다. 그런데 순간 느닷없이 바로 정면에 점잖게 정장을 차려 입은 한 신사가 나타났다. 그 신사는 유심히 그를 지켜보고 있었다. 더욱이 그것이 서로 맞닿을 정도로 가까운 거

리라서 뒤르와는 자신도 모르게 뒷걸음쳤다. 그러다가 그는 어안이 벙
벙하며 그대로 굳어졌다. 그것은 커다란 전신 거울에 비친 자신의 모
습이었다. 그것은 2층 층계참에서 긴 복도를 비춰주기 위해 놓아둔 커
다란 거울이었다. 그는 솟구치는 기쁨에 전율했다. 거울은 생각지 못
한 멋진 남자의 모습을 비쳐주고 있었다.

그의 집에는 면도할 때 쓰는 조그마한 거울밖에 없기 때문에 전신을
비춰볼 수가 없었다. 그래서 빌려 입은 옷이 몹시 언짢게 느껴졌고, 그
어색함이 너무 부풀려져 형편없어 보일 것이라 지레 짐작하며 마음을
졸였던 것이다.

그러나 지금 이렇게 거울 속에 비춰진 자신의 모습을 보니 그것이
도저히 자신이라고 믿어지지 않았다. 처음 보았을 때, 그 모습은 지극
히 세련되고 맵시가 있어, 마치 사교계의 다른 신사를 마주친 것이라
고 오해할 정도였다.

주의해서 다시 한 번 차근차근 살펴보니 전체적으로 나무랄 데가 없
었다.

그는 배우가 자기 역할을 익힐 때처럼 이리저리 몸을 돌리며 동작을
취해보았다. 자신에게 웃어 보이기도 하고 손을 뻗치기도 하는 등 갖
가지 몸짓을 하면서, 놀라움이나 기쁨이나 동의한다는 등의 표정을 연
출해보았다. 그리고 나서 부인들의 환심을 사고 상대를 찬미하고 열망
한다는 것을 보여주기 위해 어느 정도 미소를 지어야 하며, 눈은 어떤
표정을 지어야 하는지 연구했다.

그때 문 여는 소리가 계단에서 들려왔다. 그는 황급히 올라가기 시
작했다. 그는 다른 친구나 손님들에게 이런 시늉을 하는 모습이 들키
지나 않았을까 두려웠던 것이다.

3층에 올라서자 커다란 전신 거울이 또 하나 있었다. 침착함을 되찾
은 그는 자신의 걷는 모습을 보기 위해 천천히 걸었다. 그 자태는 정말
우아했다. 걷는 품새도 의젓했다. 그러자 넉살 좋은 자신감이 가슴속
에서 샘솟듯 솟구쳤다. 확실히 이러한 모습과, 출세하고자 하는 열의,

하고자 하는 바를 기필코 실현하겠다는 확고한 마음가짐, 그리고 능수 능란한 임기응변을 펼칠 수 있다면 성공할 수 있으리라 확신했다. 마지막 계단에 올라설 때는 달리고 싶고, 뛰어오르고 싶은 심정이었다. 그는 세 번째 전신 거울 앞에서 멈춰 서서 능숙한 솜씨로 콧수염을 비틀어 올리고, 모자를 벗어 머리를 매만지면서 평소 버릇대로 낮은 목소리로 중얼거렸다. "정말 훌륭한 물건인 걸!" 그는 손을 뻗쳐 초인종을 눌렀다.

금세 문이 열리며 검은 옷을 입은 하인이 마중을 했다. 그는 단정했으며 깨끗이 면도를 했고, 태도나 말씨도 나무랄 데가 없었다. 뒤르와는 왠지 모를 울적한 심정이 되어 마음이 어수선했다. 아마 상대와 자신의 옷맵시를 무의식중에 비교해서 그런지 모른다. 반지르르 윤기가 나는 단화를 신은 하인은 뒤르와가 얼룩을 감추려고 팔에 걸친 외투를 받아들며 물었다.

"뉘시라고 아뢸까요?"

그리고 문에 드리운 휘장을 들추며 손님이 들어가도 되는지 거실을 향해 손님 이름을 댔다.

순간 그는 갑자기 당황스러움에 평정심을 잃고 숨까지 가빠왔다. 지금 이 순간이 그토록 고대하며 꿈꾸던 생활을 향한 첫걸음이구나! 그는 간신히 앞으로 나갔다. 조명이 밝은 온실처럼 나무 화분을 가지런히 늘어놓은 넓은 방에 금발의 젊은 여인이 홀로 서서 그를 기다리고 있었다.

그는 당황해서 걸음을 멈추었다. 미소 짓고 있는 이 부인은 대체 누굴까? 그러다가 곧 포레스티에가 결혼했다는 사실을 떠올렸다. 이 우아한 금발의 미녀가 친구 부인일 것이라는 생각이 미치자 놀라움에 머리가 하얗게 텅 비는 듯한 느낌이었다.

그는 더듬거렸다.

"부인, 저는……."

그녀는 손을 내밀었다.

"알고 있어요. 어젯밤 샤를이 만나뵈었다고 하더군요. 오늘 저희 저녁식사에 와주십사 말씀드렸다는 말을 듣고 정말 잘했다며 기뻐했어요."

그는 뭐라 말해야 할지 몰라 귀까지 빨개졌다. 그는 상대가 자신을 살피고 있다는 것을 직감했다. 발끝부터 머리끝까지 관찰 대상이 되어 상대가 평가를 하고 있으리라 느껴졌다.

그는 왜 옷을 제대로 못 차려 입었는지 구실을 찾아 변명하려 했다. 하지만 아무런 말도 떠오르지 않았고, 더구나 그런 어려운 주제를 이끌어갈 엄두도 나지 않았다.

그는 그녀가 권한 팔걸이의자에 앉았다. 그는 탄력 있는 의자의 부드러운 벨벳이 몸 아래에서 자연스레 구겨지는 느낌을 받고, 푹신한 등받이와 팔걸이에 부드럽게 받쳐져 의자 깊숙이 파묻혀 안겼을 때, 비로소 자신이 새롭고 즐거운 생활에 들어섰다는 것을 실감하며, 매우 만족스런 물건을 손에 넣은 기분이었다. 또 자신이 사람으로서 어엿한 한 몫을 하게 되었고, 마침내 구원받은 것처럼 느껴졌다. 그는 꼼짝도 않고 자신을 지켜보고 있는 포레스티에 부인을 바라보았다.

그녀는 연푸른 캐시미어 드레스를 걸치고 있었는데, 부드러운 몸매와 풍만한 가슴을 잘 드러내주고 있었다.

드레스 윗부분과 짧은 소매에 달려 있는 거품이 이는 듯한 흰색 레이스 사이로 양팔과 목덜미의 맨살이 드러나 있었다. 그리고 올려 빗은 머리에 살짝 꼬부라진 몇 가닥이 목덜미로 늘어져서 마치 금빛 솜털 구름처럼 떠 있었다.

뒤르와는 그녀의 시선을 받으며 점차 마음이 진정되었다. 그 시선은 왠지 모르게 어젯밤 폴리베르제르에서 만난 여인의 눈길을 떠올리게 만들었다. 잿빛 눈에 가느다란 코, 도톰한 입술에 턱이 약간 오동통했는데, 전체적인 생김새가 균형이 잡혀 있다고 할 수는 없었다. 하지만 잿빛 눈은 파르스름한 색이 감돌며 뭔가 야릇한 느낌을 주었다. 하지만 매혹적이고 정숙하면서도 거역할 수 없는 기품이 느껴졌다. 얼굴선 하나하나가 독특한 아름다움을 드러내며, 나름의 의미를 지닌 듯했고, 표정을 지을 때는 뭔가를 말해주거나 혹은 감추는 듯한 그런 얼굴이었다.

잠시 침묵이 흐른 뒤 그녀는 물었다.

"파리에 오신 지는 오래되셨나요?"

그는 조금씩 침착함을 되찾으며 대답했다.

"몇 개월밖에 안 됐습니다, 부인. 지금은 철도회사에서 일하고 있습니다. 하지만 포레스티에 군이 신문사에서 일하도록 알선해주겠답니다."

그녀는 조금 전보다 호의어린 미소를 보였다. 그리고 목소리를 낮추고 중얼거렸다.

"알고 있어요."

초인종이 또 울렸다. 하인이 전갈을 했다.

"드 마렐 부인이 오셨습니다."

그녀는 흔히 브루넷*이라 불리는 몸집이 작은 갈색머리의 여인이었다.

그녀는 경쾌한 발걸음으로 들어왔다. 발끝부터 머리끝까지 지극히 간소하고 수수한 차림새였다.

다만 머리에 꽂은 새빨간 장미가 시선을 끌며 얼굴을 돋보이게 했고, 더불어 뚜렷한 개성과 타고난 쾌활함, 활달한 성격을 드러내주는 것 같았다. 그녀의 뒤를 따라 짧은 드레스를 입은 소녀가 들어왔다. 포레스티에 부인은 서둘러 마중을 나갔다.

"안녕하세요, 클로틸드!"

"안녕하세요, 마들렌."

그녀들은 가볍게 입맞춤을 했다. 그러자 소녀도 어른스럽게 차분한 태도로 이마를 내밀며 말했다.

"안녕하세요, 아주머니."

---

* 브루넷(brunette)이란 머리칼과 눈동자가 갈색인 백인 여성을 지칭하는 말이다.

포레스티에 부인은 그녀에게 가벼운 입맞춤을 하고 나서 그를 소개
했다.

"조르주 뒤르와 씨에요. 샤를의 다정한 친구 분이죠."

"이분은 마렐 부인. 제 친구이자 먼 친척이 되죠."

그녀는 다시 덧붙였다.

"아시죠? 우리는 체면이나 격식 따위는 신경 쓰지 않아요."

청년은 고개를 끄덕여 보였다.

그러는 동안 문이 다시 열리고 땅딸막한 신사가 들어섰다. 키가 작
고 둥글넓적한 사내로, 자기보다 훨씬 키가 크고 젊으며, 몸가짐과 말
씨가 고상하면서도 근엄한, 아름다운 여인에게 팔을 맡기고 있었다.
그가 바로 왈테르였다. 그는 하원의원이자 은행가로서, 금융과 사업을
하는 남부 프랑스 출신 유태인이며, 《라 비 프랑세즈》의 사장이었다.
함께 온 여자는 그의 부인인데, 그녀는 바질 라발로 집안에서 시집을
왔고 동일한 명칭의 은행을 소유한 은행가의 딸이었다.

그 뒤로 세련된 옷차림의 자크 리발과, 뒤이어 노르베르 드 바렌이
모습을 나타냈다. 바렌은 어깨까지 늘어뜨린 긴 머리에 스쳐서인지 예
복 깃이 번들거렸고, 어깨 위에는 하얀 비듬이 흩어져 있었다.

넥타이는 어색하게 매기는 했지만 처음 맨 것 같지는 않았다. 그는
멋진 노신사답게 우아한 몸짓으로 포레스티에 부인의 손을 잡고 손목
에 입을 맞추었다. 몸을 앞으로 굽히는 순간, 그녀의 긴 머릿결이 물결
처럼 흘러내려 그녀의 드러낸 팔로 흩어져 내렸다.

그때 포레스티에가 늦어진 이유를 변명하며 들어섰다. 그는 급진파
하원의원인 모렐 씨가 알제리 식민지 관련 예산 신청에 대해서 내각에
질의서를 제출했기 때문에 신문사에서 빠져나올 수가 없었다고 했다.

하인이 외쳤다. "마님, 준비 다 됐습니다."

그러자 모두들 식당으로 들어갔다.

뒤르와는 마렐 부인과 그 딸 사이에 앉았다. 그는 포크나 스푼, 잔을
다루다가 혹시 실수나 하지 않을까 하는 마음에 다시 불안해졌다. 유

리잔이 네 개 놓여 있었는데 그 중 하나는 연푸른 빛깔이었다. 이 잔으로 무엇을 마시는 걸까 궁금했다.

수프를 먹는 동안은 아무도 말이 없었다. 노르베르 드 바렌이 물었다. "저 '고티에 소송 사건'을 읽어보셨습니까? 참으로 요상하더군요."

그렇게 해서 사람들은 사기와 간통으로 뒤얽힌 사건에 대해 토론하기 시작했다. 그들의 말투는 흔히 집안사람들끼리 신문에 난 사건을 평하는 것과는 차원이 달랐다. 마치 의사들이 모여 병의 증세에 대해, 혹은 야채 상인들이 모여 야채에 대해 이야기하는 것 같았다. 사람들은 사건에 관해 분개하지도 놀라지도 않고 그저 직업적인 호기심을 나타냈으며, 범죄 자체에 대한 관심보다는 사건의 이면에 숨겨진 내막을 파고들었다. 다시 말해 행위의 근본적 원인이 무엇인지, 비극을 불러일으킨 심리 현상을, 즉 특수한 정신 상태에 대한 과학적인 결론을 도출하려 했다. 여자들도 마찬가지로 원인 규명이나 심리 파악에 열중했다. 그밖에도 최근에 일어난 사건들도 모두 검토되고 해석이 덧붙여졌다. 모든 측면이 검토되면서 개개 사건의 가치가 평가되었는데, 그 태도에는 한 줄에 얼마짜리로 단가를 매겨 인간사의 희극을 잘라 파는 뉴스 상인들의 실용적인 안목과 특별한 견식이 녹아 있었다. 마치 도매상에서 내다팔 물건을 조사하며 뒤집어보고 저울에 달아보고 하는 것과 마찬가지였다.

이후에는 결투로 화제가 옮아갔다. 자크 리발이 얘기를 시작했다. 결투는 그의 전문이었고, 다른 사람은 아무도 그 문제에 대해 나설 수가 없었다.

뒤르와는 끼어들 수가 없는 형편이라 이따금 옆에 앉은 부인을 쳐다보았다. 볼록한 젖가슴이 매혹적이었다. 금줄에 박은 다이아몬드가 귓불에서 늘어져 있는 모습은 마치 살결 위로 물방울이 흘러내린 것 같았다. 때때로 그녀는 자기 의견도 제시했는데 그때마다 사람들은 입가에 미소를 머금었다. 그녀는 좀 색다르고, 귀엽고 남이 생각지 못한 것을 끄집어내는 재치가 있었다. 그녀는 소녀 같으면서도 또한 세파를 겪은 노련한 사람처럼 만사를 태평스럽게 보면서 호의적이었지만, 약간은 비판적인 시각으로 판단을 내렸다.

뒤르와는 그녀에게 몇 마디 치사를 하려 했지만 그럴 듯한 말이 떠오르지 않았다. 그는 그저 딸에게 마실 것을 따라주고 접시를 건네거나 음식을 덜어주기도 했다. 어머니보다 무뚝뚝한 이 소녀는 정중한 톤으로 가볍게 머리를 숙였다. "감사합니다." 그러고는 제법 심각한 얼굴로 어른들의 얘기에 귀를 기울였다.

요리는 맛이 있어서 모두들 흡족해했다. 왈테르 씨는 아귀처럼 먹어댈 뿐 그다지 말을 하지 않았다. 그는 안경 아래로 곁눈질을 하면서 접시에 놓인 음식들을 살폈다. 노르베르 드 바렌도 그에 못지않았는데, 이따금 셔츠 앞가슴에 소스를 흘리기도 했다.

포레스티에는 싱글벙글 웃으면서도 매사에 진지한 표정으로 주의를 둘러보며, 아내와 의미심장한 눈짓을 해가며 만에 하나 불편한 일이 없도록 배려하는 모습이 역력했다.

모두들 얼굴이 붉어지고 목소리도 높아졌다. 이따금 하인이 손님의 귀에 속삭이며 좋아하는 술을 물었다. "코르통으로 하시렵니까, 샤토 라로즈로 하시렵니까?"

뒤르와는 코르통이 입맛에 맞아서 매번 코르통을 따르도록 했다. 술기운과 더불어 기분 좋게 마음이 들떠갔다. 뱃속으로부터 얼굴로 번져오는 화끈한 쾌감이 팔다리를 휘돌아 온몸으로 퍼져 나갔다. 그는 형용할 수 없는 만족감에, 생명과 육체와 영혼의 만족감에 휩싸였다.

그러자 이내 그도 한마디 하고 싶어졌고 주목을 받고 싶었고, 자기 말에 귀 기울이게 하고 싶었다. 하찮은 말 한마디라도 듣는 사람에게 음미하도록 만드는, 말재주가 뛰어난 사내들처럼 되고 싶었다.

하지만 화제는 끊임없이 이어졌다. 사람들의 생각이 꼬리에 꼬리를 물며, 한마디 단어나 대수롭지도 않은 것이 동기가 되어 이러저러한 화제로 비약하고 잡다한 문제를 다루며 지나갔고, 당면한 여러 사건을 한 바퀴 돌고 난 후에야 다시금 알제리의 식민지에 관한 모렐 씨의 대

정부 질의에 관한 문제로 돌아왔다.

요리 접시가 바뀌는 동안 냉소적이고 회의적인 왈테르 씨도 서너 마디 농담을 했다. 포레스티에는 다음날 작성할 자기 기사에 대해 이야기했다. 자크 리발은 군정(軍政)을 펼쳐야 한다고 주장하면서, 30년 이상 식민지에서 근무한 모든 장교들에게 토지를 양도해야 한다고 역설했다.

"이 방법을 택한다면 역동적인 사회를 만들 수 있을 겁니다. 그 장교들은 그 지역 실정을 잘 알고, 그 지방을 좋아하고 그리워하며, 또한 언어에도 능통하지요. 더구나 새로 이주하는 사람들이 피치 못하게 봉착하는 여러 중차대한 문제에도 해박하니까요."

노르베르 드 바렌이 그의 말을 가로막았다.

"그렇죠…… 그들은 무엇이든 꿰뚫고 있겠죠. 하지만 농업에는 어둡죠. 아랍어는 잘할 테지만, 사탕무를 옮겨 심는 법은 모르죠. 밀을 경작하는 방법은 모를 겁니다. 검술은 능하겠지만 비료에 대해서는 전혀 모를 겁니다. 그러니 그 신천지를 누구에게든 널리 개방해야 합니다. 똑똑한 사람들은 살아남을 것이고 그렇지 못한 사람들은 실패하겠죠. 그것이 사회의 법칙이죠."

뒤이어 가벼운 침묵이 이어졌다. 모두들 미소를 머금고 있었다.

그런 와중에 조르주 뒤르와가 입을 열었다. 그는 말을 하는 동안 여태껏 자기 목소리를 들어본 적이 없는 듯한 묘한 느낌을 받았다.

"무엇보다 저쪽에서 부족한 것은 쓸 만한 토지입니다. 정말로 비옥한 토지는 프랑스만큼이나 값이 비싼데, 파리의 부자들이 투자하는 요량으로 사들이고 있습니다. 그런데 진짜 이민자들, 다시 말해 먹고살 게 없어 고국을 떠나온 가난한 사람들은 사막으로 쫓겨나는 실정입니다. 물이 없어 아무것도 자라지 않는 사막으로 말입니다."

모두가 일제히 그를 바라보았다. 그는 얼굴이 붉어지는 것을 느꼈다. 왈테르 씨가 물었다.

"알제리에 대해 잘 아시는 모양이죠?"

"네. 그곳에 28개월 동안 있으면서 지방 세 곳에 체류한 적이 있습니다."

그러자 노르베르 드 바렌은 모렐 문제는 젖혀두고 어느 장교에게서 들은 그 지방 풍습에 관해 꼬치꼬치 캐물었다. 문제는 므잡*에 관한 것이었다. 그것은 사하라사막 한복판에 수립된 소규모 공화국으로 그 타는 듯한 사막 지방에서도 가장 건조한 지대에 위치하고 있었다.

뒤르와는 므잡을 두 번 가본 적이 있어 그 기묘한 지방의 풍습에 대해 이야기했다. 그곳에서는 물 한 방울이 황금이나 마찬가지고, 주민 모두가 공익사업에 참여할 의무가 있으며, 상거래 도덕은 문명국 사람들보다도 훨씬 발달되어 있다고 했다.

그는 술기운이 돈 터라 자리를 더 흥겹게 만들고 싶은 욕심에 약간 허풍을 섞어 이야기했다. 그러면서 군대에서의 일화며, 아랍인의 생활, 전쟁의 모험 등을 이야기했다. 때로는 작렬하는 태양에 끊임없이 타들어가는 황무지의 헐벗은 땅을 묘사하기 위해 다채로운 수사를 능수능란하게 덧붙이며 설명했다.

부인들의 시선이 모두 그쪽으로 쏠렸다. 왈테르 부인은 나지막한 목소리로 말했다. "그런 회고담을 당신이 쓰신다면 기막힌 읽을거리가 되겠네요."

그러자 왈테르 씨는 평소 남의 얼굴을 자세히 볼 때 하던 버릇처럼 안경 위쪽 너머로 청년을 보았다. 그러고는 다시 아래쪽 요리 접시에 신경을 썼다.

포레스티에는 그 기회를 놓치지 않았다.

"사장님, 방금 전에도 말씀드린 것처럼 정치 기사를 취재하는 데 조르주 뒤르와 군이 제 밑에서 일하도록 해주셨으면 합니다. 마랑보가 사직한 후로는 긴급을 요하거나 은밀한 정보를 얻으러 보낼 만한 사람이 없어 매우 난처한 입장입니다."

---

* 므잡(Mzab)은 북부 사하라사막의 고원지대로, 알제리의 수도 알제에서 500km 남쪽에 위치한다.

왈테르 사장은 정색을 하고 뒤르와를 정면에서 좀 더 보기 위해 안경을 완전히 위쪽으로 들어올렸다. 그러고 나서 말했다.

"확실히 뒤르와 군은 독창적인 사고방식을 갖고 있소. 만약 나와 얘기하고 싶다면 내일 3시에 오시오. 그때 상의합시다."

잠시 말이 없던 그는 완전히 청년 쪽으로 돌아앉으며 말을 이었다.

"그런데 알제리에 관해서 뭔가 읽을거리 중심으로 기사 몇 개를 써주시오. 그곳 회고담 말이오. 거기에 아까처럼 식민지 문제를 섞어주시오. 그게 시사적(時事的)인 내용이죠. 문자 그대로 완벽한 시사입니다. 분명 독자들이 좋아할 거요. 하지만 서둘러야 돼요! 독자를 끌어들이기 위해서는 의회에서 그 문제가 벌어지는 동안 첫 기사를 내야 하니까. 내일이나 모레, 아시겠소?"

왈테르 부인은 진지하고 정숙한 어조로, 그 부인은 무슨 말을 할 때건 그런 말투로 자기 말에 진중함을 곁들였다.

"표제는 「아프리카 연대* 병사의 회상」이 어떻겠어요? 멋진 제목이죠? 그렇죠, 노르베르?"

뒤늦게 명성을 얻은 노(老)시인은 신인 작가들을 미워하며 두려워하던 터라 무뚝뚝하게 대답했다.

"네, 훌륭합니다. 하지만 글을 잘 다듬는 게 중요하지요. 그건 매우 어려운 일입니다. 글을 제대로 다듬는다는 건 음악에서는 음색을 조율한다고 표현하지요."

포레스티에 부인은 뒤르와의 말에 공감을 한다는 듯 미소 머금은 눈길을 보냈다. 그것은 사람 보는 안목을 갖춘 전문가로서 "당신은 반드시 출세할 거예요"라고 말하는 것 같았다. 마렐 부인도 몇 번이나 옆쪽을 돌아보았고 그때마다 귀걸이의 다이아몬드가 쉴 새 없이 흔들려 마치 맑고 고운 물방울이 당장에라도 굴러 떨어질 것 같았.

---

* 아프리카 연대(régiment de chasseurs d'Afrique; RCA)는 프랑스가 아프리카 및 해외 식민지 정복을 위해 편성한 부대로 주로 알제리, 모로코, 튀니지 등에 주둔했다. 이 작품을 쓸 당시에는 4연대까지 창설되어 아프리카에 파견 중이었고, 식민지 지배가 끝난 1960년대 초반에 대부분 해체되었다.

　소녀는 고개를 수그린 채 접시에 시선을 고정시키고 꼼짝도 하지 않고 앉아 있었다.

　그동안 하인은 탁자 주위를 돌아다니며 푸른 술잔에 요하니스베르그*를 따랐다. 포레스티에는 왈테르 씨에게 가볍게 머리를 숙여 보이고 잔을 높이 들며 건배를 제창했다. "《라 비 프랑세즈》의 무궁한 발전을 위하여!"

　모두들 사장을 향해 고개를 숙였다. 사장은 미소로 화답했고 뒤르와는 승리감에 도취되어 단숨에 들이켰다. 지금의 기분이라면 한 통이라도 들이킬 것 같았고, 앉은 자리에서 소 한 마리를 뜯어먹고, 사자를 목 졸라 때려죽이고도 남을 기세였다. 팔다리에는 초인적인 힘이 솟구쳤고, 확고한 결의와 무한한 희망에 가슴이 벅찼다. 그는 비로소 이 사회적 명사들 앞에서 자기 집에서처럼 편안함을 느꼈다. 그는 마침내 설 곳을 찾고 설 자리를 얻은 것이다. 그는 자신감이 배가되어 사람들의 얼굴을 둘러보았다. 또한 옆에 앉은 부인에게 말을 건넬 용기도 생겼다.

　"부인, 부인께선 이제껏 제가 마주한 적이 없는 훌륭한 귀걸이를 하고 계시군요."

　그녀는 미소를 띠며 그를 돌아보았다.

　"이렇게 가는 실 끝에 말끔하게 다이아몬드를 늘어뜨리는 것은 제가 생각해낸 거예요. 이슬방울 같지 않나요?"

　그는 자신의 당돌함에 당황하며 실없는 말을 한다고 할까봐 위축되어 중얼거렸다.

　"정말 아름답습니다…… 게다가 귀까지 아름다우시니 한층 돋보이십니다."

　그녀는 눈길로 고맙다는 인사를 했다. 심장까지 스며드는 맑은 눈길이었다.

---

* 슐로스 요하니스베르그(Schloss Johannisberg) 양조장에서 생산되는 독일의 유명 와인이다. 라인 강변 양조장 주변으로는 광대한 포도원이 있다.

그리고 고개를 돌렸을 때, 또다시 포레스티에 부인과 눈이 마주쳤다. 그 눈길은 여전히 호의에 차 있으면서도 이전과는 다른 상큼한 쾌활함과 심술궂은 장난기와 격려의 마음이 담겨 있었다.

남자들은 몸동작을 크게 하고 큰 소리를 지르는 등 모두들 떠들어댔다. 그들은 파리 지하철의 대형 프로젝트에 대해 토론했다. 각자가 파리 교통기관이 얼마나 굼뜬지, 노면전차가 얼마나 불편한지, 합승마차가 얼마나 짜증이 나는지, 그리고 역마차 마부들이 얼마나 야비한지 등 이야깃거리가 무궁무진했다. 이야기는 디저트가 끝날 때에도 마무리되지 않았다.

그리고 나서 모두들 커피를 마시러 식당을 나섰다. 뒤르와는 장난스레 소녀에게 팔을 내밀었다. 소녀는 의젓한 태도로 감사를 표하더니 옆자리에 앉은 남자의 팔에 손을 걸기 위해 뒤꿈치를 들어 키를 높였다.

거실로 들어가자 그는 다시금 온실에 들어가는 듯한 기분이 들었다. 네 모퉁이에는 커다란 종려나무가 한 그루씩 우아한 잎을 천정까지 뻗어 올리며 분수처럼 퍼져 있었다.

벽난로 양쪽에는 검푸른 빛의 긴 잎을 층층이 드리운 고무나무가 둥근 기둥처럼 버티고 있었고, 피아노 위에는 이름 모를 두 그루의 관목이 동그랗게 다듬어져서 있었는데, 한쪽은 새빨간 꽃이, 한쪽은 새하얀 꽃이 흐드러지게 피어 있었다. 화초라기에는 너무나 아름다워, 마치 조화처럼 보였다.

공기는 상쾌했고 형용할 수 없는 부드러운 기운이 은은히 감돌았다.

완전히 침착성을 되찾은 청년은 주의 깊게 방안을 둘러보았다. 방은 그다지 넓지 않았고, 자그마한 관목 이외에는 볼 만한 것은 없었다. 눈길을 사로잡을 선명한 색채도 없었다. 하지만 앉아 있으면 마음이 편안하고, 기분이 가라앉고, 포근했다. 그 방은 마치 애무를 받을 때 느끼는 부드러운 감촉이 넘실거리는 듯했다.

벽은 빛바랜 듯한 바이올렛 색깔의 고풍스런 천으로 둘러져 있었고,

그 바탕에는 노란 실크로 된 파리만한 크기의 작은 꽃들이 점점이 박혀 있었다.

문에는 신병이 입는 제복 같은 검푸른 천에다 붉은 실크로 카네이션 서너 개를 수놓은 휘장이 드리워 있었다. 기다란 의자, 뒤섞여 있는 크고 작은 팔걸이의자, 등받이가 없는 의자 등 각양각색의 의자가 무질서하게 여기저기 놓여 있었다. 하지만 모두가 루이 16세 시대의 실크와 크림색 바탕에 석류 무늬가 수놓인 위트레흐트 벨벳*에 감싸여 있었다.

"커피 드시겠어요, 뒤르와 씨?"

포레스티에 부인은 항상 입가에서 사라지지 않는 친밀한 미소로 머금고 잔 내밀었다.

"네, 감사합니다."

그가 커피를 받아들고 어린 하녀가 받쳐 들고 있던 설탕 그릇에서 집게로 설탕을 집으려고 어색한 동작으로 몸을 굽혔을 때, 젊은 여자는 낮은 목소리로 그에게 말했다.

"왈테르 부인 기분을 잘 맞춰드리세요."

그러고는 미처 대답할 겨를도 없이 저편으로 가버렸다.

그는 양탄자 위로 커피를 엎지를까 두려워 단번에 마셔버렸다. 그러고 나니 마음이 좀 가벼워져서 자기의 새 주인이 된 부인에게 다가가서 말을 건넬 방법을 궁리했다.

문득 그녀가 빈 찻잔을 들고 있는 것이 눈에 띄었다. 탁자가 멀리 떨어져 있어 그녀는 찻잔을 어디에 놓을지 주저하고 있었다. 그는 그쪽으로 다가갔다.

"실례지만, 부인."

"고마워요."

그는 찻잔을 탁자 위에 내려놓고 다시 왈테르 부인에게 돌아와서 말

---

* 위트레흐트 벨벳(Utrecht velvet)은 네덜란드산 벨벳으로 의자의 천을 감싸는 데 주로 사용한다.

을 이었다.

"정말로 부인, 저쪽 사막에 있을 때 《라 비 프랑세즈》 덕분에 지루하지 않게 보냈죠. 프랑스를 떠나보면 실제로 읽을 만한 신문은 그것뿐입니다. 왜냐하면 그 어떤 신문보다 문학적이고 기지가 번득이며, 또한 단조롭지도 않으니까요. 시쳇말로 모든 게 망라되어 있다는 표현이 딱 들어맞지요."

그녀는 무심한 듯하면서도 상냥한 미소를 띠며 근엄하게 대답했다.

"그이는 새로운 요구에 부응하는 신문을 만들기 위해 무척 애를 쓰시죠."

그들은 두서없는 세상 얘기를 했다. 그는 평범한 이야기를 지루하지 않게 이끌어갈 수완이 있었고, 음성은 부드러웠고, 눈에는 애교가 넘치고, 콧수염은 매력에 차 있었다. 입술 위에서 가지런히 다듬어져 끝이 살짝 꼬부라져 올라간 콧수염은 갈색이 섞인 금발이었고, 양쪽으로 비틀려 올라간 끝 부분에서는 약간 색이 옅어졌다.

그들은 파리에 대해, 근교에 대해, 센 강변에 대해, 해수욕장에 대해, 여름날의 즐거움에 대해 지루하거나 무료하지 않게 잡담할 수 있는 흔해 빠진 화젯거리를 나누었다.

노르베르 드 바렌 씨가 손에 술잔을 들고 부인에게 다가와서 뒤르와는 자리를 양보하고 물러났다.

포레스티에 부인과 이야기하던 마렐 부인이 그를 불렀다. 그녀는 불쑥 물었다.

"이봐요, 당신. 신문사 일을 해보실 작정인가요?"

그러자 그는 막연하기는 했지만 자신의 포부를 얘기했다. 그러고는 방금 왈테르 부인과 나누었던 이야기를 다시 하기 시작했다. 이번에는 화제를 명확히 파악한 터라 훨씬 능수능란하게 이야기했고, 방금 전해 들은 이야기를 자기 얘기처럼 늘어놓았다. 그러면서 자기 말에 깊은 의미가 담겨 있음을 확인시켜주려는 듯 줄곧 상대의 눈을 쳐다보았다.

부인도 여러 일화를 꺼냈다. 그녀는 재치 있는 자신을 잘 알고 있는 듯, 언제나 분위기를 유쾌하게 끌어가려는 여인들이 그렇듯이, 여성다운 빈틈없는 기지로 명랑하게 이야기를 이끌었다. 그렇게 친해지면서 그녀는 그의 팔에 손을 얹고, 대수롭지도 않은 일에도 짐짓 목소리를 낮추어 무슨 비밀 이야기라도 하는 듯했다. 자신에게 관심이 많은 이 젊은 여자와의 가벼운 접촉에 그는 하늘을 나는 듯이 기뻤다. 만약 불시에 무슨 일이라도 닥친다면 당장 그녀를 위해 자신의 몸을 던져 보호하며 자신의 참다운 가치를 보여주고 싶었다. 그녀에 대한 응답이 종종 늦어지는 이유도 그의 마음속에 이런 생각이 꿈틀거리고 있었기 때문이었다.

그러다가 갑자기 마렐 부인은 별다른 이유도 없이 "로린!" 하고 딸을 불렀다. 소녀가 다가왔다.

"여기 앉아 있어. 창문 옆에 있으면 감기 드니까."

뒤르와는 돌연 그 소녀를 껴안고 입을 맞추고 싶다는 얼토당토않은 생각에 사로잡혔다. 마치 그 입맞춤의 일부가 그의 어머니에게 전해지기를 바라는 듯이.

그는 자상한 아버지다운 어조로 물었다.

"아가씨에게 입맞춤을 해도 되겠습니까?"

소녀는 깜짝 놀란 모습으로 그를 쳐다보았다. 마렐 부인이 웃으며 말했다.

"이렇게 대답하렴. '오늘은 괜찮아요. 하지만 언제나 그렇게는 안 돼요'라고 말이야."

뒤르와는 곧바로 의자에 앉아서 로린을 무릎 위로 안아 올리고, 아이의 물결치는 아름다운 머리칼에 입술을 댔다.

엄마는 놀라며 말했다.

"어머, 도망치지도 않는구나. 이상도 하지. 얘는 항상 여자한테만 입맞춤을 허락하거든요. 당신에게는 거부할 수 없는 힘이 있는가 봐요, 뒤르와 씨."

그는 얼굴을 붉히며 대답 없이 무릎 위의 아이를 요람에서 어르듯이 가볍게 흔들었다.

포레스티에 부인이 다가와서 놀라운 듯이 소리쳤다.

"어머, 애가 전혀 낯을 안 가리네. 정말 기적인데!"

자크 리발도 시거를 입에 물고 가까이 다가왔다. 뒤르와는 자리에서 일어났다. 그는 지금까지 애써서 해온 일을, 이제 막 시작한 정복 사업을 혹시나 실언이라도 해서 망쳐버릴까 두려워 그만 집으로 돌아가기로 마음먹었다.

그는 작별 인사를 하면서 여자들이 내민 조그마한 손을 가볍게 잡았고, 남자들의 손은 꽉 움켜잡고 힘차게 흔들었다. 자크 리발의 손은 말랐지만 따뜻했는데, 그의 악수에 다정하게 화답했다. 노르베르 드 바렌의 손은 촉촉하고 차가웠는데, 손가락 사이를 미끄러지듯 빠져나갔다. 또 왈테르 사장의 손은 차갑고 부드러웠지만 아무런 힘도 느낌도 없었다. 포레스티에의 손은 기름지고 미지근했다. 친구는 그에게 작은 목소리로 말했다.

"내일 3시야, 잊지 마."

"음, 걱정하지 마."

계단으로 나서자 내달려 굴러가고 싶은 마음이었다. 그는 하늘을 날 듯이 기뻤다. 그는 계단을 두 칸씩 건너뛰며 한달음에 내려가다가 갑자기 3층 커다란 거울 속으로 성큼성큼 자기 쪽으로 황급히 달려오는 신사와 마주쳤다. 그는 무언가 나쁜 짓을 하다가 들킨 것처럼 부끄러움에 걸음을 멈추었다.

그러고는 자신이 그토록 잘생긴 남자인지 몰랐다는 듯이 한동안 자기 모습을 넋 놓고 바라보았다. 이윽고 거울 속의 인물에게 상냥하게 미소를 띠우며, 마치 저명인사에게 작별을 고하듯이 위엄 있는 태도로 공손하게 고개를 숙였다.

3

조르주 뒤르와는 거리로 나서자 어디로 갈까 망설였다.

장밋빛 미래를 꿈꾸며 상쾌한 밤공기를 흠뻑 들이마시면서 달리고 싶기도 하고, 공상에 잠기고 싶기도 하고, 발 닿는 대로 걷고 싶었다. 하지만 왈테르 사장에게 부탁받은 연재물이 마음에 걸려 발길을 돌려 일에 착수하기로 마음먹었다.

마음을 정리하고 성큼성큼 되돌아서서 외곽의 대로로 나와서 자기가 사는 부르소 거리까지 걸었다. 그의 집은 7층 건물로, 노동자며 장사치 등의 변변치 않은 살림집이 스무 개나 모여 있었다. 그는 종잇조각과 담배꽁초, 음식쓰레기 등이 너절하게 널려 있는 지저분한 계단을 밀랍 성냥을 켜서 비춰가며 올라가다가, 이유 없이 가슴이 메슥거리는 불쾌감을 느끼며 하루라도 빨리 이곳에서 벗어나 호사스런 카펫이 깔린 깨끗한 집에서 부자처럼 살고 싶은 초조감에 사로잡혔다. 음식물 냄새, 화장실 냄새, 그리고 사람들 냄새가 뒤섞인 가슴 답답한 악취가 진동을 했고, 아무리 통풍을 시켜도 건물에 들러붙어 내쫓을 수도 없는 땟국물과 낡은 벽에 찌들어 있는 냄새가 건물 위층부터 아래층까지 가득 차 있었다.

6층에 있는 그의 방에서 내려다보면 서부철도에서 파놓은 심연처럼 짙고 어두운 웅덩이는 마치 야수가 아가리를 벌리고 있는 듯했다. 그의 집은 바티뇰* 역 부근의 터널 출구 바로 위에 있었다. 뒤르와는 창

---

* 바티뇰(Batignolles)은 파리 서북부 17구역에 있으며 센 강 북측에 있는 예술가의 거리다.

문을 열고 녹슨 철제 난간에 기댔다.

발밑 어두운 철로용 터널 앞에 있는 세 개의 빨간 신호등은 꼼짝도 하지 않았다. 그것은 마치 야수의 커다란 눈동자 같았다. 새빨간 신호등은 조금 멀리에, 좀 더 멀리에, 훨씬 더 저편으로 이어지고 있었다. 기적 소리는 피리 소리처럼 길게 혹은 짧게 밤하늘의 어둠을 뚫고 울렸다. 어떤 것은 아주 가깝게, 어떤 것은 아득히 먼 아스니에르* 쪽에서 들릴락 말락 아득하게 전해졌다. 그것은 마치 서로가 화답하는 사람들의 목소리 같았다. 그 중 하나가 점점 가까워지면서 슬픈 듯한 비명을 내지르더니 곧이어 커다란 노란 불빛이 찢어지는 굉음과 함께 나타났다. 뒤르와는 묵주 알처럼 길게 이어진 객차가 터널 속으로 빨려드는 것을 지켜보았다.

그는 스스로를 다독이며 중얼거렸다. "자아, 일을 시작하자!" 그는 등잔을 탁자 위에 올려놓았다. 막상 글을 쓰기 시작하려는 순간 그는 자기에게 편지지밖에 없다는 사실을 깨달았다.

"하는 수 없지, 종이를 똑바로 펴서 써야지." 그는 펜을 잉크병에 담갔다가 첫머리를 가급적 아름다운 필체로 썼다.

「아프리카 연대 병사의 회상」

그러고 나서 첫 구절을 궁리했다.

손으로 이마를 괴고, 앞에 펼쳐놓은 하얗고 네모난 종이를 물끄러미 지켜보았다. 무슨 이야기를 할까? 하지만 아까 했던 얘기 중에 일화든 사실이든 그 어떤 것도 생각나지 않았다. 그는 '출발할 때부터 시작해야지' 하고 생각하며 써내려가기 시작했다.

1874년 5월 15일, 고난의 사건**으로 지칠 대로 지친 프랑스가 휴식을 취

하고 있을 때…….

그러나 배에 올라타던 정경, 항해할 때의 경험, 맨 처음 느꼈던 감동, 그리고 그 뒤에 일어난 여러 가지 사건들을 어떻게 엮어나가야 좋을지 몰라 몇 자 끄적거리던 펜을 멈추고 말았다.

10여 분 가량 생각한 끝에, 그는 앞쪽 서두 부분은 내일 쓰기로 하고 곧바로 알제*를 묘사하는 글로 들어가려고 했다. 하지만 '알제는 백색의 도시다…….'라고 썼을 뿐 더 이상 이어갈 수가 없었다. 그의 머릿속에는 산꼭대기에서 바다 쪽으로 마치 폭포처럼 떨어져 내리는 듯 낮은 지붕을 한 새하얀 집들이 줄지어 있는 아름다운 도시가 눈에 선했으나, 보고 느낀 것을 글로 표현하려니 도무지 한 글자도 나오지 않았다.

고심한 끝에 '주민의 일부는 아랍인이다…….' 하고 덧붙였으나 끝내는 펜을 탁자 위에 내던지고 일어나버렸다.

몸을 뉘인 자리가 움푹 패여 있는 조그마한 철제 침대에는 평소에 입던 옷들이 내팽개쳐져 있었다. 낡고 꾸깃꾸깃한 그의 겉껍데기는 마치 변사자 시체안치실에 나뒹구는 헌 옷처럼 불쾌하기 짝이 없었다. 그리고 앉는 부분이 짚으로 된 의자 위에는 단 하나뿐인 실크해트가 동냥이라도 기다리는 듯 입을 벌리고 있었다.

푸른 꽃무늬가 있는 회색 벽지에는 꽃무늬 숫자만큼이나 많은 얼룩이 묻어 있었다. 오래된 얼룩이라 언제 생겼는지, 뭐가 묻었는지 도저히 알 길이 없었다. 아마도 벌레가 눌려 터진 자국, 기름방울이 튄 자국, 손가락에 묻은 포마드를 닦은 자국, 혹은 빨래를 하다가 양동이에서 거품이 튄 자국 등일 것이다. 그것은 가구가 딸린 셋방에서 살아가는 비참한 파리의 삶, 남부끄럽고 궁색한 삶의 현주소였다. 생각이 여기에 미치자 그는 화가 치밀었다. 그는 스스로 다짐했다. '에잇! 당장

___

이다. 프랑스군은 참패를 했고, 나폴레옹 3세도 포로가 되었다. 파리 시민들은 파리 코뮌을 세우고 저항했으나 4개월 만에 항복했다. 독일은 1871년 1월 18일 베르사유 궁전의 거울방에서 독일 제국 수립을 선포한다. 프랑스 국민들로서는 아주 굴욕적인 일이었다.

* 알제(Alger)는 알제리의 수도다.

에 여기서 나가야겠다! 이 구차한 생활하고도 내일 당장 인연을 끊어야지.'

그러다가 다시 일에 대한 열의가 솟구쳐 탁자 앞에 앉았다. 그는 알제의 기기묘묘하고 아름다운 모습을 선명하게 그려낼 문구를 찾기 시작했다. 유랑하는 아랍인과 세상에 알려지지 않은 흑인들이 사는 아프리카. 여전히 미지의 세계로 남아 있는 매혹에 찬 아프리카. 거대한 암탉처럼 생긴 타조, 신성한 염소 같은 가젤, 놀라우면서도 괴이한 기린, 무덤을 짊어진 듯한 낙타, 괴물 같은 하마, 생기다 만 것 같은 코뿔소, 사납기 짝이 없는 인간의 형제 고릴라 등 가끔 공원에서 구경거리로 등장하는, 마치 동화책을 위해 만들어진 듯한 이상야릇한 동물들이 살고 있는 저 깊고 신비로운 아프리카. 알제는 바로 그 관문이라 할 수 있는 도시다.

그의 머릿속에는 걷잡을 수 없는 온갖 상념이 솟구쳤다. 그것은 어쩌면 이미 사람들에게 말한 것인지도 모른다. 하지만 그것을 정작 글로 쓰자니 어디부터 시작해야 할지 난감했다. 그는 자신의 무기력함에 화가 치밀어 벌떡 일어섰다. 손에는 땀이 흥건했고 관자놀이가 지끈지끈 쑤셨다.

그때 문득 그날 밤 관리인이 놓고 간 세탁소 계산서가 눈에 띄자 더욱 심한 절망감에 빠졌다. 삽시간에 기쁨으로 가슴 벅찬 자신감과 미래에 대한 희망이 사라졌다. 이제는 끝장이다, 만사가 끝장났다, 나는 아무것도 할 수 없고, 아무것도 될 수 없다. 그는 공허했다. 자신이 무능하고 쓸모없고 유죄판결을 받은 인간처럼 생각되었다.

그런 심경으로 다시 창문으로 나가 철제 난간에 기대려고 할 때, 기차가 요란한 굉음을 울리며 터널에서 나왔다. 기차는 들판을 지나 산을 넘어 머나 먼 바다를 향해 달릴 것이다. 그러자 부모님의 생각이 갑자기 떠올랐다.

저 열차는 이곳에서 20~30km밖에 떨어지지 않은 우리 부모님 곁을 지나칠 것이다. 그는 고향 마을에 있는 집을 떠올렸다. 캉트뢰의 마을 어귀, 루앙*과 센 강의 넓은 계곡이 내려다보이는 언덕 위의 조그마한 집이었다.

　부모는 그곳에서 조그만 선술집을 하고 있었다. 일요일이면 변두리의 가난한 사람들이 식사를 하러 오는 술집으로 상호는 '아 라 벨뷔'**였다. 그들은 아들을 훌륭한 신사로 키우기 위해 고등학교까지 보냈다. 하지만 졸업하고 대학입학 자격시험에 두 번이나 떨어지자 차라리 장교가 되어 대령이 되고 장군이 되겠다는 야심을 가지고 군에 입대했다. 하지만 5년의 임기도 다 못 채우고 군 생활에 염증을 느끼면서 파리로 나가 성공을 하겠다는 몽상에 빠졌다.

　제대를 하고 나서 그는 한사코 말리는 부모님을 뿌리치고 파리로 나왔다. 애당초 부모님의 꿈은 깨졌지만 그들은 그래도 아들을 곁에 붙들어두고 싶어 했다. 하지만 이번에는 아들이 미련을 버리지 못했다. 그는 무슨 일을 하겠다고 구체적으로 결심을 한 것은 없지만, 일단 무엇이든 결정하게 되면 반드시 성취해낼 수 있겠다는 막연한 자신감은 있었다.

　군복무 중 연대에 있을 때, 주둔지에서 그는 자기 지위를 이용해 쓸만한 여자들을 마음대로 농락하기도 했고, 또한 상류 사회에 약간의 염문을 뿌리기도 했다. 실제로 그가 꼬드긴 어느 세무 관리의 딸은 모든 것을 포기하고 그를 따라가겠다고 했고, 어느 변호사의 아내는 그에게 버림받은 것을 비관해 투신자살까지 기도했다.

　군대 동료들은 그에 대해 이렇게 평했다. "녀석은 교활한 놈이야. 아주 영리해. 무슨 일이건 미꾸라지처럼 빠져나갈 모사꾼이야." 그래서 그 스스로도 교활하고 영리한 모사꾼이나 책략가가 되겠다고 작심했다.

　그의 천성인 노르망디 기질은, 반복되는 병영의 일상 속에서 퇴색되

---

* 루앙(Rouen)은 프랑스 북부 오트노르망디 레지옹의 중심지이자 센마리팀 주의 주청 소재지다. 파리 북서쪽으로 약 100km 떨어진 센 강 하구에 위치한다. 수많은 성당들이 있는 성당의 도시로 유명하며 잔다르크가 화형에 처해진 곳으로 알려져 있다.
** 아 라 벨뷔(A la Belle-Vue)는 '전망 좋은 집'이란 뜻이다.

어갔고, 아프리카에서의 약탈이나 부당한 이득, 야바위 짓 따위에 익숙해지며 느슨해졌다. 또한 군대에서 통용되는 공명심과 무공담, 애국심, 그리고 하사관들 사이에 떠도는 허황된 풍문, 직업에서 오는 허영심 등이 그의 이런 생각을 부채질했다. 때문의 그의 가슴속에는 바닥이 세 겹으로 된 상자처럼 온갖 잡동사니가 다 들어차 있었다.

하지만 그 중에서도 출세하고 싶다는 욕망이 가장 강했다.

그는 자신도 모르게 매일 밤 습관처럼 공상을 좇기 시작했다. 그는 굉장한 연애 사건을 상상했다. 예를 들어 은행가나 대귀족의 딸을 거리에서 우연히 마주쳐서 첫눈에 반하게 만들고 정복해서 결혼에 골인한다는 생각이다. 이런 일만이 자신의 모든 희망을 현실로 만들어줄 수 있을 것이라 확신했다.

때마침 달랑 기관차만 달린 기차가 외마디 기적을 울리며 터널을 빠져나왔다. 그것은 마치 굴에서 튀어나온 한 마리 토끼 같았다. 증기를 한가득 내뿜으며 철로를 달려온 기차는 차량기지로 쉬러 가려는 듯 선로 위를 전속력으로 미끄러져 갔다. 그 소리에 뒤르와는 몽상에서 깨어났다.

하지만 그는 또다시 고질병처럼 따라붙는, 막연하고 즐거운 몽상에 사로잡혀 무작정 밤하늘 어둠 속으로 키스를 날려 보냈다. 그것은 애틋하게 기다리는 여인을 향한 연모의 키스요, 갈망하는 부귀를 향한 욕망의 키스였다. 그는 창문을 닫고 중얼거리며 옷을 벗기 시작했다.

"그래, 괜찮아. 내일 아침이면 좋아지겠지. 오늘 밤엔 도무지 마음이 가라앉지 않아. 너무 많이 마신 거야. 아무렴! 이런 상태로는 일이 제대로 될 수 없지."

그는 잠자리에 들어가 불을 끄고 잠을 청했다.

사람들이 무슨 커다란 희망이나 근심거리가 있으면 으레 그렇듯이 다음날 그도 일찍 눈이 떠졌다. 그는 곧바로 침대에서 뛰어내려 자주 입에 달고 사는 표현의 하나인, 신선한 공기를 한잔 들이키기 위해 창문을 열러 갔다.

산을 깎아 만든, 철길 너머 정면으로 보이는 넓은 롬 거리의 집들은
찬연한 아침 햇살을 받아 마치 하얀 빛으로 칠해진 듯 반짝거렸다. 저
멀리 오른편으로는 하늘거리는 투명한 베일을 지평선으로 던져놓은
듯한 푸르스름한 안개 속으로 아르장퇴유 언덕이며 사누아의 고지며
오흐그몽*의 풍차가 드러났다.

뒤르와는 먼 전원 풍경을 바라보며 중얼거렸다. "이런 날에는 저런
곳이 좋은데." 하지만 일을 해야겠다고 작심하고 관리인의 아들에게
심부름 값으로 10수를 주면서 오늘은 아파서 출근을 못 한다고 사무실
에 전갈해달라고 했다.

그는 탁자 앞에 앉아 펜을 잉크병에 담그고 이마를 짚으며 생각을
가다듬었다. 하지만 마음 같지 않았다. 아무 생각도 떠오르지 않았다.

그는 낙담하지 않았다. "괜찮아. 아직 익숙하지 않아서 그런 거야.
이것도 다른 일처럼 배워야 되는 거야. 처음엔 다 도움을 필요로 해.
포레스티에를 만나러 가자. 그 친구는 단 10분이면 틀을 잡아줄 거야."

그는 옷을 갈아입었다. 거리로 나서자 뻔히 늦잠을 자고 있을 친구
에게 찾아가기에는 이른 시간이라는 생각이 들어 외곽 대로의 가로수
길을 천천히 거닐었다.

아직 9시도 되지 않았다. 그는 물을 뿌려 촉촉해진 상쾌한 몽소 공
원으로 들어섰다.

그는 벤치에 앉아 다시 공상에 잠겼다. 그때 우아한 차림의 청년이
그의 앞을 왔다 갔다 했다. 아마 여자를 기다리는 것 같았다.

이내 베일을 쓴 여인이 종종걸음으로 나타나 남자와 가볍게 악수를
건네더니 팔짱을 끼고 떠나갔다.

사랑을 향한 강렬한 욕구가 뒤르와의 마음을 휘저었다. 격조 있고,
향기롭고, 고결한 사랑이었다. 일어서서 포레스티에를 생각하며 걷기

---

* 아르장퇴유(Argenteuil)는 은처럼 빛난다는 뜻의 라틴어에서 유래한 이름으로 파리 서북
  쪽 12km에 위치하며, 사누아(Sannois)도 파리 서북쪽 15km 근교다. 오흐그몽(Orgemont)
  또한 비슷한 위치다.

시작했다.

"그 녀석은 정말 운이 좋은 놈이야!"

문 앞에 도착하자 마침 포레스티에는 집을 나서던 참이었다.

"아니, 자네 웬일이야, 이런 시간에?"

뒤르와는 집을 나서려던 그를 만나게 되어 당황해 하며 더듬거렸다.

"실은 저…… 말하자면…… 어떻게 쓸지 도무지 감이 안 잡혀서 왔어. 왈테르 씨가 말한 알제리에 관한 기사 말이야. 난 여태까지 한 번도 써본 적이 없으니까 당연하지만 말이야. 역시 무슨 일이든 연습이 필요한 거 같아. 금세 배울 수 있을 거라고 나 스스로 확신하지만, 처음을 어떻게 시작할지 도무지 감이 안 잡혀. 쓸 거리는 뭐든 잔뜩 있지만, 그걸 막상 글로 쓰려니까 막막해."

그는 주저하며 말을 멈추었다. 포레스티에는 짓궂은 미소를 지으며 말했다.

"나도 그랬었지."

뒤르와는 다시 말을 이었다.

"그래. 누구나 처음엔 다 똑같다고 생각해. 그래서…… 난…… 자네 힘을 좀 빌릴까 해서, 그래서 왔어. 자네 정도면 10분이면 기사 틀을 잡을 수 있을 테고, 어떻게 쓰면 좋을지도 가르쳐줄 수 있겠지. 그러면 나도 문장에 대한 기초를 배울 수 있을 테고 말이야. 정말 난 자네 도움이 절실해."

상대는 기분 좋게 빙긋이 웃고 있었다. 그러다가 옛 동료의 팔을 툭 치며 말했다.

"올라가서 우리 집사람을 만나게 보게. 나하고 마찬가지로 깔끔하게 해결해줄 거야. 그런 일 정도는 충분히 훈련시켜놓았으니까. 오늘 아침에 난 그럴 겨를이 없어. 그렇지만 않다면 기꺼이 도와줄 덴데 말이야."

뒤르와는 우물쭈물하며 망설였다. 포레스티에의 부인을 만날 용기가 나지 않았다.

"하지만 이런 시각에 어떻게 부인을 찾아가나?"

"괜찮아, 상관없어. 진즉에 일어났어. 가봐. 아마 서재에서 내가 메모한 걸 대신 정리하고 있을 거야."

그는 여전히 주저했다.

"아니…… 아무래도 그럴 수야 있나……."

포레스티에는 그의 양 어깨를 잡고 뒤로 돌려세우며 계단 쪽으로 밀었다.

"괜찮으니까 가보래두. 수줍어할 게 뭐 있어? 내가 괜찮다고 하는데. 설마 나더러 3층이나 다시 계단을 올라가서 집사람을 소개해달라는 심사는 아니겠지?"

그러자 뒤르와도 이내 마음을 정했다.

"고맙네, 그럼 만나보지. 하지만 자네가 억지로 떠밀었다고 할 거야. 뭐든 좋으니 만나나 보라고 해서 왔다고 말이야."

"그래, 그래. 잡아먹지는 않을 테니 걱정 마. 하지만 잊지 마, 3시야."

"그건 걱정하지 말어."

포레스티에는 바쁜 듯이 가버렸다. 뒤르와는 뭐라고 인사를 해야 좋을까 궁리하면서, 또 그를 환영할지 어떨지 걱정하며 계단을 하나씩 올라갔다. 빗자루를 든 채 푸른 앞치마를 두른 하인이 문을 열러 나왔다.

그는 말했다. "주인 어르신께선 출타하셨습니다."

뒤르와는 힘주어 말했다.

"부인께 만나뵐 수 있을지 여쭈어주게. 방금 아래에서 주인어른을 만났는데 가보라고 해서 왔다고 말이야."

잠시 기다리자 하인이 돌아와서 오른편 문을 열었다.

"부인께서 기다리십니다."

그녀는 조그마한 방에서 사무용 책상의 팔걸이의자에 앉아 있었다. 그 방은 검은 목제 책장들이 나란히 배치되어 벽을 완전히 가리고 있었다. 단조로운 톤의 서적 행렬 속에 빨강, 노랑, 파랑, 보라, 초록 등 다채로운 빛깔의 책 장정들이 화사함을 발산하고 있었다.

그녀는 늘 그렇듯이 미소 지으며 돌아보았다. 레이스가 달린 하얀 실내복을 입고 있었다. 그에게 손을 내밀자 넓은 소맷부리 아래로 새하얀 살결이 드러났다.

"아니, 이 시간에요?" 그녀는 다시 덧붙였다. "그렇다고 나무라는 건 아니에요. 단지 여쭤보는 거예요."

그는 주저했다.

"하지만 부인, 실은 이렇게 폐를 끼칠 생각은 없었습니다. 아래에서 주인어른을 만났더니 한사코 올라가보라 하더군요. 찾아온 용건은 부끄러워서 말씀드리기가 그렇군요."

그녀는 의자를 가리켰다. "자아, 앉아서 말씀하세요."

그녀는 깃털 펜을 손가락으로 뱅글뱅글 돌렸다. 그녀 앞에 펼쳐진 커다란 종이는 절반 정도 채워진 채 놓여 있었다. 청년의 방문으로 중단된 것이다.

책상 앞에 앉은 그녀의 모습은 몸에 배인 듯 잘 어울렸고, 거실에 있던 때와 마찬가지로 차분하게 매우 손에 익은 일을 하고 있는 듯했다. 풋풋한 향기가 실내복에서 흘러나왔다. 지금 막 뿌린 듯한 향수 냄새였다. 뒤르와는 부드러운 천에 포근하게 감싸여 있는 젊고 하얗고 통통하고 따사로운 그녀의 몸매를 그려보았다. 그러자 그녀의 곡선이 눈에 선했다.

상대가 아무 말도 하지 않자 그녀는 또다시 말을 이었다.

"자아, 말씀해보세요. 용건이 뭐죠?"

그는 망설이며 중얼거렸다.

"실은…… 저어…… 정말 말씀드리기 쑥스러운 일이라서…… 전 왈테르 씨께서 말씀하신 알제리 기사를 쓰기 위해 어젯밤에도 늦게까지 해봤고…… 오늘 아침 일찍 책상 위에도 앉아봤습니다만…… 도무지 잘 되지 않습니다…… 쓴 걸 모조리 찢어버렸습니다…… 전 이런 일이 처음이라서요. 그래서 포레스티에 군에게 도와달라고 왔던 겁니다…… 이번만……."

그녀는 상대의 말을 가로막으며 행복하고 유쾌하고 만족스러운 표정으로 웃기 시작했다.

"그래서 그 사람이 저한테 가보라고 했나요?…… 잘 생각하셨어요……."

"그렇습니다, 부인. 부인께서 더 잘 처리해주실 거라구요……. 하지만 자존심 때문에 못한다고 했습니다. 전 그렇게 하고 싶지 않다고 했습니다. 아시겠습니까?"

그녀는 일어섰다.

"하지만 그런 식으로 함께 기사를 쓰는 것도 재미있겠네요. 멋진 생각 같아요. 자, 저 대신 이 자리에 앉으세요. 신문사에서는 제 필체를 알거든요. 둘이서 당신의 기사를 만들어봐요. 성공할 수 있는 멋진 기사 말이에요."

그는 앉아서 종이를 앞에 펼쳐놓고 펜을 쥐고 기다렸다. 포레스티에 부인은 선 채로 그가 준비하는 것을 지켜보았다. 그러다가 벽난로 선반 위에 있는 담배를 집어 불을 붙였다.

"전 담배가 없으면 일을 못 해요. 자아, 무슨 얘기를 하실 거죠?"

그는 놀라서 그녀 쪽으로 고개를 들었다.

"전 정말 모르겠습니다. 그래서 당신을 찾아온 것입니다."

그녀는 대답했다.

"네, 그건 제가 잘 정리해드리지요. 제가 소스는 만들어드릴 수 있죠. 하지만 접시에 담을 음식이 필요해요."

그는 당황한 표정이었다가 곧이어 망설이며 말했다.

"첫 부분을 길을 나서던 이야기로 시작하려고 합니다……."

그러자 그녀는 커다란 탁자 저편에 그와 마주 앉아 가만히 상대의 눈을 지켜보았다.

"저기요, 그럼 우선 저한테 처음부터 말씀해주세요. 천천히 하나도 빼먹지 말고요. 그러면 제가 적당한 것을 고를게요."

하지만 그는 어디서 시작해야 좋을지 몰랐다. 그녀는 고해성사를 듣는 신부님처럼 이것저것 구체적인 질문을 해가면서 그동안 잊었던 자질구레한 사건이며 만났던 사람들이며, 스쳐지나갔던 일들을 떠올리도록 만들었다.

그렇게 15분 남짓 그에게 이야기를 시키더니 그녀는 갑자기 입을 열었다.

"자, 이제 시작하시죠. 우선 절친한 어느 친구 분에게 인상 깊었던 얘기를 써 보내는 식으로 하죠. 그러면 자질구레한 얘기라도 얼마든지 편하게 이야기할 수 있을 테고, 여러 느낌도 담아낼 수 있을 거예요. 그러면 자연스럽고 재미있을 거예요. 자, 시작할게요."

그리운 앙리 군, 언젠가 자네는 나한테 알제리에 관해서 알고 싶다고 했지. 이제 이야기해주지. 나는 지금 진흙을 발라 말린 작은 상자 같은 집에 틀어박혀 별로 하는 일 없이 지내고 있다네. 그러니까 이제 이곳의 하루 생활을 일기를 쓰듯이 써서 보내줄게. 간혹 약간은 노골적인 얘기도 있겠지만 하는 수 없지. 자네가 잘 아는 귀부인들한테까지 보여주지는 않을 테니 말이야.

그녀는 꺼진 담배에 불을 붙이기 위해 말을 끊었다. 그러자 곧 종이 위를 달리던 깃털 펜의 긁적거리는 소리도 멈추었다.

"자아, 계속하세요." 그녀가 말했다.

알제리는 사막 혹은 사하라, 중앙아프리카, 그밖에 여러 이름으로 불리는 미지의 광대한 나라들과 국경을 접하고 있는 프랑스 영토라네.

알제는 바로 그 입구. 이 기기묘묘한 대륙으로 들어서는 아름다운 백색의 관문이라 할 수 있지.

하지만 거기까지 가는 것이 우선 문제지. 결코 편안한 여행길이라 할 수

는 없어. 자네도 잘 알겠지만 나는 말을 다루는 데는 전문가야. 연대장 말
까지 조련시키는 솜씨니까. 하지만 말을 다루는 데 아무리 이골이 났다 해
도 바다에서는 젬병이라서 꼼짝달싹도 못하는 친구들이 있다네. 좋은 예
가 바로 나지.

자네, 우리가 '이페카* 선생'이라 불렀던 군의관 생부르타를 기억하지?
우린 녹초가 되어 하루 24시간 내내 병원에 입원해 있으려고 진찰을 받으
러 갔었지. 병실은 그야말로 천국이었지.

선생은 의자에 앉아 있었지. 빨간 바지를 입은 채 굵은 가랑이를 쫙 벌리
고, 팔꿈치를 굽혀 양손 무릎 위에 올려놓고 교각처럼 버티고서 말이야. 그
러고는 흰 콧수염을 씹으며 로또번호 뽑는 공 같은 커다란 눈알을 굴리고
있었지.

자네, 그때 처방 기억나지?

"이 병사는 위장에 장애가 발생했음. 본인은 제3호 토사제를 처방하며,
12시간 휴양을 하면 반드시 회복되리라 확신함."

그 토사제야말로 절대적인 존재로, 저항할 수 없는 카리스마가 있었지.
하지만 우리는 필요했기 때문에 삼킬 수밖에 없었지. 그렇게 이페카 선생
의 처방을 따르면 12시간의 휴식은 보장되었으니까.

저기 그런데 이보게, 아프리카에 도착하려면 꼼짝없이 40시간 동안 또
다른 토사제를 먹어야 하지. 트랑스아틀랑티크 항운회사에서 처방해준 절
대 피해갈 수 없는 토사제라네.

그녀는 자기 아이디어에 흡족해 하며 양 손을 비볐다.

그러고 나서 다른 담배에 불을 붙이더니 이리저리 오가면서 가느다
란 연기의 실오리를 뿜어 올리며 원고를 받아쓰게 했다. 연기는 동그
랗게 오므린 입술 한가운데 조그만 구멍에서 곧장 위로 뿜어져 나와
점차 넓게 퍼지더니 공중에 군데군데 잿빛 여운을 남기며 스러졌다.
그 줄은 투명한 안개 같기도 하고, 또 거미줄 모양의 수증기 같기도 했

---

* 이페카(Ipecac)는 토사제, 구토진정제를 말한다.

다. 이따금 그녀는 가볍게 손을 흔들어 희미하게 남은 여운을 지우기도 했고, 가끔은 집게손가락으로 퉁겨 끊어버리고 둘로 나뉜 희미한 안개가 천천히 스러지는 모습을 진지한 눈초리로 지켜보았다.

뒤르와는 눈을 들어 그녀가 머릿속 생각과는 전혀 상관없는 무의미한 장난을 하는 몸짓이며 태도며, 몸과 얼굴의 움직임까지 자세히 관찰했다.

그다음에 그녀는 여행 도중에 벌어진 돌발 사건을 엮어냈고, 여행 길벗 몇 사람을 직접 만들어 그 인상을 묘사하고, 남편의 부임지를 찾아가는 보병 대위 아내와의 사랑 이야기를 묘사했다.

그런 후에 다시 자리에 앉아 알제리의 지리에 대해 물었다. 그녀는 알제리에 대해 지식이 전혀 없었으나 10여 분이 지나자 뒤르와만큼 알게 되었고, 짤막하게 식민지의 정치 및 자연, 인문 등에 관한 내용을 서술했다. 이는 독자들에게 그 지역에 대한 개략적인 지식을 제공해주는 것과 동시에 다음 기사에서 다룰 진지한 문제에 대해 이해를 돕는 예비지식으로서의 장치였다.

그리고 나서 오랑 지방* 여행으로 펜을 옮겨갔다. 이것은 상상 속의 여행이었기에 주로 여인들, 무어 여인, 유태인 여인, 스페인 여인 등이 등장했다.

"흥취를 끄는 데는 이것만 한 게 없죠." 그녀는 말했다.

이야기는 사이다의 고원지대 기슭에 있는 주둔하던 하사관 조르주 뒤르와와 아인엘하자르**의 제지공장에 근무하던 스페인 여공의 청순한 사랑으로 마무리지었다. 풀도 나무도 없는 바위산에서의 야간 밀회, 바위 그늘에서 승냥이며 하이에나며 아라비아 개가 짖어대는 시간에 갖는 즐거운 밀회를 그녀는 그려냈다.

"다음은 내일 하죠!" 부인은 신이 난 목소리로 일어서더니 말을 이

---

* 오랑(Oran)은 아프리카 북부, 알제리 서북부에 있는 항구 도시다. 포도주·곡물 따위를 수출하며 남부는 목축이 발달하였다.

** 사이다(Saïda)는 알제리 북서부에 위치한 지방이다. 또한 아인엘하자르(Aïn-el-Hadjar)는 알제리 북부 부이라(Bouïra) 주에 위치한 도시다.

었다.

"기사란 이런 식으로 쓰는 거예요. 아시겠죠? 자, 서명을 하세요."

그는 주저했다.

"서명하시라니까요!"

그제야 그는 웃으면서 글 말미에 서명했다.

조르주 뒤르와(GEORGES DUROY)

그녀는 계속해서 담배를 피우며 왔다 갔다 했다. 그는 무슨 말로 감사 인사를 해야 할지 몰라 그녀를 지켜보고만 있었다. 그녀 곁에 있는 것만으로도 기뻤고, 감사함으로 마음은 벅차올랐고, 또 이 새로 시작된 은밀한 만남에 관능적인 행복마저 느꼈다. 그녀 주위의 모든 것이, 벽을 뒤덮은 책에 이르기까지 모두가 그녀의 일부를 이루는 듯했다. 의자건 가구건 담배 향기가 감도는 공기마저도 그녀에게서 풍겨나는 뭔가 특별한, 기분 좋은, 부드러운, 매혹적인 것이 느껴졌다.

갑자기 그녀가 물었다.

"제 친구 마렐 부인을 어떻게 생각하세요?"

그는 깜짝 놀라 더듬거렸다.

"그건…… 그…… 매력적인 분이라고 생각합니다."

"그렇죠?"

"네, 정말입니다."

그는 '그러나 당신만큼은 아니지요' 하고 덧붙이려고 했으나 용기가 나지 않았다. 그녀는 말을 이었다.

"그치는 정말로 재미있고 개성 있고 이지적이에요. 보헤미안이죠. 진정한 보헤미안이에요. 그래서 남편이 탐탁지 않게 생각하는 거예요. 그이 남편은 결점만 볼 뿐 장점은 안중에도 없어요."

뒤르와는 마렐 부인에게 남편이 있다는 말을 듣고 몹시 놀랐다. 그러나 그건 당연하고 자연스러운 일이었다.

그는 물었다.

"아니…… 결혼을 하셨군요. 남편 분은 무슨 일을 하시나요?"

포레스티에 부인은 이해할 수 없다는 의미에서 어깨와 눈썹을 동시에 살짝 올렸다.

"북부철도 회사 감독관이에요. 그래서 한 달 일주일씩 파리에서 지내죠. 부인은 그 일주일을 '의무복무'라든가 '고역주간'이라든가 '성스러운 주간'이라 부른답니다. 좀 더 친해지시면 세련되고 친절한 분이라는 걸 아실 거예요. 그나저나 언제 가까운 시일 내에 한번 찾아가 보세요."

뒤르와는 돌아갈 생각도 까맣게 잊고 있었다. 마치 언제까지든 머무를 수 있는 자신의 집처럼 생각되었다.

그런데 소리도 없이 문이 열리고 키가 큰 남자가 하인의 안내도 없이 들어섰다.

그는 손님이 있음을 알고 걸음을 멈추었다. 포레스티에 부인은 약간 난처한지 어깨로부터 얼굴로 살짝 장밋빛이 물들어 올랐지만 태연자약한 목소리로 말했다.

"들어오세요, 소개드릴게요. 샤를의 절친한 친구인 조르주 뒤르와 씨예요. 장차 저널리스트가 될 분이죠."

그리고 나서 음성을 바꿔 말했다.

"이쪽은 우리의 절친한 친구, 보드렉 백작이에요."

두 사내는 서로 얼굴을 마주보며 악수했다. 그리고 뒤르와는 곧 작별을 했다.

무리하게 붙잡지도 않아서 서너 마디 고맙다는 말을 더듬거리며 여자가 내민 손을 잡았고, 새로 등장한 사내에게는 다시 한 번 고개를 숙였다. 그 사내는 사교계 사람 특유의 냉정하고 진중한 얼굴이었다. 뒤르와는 무언가 실수라도 저지른 사람처럼 황망히 집을 나섰다.

거리로 나선 뒤르와는 왠지 서글퍼지며 마음이 불편했다. 막연하기는 했지만 왠지 모를 슬픔에 심경이 착잡했다. 그는 왜 이렇게 갑자기 우울해졌는가 생각하며 발길 닿는 대로 걸었다. 이유는 알 수 없었지만, 중년이 넘어서서 머리가 반백인, 근엄한 대부호 특유의 침착하면서도 거만한 보드렉 백작의 오만하고 자신감 넘치는 얼굴이 자꾸만 떠올랐다.

이내 그는 이 미지의 남자의 방문이 이미 그의 마음을 길들이기 시작한 그녀와의 즐거운 만남을 방해하면서 그의 가슴에 차디찬 절망감을 불어넣고 있다는 사실을 깨달았다. 마치 우연히 들은 한마디나 슬쩍 엿본 비참함이나 사소한 일들이 우리들을 한없는 절망의 구렁텅이에 빠져들게 하듯이.

그리고 또 왠지 모르지만, 자기가 그 방에 있었다는 사실이 그 남자를 불쾌하게 만들었을지도 모른다고 생각됐다.

오후 3시까지는 특별히 할 일이 없었다. 아직 12시도 되지 않았다. 호주머니에 6프랑 50상팀이 남아 있었다. 그는 '뒤발'이라는 음식점에서 수프로 점심을 때우고 거리를 배회하다가 3시가 울리자 《라 비 프랑세즈》의 광고 겸용 계단을 올랐다.

접수대의 사환들은 팔짱을 끼고 긴 의자에 앉아 있고, 수위는 교수의 대학 강단을 축소해놓은 것 같은 야트막한 단 앞에서 갓 배달된 우편물을 정리하고 있었다. 방문객을 압도하기에는 나무랄 데 없는 무대 장치였다. 모두들 말쑥하게 차려 입었고, 움직이는 동작도 우아하고 품위 있고 세련된 것이 대형 신문사의 현관에 어울리는 모습이었다.

뒤르와는 물었다.

"왈테르 씨를 뵈러 왔는데요."

수위가 대답했다.

"사장님께선 지금 회의 중이신데 잠깐 저쪽에 앉아 기다려주십시오."

그는 사람으로 가득 찬 대기실을 가리켰다.

그곳에는 가슴에 훈장을 달고 거드름을 피우는 당당한 신사도 있고, 프록코트 깃까지 단추를 올려 끼워 셔츠를 보이지 않고 앞가슴에 지도 속의 대륙이나 바다 모양의 얼룩이 진 옷차림이 단정치 못한 사람도 있었다. 남자들 틈에 여자도 셋이 있었다. 한 여인은 예쁘장하니 쾌활한 미소를 머금고 있었는데, 치장한 품새로 보아 매춘부인 듯했다. 그 옆에 있는 여자는 우울한 주름진 얼굴에 수수한 옷차림이 왠지 지쳐 보이고 부자연스러워 보였다. 그녀는 대개 한물간 여배우들이 그렇듯이 다 쉬어빠진 사랑의 향기와 함께 사라져버린 청춘을 억지로 되돌리려는 듯한 치장을 하고 있었다.

상복을 입고 한쪽 구석에 앉아 있는 세 번째 여자는 비탄에 사로잡힌 미망인 같았다. 아마도 억울함을 호소하기 위해 왔으리라고 뒤르와는 생각했다.

20분이 지났지만 아무에게도 안으로 들어오라는 전갈은 없었다.

뒤르와는 문득 생각이 난 것이 있는지 수위에게 다가가서 물었다.

"왈테르 씨가 3시에 오라고 했는데, 아무튼 친구 포레스티에 군이 있는지 좀 알아봐주시겠습니까?"

수위는 긴 복도를 거쳐 넓은 방으로 그를 안내했다. 그곳에는 네 명의 신사가 커다란 녹색 탁자 위에서 글을 쓰고 있었다.

포레스티에는 난로 앞에 서서 담배를 피우며 빌보케*를 하고 있었다. 그는 능숙한 솜씨로 매번 커다란 회양목으로 만든 공을 가느다란 막대기 끝에 꽂히게 하며 숫자를 셌다.

"스물 둘— 스물 셋— 스물 넷— 스물 다섯."

뒤르와는 "스물 여섯" 하고 다음 숫자를 불렀다. 포레스티에는 규칙적인 팔 동작을 멈추지 않고 눈을 들었다.

"여어, 왔어. 어제는 계속해서 쉰 일곱까지 했지. 이 게임을 나보다 잘하는 건 생포탱뿐이야. 사장 만나봤어? 정말이자 늙어빠진 노르베르 영감탱이가 빌보케를 하는 걸 보면 정말 가관이야. 놀이를 할 때마다 항상 공을 집어삼킬 듯이 입을 벌리고 있거든."

기자 한 사람이 그가 있는 쪽을 돌아보며 말했다.

---

* 빌보케(bilboquet)란 몸체에 끈으로 묶인 공을 튕겨 구멍에 넣거나, 혹은 구멍이 하나 또는 여러 개 뚫린 공을 뾰족하게 튀어나온 부분에 꽂히게 하는 놀이다. 프랑스에서는 16세기 경부터 아이들뿐만 아니라 귀족이나 상류계급 사회로 널리 퍼졌다.

"이봐, 포레스티에. 내 친구한테 멋진 빌보케가 있다는데 살 거야? 서인도제도 산 목재로 만든 것인데 들리는 말에 의하면 스페인 여왕이 가지고 있던 물건이래. 60프랑이라는데 비싼 건 아니지."

포레스티에가 물었다. "어디 있는데?" 그러다가 서른 일곱 번째에서 실패를 하고 벽장문을 열었다. 뒤르와가 들여다보니 스무 개 정도의 멋진 빌보케 공이 정성스레 수집한 골동품처럼 번호가 매겨져 질서 정연하게 자리 잡고 있었다.

그는 사용하던 빌보케를 제자리에 놓고 되풀이했다.

"그 보물이 어디 있다는 거야?"

그 신문기자는 대답했다.

"보드빌 극장에서 표 파는 사람이 가지고 있대. 필요하다면 내일 가져다주지."

"좋아, 그럼 그렇게 해. 진짜로 좋은 물건이라야 살 거야. 빌보케란 많으면 많을수록 좋으니까."

그러고 나서 뒤르와 쪽을 보고 말했다.

"따라오게. 사장한테 데려다줄 테니, 안 그러면 밤 7시까지 목이 빠지도록 기다려야 할 거야."

그들은 대기실을 가로질렀다. 거기에는 아까 그 사람들이 여전히 같은 자리에서 기다리고 있었다. 포레스티에를 보자 젊은 여자와 나이든 여배우가 벌떡 일어나 그에게 다가왔다.

그는 그 여자들을 차례차례 창가로 데리고 가서 낮은 소리로 소곤거렸다. 뒤르와는 그가 두 여자와 하는 말투로 봐서 매우 친한 사이임을 짐작할 수 있었다.

그러고 나서 쿠션을 댄 육중한 문을 밀고 사장 방으로 들어갔다.

한 시간 전부터 계속되고 있는 회의라는 것은 뒤르와가 어제 만났던 실크해트를 쓴 몇몇 신사들과 에카르트* 카드 게임을 하는 것이었다.

---

* 에카르트(écarté)는 프랑스에서 유래한 2~4명이 하는 카드놀이로 19세기에 유행했지만 지금은 잘 하지 않는다.

왈테르 씨는 카드를 쥐고 온갖 신경을 곤두세운 채 승부의 세계에 빠져 있었다. 그러나 상대는 능수능란한 도박사다운 솜씨로 다채로운 카드를 유연하고 능란하게 섞고, 집어올리고, 만지작거리고 있었다. 노르베르 드 바렌은 사장 의자에 앉아 가사를 쓰고 있었고, 자크 리발은 소파에 벌렁 누워 눈을 감은 채 담배를 피웠다.

실내는 폐쇄된 방의 훈기와 가구의 가죽 냄새, 찌든 담배 냄새, 인쇄물의 잉크 냄새로 가득 했다. 신문기자라면 누구에게나 익숙한 편집실 특유의 냄새였다. 구리로 장식을 한 통나무 탁자 위에는 편지, 카드, 신문, 잡지, 계산서, 각종 인쇄물 등등 엄청난 양의 종이 뭉치가 수북했다.

포레스티에는 카드 게임을 하는 사람들 뒤에 서서 그들과 악수를 나누고 말없이 게임을 지켜보다가 왈테르 씨가 이기자 그 순간을 놓치지 않고 얼른 소개했다.

"친구 뒤르와를 데리고 왔습니다."

왈테르 씨는 안경 너머로 청년을 흘끗 보며 물었다.

"기사는 가지고 오셨소? 오늘 모렐의 평론과 함께 실으면 잘 나갈 텐데."

뒤르와는 네 쪽으로 접은 원고를 호주머니에서 꺼냈다.

"여기 있습니다, 사장님."

사장은 매우 흡족하다는 듯이 빙그레 웃었다. "좋소, 훌륭하오. 자네는 약속을 지킬 줄 아는군. 포레스티에 군, 자네가 한번 훑어봐."

포레스티에는 재빨리 대답했다.

"사장님, 그럴 필요 없습니다. 실은 제가 일을 가르칠 겸해서 함께 썼으니까요. 아주 맘에 드실 겁니다."

마침 그때 옆에 있던 중도좌파의 하원의원인, 마르고 키 큰 신사에게 새로운 카드를 건네받은 사장은 심드렁하게 덧붙였다. "그렇다면 잘됐군." 포레스티에는 게임이 시작되기 전에 그의 귀에 입을 가까이 대고 물었다. "마랑보의 후임으로 뒤르와를 채용하겠다고 말씀하셨는데 같은 조건으로 해도 괜찮겠습니까?"

"응, 그러지 뭐."

신문기자는 왈테르 씨가 다시 게임에 몰두하는 동안 친구의 팔을 잡고 방을 나왔다.

노르베르 드 바렌은 고개도 들지 않았다. 마치 그의 눈에는 뒤르와가 보이지도 않고, 마주한 기억도 없다는 태도였다. 하지만 자크 리발은 달랐다. 그는 필요하다면 언제든 힘이 되어줄 수 있는 친구라는 사실을 과시하려는 듯 힘주어 그의 손을 잡았다.

대기실을 지나칠 때 기다리던 사람들의 시선이 일제히 그들에게 쏠렸다. 포레스티에는 기다리던 다른 사람에게도 들릴 정도의 큰 목소리로 가장 젊은 여자에게 말했다. "잠시 기다리시면 사장님을 만나뵐 수 있을 겁니다. 지금은 예산위원회에서 오신 두 분과 회의 중이시니까요."

그리고 몹시 바쁜 사람처럼 재빠르게 지나갔다. 그 모습은 지금 당장 보내야 하는 아주 중요한 전보라도 치러가는 사람 같았다.

편집실로 돌아오자 포레스티에는 곧바로 빌보케 공을 꺼내 다시 게임을 시작했다. 그리고 수를 헤아리느라고 말을 끊어가며 뒤르와에게 지시했다.

"자, 이것으로 마무리됐어. 앞으로 매일 3시에 이리로 오게. 그러면 그날, 그날 밤, 아니면 다음날 아침에 해야 할 일과 찾아갈 곳을 일러줄 테니까 — 하나 — 우선 경시청 제1과장에게 소개장을 써줄 거야 — 둘 — 그러면 그 사람이 부하 직원 하나하고 연결해줄 테니까 잘 구워삶아 — 셋 — 경시청 관계의 중요한 뉴스를 빼먹지 말고 입수하게. 보도자료라든가 그에 준한 기타 등등 말이야. 물론 자세한 것은 생포탱한테 물어보게, 뭐든지 알고 있으니까 — 넷 — 생포탱하고는 오늘내일 중에 만날 될 거야. 누군가를 만나러 갈 일이 있다면 요령 있게 지닌 정보나 속마음을 만나러 간 사람들에게 이끌어내는 수완을 익혀야 해 — 다섯 — 그리고 문이 닫혔더라도 상관 않고 어디라도 들어가는 넉살도 말이야— 여섯— 그 대신 매달 고정급 200프랑과 신선한 화젯거리를 취재해오면 한 줄에 2수씩— 일곱— 그밖에 기타 문제에 대해 의뢰받은 기사 역시 한 줄에 2수씩이야— 여덟.”

그러고 나서 그는 오로지 놀이에 빠져서 천천히 셈을 계속했다. 아홉— 열— 열 하나— 열 둘— 열 셋. 열 셋에서 실패하자 그는 고함을 쳤다.

“제기랄, 열 셋이란 놈! 언제나 이놈이 실수를 하게 한단 말이야. 난 죽어도 아마 13일에 죽을 거야!”

일을 다 끝낸 기자 한 사람이 주저 없이 벽장으로 다가가 빌보케 공을 꺼냈다. 서른다섯 살은 족히 되어보였지만 어린아이처럼 키가 땅딸막했다. 또다시 다른 기자들 네댓이 들어와서 각자 자기 빌보케 공을 꺼냈다. 이윽고 여섯 명이 나란히 벽을 등지고 늘어서서 규칙적인 동작으로 허공에 던지기 시작했다. 나무의 재질에 따라 공 색깔이 달라 빨간색도 있고 노란색도, 검은색도 있었다. 그것은 자연스럽게 시합으로 발전했다. 그러자 일을 하던 기자 두 명도 덩달아 자리에서 일어나 셈을 해주며 심판을 보았다.

포레스티에가 11점 차로 이겼다. 그러자 앳돼 보이는 땅딸막한 남자가 사환 아이를 불러 주문했다. “맥주 아홉 잔!” 그리고 마실 것이 올 때까지 빌보케를 계속했다.

뒤르와는 새로운 동료들과 함께 맥주를 한 잔 마시고 나서 친구에게 물었다.

“내가 할 일은 뭐지?” 친구는 대답했다. “오늘은 별로 부탁할 게 없어. 가고 싶으면 가도 좋아.”

“그런데…… 우리…… 우리 기사는…… 오늘 저녁에 나오는 건가?”

“응, 그렇지만 걱정할 거 없어. 교정은 내가 볼 테니까. 내일 분량을 이어서 써가지고 오늘처럼 3시에 여기로 오면 돼.”

이윽고 뒤르와는 제대로 이름도 알지 못하는 사람들과 악수를 나누고 즐거운 마음으로 날아오를 듯한 기쁨에 신이 나서 계단을 내려갔다.

4

조르주 뒤르와는 좀체 잠을 이룰 수 없었다. 자기 글이 인쇄되어 나온다는 것에 들든 마음을 주체할 수 없었다. 날이 밝자마자 신문배달부가 배달을 시작하는 시간 전부터 거리로 나가 가판대를 이리저리 서성였다.

그러다가 《라 비 프랑세즈》가 자기가 사는 곳보다 생라자르 역에 먼저 배달된다는 것을 떠올리고 그곳으로 가보았지만 여전히 시간이 일렀다. 그는 또다시 거리를 서성이며 기다렸다.

이윽고 점포 주인 여자가 가게 유리문을 열자 잠시 후 가지런히 접힌 커다란 신문 뭉치를 머리에 이고 한 남자가 나타났다. 그는 달려갔다. 그러나 도착한 것은 《르 피가로》, 《질블라》, 《르 골르와》, 《레벤망》 그밖에 두서너 가지 조간이었고, 《라 비 프랑세즈》는 없었다.

그는 갑자기 걱정이 몰려왔다. 「아프리카 연대 병사의 회상」은 내일로 연기된 거 아닐까? 아니면 막판에 왈테르 영감 맘에 안 든 건 아닐까?

그러면서 가판대 쪽을 돌아와보니, 어느 틈에 가져다놓았는지 《라 비 프랑세즈》가 있었다. 그는 급히 뛰어가 3수를 던져놓고 신문을 펴서 제1면의 표제를 훑었다……. 없다……. 심장이 두근거렸다. 신문을 들추었다. 그러다가 어떤 기사 말미에 굵은 글씨로 '조르주 뒤르와'라고 인쇄되어 있는 것을 찾아냈다. 흥분하여 가슴이 쿵쾅거렸다. "여기 있었어! 이렇게 기쁠 수가!"

아무것도 생각할 수 없었다. 그는 모자를 옆구리에 끼고 손에 신문을 든 채 지나가는 아무라도 멈춰 세우고 떠들고 싶었다. "이것을 사시오! 이걸 사시오! 내가 쓴 기사가 실려 있습니다!" 대로에서 석간신문을 파는 사람들이 외쳐대듯이 고함치고 싶었다. 《라 비 프랑세즈》요, 조르주 뒤르와의 「아프리카 연대 병사의 회상」이 실려 있어요!" 그러다 문득 번잡한 카페나 눈에 잘 띄는 번잡한 곳에서 자신의 기사를 읽어보고 싶었다. 그는 이른 아침이었지만 손님이 많은 가게를 찾기 위해서는 오래도록 걸어야 했다. 마침내 이미 손님 대여섯 명이 자리 잡고 있는 간이술집을 찾아내 들어갔다. 그리고 그는 시간에 상관없이 "압생트* 한 잔" 하고 주문하는 기분으로 "럼주 한 잔" 하고 주문했다. 그러고 큰소리로 외쳤다. "어이 웨이터, 《라 비 프랑세즈》 좀 가져오게."

흰 앞치마를 두른 사내가 뛰어와서 말했다.

"죄송합니다만 저희들은 《르 라팔》과 《르 씨에클》, 《라 랑테른》와 《르 프티 파리지앵》밖에 없는뎁쇼."

뒤르와는 치미는 화를 억누르는 듯한 어조로 힘주어 말했다. "할 수 없지! 그럼, 사다주게." 웨이터가 달려 나가 신문을 사왔다. 뒤르와는 자신의 기사를 읽기 시작했다. 그는 주위 사람들의 이목을 집중시키며 무슨 기사가 나와 있는지 궁금하게 만들기 위해 몇 번이나 되풀이해서 감탄사를 연발했다. "좋은데, 아주 좋아!" 그리고 나올 때에도 일부러 탁자 위에 놓고 나왔다. 그것을 본 가게 주인이 불렀다.

"선생님, 선생님! 신문을 잊으셨네요."

뒤르와는 대답했다.

"다 읽었으니까 괜찮아요. 헌데 오늘은 아주 재미있는 게 나왔더군요."

그는 그 재미있는 기사가 무엇인지 구체적으로 지칭하지는 않았다.

---

* 압생트(Absinthe)는 향쑥이 원료로 추가되는 것이 특징인 술로서 19세기 말에는 '악마의 술'이라 불렸다. 알코올 도수가 40~70도 정도로 상당히 높다. 값싼 술인 압생트는 당시 가난한 작가나 화가들에게 각광받았다.

밖으로 나가면서 옆 사람이 탁자 위에 놓아둔 《라 비 프랑세즈》를 집어 드는 것을 보았다.

밖으로 나오자 그는 생각했다. '이제 뭘 하지?' 이윽고 철도 사무소에 가서 월급을 정산하고 사표를 내야겠다고 마음먹었다. 국장이며 동료들이 어떤 표정을 지을까 생각만 해도 들뜬 마음에 몸이 으쓱으쓱했다. 특히 국장이란 녀석이 놀랄 꼬락서니를 생각하니 더욱 그랬다.

회계과는 10시가 되어야 문을 열었다. 그래서 그는 9시 30분 이전에 도착하지 않도록 천천히 걸음을 옮겼다.

사무실은 음산하고 휑하니 넓어서 겨울에는 거의 온종일 가스등을 켜야 했다. 좁은 안뜰 쪽으로 창이 나 있고, 건너편으로는 다른 사무실들과 마주하고 있었다. 직원은 모두 여덟 명이고, 구석 칸막이 뒤쪽, 잘 보이지 않는 곳에 부국장 자리가 있었다.

뒤르와는 우선 118프랑 25상팀의 월급을 찾으러 갔다. 월급은 노란 봉투에 넣어져 회계과 직원의 서랍 속에 들어 있었다. 그러고 나서 지금까지 지내왔던 넓은 사무실로 의기양양하게 들어섰다.

그가 들어서자 부국장인 포텔 씨가 불렀다.

"이봐, 뒤르와 씨! 국장이 몇 번이나 찾았어. 의사 진단서 없이 이틀 연속 병가는 낼 수 없다는 거 잘 알잖아."

뒤르와는 효과음을 극대화하기 위해 일부러 방 한복판에 버티고 서서 큰 소리로 말했다.

"아무려면 어때! 설마 내가 그런 일에 관심이나 있을 것 같소?"

직원들이 깜짝 놀라며 웅성거렸다. 상자처럼 주위를 둘러친 칸막이 위로 포텔 씨가 어이없어 하며 목을 내밀었다.

류머티즘 때문에 바람이 직접 닿는 것을 피해야 했던 그는 부하 직원을 감시하기 위해 칸막이 종이에 구멍을 두 개 뚫어놓고 그 안에 틀어박혀 있었다.

파리가 날아다니는 소리가 들릴 정도로 방안은 조용해졌다. 부국장이 간신히 진정하며 물었다.

"방금 뭐라고 했죠?"

"그까짓 것 아무래도 상관없다고 했습니다. 난 오늘 사표를 내러왔으니까요.《라 비 프랑세즈》기자로 일하기로 했습니다. 월급이 500프랑에다가 원고료도 추가되지요. 오늘 아침 신문에 벌써 첫 글이 실렸습니다."

그는 이러한 승리의 기쁨을 가급적 오래 끌며 음미하고 싶었지만, 결국 한꺼번에 쏟아내려는 충동을 자제하지 못했다.

여하튼 효과는 100퍼센트였다. 누구 하나 나서지 못했다.

뒤르와는 큰 소리로 말했다.

"먼저 페르튀 씨를 만나고 나서 여러분들과 인사를 드리겠습니다."

그리고 국장을 만나러 나갔다. 국장은 그를 보자마자 소리를 질렀다.

"아, 드디어 오셨군! 자넨 잘 알 테지. 내가 뭘 제일 싫어하는지……."

직원은 그 말을 제지했다.

"뭐 그렇게까지 역정 내실 거 없잖아요……."

얼굴이 닭 볏처럼 새빨갛고 뚱뚱한 페르튀 씨는 어이가 없어 말문이 막혔다.

뒤르와가 말을 이었다.

"전 여기가 싫증나서 오늘부터 신문사에 나가기로 했습니다. 아주 괜찮은 자리를 얻었거든요. 이렇게 인사드리게 돼서 무척 기쁩니다."

그러면서 그대로 나와버렸다. 분풀이는 충분했다.

그리고 조금 전에 이야기했던 대로 옛 동료들에게 작별의 악수를 하러 갔으나 아무도 아는 척을 하지 않았다. 문이 열려 있어 국장과 하는 말이 다 들렸기 때문에 혹여 미움이나 사지 않을까 두려워 감히 나서지 못하는 것 같았다.

월급을 호주머니에 집어넣고 거리로 나서서 전부터 알고 있던 값도 적당하고 맛도 좋은 음식점을 찾아 신나게 점심을 먹었다. 거기서도 역시 《라 비 프랑세즈》를 사서 식사 후에 탁자에 남겨 놓았다. 그리고 여기저기 가게에 들러 자질구레한 물건을 샀다. 그것은 오직 자기 집으로 배달을 시키며 '조르주 뒤르와'라는 이름을 알리자는 목적이었다. 그는 배달을 시키며 "《라 비 프랑세즈》 기자라고 적게" 하고 덧붙이는 것도 잊지 않았다.

주소를 가르쳐주며 다짐을 두었다. "건물 경비원에게 맡겨두시오."

아직 시간이 충분했으므로 주문하는 사람이 보는 데서 즉석으로 명함을 박아주는 석판 인쇄소에 들러 새로운 신분을 박아 넣은 명함 100장을 찍어달라고 했다.

그런 다음 신문사로 갔다.

포레스티에는 부하 직원을 대하듯 거만하게 그를 맞았다.

"아, 왔어. 마침 잘 됐네. 자네에게 부탁할 일이 몇 가지 있거든. 10분만 기다리게. 하던 일을 마무리할 테니."

그는 작성하다 만 글을 계속해서 쓰기 시작했다.

커다란 탁자 반대편에는 아주 작달막한 사내가 심한 근시인지 종이에 코를 박고 무언가를 쓰고 있었다. 안색이 창백하고, 부어오른 듯 살이 찌고, 머리는 다 벗겨져 번들번들한 대머리였다.

포레스티에는 그에게 물었다.

"이봐, 생포탱! 자네 몇 시에 인터뷰하러 가지?"

"4시!"

"그럼, 여기 뒤르와라고 새로 들어온 친구를 함께 데리고 가게. 일하는 요령도 좀 가르쳐주고."

"그러지."

그는 친구 쪽을 향해서 덧붙였다.

"알제리 다음 기사는 가져왔나? 오늘 아침의 1회분은 평이 아주 좋던걸."

뒤르와는 당황해서 더듬거렸다.

"아니…… 오후에 짬이 날 거라고 생각했는데…… 일이 좀 있어서…… 아직 못 썼어."

상대는 언짢은 듯이 어깨를 으쓱했다.

"매사에 확실해야지. 어물거리다간 장래를 망쳐버리기 십상이지. 왈테르 영감은 자네 원고에 기대를 걸고 있는데 말이야. 아무튼 내일로 미뤘다고 말해주지. 놀고먹으면서 돈을 받을 수 있다고 생각하면 오산이야."

그러더니 잠깐 입을 다물었다가 물었다.

"무쇠도 달궈졌을 때 때리는 법이지, 알겠나?"

생포탱이 일어섰다. "난 준비 다 됐어."

포레스티에는 의자에 몸을 벌렁 뒤로 젖히고 앉아 엄숙한 태도로 지시했다. 그리고 뒤르와를 돌아보고 말을 계속했다.

"실은 이틀 전부터 중국의 리텡파오 장군이 파리에 와서 콩티낭탈 호텔에 머무르고 있고, 인도의 독립 영주인 타포사입 라마데라로 팔리도 브리스톨 호텔에 묵고 있어. 그 둘을 인터뷰하고 오면 돼."

그러고서 생포탱에게 말했다.

"아까 말한 요점을 잊지 않도록! 특히 극동에서 영국의 교활한 정책들을 어떻게 생각하는지, 그들의 식민 정책과 식민지 지배 방식에 대한 의견, 극동아시아 문제에 대한 유럽, 특히 프랑스의 간섭에 관한 그들의 의향을 자세히 물어봐."

그는 잠시 말을 멈추었다가 무대 위에서의 대사를 외우듯이 덧붙였다.

"독자들에게는 흥미진진한 기사가 될 거야. 현재 여론을 들끓게 하는 문제에 대해 중국과 인도 양쪽 의견을 동시에 들을 수 있으니까."

그는 뒤르와를 향해서 말을 보탰다.

"생포탱이 어떻게 하는지 잘 봐둬. 이 사람은 타고난 취재기자니까. 게다가 단 5분 안에 뭐든지 다 털어놓게 만드는 요령도 잘 배우고."

그러고 또다시 근엄한 자세로 글을 쓰기 시작했다. 그것은 옛 동료와는 거리를 두는 동시에 새로운 부하로서 위치를 각인시키려는 의도가 분명했다.

밖으로 나오자 생포탱이 웃으며 뒤르와에게 말했다.

"정말 잘난 척하는군. 우리들한테까지 저러다니. 정말 우리를 독자나 마찬가지라고 착각하는 것도 유분수지."

큰길로 내려가자 취재기자가 물었다.

"뭣 좀 마실까?"

"거, 좋죠. 굉장히 덥네요."

카페에 들어가서 시원한 음료를 시킨 후, 생포탱은 다시 주절이기 시작했다. 신문사에 있는 사람들이며, 신문에 관한 것을 놀랄 만큼 자세하게 끝도 없이 늘어놓았다.

"사장? 그 작자는 정말 유태인이야. 보라구, 유태인이란 족속은 아무리 세월이 흘러도 변하지 않아. 도대체 어떻게 생겨먹은 족속인지?"

그러고는 이스라엘 후예 특유의 인색하기 짝이 없는 여러 면면들을 줄줄이 늘어놓았다. 10상팀짜리 물건도 벌벌 떨면서 하녀들처럼 염치도 체면도 없이 흥정을 하며 값을 깎고, 고리대금업자나 전당포 주인처럼 비열하다고 했다.

"게다가 신념이라는 것도 전혀 없고 천연덕스럽게 남을 속이는 녀석이거든. 놈의 신문은 여당도 되고, 가톨릭도 되고, 자유주의자도 되고, 공화파가 되기도 하고, 오를레앙파*가 되는데, 이를테면 약방의 감초나 싸구려 물건을 파는 잡화상 같은 것이지. 어차피 신문 일은 녀석이 하는 주식 투기나 여기저기 벌려놓은 사업의 버팀목으로 이용하기 위해 시작한 거야. 그런 점에서 녀석은 만만치 않아. 자본이 몇 푼 되지도 않는 회사에서 몇 백만을 벌어들이니까……."

그는 다정하게 뒤르와를 "자네" 하고 부르며 이야기를 이었다.

"정말 저 구두쇠 영감의 수작에는 발자크도 두 손 바짝 들 거야. 얼

---

* 오를레앙파(Orléaniste)는 프랑스 혁명기에 '인간의 권리'와 군주제를 결합한 입헌군주제를 지향하던 우익 내지 중도우파 정치가를 칭한다. 운동은 1870년의 제3공화국 성립 후 곧바로 분열하는 형태로 소멸되었다.

마 전 나는 저 노르베르 영감탱이하고 돈키호테인 리발과 함께 그 방에 있었는데 총무과 몽틀랭이 들어왔어. 파리에서 모르는 사람이 없을 정도로 유명한 그 모로코가죽 가방을 끼고 말이야. 왈테르가 얼굴을 들고 묻더군……. 뭐 새로운 거라도 있나?…… 그러자 몽틀랭이 무심코 대답했지……. 지업사 결제 대금으로 1만 6천 프랑을 지불했습니다. 그러자 사장은 펄쩍 뛰었네. 모두 깜짝 놀랄 정도였어.

'뭐라구?'

'프리바 씨에게 돈을 지불했습니다.'

'아니 미쳤나?'

'왜 그러십니까?'

'왜라니…… 왜라니…… 왜라니……?'

녀석은 안경을 벗어서 닦으면서 빙그레 웃는 거야. 녀석은 남을 곯릴 때나 심한 말을 할 때면 항상 살찐 볼때기를 일그러뜨리며 야릇한 웃음을 짓지. 그리고 빈정거리면서, 하지만 단호하게 이러더군. '왜라니? 4~5천 프랑은 깎을 수 있으니까 그렇지!' 그러자 몽틀랭이 깜짝 놀라 대답하더군. '하지만 청구서는 규정대로였고 제가 검토하고 사장님 결재도 받은 건데요.' 그러자 사장은 정색을 하면서 이러더군. '자네처럼 순진한 사람도 없을 거야. 청구액을 깎으려면 장부 잔고를 잔뜩 높여 놓고 하는 거야.'"

생포탱은 모든 것을 다 이해한다는 표정으로 고개를 끄덕였다.

"어때? 발자크 소설 뺨치는 것 아닌가."

뒤르와는 발자크의 작품은 읽지 않았지만 자신 있게 대답했다.

"듣고 보니 정말 그러네요."

이어서 취재기자는 왈테르 부인 역시 얼빠진 여자라고 평하고, 노르베르 드 바렌은 한물간 영감탱이며, 리발은 페르바크*와 판박이라고 헐뜯었다. 그런 연후에 포레스티에에 관한 이야기가 나왔다.

---

* 페르바크(Fervacques)는 스탕달의 소설 「적과 흑」에 등장하는 17세기 프랑스의 장군을 칭한다.

"녀석은 처복이 있어. 그것뿐이야."

뒤르와는 물었다.

"부인은 대체 어떤 여잔가요?"

생포탱은 손을 비비며 말했다.

"참 나! 교활하고 사악한 여자지. 보드렉 백작이란 늙은 난봉꾼의 정부인데 그 늙은이가 지참금까지 줘가며 결혼시켰어……."

뒤르와는 그 말을 듣자 갑자기 소름이 돋으며 신경이 곤두섰다. 그는 앞에서 마구 떠들어대는 잔소리꾼에게 한바탕 욕을 퍼붓고 때려주고 싶었다. 하지만 그의 말을 가로채며 화제를 바꾸었다.

"생포탱이란 자네 진짜 이름인가?"

상대는 선뜻 대답했다.

"아니야. 토마인데 신문사에서 생포탱*이라는 필명을 붙여준 거야."

계산을 마치며 뒤르와가 말했다.

"시간이 지체된 것 같네요. 명사를 두 분이나 방문하려면요."

생포탱은 웃었다.

"순진한 사람일세. 자넨 내가 진짜로 그 중국인이나 인도인한테 영국에 대해 어떻게 생각하는지 물어보려고 찾아갈 거라고 생각하나? 《라 비 프랑세즈》 독자를 위해 무슨 생각을 하는지를 말이야. 영국이 어떤 입장인지는 내가 그들보다 더 잘 알지. 이래봬도 난 그따위 중국인이나 페르시아인, 인도인, 칠레인, 일본인, 그밖에 부류들과 이미 500번은 인터뷰했지. 내가 보기에 그 사람들 대답은 비슷비슷해. 그러니 최근에 만난 사람의 기사를 대충 옮겨 놓으면 되지. 바꿀 건 단지 그들의 생김새와 이름, 호칭과 나이, 수행원 등 그런 것뿐이지. 그런 게 잘못 나가면 큰일이지. 그랬다가는 《르 피가로》나 《르 골루와》한테 호되게 얻어맞을 테니까. 그렇지만 그런 것은 브리스톨이나 콩티낭탈 호텔 프런트에 의뢰하면 단 5분이면 캐낼 수 있지. 담배나 피우면서 거기까지 걸어가지. 합계 100수를 우리 둘의 교통비로 청구할 수 있지.

____

* 생포탱(Saint-Potin)은 험담 또는 주절거리는(Potin) 성자(Saint)라는 의미다.

이런 게 다 실무 경험을 통해 터득하한 거지."

뒤르와가 물었다.

"그런 식으로 해도 된다면 취재기자한테는 생기는 게 꽤 많겠네요."

신문기자는 내막이 있다는 듯이 대답했다.

"그렇지. 하지만 가십성 기사에는 못 당하지. 기사에 간접광고를 해주면서 뜯어낼 수 있으니까."

자리에서 일어난 그들은 큰길을 걸어 마들렌 성당 쪽으로 갔다. 갑자기 생포탱이 동료에게 말했다.

"그런데 이보게, 볼일이 있으면 가도 좋아. 나 혼자 할 수 있으니까."

뒤르와는 악수를 나누고 헤어졌다.

그는 그날 밤에 써야 할 기사가 마음에 걸려 그것에 대해 궁리하기 시작했다. 걸으면서 이러저런 생각을 하고, 따져보고 여러 가지 판단과 일화를 머릿속으로 종합하며 샹젤리제까지 올라갔다. 이렇게 무더운 날이면 파리 시내는 텅 비게 마련이라 산책하는 사람도 별로 없었다.

에트왈 광장의 개선문 가까이에 있는 간이술집에서 저녁식사를 하고 외곽의 큰길을 천천히 걸어 집으로 돌아왔다. 그리고 일을 하기 위해 책상에 앉았다.

그러나 커다란 흰 종이를 눈앞에 놓자마자 머릿속에 쌓아두었던 재료는 뇌수가 송두리째 증발해버린 듯 하나도 남지 않고 다 날아가버렸다. 그는 희미한 추억의 단편들을 붙잡아 얽어매려고 무던히 애를 썼지만 속수무책이었다. 붙잡는 족족 사라져버리거나 뒤죽박죽으로 몰려들어 어떻게 표현하고 어떻게 엮어야 좋을지, 또 어디서 시작해야 할지 난감했다.

한 시간을 끙끙거려 두서없는 첫머리 문구만을 쓰고 또 쓰고 다섯 장 째를 썼다가 찢어버리며 혼잣말로 중얼거렸다. "난 이 일이 아직 손에 익지 않은 거야. 한 번 더 지도를 받아야 할 것 같네." 생각이 여기에 미치자 요 전날 아침에 포레스티에 부인과 함께했던 일이 떠올랐다. 그러자 친절하고 다정하고도 감미로운 대화를 또다시 나눌 수 있다는 기대감에 그는 가슴이 부풀었다. 오히려 일을 시작해서 단숨에 해치워버리는 것이 오히려 아깝다는 생각까지 들면서 그는 아예 일찌감치 잠자리에 들었다.

이튿날 아침 부인을 마주한다는 설레임과 기쁨으로 밤새 꿈속을 뒤척여서 그런지 여느 때보다 훨씬 늦게 일어났다.

친구 집 초인종을 눌렀을 때는 10시였다.

하인은 대답했다.

"주인 어르신께서는 지금 일을 하시는 중입니다."

뒤르와는 남편이 집에 있으리라 생각지도 못했지만, 그래도 마음을 다잡고 말했다. "그럼 주인 어르신께 급한 볼일이 있어서 왔다고 전해 주시오."

5분쯤 기다린 뒤, 그는 더없이 즐거운 아침을 보냈던 그 서재로 안내되었다.

전에 그가 앉았던 자리에서 포레스티에는 실내복에 슬리퍼를 신고 영국식 조그마한 챙 없는 모자를 쓴 채 무언가 열심히 받아쓰고 있었다. 아내는 전처럼 하얀 실내복을 입고 벽난로에 팔꿈치를 괸 자세로 입에 담배를 문 채 문장을 불러주고 있었다.

뒤르와는 입구에 서서 중얼거렸다.

"미안합니다. 이거 방해가 되지나 않았는지 모르겠습니다."

그러자 친구는 잔뜩 찌푸린 얼굴을 돌리며 퉁명스럽게 대꾸했다.

"무슨 일인가, 또. 빨리 말하게, 우리가 좀 바쁘니까."

예상 밖의 반응에 뒤르와는 더듬거렸다.

"아니, 아무 일도 아니야. 미안하네."

포레스티에는 화를 내며 말했다.

"뭔가? 꾸물거리지 말고. 시간 뺏지 말어. 설마 할 일 없이 아침 문안 인사차 온 건 아닐 테고."

뒤르와는 당황해하며 마음을 가다듬고 말했다.

"아니…… 실은…… 저어…… 아직 기사를 못 써서…… 지난번에 자네가…… 지난번에 자네 부부가 무척…… 무척…… 친절하게 대해 주셔서…… 이번에도 염치없이 왔어……."

포레스티에는 그의 말을 가로챘다.

"농담이라도 적당히 하게. 일은 나한테 다 시키고 자넨 그저 월말에 월급이나 타러 가면 된다고 생각하는 모양이지? 젠장, 그것 참 편리한 생각이네."

그의 아내는 희미한 미소만 띄울 뿐 아무 말도 하지 않고 담배를 피웠다. 그 미소는 치밀어 오르는 경멸감을 감추기 위한 상냥한 표정의 가면처럼 느껴졌다.

뒤르와는 얼굴을 붉히며 중얼거렸다. "정말 미안해…… 그만 그…… 믿고서……." 그러다가 갑자기 또박또박하게 말했다.

"거듭 사과드립니다, 부인. 그리고 어제는 참으로 훌륭한 기사를 써 주셔서 진심으로 감사드립니다."

그렇게 머리를 숙이고 나서 말했다.

"3시에 신문사에 들를게." 그리고 곧장 나와버렸다.

그는 성큼성큼 집으로 걸음을 옮기며 불쾌한 마음에 중얼거렸다.

"좋아, 이따위 정도는 내 힘으로도 충분해. 두고 봐……."

집으로 돌아오자 곧 분노에 복받쳐 글을 쓰기 시작했다. 그는 포레스티에 부인의 손에서 시작된 사랑 이야기의 다음 부분을 신문 연재소설에서 읽은 시시콜콜한 묘사와 어처구니없는 사건과 과장된 풍치 묘사 등을 중학생 같은 서툰 문장과 하사관의 용어로 덕지덕지 얽어놓았다. 이렇게 한 시간 만에 그야말로 말도 안 되는 이야기로 가득 찬 기사를 자신만만하게 《라 비 프랑세즈》로 가지고 갔다.

제일 먼저 마주친 것은 생포탱이었다. 그는 오랜 동료를 대하듯이 힘차게 악수하면서 뒤르와에게 물었다.

"내가 쓴 중국인과 인도인 인터뷰 읽어봤나? 상당히 우습지 않아? 파리 사람들이 모두 배꼽을 쥐고 웃었을 거야. 정작 나는 녀석들 코빼기 하나 보지 않았거든.”

뒤르와는 미처 읽지 않은 터라 곧바로 신문을 가져와 「인도와 중국」
이라는 제하의 긴 기사를 읽었다.

취재기자는 옆에서 가장 재미있다는 대목을 짚어주며 해설을 덧붙
였다. 그때 포레스티에가 숨을 헐떡이며 황급히 들어왔다.

“아아! 마침 잘됐네. 자네 둘한테 부탁할 게 있어.”

그러면서 그날 밤에 취재해야 할 정치 관련 정보 몇 가지를 알려주
었다.

뒤르와는 그에게 기사를 내밀었다.

“알제리 후속편 기사야.”

“좋아, 이리 줘. 사장한테 전해주지.”

그뿐이었다.

생포탱은 새로운 동료를 끌고 복도로 나가더니 물었다.

“이보게, 회계과에는 갔었나?”

“아니요, 왜요?”

“왜라니, 돈을 받으러 가야지. 이보게, 언제나 한 달치는 미리 타두
는 거야. 앞으로 어떻게 될지도 모르니까.”

“하지만…… 저로서는 더 이상 바랄 게 없죠.”

“그럼 회계과에 소개해줄게. 난처하다는 말은 하지 않을 거야. 여기
는 지불이 좋으니까.”

뒤르와는 200프랑과 어제 기사의 고료로 28프랑을 받았다. 게다가
철도 사무소 월급 남은 것까지 합하니 호주머니의 돈은 모두 340프랑
이나 되었다.

그는 여태까지 이렇게 많은 돈을 지녀본 적이 없었기 때문에 갑자기
부자가 된 기분이었다.

생포탱은 그를 데리고 경쟁 관계에 있는 신문사 서너 곳을 돌면서
이런저런 이야기를 나누었다. 만약 자신이 취재할 뉴스거리를 다른 신
문사에서 취재했다면, 이러저런 잡담을 하는 와중에 은근슬쩍 취재 내

용을 얻어 들으려는 속셈이었다.

저녁때가 되자 뒤르와는 별 할 일도 없고 해서 폴리베르제르에 한 번 더 가보기로 했다. 그는 용기를 내서 매표구로 다가가 큰 소리로 말했다.

"《라 비 프랑세즈》 기자 조르주 뒤르와요. 저번에 포레스티에 군과 함께 왔을 때 나도 입장할 수 있도록 조치를 취해놓는다고 했는데 제대로 전해졌는지 모르겠소."

명단을 찾아보았으나 이름은 없었다. 그러나 검표원은 매우 친절한 태도로 응대했다.

"일단 들어가시고 지배인님께 직접 문의해주십시오. 잘 처리해드릴 겁니다."

입구로 들어서자마자 그는 맨 첫날 만났던 라셀이란 여인과 마주쳤다. 그녀는 곁으로 다가와서 말을 걸었다.

"어머, 어서 오세요, 고양이. 여전하시죠?"

"응, 당신은?"

"저도 나쁘진 않아요. 그 후로 난 두 번이나 당신 꿈을 꿨죠."

뒤르와는 좋아하며 싱긋 웃었다.

"아! 아! 그건 무슨 뜻이지?"

"당신에게 반했다는 거죠. 멍청하기는. 그러니까 혹시 생각나시면 한 번 더 시간을 갖자는 거예요."

"괜찮다면 오늘 밤도 무방하지."

"그래요? 대환영이에요."

"하지만 말이야……."

그는 자신이 말하려던 일에 약간 멋쩍어하며 말했다.

"실은 말이야, 오늘 밤 난 빈털터리야. 클럽에서 오는 길인데 다 털렸거든."

그녀는 상대의 눈을 가만히 들여다보았다. 곧이어 그녀는 남자의 교활함과 흥정에 닳고 닳은 거리의 여인다운 본능과 경험으로 그의 말에 허풍이 섞여 있다는 사실을 알아챘다. 그리고 말했다.

"농담도 잘하시는군요. 그러시면 안 되죠?"

그는 실없이 웃으면서 말했다.

"10프랑이라도 괜찮다면, 그 정도는 있지."

그녀는 거리의 여인 특유의 아무런 사심도 없다는 목소리로 중얼거렸다.

"당신 하고 싶은 대로 하세요, 그런 건. 난 당신만 있으면 되니까요."

그리고 청년의 매력에 빠져버린 눈길을 들어 그의 콧수염을 쳐다보았고, 팔을 끌어당기며 사랑스럽게 속삭였다.

"우선 석류 시럽을 한 잔 마시고 그다음에 한 바퀴 돌아요. 난 이렇게 당신하고 오페라도 보러 가고 싶어요. 사람들한테 당신을 자랑하게 말예요. 그런 다음 일찍 집에 가요."

*　　*　　*

그 여자 집에서 늦게까지 잤다. 밖으로 나오니 이미 대낮이었다. 이내 《라 비 프랑세즈》를 사야겠다고 생각했다. 그리고 초조한 손길로 신문을 펼쳤다. 그의 글은 실려 있지 않았다. 초조했던 그는 보도에 버티고 서서 어딘가에 찾는 것이 있지 않을까 하고 신문을 샅샅이 훑었다.

답답한 무언가가 갑자기 그의 심장을 찍어 눌렀다. 밤새 사랑을 나눈 터라 지쳐 있었는데 이렇게 난감한 상황에 부닥치니 그 심적 타격은 엄청난 재앙과도 같은 무게로 목을 조르는 듯했다.

그는 방으로 올라가 옷도 벗지 않고 그대로 잠자리로 굴러들었다.

몇 시간 뒤 편집실로 들어서자마자 그는 왈테르 씨에게 면회를 청했다.

"사장님, 오늘 아침 제 알제리 기사가 실려 있지 않아서 매우 놀랐습니다."

사장은 고개를 들고 무뚝뚝하게 말했다.

"자네 친구 포레스티에한테 읽어보라고 했더니 그다지 좋지 않다고 하더군. 다시 써주게."

뒤르와는 화가 잔뜩 나서 대답도 하지 않고 방을 나와 거칠게 친구의 방으로 들어가 따지듯이 물었다.

"내가 쓴 기사를 왜 안 냈지?"

신문기자는 안락의자에 등을 기대고 담배를 피우고 있었다. 책상 위에 발을 올려놓고 있어 쓰다 만 기사는 구두 뒤꿈치에 비벼져 지저분하게 되어 있었다. 그는 터널 속에서 말하는 듯 축 늘어지고 아득한 목소리로 조용히 대답했다.

"사장한테 보여줬더니 신통치 않다면서 자네한테 돌려보내라고 주더군. 다시 써달라는 거야. 보게, 거기 있어."

그는 서진(書鎭) 밑에 눌러놓은 종이를 손가락으로 가리켰다.

뒤르와가 아무 말도 못하고 서 있다가 호주머니에 원고를 구겨 넣을 때, 포레스티에가 다시 말을 이었다.

"오늘은 먼저 경시청에 다녀와……."

그는 뭘 해야 하고 어떤 뉴스를 취재해야 할지 상세하게 지시했다. 뒤르와는 뭔가 가시 돋친 말을 내던지고 싶었으나 적당한 말이 떠오르지 않아 그대로 밖으로 나왔다.

다음 날도 기사를 가지고 갔으나 또다시 퇴짜를 맞았다. 또다시 손을 봐서 세 번째 보냈지만 그것도 마찬가지였다. 이내 그는 자신이 너무 성과에 급급해 있다는 사실과, 더구나 포레스티에의 도움 없이는 달리 방법이 없다는 사실을 깨달았다.

그래서 다시는 「아프리카 연대 병사의 회상」에 대해서는 얘기를 꺼내지 않기로 작심했다. 그리고 더 더욱 요령껏 대처하리라고 스스로 다짐하면서 상황이 좋아질 때까지 오로지 열심히 취재기자 일에만 전념하기로 결심했다.

그렇게 해서 그는 점차 연극이나 정치의 내막을 파악하게 되었고,

정치가와 의원 회관의 복도나 대기실도 스스럼없이 드나들고, 관저를 배당받는 고위 관리들의 잘난 체하는 낯짝과 졸고 있는 수위들의 찡그린 얼굴과도 익숙해졌다.

그는 장관과 수위, 장군, 경찰, 공작(公爵), 사창가 뚜쟁이, 거리의 여자, 대사, 주교, 기둥서방, 호사가, 사교계 인사, 그리스인, 역마차 마부, 카페 웨이터, 그밖에 온갖 사람들과 끊임없이 친분을 맺었다. 하지만 그들과는 이해타산에 의한 관계일 뿐 그 이상도 그 이하도 아니었다. 그는 자유분방한 태도로 누구에게 딱히 더 존경하거나 멸시하지 않고, 누구든 똑같은 기준으로 대해주고, 똑같은 눈으로 평가했다. 그도 그럴 것이 매일, 매일 밤마다 깊이 생각할 겨를도 없이 그들을 만나 자기 일에 관련된 이야기를 일상적으로 나누어야 했기 때문이다. 이러한 자신을 비유해서 그는 샘플로 주는 술을 홀짝홀짝 마시다가 끝내 술에 취해 샤토 마고*와 아르장퇴유를 구분할 수도 없게 된 사내라고 자조 섞인 푸념을 했다.

이러한 노력으로 그는 얼마 안 가서 뛰어난 취재기자가 되었다. 그는 자기 정보에 확신을 갖고, 노회하면서도 기동력 좋고, 날카로운, 신문의 진수를 아는, 왈테르 영감의 말을 빌린다면, 신문사의 보석 같은 존재였다.

하지만 200프랑의 고정급에 한 줄에 10상팀밖에 안 되는 보수로는 번화가 카페와 레스토랑에 끊임없이 출입해야 하는 생활에 드는 비용을 감당하기란 무리였다. 그는 돈에 몹시 쪼들렸다.

그는 몇몇 동료가 호주머니에 금화를 넣고 있는 것을 보면서 자신이 아직 터득하지 못한 그들만의 요령이 있을 거라고 짐작했다. 하지만 주머니를 두둑하게 만들기 위해 그들이 무슨 수작을 부리는지 알 도리가 없었다. 그는 그들을 부러워하며 분명히 부정한 방법이나 기사 게

---

* 샤토 마고(Château-Margaux)는 보르도산 최고급 포도주다. 파리 근교인 아르장퇴유 (Argenteuil) 포도주를 품질이 떨어지는 술에 비유하고 있는데 모파상의 이런 표현 때문에 19세기에 아르장퇴유 포도주는 싸구려 취급을 당하게 되었다는 일화도 있다.

재를 미끼로 한 수수료, 기자끼리 서로 내통하는 은밀한 비밀 거래를 하고 있음이 분명하다고 확신했다. 그렇다면 암묵적으로 연결되어 있는 저 동료들과 함께 어울리는 것이 무엇보다 중요했다. 자기를 젖혀 두고 자기들끼리만 이득을 챙기고 있는 동료들 사이를 파고들어 그 미스터리를 캐내야 했다.

그래서 그는 밤마다 지나가는 기차를 창문 너머로 바라보며 무슨 방법을 강구해야 할까 생각에 잠기곤 했다.

그 후 두 달이 지나 9월이 되었다. 하지만 행운은 뒤르와가 바라듯이 파죽지세로 달려오지 않고, 매우 느릿느릿 다가왔다. 특히 마음을 졸인 것은 자신의 지위에 대한 심리적 열등감이었다. 어떤 방식을 취해야 존경도 받고 돈도 꼬이는 저 높은 곳에 올라설 수 있을지 전혀 감이 잡히지 않았다.

그는 속으로 이 취재기자라는 보잘것없는 일에 갇힌 채 사방을 둘러싼 벽에서 벗어날 수 없을지도 모른다고 생각했다. 사람들은 그를 존중해주었지만, 그것은 단지 그 자리에 걸맞는 것에 지나지 않았다. 포레스티에도 처음에는 여러 모로 힘을 써주었지만 더 이상 만찬에도 초대하지 않았고, 친구로서 허물없이 말을 주고받으면서도 매사에 부하 직원 취급을 했다.

이따금 뒤르와는 기회를 잡아서 짤막한 기사도 실었다. 가십난에 기사를 써오면서 예전 알제리에 관한 두 번째 기사를 썼을 때는 깨닫지 못했던 매끄러운 필치와 요령을 터득했다. 때문에 써낸 글이 퇴짜를 맞는 그런 괴로운 일은 당하지 않았다. 하지만 그의 글은 확고한 정치적 입장을 토대로 일필휘지로 주장하며 써내려가는 글과는 천지차이였다. 이를테면 마부 자리에 앉아 마차를 몰며 불로뉴 숲을 달리는 것과, 마차 주인으로서 마부가 모는 마차를 타고 달리는 것과 같은 차이였다. 무엇보다 참을 수 없었던 것은 사교계로 진입할 수 없다는 자괴감이었다. 사교계를 통해 진중한 만남을 유지하고, 귀부인들과 친해질 기회가 그에게는 차단된 상태였다. 두서너 명의 이름 있는 여배우가 자기 관리 차원에서 이따금 불러주는 것이 전부였다.

그렇지만 그는 귀부인이든 하찮은 여배우든 여자들 모두가 자기를 보는 순간 묘한 관심을 보이며 호감을 보인다는 사실을 깨닫고 있었다. 때문에 훗날 출세의 실마리가 되어줄 여자를 아직 못 찾았다는 사실이 그를 말뚝에 매어진 말처럼 초조하게 만들었다.

포레스티에 부인을 방문해볼까 몇 번 생각도 해보았다. 하지만 전에 방문했을 때 일이 떠올리면 화가 치밀어 발길이 내키지 않았다. 그는 남편이 초대하기를 기다려보자는 심산이었다. 그러다가 드 마렐 부인이 언뜻 떠올랐다. 그녀는 전에 한번 찾아와달라고 했다. 그 말을 떠올라서 할 일이 없던 어느 날 오후 그녀를 찾았다.

"3시까지는 항상 집에 있어요"라고 그녀는 말했었다.

그는 2시 반에 그녀 집의 초인종을 눌렀다.

그녀는 베르뇌유 거리 5층에 살고 있었다.

초인종 소리에 하녀가 문을 열었다. 머리도 제대로 빗지 않은 작은 체구의 여자였는데 모자 끈을 묶으며 대답했다.

"네, 마님께서 계시기는 한데 일어나셨는지 모르겠네요."

그녀는 조금 열려 있는 거실 문을 밀었다.

그는 안으로 들어갔다. 거실은 제법 넓었으나 가구도 별로 없고 잘 관리를 하지 않는지 너저분한 상태였다. 색 바랜 낡은 안락의자가 하녀의 손길이 간 대로 볼썽사납게 벽을 따라 늘어서 있었다. 자기 집을 단장하는 여인의 살뜰한 마음은 전혀 느껴지지 않는 방이었다. 사방의 벽에는 강 위에 있는 보트, 바다 위의 배, 들판 한가운데의 풍차, 그리고 숲 속의 나무꾼을 그린 초라한 액자 네 개가 벽 한복판에 하나씩 걸려 있었다. 액자 끈의 길이도 길고 짧고 난잡했고, 어떤 것은 비스듬히 기울어 있었다. 무심한 여인의 등한한 눈길 아래 오래도록 저 모습이었을 것이다.

뒤르와는 의자에 앉아 기다렸다. 한참을 기다렸다. 드디어 문이 열리고 드 마렐 부인이 종종걸음으로 뛰어나왔다. 그녀는 장밋빛 실크 바탕에 황금빛 풍경과 파란 꽃, 새하얀 새를 수놓은 일본풍 실내복을 입고 있었다.

"여태까지 잠자리에 있었다고 나무라는 건 아니죠? 정말 와주셨군요! 저는 까맣게 잊으신 줄 알았어요."

그녀는 몹시 기쁜 듯이 두 손을 내밀었다. 뒤르와는 너절한 방안의 정경처럼 마음이 홀가분해져 두 손을 잡으며 예전에 노르베르 드 바렌이 그랬듯이 한쪽 손에 키스를 했다.

부인은 그를 앉히고 머리끝부터 발끝까지 찬찬히 살폈다. "정말 많이 변하셨네요. 몰라보게 멋있어지셨어요. 역시 파리가 체질에 맞나보네요. 자아, 그동안 어떻게 지내셨는지 말씀해주세요."

그들은 마치 10년은 넘게 사귄 친구처럼 신나게 이야기꽃을 피웠다. 단숨에 친근한 마음이 샘솟는 듯했다. 성격도 같고, 같은 부류에 속한 인간을 5분 만에 친구로 만드는, 그러한 믿음과 친밀감과 애정의 물결이 서로에게 굽이치는 것을 느꼈다.

갑자기 젊은 여자는 이야기를 멈추고 놀랍다는 듯이 말했다. "정말 이상해요, 당신하고 이야기하고 있으니까 마치 10년 전부터 알던 분 같아요. 아마 우린 좋은 친구가 될 거예요, 괜찮으시죠?"

그는 결연한 표정을 지으며 미소를 지었다. "물론이죠."

그는 부인이 상당히 매혹적이라 생각했다. 화려하고 부드러운 실내복을 입은 부인은 하얀 실내복을 입은 섬세한 포레스티에 부인에 비하면 애교스럽고, 세련된 느낌은 적었지만 훨씬 자극적이고 훨씬 선정적이었다.

포레스티에 부인의 고요하고 우아한 미소는 "당신이 좋아요"라고 하다가 "이러지 마세요" 하는 것 같아 도무지 속마음을 종잡을 수 없었다. 그 미소는 그를 끌어당기는 듯하면서도 밀쳐내는 것 같아 선뜻 다가설 수 없게 만들었다. 또한 포레스티에 부인 곁에 있으면 그녀 발 아래 꿇어 엎드리고 싶기도 하고, 앞가슴 쪽 레이스에 키스를 하며 젖

무덤 사이에서 흘러나오는 따뜻하고 향긋한 체취를 천천히 들이키고 싶은 욕망을 느꼈다. 하지만 드 마렐 부인 곁에 있으면 좀 더 노골적이고도 좀 더 명확하게 욕정을 느낀다. 그것은 얇은 비단이 들춰지며 드러나는 여체의 윤곽 앞에 저도 모르게 두 손이 떨리는 욕정이었다.

그녀는 이야기를 계속했다. 그녀는 한마디 한마디에 경쾌한 재치를 뿌렸고, 이미 몸에 익은 요령을 터득하고 있는 것 같았다. 마치 솜씨 좋은 직공이 동료 직공들이 지켜보는 가운데 가장 난해하다고 평판이 난 일을 손쉽게 해치워 사람들을 놀라게 하는 그런 상황이었다. 그는 이야기를 들으며 생각했다. '이런 건 알아둬도 손해가 아니겠는걸. 이 여자에게 그날그날 일어난 일에 대해 떠벌이게 만들면 파리에 대해 멋진 기사를 만들 수 있겠어.'

그러나 방금 전 그녀가 들어온 문을 조용히, 아주 조용히 두드리는 소리가 났다. 그녀는 큰소리로 외쳤다. "들어와도 괜찮아, 우리 아가야!" 소녀는 들어오더니 곧장 뒤르와에게 다가와 손을 내밀었다.

어머니는 놀라서 중얼거렸다. "어머, 벌써 우리 아이 마음을 사로잡았군요. 더 이상 낯을 가리지 않네요." 젊은이는 소녀에게 키스하고서 옆에 앉혔다. 그리고 진지한 얼굴로 지난번 만난 뒤로 뭘 하고 지냈는지 다정스럽게 물었다. 그녀는 어른처럼 정색을 하더니 피리 소리 같은 청아한 목소리로 대답했다.

벽시계가 3시를 알렸다. 신문기자는 일어섰다.

"종종 오세요." 드 마렐 부인이 부탁했다. "오늘처럼 잡담이나 하게요. 정말 즐겁네요. 그런데 요즘은 왜 포레스티에 씨 댁에서는 뵐 수가 없죠?"

뒤르와는 대답했다.

"별것 아닙니다. 일이 너무 많아서요. 조만간 그 댁에서 한번 뵙죠."

그는 왠지 모를 희망에 부풀어 그 집을 나섰다.

포레스티에에게는 그 집을 방문한 일에 대해 말하지 않았다.

이후로 며칠 동안 그는 그날 일을 잊을 수가 없었다. 그냥 추억이라

기보다는 일종의 환영(幻影)처럼 그 여인이 그의 마음에 들러붙어 떨어
지지 않았다. 마치 그녀의 무엇인가를 가져온 듯한 느낌이었다. 그의
눈 속에는 그녀의 몸이 영상처럼 생생하고, 그의 마음속에는 그녀의
연정이 향취로 남아 있었다. 그리고 누군가와 즐거운 몇 시간을 지내
고 나면 으레 그렇듯이, 그녀의 영상이 강박관념이 되어 머리에서 떠
나지 않았다. 그녀가 지닌 야릇하고 독특한 매력은 뒤르와를 혼란스럽
고 당황스러우면서도 감미롭기도 한 미스터리한 그 무언가에 사로잡
힌 것처럼 만들었다.

며칠 후 그는 두 번째 방문을 했다.

하녀에게 안내되어 객실로 들어가자 로린이 곧장 나왔다. 아이는 이
번에는 손이 아니라 이마를 내밀며 말했다.

"엄마가 잠깐만 기다리시래요. 아직 옷을 갈아입지 않아서 15분쯤
은 걸릴 거래요. 그동안 엄마 대신 제가 상대해드릴게요."

뒤르와는 예의를 갖추려는 소녀의 응대가 재미있어서 대답했다.

"감사합니다, 아가씨. 15분 동안 함께 시간을 보낼 수 있다니 정말
영광입니다. 하지만 저는 잠시도 얌전하게 있지 못하는 성격이어서 하
루 종일 장난을 친답니다. 그래서 제안 하나 드리고 싶습니다. 술래잡
기 하고 싶은데 어떠신가요?"

소녀는 당혹감에 한동안 대답을 하지 않고 있다가 터무니없는 제안
에 어른스럽게 미소 지으며 말했다.

"방안에서 장난치면 안 돼요."

그는 계속해서 말했다.

"전 상관하지 않습니다. 전 어디서든 장난을 쳐요. 자, 잡아보세요!"

그러면서 소녀에게 자기를 잡으러 쫓아오도록 탁자 주위를 돌았다.
그녀는 접대상 어쩔 수 없다는 듯한 미소를 지으며 뒤르와를 쫓아왔
다. 이따금 그를 잡으려고 손을 뻗치기는 했지만 결코 뛰지는 않았다.

그는 멈춰 서서 몸을 낮게 굽히고 있다가 그녀가 망설이면서 다가오
면 상자 속의 스프링 인형처럼 폴짝 뛰어올라 한달음에 방 저편 구석

으로 뛰어갔다. 소녀는 그 모습에 웃음을 터뜨리며 점차 흥분해서 종종걸음으로 그를 뒤쫓기 시작했다. 드디어 잡았다고 싶었을 때는 두려우면서도 흥에 겨운 낮은 탄성을 질렀다. 그는 의자를 옮겨서 방해물을 만들기도 하고, 한동안 의자 주위를 돌게 하다가 훌쩍 몸을 옮겨 다른 의자를 잡기도 했다. 로린은 이 새로운 장난에 완전히 빠져들어 이제는 막 뛰어다녔다. 신이 난 아이는 얼굴에 홍조를 띠었고, 상대가 달아나거나 계략을 걸거나 속임수 동작을 할 때마다 어린 아이답게 힘차게 달려들었다.

그녀가 그를 따라 잡았다고 생각한 순간이었다. 그는 갑자기 소녀를 두 손으로 천정까지 들어 올리며 외쳤다.

"잡았다!"

소녀는 좋아하면서 빠져나오려고 두 다리를 바동거리며 명랑하게 웃어댔다.

그때 드 마렐 부인이 들어와 그 광경을 보고 어리둥절했다.

"어머나! 로린이…… 로린이 장난을 치다니…… 정말 당신은 요술쟁이시군요."

그는 소녀를 내려놓고 어머니의 손에 키스를 하고 소녀를 가운데 두고 나란히 앉았다. 두 사람은 이야기를 하고 싶었지만, 평소에는 그토록 말이 없던 아이가 로린은 무언가에 취한 듯이 잠시도 쉬지 않고 재잘거렸다. 결국 소녀를 방으로 들여보내야만 했다.

말없이 엄마 말을 잘 따르던 소녀의 눈가에는 눈물이 맺혔다.

단둘이 남게 되자 드 마렐 부인은 낮은 목소리로 말했다.

"제가 좀 거창한 계획을 하나 세웠는데 당신한테 부탁드리고 싶어요. 실은 매주 포레스티에 씨 댁 만찬에 초대해주시는데, 답례로 부부를 식당에 초대하기도 해요. 저는 집으로 손님 초대하는 것을 좋아하지도 않고, 또 그럴 처지도 아니에요. 게다가 저는 집안일이라든가 요리 같은 것은 전혀 몰라요. 그저 이렇게 대충 사는 것이 편해요. 그래서 가끔 그 부부를 식당으로 초청하는데 셋만 있으면 재미가 없거든요. 다른 분을 초대하고 싶어도 제가 아는 분들은 그 부부와 잘 안 맞을 것 같아서요. 이렇게까지 말씀드리는 것은 내가 왜 이렇게 불쑥 당신을 초대를 하게 되었는지 설명하기 위해서예요. 아시겠죠? 토요일 7시 반에 카페 리슈에 오셔서 함께 자리를 해주셨으면 해요. 그 집 아시죠?"

그는 기꺼이 승낙했다. 그녀는 다시 계속해서 말했다.

"단 네 사람뿐이에요. 정말 오붓하게 우리끼리만이죠. 우리 여자들에게는 좀처럼 없는 기회니까 그런 조촐한 연회는 무척 재미있을 거예요."

그녀가 입고 있는 짙은 밤색 옷은 몸에 착 달라붙어 허리선과 엉덩이, 젖가슴과 팔의 윤곽을 도발적일 정도로 요염하게 그려냈다. 이토록 빈틈없이 세련된 그녀의 우아함과, 하숙집처럼 무관심한 실내 치장의 부조화에 뒤르와는 놀라움을 떠나 일종의 알 수 없는 곤혹감을 느꼈다.

그녀의 몸에 두른 것, 살결에 직접 닿는 것은 섬세하고 세련되었지만, 그녀 주위의 것들은 아무렇게나 방치되어 있었다.

그는 작별을 하고 나왔지만, 예전처럼 관능의 환각이 여전히 눈앞에 아른거려 마치 그녀가 눈앞에 있는 듯한 느낌이었다. 시간이 지날수록 만찬의 시간이 점점 더 기다려졌다.

아직 주머니 형편이 연회복을 살 만큼 넉넉하지 못해서 그는 다시 한 번 예복을 빌려 입고, 약속보다 이른 시간에 제일 먼저 모임 장소에 도착했다.

종업원은 3층으로 이끌더니, 큰길 쪽으로 창문이 하나 있는 붉은색 휘장으로 치장한 레스토랑의 작은 별실로 안내했다.

정사각형 식탁에는 4인분 식기가 놓여 있고, 새하얀 식탁보는 니스 칠을 한 듯이 빛났다. 두 갈래로 가지를 친 촛대에 밝혀진 열두 개의 촛불이 유리컵과 은제 그릇, 화로 등을 밝게 비추었다.

별실의 강한 불빛에 비친 가로수 잎이 커다랗고 밝은 초록빛 얼룩처럼 아른거렸다.

벽지와 마찬가지로 붉은 천을 씌운 몹시 낮은 소파에 앉은 뒤르와는 낡은 용수철이 푹 꺼지면서 마치 동굴 바닥으로 떨어지는 듯한 느낌이 들었다. 넓은 건물 안에서 여러 가지 소리들이 소용돌이치고 있었다. 접시며 은그릇이 부딪히는 소리, 복도에 깔린 카펫으로 나직이 들려오는 웨이터들의 분주한 발걸음 소리, 어딘가 문이 잠깐 열리며 손님이 가득 찬 좁은 방에서 한꺼번에 쏟아져 나오는 얘기 소리 등 커다란 음식점 특유의 소리였다. 포레스티에가 들어서서 《라 비 프랑세즈》 사무실에서는 한 번도 보인 적이 없는 다정스럽고 친밀한 태도로 그의 손을 잡았다. 그리고 말했다.

"두 여자는 나중에 함께 올 걸세. 이런 식사는 아주 유쾌하지."

그는 식탁을 바라보며 희미하게 켜져 있는 가스등을 완전히 끄고, 바람이 들어온다면서 한쪽 유리창을 닫고 바람이 닿지 않는 곳에 자리를 잡으며 말했다. "정말 조심해야 해. 요 한 달 동안은 그럭저럭 괜찮았는데 사나흘 전부터 또 좋지가 않아. 화요일에 연극을 보러 갔다 오는 길에 감기가 든 모양이야."

문이 열리고 두 젊은 부인이 지배인에게 안내되어 들어왔다. 둘 다 베일로 얼굴을 가리고 고개를 다소곳이 수그리고 있었다. 언제 누구를 마주치게 될지 모르는 이런 장소에서 여자들이 곧잘 그렇듯이 매력적이고 조심성 있는 몸가짐이었다.

뒤르와가 인사를 하자, 포레스티에 부인은 왜 찾아오지 않느냐며 나무라면서 드 마렐 부인에게 웃는 얼굴을 돌리며 덧붙였다.

"알고 있어요. 마렐 부인이 더 좋으신 거죠. 그분한테 가실 짬은 있잖아요."

모두 자리에 앉자 지배인이 포레스티에에게 와인 메뉴판을 건넸다. 그러자 드 마렐 부인이 말을 걸었다.

"남자 분들께서 좋아하시는 걸로 주문하세요. 우리는 얼음에 채운 샴페인이면 돼요. 제일 좋은 마시기 순한 것으로요."

지배인이 나가자 그녀는 들뜬 목소리로 웃으며 말했다.

"오늘 밤 전 취하고 싶어요. 마음껏 마시고 즐기며 실컷 떠들어요."

포레스티에는 그 말을 듣고 있지 않았는지 동문서답했다.

"창문을 닫으면 안 될까요? 사나흘 전부터 가슴이 조금 좋지 않아서요."

"네, 괜찮아요."

그는 열어 놓았던 창문을 마저 닫고서 마음이 놓인 듯이 미소를 지으며 자기 자리로 돌아왔다.

그의 아내는 아무 말도 하지 않고 생각에 잠긴 듯했다. 그리고 식탁에 눈길을 떨어뜨리고, 무언가 약속했지만 결코 지킬 생각이 없다는 듯한 알 수 없는 미소를 머금은 채 유리컵을 쳐다보고 있었다.

오스탕드*산 굴이 요리로 나왔다. 마치 조개껍질 속에 귀가 들어앉은 것처럼 생긴 귀엽고 기름진 굴은 입안에서 짭짤한 봉봉사탕처럼 부드럽게 녹았다.

뒤이어 수프가 나오고, 앳된 처녀의 살결 같은 분홍빛 송어가 나오면서 조금씩 이야기의 실타래가 풀렸다.

먼저 세간의 입에 오르내리는 염문이 화제에 올랐다. 사교계의 어떤 부인이 외국 왕족과 은밀한 자리에서 식사를 하다가 남편 친구한테 들켰다는 이야기다.

포레스티에는 터무니없는 일이라고 비웃었고, 두 여자는 그런 말을 함부로 퍼뜨리고 다니는 남자는 야비하고 비열한 인간이라고 주장했다. 뒤르와는 그 의견에 공감하면서 그런 일에 대해서는 설령 자기 일이든, 남에게 들은 얘기이든, 아니면 단지 목격한 일이든 간에 남자라면 무덤까지 가져가야 한다고 강력히 주장했다. 그리고 이렇게 덧붙였다.

"만약 서로 간에 반드시 비밀을 지킬 것이라 확신할 수 있다면, 인

---

* 오스탕드(Ostende)는 벨기에의 항구 도시로, 북해(North Sea) 연안에 위치한다. 어업이 발달한 휴양지다.

생은 얼마나 멋지겠습니까? 여자를 주저하게 만드는 것은 대개의 경우가, 아니 거의 대부분이 비밀이 탄로 나지 않을까 하는 마음 졸임 때문이지요."

그런 다음 다시 웃으며 말했다. "그렇지 않습니까? 만약 한때의 덧없는 행복을 돌이킬 수 없는 추문이나 쓰라린 눈물로 보상해야 할 걱정만 없다면, 얼마나 많은 여자들이 한순간의 욕망이나, 일순간에 찾아든 격렬한 감정이나, 연정으로 들뜬 마음에 몸을 맡길 수 있을 겁니다."

그는 마치 특정 사건이라기보다는 오히려 자신의 사건을 변호하는 것처럼 듣는 이의 마음을 끌어들일 수 있을 정도로 단호하게 말했다. '그런 위험도 저와 함께라면 걱정할 필요 없습니다. 한번 시험 삼아 해보시죠'라고 말하는 듯했다.

두 여자는 물끄러미 그를 바라보며 공감의 눈길을 보내면서 참 조리 있게 말을 잘한다고 생각했다. 그녀들의 다정스러운 침묵은 만약 비밀이 지켜진다는 확신만 있다면 파리 토박이 여인의 견고한 정조도 오래가지는 못할 것이라고 고백하는 듯했다.

포레스티에는 옷을 더럽혀지지 않도록 냅킨을 조끼 속에 접어 넣고, 한쪽 다리를 접어 소파에 거의 눕다시피 하고 있다가, 회의적인 사람이 상대에게 설복 당했을 때처럼 갑자기 어색한 웃음을 지으며 말했다.

"아무튼 자네가 맞아. 만약 비밀이 지켜진다는 확신만 있다면 여자들은 제멋대로일 거야. 제기랄! 불쌍한 건 남편들이라니까."

뒤이어 사랑 이야기로 옮겨졌다. 뒤르와는 사랑을 영원한 것이라고 생각하지는 않지만, 긴밀한 관계나 다정한 우정이나 믿음에 빗대어보면 상당 기간 지속될 수 있을 거라고 말했다. 육체의 결합은 마음의 결합을 보증해주는 것이다. 하지만 헤어질 때 늘 따라붙는 저 귀찮게 하는 집착과, 질투가 부른 참극, 격렬한 언쟁, 비참한 말로는 정말 지긋지긋하다고 말했다.

그 말에 드 마렐 부인은 한숨 섞인 목소리로 말했다.

"그래요, 그것은 세상살이의 유일한 즐거움이죠. 그런데도 우리는 말도 안 되는 이유로 그것을 망쳐버리는 경우가 많아요."

나이프를 장난삼아 만지작거리던 포레스티에 부인이 말을 덧붙였다.

"그래요…… 정말이에요…… 사랑받는다는 건 기쁜 일이에요."

그녀는 더욱 먼 곳으로 생각을 내달리며 차마 입 밖으로 꺼낼 수 없는 여러 일들을 몽상하는 듯싶었다.

수프 다음에 나오는 앙트레(前食)가 좀처럼 나오지 않자 모두들 이따금 샴페인을 한 모금씩 마시며 둥글고 작은 빵의 껍질을 뜯고 있었다. 사람을 사로잡는 그 사랑에 대한 상념이 천천히 그들 모두의 가슴에 스며들어, 마치 투명한 술이 한 방울씩 목구멍에 떨어져 피를 덥히고 머리를 흐릿하게 만들 듯이 점차 그들의 영혼은 취해갔다.

잠시 후 어린 양고기 갈빗살이 나왔다. 잘게 썬 아스파라거스가 푸짐하게 깔린 접시 위에 사뿐히 얹혀 있었다.

"이거 진짜 맛있는 걸!" 포레스티에가 외쳤다.

모두들 연한 고기와 크림처럼 부드러운 채소를 음미하며 천천히 먹었다.

뒤르와가 말을 이었다.

"나는 누군가를 사랑할 때는 그 여인 주변의 모든 게 하나도 보이지 않더군요."

그의 목소리는 확신에 차 있었다. 식탁에서 맛보는 맛있는 요리의 즐거움을 사랑의 즐거움으로 승화시키자 흥분을 억누를 수 없는 듯했다.

포레스티에 부인은 언제나 그렇듯이 아무 관심도 없다는 말투로 중얼거렸다.

"맨 처음 서로 손을 잡을 때만큼 행복한 것은 없을 거예요. 여자가 '저를 사랑하시나요?' 하고 물으면, 상대방이 '네, 진심으로' 하고 대답하는 그런 거요."

드 마렐 부인은 샴페인이 담긴 가느다란 유리잔을 들어 단숨에 마시고 내려놓으며 흥겹게 말했다.

"전 그렇게 플라토닉하지 못해요."

그러자 모두들 눈을 빛내며 그 말에 동의한다는 듯 웃기 시작했다.

포레스티에는 소파에 비스듬히 누워 두 팔로 쿠션을 껴안으며 진지하게 말했다.

"그런 솔직한 점이 부인의 장점이고, 그것은 부인이 실천적인 분이라는 것을 입증하지요. 하지만 마렐 씨 입장은 어떠신지 여쭈어도 될까요?"

그녀는 끝없는, 한없이 경멸에 찬 표정으로 천천히 어깨를 움츠리더니 거리낌 없이 말을 이었다.

"드 마렐 씨는 이런 일에 대해 입장이라는 게 없어요. 그저 오로지…… 기권이에요."

그들의 이야기는 고상한 애정론에서 음란한 이야기꽃이 만발한 정원으로 들어섰다.

교묘한 암시에 대한 응수가 이어지고, 스커트를 들추듯이 짧은 말로 살짝 아슬아슬한 곳을 엿보이기도 하고, 은근한 표현으로 대담한 말을 능란하게 해치우기도 하고, 의젓하게 음탕한 공상을 내달리기도 하고, 점잖은 말로 고스란히 옷을 벗겨버리기도 했다. 그러한 유희는 입으로는 표현할 수 없는 일순간의 환상을 눈과 가슴에 떠오르게 만들어 사교계 사람들에게는 일종의 미묘하고 신비로운 연애 감정을 맛보게 한다. 포옹을 하듯 육감적인 관능을 자극하고, 모두 은밀한 색정을 수치스런 포옹으로 몸을 탐하듯이 온갖 불순한 접촉을 끄집어내 상기시키는 것이다. 그때 다음 코스인 고기 요리가 들어왔다. 메추리를 곁들인 구운 자고(鷓鴣)새 고기와 완두콩, 그다음에는 푸아그라*가 치커리 샐

---

* 푸아그라(foie gras)는 살을 찌운 거위나 오리의 간으로 만든 요리다. 푸아그라는 캐비아, 트뤼프(송로버섯)와 함께 서양의 3대 진미 중 하나로 꼽는다.

러드와 함께 나왔다. 샐러드는 양푼 같은 모양을 한 커다란 샐러드 그릇에는 녹색 거품이 가득 담긴 듯했다. 그들은 오로지 이야기에 정신이 팔려, 말하자면 사랑의 욕조에 잠겨, 요리의 맛을 음미할 겨를도 없이 뭐가 뭔지도 모르고 무턱대고 먹어치웠다.

이제 두 부인은 상당히 아슬아슬한 이야기마저도 대담하고 거침없이 내뱉었다. 드 마렐 부인은 타고난 대담성에서 도발적인 듯한 말을 했지만, 포레스티에 부인은 말투나 목소리나 미소나 모든 면에서 매혹적인 조심성과 수줍어하는 것이 있었다. 하지만 그것은 그녀의 입에서 나오는 대담한 말을 부드럽게 수위를 낮추는 것 같았지만 듣는 이에게는 오히려 더 도발적으로 들렸다.

포레스티에는 아예 쿠션 위에 드러누워 내내 웃고 마시고 먹었다. 그러면서도 이따금 너무나 지나치게 노골적이고 상스러운 말을 던졌다. 그런 표현에 여자들은 체면치레로 당혹감을 느끼는 듯 잠시 동안은 난감한 척했다. 그는 아주 음란한 말을 하고 나서 반드시 그 뒤에 덧붙였다.

"사람들, 잘들 하고 있구만. 이런 말만 계속하다간 언젠가는 사고 한번 치겠어."

디저트가 나오고, 이어 커피가 나왔다. 식후에 마신 술 한 잔은 흥분한 가슴에 더욱 뜨겁고 어수선한 마음의 동요를 부채질했다.

드 마렐 부인은 사전에 예고한 대로 흠뻑 취했다. 그녀는 자기가 취했다는 것을 인정하면서도 손님들을 즐겁게 할 요량으로 명랑하게 애교 섞인 수다를 늘어놓았는데, 그 모습은 그녀의 취기를 더 한껏 부풀렸다.

포레스티에 부인은 뭔가 조심스러운 것이 있는지 이제는 입을 다물고 있었다. 뒤르와는 자기가 너무 달아올랐다는 것을 깨닫고 무슨 실수라도 할까 봐 조심했다.

모두들 담배에 불을 붙였다. 그러자 포레스티에가 갑자기 기침을 하기 시작했다.

목구멍이 찢어질 듯한 격렬한 발작이었다. 그는 얼굴이 시뻘겋게 되어 구슬 같은 땀을 흘리며 냅킨으로 입을 짓눌렀다. 그러다가 발작이 가라앉자 화가 난다는 듯 중얼거렸다. "파티라는 건 나한테 맞지 않아. 어리석은 짓이지!" 화기애애한 분위기는 갑자기 병에 대한 공포로 어디론가 사라져버리고 말았다.

그는 말했다. "그만 돌아가지."

드 마렐 부인은 초인종을 눌러 계산을 하게 했다. 계산서가 도착했다. 그녀는 너무 취해 숫자가 눈앞에서 뱅글뱅글 돌아서 읽을 수가 없다며 뒤르와에게 계산서를 건넸다. "여기요, 저 대신 계산 좀 해주세요. 너무 취해서 아무것도 안 보여요."

그러면서 그의 손에 지갑을 던졌다.

합계는 130프랑이었다. 뒤르와는 계산서를 잘 살피고 나서 지폐를 두 장 주고 거스름돈을 받으며 나직이 물었다.

"팁은 얼마나 줄까요?"

"좋도록 알아서 하세요. 전 모르겠어요."

그는 접시 위에 5프랑을 올려놓고 젊은 부인에게 지갑을 돌려주면서 말했다.

"댁까지 모셔다 드릴까요?"

"네, 부탁해요. 우리 집 주소도 생각나지 않아요."

포레스티에 내외와 악수를 나누고 뒤르와는 마렐 부인과 함께 마차에 올랐다.

그는 새까만 상자 속에 갇힌 여인의 몸이 자기에게 밀착되는 느낌을 받았다. 순간 거리의 가스등이 갑자기 어둠을 밝혔다가 사라졌다. 여인의 어깨로부터 따스함이 그의 팔소매로 전해졌다. 여인을 끌어안고 싶은 참을 수 없는 욕망에 머리가 마비된 그는 무슨 말을 해야 할지 아무 생각도 나지 않았다.

'대담하게 나가면 이 부인은 어떻게 나올까? 그는 생각을 계속했다. 식사하는 동안 서로 속삭이던 음란한 이야기가 용기를 주었지만,

한편으로 혹여 이상한 소문이라도 날까 봐 주저했다.

그녀는 한쪽 구석에 웅크리고 앉아 꼼짝도 하지 않고 아무 말도 없었다. 불빛이 마차 안으로 비쳐들 때마다 빛나는 눈빛이 반짝였다. 아마 그것을 못 봤다면 자고 있다고 여겼을지도 모른다.

'무슨 생각을 할까?' 하지만 그는 입을 떼면 안 된다는 사실을 잘 알고 있었다. 단 한마디로 이 침묵을 깨뜨린다면 모처럼의 기회가 사라져버린다. 그렇기에 용기를 낼 수 없었다. 느닷없이 거칠게 행동으로 옮길 용기가 없었다.

순간 그녀의 발이 꼼지락거리는 것이 느껴졌다. 그것은 성급하고 신경질적인 그녀가 지루해서 한 동작일 수도 있고, 어쩌면 애타게 재촉하는 것인지도 모른다. 거의 느낄 수 없을 미세한 동작이었지만 머리끝서부터 발끝까지 그의 몸에 전율이 일었다. 그는 홱 몸을 돌리며 여인에게 달려들었다. 입술로는 그녀의 입술을, 손으로는 그녀의 살결을 더듬었다.

그녀는 비명을, 나지막한 비명을 질렀다. 그녀는 일어서려고 몸부림을 치며 그를 밀어냈다. 그러나 이내 저항할 힘이 없어진 듯 몸을 내맡겼다.

얼마 가지 않아 마차가 그녀 집 앞에 멈추었다. 뒤르와는 깜짝 놀라며 정열적인 말을 찾아내 그녀에게 감사와 축복을 전하고, 또 사랑을 얻을 수 있었던 기쁨을 표현하려 했지만 경황이 없었다. 그러나 그녀는 방금 있었던 일로 정신이 나간 듯 꼼짝도 하지 않고 일어서지도 않았다. 그는 마부가 이상하게 생각할까 봐 먼저 마차에서 내려 젊은 부인에게 손을 내밀었다.

그녀는 비틀거리며 아무 말도 하지 않고 간신히 마차에서 내렸다. 그는 초인종을 눌렀다. 문이 열리자 그는 떨리는 목소리로 부인에게 물었다. "언제 또 뵐 수 있을까요?"

그녀는 간신히 들릴 정도의 낮은 목소리로 중얼거렸다. "내일 점심때 와주세요." 그녀는 육중한 문을 밀며 현관의 어둠 속으로 사라졌다.

문은 대포 소리처럼 '꽝' 하고 큰 소리를 내며 닫혔다.

그는 마부에게 100수를 집어주고 성큼성큼 승리에 찬 발걸음을 무작정 내딛기 시작했다. 마음은 기쁨에 넘쳐나고 있었다.

'드디어 한 여자를, 남의 아내를! 상류사회의 여자, 진정한 상류사회 여자다! 상류층 파리지앵이다! 예상 외로 이렇게 간단하다니!'

지금까지 그는 이런 내력을 지닌 여인을 얻는 것이 염원이었다. 그런 여인에게 접근하여 정복하려면 무한한 노력을 기울이고, 무던히도 참아내며, 친절을 베풀고 아첨을 하고, 사랑의 말을 건네고, 좌절에 탄식하고, 온갖 선물 등으로 세심하게 공략해야 하리라 생각했다. 그런데 점찍어놓은 첫 번째 여자를 슬쩍 건드렸을 뿐인데 어이없을 정도로 쉽사리 몸을 맡겨버린 것이 믿어지지 않았다.

그는 생각했다. '아마 취했기 때문일 거야. 내일은 다를지도 몰라. 혹시나 우는 게 아닐까? 조금 걱정되기도 했으나 이내 마음을 굳게 먹었다. "어떻게든 되겠지. 일단 차지한 이상 쉽게 내줄 수는 없지."

마침내 희망이, 권세를 얻고, 성공을 하고, 명성을 얻고, 부와 사랑을 얻을 수 있다는 희망이 신기루처럼 아른거리며 그의 눈앞으로 우아하고, 부유하고, 권세 있는 여인들의 행렬이 지나갔다. 그녀들은 꽃다발처럼 화사한 모습으로 마치 공연의 피날레를 장식할 때 무대 위로 등장하는 단역배우들처럼 화사한 미소를 지으며 차례대로 다가왔다가 그의 몽상의 황금빛 구름 저편으로 사라졌다.

그날 밤 그는 그러한 환상으로 잠을 설쳤다.

이튿날 그는 벅찬 가슴을 안고 드 마렐 부인 집 계단을 올랐다. 그 여자가 나를 어떻게 맞이할까? 혹시나 안 만나겠다고 하면 어쩌지? 방에 들어오지도 못하게 하지는 않을까? 혹시나 다른 사람에게 얘기해버렸다면…… 아니, 그렇지는 않을 거야. 어설프게 얘기를 꺼냈다가는 그녀도 낭패를 볼 테니까. 어쨌든 내가 상황의 주도권은 쥐고 있다.

조그만 하녀가 입구로 나왔다. 표정은 여느 때와 마찬가지였다. 그는 이렇게 찾아가면 하녀가 깜짝 놀랄 것이라고 생각했던 사람처럼 다소 마음이 놓았다.

"부인께서는 안녕하신가?" 그는 물었다.

"네, 별일 없으십니다." 하녀는 대답하며 거실로 안내했다.

그는 머리와 옷매무새를 살피기 위해 곧장 벽난로 쪽으로 갔다. 거울 앞에서 넥타이를 고쳐 매고 있는데, 방문턱에 서서 젊은 여자가 물끄러미 자기를 지켜보는 것이 거울을 통해 눈에 들어왔다.

그는 애써 못 본 척했다. 두 사람은 거울 속에서 몇 초 동안 서로를 바라보며 얼굴을 마주하기 전에 상대의 반응을 살폈다.

그는 돌아보았다. 그녀는 꼼짝도 하지 않았다. 그를 기다리는 듯했다. 그는 황급히 다가서며 더듬거렸다. "진심으로 당신을 좋아합니다! 진심으로 사모합니다." 그녀는 두 팔을 벌리고 그의 품에 안겼다. 그리고 얼굴을 들어 그를 바라보며 오래도록 키스를 했다.

그는 생각했다. '이건 생각보다 쉽군. 성공이야.' 입술이 떨어지자 그는 말없이 미소를 지으며 무한한 애정을 눈길 속에 담으려 애썼다.

그녀도 생긋 웃었다. 그것은 자기도 원하고 있고, 기꺼이 몸을 맡기겠다는 의사와 몸을 내맡기고 싶다는 의지를 담은 미소였다. 그리고 속삭였다.

"오늘은 당신과 둘뿐이에요. 로린은 친구 집에서 밥 먹고 놀다 오라고 보냈어요."

그는 손목에 키스를 하면서 한숨지었다.

"고맙습니다. 진정으로 당신을 사랑합니다."

그녀는 마치 남편을 대하듯이 그의 팔을 잡고 소파로 데리고 가서 나란히 앉았다.

그는 뭔가 재치 있고 여인의 구미를 당길 만한 말을 꺼내려고 했지만 마음과는 달리 적당한 말이 없어 주저하며 입을 뗐다.

"그렇게 화가 나신 건 아니었군요."

그녀는 그의 입에 손을 대고 말을 막았다.

"쉿! 조용히 해요."

그들은 불타오르는 듯한 뜨거운 손가락을 깍지 낀 채 한동안 말없이 서로의 눈을 응시했다.

"얼마나 당신을 원했는지!" 그가 말했다.

그녀는 되풀이했다. "쉿! 조용히요!"

하녀가 벽 저편 식당에서 그릇들을 채비하는 소리가 들렸다.

그는 불쑥 일어섰다. "더 이상 당신 곁에 앉아 있을 수가 없군요. 난 이성을 제어할 수 없을 것 같습니다."

순간 문이 열렸다. "마님, 준비 다 됐습니다."

그는 근엄한 모습으로 팔을 내밀었다.

그들은 마주 앉아 식사를 했다. 끊임없이 서로의 얼굴을 마주 보며 미소 짓고, 또 미소 지었다. 막 시작된 사랑의 달콤함에 빠져 아무것도 보이지 않았고, 무얼 먹고 있는지도 모른 채 그냥 먹었다. 그는 발 하나가, 조그마한 발 하나가 식탁 밑에서 이리저리 꼼지락거리고 있는 것을 느꼈다. 그는 그것을 두 발 사이에 끼고 힘껏 죄며 오래도록 놓아 주지 않았다.

하녀는 아무것도 눈치채지 못한 듯 무심히 접시를 들고 오가며 시중을 들었다.

식사가 끝나자 그들은 거실로 돌아와 소파 위에 나란히 앉았다.

그는 조금씩 몸을 가까이 하며 상대를 껴안으려고 했다. 그러나 그녀는 다소곳이 막았다.

"조심하세요. 사람이 들어올지 몰라요."

그는 소곤거렸다.

"언제나 우리 단둘이서만 편히 만날 수 있을까요? 제가 얼마나 당신을 좋아하는지 아세요?"

그녀는 그의 귀에 입을 가까이 대고 아주 낮은 목소리로 말했다. "며칠 안에 당신 댁으로 찾아갈게요."

그는 얼굴이 화끈 달아올랐다.

"하지만 저희 집은…… 아주…… 누추해서."

그녀는 생긋 웃으며 말했다.

"그게 무슨 상관이에요? 당신을 보러 가는 거지, 방을 보러 가는 게 아니잖아요."

그는 언제 올 수 있느냐고 채근했다. 한참 후에 그녀는 다음 주로 날을 잡았다. 그는 눈빛을 빛내며 그녀의 손을 꼭 움켜쥐고 더 빨리 와달라고 졸랐다. 단둘이 식사한 뒤 주체할 수 없는 욕정에 휩싸인 그는 심한 독감에라도 걸린 듯 벌겋게 상기된 얼굴로 여자의 손을 움켜쥐고 만지작거리며 애원했다.

그녀는 안절부절 못하며 부탁하는 모습을 재미있어 하면서 하루씩 당겨갔다. 그는 무작정 되풀이했다. "내일…… 네? 내일이요……."

끝내 그녀도 승낙했다. "좋아요, 그럼 내일 5시요."

그는 기쁨에 찬 긴 한숨을 내쉬었다. 그러고 나서 마치 20년 된 친구처럼 마음을 터놓고 다정하게 나직한 목소리로 이야기를 주고받았다.

갑작스런 초인종 소리가 그들을 놀라게 했다. 두 사람은 퉁겨진 듯 자리에서 떨어졌다.

"로린일 거예요." 그녀가 중얼거렸다. 아이는 집에 들어서다가 깜짝 놀라 멈춰 서더니, 손님이 뒤르와라는 것을 알고 매우 기뻐하며 손뼉을 치며 뛰어왔다. 그리고 외쳤다.

"야아! 벨아미*다!"

드 마렐 부인이 웃었다.

"어머나! 벨아미라고? 로린이 멋진 별명을 지어드렸구나! 당신한테 아주 잘 어울리는 별명이네요. 앞으로 저도 벨아미라고 부를게요."

그는 소녀를 무릎 위에 안아 올렸다. 그리고 전에 가르쳐준 여러 가지 놀이를 하나도 빠짐없이 하면서 놀아주었다.

신문사에 출근하기 위해 그는 3시 20분 전에 일어섰다. 그는 닫히는 문 틈 사이로 다시 한 번 나직이 속삭였다.

---

* 이 소설의 제목이기도 한 벨아미(Bel-Ami)는 '멋진 친구'라는 뜻이다. 'Bel'은 '멋진', 'Ami'는 '친구'다.

“내일 5시요.”

그녀는 “네” 하고 미소로 답하며 모습을 감추었다.

신문사 일을 마치자 그는 드디어 연인이 생겼고, 곧이어 방문할 텐데 누추한 방을 보기 좋게 치장하기 위해 궁리했다. 무엇보다 지저분한 곳을 가려야 했다. 이윽고 자질구레한 일본풍 장식품을 사다가 벽에 핀으로 꽂아야겠다고 마음을 먹고 5프랑을 들여 쪼글쪼글한 주름종이와 조그마한 부채와 병풍 등을 사서 눈에 띄는 벽지 위의 얼룩을 가렸다. 창문 유리에는 그림이 그려진 투명 종이를 붙였다. 강 위에 떠 있는 배와 저녁노을이 불타는 하늘을 날아다니는 새가 있는 그림, 화려한 옷차림의 여인들이 발코니에 기대선 그림, 눈 덮인 들판을 걸어가는 검고 조그만 인형의 행렬 등이 그려진 것이었다.

누울 자리와 앉을 자리밖에 없는 그의 자그마한 방은 은은한 그림으로 둘러싸인 새를 기르는 초롱 안에 있는 듯했다. 그는 집 단장에 만족해 하며 저녁나절 내내 남아 있는 색지에서 새를 오려내 천정에 붙였다.

그러고 나서 기차의 기적 소리에 흔들리며 잠이 들었다.

이튿날은 식품점에서 산 마데르산 포도주와 과자 꾸러미를 안고 일찌감치 집으로 돌아왔다. 하지만 접시 두 개와 컵을 두 개 사기 위해 또 나가야 했다. 그리고 그 물건들을 세면 탁자 위에 차려놓았다. 탁자의 지저분한 나무판은 냅킨으로 가리고, 대야와 물병은 그 밑에 감춰두었다.

그리고 기다렸다.

부인은 5시 15분경에 왔다. 들어서자 눈이 부실 정도로 화려하게 장식한 온갖 그림에 들떠 하며 말했다.

“어머나, 어쩜. 정말 예쁜 방이군요. 하지만 계단에는 사람들이 무척 많더군요.”

그는 그녀를 끌어안고 얼굴을 가린 베일 위로, 이마와 모자 사이의 머리카락으로 정신없이 키스를 했다.

한 시간 반 뒤, 그는 롬 거리의 역마차 정류장까지 배웅했다. 그녀가 마차에 올라타자 속삭였다.

"화요일, 같은 시간입니다."

그녀도 화답했다. "네, 같은 시간, 화요일이요." 주위가 어둑어둑했으므로 그녀는 그의 목을 문 쪽으로 끌어당겨 입술에 키스를 했다. 이윽고 마부가 말에 채찍질을 하자 그녀는 외쳤다. "안녕, 벨아미!" 흰 말의 지친 발버둥에 이끌려 낡은 마차는 멀어졌다.

3주일 동안 뒤르와는 이틀 또는 사흘 간격으로 드 마렐 부인을 만났다. 시간은 아침나절이기도 했고 저녁나절이기도 했다.

어느 날 오후, 그녀를 기다리고 있는데 계단에서 큰 소동이 벌어졌다. 문으로 다가가보니 아이가 울어대는데 화가 잔뜩 난 남자가 고함을 쳤다.

"이 자식아, 왜 또 울어대는 거야!"

여자의 날카로운 목소리가 격분해서 받아쳤다.

"위층 신문쟁이한테 오는 그 더러운 첩년이 니콜라를 층계참에서 넘어뜨렸지 뭐예요! 그 망할 년은 계단에 아이가 있는지 없는지 살피지도 않고 막무가내라니까요!"

뒤르와는 놀라 뒷걸음치며 황급히 문을 닫았다. 순간 아래쪽 계단에서 조급한 발걸음 소리와 다급하게 스치는 스커트 소리가 들렸다.

이윽고 방금 닫은 문을 두드리는 소리가 들렸다. 문을 열자마자 드 마렐 부인이 숨을 헐떡이며 헝클어진 모습으로 방안으로 뛰어들었다.

"들으셨죠?"

그는 아무것도 모르는 척했다.

"아뇨, 무슨 일이죠?"

"저한테 욕을 퍼붓지 뭐예요."

"누가요?"

"아래에 사는 불쌍한 사람들 말예요."

"아니, 도대체 무슨 일이죠? 말씀해보십시오."

그녀는 더 이상 말을 잇지 못하고 흐느껴 울기 시작했다.

그는 모자를 벗기고 끈을 풀고 침대에 뉘여 적신 수건으로 이마에 찜질을 해주어야 했다. 그녀는 숨이 넘어갈 것 같았다. 잠시 후 약간 진정이 되자 누를 수 없는 분노가 폭발했다.

그러면서 그에게 당장 아래로 내려가 그 사람들을 때려주라고, 모두 죽여버리라고 했다.

그는 차분히 달랬다. "저들은 노동자고 천박한 사람들입니다. 괜히 건드렸다가 경찰서라도 간다면 당신의 신분도 드러나고, 쓸데없이 체포될 수도 있습니다. 그렇게 되면 끝장이죠. 저런 사람들하고 상대한다는 건 어리석은 일입니다."

그러자 그녀는 다른 데로 생각을 돌렸다. "그럼 앞으로 어떡하죠? 더 이상 여기에 발길을 들이기도 그렇잖아요."

그는 대답했다.

"쉽게 생각하세요. 제가 이사를 가면 되니까요."

그녀는 중얼거렸다. "그렇군요. 하지만 시간이 걸리잖아요." 그러더니 갑자기 무슨 좋은 생각이 났는지 신이 나서 말했다.

"아니, 좋아요, 생각났어요. 저한테 맡겨두세요. 걱정할 필요 없어요. 내일 아침에 프티 블뢰*를 보낼게요!"

그녀는 파리 시내에서 통용되던 전보를 '프티 블뢰'라고 불렀다.

그녀는 무슨 생각을 했는지 끝내 알려주지 않았지만, 완전히 기분이 풀려 생글거렸다. 그리고 끊임없는 사랑의 광기가 이어졌다.

하지만 다시 계단을 내려갈 때는 겁이 나서 다리가 떨리는지 연인의 팔에 꼭 매달렸다.

다행히 아무도 마주치지 않았다.

이튿날 늦잠을 잔 그는 11시경까지 침대에 누워 있었는데 우편배달부가 약속된 프티 블뢰를 가지고 왔다.

---

* 프티 블뢰(petit bleu)는 '작은 파란색'이라는 뜻으로, 파란색 봉투에 넣어져 배달된 전보 (電報)를 말한다.

그것을 뜯어보았다.

오후 5시, 콩스탕티노플 거리 127번지로 오시기 바람. 뒤르와 부인 이름
으로 빌려놓은 방을 열어달라고 하세요.

키스를 담아 클로*(CLO)가

5시 정각에 그는 가구가 딸린 아파트가 있는 커다란 건물에 가서 관
리인에게 물었다.

"뒤르와 부인께서 여기에 방을 빌렸다고 하던데요."

"그렇습니다."

"죄송하지만 안내를 해주시오."

사내는 신중을 요하는 미묘한 사정에 이미 익숙해 있는 태도로 그의
눈을 응시하더니 기다란 열쇠 다발을 뒤적거리며 물었다.

"분명히 뒤르와 씨 맞죠?"

"그렇소, 물론이죠."

그는 1층 자기 방 맞은편에 있는 아파트 문을 열었다. 조그만 방 두
개짜리 아파트였다.

응접실의 꽃무늬 벽지는 새로 바른 듯 비교적 깨끗했고, 노란 무늬
가 있는 푸르스름한 렙스 천을 입힌 마호가니 가구가 놓여 있었다. 바
닥에는 꽃무늬를 수놓은 카펫이 깔려 있었는데 너무 얇아서 마룻바닥
의 촉감이 느껴질 정도였다.

침실은 매우 좁아서 침대가 4분의 3을 차지할 정도였다. 방 한쪽 구
석에 밀쳐져 있었지만 양쪽 벽에 닿을 정도로 침대는 컸다. 그 뒤로는
렙스 천으로 만든 푸른색의 두꺼운 커튼이 쳐져 있었다. 침대 위에는
빨간 실크 털이불이 덮여 있었는데, 알 수 없는 얼룩이 묻어 있었다.

뒤르와는 불안하기도 하고 못마땅하기도 하여 생각했다. '이런 방
은 꽤나 비싸겠는데. 또 빚을 져야 하나? 저지르고 보는 여자군.'

---

* 클로(CLO)는 클로틸드(Clotilde)의 애칭이다.

그때 문이 열리고 클로틸드가 요란스레 옷자락 스치는 소리를 내며 양팔을 벌리고 바람처럼 뛰어들었다. 매우 기분이 좋아 보였다.

"어때요, 네? 좋죠? 1층이니까 계단을 안 올라가도 되고요. 또 바로 길 옆이잖아요. 관리인에게 들키지 않고 창문으로 들락거릴 수도 있어요. 여기라면 마음껏 사랑을 나눠도 괜찮을 거예요!"

그는 입 안에 맴도는 말을 물어볼 용기가 없어 건성으로 키스를 했다.

그녀는 방 한복판에 있는 둥근 탁자 위에 커다란 꾸러미를 내려놓았다. 그리고 그것을 풀어 비누, 뤼뱅 향수*, 스펀지, 머리핀 상자와 병마개 따개와 머리 손질하는 조그마한 고대용 인두까지 꺼냈다. 그녀는 이마에 늘어뜨린 머리가 항상 풀어지곤 했는데 그것을 손질하기 위해 가져온 것이다.

그녀는 들떠 재갈거리며 하나하나 물건 놓을 자리를 찾아 기쁘게 늘어놓았다.

그녀는 서랍을 열면서 말했다.

"속옷도 몇 가지 가져다놔야겠어요. 필요할 때 갈아입을 수 있게 말예요. 간단한 서랍장도요. 만약 쇼핑 갔다가 소나기라도 만나면 여기서 말려도 되겠네요. 열쇠는 서로 하나씩 나눠가져요. 그리고 만약을 위해 관리인한테도 하나 맡겨두고요. 당신 이름으로 석 달 만 빌리기로 했어요. 제 이름으로는 빌릴 수 없으니까요."

그는 담담히 물었다.

"집세는 언제 지불하죠?"

그녀는 대수롭잖게 대답했다.

"벌써 다 치렀어요."

그는 대답했다.

---

* 뤼뱅 향수(d'eau de Lubin)는 세계에서 가장 오래된 향수회사로, 1789년 피에르 프랑소아 뤼뱅이 설립했다. 이 향수는 나폴레옹 시대에는 오트쿠튀르(haute couture: 파리 쿠튀르 조합 가맹점에서 봉제하는 맞춤 고급 의류)와 함께 상류 사회의 상징이었다.

"그럼 당신한테 빚을 진 셈이네."

"아네요, 그런 건 당신 상관하지 마세요. 제가 좋아서 한 일이거든요."

그는 화난 듯한 시늉을 했다.

"아니! 아무리 그래도 그렇게 할 수는 없지. 난 절대 용납할 수가 없소."

그녀는 옆으로 다가와서 두 손을 그의 어깨에 얹고 애원하듯 말했다.

"부탁이에요. 조르주, 저는 기뻐요. 여기는 제게, 저한테 맡겨주세요. 저는 여기를 우리 보금자리로 삼는 게 너무나 기뻐요! 그렇게 화내실 필요는 없어요. 저는 우리의 사랑을 위해 이곳을 바치고 싶었을 뿐이에요. 괜찮죠? 귀여운 제오, 괜찮다고 말해줘요……." 그녀는 눈으로, 입술로, 온몸으로 애원했다.

그는 화가 난 표정으로 안 된다고 뿌리치며 몇 번이나 애원하게 만들었다. 그러다가 결국은 도리가 없다는 듯이 받아들였다.

그녀가 돌아가고 난 뒤 그는 손을 비비며 그날만 그렇게 느껴졌는지 곰곰이 따져보지도 않고 혼잣말로 중얼거렸다. "정말 귀여운 여자야."

네댓새 지난 뒤 그는 또다시 프티 블뢰를 받았다. 거기에는 이렇게 적혀 있었다.

저희 남편이 6주일간의 시찰을 마치고 오늘 밤 돌아와요. 그러니까 일주일 동안은 만날 수 없어요. 우리 낭군님, 정말 끔찍해요.

당신의 클로

뒤르와는 깜짝 놀랐다. 그녀에게 남편이 있다는 사실을 까맣게 잊고 있었다. 한 번이라도 좋으니 어떤 사내인지 알아두기 위해서라도 만나보고 싶었다.

하지만 그는 남편이 출발하기까지 참고 기다리기로 마음먹었다. 그리고 이틀 밤을 폴리베르제르에 갔고, 매번 라셸의 집에서 잤다.

어느 날 아침, 다만 이렇게 적힌 새로운 속달 전보가 왔다.

　　오후 5시에—클로

　두 사람 모두 정한 시간보다 일찍 밀회 장소에 도착했다. 그녀는 무척이나 그리웠던 듯 그의 품안으로 뛰어들어 정신없이 얼굴 여기저기에 키스를 퍼부었다. 그리고 그녀는 말했다.

　"괜찮으시다면 우리 사랑을 나눈 다음에 어디라도 좋으니 식사하러 가요? 집에는 얘기해놓고 왔으니까요."

　때마침 월초였다. 그는 월급을 미리 당겨쓰고 여기저기서 긁어모은 돈으로 그날그날을 때우곤 했는데 우연히도 그날은 돈이 있었다. 그는 여자를 위해 돈을 쓸 기회가 생겼다는 마음에 기뻤다.

　그는 대답했다. "아아, 좋소. 당신이 좋아하는 데로 갑시다."

　그들은 7시경 밖으로 나와서 큰길 쪽으로 갔다. 그녀는 그에게 바싹 붙어 서서 귀에 대고 소곤거렸다. "이렇게 당신 팔에 매달려서 밖으로 나가는 게 너무나 기뻐요. 당신한테 기대는 게 정말 좋아요."

　그는 넌지시 물었다.

　"라튀유 영감*한테로 갈까?"

　"어머, 싫어요. 거기는 너무 고상해요. 좀 더 색다른 평범한 데가 좋아요. 일테면…… 월급쟁이나 노동자들이 가는 그런 데 말예요. 저는 싸구려 식당에서 노는 게 진짜 좋아요. 정말, 시골로 갈 수 있으면 좋겠어요!"

　그는 그 부근에서 그런 음식점을 다녀본 적이 없어 한동안 길을 헤매다가 방이 따로 있는 어느 술집으로 들어갔다. 가게의 문 너머로는 모자도 쓰지 않은 거리의 여인 둘이 군인 둘과 식탁을 마주하고 있었다.

---

* 라튀유 영감이란 뜻인 '페르 라튀유(Père Lathuille)' 레스토랑을 말한다. 1879년에 그린 마네의 「마튀유 영감의 레스토랑에서(Chez le père Lathuille)」라는 작품으로 유명세를 얻었다.

좁고 기다란 방 맨 안쪽에서는 역마차 마부 셋이 식사를 하고 있었다. 그리고 어떤 부류인지 알 수 없는 사내가 두 다리를 길게 뻗은 채, 손을 바지 허리띠에 꽂고 의자 등받이에 머리를 대고 누운 듯한 자세로 파이프를 피워 물고 있었다. 윗도리는 온갖 얼룩이 가득 했고, 배가 튀어나온 것처럼 불룩한 주머니에는 병 주둥이와 빵 조각, 신문지에 싼 것들이 삐져나와 있었고, 그것을 묶은 한 가닥의 끄나풀이 늘어져 있었다. 숱이 많은 곱슬머리는 잔뜩 엉겨 붙은 먼지로 잿빛이 되어 헝클어진 채였고, 모자는 의자 밑바닥에 나뒹굴고 있었다.

우아한 옷차림의 클로틸드가 들어서자 식당은 일순간 분위기가 바뀌었다. 두 쌍의 남녀는 속삭이던 말을 멈추었고, 세 명의 마부도 잡담을 멈추었다. 담배를 피우던 사내는 입에서 파이프를 떼고 앞에다 침을 뱉으며 고개를 약간 비스듬히 돌려 바라보았다.

드 마렐 부인이 속삭였다.

"정말 정겨워요! 정말 맘에 들어요. 이담엔 여공 차림을 하고 올래요."

그러면서 음식 기름이 번지르르하고 쏟아진 음료 자국이 그대로 남은, 웨이터가 되는 대로 걸레질만 한 식탁에 꺼리는 기색도 없이 태연히 걸터앉았다. 오히려 뒤르와가 약간 난처하고 부끄러워하면서 실크 해트 걸어둘 곳을 찾았다. 하지만 적당한 곳이 없어 그냥 의자 위에 놓았다.

두 사람은 양고기 스튜와 양 넓적다리를 구운 고기와 샐러드를 먹었다. 클로틸드는 조잘거렸다. "전 이런 게 참 좋아요. 취향이 좀 천박하죠. 난 카페 앙글레보다도 여기가 더 좋아요." 그리고 다시 말을 이었다. "정말 저를 기쁘게 해주시려거든 허름한 카바레로 데려다주세요. 요 근처에 라 렌 블랑슈*라는 아주 재미있는 데가 있어요."

뒤르와는 놀라서 물었다.

"도대체 그런 곳을 누가 데리고 갔소?" 그러면서 그녀의 얼굴을 지켜보았다. 그녀는 갑작스런 질문에 잊혔던 추억이 일깨워진 듯 약간

당황하며 얼굴을 붉혔다. 그러나 웬만큼 주의하지 않고서는 알 수 없
는 여인 특유의 극히 짧은 머뭇거림이 있은 뒤에 대답했다. "친구예
요……." 그런 다음 잠시 말없이 있다가 덧붙였다. "죽었어요."

그러고는 슬픈 표정을 감출 생각 없이 고스란히 내비치며 눈길을 떨
구었다.

뒤르와는 비로소 이 여자의 과거에 대해 전혀 모르고 있었다는 것을
떠올리며 생각에 잠겼다. 사귀었던 사람이 물론 많았겠지만 어떤 부류
의, 어떤 계층의 사내였을까? 그의 마음속에는 왠지 모를 질투가, 그녀
에 대한 알 수 없는 증오심 같은 것이 일었다. 자신이 알지 못하는, 이
여자의 마음속이나 생활 속에 있는 자신과는 무관한 모든 것에 대한
증오심이었다. 그는 그녀를 잠자코 바라보았다. 이 말없이 앉아 있는
귀여운 머릿속에 그 어떤 비밀이 감추어져 있으리라는 생각에, 그리고
지금 이 순간에도 미련이 남아 있을 그 남자를 그리워하겠지 하는 생
각에 은근히 화가 치밀었다. 그는 그녀의 추억을 속속들이 들여다보
고, 마구 휘저어 꼬치꼬치 캐내고 싶어 견딜 수가 없었다…….

그녀는 되풀이했다.

"라 렌 블랑슈*에 데려다주세요. 정말 축제처럼 재미있을 거예요."

그는 생각했다. '그래! 과거야 아무럼 어때? 그 따위에 신경을 쓰는
건 멍청한 짓이야.' 그는 미소를 지으며 대답했다.

"당연히 그래야죠."

거리로 나서자 그녀는 고백을 할 때처럼 수수께끼 같은 어조로 말했
다.

"저는 말예요, 여태까지 당신께 이런 부탁을 할 용기가 나지 않았었
어요. 하지만 저는 여자들이 갈 수 없는 그런 곳에서 남자들처럼 신나
게 노는 게 좋아요. 이번 카니발에는 남학생 치장을 하려고 그래요. 제
가 중학생 차림을 하면 정말 우습거든요."

인파를 헤치고 무도장으로 들어서자 그녀는 엉겁결에 그에게 바짝

---

* 라 렌 블랑슈(La Reine Blanche)는 '순백의 왕비'라는 뜻이다.

붙어 섰다. 하지만 흥겨워하며 여인들과 기둥서방들이 들끓고 있는 정경을 들뜬 표정으로 바라보았다. 그리고 이따금 위험한 일이 생길지도 모른다는 걱정에 불안해 하면서, 위엄 있게 부동자세를 취하고 있는 경비 요원에게 눈길을 주며 말했다. "정말 마음 든든한 경비원이네요" 그러나 15분쯤 지나자 그녀는 신나게 놀아서 아주 좋다고 하면서 나가자고 했다. 그는 집까지 바래다주었다.

그 후로 그들은 하층 계급 사람들이 흥청대는 수상한 장소를 소풍을 가듯이 찾아다녔다. 뒤르와는 그의 정부가 신분의 차이도, 예의도 따지지 않고, 얼큰하게 술이 취한 학생들처럼 여기저기 떠돌아다니며 노는 것을 좋아하는 모습에 어처구니없어 했다.

그녀는 늘 오는 밀회 장소에도 삼베로 지은 헐렁한 하녀의 옷차림을 하기도 했고, 심지어 희극에 나오는 하녀가 쓰는 것 같은 헝겊 모자를 쓰고 오기도 했다. 옷은 소박하게 차려 입으면서도 반지며 팔찌며 다이아몬드 귀걸이 등은 그대로였다. 뒤르와가 제발 그런 치장은 하지 말라고 부탁하면 그녀는 변명했다.

"괜찮아요! 다른 사람들이 보기에는 싸구려 독일제 색수정 정도로 생각할 거예요."

그녀는 스스로 멋들어지게 변장했다고 생각했지만, 실은 타조처럼 머리만 감추고 엉덩이는 그대로 드러낸 것 같았다. 그녀는 그런 모습으로 아무리 평판이 안 좋은 술집이라도 개의치 않고 드나들었다.

그리고 뒤르와에게도 노동자 같은 복장을 하라고 졸라댔다. 하지만 그는 끝까지 고집을 부리며 일류신사의 단정한 맵시를 유지했고 실크해트도 부드러운 펠트 모자*로 바꾸어 쓰지 않았다.

그녀는 그의 고집에 대해 이렇게 생각하며 단념했다. '사람들은 아마도 나를 사교계 귀공자에게 귀여움을 받는 푼수때기 몸종처럼 생각

---

* 펠트 모자(feutre)는 편평한 윗부분의 가운데를 눌러서 쓰며, 주변으로 챙이 둥글게 달린 중절모다. 또한 실크해트는 남자가 쓰는 정장용 서양 모자로 딱딱한 원통 모양으로 높고 윤이 난다.

할 거야.’ 그리고 그런 코미디도 아주 재미있다고 생각했다.

그들은 하층 계급 사람들이 사는 거리의 식당에 들어가서 허름한 조그만 방구석의 삐걱대는 의자에 걸터앉아 낡은 나무 식탁 앞에 마주했다. 생선 튀긴 냄새가 짙게 밴 매캐한 연기가 구름처럼 온 방안을 가득 채운 저녁나절의 식당에는 작업복 차림의 남자들이 작은 술잔을 들이키며 고함치듯 떠들어댔다. 웨이터는 체리 술을 두 잔 내려놓으며 이 특이한 한 쌍을 계속 힐끗거렸다.

그녀는 엉겁결에 조마조마 떨면서도 즐거운 듯했다. 그녀는 불안스러운 눈동자를 굴리면서 주위를 둘러보며 빨간 체리 술을 조금씩 홀짝거렸다. 입에 넣은 체리 하나를 삼킬 때마다 무언가 나쁜 짓을 저지르는 듯한 기분이었고, 톡 쏘는 듯한 술이 한 방울 목젖을 타고 흘러내릴 때마다 쓰디 쓴 쾌락에, 넘어서는 안 될 금단의 향락과도 같은 기쁨에 몸서리치곤 했다.

잠시 후 그녀는 낮은 목소리로 말했다. “돌아가요.” 그들은 자리에서 일어났다. 그녀는 고개를 수그리고 무대에서 물러나는 여배우의 발걸음처럼 식탁에서 팔꿈치를 괴고 앉아 술을 마시는 남자들 사이를 종종걸음으로 빠져나왔다. 남자들은 수상하다는 듯이 불쾌한 표정으로 그녀가 빠져나가는 것을 지켜보았다. 문 밖으로 나서자 그녀는 무시무시한 위험에서 벗어난 듯이 크게 한숨을 내쉬었다.

그녀는 진저리를 치듯 몸을 떨며 뒤르와에게 물었다.

“만약 저런 곳에서 저한테 못되게 구는 남자가 있다면 어쩔 거예요?”

그는 호기로운 몸짓으로 단호히 대답했다.

“당신을 위해서라면 싸워야지. 당연하지!”

그러자 그녀는 행복한 듯 그의 팔을 껴안았다. 그녀는 누군가 자기에게 못된 짓을 하면 뒤르와가 화를 내며 지켜주고, 자신을 위해 사랑하는 애인이 필사적으로 싸우는 모습을 어렴풋이 떠올리는 듯했다.

하지만 이런 식의 외출이 매주 두서너 번씩 되풀이되자 뒤르와는 점점 지쳐갔다. 더군다나 얼마 전부터 차비와 음식 값으로 치루는 반 루이를 마련하는 데도 무척이나 애를 먹었다.

가진 것이 없는 그는 매우 옹색했다. 북부철도에 근무할 때보다 더 쪼들렸다. 왜냐하면 신문사에 갓 입사한 두서너 달은 내일 당장 엄청난 돈이 굴러들어올 것 같아 무턱대고 써버렸기 때문에 모아놓은 돈도 다 털어 썼고, 딱히 돈을 빌릴 데도 없었다.

신문사 회계과에서 구하는 것이 가장 손쉬운 방법이었지만 그것도 얼마 안 가서 불가능해졌다. 이미 넉 달치 월급과 원고료 600프랑을 가불한 상태였다. 그밖에 포레스티에에게 100프랑, 호기 있게 돈을 잘 쓰는 자크 리발에게 300프랑, 또 20프랑이라든가, 100수라든가 굳이 이렇다 입에 올릴 수 없는 자질구레한 빚더미에 쪼들리고 있었다.

100프랑만 더 만들어낼 방법이 없겠는지 생포탱과 의논했지만 온갖 수작에 밝은 그도 달리 방법을 찾지 못했다. 뒤르와는 예전보다 훨씬 돈이 많이 필요했다. 때문에 가난의 고통을 한층 더 뼈저리게 느꼈고, 이 구차한 생활이 짜증스럽기까지 했다. 때문에 사회에 대한 막연한 분노가 가슴속에서 점차 수위를 높여가고 있었다. 온종일 하찮은 이유로 까닭 모를 분노가 말끝마다 튀어나왔다.

그는 매달 평균 1,000프랑의 돈을 썼는데, 그다지 사치도 방탕도 하지 않은 터라 어디에다 썼을까 스스로도 의아했다. 그러나 점심식사에 8프랑, 대로변 근사한 카페에서 저녁식사로 12프랑을 더하면 벌써 1루이이고, 게다가 자질구레한 용돈 10프랑쯤을 보태면 합계 30프랑이 된다. 하루 30프랑이면 월말까지 900프랑이다. 거기에는 옷과 구두와 속옷과 세탁비 등은 전혀 포함되지 않은 돈이다.

이렇게 해서 결국 12월 14일에는 호주머니에 1수도 없게 되었고, 돈을 만들 방법도 전혀 떠오르지 않았다.

그래서 예전에 그랬듯이 점심을 건너뛰고, 오후에는 신문사에서 마구 화를 내가면서 바쁘게 일을 하며 지냈다.

4시경 그녀에게서 '어디 가서 함께 저녁식사를 한 다음 놀러가지 않으실래요?’ 하는 프티 블뢰를 받았다.

그는 곧 ‘저녁은 힘듭니다’ 하고 썼다가 모처럼 그녀가 즐거운 시간을 보내게 해주겠다는데 거절하는 것도 그렇다 싶어 덧붙였다. ‘하지만 9시에 그 집에서 기다리겠습니다.’

속달 요금을 아끼기 위해 사환에게 편지를 전하도록 부탁하고, 어떻게 하면 저녁을 먹을 수 있을지 궁리를 했다.

7시가 되어도 여전히 아무런 생각도 떠오르지 않았다. 심한 허기만이 무섭게 밀려들었다. 마침내 최후 수단을 강구하기로 하고 동료들이 차례로 퇴근하는 것을 보고 있다가 혼자 남게 되자 요란하게 초인종을 울렸다. 숙직이라 남아 있던 사장실 경비원이 왔다.

뒤르와는 초조하게 주머니를 뒤지며 서 있다가 무뚝뚝한 소리로 말했다.

“이보게, 프카르 군. 지갑을 집에 두고 왔는데, 지금 뤽상부르로 식사하러 가야 해. 미안하지만 차비 50수만 좀 빌려줄 수 있겠나?”

그 사내는 조끼 호주머니에서 3프랑을 꺼냈다.

“뒤르와 씨, 이것으로 되겠어요?”

“아니, 그거면 충분해. 고맙네.”

은화를 건네받자 계단을 뛰어 내려가 예전 돈이 없었을 때 단골이던 싸구려 음식점으로 저녁을 먹으러 갔다.

그리고 9시에는 그 작은 거실에서 벽난로에 발을 올려놓고 정부를 기다렸다.

그녀는 거리의 찬바람을 맞으며 흥이 난 듯 쾌활하게 들어왔다.

“괜찮으시다면 우선 한 바퀴 돌고 11시경에 돌아와요. 산책하기에 너무 좋은 날씨예요.”

그는 퉁명스럽게 대답했다.

“왜 나가. 여기가 훨씬 좋은데.”

그녀는 모자도 벗지 않고 채근했다.

“하지만 아주 멋진 달밤이에요. 이런 밤에 산책하면 정말 즐거울 거예요.”

“그럴 수도 있겠지. 하지만 난 산책하고 싶지 않소.”

그가 화가 난 듯이 말하자 그녀도 언짢아져서 물었다.

“아니, 왜 그러시죠? 왜 그렇게 퉁명스럽게 말씀하시는 거예요. 저는 그냥 한 바퀴 돌고 오자고 했을 뿐이에요. 그걸로 화내실 건 없잖아요?”

그는 분개해서 일어섰다.

“화낸 게 아냐. 그저 귀찮다는 거지. 그뿐이야.”

그녀는 자기 생각대로 되지 않으면 발끈하고, 무례한 말을 들으면 화부터 내는 여자였다.

그녀는 냉랭한 분노를 담고 경멸하듯이 말했다.

“전 그런 말을 들어본 적이 없어요. 그럼 저 혼자라도 갈래요. 잘 있어요!”

사태가 심상치 않음을 깨닫고 그는 얼른 그녀 옆으로 달려가서 두 손을 잡고 키스를 하며 떨리는 목소리로 말했다.

“용서해주시오. 용서해줘. 오늘 밤은 신경이 예민해져서 그러오. 신문사에 이러저러한 귀찮고 불쾌한 일이 있었거든.”

그녀는 약간 마음이 누그러졌지만 완전히 가라앉지 않은 목소리로 대답했다.

“전 그런 거 몰라요. 당신 기분이 나쁠 때마다 덩달아서 나까지 그럴 필요는 없잖아요.”

그는 그녀를 껴안고 소파까지 데리고 갔다.

“이보시오. 당신한테 분풀이를 하려고 한 건 아니오. 나도 왜 내가 그런 말을 했는지 모르겠어.”

그는 그녀를 억지로 주저앉히고 그녀 앞에 꿇어앉았다.

“용서해주시오. 용서한다고 해주시오.”

그녀는 냉랭한 목소리로 중얼거렸다. “좋아요. 하지만 다시는 그래선 안 돼요.” 그러면서 일어서며 덧붙였다.

"그럼 한 바퀴 돌고 와요."

그는 꿇어앉은 채, 그녀의 허리를 두 팔로 끌어안고 중얼거렸다.

"제발 부탁이니 여기 있읍시다. 제발 내 말을 들어주시오. 난 오늘 밤 이 난롯불 옆에서 당신을 독차지하고 싶다오. '응'이라고 말해줘요. 제발 부탁이니 '응' 하고 그래 줘."

그녀는 여지없이 잘라 말했다.

"아뇨, 저는 나가고 싶어요. 당신 변덕에 맞장구칠 순 없어요."

그는 부탁했다.

"부탁이오. 이유가 있소. 아주 중차대한 이유가……."

그녀는 되풀이해서 말했다.

"아녜요, 저하고 함께 나가기 싫다면 전 돌아갈래요, 안녕."

그녀는 남자를 떨쳐버리고 재빠르게 문 쪽으로 갔다. 그는 쫓아가서 두 팔로 안아 들었다.

"이봐, 클로. 귀여운 클로, 내가 하는 말을 들어요……." 그녀는 대답을 하지 않고 고개를 가로저으며 그의 키스를 피하고 휘감겨오는 팔에서 빠져나가려 했다.

그는 떠듬거리며 말했다.

"클로, 나의 귀여운 클로, 사정이 있단 말이오."

그녀는 몸부림을 멈추고 똑바로 그를 지켜보며 말했다.

"거짓말이죠…… 그래 어떤 거죠?"

그는 어떻게 대답해야 할지 몰라 하며 얼굴을 붉혔다. 그녀는 발끈 화를 내며 내뱉었다.

"거 보세요, 거짓말이잖아요…… 머저리같이……." 그리고 화가 난다는 듯 눈물을 글썽이며 남자를 뿌리쳤다.

그는 다시 한 번 그녀의 어깨를 잡았다. 그는 쥐구멍에라도 들어가고 싶은 심정으로, 이런 일로 그녀와 헤어지는 것보다 차라리 모든 것을 고백해야겠다고 마음을 먹고, 풀죽은 어조로 말했다.

"실은 한 푼도 없어서 그러는 거요…… 정말로."

그녀는 동작을 멈추고 진위를 확인하려는 듯 그의 눈을 가만히 들여다보며 물었다.

"뭐라고요?"

그는 머리끝까지 빨개졌다. "무일푼이란 말이오. 알겠소? 단돈 20수도 10수도 없단 말이오. 지금은 카페에 가서 카시스 술* 한 잔 살 돈도 없어요. 이런 창피한 말은 안 하려고 했지만 일단 내뱉었으니 할 수 없지. 하지만 난 당신하고 함께 나가서 식탁에 마주 앉아 마실 것 두 잔 우리 앞에 나왔을 때 도저히 그 돈이 없다고 태연하게 말할 수는 없단 말이오……."

그녀는 여전히 그를 똑바로 지켜보고 있었다.

"그럼…… 정말이군요…… 그 말씀이?"

그는 당장에 바지며 조끼며 윗도리의 모든 호주머니를 까뒤집어 보였다.

"자…… 후련하시오…… 이제?"

그녀는 갑자기 두 팔을 벌리고 정신없이 그의 목에 매달리며 떠듬거렸다.

"어머, 가없어라…… 어머, 딱해라…… 좀 더 진작 말씀해주셨으면 좋았을 걸! 도대체 어떡하다 이 지경까지 되셨어요?"

그녀는 그를 눌러 앉히고 무릎 위에 앉아서 목을 껴안고 쉴 새 없이 수염이며 입이며 눈에 키스를 하면서 어떻게 이런 불운에 처하게 되었는지 이야기해달라고 졸랐다.

그는 눈물겨운 이야기를 꾸며댔다. 아버지가 몹시 곤경에 빠졌기 때문에 부득이 도와줘야 할 처지였고, 저금은커녕 막대한 빚까지 짊어졌다고 했다. 그러면서 덧붙였다.

"앞으로 6개월 동안은 굶다시피 해야 하오. 어쨌든 돈이 나올 구멍이 완전히 막혀버렸으니 말이오. 하는 수 없지. 살다 보면 별의별 고생

---

* 카시스술(Creme de Cassis)은 머루의 일종인 블랙커런트로 만든 아주 달콤한 맛의 진한 주홍색 술이다. 칵테일에도 사용되지만 스트레이트로도 즐긴다.

이 다 있는 법이니까. 요컨대 돈이란 남들이 떠들어대는 것만큼의 가치는 없어."

그녀가 그의 귀에 대고 소곤거렸다.

"제가 빌려드릴까요?"

그는 품위 있게 대답했다.

"친절은 고맙지만 그런 말은 두 번 다시 하지 마시오. 가슴이 아프오."

그녀는 잠시 입을 다물었다가 힘껏 그를 끌어안으며 속삭였다.

"내가 당신을 얼마나 좋아하는지 당신은 모를 거예요."

그날 밤은 그들의 사랑 가운데 가장 뜨거운 하룻밤이었다.

돌아갈 때 그녀는 방그레 웃으며 말했다.

"당신 같은 처지가 되었을 때 꿰맨 옷 솔기 속으로 기어들어간 동전이라든가, 호주머니 속에 넣어두고 잊은 돈이 불쑥 튀어나온다면 정말 좋겠죠?"

그는 확고한 어조로 대답했다.

"그럼, 두 말 하면 잔소리지."

그녀는 달이 너무 아름다우니 걸어가겠다고 했다. 그리고 달을 바라보며 황홀해 했다.

초겨울의 싸늘하고 상쾌한 밤이었다. 길을 지나는 사람이나 말들은 얼어붙은 달빛을 받으며 바쁜 걸음을 재촉했다. 구두 소리가 보도 위로 높게 울렸다.

헤어질 때 그녀가 물었다.

"모레 뵐 수 있을까요?"

"그야, 물론이지."

"오늘과 같은 시간에?"

"오늘과 같은 시간에."

"안녕, 내 사랑."

그들은 진심어린 포옹을 했다.

그는 이 곤경을 넘기기 위해 내일은 또 어떤 방법을 강구할까 하고
생각하면서 방문을 열고 성냥을 찾으려고 호주머니를 뒤적거리다가
손끝에 동전 하나가 만져지는 것을 느끼고 어안이 벙벙했다.

불을 켜고 동전을 살펴보려고 꺼냈다. 20프랑짜리 금화였다!

그는 자신이 뭐에 홀린 게 아닌가 생각했다.

금화를 뒤집어보고 젖혀보면서 어떤 기적이 일어나 이것이 호주머
니 속에 들어 있을까 곰곰이 생각했다. 하늘에서 떨어져 돈이 주머니
속으로 들어왔을 리는 만무했다.

그러다가 갑자기 짐작이 가는 데가 있어 화가 치밀었다. 그 여자가
옷솔기로 굴러들어간 동전을 한 푼도 없을 때 찾아냈다는 등의 이야기
를 하지 않았던가. 그녀가 이 돈을 나에게 던져준 것이다.

이 무슨 창피란 말인가!

그는 맹세했다. "좋아, 모레 보자. 혼쭐을 내줄 테니까."

그는 분노와 굴욕감에 가슴을 쥐어뜯으며 잠자리에 들었다.

이튿날은 꽤 늦잠을 잤다. 배가 고팠다. 그는 다시 한잠 더 자고 2시
가 될 때까지 일어나지 않으리라 마음먹었다. 그러다가 혼잣말로 중얼
거렸다.

"이러고 있어 봤자 소용없지. 아무튼 돈을 마련할 궁리를 해야 돼."

걷다 보면 좋은 생각이 떠오르겠지 하며 밖으로 나섰다.

그러나 방법은 떠오르지 않고 도리어 음식점 앞을 지날 때마다 격렬
한 식욕이 입안을 군침으로 가득 채웠다. 12시가 되어도 달리 생각이
떠오르지 않자 그는 결심했다. '아무렴 어때! 클로틸드가 준 20프랑으
로 점심식사나 하자. 내일 갚으면 되니까.'

그는 음식점에 들어가 2프랑 50상팀짜리 점심을 먹었다. 신문사에
도착해서 경비원에게 꾼 3프랑을 갚았다. "이보게, 프카르 군, 어제 차
비로 꾼 돈일세."

그는 7시까지 일하고 저녁식사를 하러 가서 그 돈에서 3프랑을 써버
렸다. 그날 밤에 마신 250cc짜리 맥주 두 잔까지 합하면 하루에 쓴 돈

이 모두 9프랑 30상팀이었다.

하지만 하루 종일 돈도 빌리지 못했고, 돈 나올 구멍도 마련하지 못했으므로 이튿날도 그날 밤에 돌려줄 작정인 20프랑 중에서 다시 6프랑 50상팀을 쓰고 말았다. 결국 약속된 밀회 장소로 갔을 때는 주머니에는 4프랑 20상팀밖에 남지 않았다.

그는 미친개처럼 신경질을 내며 당장에 깨끗이 결말을 지으리라 다짐했다. 정부에게는 이렇게 말하리라 생각했다. '요전에 당신이 내 호주머니에 넣고 간 20프랑은 분명히 받았소. 하지만 내 사정이 변하지 않았고, 돈 문제로 뛰어다닐 겨를이 없어 오늘은 못 갚지만 다음번 만날 때는 분명히 갚으리다.'

그녀는 도착해서 무척이나 상냥하면서도 이 남자가 어떤 태도로 나올까 염려스러워 하는 얼굴로 들어왔다. 그녀는 만나자마자 지난 번 이야기가 나오는 것이 미리 입막음을 하려는 듯이 연거푸 키스만 했다.

그는 생각했다. '어차피 곧 이야기할 짬이 생기겠지. 뭔가 실마리를 찾아야 할 텐데.'

그 실마리는 좀처럼 찾을 수가 없었다. 더구나 그 미묘한 문제를 꺼내려 해도 첫마디에 막혀버려 결국 아무 말도 못 했다.

그녀는 밖으로 나가자고 하지도 않았고, 마냥 상냥했다.

그들은 밤중에 헤어졌다. 다음 밀회는 드 마렐 부인의 계속되는 만찬 초대 일정으로 다음 주 수요일로 정했다.

이튿날 아침 식사 값을 지불할 때 분명 네 개 남아 있으려니 하고 호주머니를 뒤지는데 동전이 다섯 개 있었다. 그 중 하나는 금화였다.

처음에는 어젯밤 누군가 잘못해서 20프랑짜리 금화를 거스름돈으로 주었나 하고 생각했다가 이내 깨달았다. 그는 그토록 집요하게 동냥처럼 건네받는 것을 용인할 수밖에 없는 굴욕감에 가슴이 떨렸다.

어젯밤에 아무 말도 하지 않은 것이 분했다! 분명히 말해두었더라면 이렇게는 되지 않았을 텐데.

나흘 동안 그는 5루이란 돈을 마련하기 위해 동분서주하고, 할 수 있는 데까지 다 했지만 헛수고였다. 결국 클로틸드가 준 두 번째 금화마저도 다 써버렸다.

그 후 두 사람이 만났을 때, 뒤르와는 화난 목소리로 말했다. "알겠소? 이제 전날 밤 같은 장난은 그만두시오. 자꾸 그러면 나도 화를 낼테니까." 하지만 그녀는 교묘하게 틈을 노려 바지 호주머니에 또 20프랑을 집어넣고 갔다.

그는 그것을 알아채고 "제기랄!" 하고 화를 냈지만 때마침 수중에 한 푼도 없었던 터라 조끼에 슬며시 밀어 넣었다.

그는 이런 구실을 붙이며 마음을 달랬다. '나중에 한꺼번에 갚으면 돼. 어차피 빌린 거니까.'

신문사 회계 담당자는 그의 필사적인 부탁에 마지못해 매일 5프랑씩 지불해주기로 약속했다. 그러나 그것은 식비로 쓰면 그만이라서 60프랑의 빚을 갚기에는 턱없이 부족했다.

그런데 또다시 클로틸드가 파리의 온갖 잡스러운 곳을 가리지 않고 밤마다 나다니고 싶어 했다. 그녀와 술에 취한 듯이 산책한 후에는 매번 주머니 속이나 구두 속, 혹은 시계뚜껑 속 등 그날그날에 따라 여기저기서 금화가 하나씩 나왔다. 그도 이제는 그다지 심하게 화를 내지 않았다.

그는 생각했다. '이 여자는 지금 현재 내 힘으로는 채워줄 수 없는 욕망을 가지고 있다. 그녀가 그것을 단념하지 않는 한 그녀가 돈을 내는 것도 당연하지 않겠는가?

그는 뒷날 그녀에게 갚기 위해 받은 돈은 빠짐없이 계산해두었다.

어느 날 밤 그녀는 말했다. "아직 폴리베르제르에 가본 적이 없다는 게 안 믿어지겠죠? 한번 데리고 가주실래요?" 그는 라셸을 만나지나 않을까 걱정스러워 잠시 대답을 주저했으나 이내 속으로 생각했다. '웬걸, 나는 그녀와 결혼한 몸이 아니니까. 만약 나를 만나더라도 상황을 눈치채고 말을 걸지는 않겠지. 게다가 우리는 박스 안에 들어갈 테니까.'

그를 결심하게 만든 또 하나의 이유가 있었다. 그것은 이참에 드 마렐 부인에게 극장의 칸막이 안에서 공연을 관람할 수 있도록 대접할 수 있는 것이 기뻤다. 이를테면 속죄라고 할 수 있다.

그는 공짜표를 받는 것을 내색하지 않으려고 클로틸드를 마차 안에 머무르게 하고 표를 받아왔다. 두 사람은 검표원의 인사를 받으며 안으로 들어갔다.

복도는 사람으로 들어차 있었다. 두 사람은 거대한 인파를 이룬 남녀들 사이를 비집고 지나가는 데 애를 먹었다. 드디어 몸도 제대로 움직일 수 없는 혼잡한 복도 앞쪽의 일등석 칸막이에 도착했다.

그러나 부인은 무대에는 관심도 두지 않고 등 뒤에서 어정거리고 있는 거리의 여인들에게만 마음이 쏠려 있었다. 끊임없이 뒤를 돌아보며 그녀들에 대한 궁금증을 견딜 수 없어 했다. 어떻게 생겼는지 보고 싶고, 무슨 수를 써서든 다가가서 블라우스이며 뺨이며 머리카락이며 몸 전체를 만져보고 싶어 하는 것 같았다.

갑자기 그녀는 말했다.

"줄곧 우리 쪽만 보고 있는 갈색 머리 덩치 큰 여자가 보이세요. 아까는 뭔가 우리한테 말을 걸려는 것 같았어요. 보셨나요?"

그는 대답했다. "아니, 잘못 본 거겠지." 실은 진작부터 그는 눈치채고 있었다. 라셀이 독기에 찬 눈을 하고, 입술에는 거친 말을 품은 채 그들 주위를 뱅뱅 돌고 있었다.

뒤르와는 혼잡스런 인파를 뚫고 지나올 때 그녀와 스쳤다. 그녀는 아주 나직한 소리로 "안녕" 하면서 '무슨 수작 부리는지 잘 알죠' 하는 듯 윙크를 해보였다. 하지만 부인에게 눈치를 채게 하면 안 되겠다 싶어 그런 상냥한 인사에 응답도 없이 시치미를 떼고 입에는 경멸감을 머금고 냉랭하게 지나쳤다. 그래서인지 여자는 이미 무의식적인 질투심에 사로잡혀 되돌아서서 그의 옆을 재차 스치면서 전보다 더 큰 목소리로 "안녕, 조르주" 했다.

그 말에도 대꾸하지 않았다. 그녀는 심통이 나서 어떻게든 자기 존재를 알려서 인사를 하게끔 만들려고 끊임없이 칸막이 뒤에서 기회를 노리고 있었다.

드디어 드 마렐 부인이 자기를 알아보았다고 생각되자, 그녀는 손가락 끝을 뒤르와의 어깨에 대고 말했다.

"안녕, 별고 없으시죠?"

하지만 그는 돌아다보지 않았다.

그녀는 재차 짓궂게 말했다.

"어머나, 괜찮다더니 지난 목요일 이후로 귀머거리가 되셨나 보죠?"

그는 매춘부 따위와 말을 해서 체면을 깎이는 일은 벌이지 않겠다는 심사로 경멸적인 태도를 지으며 대꾸하지 않았다.

그녀는 노기등등한 얼굴로 큰 소리로 웃기 시작했다.

"아니, 벙어리가 됐나 보군요? 이 부인한테 혓바닥이라도 물린 모양이죠."

그는 격분한 몸짓을 하고 날카로운 목소리로 외쳤다.

"무슨 권리로 이렇게 수작을 부리는 게요? 저리 가시오. 그러지 않으면 끌어내라고 할 테니까."

그녀는 눈을 부릅뜨고 가슴을 부풀리면서 악을 썼다.

"아하! 그래! 이 얼간이아! 잠자리를 함께한 여자라도 인사쯤은 하는 법이야. 딴 여자를 데리고 있다고 모른 척하면 안 되지. 아까 옆을 지나칠 때 눈짓이라도 한번 했으면 나도 눈감아줄 작정이었어. 그런데 꼴사납게 으스대고, 꼬락서니 참 좋은데! 단단히 본때를 보여줄 테니까. 그렇고말고! 마주칠 때 '안녕' 하고 한마디만 했어도……."

그녀는 끝까지 악을 썼을 것이다. 그러나 드 마렐 부인이 칸막이 문을 박차고 뛰쳐나가 인파를 헤치며 미친 듯이 출구 쪽으로 나갔다.

뒤르와도 뒤쫓아 나가며 따라붙으려고 필사적인 노력을 했다.

라셀은 그들이 뛰쳐나가는 모습을 보며 기고만장해서 외쳐댔다.

"저 여자를 붙잡아요! 붙들라니까요! 내 사내를 훔쳤단 말예요!"

왁자하니 웃어대는 소리가 군중 속으로 퍼져나갔다. 두 신사가 장난 삼아 달아나는 부인의 어깨를 잡아 돌려세우려고 했다. 그러나 뒤르와가 따라가서 그를 거칠게 밀쳐내고 거리로 데리고 나갔다.

그녀는 극장 앞에 있던 빈 마차로 뛰어들었다. 그가 따라 올라타자 마부가 "어디로 갈까요?" 묻자 그는 "아무 데든" 하고 대답했다.

마차는 울퉁불퉁한 포도(鋪道) 위를 덜컹거리며 천천히 달리기 시작했다. 클로틸드는 신경 발작을 일으킨 사람처럼 두 손으로 얼굴을 감싼 채 숨을 헐떡이며 흐느꼈다. 뒤르와는 어찌 하면 좋을지, 뭐라고 해야 좋을지 난감했다. 이윽고 그녀가 울고 있는 소리를 듣고 머뭇거리며 말했다. "이봐요, 클로. 사랑스런 클로. 내가 하는 말을 들어줘! 내가 나쁜 게 아니오…… 저 여자하고는 예전에 파리에 갓 왔을 때…… 알게 된 여잔데……."

그녀는 사랑에 배신당한 여인의 분노에 몸을 파르르 떨며 갑자기 얼굴을 들었다. 분노가 입을 열게 만든 것이다. 숨을 헐떡이며 급하게 띄엄띄엄 중얼거렸다. "아아!…… 너무해요…… 너무하단 말예요…… 어쩜 그렇게 추잡한 짓을 할 수가 있어요?…… 너무나 창피해!…… 아아! 어쩌면!…… 너무나 창피해!……."

그러고 나더니 점차 머릿속이 정리되고 생각이 분명해지자 점점 더 흥분했다. "당신은 내가 준 돈으로 그 여자를 샀군요. 안 그래요? 내가 그 여자한테 돈을 준 거야…… 아아, 어머 끔찍해!……."

그녀는 잠시 입을 다물었다. 좀 더 심한 말을 찾는 것 같았으나 생각나지 않는지 끝내는 침이라도 뱉듯이 내뱉었다. "아아…… 치사한 놈…… 치사한 놈…… 치사한 놈…… 내 돈으로 샀단 말이지…… 치사한 놈…… 치사한 놈……."

그녀는 이미 다른 말은 아무것도 생각나지 않는 듯 "치사한 놈…… 치사한 놈……"을 되풀이했다.

돌연 그녀는 마차 밖으로 몸을 내밀면서 마부의 소매를 잡아끌며 소리쳤다.

"세워줘요!" 그리고 나서 문을 열고 뛰어내렸다.

조르주도 뒤를 쫓으려 했으나 그녀가 외쳤다. "절대 내리지 마세요!"

그 목소리가 너무나 커서 지나가던 사람들이 주위로 몰려들었다. 뒤르와는 소문이 날까 두려워 꼼짝도 하지 못했다.

그녀는 주머니에서 돈 지갑을 꺼내 등불 밑에서 잔돈을 찾았다. 그리고 2프랑 50상팀을 집어 마부의 손에 쥐어 주며 떨리는 목소리로 말했다.

"이보셔요…… 여기 있어요…… 모두 드릴 테니까요…… 저 비열한 인간을 바티뇰의 부르쇼 거리까지 데려다주세요."

주위를 둘러싸고 있던 군중들 사이에서 웃음이 일었다. 한 신사가 "잘한다, 멋쟁이!" 하고 고함을 쳤다. 마차 옆에 서 있던 젊은 무뢰한이 열려 있는 문 안으로 목을 들이밀고 큰 목소리로 야유를 했다. "안녕하쇼, 우리 쫄따구!"

왁자한 웃음소리를 뒤로 하고 마차는 달리기 시작했다.

이튿날 조르주 뒤르와는 비통한 기분으로 눈을 떴다.

천천히 옷을 주워 입고 창문 앞에 앉아 생각에 잠겼다. 마치 몽둥이로 흠씬 두들겨 맞은 것처럼 온몸이 뻐근했다.

돈을 구해야 하는 입장이니 일어날 수밖에 없었다. 그는 포레스티에를 찾아갔다.

친구는 서재에서 난로에 발을 뻗은 채 그를 맞았다.

"아침 일찍 나한테 무슨 볼일이라도 있나?"

"중대한 사건이지. 도박을 하다가 돈을 빌렸거든."

"노름?"

그는 약간 주저하다가 가까스로 대답했다.

"응, 노름."

"큰돈인가?"

"500프랑."

사실대로 말하자면 빚은 280프랑이었다.

포레스티에는 의심스러운 듯이 물었다.

"상대가 누구야?"

뒤르와는 곧바로 대답할 수 없었다.

"그게 그…… 저…… 드 카를빌이라는 사람이야."

"그래? 어디에 사는 작자지?"

"사는 데는…… 그…… 저……."

포레스티에는 웃기 시작했다. "아이구, 됐네. 둘러대기 거리 14번지에 살고 있는 모양이군. 안 그런가? 그만한 사내쯤은 나도 알지. 하지만 20프랑이라면 한 번은 빌려주겠지만 그 이상은 힘들어."

뒤르와는 금화 한 닢을 받았다.

그리고 이집 저집 아는 사람의 집은 다 훑어 마침내 5시경에는 80프랑의 돈을 긁어모았다.

하지만 아직 200프랑이 더 필요했다. 그는 굳게 결심을 하고 긁어모은 돈은 소중히 간직하기로 했다. 그는 혼자 중얼거렸다. "까짓것 괜찮아. 그 따위 못된 여자 때문에 안절부절 못할 이유가 없지. 마련되면 갚지 뭐."

2주일 동안 뒤르와는 굳은 결심으로 마음을 다잡고 용돈을 낭비하지 않고 규칙적이고 단정한 생활을 했다. 하지만 얼마 지나지 않아 견딜 수 없이 여자가 그리워졌다. 아마 몇 년은 여자를 안아본 적이 없는 것 같았다. 뱃사람이 육지를 사무치게 그리워하듯 길거리에서 마주치는 모든 스커트가 그를 부르르 떨게 만들었다.

그래서 어느 날 밤, 라셸을 만날 수 있으리라는 기대로 폴리베르제르로 갔다. 과연 그곳에 들어서자 그녀의 모습이 눈에 띄었다. 그녀는 일 년 내내 그 극장을 본거지로 하고 있었다.

그는 웃음을 짓고 손을 내밀면서 여자 쪽으로 다가갔다. 하지만 그녀는 머리끝부터 발끝까지 훑으며 물었다.

"저한테 볼일이라도 있나요?"

그는 억지로 웃어 보이며 말했다.

"그렇게 까칠하게 굴지 마."

그녀는 그대로 돌아서며 단언하듯 말했다.

"난 말예요, 그런 등 푸른 족속들*하고는 상대하지 않아요."

---

* 등 푸른 족속(dos verts)이란 '기둥서방'을 뜻한다. 프랑스어에서는 등 푸른 생선인 고등어(maquereau1)는 '기둥서방'이란 은어로도 사용되며, 또한 'dos verts'란 단어는 일종의 은어로 사전에 공식적으로 등재되어 있다. 아마도 성질이 급해 파닥거리다 금세 죽고 값도 싸구려인 흔한 생선이기 때문에 이런 비유가 나온 듯하다.

속으로 그녀는 더 심한 욕설을 찾았으리라. 그는 얼굴이 화끈 달아올랐다. 결국 풀이 죽어 혼자 집으로 돌아왔다.

포레스티에는 병세가 더 악화되어 바짝 여위고 기침만 해댔다. 그러면서 신문사에서는 뒤르와를 들볶아댔다. 어떻게 하면 힘든 일을 맡길까 무던히도 애를 쓰는 것 같았다. 어느 날인가는 심한 기침 발작을 오랫동안 한 후에 몹시 신경이 날카로워져서 부탁한 정보도 제대로 처리하지 못한다며 뒤르와에게 책망을 했다. 심지어는 "정말 자넨 생각보다 훨씬 바보구만"이라고까지 했다.

뒤르와는 따귀를 한대 먹여줄까 하고 생각했지만 참고 물러나면서 중얼거렸다. "나쁜 자식! 너를 꼭 따라잡아줄 테다." 문득 한 가지 기발한 생각이 떠올랐다. '좋아, 네놈을 오쟁이 진* 놈으로 만들어주지.' 그 계획에 흐뭇해 하며 손을 비비면서 밖으로 나섰다.

이튿날 그는 당장에 그 계획을 실천에 옮기리라 작정하고 시험 삼아 방문해보기로 했다.

들어서자 그녀는 소파에 길게 누워 책을 읽고 있었다.

그녀는 몸도 일으키지 않고 고개만 돌린 채 손을 내밀었다. "어서 오세요, 벨아미." 그는 뺨을 한 대 얻어맞은 듯했다. "왜 저를 그렇게 부르십니까?"

그녀는 생글생글 웃으며 대답했다.

"지난 주일에 마렐 부인을 만났어요. 그분 댁에서는 당신을 그렇게 부른다고 하더군요."

그는 젊은 부인의 상냥한 태도에 마음이 놓았다. 사실 그렇게 겁먹을 필요도 없었다.

그녀는 계속해서 말했다.

"당신은 무척이나 그분을 아끼는 것 같던데요. 저희 집에는 마음이

---

* '오쟁이 지다'(cocu)란 다른 남자와 간통을 한 아내를 비유하는 우리말이다. 오쟁이란 '작은 망태'를 말하는데, 아내의 정부가 건네준 빈 망태기를 멍청한 남편이 지고 간다는 옛 이야기에서 유래되었다.

내킬 때만 오지, 가뭄에 콩 나듯이 좀체 안 오시잖아요."

그는 한쪽에 앉아 새삼스런 호기심으로 그녀를 지켜보았다. 마치 진 귀한 물건을 찾는 호사가와 같은 호기심이었다. 부드러우면서도 불타는 듯한 금발의 그녀는 너무나 매력적이어서 당장이라도 다가가 애무를 하고 싶었다. 그는 생각했다. '이게 분명히 저번 것보다 나아.' 또한 성공 가능성에 대해 전혀 의심 하지 않았다. 손을 뻗치면 딸 수 있는 과일처럼 손쉽게 자기 물건이 될 것 같았다.

그래서 그는 대담하게 말했다.

"제가 찾아뵙지 않은 것은 그편이 낫겠다고 생각했기 때문입니다."

그녀는 영문을 모르겠다는 듯 물었다.

"어째서요? 무엇 때문에요?"

"무엇 때문이라니요? 짐작이 안 가세요?"

"네, 전혀요."

"그건 제가 당신을 사랑하기 때문입니다…… 물론! 조금, 아주 조금 이지만요…… 혹시나 진짜 사랑으로 변한다면 큰일이라고 생각해서 죠……."

그녀는 별로 놀란 것 같지도, 화를 내는 것 같지도, 또한 기쁜 듯이 보이지도 않았다. 여전히 무덤덤한 미소를 띠며 침착하게 대답했다.

"어머! 그러시더라도 오셔도 괜찮은데. 어떤 분이든 저란 여자를 오랫동안 사랑하지 못할 걸요."

그는 그녀의 말보다도 말하는 톤 때문에 놀라 물었다.

"무엇 때문에요?"

"아무 소용도 없는 일이고, 또 얼마 안 가서 이내 아무 소용도 없다는 사실을 깨닫게 해드리기 때문이죠. 당신께서 좀 더 일찍 우려하시던 일을 말씀해주셨다면 마음 놓으시도록 오히려 가급적 자주 오시라고 했을 거예요."

그는 비장하게 그 말을 받았다.

"사람 감정이라는 게 그렇게 쉽게 제어될 수 있다고 보십니까?"

그녀는 그에게 몸을 돌리고 길게 설명을 늘어놓았다.

"사랑하는 친구 분, 잘 들어봐요. 저는 사랑에 빠진 남자를 사람 취급하지 않아요. 저는 그런 사람을 저능한 사람, 아니 저능한 게 아니라 위험한 사람이라고 생각하죠. 그래서 저는 저를 사랑한다는 둥 입으로 그렇게 말하는 사람과는 모든 관계를 끊어버려요. 왜냐하면 첫째 귀찮고, 또 언제 발작을 일으킬지 모를 미친개처럼 마음이 놓이질 않아요. 그래서 저는 그런 남자를 멀리 하면서 그 병이 나을 때가지 기다리죠. 절대 잊지 마세요. 저는 잘 알고 있어요. 당신들에게 연애는 식욕 같은 것에 지나지 않는다는 사실을요. 하지만 제게는 거꾸로 말하자면…… 그 어떤…… 어떤…… 여하튼 남자 분들이 믿는 종교에는 없는 그런 일종의 영혼의 교감 말이에요……. 당신네들은 글자 그대로 해석을 하지만, 전 그 정신에 중점을 두니까요. 하여간…… 제 얼굴을 잘 봐두세요……."

그녀는 더 이상 미소를 띠고 있지 않았다. 침착하고 냉랭한 얼굴로 또박또박 힘을 주며 말했다.

"저는 결단코, 결단코 당신의 애인이 되지 않을 거예요. 아시겠어요? 그러니까 끈질기게 늘어 붙어봤자 소용없는 일이고, 당신을 위해서도 좋지 않아요…… 이제부터는…… 처방은 끝났으니까…… 다정하고 좋은 친구, 사심이 없는 진정한 친구, 그런 친구가 되는 게 어떻겠어요?"

그는 이런 재심의 여지도 없는 여인의 선고 앞에서 무슨 꿍꿍이를 부려봤자 헛일이라는 것을 간파했다. 그는 즉석에서 깨끗이 계획을 포기하고, 앞으로 살아갈 동안 자기편이 되어줄 여인이 생긴 것에 스스로 만족스러워하며 두 손을 내밀었다.

"말씀에 따르겠습니다, 부인. 당신 좋으실 대로 하십시오."

그녀는 목소리에 담긴 진정성을 깨닫고 두 손을 내주었다.

그는 그 손 하나하나에 키스를 하고 나서 얼굴을 들며 솔직하게 말했다. "정말 당신 같은 여자만 찾아낸다면 매우 기뻐하며 기꺼이 아내로 맞을 겁니다.”

어떤 여자든 감동적인 찬사에는 마음이 동하듯이 과연 그녀 역시 그 말에 감동하며, 상대를 노예로 만들어버리는, 재빨리 스쳐가는 감사의 눈길을 그에게 던졌다.

그리고 나서 대화의 실마리를 잃고 우물거리는 그를 보고는 그녀는 그의 팔에 손가락을 짚으며 다정한 목소리로 말했다.

“그럼 당장 친구로서 일을 시작하기로 해요. 당신은 아직 서투니까…….”

그녀는 약간 망설이더니 물었다.

“솔직하게 말씀드려도 될까요?”

“네.”

“뭐든지 다요?”

“뭐든지 다요.”

“그렇다면 말씀드리겠는데, 왈테르 부인한테 가세요. 당신을 대단히 좋게 보고 계시니까 그분 마음에 들도록 하세요. 가서 마음껏 찬사를 드리세요. 물론 그분도 정숙한 분이죠. 아시겠죠? 정말 정숙한 분이니까. 그래요! 그분한테 어떻게 해보겠다는 희망은 버리세요…… 잘만 보이면 생각보다 훨씬 유익한 일이 많을 거예요. 신문사에서 당신 지위가 아직 낮다는 것을 저도 알고 있지만 그런 건 염려 마세요. 그 사람들은 어떤 기자든 모두들 친절히 대하니까요. 절 믿고 꼭 가보세요.”

그는 미소를 지으며 말했다. “감사합니다. 당신은 정말 천사시군요…… 수호천사!”

그런 뒤에 그들은 이런저런 이야기를 나누었다. 그는 그녀 곁에 있는 것이 얼마나 즐거운 일인가를 보여주기 위해 꽤나 긴 시간을 보냈다. 그리고 돌아갈 때 한 번 더 물었다.

“허락하신 겁니다, 친구가 되어주기로?”

“물론 허락했죠.”

그는 방금 전 치사의 말에 대한 효과를 확인한 뒤라서 한 번 더 되풀이하며 덧붙였다.

"혹시나 미망인이 되신다면 저도 그 후보자 명단에 기꺼이 등록하겠습니다."

그런 뒤에 상대가 화를 낼 틈을 주지 않으려고 황급히 나왔다.

어쨌든 왈테르 부인을 찾아간다는 것은 약간 거북했다. 방문해도 좋다는 승낙을 받지 않았기 때문이다. 하지만 사장은 평소에 그에게 호의를 보이고, 업무 능력을 인정해서 어려운 일은 일부러 그에게 맡겼다. 그렇다면 그런 호의를 이용해 사장 집을 한번 방문하는 것도 괜찮지 않을까?

어느 날 그는 일찍 일어나 경매가 벌어지는 아침 시장에 나가 10프랑으로 큰마음 먹고 싱그러운 배를 스무 개가량을 샀다. 그리고 먼 데서 온 것처럼 보이기 위해서 정성껏 과일 바구니에 담고 끈을 매서 명함과 함께 사장 댁 수위에게 가지고 갔다. 명함에는 이렇게 썼다.

조르주 뒤르와 올림
왈테르 씨 영부인께서 모쪼록 받아주시기 바랍니다.
오늘 아침 노르망디에서 온 과일입니다.

그는 이튿날, 신문사의 자기 우편함 속에 왈테르 부인의 명함이 들어 있는 봉투를 발견했다. 명함에는 다음과 같은 답장이 있었다. '조르주 뒤르와 씨, 어제는 매우 감사했습니다. 저는 토요일에는 항상 집에 있습니다.'

다음 토요일, 그는 부인을 찾아갔다.

왈테르 씨는 말제르브 대로에 있는 집 두 채가 하나로 붙은 집에 살고 있었는데, 과연 현실적인 사람답게 하나는 남에게 세를 놓고 있었다. 다만 경비원 한 사람이 양쪽 집 문 중간에 상주하면서 집주인과 세든 집의 초인종 줄을 잡아당겼다. 경비원은 굵은 장딴지까지 흰색 스타킹을 올려 신고, 금단추에 새빨간 깃이 접힌 화려한 옷을 입은 품새가 마치 바티칸궁의 스위스 근위병처럼 훌륭한 복장으로 화려한 저택에 맞는 품격을 갖추었다.

2층에 몇 개의 응접실이 있고, 입구의 대기실은 벽에 장식용 주렴이 걸려 있고 문에는 커튼을 쳐져 있었다. 두 하인이 의자에 앉아 졸고 있다가 한 사람은 뒤르와의 외투를 받아들고, 다른 사람은 지팡이를 건네받으며 문을 열고 서너 걸음 방문객보다 앞장서 걸어가며 방에 방문객의 이름을 고하고 몸을 비켜서서 손님이 안으로 들어가도록 했다. 하지만 방에는 아무도 없는 듯했다.

그는 어리둥절해 하며 여기저기 두리번거렸다. 커다란 전신 거울 속에 사람들이 앉아 있는 모습이 비쳤는데, 매우 멀리 떨어진 것 같았다. 처음에는 거울 때문에 헷갈려서 방향을 잘못 잡았으나 이내 알아차리고 비어 있는 응접실을 두 개 가로질러, 금빛 물방울무늬가 있는 푸른 실크를 두른 조그마한 부인용 침실 비슷한 곳으로 들어섰다. 그곳에는 네 명의 귀부인이 홍차 잔을 올려놓은 식탁 주위에 앉아 나직막하게 이야기하고 있었다.

그도 파리에서 적지 않은 세월을 보냈고, 특히 신문기자라는 직업 때문에 끊임없이 영향력이 있는 인사들과 접촉했던 터라 내심 자신이 있었으나 화려한 현관을 마주하고, 텅 빈 응접실을 두 개나 가로지르자 그 기세에 위축이 되고 말았다.

그는 안주인을 눈으로 찾으며 머뭇거렸다. "부인, 이렇게 초대해주셔서……."

그녀는 손을 내밀었다. 그는 허리를 굽히고 그 손을 잡았다. "이렇게 오시다니 당신은 정말 친절하시군요. 잘 오셨어요." 그리고 의자를 가리켰다. 그는 권하는 곳에 앉으려다가 그만 넘어질 뻔했다. 생각보다 의자가 훨씬 낮았던 것이다.

대화를 멈추었던 부인들은 다시 전에 하던 이야기를 계속했다. 날씨가 추워졌다고 하지만 아직 티푸스 유행도 멈추지 않고, 스케이트를 탈 정도로 춥지도 않다는 내용이었다. 각자 파리에 언제 첫 서리가 내릴지 나름의 의견도 표명했다. 그런 뒤에 마치 방안에 떠도는 먼지처럼 각자의 마음속에 흩어져 있던 이러저러한 상투적인 근거를 대며 어느 계절이 마음에 드는지 이야기했다.

가볍게 문이 열리는 소리가 들려 뒤르와는 돌아다보았다. 두 장의 유리문 너머로 뚱뚱한 부인이 들어서는 것이 보였다. 그 부인이 들어오자 손님 중 하나가 일어서서 손을 잡고 이내 사라졌다. 청년은 칠흑 같은 진주가 반짝이는 여자의 검은 뒷모습이 두 개의 응접실을 통과해 나가는 광경을 지켜보았다.

먼저 떠나는 손님 때문에 수선했던 분위기가 가라앉자 이야기는 다시 시작되었다. 모로코 문제며, 근동의 전쟁, 이어서 아프리카 최남단에서 봉착한 영국의 난처한 입장 등에 대한 이야기로 두서없이 옮겨갔다.

부인들은 기억될 만한 사건을 논평하며, 흔히 사교계에서 인용되는 멋진 연극을 낭송하는 것처럼 마치 자기 의견인 양 막힘없이 유창하게 이야기했다.

그리고 새로운 손님이 들어왔다. 곱실거리는 금발의 자그마한 여자였다. 그녀와 교대라도 하듯 이번에는 늘씬한 키의 중년 부인이 나갔다.

이번 화제는 리네 씨가 어쩌면 아카데미에 들어갈지도 모른다는 이야기로 시작되었다. 새로 온 부인은 리네보다는 「돈키호테」를 상연할 수 있도록 프랑스어 운문으로 훌륭하게 번안한 카바농 르바가 선출될 거라고 장담했다.

"그 작품은 올 겨울에 오데옹 극장에서 상연될 예정이죠."

"아아, 그래요? 그런 뛰어난 문학적 시도는 꼭 보러가고 싶군요."

왈테르 부인은 무심한 듯 차분한 어조로 상냥하게 응대했다. 그러나 어떤 문제라도 자기 입장이 명확했기 때문에 무슨 이야기를 하든 주저함이 없었다.

그녀는 끊이지 않고 흐르는 잡담을 들으면서도 날이 저무는 것을 잊지 않고 벨을 눌러 램프를 가져오도록 했다. 그러다가 그녀는 속으로 '다음번에 개최할 만찬회 초대장을 인쇄소에 맡기는 것을 깜빡했네' 하고 생각했다.

그녀는 살이 많이 찌기도 했거니와 한순간에 허물어질 날도 머지않은 위험한 나이였지만 자태는 여전히 아름다웠다. 조심하고 피부 관리나 위생에 세심한 주의를 기울인 덕에 그 정도 아름다움을 유지하는 듯했다. 그녀는 만사에 현명하고 온화하고 사려가 깊고, 프랑스 정원처럼 질서정연하게 정리된 두뇌를 지닌 여자였다. 그녀는 남의 눈을 휘둥그렇게 만들지는 않지만, 어떤 특유의 매력을 발산하고 있는, 산책하기에 알맞은 정원 같은 느낌을 풍겼다. 게다가 기품도 있고, 재기 발랄함보다는 사려 깊고 섬세한 이성을 지니고 있었다. 더욱이 누구를 위해서든, 세상을 위해서든 차분하게 헌신과 호의를 베풀었다.

그녀는 뒤르와가 아직 한마디도 하지 않고 다른 사람도 말을 시키지 않아 약간 따분해 할 것이라는 기분을 읽어냈다. 하지만 부인들이 아카데미 문제라는, 언제나 길게 이야기하기 좋아하는 화제에서 좀처럼 벗어나지 않자 그녀는 그에게 물었다.

"그런데 뒤르와 씨, 당신도 누구보다 사정을 잘 아실 텐데 어느 분이 낫다고 생각하세요?"

뒤르와는 서슴지 않고 대답했다.

"부인, 저는 이 문제에 관해서는 전적으로 후보자의 자질에 대해서는 언급하고 싶지 않습니다. 누구에 대해서든 항상 이견이란 존재하는 법이니까요. 오직 제가 문제 삼는 것은 그들의 나이나 건강입니다. 자질보다는 건강 여부를 먼저 따지겠습니다. 로페 데 베가*의 작품을 얼마나 운율 있게 번역을 했는가보다는 간장, 심장, 신장, 척수의 상태를 세세히 알고 싶습니다. 비대증이나 요단백, 특히 이동성 운동실조증

---

* 로페 드 베가(Lope de Vega, 1562~1635)는 스페인의 극작가이자 시인이다. 1,500편 내지 2,500편의 희곡을 썼다고 하는데 현재에 전해지는 것은 425편이다. 17세기 초엽에 스페인 최고의 극작가로 손꼽혔고, 그의 작품은 왕족이나 귀족에서 서민에 이르기까지 폭넓은 사랑을 받았다.

등이 있는지가 야만족의 어조로 애국심에 대해 횡설수설한 40권의 시보다 1백배는 더 가치가 있다고 생각합니다."

모두들 이 엄청난 이견에 놀라 입을 다물고 말았다.

왈테르 부인이 웃으며 말했다.

"그건 어떤 이유에서죠?"

그는 대답했다.

"말하자면 전 무슨 일이든 부인들께 즐거움을 가져다줄 수 있는지를 우선적으로 생각하기 때문입니다. 하지만 여러분! 아카데미라는 것이 여러분들께 흥미를 끄는 것은 사실상 회원 중 누군가가 죽었을 때 아닙니까? 그러니까 이를테면, 아카데미 회원 중에 죽는 숫자가 많을수록 여러분의 즐거움도 배가되는 셈이죠. 그렇다면 그들을 빨리 교체시키는 데는 나이 많고 병든 사람을 지명하는 게 최고죠."

모두들 어이없다는 표정을 짓자 그는 덧붙였다.

"저 역시도 여러분과 마찬가지로 파리 신문들의 가십난에서 아카데미 회원의 부고 기사를 가장 즐깁니다. 저도 생각을 해보곤 하죠. 누가 후계자가 될까? 나름대로 명단도 작성해봅니다. 불후의 명사들*이 죽을 때마다 파리의 어느 살롱에서건 펼쳐지는 재미있는 놀이입니다. 다시 말해, '죽음과 40명 노인들의 게임'이죠."

귀부인들은 어리둥절해 하다가 이내 미소가 번지기 시작했다. 그의 말은 정확히 급소를 찌른 것이었다.

그는 일어서며 말을 끝맺었다. "여러분, 아카데미 회원을 지명하는 것은 여러분들입니다. 오직 그들의 부고 기사를 읽기 위해 지명하는 것입니다. 그러니 나이가 많은, 아주 많은, 가능하다면 가장 많은 사람만 고르시면 됩니다. 다른 건 필요가 없습니다."

그런 다음 우아하게 작별 인사를 하고 나갔다.

---

* 불후의 명사(immortel)는 아카데미 프랑세즈(Academie francaise) 회원을 뜻한다. 아카데미 프랑세즈는 프랑스 지식인들의 학술단체로 문학상을 수여하고 프랑스어 사전을 편찬한다. 1635년에 설립되었고, 회원은 40명이며 종신직이다.

그가 떠나가자 한 부인이 말했다. "재미있는 분이군요. 저분 누구죠?" 왈테르 부인이 대답했다. "저희 신문사 기자예요. 지금은 하잘것없는 일만 하고 있지만 곧 출세할 거예요."

뒤르와는 말제르브 대로를 신이 나서 춤추듯이 성큼성큼 걸어갔다. 자신이 생각해도 참으로 멋진 퇴각이었다. 그는 중얼거렸다. "쾌조의 스타트야!"

그날 밤 그는 라셀과 화해를 했다.

그다음 주는 그에게 두 가지 사건을 가져다주었다. 가십난 책임자로 임명되었고, 왈테르 부인의 만찬회에 초대를 받은 것이다. 그는 이 두 가지 소식이 연결되어 있음을 짐작할 수 있었다.

《라 비 프랑세즈》는 사장이 돈을 숭배하는 인간이었기 때문에 무엇보다 돈벌이를 우선시했다. 사장에게는 신문이건 하원의원이건 지렛대에 불과했다. 선량해 보이는 인상을 유일한 무기로 삼아 그는 사람 좋은 척하며 수작을 부려왔다. 이를테면 어떤 일이든 자신이 쓸 사람은 어떤 인물인지 충분히 알아보고 시험하고 조사했다. 그러고 나서 능란한 수완가이고 대담하고 융통성 있는 사람만을 선별하여 채용했다. 사장에게 뒤르와는 그 적임자로 인정받아 가십난 책임자가 된 것이다.

여태까지 이 일은 편집 실무책임자인 브와르나르가 맡아왔다. 그는 나이 든 기자로 사무원처럼 정확하고 빈틈없이 꼼꼼하고 세심한 사내였다. 30년 전부터 11개 신문사의 편집 실무책임자를 거쳐온 그는, 그동안 자신의 방법이나 견해를 조금도 바꾸지 않았다. 마치 음식점을 바꾸듯이 편집실을 전전했지만 음식 맛이 한결같지 않다는 사실은 깨닫지 못한 듯했다. 정치며 종교적 의견에 대해서는 요지부동이었다. 그러나 어떤 신문이건 성과 열을 다했고, 능수능란한 일처리에 귀중한 경험이 풍부했다. 더구나 장님처럼 아무것도 보지 않고, 귀머거리처럼 아무것도 듣지 않고, 벙어리처럼 아무 말 없이 일했다. 하지만 기자란 직업에 매우 충실한 사람이라서 직업적 가치에 비추어볼 때 정직하고,

성실하고, 올바른 일이라고 판단되지 않으면 절대 귀를 기울이는 법이 없었다.

왈테르 씨는 그의 가치를 충분히 평가하고 있었지만, 가십난이야말로 신문의 핵심이므로 누군가 다른 사람에게 맡겨보고 싶다는 의중을 사람들에게 털어놓곤 했다. 가십난이야말로 뉴스를 퍼트리고 소문을 뿌리고 대중에게 영향력을 행사하며 공채(公債)의 시세를 변동시킬 수 있는 원동력이었다. 사교계의 야간 사교파티 기사 사이에 넌지시 암시하듯이 중대한 기사를 끼워 넣어야 한다. 노골적으로가 아니라 은연중에 깨닫도록 해야 한다. 게다가 암시가 의도하는 바를 짐작하게 만들기도 하고, 소문이 확실히 입증되도록 역으로 부정하기도 하고, 때로는 소문에 대해 순순히 인정하며 사람들이 그 사실을 믿지 않도록 해야 한다. 또 가십난 기사에는 매일 개개 독자들이 각자 재미있어 할 내용이 적어도 한 줄씩은 담겨야 한다. 그래야만 반향을 일으킬 수 있다. 그러려면 가십난은 모든 사람과 사안을 다루고, 모든 세계, 모든 직업, 파리와 지방, 군대와 화가, 성직자와 대학, 관리와 창부 등과 접촉 가능한 모든 선을 총망라해야 한다.

따라서 가십난을 지휘하고 취재기자의 전투를 지휘하려면 항상 정신을 바짝 차리고 경계를 게을리 하지 않아야 한다. 또한 매서운 눈초리로 앞을 내다볼 줄 알고, 교활하고 민첩하고 융통성 있고, 온갖 계책을 체득해야 한다. 게다가 예민한 후각으로 한눈에 허위 보도를 분별해내고, 할 말과 감출 말을 판단하여 무엇이 독자의 호응을 받을지 간파해야 한다. 더욱이 널리 반향을 일으킬 수 있는 방법이 무엇인지도 찾아내야 한다.

브와르나르는 경험은 많았지만 통솔력과 기교는 부족했다. 무엇보다 그에게는 사장이 암암리에 품고 있는 그날그날의 생각을 간파해내는 태생적 교활함이 부족했다.

뒤르와라면 이 일을 완벽하게 해낼 수 있을 것이다. 노르베르 드 바렌의 표현을 빌리면, "국가 재정이란 깊은 바다와, 정계라는 얕은 여울

물을 능숙하게 항해하고 있는" 이 신문의 편집을 훌륭하게 완수할 것이다.

《라 비 프랑세즈》 기사에 영감을 주는 진정한 편집자는 사장이 주도하거나 후원하는 투기사업에 이해관계가 깊은 여섯 명 가량의 하원의원이었다. 그들은 의회에서 '왈테르 일파'라고 지칭되는데, 왈테르 씨와 함께 혹은 그의 후원으로 돈을 벌어들여 부러움을 사고 있었다.

정치부 기자인 포레스티에는 그들 사업의 허수아비였고, 그들이 지시하는 의지의 집행자에 불과했다. 그는 그들에게 사설의 내용을 귀띔받고, 그것을 그의 말에 따르면, 조용한 곳에서 정리하기 위해 언제나 자기 집에 가서 썼다.

하지만 신문에 문학적이고 파리적인 풍취를 더하기 위해 각자 별도의 분야에서 명성을 떨치던 두 사람의 작가를 배속시켰다. 시사 문제 칼럼니스트 자크 라발과, 시인이면서 자유분방한 글을 쓰는, 새로운 사조에 속하는 단편 작가 노르베르 드 바렌이다.

그리고 예술, 회화, 음악, 연극 등의 평론을 쓰거나 형사 문제나 경마 기사 같은 것을 쓸 필자들은, 돈만 주면 무엇이든 다 해내는 방대한 부류들 속에서 싼 값으로 긁어모았다. 이외에도 '장밋빛 가면', '흰 손'이란 필명을 쓰는 두 명의 상류층 부인이 사교계의 풍문이나 유행, 고상한 생활, 예의범절 등에 대해 해설을 해주었다. 그녀들은 이따금 귀부인들에게 무례를 범해 파문을 일으키기도 했다.

이렇듯 《라 비 프랑세즈》는 여러 부류 사람들의 손에 의해 조종되며 '깊은 물과 얕은 여울 위를 항해하고' 있었다.

뒤르와가 가십난 책임자로 임명되어 기쁨을 만끽하고 있을 즈음에 목판 인쇄가 된 자그마한 카드가 도착했다. 거기에는 이렇게 적혀 있었다.

왈테르 부부가 삼가 조르주 뒤르와 씨에게 청합니다. 1월 20일 목요일 밤 조촐한 만찬을 베풀 예정이오니 기쁜 마음으로 왕림해주십시오.

이렇게 좋은 소식이 잇달아 들려오자 그는 환희의 절정을 만끽했다. 그는 사랑의 편지에 키스하듯이 그 초대장에 키스했다. 그러고 나서 자금 조달이라는 막중한 문제를 해결하기 위해 회계과로 갔다.

통상적으로 가십난 책임자에게는 별도의 예산이 책정되어 있어 수하 기자들이 마치 첫 수확한 싱싱한 과일만 사는 상점으로 과일을 가지고 가는 농부처럼 여기저기서 가져오는 옥석이 뒤섞인 뉴스를 가려 내 원고료를 지불할 수 있는 권한이 있었다.

처음에는 한 달에 1,200프랑씩이 뒤르와에게 할당될 예정이었는데, 그는 반드시 한몫 챙기리라 굳게 다짐하고 있었다.

회계 담당자에게 집요하게 요구해서 결국 400프랑을 미리 받아냈다. 돈을 손에 넣자 그는 우선 드 마렐 부인에게 빌린 280프랑을 갚아야겠다고 마음먹었다. 그렇게 하면 수중에 남는 것은 120프랑뿐인데 그 돈으로는 새로운 임무를 수행하기에 태부족이라 생각되어 빚 갚는 일은 나중으로 미루었다.

그는 이틀 동안 자리를 옮기느라 정신이 없었다. 편집실 전원이 공동으로 쓰는 넓은 방에 있는 전용 책상과 우편함을 전임자에게 인계받았다. 이제 그도 그 방 일부분을 차지했다. 나이에 어울리지 않게 새카만 머리를 드리우고 항상 종이쪽지 위에 몸을 구부리고 있는 브와르나르는 저편 끝으로 자리가 옮겨져 있었다.

중앙의 긴 탁자는 외근 기자용이었지만 대개는 의자 대용으로 사용되어, 옆으로 발을 늘어뜨리고 걸터앉는 친구도 있고, 한복판에 털썩 주저앉는 친구도 있었다. 때로는 대여섯이 그 위에 올라앉아 중국 도자기 인형과 비슷한 자세로 열심히 빌보케를 하기도 했다.

뒤르와도 점차 이 놀이에 흥미를 느끼기 시작했고, 생포탱의 지도와 조언을 받아 짧은 시간에 일류 강자의 반열에 올랐다.

포레스티에의 병세는 계속 심해져서 최근에 구입한 서인도제도산 목재로 만든 훌륭한 빌보케 공마저 무겁다며 뒤르와에게 물려주었다. 뒤르와는 끈 끝에 달린 커다란 검은 공을 늠름한 팔로 자유자재로 다루며 입속으로 나직이 숫자를 셌다. "하나— 둘— 셋— 넷— 다섯— 여섯."

마침내 왈테르 부인의 만찬에 초청된 날에는 처음으로 스물 번까지 할 수 있었다. 그는 으쓱했다. '오늘은 아주 조짐이 좋은데, 만사가 잘 풀릴 것 같아.' 《라 비 프랑세즈》 사무실에서는 빌보케 솜씨가 뛰어나면 일종의 우월감을 느낄 수 있는 분위기였다.

그는 옷을 갈아입을 시간을 계산하고 조금 일찍 편집실을 나서 롱드르 거리로 올라갔다. 그러나 그때 자기 앞 쪽에서 드 마렐 부인과 비슷한 조그만 여자가 종종걸음으로 걸어가는 것이 보였다. 얼굴이 달아오르고 심장이 두근거렸다. 그는 그 여자의 옆모습을 보기 위해 반대편으로 건넜다. 여자도 길을 가로지르기 위해 발길을 멈추었다. 부인은 아니었다. 그는 안도의 숨을 내쉬었다.

그는 만약에 부인을 길에서 마주친다면 어떻게 해야 할지 몇 번이나 고민했다. 인사를 할까, 모르는 체할까?

그는 스스로를 위안했다. '만날 일은 없을 거야.'

추운 날씨라서 도랑물은 두껍게 얼어붙어 있었다. 메마른 보도는 가스등 아래에서 잿빛으로 보였다.

그는 집으로 돌아오자 생각했다. '숙소를 바꾸어야겠어. 이건 나한테 어울리지 않아.' 그는 들뜬 마음에 신이 났다. 지붕 위라도 뛰어다닐 것 같았다. 침대에서 창문 쪽으로 가면서 큰 소리로 혼잣말로 중얼댔다. "행운이 찾아왔어! 진짜 행운이야! 아버지한테 알려야지!"

그는 이따금 아버지에게 편지를 쓰곤 했다. 그 편지는 루앙 시와 센 강의 넓은 골짜기를 내려다보는 높은 언덕의 초입에 있는 노르망디식 조그마한 선술집에 언제나 큰 기쁨을 가져다주었다.

그는 또 이따금 떨리는 손으로 쓴 큼직한 글씨가 적힌 파란 봉투를 받았다. 아버지의 편지 첫머리는 언제나 다음과 같이 시작했다.

나의 사랑하는 아들아, 네 에미나 나나 둘 다 잘 있다. 이곳은 매양 그렇고 그렇다. 그래도 전해준다면……

그도 마을의 일이며 이웃 사람들 소식이며, 밭이나 농작물 작황 등에는 늘 관심이 있었다.

그는 조그마한 거울 앞에서 흰 넥타이를 매며 방금 전에 한 말을 되풀이했다. "내일 당장 아버지께 편지를 쓰자. 오늘 저녁에 내가 저택에 초대되었다는 것을 알면 노인네는 아마 놀라 자빠지겠지! 어쨌든 이제부터 우리 노인네는 먹어보지도 못한 만찬을 먹으러 가는 거야." 그러자 갑자기 눈앞에 텅 빈 시골 술집의 검게 그을린 부엌이 떠올랐다. 벽에는 누런 색 프라이팬이 쭉 걸려 있고, 난로에는 고양이가 불 속에 코를 처박고 키메라*처럼 웅크리고 있고, 나무 식탁은 엎지른 술과 세월로 번들번들하고, 한가운데 있는 수프 냄비는 김을 토해내고, 두 개의 접시 사이에서 촛불이 일렁인다. 두 남녀가, 아버지와 어머니가, 행동이 굼뜬 농사꾼 부부가 수프를 홀짝거린다. 그는 그들의 잔주름 가득한 얼굴, 팔과 목의 극히 미세한 움직임까지 모두 기억하고 있다. 또 두 사람이 매일 저녁 얼굴을 마주하고 저녁식사를 하면서 무슨 이야기를 주고받는지도 잘 알고 있다.

그는 다시 생각했다. '아무튼 한번 만나뵈러 가야겠군.' 몸단장을 마치자 그는 불을 끄고 나왔다.

외곽 대로를 걸어가려니 거리의 여자들이 끈덕지게 달라붙었다. 그는 손을 내저으며 외쳤다. "귀찮아, 저리 가!" 마치 자기를 알아주지 않는 것에 대해 모욕처럼 느끼면서……. 나를 어떻게 보는 거야. 저 매춘부들은 사람을 볼 줄도 모르는군! 부유하고 명성 높고 권력 있는 저택의 만찬에 초대되어 연미복을 차려입자 완전히 새 사람이 된 듯했다. 완전히 다른 사람, 사교계의 인사, 진짜 상류 사회의 일원이 된 듯한 느낌이었다.

그는 높은 청동 촛대로 밝힌 대기실로 점잖게 들어가서 마중 나온 두 하인에게 근엄한 태도로 지팡이와 외투를 건넸다.

---

* 키메라(Chimere)는 그리스신화에 나오는 사자 머리에 양의 몸, 용의 꼬리를 가진 괴물이다.

객실마다 환하게 불이 밝혀져 있었다. 왈테르 부인은 가장 큰 두 번째 객실에서 손님을 맞고 있었다. 그가 들어서자 그녀는 매력적인 미소로 맞이하며 그보다 먼저 온 두 남자와 악수를 했다. 피르맹 씨와 라로슈 마티유 씨였다. 둘 다 하원의원으로《라 비 프랑세즈》편집 방향의 막후 실세였다. 라로슈 마티유 씨는 의회에서 영향력이 높은 인물이라 신문사에서도 대단한 권력을 누렸다. 장차 그가 장관이 되리라는 사실에 대해서는 의심의 여지가 없었다.

뒤이어 포레스티에 부부가 들어왔다. 장밋빛 의상을 입은 부인은 매혹적이었다. 뒤르와는 그녀가 두 하원의원과 친한 것을 보고 어안이 벙벙했다. 그녀는 벽난로 한쪽 옆에서 5분 넘게 라로슈 마티유 씨와 소곤거렸다. 샤를은 몹시 초췌해 보였다. 한 달 전과 비교해도 몰라볼 만큼 야위었다. 그는 연신 기침을 하며 같은 말을 되풀이했다. "올 겨울에는 필히 남쪽에 가서 요양을 해야 할 것 같습니다."

노르베르 드 바렌과 자크 리발이 함께 들어왔다. 그리고 안쪽 문이 열리며 커다란 몸집의 왈테르 씨가 두 딸과 함께 들어왔다. 열여섯과 열여덟인데, 하나는 못생겼지만 하나는 예뻤다.

뒤르와는 물론 사장에게 아이들이 있겠거니 생각은 했지만 막상 그들을 대하자 몹시 놀랐다. 사장의 딸이란 영원히 볼 수 없는 먼 나라의 일로 생각하고 있었다. 게다가 딸들이 아주 어릴 것이라고 상상했는데, 눈앞에 모습을 드러낸 것은 여인처럼 성숙한 모습이었다. 그는 마치 관객 앞에서 갑자기 뒤바뀌는 무대장치를 대하듯이 약간은 당황스럽고 야릇한 마음이 일었다.

두 딸은 소개를 받자 차례로 그에게 손을 내밀었다. 그런 다음에 자신들에게 마련된 듯싶은 조그마한 탁자에 앉아 작은 바구니에 가득 담긴 비단 실뭉치를 만지작거렸다.

아직 손님들이 다 오지 않은 것 같았다. 아무도 입을 열지 않았다. 통상 만찬을 기다리는 자리가 그렇듯이, 하루 종일 제각기 다른 일을 하다 모인 사람들은 아직 하나로 되지 못하고 각자 기분에 젖어 좌중에는 어색함이 감돌았다.

무료해진 뒤르와가 벽 쪽으로 눈을 돌리자 왈테르 씨는 자신의 재산을 자랑하고 싶은 마음을 노골적으로 드러내며 멀리서 걸어왔다. "내 그림을 보고 있군." '내'라는 말이 묵직하게 들려왔다. "그럼 보여드려야지" 하면서 그림을 구석구석까지 자세히 볼 수 있도록 등불을 치켜들었다.

"이건 풍경화야." 그는 말했다.

벽 한복판에는 기르메*의 커다란 그림이 걸려 있었다. 폭풍이 휘몰아치는 하늘 아래 노르망디 해변이 펼쳐져 있다. 그 아래쪽에는 알피니이의 작품 「숲」이 있고, 그리고 지평선에 기념비처럼 우뚝 서 있는 커다란 낙타 한 마리를 묘사한 기르메의 「알제리 평원」이 있었다.

왈테르 씨는 다음 벽으로 옮겨가서 장중한 의식을 치르듯이 엄숙한 어조로 말했다. "대단한 그림이지." 네 개의 유화가 있었다. 제르벡스의 「병문안」, 바스티앙 르파주의 「밀 베는 여인」, 부그로의 「미망인」, 장 폴 로랑의 「사형 집행」이었다. 마지막 작품에는 방데** 지방 성직자가 자기 성당 벽 앞에서 공화파 군대 1개 분대에 의해 총살되는 장면이 묘사되어 있었다.

다음 벽면을 가리키며 사장의 위엄 있는 얼굴에는 미소가 스쳤다.

"이쪽은 자유분방한 것들이지."

우선 눈에 띈 것은 장 베로의 소품으로 「위쪽과 아래쪽」이라는 제목이었다. 달리는 트램 계단을 아름다운 파리 여인이 올라가고 있다. 머리가 2층 좌석과 나란히 겹쳐 있다. 위쪽에 앉아 있는 신사들은 탐욕스런 만족감을 띠고 있다. 반면에 아래쪽 플랫폼에 서 있는 사내들은 선망과

---

* 앙투앙 기르메(Antoine Guillemet: 1841~1918)는 프랑스 인상파 화가로 풍경화에 능했다. 이하에 등장하는 화가들은 19세기 후반에서 20세기 초반에 활동했던 프랑스 화가들이다. 물론 언급된 작품은 작가가 지어낸 허구다.

** 방데(Vendée)는 프랑스 중서부 해안지방이다. 방데의 반란이란 프랑스 혁명기 방데에서 성직자들의 선동으로 일어난 반혁명 운동이다. 혁명 중 가장 처참한 살육이 행해졌으며, 프랑스에서는 현재까지도 그 사건을 언급하는 것에 대해 금기시한다고 한다.

아쉬움에 제각기 다른 표정을 지으며 젊은 여인의 다리를 흘끈거린다.

왈테르 씨는 등불을 쑥 내밀고 장난스럽게 되풀이해서 물었다.

"어때? 정말 재밌지? 정말 재밌지?"

다음에는 랑베르의 「구조(救助)」를 비추었다.

식기를 다 치운 식탁 위에서 새끼 고양이가 물 컵에 빠져 허우적거리는 파리를 신기한 듯 지켜보고 있다. 재빨리 앞발을 쳐들고 파리를 잽싸게 낚아챌 기세다. 망설인다. 어쩔 요량일까?

그러고 나서 사장은 드타유의 작품 「수업(授業)」을 가리켰다. 병영에서 한 병사가 삽살개에게 북 치는 방법을 가르치고 있다. 사장이 물었다. "매우 재치 있지 않소?"

뒤르와는 동의한다는 웃음을 보내며 감탄했다.

"정말 매력적입니다. 정말 매력적이에요. 매력……."

그는 갑자기 입을 다물었다. 등 뒤로 지금 막 도착한 드 마렐 부인의 목소리가 들렸기 때문이다.

사장은 여전히 그림을 비추며 설명을 계속했다.

다음은 모리스 를르와르의 수채화 「장애물」이었다. 천해 보이는 건장한 남자 둘이서 헤라클레스처럼 맞붙어 싸우는 바람에 길이 막혀 마차가 움직이지 못하고 있다. 마차 창문으로 여인이 매혹적인 얼굴을 내밀고 쳐다본다…… 쳐다본다……, 두 짐승 같은 이들의 싸움을 초조한 기색도 없이 두려워하지도 않고 감탄하는 기색마저 돌며 한없이 물끄러미.

왈테르 씨는 계속했다. "저 앞쪽 방에도 많이 있지만 그다지 유명세가 없는 풋내기들의 그림들이지. 여기가 오붓한 나의 살롱 카레*지. 내가 산 아주 젊은 친구들의 그림은 별실에 걸어 놓았지. 머지않아 유명해질 테지." 그러면서 목소리를 낮추었다. "그리고 지금이 그림을 구입할 적기라네. 그림쟁이들이 모두 배를 곯고 있거든. 그야말로 한 푼

---

* 살롱 카레(Salon carrée)는 '사각형의 방'이란 뜻으로 루브르 궁에 있는 미술전시실을 말한다.

도 없지. 땡전 한 푼도……."

그러나 뒤르와의 눈에는 아무것도 들어오지 않고, 그의 말도 귀에 들어오지 않았다. 어느새 드 마렐 부인이 바로 등 뒤에 있었다. 어떻게 하면 좋지? 혹시 먼저 인사를 했다가 외면하거나 거북한 말이라도 하면 어쩌지? 그렇다고 근처에 얼씬거리지도 않는다면 남들은 뭐라고 생각할까?

그는 생각했다. '아무튼 시간을 벌어야 해.' 너무 당황해서 한때는 갑자기 몸이 안 좋아졌다는 핑계를 대고 돌아가버릴까도 생각했다.

벽에 걸린 그림을 한 바퀴 돌아본 사장은 등불을 제자리에 내려놓고 맨 마지막에 도착한 손님에게 인사를 했다.

그동안 뒤르와는 끓어오르는 감흥에 아무리 봐도 질리지 않는다는 듯이 혼자서 그림을 돌아보기 시작했다.

어찌할 바를 몰랐다. 어떻게 하면 좋지? 사람들의 목소리 하나하나가 귀에 생생하고, 대화하는 소리도 또렷하게 들려왔다. 포레스티에 부인이 불렀다. "뒤르와 씨, 잠깐요." 그는 서둘러 그쪽으로 갔다. 부인의 친구가 사교 파티를 개최하려고 하는데, 그것을 《라 비 프랑세즈》 가십난에 써달라고 한다면서 부인의 친구를 소개시켰다.

그는 더듬거렸다. "물론이죠, 부인. 물론……."

드 마렐 부인이 바로 옆에 있었다. 더 이상 몸을 돌려 다른 곳으로 가는 것도 불가능한 상황이다. 별안간 정신이 몽롱해졌다. 그녀가 큰 소리로 이렇게 말했던 것이다.

"안녕, 벨아미? 벌써 저를 잊으신 건 아니죠?"

그는 재빨리 발꿈치로 돌아섰다. 그녀는 생글생글 미소를 지으며 밝고 다정한 눈빛으로 눈앞에 있었다. 그녀는 그에게 손을 내밀었다.

무슨 꿍꿍이나 저의가 숨어 있지 않나 조마조마해 하면서 떨리는 손길로 그 손을 잡았다. 그녀는 차분하게 말을 이었다.

"어떻게 지내셨어요? 얼굴을 뵙기가 힘드네요."

그는 여전히 마음이 가라앉지 않아 더듬거렸다.

"그저 할 일이 많았을 뿐입니다, 부인. 할 일이 많았습니다. 왈테르 씨께서 새로운 일을 맡겨주서서 일거리가 태산 같습니다."

그녀는 그의 얼굴을 똑바로 쳐다보며 말했다. 그녀의 눈길 속에는 호감 이외에 그 어떤 것도 찾아볼 수 없었다. "잘 알아요. 그치만 일 때문에 친구를 잊는다는 건 말도 안 되죠."

때마침 도착한 부인이 두 사람 가운데로 지나가는 바람에 둘은 사이가 벌어졌다. 목깃이 깊게 파인 예복을 차려입은 뚱뚱한 부인이었는데 팔과 뺨이 벌겋고, 옷과 모자도 유난히 눈에 띄었다. 매우 육중한 결음걸이로 다가왔는데, 그 모습을 보고 있자니 허벅지의 무게와 굵기가 절로 느껴질 정도였다.

좌중의 사람들은 그 부인에게 매우 공손한 태도를 취했다. 뒤르와는 포레스티에 부인에게 물었다.

"저 사람은 누구시죠?"

"페르스뮈르 자작 부인이에요. '흰 손'이라는 필명을 가진 분이세요."

그는 어이가 없어 웃음을 터트릴 뻔했다.

"흰 손! 흰 손이라! 저는 당신처럼 젊은 부인을 상상했는데! 저분이 흰 손이라니? 하하! 거 참 재미있네요! 재미있어요!"

하인 하나가 문 앞에서 알렸다.

"마님, 준비 다 됐습니다."

만찬 모임은 무난하게 쾌활함을 유지했다. 무슨 말이든 다 주고받았지만 실상은 의미 없는 말치레뿐인 통상적인 만찬 모임이었다. 뒤르와는 사장의 못생긴 맏딸 로즈 양과 드 마렐 부인 사이에 앉았다. 부인은 매우 들뜬 기분으로 평상시처럼 재치 있게 수다를 떨었지만 그에게는 그런 이웃이 적잖이 거북했다. 그래서 처음에는 노래를 하다가 톤을 놓쳐버린 음악가처럼 머뭇거리며 주저주저했다. 그러나 점점 평상심을 찾으며 두 사람은 자주 눈길도 마주쳤고, 서로 질문도 하는 등 예전처럼 아주 친밀하게 관능적인 시선을 교환하기도 했다.

문득 그는 탁자 밑에서 무언가 가볍게 발에 닿는 감촉을 느꼈다. 살그머니 발을 옆으로 내밀어보니 부인의 발이었다. 그러나 부인은 발을 피하지 않았다. 당시 그들은 각각 반대쪽 사람에게 얼굴을 돌리고 있어 말도 주고받지 않던 상태였다.

뒤르와는 두근거리는 가슴으로 무릎을 조금 더 옆으로 밀어보았다. 가벼운 압박이 화답했다. 그는 두 사람의 갈라졌던 감정이 봉합되었음을 확인할 수 있었다.

그러니 그들에게 무슨 말이 필요할까? 모두가 하찮은 것이다. 눈길이 마주칠 때마다 서로의 입술은 떨렸다.

그 와중에도 그는 사장 딸에게 상냥하게 대하는 것을 잊지 않고 이따금 그녀에게 말을 걸었다. 딸은 엄마와 마찬가지로 자기 할 말에 대해서는 망설임이 없이 답변했다.

왈테르 씨의 오른쪽에서 페르스뮈르 자작 부인은 자기가 왕비나 되는 양 행세했다. 뒤르와는 그 모습을 보고 웃으며 나직이 드 마렐 부인에게 물었다.

"또 한 분 '장밋빛 도미노'라는 필명을 쓰는 분도 아시나요?"

"네, 잘 알죠. 드 리발 남작 부인이에요."

"저런 타입입니까?"

"아뇨, 하지만 마찬가지로 재미있어요. 훤칠한 키에 바싹 여윈 부인인데, 나이는 예순 정도죠. 곱슬곱슬하게 만든 인조 가발에 영국식 필기체 글자처럼 이빨이 누워 있죠. 사고방식도 왕정복고(王政復古) 시대 풍이고, 차림새도 그 무렵이죠."

"그런 문학의 귀재들을 어디서 찾아냈을까요?"

"몰락한 귀족의 잔해물들은 언제나 출세한 부르주아가 거두게 마련이니까요."

"다른 이유는 없습니까?"

"네, 아무것도."

사장과 두 하원의원, 그리고 노르베르 드 바렌과 리발 사이에 정치 논쟁이 벌어졌고, 논쟁은 디저트가 나올 때까지 계속되었다.

다시 객실로 돌아왔을 때, 그는 또다시 드 마렐 부인 곁에 다가가서 그녀의 눈을 찬찬히 들여다보며 물었다. "오늘 밤 바래다드릴까요?"

"아니에요."

"아니, 왜요?"

"내가 여기서 식사를 할 때마다 매번 이웃에 사는 라로슈 마티유 씨가 바래다주시거든요."

"그럼 언제 뵐 수 있을까요?"

"내일요. 점심식사나 같이해요."

그들은 별다른 말이 없이 헤어졌다.

단조로운 파티가 계속 이어지자 뒤르와는 더 이상 머무르고 싶지 않았다. 계단을 내려가다가 집으로 돌아가기 위해 나선 노르베르 드 바렌과 마주쳤다. 노시인은 그의 팔을 잡았다. 신문사에서는 전혀 다른 일을 하기 때문에 두 사람은 서로 경쟁상대로 경계할 필요가 없는 사이였다. 따라서 평소 그는 이 젊은이에게 연장자다운 호의를 보이고 있었다.

"혹시나 저기 길 끝까지 나를 바래다주면 안 되겠소?" 그가 말했다.

"기꺼이 모시겠습니다, 선생님."

그들은 말제르브 거리를 내려가서 천천히 걷기 시작했다.

그날 파리의 밤은 인적이 드물었다. 추운 밤이다. 다른 날보다 훨씬 광막하게 느껴지는 밤이다. 하늘의 별도 평상시보다 높아 보였고, 얼어붙은 바람은 하늘의 별보다 훨씬 더 먼 곳에서 누군가가 입김으로 불어대는 것 같았다.

두 사내는 한동안 말이 없었다. 뒤르와가 애기의 실마리를 찾기 위해 입을 열었다.

"저 라로슈 마티유라는 분은 아주 총명하고 학식도 상당한 모양이던데요."

노시인은 중얼거렸다. "그렇게 생각하오?"

청년은 놀라서 대답을 망설였다. "물론이죠. 게다가 하원에서 가장 출중한 인물 중 하나라고 하지 않습니까?"

"그럴 수도 있지. 장님 나라에선 애꾸가 왕이니까. 하지만 그 작자들은, 아니 그네들은 모두 하찮은 사람이지. 온통 마음이 돈과 정략이란 두 개의 벽 사이에 갇혀 있으니까. 다들 유식한 척하지만 우리하고는 대화가 안 통하는 분들이라오. 우리가 좋아하는 그 어떤 것도 그들과는 이야기할 수가 없지. 그들의 지성은 늪 속의 진흙탕 뻘이요, 아니 하수구지. 센 강의 아스니에르 부근이나 마찬가지지.

사안에 대해 여유롭게 대처하는 사람을 찾아내기란 참으로 어렵다오. 바닷가에 서면 마주하는 탁 트인 저편 바다에서 불어오는 바람과 같은 느낌의 사나이 말이오. 그런 남자들을 네댓 명 알고 있었는데 모두들 죽어버렸지."

노르베르 드 바렌은 청아한 목소리로 이야기했으나 절제되어 있었다. 만약 목청껏 이야기했다면 밤의 적막 속에 울려 퍼졌을 것이다. 그는 흥분했고, 슬픈 듯했다. 그것은 이따금 사람의 영혼 위에 떨어지는, 얼어붙은 대지처럼 떨리게 하는 비애였다.

그는 계속했다.

"얼마 안 되는 재주가 많건 적건 그게 무슨 소용인가? 결국 모든 것은 끝나게 마련인데!"

그는 입을 다물었다. 그날 밤 유쾌했던 뒤르와는 웃으며 말했다.

"선생님, 오늘은 우울하신 모양이네요."

시인은 대답했다.

"아니오. 이보게, 난 언제나 그렇다네. 자네도 몇 년 있으면 이렇게 될 걸세. 인생이란 산길을 가는 것이나 마찬가지지. 오르는 동안에는 꼭대기가 보이니까 행복을 느끼지만, 다 올라가면 갑자기 내리막길이 나타나고, 그 끝은 죽음이지. 올라갈 때는 느리지만 내려갈 때는 빠르단 말이오. 자네 나이에는 즐거운 일이 많아서 여러 가지 희망을, 결코 실현하지 못하는 희망까지도 가슴에 품지만, 내 나이가 되면 더 이상 기대할 것이 없고…… 그저 죽음만이 기다리지."

뒤르와는 웃기 시작했다.

"선생님, 듣기만 해도 등골이 오싹합니다."

노르베르 드 바렌은 다시 말을 이었다.

"아니, 자네는 지금 내 말이 이해되지 않을게야. 하지만 먼 훗날 지금 내가 한 이야기가 분명히 생각이 날 거야.

언젠가는 여보게, 세상 말을 빌리자면 어느 누구에게든 웃을 일이 없는 나날들이 생각보다 빨리 찾아온다오. 눈에 보이는 모든 것의 이면에는 항상 죽음이 어른거리고 있지.

아아! 자네는 죽음이란 말이 무슨 뜻인지 이해하지 못할 거야. 자네 나이에는 아무 의미가 없는 말일 테니. 하지만 내 나이가 되면 참으로 두려운 것이 된다오.

그렇소. 불현듯 깨닫게 될 거요. 왜, 무엇이 그렇게 만들었는지도 전혀 의식하지 못한 채 말이오. 그리고 그것이 인생의 모든 형상을 일시에 바꿔놓고 말지. 나는 15년 전부터 마치 세균이라도 몸속에 기르는 것처럼, 죽음이 조금씩 나를 좀먹어오는 것을 느껴왔지. 매 달, 매 시간마다 마치 집을 조금씩 허물어뜨리듯 말이오. 지금은 내 스스로도 알아보지 못할 정도로 인상마저 달라졌다오. 예전의 내 모습은 아무것도 남아 있지 않지. 서른 무렵의 쾌활하고 박력 있고 힘에 넘치던 나는 간 곳이 없다오. 죽음이란 놈이 내 검은 머리를 하얗게 물들여 놓았지. 얼마나 잘난 체하며 악독하게 느려터지게 다가오는지! 탄력 있던 나의 피부도, 나의 근육도, 나의 이빨도, 예전 나의 육체 등 모든 것을 빼앗기고, 오로지 남는 것은 절망에 허덕이는 영혼뿐이지. 그것도 곧 빼앗기고 말 테지만.

그렇다오, 그놈은, 그 망할 놈은 나를 부스러뜨렸지. 천천히, 아주 무참하게 매 순간 순간, 오랜 시간 걸쳐 내 존재를 파괴했지. 그리고 지금은 내가 하는 모든 일이 죽음을 위해서라고 느끼고 있지. 한 걸음 한 걸음 나를 그것에 다가서도록 만들고, 매 동작마다 매번 내뱉는 숨결까지도 그 불쾌한 놈이 함께하지. 숨쉬고, 자고, 마시고, 먹고, 꿈꾸고, 우리가 하는 모든 것은 죽는 일이라오. 어쨌든 산다는 건 죽는 일이지!

오오! 당신도 알게 될 거요! 단지 한 시간의 절반의 절반만 골똘히 생각해보면 죽음이 보인다오!

당신은 무엇을 바라시오? 사랑? 몇 번의 키스를 하겠지만 그것도 곧 끝장나게 될게요.

그리고 그밖에? 돈인가? 뭣 하러? 여자를 사려고? 행복할 것 같은가? 아니면 실컷 먹고, 피둥피둥 살이 쪄서 매일 밤 관절염에 시달리며 신음하기 위해선가?

그리고 또? 명예? 그러나 애정이 뒷받침되지 않는다면 그게 무슨 소용이겠는가?

그럼 그다음은? 마지막에는 항상 죽음이지.

나는 지금 죽음이 바로 옆에 있는 것이 보이기 때문에 손을 뻗쳐 떨쳐버리고 싶을 정도라오. 죽음이 대지를 뒤덮고, 허공을 채우고 있소. 죽음은 도처에 있지. 길가에 짓밟힌 조그만 동물의 사체, 시들어 떨어진 나뭇잎, 친구의 턱 밑에 비치는 몇 가닥의 흰 수염이 나의 마음을 쥐어뜯으며 '보라, 나 여기 있다!' 하고 외치고 있다오.

내가 하는 일, 보는 것, 마시는 것, 사랑하는 것 모두를, 또 내가 누리는 달빛, 떠오르는 아침의 태양, 망망한 바다, 아름다운 강들, 들이마시는 밤공기건 모두가 죽음이 망쳐버리고 있다오!"

그는 곁 사람을 의식도 하지 않은 채 약간 숨을 헐떡이며 목소리를 높여 몽상을 하면서 천천히 거닐었다.

그리고 다시금 말을 이었다. "죽은 사람은 절대로 돌아올 수 없다오. 절대로…… 조각품이라면 주형틀을 간직했다가 언제든 똑같은 걸 만들 수 있소. 물론 몇 제곱센티미터의 얼굴 속에 내 자신과 똑같은 코, 눈, 뺨, 입술을 가지고, 또 내 자신과 똑같은 영혼을 지닌 사람이 몇 백, 몇 천만이라도 태어날 수는 있을게요. 하지만 결코 나 자신은 되살아날 수 없지. 어쨌든 내 자신이라고 구분될 수 있는 그 무엇도 되살아

올 수 없소. 모두가 비슷하게는 보여도 어딘지 모르게 다른, 영원히 다른 존재니까 말이오.

무엇에 의지해야 하겠소? 누구에게 이 고뇌의 절규를 던질 수 있단 말이오? 무엇을 믿어야 한단 말이오?

종교란 유치한 훈계와 이기적인 선민의식만이 난무하는 아둔한 짓거리요, 터무니없이 바보 같은 짓이라오.

오직 확실한 것은 죽음뿐이오."

그는 걸음을 멈추고 뒤르와의 외투 깃 양쪽 끄트머리를 붙잡고 천천히 말을 이었다.

"젊은이, 이걸 생각해보시오. 며칠이고 몇 달이고 몇 년이고 충분히 잘 생각해보시오. 그러면 인생이 다르게 보일 것이오. 한번쯤 당신을 가두고 있는 모든 것으로부터 빠져나와 보시오. 온전한 나 자신의 삶을 위하여 초인적인 노력으로 당신의 육체, 온갖 이해관계나 사고방식, 인간성에 구애받지 말고 그 바깥에서 세상을 바라보시오. 그러면 낭만주의와 자연주의의 논쟁, 예산의 논의 등이 얼마나 부질없는 일인가를 깨닫게 될 거요."

그는 빠른 걸음으로 걷기 시작했다.

"하지만 동시에 당신은 절망하면서 무시무시한 비탄에 잠길 것이오. 불안 속에서 필사적으로, 미친 듯이 헤어날 수 없는 몸부림을 치겠지. 여기저기에 대고 '살려주시오!' 하고 고함치겠지. 하지만 대답하는 사람은 아무도 없을 거요. 당신은 두 손을 뻗치면서 도움을, 사랑을, 위로를, 구원을 외칠 거요. 하지만 아무도 오지 않을 거요.

우리는 왜 그런 괴로움에 시달린다고 생각하시오? 그건 분명 우리가 정신보다는 물질에 의존해 살도록 태어났기 때문일게요. 하지만 우리는 확대되어가는 우리의 지성과 떨쳐버릴 수 없는 우리 삶의 조건이란 불균형한 상황 속에서 고뇌에 고뇌를 거듭하고 있다오.

평범한 사람들을 보시오. 그들은 엄청난 재난이 닥쳐오지 않는 한, 인류 공동의 불행 따위는 아랑곳하지 않고 지극히 만족하며 살아가지 않소? 동물도 그런 걸 못 느끼지.”

그는 다시금 걸음을 멈추고 잠시 생각하다가 체념한 듯이 덧붙였다.

“내겐 모든 게 사라졌지. 나에게는 아버지도 어머니도 형제도 자매도 아내도 자식도 신도 없다오.”

그리고 잠깐 침묵한 뒤 덧붙였다. “오직 시(詩)가 있을 뿐이지.”

그러고 나서 창백한 보름달이 빛나는 밤하늘을 우러르며 이렇게 읊었다.

> 나는 찾아 헤맨다, 이 풀 수 없는 수수께끼를
> 창백한 달이 떠도는 어둡고 허무한 하늘 아래서.

그들은 콩코르드 다리를 말없이 건넜고 팔레 부르봉*을 따라 걸었다. 노르베르 드 바렌은 다시 이야기를 시작했다.

“이보게, 결혼하게. 내 나이에 혼자 산다는 것이 얼마나 쓸쓸한 일인지 당신은 모를 거야. 고독은 지금 내 마음을 끔찍한 고뇌에 휩싸이게 있소. 밤에 집에 돌아가도 난로 옆에는 아무도 없지. 그러면 나는 이 지구상에 나 혼자다, 아무도 돌봐줄 사람이 없다, 더욱이 내 주위에는 정체 모를 위험이, 알지 못하는 무서움이 우글거리고 있다는 생각이 들어 견딜 수가 없다오. 나와 전혀 낯모르는 이웃 사람을 가로막은 벽은 창문으로 쳐다보는 저 별만큼이나 먼 곳으로 밀쳐버리고 만다오. 일종의 열이, 고뇌와 두려움이 열기처럼 엄습하고, 벽의 침묵이 나를 공포에 떨게 만든다오. 혼자 사는 방의 침묵은 그토록 깊고 슬픈 것이라오. 그것은 몸뿐 아니라 영혼마저 가두는 침묵이라오. 음울한 집안에서는 평소 아무런 소리도 나지 않다가 혹여 가구라도 삐걱거리면 놀라서 심장까지 벌렁거린다오.”

그는 다시 입을 다물었다가 잠시 뒤에 덧붙였다.

“나이가 들면 역시 아이들이 있는 게 좋을 것 같더군!”

---

* 팔레 부르봉(Palais-Bourbon)은 프랑스 하원 의사당 건물을 칭하는 말이다.

부르고뉴 거리 중간쯤까지 왔다. 시인은 높다란 집 앞에 걸음을 멈추고 초인종을 누르고 뒤르와와 악수를 하며 말했다.

"늙은이가 주책없는 말을 무척 많이 했소만 다 잊으시오. 그리고 나이에 맞게 살도록 하시오. 잘 가시오!"

그리고 어두운 복도 안쪽으로 사라졌다.

뒤르와는 가슴이 죄어드는 기분으로 걷기 시작했다. 마치 해골로 가득 찬 구멍을, 언젠가는 떨어져야만 하는, 피하려 해도 피할 수도 없는 구멍을 들여다본 것 같았다. 그는 중얼거렸다. "제기랄, 그 늙은이네 집은 틀림없이 우중충할 거야. 어쨌든 다시는 저 영감탱이가 펼치는 사상의 퍼레이드를 구경하려고 그 집 발코니 의자에 턱을 괴고 있을 일은 없을 테니. 빌어먹을!"

마차에서 내려 집 안으로 들어가려고 하는 순간, 그는 여인의 강렬한 향수 냄새에 발길이 멈춰졌다. 그는 길을 비켜서며 그 여인의 주위로 떠도는 마편초 향과 창포 향을 주린 듯이 들이켰다. 폐와 심장이 희망과 환희로 격렬하게 요동쳤다. 내일 만나게 될 드 마렐 부인 생각이 머리부터 발끝까지 감싸 올랐다.

모든 것이 그에게 미소 짓고 있었다. 인생은 상냥하게 그를 맞아주고 있었다. 평소 바라던 일이 실현되다니 얼마나 기쁜 일인가.

그는 도취감 속에 잠이 들었다. 이튿날 아침 일찍 일어나서 밀회를 하러 가기 전에 부아 드 불로뉴 대로의 가로수 길을 한 바퀴 돌았다.

밤사이에 바람이 바뀌어 날씨가 누그러져 있었다. 마치 4월처럼 따뜻하게 태양이 빛났다. 그날 아침에는 밝고 포근한 하늘에 이끌려 숲에 늘 찾는 사람들은 모두 나와 있는 것 같았다.

뒤르와는 천천히 걸으며 봄기운을 머금은 듯한 가볍고 상쾌한 공기를 들이마셨다. 에트왈 광장 개선문을 지나 커다란 가로수 길로 들어서서 마차길 반대쪽으로 걸었다. 사교계의 남녀 부호들이 느리게 또는 빠르게 마차를 몰고 지나갔다. 그러나 지금은 그들도 부럽지 않았다. 그는 그들 모두의 이름, 재산, 생활의 비밀까지도 환히 꿰고 있었다.

그의 직무가 파리 저명인사들의 스캔들에 대해서는 마치 연감(年鑑)처럼 모두 망라하도록 만들어주었다.

짙은 색 얇은 기수복을 입은 날씬한 몸매의 여자들이 말을 타고 지나갔다. 말에 탄 여자들이 대개 그렇듯이 어딘지 모르게 거만하고 범접하기 어려운 도도함을 지니고 있었다. 뒤르와는 장난삼아 그 여자들의 정부며, 염문을 뿌리는 남자들의 이름, 신분, 성격 등을 마치 성당에서 기도문을 외듯이 낮은 목소리로 암송했다.

> 탕크레 남작,
> 투르앙그랑 대공

그러다가 때로는 이렇게 중얼거리기도 했다. '동성애 편은…….'

> 보드빌의 루이 미쇼,
> 오페라 극장의 로즈 마크탱

그는 이런 장난을 재미있어 했다. 그것은 근엄한 외관 밑에 감추어진 사내들의 영원하고도 뿌리 깊은 파렴치함을 폭로하는 것 같아 즐거웠고, 흥분시키고, 위안이 되기도 했다.

그는 크게 소리쳤다. "위선자들!" 그러면서 말 타고 가는 남자들 중에서 가장 화려한 이력을 지닌 사람을 두리번거리며 찾기 시작했다.

사기도박을 한다고 의심받는 사람들도 여러 명 보였다. 여하튼 그런 모임에서 얻은 것이 그들 수입의 대부분, 아니 어쩌면 전부를 차지하고 있었는데, 물론 어떤 수작을 부린 것은 분명했다.

또 마누라의 수입만으로 먹고산다는 사실이 명백하게 공표한 저명한 인사들도 있었지만, 개중에는 애인의 수입으로 먹고산다는 소문난 사람도 있었다. 또한 빚을 갚기는 하지만(존경할 만한 행동), 필요한 돈이 어디서 나왔는지 짐작이 안 가는(석연치 않은 미스터리) 사람도 많았다. 더욱이 사기나 절도를 밑천으로 막대한 재산을 모으고, 최상류층만 접촉하는, 은행가라는 부류에 속하는 사람도 있었다. 또 길에서 만나는 평범한 소시민들이 모자를 벗고 인사를 할 만큼 존경을 받으면서도 대형 국책사업을 빌미로 철면피한 사기행각을 펼치는 인사도 있었다. 그런 사실들은 사회의 이면을 어느 정도 파악하고 있는 사람들에게는 공공연한 비밀이었다.

그들은 모두가 구레나룻을 기르거나 콧수염을 기르면서, 입술을 자랑스럽게 내밀며 거드름을 피우는 등 안하무인격이었다.

뒤르와는 장단을 맞추듯 되풀이하며 비웃었다. "잘난 척하기는! 사기꾼에다 날강도 같은 놈들!"

그때 차체가 낮은 멋진 마차가 포장을 걷은 채 두 마리의 날씬한 백마에 이끌려 지나갔다. 말은 갈기와 꼬리를 바람에 휘날리며 곧장 달렸다. 그 말을 몰던 몸집이 작은 금발의 젊은 여인은 유명한 창녀였다. 뒷자리에는 말쑥하게 차린 젊은 마부 두 사람이 앉아 있었다. 뒤르와는 화류계에서 명성이 자자한 이 여인에게 인사를 건네고 갈채를 보내고 싶은 심사에서 걸음을 멈추었다. 그 여자는 잠자리에서 얻은 호사스러운 사치를 위선적인 귀족들이 많이 모이는 시간을 노려서 대담하게 산책길에 자랑삼아 끌고나온 것이다. 그는 그 여자와 자기 사이에 막연하게나마 공통점이 있다고 생각했다. 아마 둘은 태생적인 인연도 있고, 같은 족속에다, 또한 같은 영혼을 지녔을 거라는 생각이 들었다. 자신도 성공하려면 저 여자처럼 대담한 수법이 필요하다고 생각했다.

만족감에 따뜻해진 마음을 안고 천천히 되돌아와 약속보다 이른 시간에 옛 정부의 집 문 앞에 도착했다.

그녀는 저번 일 따위는 아랑곳하지 않고 입술을 내밀며 그를 맞았다. 뿐만 아니라 한동안은 자택에서는 서로 애무하지 않기로 했던 암묵적 조심성도 잊었다. 그녀는 말려 올라간 콧수염 끝에 키스를 하며 말했다.

"내 사랑, 골치 아픈 일이 생겼는데 어떡하죠? 저는 밀월의 즐거움을 꿈꿨는데 뜻하지 않게 남편이 돌아와서 앞으로 6주 동안이나 머문 대요. 휴가 받았대요. 하지만 6주 동안이나 당신을 안 만날 수는 없어요. 게다가 우리한테는 사소한 다툼도 있었고요. 그래서 이렇게 하기로 했어요. 월요일 날 당신을 식사에 초대하려고요. 당신에 대해서는 남편에게 말해두었으니까 소개해드릴게요."

뒤르와는 난감해서 망설였다. 그는 자기 아내를 가로챈 바로 그 남편과 아직 얼굴을 마주한 적이 없었다. 좀 어색한 분위기라든가, 눈짓이라든가, 뭔가 하찮은 일로 상대에게 눈치를 채게 만들지 않을까 염려스러웠다. 그는 우물거렸다.

"난 당신 남편과 알고 지내고 싶지 않은데." 그녀는 깜짝 놀라 그의 앞에 버티고 서서 천진스런 눈을 동그랗게 뜨고 끈질기게 간청했다. "하지만 왜요? 무슨 문제가 있는데요? 늘상 있는 일이잖아요! 당신이 이렇게 바보 같은 줄은 몰랐어요."

그는 약간 언짢아하며 말했다.

"그럼 좋아, 월요일에 식사하러 오지."

그녀는 다시금 덧붙였다.

"저 말이죠, 자연스럽게 보이려고 포레스티에 씨 부부도 초대할 거예요. 집에 손님을 초대하는 걸 좋아하지는 않지만요."

월요일까지 뒤르와는 이 만남에 대해 거의 생각하지도 않았다. 그런데 막상 드 마렐 부인 집 계단에 올라설 때는 내심 위축되는 것을 느꼈다. 그녀 남편의 손을 잡고, 그의 술을 마시고, 빵을 먹는 것이 꺼려지는 것이 아니라 왠지 모를 불안감이 엄습했기 때문이다.

그는 객실로 안내되어 여느 때와 마찬가지로 기다렸다. 문이 열리면서 건장한 사내가 나타났다. 흰 수염에 훈장을 단 근엄하고 단정한 몸가짐을 한 남자였다. 그 남자는 정중한 태도로 그의 곁으로 다가와서 말했다.

"집사람한테 말씀은 많이 들었습니다. 이렇게 뵙게 되어 매우 영광입니다."

뒤르와는 친근한 표정을 지으려고 애쓰면서 앞으로 나서서 과장된 몸짓으로 주인이 내민 손을 힘껏 쥐었다. 그러나 막상 자리에 앉자 무슨 말을 꺼내야 할지 막막했다.

드 마렐 씨는 난로에 장작을 더 넣고 나서 물었다. "신문사에 종사하신 지는 오래 되셨습니까?"

"몇 개월밖에 안 됐습니다."

"그럼, 승진이 무척 빠르신 편이군요."

"네, 빠른 편이죠." 그러고 나서 무슨 말을 해야 할지 크게 생각하지 않고 초면인 사람들이 그렇듯이 상투적인 이야기를 늘어놓았다. 그는 이제 마음도 놓이고, 그러한 상황이 재미있기도 했다. 그는 드 마렐 씨의 진중하고 점잖은 얼굴을 바라보며 '이봐, 자네 마누라를 내가 가로챘어. 자네 마누라를 말이야' 하고 생각하면서 비웃어주고 싶기도 했다. 그러자 은연중에 악의에 찬 만족스러움이 가슴에 솟구쳤다. 보기좋게 훔쳤으면서도 의심받지 않는 도둑의 기쁨이, 음흉하고 감미로운 기쁨이 가슴에 넘쳤다. 더욱이 이 남자의 친구가 되어 신뢰를 얻고, 삶의 온갖 비밀을 털어놓게 만들고 싶다는 생각마저 들었다.

드 마렐 부인이 갑자기 들어왔다. 생글거리는 수수께끼 같은 눈길로 두 사람을 흘끗 바라보더니 뒤르와 곁으로 왔다. 그는 남편 앞이라 예전처럼 손에 입맞춤을 할 용기가 나지 않았다.

그녀는 온갖 세상 풍파를 다 겪은 여자처럼 침착하고 쾌활하게 행동했다. 거리낌 없는 천성에 영악한 그녀는 이 모임마저도 지극히 자연스럽고 일상적인 일로 여기는 듯했다. 이윽고 로린도 나왔는데 여느 때보다 조신하게 조르주에게 이마를 내밀었다. 아빠가 계시기 때문에 수줍어하는 것 같았다. 엄마가 그녀에게 말했다. "어머, 넌 어째서 오늘은 벨아미라고 부르지 않니?" 소녀는 얼굴이 빨개졌다. 마치 뭔가 버릇없이 굴었다든가, 입에 담아서는 안 될 말을 했다든가, 아니면 해서는 안 될 죄를 지었거나 마음속 깊이 감추어둔 비밀이 탄로 났을 때 그러는 것처럼.

이윽고 포레스티에 부부가 도착했고, 모두들 샤를의 모습을 보고 깜짝 놀랐다. 일주일 동안에 너무나 여위고 창백했다. 그는 끊임없이 기침을 했다. 의사의 엄명으로 다음 목요일에는 진짜 칸*으로 떠난다고 했다.

식사가 끝나자 그들은 곧바로 돌아갔다. 뒤르와는 고개를 저으며 말했다.

"무척 심각해 보이는데요. 저러다간 오래 버티지 못하겠는데요." 드 마렐 부인은 아무렇지도 않은 듯 잘라 말했다. "이젠 틀렸어요! 하지만 저런 부인을 둔 건 정말 행운이에요."

뒤르와가 넌지시 물었다.

"그렇게 많이 도와줍니까?"

"부인이 전부 다 했다고 해도 과언이 아니죠. 세상 이치에 밝기도 하거니와, 사람을 만나는 것 같지도 않은데 어떤 사람이건 다 알고 있어요. 그리고 또 필요하다고 생각되는 것은 언제든지 마음대로 손에 넣거든요. 정말이에요! 부인만큼 예리하고 능수능란하고 일을 제대로 꾸미는 여자는 없을 거예요. 출세를 바라는 남자에겐 보물이죠."

조르주가 재차 물었다.

"아마도 곧 재혼을 하겠죠?"

드 마렐 부인이 대답했다.

"그렇겠죠. 지금 어느 분께서 미리 점찍어놓았다 해도 저는 놀라지 않을 거예요…… 하원의원쯤 되면…… 저편에서 싫다고만 하지 않는다면…… 왜냐하면…… 여러 가지 커다란 장애물이…… 도덕적인 장애물이 많을 테니까요…… 실은 저도 잘 몰라요."

드 마렐 씨는 오랫동안 참고 있다가 한마디 했다.

"당신은 항상 남을 의심하며 억측해서 말을 하는데 나는 그게 싫어요. 남 일에 참견하지 말아요. 양심이 허락하는 대로 하면 되는 거예요. 그게 모든 사람이 지켜야 하는 규칙이지."

---

* 칸(Cannes)은 프랑스 남부의 휴양도시로, 통상 '칸 영화제'로 널리 알려진 곳이다.

뒤르와는 마음이 어수선해지고 걷잡을 수 없는 상념으로 심란해져서 작별 인사를 했다.

이튿날 그는 포레스티에 부부를 방문했다. 그들은 거의 짐을 꾸린 상태였다. 샤를은 긴 의자에 비스듬히 누워 숨쉬기마저 힘들다면서 불평을 늘어놓았다. 그는 "한 달 전에 떠났어야 했어"라는 말만 되풀이했다. 그리고 왈테르 씨와 완전히 정리를 하고 이야기가 다 되었는데도 신문에 관해 뒤르와에게 이것저것 주의를 주었다.

조르주는 집을 나서며 친구의 손을 꼭 잡았다.

"모쪼록 빨리 나아서 돌아오게!"

그리고 문 앞까지 배웅을 나온 부인에게 그는 재빨리 말했다.

"일전의 약속을 잊지는 않으셨죠? 우리는 친구이자 서로 한 편 아닙니까? 그러니까 만약 제가 필요하시다면 무슨 일이건 사양하지 마십시오. 전보나 편지를 주면 당장 찾아뵐 테니까요."

부인은 중얼거렸다.

"감사합니다. 잊지 않을게요." 그녀의 눈에는 말보다도 더 깊은 생각을 담아 "감사합니다"라고 했다.

뒤르와가 계단을 내려가는데 전에 한 번 부인의 방에서 만난 적이 있는 드 보드렉 씨가 천천히 올라오고 있었다. 백작은 부인과의 이별 때문인지 왠지 침울해 보였다.

신문기자는 이제 자신도 사교계의 인간임을 과시하려는 듯 정중하게 인사를 했다.

상대도 예의에 맞게 답례를 했지만 여전히 약간은 거만한 태도였다.

포레스티에 부부는 목요일 밤에 출발했다.

7

샤를이 떠나가자 뒤르와는 《라 비 프랑세즈》 편집진에서 한층 더 굳건한 지위가 되었다. 가십난 기사를 작성하면서 사설도 가끔씩 썼다. 매 기사마다 이름을 밝혔는데, 이는 각자의 원고는 자신이 책임을 지라는 사장의 방침 때문이었다. 뒤르와는 몇 번인가 논쟁거리를 만들기도 했지만 매끄럽게 마무리했다. 또한 정치가들과 꾸준히 접촉하며 능수능란하고 통찰력 있는 정치부 기자가 될 만한 소양을 점차 쌓아나갔다.

하지만 지평선처럼 펼쳐진 그의 앞길에는 걸림돌이 하나 있었다. 어느 소형 신문사에서 그를 끊임없이 비난하고 있었다. 《라 플륌》이라는 신문인데, 그 신문의 익명 기자는 왈테르의 허무맹랑한 소문을 퍼뜨리는 앞잡이는 《라 비 프랑세즈》 가십난 책임자라고 그의 실명을 거론하며 비난의 고삐를 늦추지 않았다. 날마다 기사의 불성실함을 꼬집고, 신랄한 야유를 퍼부으며, 온갖 잡다한 비방을 퍼부었다.

어느 날 자크 리발이 뒤르와에게 말했다. "당신은 잘도 참아내는군요."

뒤르와가 대답했다. "어쩔 수 없지요. 직접 공격해오는 것도 아닌데."

그러던 어느 날 오후 편집실로 들어서는 그에게 브와르나르가 《라 플륌》을 건넸다.

"이보게, 자네한테 매우 불쾌한 기사가 또 실려 있네."

“그래? 무슨 건으로?”

“시답잖은 거지. 오베르라는 여자가 풍기단속반 경찰에게 체포된 사건이야.”

뒤르와는 신문을 받아 읽었다. 「뒤르와의 즐거움」이라는 표제 하에 다음과 같은 기사가 실려 있었다.

오늘 《라 비 프랑세즈》의 저명한 기자는 일전에 우리 신문사가 가증스러운 풍기단속반의 어느 경찰에게 체포되었다고 보도한 바 있는 오베르라는 부인에 대해 날조된 인물이라고 강변했다. 하지만 문제의 인물은 명백히 몽마르트르의 에퀴뢰이 거리 18번지에 거주하고 있다. 우리는 왈테르 은행의 행원들이 그들의 행위를 묵인해주는 대가로 경찰청장 앞잡이들을 지원하며 어떤 이익, 아니 얼마나 많은 이익을 챙기는지 익히 안다. 우리는 문제의 기자에게 그 혼자만이 쥐고 있는 센세이션을 일으킬 만한 뉴스의 비밀을 우리에게 함께 공유하기를 바라 마지않는다. 예를 들면 이런 것들이다. 다음 날 번복되는 사망 기사, 있지도 않은 전투 기사, 실제로는 언급한 적이 없는 각국 군주들의 중대 발언, 소위 ‘왈테르의 이윤’을 창출해주는 갖가지 보도, 사교계 부인들의 야간 파티에서 벌어진 무례한 몇몇 언동, 혹은 우리의 동업자 몇몇에게 거대한 수입을 보장해주는 엄청난 수완 등등이다.

그는 화를 내기보다는 오히려 어이가 없었다. 생각나는 것은 오직 자신에게 매우 불쾌한 기사가 실려 있다는 사실뿐이었다.

브와르나르가 거듭 물었다.

“이 가십거리는 누가 가져온 겁니까?”

뒤르와는 좀처럼 기억이 나지 않아 곰곰이 생각했다. 그러다가 갑자기 기억이 되살아났다.

“아, 그래. 생포탱이야.” 그는 다시 《라 플륌》의 한 구절을 읽어보고 매수 혐의를 뒤집어씌운 데 화가 치밀어 얼굴을 붉어졌다.

그는 외쳤다.

"뭐라고? 그 사람 말로는 내가 돈을 받아쳐먹었다는 것이구만……."

브와르나르가 말을 끊었다.

"그럼요. 당신에겐 매우 난처한 얘기죠. 사장은 이런 일에는 매우 민감하니까요. 가십난에서는 흔한 얘기지만……."

마침 생포탱이 들어섰다. 뒤르와는 그쪽으로 달려갔다.

"자네《라 플뤼》 기사를 읽어봤나?"

"읽었지. 그래서 지금 오베르라는 여자한테 갔다 오는 길이야. 실제 인물이던데. 하지만 체포된 일은 없다는 거야. 그러니까 사실무근이지."

그러자 뒤르와는 사장에게 달려갔다. 사장은 의혹에 찬 눈길로 냉랭하게 맞이했다. 사정을 다 듣고 나서 사장은 말했다. "자네가 직접 그 여자한테 가서 다시는 그런 말이 나오지 않도록 담판을 짓고 오게. 그런 일이 계속 거론된다는 게 더 문제지. 그런 것은 우리 신문은 물론, 나나 자네한테도 매우 곤란한 일이야. 카이사르의 아내보다 더 의심의 눈초리를 받고 있는 게 신문기자야."

뒤르와는 생포탱을 앞세워 마차에 오르며 마부에게 고함쳤다. "몽마르트르의 에퀴뢰이 거리 18번지!"

그곳은 엄청나게 큰 집이어서 층계참 여섯 개나 올라가야 했다. 모직 내의 차림의 노파가 문을 열었다. 그리고 생포탱을 보자 의아한 듯 물었다. "또 무슨 일이 남았나요?"

그는 대답했다.

"이분을 모시고 왔어요. 경찰청 수사관인데 댁의 사건을 자세히 알고 싶다고 하시는군요."

그녀는 그들을 방으로 안내하며 설명했다. "그 후로 신문사에서 왔다면서 두 사람이나 더 왔어요. 무슨 신문사인지는 모르지만." 그러더니 뒤르와를 바라보며 물었다. "그래, 선생 나으리께서 나한테 물어볼 게 있는 건가요?"

"네. 당신은 풍기단속반에게 체포된 일이 있습니까?"

그녀는 두 팔을 쳐들었다.

"목숨을 걸고 아닙니다. 나리, 목숨 걸고 아니에요. 사실은 이런 겁니다. 내가 잘 들르는 정육점이 있는데, 서비스는 좋지만 무게를 속이는 거예요. 몇 번 눈치챘지만 전 모르는 척했어요. 그런데 일전에 딸하고 사위가 온다고 하기에 양 갈비를 두 파운드 사러 갔더니 부스러기 뼈다귀까지 모조리 넣어 달더군요. 그야 물론 갈비 고기를 발라낸 뼈다귀겠지만 그런 것은 싫지요, 스튜를 해먹을 수는 있겠지만. 글쎄 양 갈비를 달라고 하는데 다른 손님한테 팔고 난 부스러기를 준다는 건 너무 하잖아요. 그래서 제가 싫다고 하니까, 나더러 늙어빠진 시궁쥐라는 거예요. 그래 나도 늙은 도둑놈이라고 했죠. 결국 이러쿵저러쿵 한바탕 싸움이 벌어진 게죠. 가게 앞에는 백 명이 넘는 사람들이 모여 껄껄 웃고 그랬죠! 괘씸하기도 하고 어찌 해야 좋을지 몰라 결국 순경을 불러다가 경찰에 가서 시비를 가리기로 하고 둘이 함께 갔어요. 거기서는 둘 다 똑같다고 하면서 돌아가라고 해서 끝난 거지요. 그 후로 나는 다른 가게에서 고기를 사고, 될 수 있으면 그 가게 앞을 안 가려고 해요. 괜히 또 소동을 일으키면 안 되잖습니까?"

그녀는 이렇게 말하고 입을 다물었다. 그래서 뒤르와가 물었다.

"겨우 그게 전부입니까?"

"정말이지 그게 전부입니다, 나리." 그리고 카시스를 한 잔 권했지만 뒤르와는 사양했다. 노파는 보고서에다가 정육점에서 양을 속인 사실을 꼭 써달라고 끈질지게 부탁했다.

신문사로 돌아오자 그는 즉시 반박문을 썼다.

《라 플륌》의 풋내기 익명 기자가 자기 깃털*을 하나 뽑아 어떤 노파에 관한 일로 본 기자에게 시비를 걸어왔다. 그는 노파가 풍기단속반 경찰에

---

* 문제를 일으키는 상대 신문사의 이름인 라 플륌(La Plume)의 플륌은 '새의 깃털'이라는 뜻이다. 상대를 비꼬기 위한 표현이다.

게 체포되었다고 주장했지만, 본 기자는 그 사실 관계가 오류임을 만천하에 밝힌다. 본 기자는 오베르라는 부인을 직접 만났다. 부인은 적어도 예순은 넘어 보였다. 부인의 자세한 설명에 따르면 양 갈비의 고기 근량 문제로 정육점 주인과 다투다가 경찰서로 자초지종을 진술하러 갔을 뿐이라고 한다.

이것이 사건의 전모다.

또한《라 플륌》기자가 언급한 여타의 몇몇 모략에 대해 본 기자는 경멸감을 담아 고스란히 되돌려주겠다. 더구나 그러한 사실을 보도함에 있어 익명으로 처리한다는 것은 응대할 필요가 없음을 그 기자 스스로가 인정하는 부분이라고 본인은 확신한다.

조르주 뒤르와

막 도착한 왈테르 씨와 자크 리발이 보더니 이 정도면 충분하다고 하여, 그날 중으로 가십난 말미에 싣기로 했다.

뒤르와는 흥분과 불안을 느끼며 일찍 집으로 돌아왔다. 상대는 뭐라고 응수해올까? 도대체 어떤 녀석일까? 무엇 때문에 나한테 그렇게 무례한 공격을 해오는 것일까? 신문기자란 워낙 괴팍하고 종잡을 수 없는 인간들이기 때문에 이런 하찮은 사건도 확대될 가능성이 높았다. 그는 잠을 이루지 못했다.

이튿날 신문에 실린 자신의 문장을 다시 읽어보니 활자화된 것은 원고로 읽었을 때보다 훨씬 도전적이었다. 문구를 좀 더 부드럽게 했더라면 하면 생각도 들었다.

그는 하루 종일 안절부절 못했고, 그날 밤도 잠을 설쳤다. 이튿날 분명히 반박문이 실려 있을 거라고 예상하고 새벽 일찍 일어나《라 플륌》을 사러갔다. 다시 날씨는 추워져서 거리는 얼어붙어 있었다. 길 옆 도랑은 흐르던 채로 얼어붙어 길 양쪽으로 두 갈래 얼음 리본을 드리우고 있었다. 신문은 아직 가게에 와 있지 않았다. 뒤르와는 문득 자신의 최초 기사인 「아프리카 연대 병사의 회상」이 나오던 날이 떠올랐다. 손발이 곱고, 특히 손가락 끝이 아파왔다. 그는 유리를 댄 가판대 주위를 뛰어다니기 시작했다. 가판대 안에는 모직 후드를 두른 여점원이 조그만 화로에 달라붙어 있었는데, 창문 밖에서 보면 새빨갛게 된 뺨과 코밖에 보이지 않았다.

신문 배달원이 달려와서 기다리던 신문 뭉치를 네모진 창의 유리문 안으로 던지고 갔다. 여자는 친절하게 《라 플륌》을 펼쳐서 내주었다. 눈을 내달려 자신의 이름을 찾았으나 처음에는 눈에 띄지 않아 적이 마음이 놓였다. 그러나 그 순간 앞뒤로 연결 부호를 그은 아래의 기사가 눈에 띄었다.

《라 비 프랑세즈》의 뒤르와 씨는 우리의 기사를 부인했다. 하지만 그의 진술은 사실과 다르다. 그는 오베르라는 부인이 실존하며, 더욱이 경찰에 의해 경찰서에 연행된 사실을 인정하고 있다. 따라서 '경찰'이라는 말에 '풍기단속반'이라는 글자만 앞에 첨가하면 우리가 주장하는 바가 이치에 어긋나는 것이 아닐 터이다.

무릇 기자의 양심이란 자신의 재능과 수준을 함께하는 법이다.

상기 사항에 대해 서명한다, 루이 랑그르몽

읽고 난 뒤르와의 심장은 격렬하게 고동쳤다. 어떻게 하면 좋을지 몰라 안절부절 못하다가 옷을 갈아입으러 집으로 돌아왔다. 결론적으로 모욕을 당한 것이다. 더 이상 망설일 이유가 없다. 무엇 때문에? 하찮은 일인데. 고작 정육점 사람과 노파가 싸운 것뿐인데.

그는 서둘러 옷을 입고 8시밖에 안 되었지만 왈테르 씨 집을 찾았다.

왈테르 씨는 벌써 일어나 《라 플륌》을 읽고 있었다. 그는 뒤르와를 대하자 심각한 얼굴로 말했다. "이렇게 된 이상 물러설 수가 없지 않은가?"

그는 대답하지 않았다. 사장은 말을 이었다.

"리발을 한번 만나보게. 어떻게든 잘해줄 거야."

뒤르와는 알아들을 수 없는 두어 마디 말을 중얼거리고 사장 댁에서 나와 리발에게 달려갔다. 그는 자고 있다가 초인종 소리에 침대에서 뛰어내려 기사를 읽었다. "빌어먹을! 수순이 정해졌구만. 자넨 다른 입회인 하나는 누구로 할 건가?"

"난 잘 모르겠어."

"브와르나르는 어때?"

"그래, 브와르나르는 괜찮지."

"자네 검술에 능한가?"

"아니."

"그래! 이거 난처하군! 권총은?"

"조금은 쏘지."

"됐네, 그럼 내가 준비를 하고 올 때까지 연습하고 있어. 잠깐만 기다려."

화장실에 들어간 지 얼마 되지 않아 그는 수염을 깎고 말쑥하게 단장을 하고 나왔다.

"자, 따라오게."

그는 자그마한 저택의 1층에 살고 있었다. 그는 뒤르와를 지하실로 데려갔다. 커다란 지하실은 길가 쪽으로 난 창문을 모조리 막아 검술과 사격 연습장으로 쓰고 있었다.

두 번째 조그만 지하 방까지 한 줄로 늘어선 가스등에 모두 불을 밝히자, 그 안쪽에 파랑과 빨강 색으로 칠해진 철제 인형이 드러났다. 그는 뒤쪽으로 총알을 장전하는 신식 권총 두 자루를 탁자 위에 올려놓고 마치 결투장에 서 있는 것처럼 짧고 또렷한 목소리로 명령했다.

"준비됐는가?"

"사격!— 하나, 둘, 셋!"

뒤르와는 어찌할 바를 모르고 명령대로 팔을 들고 겨누어 쏘았다. 어린 시절 아버지의 구식 승마용 권총으로 뜨락에 있던 비둘기를 쏜

적이 있었던 터라 몇 번이나 인형의 배 한복판을 명중시켰다. 자크 리발은 만족해서 외쳤다.

"좋아— 아주 좋아— 아주 좋아— 잘 될 거야— 잘 될 거야."

그러면서 이렇게 말하며 나갔다.

"정오까지 그렇게 쏘고 있어. 총알은 여기 있어. 걱정하지 말고 맘대로 쏴. 점심 때 부르러 올 테니까, 그때 소식을 알려주지."

그리고 그는 떠났다.

혼자 남은 뒤르와는 대여섯 발을 더 쏘다가 자리에 앉아 생각에 잠겼다.

이 무슨 멍청한 짓이란 말인가! 이렇게 해서 도대체 뭘 입증하겠다는 말인가? 사기꾼이 결투를 했다고 해서 사기꾼에서 벗어날 수 있단 말인가? 정직한 남자가 모욕을 당했다고 한갓 야바위꾼 때문에 목숨을 걸어서 무슨 득이 있단 말인가? 이렇게 음울한 상념을 하는 동안에 문득 노르베르 드 바렌이 저번에 말한, 인간 정신의 메마름이며, 사상과 관심은 초라할 뿐이며, 도덕은 어리석을 뿐이라는 등의 이야기가 떠올랐다!

그는 소리 높여 외쳤다. "그 말이 옳다, 제기랄!"

몹시 목이 탔다. 물방울 떨어지는 소리가 뒤쪽에서 나서 찾아보니 샤워 장치가 있었다. 수도꼭지에 입을 대고 물을 마신 후, 또다시 생각했다. 지하실은 음침했다. 무덤처럼 음침했다. 멀리 달리는 마차의 둔탁한 바퀴 소리는 먼 곳에서 울려오는 천둥소리 같았다. 도대체 몇 시나 되었을까? 마치 감옥 안에서 간수가 식사를 가져올 때 이외에는 전혀 시간을 가늠할 수 없듯이, 그 지하실에는 시각을 알 수 있는 것이 전혀 없었다. 그는 기다렸다. 오래, 오래.

갑자기 발소리와 함께 목소리가 들리더니 자크 리발이 브와르나르를 데리고 들어섰다. 리발은 뒤르와를 보자마자 외쳤다. "타결됐어!"

그는 사과 편지나 다른 뭔가로 타협된 줄 알았다. 그는 뛰는 가슴을 진정시키며 중얼거렸다.

"아아!…… 고마워."

기자는 다시 말을 이었다.

"그 랑그르몽이라는 녀석, 제법 똑 부러진 놈이더군. 우리 조건을
모두 승낙했어. 거리는 스물다섯 걸음, 신호와 동시에 권총을 들어 올
려 한 발씩 쏜다. 그렇게 하면 허리춤에서 쏘는 것보다 훨씬 조준이 정
확하지. 이보게, 브와르나르. 보게나, 내가 말한 대로니까."

그는 무기를 들고 사격을 하면서 팔을 높이 쳐드는 쪽이 얼마나 조
준이 정확한지 증명해 보였다.

그런 다음 말을 이었다.

"자, 이제 우리 점심식사나 하러 가지. 벌써 정오가 넘었네."

그들은 근처 식당으로 들어갔다. 뒤르와는 거의 입을 떼지 않았다.
하지만 겁먹은 내색을 하기 싫어 억지로 먹었다. 오후에는 브와르나르
와 함께 신문사로 가서 건성으로 기계적으로 일을 했다. 남들에게 매
우 용기 있는 사람처럼 보이기 위해서였다.

자크 리발이 오후 중반에 와서 그의 손을 잡았다. 입회인 두 사람은
이튿날 오전 7시에 마차로 뒤르와를 데리러 와서 결투 장소인 베지네
숲으로 함께 가기로 했다.

이상의 모든 일이 자기도 모르는 사이에 부지불식간에 이루어졌다.
그의 의견은 도외시된 채 진행되었다. 그가 한마디도 하지 않고 의견
도 말하지 않고, 승낙도 거절도 할 겨를이 없이 일사천리로 모든 것이
결정되었다. 그는 당황스러웠고, 대체 뭐가 어떻게 돌아가는지 영문도
알 수 없었다.

뒤르와는 오후 내내 그의 곁을 함께해준 브와르나르와 저녁식사를
하고 9시경 집으로 돌아왔다.

혼자가 된 그는 몇 분 동안 성큼성큼 방안을 왔다 갔다 했다. 마음이
너무나 심란해서 아무것도 생각할 수 없었다. 오직 하나, 내일의 결투
만이 마음을 채우고 있었다. 그러나 아무리 생각해도 밑도 끝도 없었
고, 격렬한 혼란스런 흥분에 휩싸일 뿐이었다. 그는 군에 있을 때 아랍

인을 쏜 적이 있었지만 그것은 그다지 위험한 일이 아니었다. 사냥하러 가서 멧돼지를 쏘는 것이나 마찬가지였다.

어쨌든 그는 해야 할 일을 하는 것이다. 그러니 격에 맞는 단호한 모습을 보여야 했다. 사람들은 그것에 대해 얘기하며, 인정하고 칭찬해 줄 것이다. 그는 사람들이 혼자 생각하기 어려운 문제를 처리할 때 곧잘 그러듯이 소리를 질렀다. "녀석은 정말 뻔뻔스럽기 짝이 없군!"

그는 앉아서 생각하기 시작했다. 조그마한 책상 위에는 주소를 알아두라고 리발이 건네준 상대의 명함이 팽개쳐져 있었다. 그는 낮에 몇 번씩이나 읽은 명함을 또다시 읽었다. '루이 랑그르몽, 몽마르트르 거리 176번지.' 오직 그것만 적혀 있었다.

그는 이 글자들의 집합이 어떤 불길한 의미로 가득 채워진 판독이 불가한 물건이라도 되는 듯 유심히 지켜보았다. '루이 랑그르몽.' 도대체 어떤 인간일까? 나이는? 키는? 생김새는? 전혀 안면도 없는 사람이 일시적인 충동에 사로잡혀 단순히 노파와 정육점 사람이 싸운 일을 가지고 한 사람의 일생을 송두리째 뒤집다니, 이 얼마나 어처구니없는 일인가?

그는 다시 한 번 되뇌었다. "녀석은 정말 뻔뻔스럽기 짝이 없군!"

그리고 한동안 명함을 노려보며 꼼짝도 않고 생각에 잠겼다. 이윽고 그 한 장의 종잇조각에 대해 말할 수 없는 분노가 치밀었다. 깊은 증오감을 담은 분노에는 왠지 모를 불쾌감도 섞여 있었다. '얼마나 멍청한 짓인가, 도대체 뭐야!' 그는 손톱 깎는 가위를 가져다가 누군가를 찌르듯이 인쇄한 이름의 한복판을 찔렀다.

정작 나는 드디어 결투한단 말인가, 더욱이 권총으로? 어째서 칼을 선택하지 않았을까! 칼이라면 손이나 팔을 약간 찔릴 뿐 생명에는 지장이 없을 텐데. 권총이라면 결과가 어찌 될지 예측할 수도 없다.

그는 마음을 가다듬었다. "자아, 용기를 내자!"

그는 몸서리치게 만든 자기 목소리에 놀라 불현듯 주위를 둘러보았다. 그는 매우 신경이 곤두서 있음을 깨달았다. 그는 물을 한 모금 마시고 몸을 뒤였다.

잠자리에 들자 불을 끄고 눈을 감았다.

실내는 무척 추웠지만 이불 속은 몹시 더웠다. 그는 잠을 이루지 못하고 줄곧 뒤척였다. 겨우 5분 정도 똑바로 누웠다가 왼쪽으로 돌아눕고, 다시 오른쪽으로 돌아눕곤 했다.

여전히 목이 탔다. 물을 마시려고 일어서자 갑자기 불안이 엄습했다. '혹시 떨지나 않을는지?'

방안에서 무슨 소리가 날 때마다 왜 이리 심장이 뛰는 걸까? 언제나 익히 들어온 소리인데 말이다. 뻐꾸기시계가 시각을 알리려고 태엽이 풀리는 소리에도 기겁을 하며 일어났다. 가슴이 옥죄이는 듯 답답해서 한동안은 입을 벌리고 숨을 쉬어야 했다.

'나는 떨지 않을 것인가?' 그는 이 가능성에 대해 철학적으로 추론해보기 시작했다.

아니다. 끝까지 해치울 각오가 있고, 담대하게 결투에 임하며, 절대 떨지 않겠다는 굳건한 의지가 있는 한 절대 두렵지 않을 것이다. 하지만 몹시 흥분한 자신을 의식하면서 달리 생각도 해보았다. '자신의 의지와 상관없이 두려워하는 경우도 있을까?' 그러자 그러한 의혹은 가슴속에 스며들어 초조와 불안을 떨칠 수 없었다. 만약 그것이 나의 의지보다도 훨씬 강력하고 압도적인, 거역할 수 없는 두려움에 나도 모르게 굴복하고 만다면 어쩐단 말인가? 그렇다면 무슨 일이 벌어질까?

작심을 했으니 물론 결투장에는 갈 것이다. 하지만 만약에 떨기 시작한다면? 기절이라도 한다면? 그는 자신의 지위와 평판과 장래에 대해 생각했다.

그러다 벌떡 일어났다. 갑자기 거울에 얼굴을 비춰보고 싶다는 충동이 일어 촛불을 켰다. 매끄러운 유리에 비친 얼굴을 보았다. 그 몰골은 도저히 자신의 얼굴이라고 믿어지지 않았다. 여태껏 한 번도 본 적 없는 얼굴이란 느낌이 들었다. 눈은 휑뎅그렁했고 안색은 안 좋았다. 창백했다. 너무나 창백했다.

느닷없이 '내일 이맘때면 나는 죽어 있을 것이다' 하는 생각이 총알처럼 가슴을 꿰뚫었다. 그러자 또다시 심장 박동이 거칠어지기 시작했다.

그는 다시 침대 쪽으로 되돌아갔다. 하지만 방금 일어났던 이불 속에 자신이 반듯이 누워 있는 모습이 역력했다. 죽은 사람처럼 움푹 패인 얼굴에 손은 이미 움직임을 멈춘 듯 새하얗다.

그는 침대가 무서웠다. 침대를 보지 않으려고 창문을 열고 밖을 내다보았다.

얼음처럼 차가운 한기가 발끝부터 머리끝까지 살을 에었다. 그는 숨을 헐떡이며 뒤로 물러섰다.

난로에 불을 피워야겠다고 생각했다. 뒤는 돌아보지도 않고 천천히 불씨에 부채질했다. 무언가에 닿을 때마다 두 손이 발작적인 전율로 부들부들 떨렸다. 머릿속이 멍해지며 생각들이 토막토막 나뉘고 소용돌이처럼 빨려들고 고통스러웠다. 술을 취한 듯한 기운이 엄습해 머리를 마비시켰다.

그는 끊임없이 반문했다. "어떻게 하나? 어떻게 되는 걸까?"

"단호하게 대처해야 한다. 진짜 단호하게." 그는 기계적으로 되풀이하며 또 걷기 시작했다.

그러다가 혼잣말로 중얼거렸다. "만일의 경우를 대비해 부모님께 편지를 써두자."

다시 의자에 앉아 편지지를 꺼내 썼다. '그리운 아버님, 보고 싶은 어머님……'

그러나 이처럼 비극적 상황에서 이런 문구는 너무 생뚱맞다는 생각이 들어 쓰던 종이를 찢어버리고 다시 썼다. '존경하는 아버님, 존경하는 어머님, 내일 날이 밝으면 결투를 하러 갑니다. 그런데 만의 하나라도……'

더 이상 뒤를 이을 수 없어 벌떡 일어섰다.

그는 다시 한 번 생각을 가다듬었다.

'그는 결투에 나서기로 결심했다. 그로서도 피할 수 없는 일이다. 과연 그는 무슨 생각을 했을까? 그는 싸우기로 했다. 확고한 의지와 결의를 지니고 있다. 하지만 아무리 의지를 끌어 모으더라도 그 자신도 결투장으로 나서기 위한 최소한의 힘마저도 없을 수도 있다.'

이따금 입 안에서는 나직이 이빨 부딪히는 소리가 났다. '그는 전에 결투를 한 적이 있을까? 사격은 자주 해봤을까? 유명한 사람일까? 결투의 권위자일까? 그는 이렇게도 생각해보았다. 상대의 이름을 들은 적이 없다. 하지만 사격 솜씨에 자신이 없었다면, 그토록 서슴없이 군소리 없이 위험한 무기를 승낙했겠는가?

뒤르와는 결투 현장을 상상하며 자신의 움직임과 상대의 반응을 그려보았다. 결투의 미세한 장면까지 필사적으로 머릿속에 그려내려고 했다. 그러자 갑자기 눈앞으로 총알이 나오기 직전의 작고 깊은 총구멍이 까맣게 확대되어 다가왔다.

순간 끔찍한 절망감이 그에게 엄습했다. 온몸에 소름이 돋고 와들와들 떨렸다. 비명을 내지르지 않으려고 이를 악물었다. 마룻바닥을 마구 구르면서 닥치는 대로 찢어버리고 물어뜯고 싶은 광적인 충동에 사로잡혔다. 그때 난로 위의 컵이 눈에 들어오며 거의 손대지 않은 브랜디 한 병이 벽장에 있다는 사실이 떠올랐다. 군대 시절처럼 지금도 매일 아침마다 '기생충을 죽이던'* 습관은 여전했다.

그는 병을 들어 주둥이에 대고 숨도 쉬지 않고 주린 듯이 들이켰다. 그리고 숨을 쉴 수 없을 지경이 되어서야 겨우 병을 놓았다. 3분의 1은 비어 있었다.

뱃속이 타는 듯 뜨거워졌다. 그 열기가 손발로 퍼지면서 취기가 돌자 마음도 든든해졌다.

"이젠 됐다." 그는 혼잣말을 하며 타는 듯한 몸을 식히기 위해 창문을 열었다.

---

* 기생충을 죽이다(tuer le ver)라는 말은 현재는 "공복에 술 한잔하다"라는 관용어로 굳어졌다. 빈속에 독한 술을 마시면 기생충이 죽을 것으로 여겼던 데에서 유래한 듯하다.

고요히 얼어붙었던 밤은 서서히 밝아왔다. 저 멀리 희뿌연 어둠 속으로 별이 꺼지려는 듯 깜빡거리고, 산을 깎아 만든 철로 위의 초록, 빨강, 하얀 신호등들도 빛이 엷어지고 있었다.

시발 기관차 몇 대가 차고에서 나와 기적을 울리면서 열차를 연결시키기 위해 떠났다. 다른 기관차들은 멀리서 몇 번이고 육중한 외침을 되풀이해서 토해냈다. 시골에서 수탉이 우는 것처럼 잠에서 깨어날 시간을 알리는 외침이다.

뒤르와는 생각했다. '이런 모든 것을 나는 두 번 다시 볼 수 없을 것이다.' 그러자 무기력해지고 마음이 울적해졌다. 그는 분연히 마음을 다잡았다. '자아, 이제 결투 때까지 아무것도 생각하지 말자. 용기를 잃지 않으려면 그래야 한다.'

그는 몸단장을 시작했다. 수염을 깎으며 자기 얼굴을 보는 것도 이것이 마지막이려니 생각하자 또다시 맥이 풀렸:

그는 다시 한 번 브랜디를 들이키고 간신히 몸단장을 끝냈다.

그러고 나니 이제는 남은 시간을 보내는 게 더 힘들었다. 방안을 서성거리며 자꾸만 흥분되는 마음을 가라앉히고자 했다. 얼마 후 문 두드리는 소리가 들렸다. 하마터면 그 소리에 뒤로 나자빠질 뻔했다. 결투에 입회할 사람들이었다. 벌써 온 것이다!

그들은 모피가 달린 외투를 입고 있었다. 리발은 고객의 손을 잡고 흔들었다.

"밖은 시베리아 추위야." 그러고 나서 물었다. "그래, 어떤가?"

"응, 괜찮아."

"마음은 편한가?"

"아주 편해."

"그럼 됐어. 뭣 좀 마시거나 먹었나?"

"응, 더는 생각 없어."

브와르나르는 제법 격식을 차려 이제까지 본 적이 없는 외국에서 받은 듯한 초록색과 노란색 띠로 된 훈장을 달고 있었다.

거리로 나가자 사륜마차 속에서 신사 한 사람이 기다리고 있었다. "르 브뤼망 박사야." 리발이 소개했다. 뒤르와는 어벌쩡하니 그 손을 잡았다. "수고하십니다." 그리고 앉으려다가 무언가 딱딱한 것이 닿는 바람에 소스라치게 놀라며 용수철이 튀어 오르듯이 튀어 올랐다. 권총 상자였다.

리발이 안내했다. "아니야! 뒤쪽 자리, 뒷자리야. 의사 선생님과 결투하는 사람은 뒷자리라네."

그는 겨우 그 의미를 깨닫고 의사 옆에 털썩 주저앉았다.

두 입회인이 뒤이어 올라타자 마부는 마차를 몰았다. 마부는 이미 목적지를 알고 있는 듯했다.

모두들 권총 상자가 눈에 거슬렸다. 특히 뒤르와는 가급적 그것을 보지 않으려 했다. 그래서 등 뒤로 옮겼다. 하지만 허리를 짓눌러 견딜 수가 없어 리발과 브와르나르 사이에 세워놓았더니 또 자꾸만 쓰러졌다. 나중에는 아예 발밑으로 밀어 넣었다.

의사가 여러 가지 일화를 들려주었으나 대화는 도무지 활기를 띠지 못했다. 응답하는 것은 리발뿐이었다. 뒤르와는 태연스레 말을 해서 아무렇지 않다는 것을 보여주고 싶었지만 막상 꺼내자니 두서없는 이야기로 마음의 혼란이 폭로될까 겁이 났다. 게다가 무엇보다 떨지나 않을까 하는 공포가 들러붙어 떨쳐낼 수가 없었다.

얼마 가지 않아 마차는 들판을 달렸다. 9시경이었다. 지상의 만물은 수정처럼 반짝이며 단단하게 얼어붙어 조금만 건드려도 산산조각이 날 듯한 몹시 추운 겨울날 아침이었다. 서리로 뒤덮인 나무들은 얼음으로 된 비지땀을 흘리는 듯했다. 말발굽 아래에서 대지는 울리고, 건조한 공기를 타고 그 희미한 소리는 멀리까지 퍼져나갔다. 푸른 하늘은 거울처럼 빛나고, 눈부신 태양마저 식어버렸는지 힘없는 햇살은 얼어붙은 땅덩이를 녹이지 못했다.

리발이 뒤르와에게 말했다.

"권총은 가스틴 르네트 가게에서 사왔네. 탄환도 그 사람이 손수 재웠지. 상자에는 봉인이 되어 있어. 이것을 쓰게 될지 저쪽 편을 쓰게 될지는 제비를 뽑아 결정한다네."

뒤르와는 기계적으로 대답했다.

"정말로 고맙네."

이어 리발은 세심한 주의를 주었다. 그는 자신이 입회하는 쪽의 친구가 실수를 하지 않도록 같은 사항에 대해 몇 번씩이나 되풀이해서 주의를 주었다.

"말하자면 '모두 준비가 되었습니까?' 하고 물으면 힘찬 목소리로 '됐소!' 하고 대답해야 해. 그리고 '발사!' 하면 힘차게 팔을 쳐들고 셋까지 센 뒤에 쏘는 거야."

뒤르와는 속으로 되풀이했다. '발사! 하면 팔을 치켜들어야 한다. 발사! 하면 팔을 치켜들어야 한다. 발사! 하면 팔을 치켜들어야 한다.'

그는 어린 아이가 구구단을 외울 때처럼 몇 번이고 부지런히 그 말을 중얼거렸다. "발사! 하면 팔을 치켜들어야 한다."

사륜마차는 숲속으로 들어서서 가로수 길을 오른쪽으로 꼬부라졌다가 다시 왼쪽으로 접어들었다. 리발은 갑자기 문을 열고 마부에게 말했다. "저기 좁은 길로 들어갑시다." 마차는 바퀴 자국이 난 샛길로 들어섰다. 길 양쪽에는 가장자리가 서리로 뒤덮인 채 낙엽들이 널브러져 있었다.

뒤르와는 계속 중얼댔다. "발사! 하면 팔을 치켜들어야 한다." 그러면서도 마차가 사고라도 나면 모든 게 해결될 텐데 하는 생각도 했다. '아아, 마차가 뒤집혀버린다면 얼마나 좋을까! 기껏해야 다리가 한쪽 부러지거나 한다면!……'

하지만 숲속 빈터 끄트머리에는 마차 한 대가 도착해 있고, 신사 네 명이 발을 녹이기 위해 제자리에서 종종걸음을 하고 있었다. 그 모습을 보자 숨이 막히는 것 같아 저절로 입이 벌어졌다.

입회인이 먼저 내리고 그다음에 의사와 결투자가 내렸다. 리발은 권총 상자를 안고 브와르나르와 함께 저편에서 걸어 나오는 낯모르는 두 신사 쪽으로 갔다. 뒤르와가 볼 때, 그들은 형식적인 인사를 나누고 나서 뭔가 떨어뜨리거나 혹은 날아가버린 것을 찾는 듯이 땅바닥을 내려다보기도 하고 나무들을 쳐다보기도 하면서 공터를 함께 돌아다녔다. 얼마 후 그들은 걸음 숫자를 헤아리고 언 땅에 간신히 지팡이 두 개를 꽂았다. 그런 다음 한 군데 모여서 아이들이 하듯이 금화를 던져 앞뒤를 가렸다.

르 브뤼망 박사가 뒤르와에게 물었다.

"기분은 괜찮소? 필요한 건 없나요?"

"네, 아무것도요. 감사합니다."

그는 자신이 미쳤든지, 잠을 자고 있든지, 꿈이라도 꾸고 있는 것처럼 생각되었다. 갑자기 초자연적인 무엇인가가 내려와서 온몸을 감싸는 듯한 느낌이었다.

겁먹은 것일까? 정말 그런 건가? 그는 알 수 없었다. 주위의 모든 것들이 변해버린 듯했다.

자크 리발이 되돌아와서 만족스러운 듯이 낮은 목소리로 말했다.

"이젠 준비가 다 됐어. 권총은 운이 좋게도 우리 것을 쓰기로 했어."

그런 것은 뒤르와에게는 상관도 없었다.

사람들이 외투를 벗겼다. 하는 대로 내버려두었다. 그들은 다시 윗도리 호주머니를 더듬어 총알을 막아줄 서류나 지갑 따위가 들어 있지 않은지 확인했다.

그는 기도하는 심정으로 되풀이했다. '발사! 하면 팔을 치켜들어야 한다.'

그리고 사람들은 뒤르와를 땅에 꽂은 지팡이가 있는 곳으로 데리고 가서 권총을 건네주었다. 바로 그때 정면 가까운 곳에 키가 작은 남자가 서 있는 것이 보였다. 배가 나오고 머리가 벗겨지고 안경을 쓰고 있었다. 그 자가 그의 상대였다.

그는 그의 모습을 마주하면서도 그의 머릿속에는 오로지 하나의 생각뿐이었다. '발사! 하면 팔을 치켜들어야 한다.'

주위의 고요한 정적을 깨고 사람의 목소리가 울렸다. 아득히 먼 곳에서 들려오는 것 같았다. 그 목소리는 물었다.

"준비되었습니까?"

조르주는 외쳤다.

"됐소!"

그러자 그 목소리가 명령했다.

"발사!"

더 이상 아무것도 들리지 않았고 아무것도 눈에 띄지 않았고, 아무것도 알지 못했다. 다만 팔을 들어 방아쇠를 힘껏 움켜쥔 것밖에는…….

소리는 전혀 들리지 않았다.

하지만 곧 자신의 권총 총구에서 연기가 조금 뿜어져 나오는 것이 보였다. 눈앞의 남자도 처음과 같은 자세로 서 있고, 그의 머리 위에서도 자그마한 구름이 피어올랐다.

둘이 다 쏜 것이다. 결투는 끝났다.

입회인과 의사가 그들을 만져보기도 하고 두드려보기도 하고 옷 단추를 벗기며 걱정스러운 듯이 물었다. "다치진 않았나?"

그는 건성으로 대꾸했다.

"응, 괜찮은 것 같아."

랑그르몽도 그 적수와 마찬가지로 전혀 상처를 입지 않았다. 자크리발은 못마땅한 듯이 중얼댔다.

"이 망할 놈의 권총은 늘 이렇단 말이야. 불발 아니면 아예 죽여버리든가. 참 지랄 맞은 무기야!"

뒤르와는 놀라움과 기쁨에 넋을 잃고 꼼짝도 하지 않았다. "아아, 끝났구나!" 그는 여전히 무기를 움켜쥐고 있는 바람에 입회인들이 빼내야만 했다. 마치 온 세상과 싸운 기분이었다. 이제는 끝이 났다. 잘됐다! 그는 불현듯 누구에게든 도전할 수 있다는 용기가 솟구쳐 올랐다.

양쪽 입회인은 잠시 이야기를 주고받고, 보고서를 작성하기 위해 그날 중으로 만날 약속을 하고 각자 마차에 올라탔다. 마부는 좌석에서 낄낄 웃다가 채찍을 휘두르며 말을 몰았다.

네 사람은 큰 거리에 있는 음식점에서 아침 식사를 하며 방금 전의 사건에 대해 이야기했다. 뒤르와는 자신의 감회를 털어놓았다.

"나는 아무렇지도 않았네. 정말 아무렇지도. 그야 자네들도 보고 있었겠지만 말이야!"

리발이 받았다.

"응, 자네는 정말 늠름했어."

보고서가 작성되자 가십난 기사에 실으라고 뒤르와에게 주었다. 거기에는 놀랍게도 루이 랑그르몽 씨와 총알을 두 발씩 주고받은 것으로 되어 있었다. 뒤르와는 의아해 하며 리발에게 물었다.

"둘 다 한 발씩밖에 쏘지 않았잖아?"

상대는 빙그레 웃으며 말했다.

"분명 한 발이지…… 각각 한 발씩이니까…… 합하면 두 발이지."

뒤르와는 설명이 그럴 듯해서 더 이상 따지지 않았다. 왈테르 영감은 그를 품에 안았다.

"브라보, 브라보! 자네는 《라 비 프랑세즈》의 깃발을 지켜냈어. 브라보!"

조르주는 그날 밤, 유명 신문과 번화가의 주요 카페에 모습을 드러냈다. 상대인 당사자도 똑같이 모습을 드러냈고, 그들은 도중에 두 번이나 마주쳤다.

하지만 인사는 하지 않았다. 만약 한 편이 다쳤다면 굳게 손을 잡았을 것이다. 그러나 양쪽 다 상대의 총알이 날아오는 소리를 들었다고 자신 있게 단언했다.

이튿날 아침 11시경 그는 프티 블뢰를 받았다.

아아, 정말 놀랐어요. 곧바로 콩스탕티노플 거리로 와주세요. 키스하고
싶어요, 나의 사랑. 당신은 정말 용감하시군요. 당신을 사랑해요.

클로

그는 지명된 장소로 갔다. 그녀는 품속에 뛰어들어 정신없이 마구
키스를 해댔다.

"아아, 당신! 당신을 모를 거예요. 오늘 아침 신문을 읽고 얼마나 가
슴이 뛰었는지! 자아, 이야기해줘요. 뭐든지 얘기해줘요. 다 듣고 싶어
요."

그는 자초지종을 자세히 전해야만 했다. 그녀는 안부를 물었다.

"결투하기 전날 제대로 잠도 못 주무셨을 텐데!"

"아니오, 아주 푹 잤어."

"나 같으면 한숨도 못 잤을 거예요. 그래, 결투장에 가서는 어땠어
요?"

그는 드라마틱하게 이야기했다.

"서로 스무 걸음 떨어져서 마주 섰지. 스무 걸음이라면 이 방의 네
배밖에 안 되지. 자크가 준비는 됐냐고 묻고 '발사!' 하고 명령했지. 나
는 곧장 팔을 쳐들고 똑바로 겨누었지. 하지만 머리를 겨눈 것이 실수
였어. 건네받은 권총의 방아쇠가 너무 뻑뻑했지. 나는 방아쇠가 부드
러운 것에 익숙한데 말이야. 때문에 너무 힘을 줘서 탄환이 머리 위로
빗나간 거야. 그렇다고 그다지 멀리 빗나간 건 아니야. 상대인 악당도
권총 선수라서 총알이 관자놀이 옆을 스쳤지. 스쳐가는 바람이 뺨에
느껴졌으니 말이야."

그녀는 무릎 위에 앉아 함께 위험이라도 나누려는 듯 그를 껴안았
다. 그리고 혀짤배기소리를 했다.

"어머! 가엾은 우리 아기, 가엾은 우리 아기."

그의 이야기가 끝나자 그녀가 말했다.

"여보, 난 이제 당신 없이는 정말 못 살아요! 매일 만나고 싶어서 견

딜 수가 없어요. 하지만 남편이 파리에 있어서 아무래도 여의치 않네요. 다만 오전 중 한 시간가량 당신이 일어나기 전에 시간을 내서 키스하러 올 수는 있지만요. 하지만 당신 집은 무서워서 다시는 갈 생각이 안 나요. 어떡하면 좋죠?"

그는 문득 좋은 생각이 떠오른 듯 물었다.

"여기에 얼마나 내고 있지?"

"한 달에 100프랑이요."

"그럼 여기 방값을 내가 내고 앞으로 내가 여기에 살지 뭐. 지금 있는 데는 새로운 나의 지위도 걸맞지 않아."

그녀는 한동안 생각하고 나서 대답했다.

"아니요, 저로서는 찬성할 수 없어요."

그는 놀라서 물었다.

"어째서요?"

"왜냐하면……."

"당신이 마다할 이유가 없지 않소? 이 방은 내 마음에 꼭 들어요. 이곳에 있을 거요. 이곳으로 올 거요."

그는 웃으며 덧붙였다.

"게다가 내 명의로 하는데 뭘."

하지만 그녀는 고집을 피웠다.

"싫어, 싫어요. 그렇게 하고 싶지 않아요."

"도대체 왜 그래요?"

그러자 그녀는 낮은 소리로 다정하게 귀에 대고 소곤거렸다. "여기로 다른 여자들도 데려올 거잖아요? 그러니까 싫어요."

그는 과장된 어조로 말했다.

"그럴 생각은 꿈에도 없소. 그게 무슨 말이오. 절대 그런 일은 없을 거라고 맹세하지."

"아뇨, 말씀을 그렇게 하시더라도 어쨌든 데리고 오실 거예요."

"맹세하겠어!"

“정말요?”

“그럼 정말이지. 명예를 걸고 약속하지. 여기는 우리 두 사람의 집이오, 우리 둘만의 집!”

그녀는 그 모습이 너무나 사랑스러워 그를 꼭 껴안고 말했다.

“그럼 좋아요. 하지만 명심하세요. 한 번이라도, 단 한 번이라도 속이면 그땐 우리들 사이는 끝이에요. 영원히 끝나는 거예요.”

그는 다시 한 번 굳게 맹세하고 약속했다. 그리고 그녀가 이곳을 지나치게 될 때는 언제라도 만날 수 있도록 그날 안으로 이사하기로 했다.

잠시 후 그녀가 말했다.

“그건 그렇고, 일요일에 저녁식사 하러 오세요. 남편이 당신을 무척 맘에 들어 하던데요.”

그는 비위를 맞추듯이 말했다.

“아, 그래요?⋯⋯”

“네, 당신은 우리 집 양반을 완전히 매료시켰더군요. 그리고 언젠가 당신께서 시골 저택에서 자랐다고 제게 말씀하셨죠?”

“그렇지, 그런데 왜요?”

“그럼 농사짓는 것도 조금은 아시겠네요?”

“알죠.”

“그럼 우리 집 양반한테 원예나 농작물에 대한 이야기를 해주세요. 그런 걸 아주 좋아하니까.”

“좋아요. 그렇다면 잊지 말고 이야기해야겠군.”

그녀는 끝없이 키스를 퍼붓고 돌아갔다. 결투가 애정의 갈증을 부채질한 셈이었다.

뒤르와는 신문사로 가면서 생각했다. ‘정말 재미있는 물건이야! 완전 푼수덩이! 뭐를 바라고, 뭘 좋아하는지 종잡을 수가 있어야지? 그리고 참으로 재미있는 부부야! 도대체 어떤 몽상가가 그 늙은이에게 저런 소갈머리 없는 여자를 짝지어줬을까? 감독관씩이나 돼서 무슨 생각으로 저런 여학생 같은 여자를 얻었을까? 미스터리야. 그렇다고 불가능한 일은 아니지. 헌데 저런 것도 사랑이라 부를 수 있나?
　그런 다음 그는 이렇게 결론지었다. '어떻든 애인으로서는 나무랄 데가 없어. 저런 여자를 놓친다는 건 정말 멍청한 짓거리지!

8

결투는 뒤르와를 《라 비 프랑세즈》의 시평 담당자로 만들었다. 하지만 그는 자신의 소신에 따른 논조를 이끈다든가 하는 차원과는 거리가 있었다. 그는 주로 풍속의 퇴폐, 개성의 몰락, 애국심의 몰락, 빈혈 상태의 프랑스적 명예심 등이란 표현을 주특기하면서 되도 않는 말을 너절하게 늘어놓았다(특히 그는 '빈혈'이라는 표현을 찾아내고는 매우 만족스러워했다).

빈정거리기 좋아하고, 회의적이고, 남의 말을 잘 믿는, 통상 말하는 파리지앵 기질을 지닌 드 마렐 부인이 그의 장광설을 비웃으며 놀려줄 때면 그는 빙그레 웃으며 대꾸했다. "웬걸! 이게 나중에는 나한테 엄청난 평판을 가져다줄 거야."

그는 콩스탕티노플 거리로 거처를 옮겼다. 트렁크 하나와 칫솔, 면도기, 비누가 이삿짐의 전부였다. 일주일에 두세 번 젊은 여인은 그가 채 일어나기도 전에 찾아와 후다닥 옷을 벗고 바깥 추위에 몸서리치며 침대 속으로 파고들었다.

뒤르와는 매주 목요일 드 마렐 씨 집에서 저녁식사를 했다. 그는 농사 이야기를 하면서 남편의 환심을 샀다. 그도 농사에 대한 이야기를 좋아했기 때문에 어떤 때는 서로의 이야기에 빠져서 서로 공유하고 있는 아내가 소파에서 졸고 있다는 사실을 잊기도 했다.

로린 역시 때로는 아버지 무릎에서, 때로는 벨아미 무릎에서 깊이 잠들었다.

신문기자가 돌아가면 드 마렐 씨는 아무리 사소한 일에도 늘상 그렇듯이 점잖은 어조로 말했다. "저 청년을 보면 정말 기분이 좋아. 매우 교양도 풍부하고."

2월도 끝나고 있었다. 아침나절에 거리에서 꽃 파는 여인이 끄는 손수레가 지나칠 때면 오랑캐꽃 향기를 맡을 수 있게 되었다.

뒤르와는 구름 한 점 없는 하늘 아래서 한가하게 지냈다.

어느 날 밤 집에 돌아오자 문 밑바닥에 편지 한 통이 끼워져 있었다. 직인을 보니 칸에서 보내온 것이었다. 그는 봉투를 뜯어 읽었다.

칸, 졸리 별장에서

그리운 벗 뒤르와 씨, 일전에 말씀하시기를 무슨 일이나 부탁이 있으면 얘기하라고 하셨죠? 그 말씀을 믿고 정말 귀찮은 일을 부탁드려야 할 것 같아요. 부디 이곳으로 오셔서 저에게 도움을 주셨으면 합니다. 샤를의 병세가 절망적이랍니다. 저 혼자 만일의 경우를 당하면 어떻게 해야 할지 모르겠어요. 아마 이번 주를 넘기지 못할 것 같아요. 아직 거동은 합니다만 의사 선생님께서 그렇게 말씀하셨어요.

저는 더 이상 그 고통을 밤낮으로 보고 있을 힘과 용기가 없답니다. 가까워지는 임종의 순간을 생각하면 두려워요. 남편에겐 친척이 없어서 부탁드릴 수 있는 분은 당신밖에 없네요. 게다가 당신은 남편의 전우고, 남편은 당신을 신문사에 추천했어요. 제발 부탁이니 와주세요. 달리 부탁할 사람도 없답니다.

헌신적인 애정을 담아 당신의 친구가 보냅니다.

마들렌 포레스티에

미묘한 감정이 한 줄기 바람이 되어 뒤르와의 마음으로 다가왔다. 일종의 해방감 같은, 넓은 공간이 그의 앞길에 활짝 펼쳐진 느낌이었다. 그는 중얼거렸다.

"물론 가야지. 가련한 샤를! 인간이란 참으로 가련한 존재지!"

사장에게 포레스티에 부인의 편지를 내보였더니 투덜거리면서도 허가를 했다. 그리고 덧붙였다.

"하지만 빨리 돌아오게. 자네가 없으면 안 되니까."

뒤르와는 이튿날 오전 7시 급행으로 칸으로 출발했다. 드 마렐 부부에게는 출발하기에 앞서 전보를 쳐두었다.

이튿날 오후 4시경 칸에 도착했다.

심부름꾼이 졸리 별장으로 안내했다. 졸리 별장은 칸에서 주앙 만(灣)으로 이어진 전나무 숲속 주위로 하얀 집들이 여기저기 흩어져 있는 산 중턱에 있었다.

나무 숲 사이를 꼬불꼬불 오르는 길가에 아담하고 나지막한 이탈리아식 별장이 자리 잡고 있었다. 길을 한 바퀴 굽이칠 때마다 아름다운 풍경이 펼쳐졌다.

하인이 문을 열며 외쳤다.

"아! 선생님, 부인께서 무척 기다리고 계십니다."

뒤르와가 물었다.

"주인 나으리께선 좀 어떠신가?"

"좋지 않습니다. 오래 가지 못할 것 같습니다."

젊은이가 안내된 객실에는 푸른 무늬를 배합한 장밋빛 페르시아 사라사*가 둘러져 있었다. 크고 널따란 창문은 마을과 바다를 향하고 있었다.

뒤르와는 중얼거렸다. '이거 아주 멋진 별장인데……. 도대체 어디서 이런 돈을 마련했을까?'

그는 옷 스치는 소리가 나서 돌아보았다.

포레스티에 부인이 들어서며 두 손을 내밀었다. "정말 친절하시군요. 정말 친절하게도 와주셨군요!" 그러면서 덥석 포옹을 했다. 그런 다음 그들은 얼굴을 바라보았다.

---

* 사라사(saraça)는 다섯 가지 빛깔을 이용하여 인물이나 새와 짐승, 꽃과 나무 또는 기하학적 무늬를 염색한 천이다.

약간 안색이 창백하고 여위었지만 그녀는 여전히 싱그럽고 예전보다 늘씬한 것이 아름다움을 한층 더한 듯했다. 그녀는 말했다.

"정말로 무서워요. 그래요, 당신 자신도 이젠 끝이라는 걸 알고 있어서 그런지 저를 무척 힘들게 한답니다. 당신이 오신다는 건 미리 알려드렸어요. 그건 그렇고, 짐은 어떡하셨죠?"

뒤르와는 대답했다.

"역에 맡기고 왔습니다. 당신이 편하시려면 어느 호텔에 묵어야 좋을지 몰라서요."

그녀는 망설이다가 말했다.

"여기 이 별장에 묵도록 하세요. 방은 준비해놓았어요. 언제 어느 때 눈을 감을지도 모르잖아요. 만약 밤중이라면 저 혼자 어떻게 하겠어요? 짐은 찾으러 보낼게요."

그는 고개를 숙였다.

"좋으실 대로 하십시오."

"그럼, 위로 올라가시지요."

그는 부인의 뒤를 따랐다. 그녀는 2층 어느 방의 문을 열었다. 창문 옆에는 시체 같은 사람이 담요에 둘둘 말려 안락의자에 앉은 채 새빨간 저녁노을 아래에서 창백한 얼굴로 뒤르와를 응시했다. 도무지 누구인지 알아볼 수 없을 지경이었다. 포레스티에라고 단지 짐작할 뿐이었다.

방안은 열기와 더불어 탕약, 에테르, 타르 등의 냄새가 짙게 풍겼다. 결핵환자가 거처하는 방 특유의 형언할 수 없는 메스꺼운 냄새였다.

포레스티에는 괴로운 표정으로 천천히 손을 들며 말했다.

"아, 자네군. 그래 내가 죽는 걸 보러 와주었군. 고마워."

뒤르와는 애써 웃음을 지었다.

"죽는 걸 보러 오다니! 그건 그다지 유쾌한 일은 아니지. 모처럼 칸에 왔는데 그럴 수야 있는가? 자네한테 인사도 하고 쉴 겸 해서 왔어."

상대는 중얼거렸다. "앉게." 그리고 체념어린 묵상을 하는 듯 고개를 떨어뜨렸다.

그는 가쁘게 숨을 헐떡이다가 이따금 자기 병이 얼마나 위중한지를 알려주려는 듯 신음 소리를 토해냈다.

그가 말이 없자 아내는 창가로 다가가 기대서서 턱으로 지평선 쪽을 가리키며 말했다.

"저기 보세요! 참 아름답죠?"

눈앞에는 별장이 드문드문 박힌 해안선이 해변을 따라 반원형으로 누워 있는 도시까지 펼쳐져 있었다. 도시의 오른쪽 머리 부분은 오래된 망루가 우뚝 솟은 옛 시가지가 아래쪽의 방파제까지 이어지고, 왼쪽 부분은 레랭 군도*와 마주하다가 크르와제트 곶(串)에서 마무리되었다. 섬들은 푸른 물 위로 초록빛 반점을 두 군데 찍어놓은 것 같았고, 위쪽은 평평한 것이 커다란 나뭇잎 두 장을 띄워놓은 것 같았다.

훨씬 저 멀리, 만의 출구 쪽 지평선이 끊기는 곳에는 방파제와 망루 위로 짙푸른 산맥이 길게 뻗어 있었다. 그 영봉들은 어떤 것은 둥글고, 어떤 것은 갈고리 같고, 어떤 것은 뾰족하게 이어지며 눈부신 하늘 아래 기묘하고 아름다운 선을 그려냈다. 그리고 기슭이 바다에 잠긴 커다란 피라미드 모양의 산이 그 끄트머리에 있었다.

포레스티에 부인이 그 산을 가리키며 말했다. "에스트렐이에요."

어두컴컴한 산봉우리 너머 붉은색 공간은 핏빛처럼 붉고 금빛처럼 빛났다. 그 풍광은 도저히 눈을 떼기 힘들 정도였다.

뒤르와는 이 일몰의 장엄함에 저도 모르게 빠져들었다.

그 감동을 표현할 만한 생생한 말이 떠오르지 않아 그는 그저 중얼거렸다.

"아아! 네, 정말 기막혀요!"

포레스티에가 아내 쪽으로 고개를 쳐들고 말했다.

---

* 래렝 군도(îles de Lérins)는 프랑스 칸 부근의 섬들이다. 생마르그리트(Sainte-Marguerite), 생오노라(Saint-Honorat), 생페레올(Saint-Ferreol), 트레델르에르(Tradeliere) 등 4개로 이루어진 군도다. 크르와제트(Croisette) 곶도 마찬가지로 칸에 있다. 이하 주앙 만(Golfe-Juan), 앙티브(Antibes) 곶 등 모두가 칸 부근에 있다.

"바람 좀 쐬게 해줘."

그녀는 대답했다.

"조심해야죠. 너무 늦었어요. 해도 졌는데, 또 감기 드시겠어요. 지금 당신 상태로는 무리라는 것을 잘 아시잖아요?"

그는 성질을 부리며 주먹질이라도 하려는 듯이 허약한 몸짓으로 오른손을 움직이며 분노에 차서 투덜거렸다. 죽어가는 환자의 찡그린 얼굴은 가느다란 입술, 수척한 볼, 앙상하게 튀어나온 뼈를 여실히 드러냈다. "숨이 막혀 죽을 것 같아서 그래. 하루 빨리 죽든 늦게 죽든 당신이 상관할 바가 아니잖아. 난 어차피 끝났는데……."

부인은 창문을 활짝 열어젖혔다.

불어온 바람은 애무를 하듯이 세 사람을 감쌌다. 부드럽고 따뜻하고 촉감이 좋은 미풍이었다. 언덕 위의 관목 내음이나 취할 듯한 꽃들의 향기가 섞인 성숙한 봄의 미풍이었다. 강한 송진 냄새와 유칼립투스 나무의 톡 쏘는 향기도 배어 있었다.

포레스티에는 짧은 숨을 헐떡이며 그 공기를 들이마셨다. 그리고 부들부들 떨리는 양손 손톱으로 안락의자의 팔걸이를 잡으며 분노에 찬 쉰 소리로 나직이 말했다.

"닫아. 괴로워. 차라리 지하실에서 거꾸러지는 편이 나아."

아내는 천천히 창문을 닫고 유리창에 이마를 기댄 채 먼 곳을 응시했다.

거북한 마음에 뒤르와는 환자와 얘기라도 나누면서 마음을 가라앉혀주고 싶었다.

그러나 그를 위로해줄 적당한 말이 떠오르지 않았다.

그는 중얼거렸다.

"여기 와서도 그다지 좋아지지 않았군."

상대는 초조한 빛으로 어깨를 으쓱했다. "보다시피 이 꼴이야." 그러면서 다시 고개를 떨구었다.

뒤르와는 말을 이었다.

"빌어먹을, 파리에 비하면 여기는 아주 좋아. 거기는 아직 한겨울이야. 눈이 퍼붓다가 싸라기는 쏟아지다가 비가 추적추적 내리기도 하지. 게다가 오후 3시만 되면 불을 밝혀야 할 만큼 어둡다네."

포레스티에가 물었다.

"신문사에는 별일 없나?"

"별일 없어. 자네 대신《볼테르》에서 꼬마 라크랭이 와 있는데 아직 풋내기더군. 이제 자네가 돌아올 때가 됐어."

환자가 혼잣말처럼 말했다.

"나 말이야? 6피트 땅 밑에 가서 가십거리나 긁적거려야지 뭐."

그런 사고방식은 사사건건 울려대는 종소리처럼 강박관념이 되어 무슨 말을 하든, 무슨 생각을 하든 따라다녔다.

오랜 침묵이 이어졌다. 고통스럽고 처연한 침묵이었다. 노을은 어느새 엷어지고, 봉우리들은 저물어가는 붉은 하늘 밑에서 어두워져갔다. 붉게 물든 사라져가는 석양빛을 담은 밤의 어두운 기운이 방안으로 비쳐들어 가구와 벽, 방 구석구석을 잉크 빛과 보랏빛 섞인 색조로 물들였다..벽난로 위의 거울에 비친 수평선은 마치 고여 있는 핏물처럼 일렁였다.

포레스티에 부인은 여전히 방을 등지고 유리창에 얼굴을 가까이 대고 꼼짝도 하지 않았다.

포레스티에가 비통하게 숨을 헐떡거리며 발작을 하듯이 내뱉었다.

"앞으로 몇 번이나 노을을 볼 수 있을지?…… 여덟…… 열…… 열다섯이나 스물…… 어쩌면 서른…… 그 정도겠지…… 자네들한테는 앞으로 희망이 있겠지만…… 자네들한테는. 하지만 나는 이제 끝이야…… 내가 죽은 뒤에도…… 내 뒤로도 세상은 이어지는 거야……."

그는 한동안 잠자코 있다가 또 계속했다.

"내 눈에 보이는 그 무엇이든 이제 며칠 후면 다시는 못 볼 거라는 생각이 들어…… 무서운 일이지…… 이젠 아무것도…… 이 세상에 존재하는 것은…… 아무것도 볼 수 없게 되지…… 손으로 만지작거리는

아주 조그만 것도…… 컵…… 접시…… 편안하게 누울 수 있는 침
대…… 마차…… 저녁에 마차로 산책하는 것은 참 좋은데…… 나는 뭐
든지 다 좋아했어."

그는 안락의자 양쪽 손잡이에 올려놓은 손가락들을 마치 피아노를
연주한 것처럼 신경질적으로 빠르게 두드렸다. 모두들 침묵을 지키고
있었지만 그것은 말을 하는 것보다 더 큰 고통이었다. 그들은 끔찍스
러운 일을 떠올리고 있음이 자명했다.

뒤르와는 돌연 노르베르 드 바렌이 몇 주일 전에 한 말이 떠올랐다.

"나는 지금 죽음이 바로 옆에 있는 것이 보이기 때문에 손을 뻗쳐
떨쳐버리고 싶을 정도라오. 죽음이 대지를 뒤덮고, 허공을 채우고 있
소. 죽음은 도처에 있지. 길가에 짓밟힌 조그만 동물의 사체, 시들어
떨어진 나뭇잎, 친구의 턱 밑에 비치는 몇 가닥의 흰 수염이 나의 마음
을 쥐어뜯으며 '보라, 나 여기 있다!' 하고 외치고 있다오."

그때는 그 의미를 깨닫지 못했지만 지금 포레스티에의 모습을 보자
어렴풋이 이해가 갔다. 예전에는 미처 깨닫지 못했던 정체불명의 번뇌
가 가슴속을 파고들었다. 그는 안락의자에서 헐떡이고 친구에게 흉측
한 죽음이 손에 잡힐 듯이 가까이 다가와 있다는 것을 생생하게 느낄
수 있었다. 당장 자리를 박차고 일어나 이 길로 파리로 돌아가고 싶다!
아아! 이럴 줄 알았다면 오지 말 걸 그랬어!

빈사 상태의 환자에게 성급한 애도를 표하듯이 짙은 어둠이 순식간
에 방안으로 스며들었다. 다만 창문만은 여전히 윤곽을 드러내며 희고
무례한 사각형 속에 부인의 형체를 그려냈다.

포레스티에가 신경질적으로 투덜댔다. "여보, 오늘은 램프를 가져
오지 않겠다는 건가? 이걸 환자 간호라고 할 수 있어."

창문 유리에 윤곽을 그렸던 사람의 그림자가 사라지고, 고요한 집
안에 초인종 소리가 울려 퍼졌다.

이윽고 하인이 들어와서 램프를 난로 위에 놓았다. 포레스티에 부인
이 남편에게 물었다.

"이대로 쉬고 계시겠어요, 아니면 내려가서 식사하실래요?"

그는 중얼거렸다.

"내려가지."

그들은 식사가 준비될 때까지 거의 한 시간 동안 꼼짝도 하지 않고 있으면서, 혹시나 침묵이 길게 이어지면 죽음이 배회하고 있는 방안의 공기가 그대로 굳어지며 알 수 없는 위험이 닥쳐올지 모른다고 여기는 것처럼, 이따금 무의미한 한마디를 건네곤 했다.

마침내 식사가 준비되었다는 전갈이 왔다. 뒤르와에게는 식사 시간이 한없이 길게 느껴졌다. 세 사람은 아무 말도 하지 않고, 소리도 내지 않고 먹었다. 그저 손가락 끝으로 빵을 뜯었다. 하인은 발소리를 죽인 채 왔다 갔다 하며 시중을 들었다. 샤를의 신경에 거슬릴까 봐 구두가 아닌 굽이 없는 슬리퍼를 신고 있었다. 오직 똑딱거리는 목제 벽시계의 기계적이고 규칙적인 소리만이 방안의 적막을 깨뜨렸다.

식사가 끝나자 뒤르와는 피곤하다며 마련해준 방으로 들어갔다. 그는 창문에 팔꿈치를 짚고 하늘 한가운데 커다란 보름달을 쳐다보았다. 커다란 램프의 둥근 갓과 같은 달은 별장의 흰 벽 여기저기에 메마른 빛을 희미하게 던졌고, 바다 위로는 은빛 비늘을 뿌리며 부드럽게 빛났다. 그는 빨리 돌아갈 구실을 찾아 이 생각 저 생각하면서, 왈테르 씨에게 돌아오라는 전보를 쳐달라고 부탁할까도 생각했다.

정작 이튿날 눈을 뜨자 도망갈 결심을 실행하기가 만만치 않으리라 생각되었다. 포레스티에 부인이 쉽사리 그의 계책에 속아 넘어갈 리 없고, 더구나 섣부르게 어설픈 짓을 했다가는 모처럼의 호의가 물거품이 될 것이다. 그는 중얼거렸다. "이거 참! 하는 수 없지. 살다 보면 꺼림칙한 길을 지날 때도 있는 법이지. 하지만 그다지 길지는 않을 거야."

청명하게 하늘이 푸르른 날씨였다. 사람의 가슴을 기쁨으로 충만케 하는 남프랑스의 푸른 하늘이었다. 뒤르와는 포레스티에의 병문안은 오후에 해도 괜찮으려니 생각하고 바닷가로 산책을 나섰다.

점심때 돌아오니 하인이 그에게 말했다.

"나리께서 벌써 두세 번이나 찾으셨습니다. 방으로 들어가보십시오."

2층으로 올라가니 포레스티에는 안락의자 속에서 잠들어 있는 것처럼 보였다. 부인은 소파에 비스듬히 누워 뭔가를 읽고 있었다.

환자가 고개를 들자 뒤르와가 물었다.

"좀 어떤가? 오늘 아침엔 좀 기운이 난 것 같은데?"

상대는 중얼거렸다.

"응, 기분 좋아. 힘이 좀 생긴 것 같아. 빨리 마들렌하고 점심식사를 하게. 마차로 한 바퀴 돌고 오게."

단둘이 식탁에 마주앉자 부인이 말했다.

"저분 말예요. 오늘은 더 살겠다는 의지가 충만한 것 같아요. 아침부터 여러 가지 계획을 세우고 있어요. 지금 당장 주앙 만에 가서 파리의 집에 장식할 도자기를 사오겠다는 거예요. 무슨 일이 있어도 가겠다고 우기는데 도중에 무슨 일이 벌어지지 않을까 걱정이에요. 마차가 덜컹거리는 것도 못 이길 텐데 말이에요."

포장을 친 마차가 도착하자 포레스티에는 하인의 부축을 받으며 한 걸음 한 걸음 계단을 내려갔다. 그는 마차를 보더니 포장을 벗기라고 했다.

아내는 반대했다.

"감기 들어요. 당치도 않은 일이에요."

그는 듣지 않았다.

"괜찮아, 오늘은 아주 상태가 좋으니까. 나는 내가 잘 알아."

마차는 처음에는 나무 그늘이 진 길을 달렸다. 정원 사이로 끝없이 이어진 그 길은 칸이 아닌 영국의 공원 같은 생각이 들게 만들었다. 마차는 앙티브 가도로 들어서서 긴 해안선을 끼고 달렸다.

포레스티에는 그 지방 지리를 설명했다. 우선 파리 백작의 별장을 알려줬고, 다른 별장도 가르쳐주었다. 그는 쾌활했다. 하지만 그것은 거스를 수 없는 운명에 처한 인간이 의도적으로 꾸며대는 무기력한 쾌활함이었다. 그는 팔을 뻗칠 힘도 없어 손가락으로만 가리켰다.

"저기 보게, 저게 생마르그리트 섬이야. 바젠*이 탈출한 성이 저기야. 그 사건 때문에 유명세를 탔지!"

그는 연대에 근무했던 군대시절을 떠올리며 기억에 남는 에피소드의 주인공인 장교들의 이름을 나열했다. 순간 굽잇길을 돌아서자 주앙만의 전경이 눈앞에 펼쳐졌다. 만 안쪽에는 새하얀 마을이 흩어져 있고, 그 맞은편에는 앙티브 곶이 뻗어 있었다.

포레스티에는 어린 아이 같은 기쁨에 사로잡혀 말을 더듬거렸다.

"야아! 군함이야, 정말 군함이다!"

널따란 만 한복판에는 이끼가 낀 가지가 촘촘한 바위산처럼 커다란 군함이 여섯 척이나 정박해 있었다. 한결같이 괴이하고 기형적인 모습의 거대한 군함들 위로 각종 돌출물과 망루들이 솟아 있고, 충각(衝角)**은 바다 속에 뿌리를 뻗은 듯 잠겨 있었다.

도저히 움직인다거나 나아간다고 상상할 수도 없는 육중한 물체가 바다 밑에 고정되어 있는 듯했다. 또한 천문대 모양의 둥글고 높이 솟은 함포는 암초 위에 세워진 등대 같았다.

새하얀 세 개의 돛을 모두 활짝 펼친 커다란 배가 함대 곁을 지나 넓은 바다로 미끄러지듯 나아갔다. 그 모습은 물 위에 쪼그려 앉은 추악한 괴물 같은 이 무쇠로 된 전쟁 괴물에 비하면 참으로 단아하고 아름다웠다.

포레스티에는 군함을 하나하나 손가락질하며 '콜베르', '쉬프렝', '아미랄 뒤페레', '르두타블', '데바스타시옹' 하고 일일이 호명을 했

---

* 프랑소와 아실 바젠(Francois Achille Bazaine, 1811~1888)은 프랑스 제2제정기의 군인이다. 용맹하고 침착한 지휘관으로서 나폴레옹 3세의 두터운 신임을 받았다. 이등병에서 원수로 승진된 이례적인 장군이었지만, 보불전쟁 당시 약 17만의 군사와 함께 불명예스러운 항복을 하여 공화국 정부로부터 사형선고를 받았다. 이후 감형을 받고 복역하다가 탈옥하여 스페인으로 망명했다.

** 충각이란 적의 배를 떠받아서 침몰시키기 위한 군함의 뱃머리에 달아 놓은 뾰족한 쇠붙이다.

다. 그러다가 또 "아냐, 틀렸어. 데바스타시옹은 이쪽 거야" 하고 정정하기도 했다.

얼마 후 그들은 커다란 정자 같은 건물 앞에 이르렀다. 간판에는 '주앙 만 도예관'이라 적혀 있었다. 마차는 둥그런 잔디밭 주위를 돌아 문 앞에 멈췄다.

포레스티에는 서가 위에 놓을 꽃병을 두 개 사고 싶다고 했다. 하지만 마차에서 내릴 수가 없어 견본을 하나씩 가져오도록 했다. 일일이 아내와 뒤르와에게 의논해서 정하느라 시간이 많이 걸렸다. "이보게, 이걸 서재 안쪽 서가 위에 놓두려고 해. 의자에 앉으면 항상 눈에 띄도록 말이야. 고풍스런 게 좋아. 특히 그리스 양식이 좋지." 그는 견본 여러 개를 꼼꼼히 보고 다른 것을 가져오게 했다가 또다시 먼저 것을 가져오게 했다. 마침내 결정을 하고 돈을 치렀다. 그는 "며칠 안으로 파리로 돌아가야 해" 하며 곧바로 배달해달라고 주문했다.

그런 다음 그들은 기다란 만을 따라 돌아왔다. 순간 어느 골짜기에선가 불어오는 찬바람이 그들을 덮쳤다. 환자는 기침을 시작했다.

처음에는 아무것도 아닌 대수롭지 않은 발작에 지나지 않았다. 하지만 점점 심해져 기침을 멈출 수 없었고, 이내 딸꾹질까지 하면서 목구멍이 그렁그렁 울렸다.

포레스티에는 숨이 막혀 몸부림을 쳤다. 숨을 쉬려고 하면 가슴속에서 기침이 치밀어 목을 쥐어뜯었다. 어떤 방법으로도 기침을 가라앉힐 수가 없었다. 별장에 도착해서도 그를 마차에서 방까지 들어 옮겨야 했다. 그의 발을 들고 있던 뒤르와는 폐가 경련을 일으킬 때마다 두 다리가 심하게 흔들리는 것을 느낄 수 있었다.

침상의 따스한 온기도 발작을 멈출 수 없었고, 죽음의 고통은 한밤중까지 계속되었다. 마취제를 처방하고 나서야 기침으로 인한 치명적인 경련은 겨우 가라앉았다. 환자는 눈을 뜬 채 아침까지 침상에 앉아 있었다.

날이 새고 맨 처음 한 말은 이발사를 불러달라는 것이었다. 그는 매일 아침 깔끔하게 면도를 하곤 했다. 몸단장을 하기 위해 일어났지만 곧바로 다시 누웠다. 숨소리가 몹시 짧고 급했으며 매우 괴로운 듯했다. 부인은 막 잠자리에 든 뒤르와에게 의사를 불러달라고 부탁했다.

그는 즉시 가부오 박사를 데리고 왔다. 의사는 시럽으로 처방하고 몇 가지 주의를 주었다. 하지만 신문기자가 배웅을 하며 용태를 묻자 그는 말했다. "저건 단말마적 고통입니다. 내일 아침 운명하실 겁니다. 가엾은 젊은 부인께 전갈하시어 신부님을 모셔오도록 하세요. 저로서는 더 이상 어쩔 도리가 없습니다. 혹 볼일이 계시다면 언제든 오겠습니다."

뒤르와는 부인을 부르도록 했다.

"더 이상은 힘들 거라고 하네요. 의사는 신부님을 모셔오라고 합니다. 어떻게 하시겠습니까?"

그녀는 한동안 이리저리 생각하며 망설이다가 띄엄띄엄 말을 이었다.

"그렇군요. 그 편이 좋겠네요…… 우선 듣기 좋은 말로 둘러댈게요. 신부님이 만나고 싶어 한다든가…… 뭐라고 해야 할지 모르겠네요. 죄송하지만 적당한 신부님을 찾아 모셔오세요. 너무 거만하지 않은 분이면 좋겠어요. 그리고 참회만으로 끝내고 귀찮게 다른 말씀은 하시지 말도록 부탁해주세요."

뒤르와는 후덕한 인상의 늙은 신부를 데리고 왔다. 그는 이쪽에서 원하는 것을 선선히 승낙했다. 신부가 환자 방으로 들어가자 부인은 곧바로 나와서 뒤르와와 함께 옆방에 가서 앉았다.

"무척 놀란 모양이에요. 신부님 얘기를 꺼내니까 대번에 표정이 달라져서 마치…… 마치 느낌이 있는지…… 느낌이…… 예감이…… 자기가…… 이제는 틀렸다는 걸 안 거죠. 몇 시간 남지 않았다는 걸……."

더없이 파리한 얼굴이었다. 그녀는 계속했다. "그 표정은 평생 잊을 수 없을 거예요. 아마 그때 틀림없이 죽음의 신을 본 거예요. 눈앞에서 똑똑히……."

신부는 귀가 멀어서인지 약간 소리를 높여 말해서 옆방까지 들렸다.

"아닙니다, 아니에요. 용태가 그렇게 나쁜 것은 아닙니다. 투병 중이긴 하시지만 절대 위험한 상태는 아닙니다. 나는 이웃 사람으로 잠깐 문안차 들렀을 뿐입니다."

포레스티에가 뭐라고 대답했는지는 들리지 않았지만 신부가 말을 이었다.

"아닙니다. 영성체 의식을 하자는 것은 아닙니다. 그건 좀 더 회복되신 후에 합시다. 다만 찾아온 김에 고해라도 하실 생각이라면 저로서는 좋을 것 같습니다. 원래 사람을 인도하는 것이 제 직업이니 이 기회에 어린 양을 하느님께 인도하고 싶습니다."

오랜 침묵이 흘렀다. 아마 포레스티에가 숨이 차서 헐떡거리며 희미한 목소리로 말하고 있는 것 같았다.

그러다가 별안간 신부의 목소리가 들렸다. 목소리는 완전히 달라져서 성단에서 미사를 드리는 어조였다.

"하느님의 사랑은 영원합니다. 자, 나의 아들이여, 고백 기도문을 외웁시다. 잊었을 테니까 제가 도와드리겠습니다. 저를 따라 외우십시오. 전능하신 하느님과 형제들에게 고백하오니…… 동정녀이신 성모 마리아와……."

그는 빈사 상태의 환자가 따라 읊을 수 있도록 이따금 문구를 끊었다. 그리고 나서 권했다.

"그럼 고백하십시오……."

순간 부인과 뒤르와는 야릇한 심정에 사로잡혀 꼼짝도 하지 않고 초조하게 이어질 말을 기다렸다.

환자가 무언가 중얼거렸다. 신부는 그 말을 되풀이했다.

"비난 받아 마땅할 아첨을 했다는데…… 어린 양이여, 어떤 성격의 것입니까?"

젊은 부인은 일어서며 자르듯 말했다. "잠깐 정원으로 나가시죠. 비밀을 들어서 좋을 건 없으니까요."

그들은 밖으로 나와 벤치에 앉았다. 머리 위로는 활짝 핀 장미가 드리워 있고, 앞쪽 카네이션 화단에서는 강렬하고 달콤한 향기가 맑은 공기 속으로 퍼져 나왔다.

뒤르와는 잠시 침묵하다가 물었다.

"파리에는 오래 있다가 오실 건가요?"

그녀는 대답했다.

"아뇨, 일이 마무리되는 대로 돌아갈 거예요."

"그럼, 열흘쯤?"

"아마 늦어도 그때까지는."

그는 다시 물었다.

"샤를한테는 친척이 없다고 하셨죠?"

"아무도요. 사촌형제들뿐이에요. 아버님 어머님은 모두 저분이 어렸을 적에 돌아가셨대요."

그들은 카네이션에서 꿀을 찾고 있는 나비를 바라보았다. 나비는 이 꽃에서 저 꽃으로 날개를 펄럭이며 날아다니고, 꽃에 앉아서도 계속 날갯짓을 했다. 한동안 침묵이 이어졌다.

하인이 나와서 일러주었다. "신부님께서 끝나셨답니다." 그들은 함께 2층으로 올라갔다.

포레스티에는 어제보다 훨씬 수척해 보였다.

신부가 그의 손을 잡았다.

"그럼 안녕히 계십시오. 내일 아침 또 뵙겠습니다."

그리고 돌아갔다.

신부가 나가자 괴로운 듯이 숨을 헐떡이던 환자는 두 손을 아내에게 뻗으려고 하면서 떠듬떠듬 말을 이었다.

"살려줘…… 살려줘…… 여보…… 난 죽기 싫어…… 난 죽기 싫어…… 아아! 살려줘…… 어떻게 하면 좋을지 의사를 불러줘…… 먹으라는 건 다 먹을게…… 난 싫어…… 난 싫어……."

그는 울고 있었다. 굵은 눈물방울이 움푹 꺼진 뺨 위로 흘러내렸다. 여윈 입가에는 서러워 흐느끼는 아이처럼 주름이 잡혀 있었다.

침대 위로 축 늘어진 두 팔은 마치 이불 위에 있는 뭔가를 잡으려는 듯 천천히 규칙적으로 움직이기 시작했다.

그의 아내도 울면서 띄엄띄엄 입을 뗐다.

"그렇지 않아요. 아무것도 아니에요. 대수롭지 않은 발작이에요. 내일은 훨씬 좋아지실 거예요. 산책을 해서 좀 피로하셨을 뿐이에요."

포레스티에의 숨결은 마구 달려온 개보다도 더 헐떡였다. 도저히 셀 수 없을 정도로 급박했고, 또 들릴까 말까 할 정도로 희미했다.

그는 계속 되풀이했다.

"난 죽고 싶지 않아!…… 오오! 하느님…… 하느님…… 하느님…… 전 어디로 가는 걸까요? 아무것도 보이지 않아…… 더 이상 아무것도…… 아무것도…… 맹세코…… 오오! 하느님!"

다른 사람에게는 안 보이는 뭔가 무서운 존재가 나타난 듯 그는 앞쪽을 응시했다. 멈춰버린 눈동자에는 공포의 빛이 역력했다. 그의 두 손은 끔찍하고 안쓰러운 동작을 멈추지 않았다.

별안간 그는 온몸 구석구석이 떨리는 것을 옆 사람이 느낄 정도로 격렬한 전율을 일으키며 띄엄띄엄 말했다.

"묘지…… 저희…… 하느님!……"

그리고 더 이상 말이 없었다. 꼼짝도 하지 않고 얼이 빠진 채 헐떡였다.

시간이 흘렀다. 가까운 수도원의 시계가 정오를 알렸다. 뒤르와는 요기나 하려고 방을 나섰다. 그리고 한 시간 가량 지나서 돌아왔다. 부인은 아무것도 먹지 않겠다고 했다. 환자는 여전히 움직이지 않았다. 바싹 여윈 손가락은 마치 얼굴을 가리려는 듯 이불을 계속 끌어당기고 있었다.

젊은 여인은 침대 발치의 팔걸이의자에 앉아 있었다. 뒤르와는 그 옆에 있는 다른 팔걸이의자에 앉았다. 둘은 묵묵히 기다렸다.

의사가 보내서 온 간호사는 창문 옆에서 졸고 있었다.

뒤르와도 졸고 있다가 문득 무슨 일이 생겼다는 것을 직감했다. 그가 눈을 번쩍 뜨는 순간, 마치 불이 꺼지듯 포레스티에는 두 눈을 감았다. 희미한 딸꾹질은 빈사 상태의 목젖을 움직였고, 양쪽 입가에서는 가느다란 핏줄기가 흘러나와 셔츠 위로 흘러내렸다. 안쓰러운 손동작도 멈췄다. 호흡도 멈추었다.

남편의 죽음을 깨달은 아내는 외마디 비명을 지르며 무릎을 꿇었고, 얼굴을 이불에 파묻고 흐느꼈다. 놀라움과 두려움에 당황한 조르주는 자기도 모르게 성호를 그었다. 잠에서 깨어난 간호사는 침대 곁으로 다가가더니 말했다. "운명하셨습니다." 가까스로 침착함을 되찾은 뒤르와는 해방의 한숨과 동시에 나지막이 중얼거렸다. "생각만큼 오래 걸리지는 않는군."

처음의 놀라움이 가시고 한 차례 눈물을 흘리고 나자, 사람들은 사망 처리에 따르는 여러 가지 일들과 수속으로 분주했다. 뒤르와는 저녁때까지 뛰어다녔다.

돌아왔을 때는 배가 몹시 고팠다. 부인도 조금 먹었다. 그런 다음 두 사람은 유해를 안치한 방에 가서 밤샘을 하기 위해 의자에 앉았다.

침대 머리맡 탁자 위에 촛불 두 개가 드리워 있고, 그 옆에는 조그마한 접시에 물을 담아 미모사 가지를 담가놓았다. 예식에 걸맞은 회양목 가지를 구할 수 없었기 때문이었다.

고인이 된 남편 곁에는 젊은 남자와 젊은 여자 단둘이 앉아 있었다. 두 사람은 제각기 상념에 젖어 이따금 고인의 얼굴을 쳐다보며 침묵에 잠겼다.

날이 어두워지자 조르주는 시체 곁에 있는 게 왠지 불안스러워 집요하게 유해를 지켜보았다. 그의 눈길과 영혼은 일렁이는 촛불로 한층 더 움푹 패여 보이는 야윈 얼굴에 홀린 듯이 사로잡혀 좀처럼 빠져나올 수가 없었다. 이것이 진정 어제까지 말을 하던 내 친구 샤를 포레스티에란 말인가! 사람의 삶이 완전히 끝난다는 것은 참으로 요상하고 끔찍하게 무서운 일이다! 아아! 순간 그는 죽음의 공포에 사로잡혀 살아가는 노르베르 드 바렌의 말이 떠올랐다—"죽은 사람은 절대로 돌아올 수 없다." 똑같은 코, 눈, 뺨, 입술을 가지고, 또 자신과 똑같은 영혼을 지닌 사람이 몇 백, 몇 천만이라도 태어날 수는 있겠지만 침대 속에 누워 있는 이 사내는 결코 살아오지 못할 것이다.

몇 년 동안 이 사내는 다른 사람들처럼 살고 먹고 웃고 사랑하고 갈망했다. 그런데 이제는 끝이다. 영원히 끝났다. 인간의 삶! 극히 짧은 며칠에 지나지 않는다! 그리고 그 뒤는 무(無)다! 사람은 태어나고, 자라고, 행복을 느끼고, 기대하고, 그리고 죽는 것이다. 안녕! 남자든 여자든 두 번 다시 이 세상에 돌아올 수 없다! 하지만 인간은 누구나 영원을 갈구한다. 실현하기 어려운 염원을 열렬히 꿈꾼다. 우주 속에서 인간은 자기만의 우주를 이룩하지만 이내 소멸되어 새로운 싹을 위한 퇴비가 되는 것이다. 식물도 동물도 인간도 하늘의 별도 세계도, 모든 것은 일시적인 생명을 지니지만 머지않아 죽음으로 형태를 바꾼다. 곤충이든 인간이든 천체든 살아 있는 모든 것은 절대 부활하지 못한다!

막연한 공포가 뒤르와의 마음을 짓누르며 덮쳐왔다. 모든 존재를 이토록 신속하고 처참하게 영원히 파괴하는, 저 무한의, 피할 수 없는 허무에 대한 공포였다. 그는 그 위협에 이미 고개를 떨구었다. 몇 시간밖에 못 사는 하루살이와 며칠밖에 못 사는 동물과 몇 해를 살다가는 인간과 몇 세기를 살다가는 천체를 생각해보았다. 그 무슨 차이가 있으랴? 오직 새벽 여명을 더 볼 수 있을 뿐이다. 그것뿐이다.

그는 시신을 보지 않으려고 눈을 돌렸다.

부인도 고개를 떨어뜨리고 비통한 생각에 잠겨 있는 듯했다. 슬픔이 드리운 얼굴 위로 흐트러진 금발은 한층 더 아름다웠다. 희망이란 손으로 부드럽게 쓰다듬어주고 싶다는 감미로운 생각이 젊은이의 마음에 스쳤다. 앞날이 창창한데 그렇게 슬퍼할 것까지는 없지 않은가?

그는 부인을 응시했다. 하지만 부인은 골똘히 생각에 잠겨서 그의 시선을 느끼지 못했다. 그는 생각했다. '아무튼 인생의 즐거움이란 오직 하나다. 연애! 사랑하는 여인을 품에 안는 것이다! 그것만이 인간이 얻을 수 있는 행복의 극치다!

이토록 영리하고 아름다운 여자를 만났다는 사실은 죽은 이 친구에게는 더없는 행운이었다. 두 사람은 어떻게 만났을까? 무슨 까닭에 이 여자는 재능도 돈도 없는 남자의 아내가 되었을까? 어떤 능력으로 이 남자를 훌륭한 인간으로 개조시켰을까?

그는 이들의 존재 속에 숨어 있는 온갖 미스터리에 대해 생각했다. 그리고 이 여자에게 지참금까지 주어 결혼시켰다는 보드렉 백작에 대한 소문을 떠올렸다.

앞으로 이 여자는 어떻게 할까? 누구와 결혼할까? 드 마렐 부인이 생각하듯이 하원의원일까, 아니면 포레스티에를 능가할 전도유망한 청년일까? 이미 무슨 계획이나 복안이나 정해진 입장이 있을까? 아무튼 그것을 알고 싶다! 헌데 어째서 그녀의 장래 따위에 마음이 쓰이는 걸까? 그는 자신에게 반문하며 그러한 마음 쓰임이 아직은 막연하지만 은밀한 저의에서 비롯된 것임을 깨달았다. 원래 그런 생각은 자기 자신에게마저도 은밀히 감추게 마련이라 자기 내면의 깊은 속내까지 까뒤집어보지 않으면 찾아낼 수 없는 것이다.

그렇다, 나는 왜 이 여자를 차지하기 위해 공을 들이지 않은 걸까? 이 정도 여자라면 나도 얼마든지 강력하고 가공할 만한 존재가 될 수 있다! 그리고 분명히 빠르게 멀리 나아갈 수 있을 것이다!

게다가 성공하지 못할 리 있겠는가? 그 여자가 자신을 좋아하고, 동정 이상의 감정이 있다는 것도 잘 알고 있다. 그것은 비슷한 성격의 두 남녀 사이에 생겨나는 서로 끌어당기고 또 말없이 서로를 이해해주는 그런 애정이었다. 이 여자는 내가 영리하고 담대하고 확고한 의지가 있다는 사실을 알고 있었다. 어쩌면 나를 신뢰하고 있는지도 모른다.

이런 중대한 사태에 직면해서 나를 부르지 않았던가? 왜 나를 부른 것일까? 그것은 일종의 선택이요, 고백이요, 나를 지명한 것이라고 생각하면 안 될까? 막 이제 미망인이 되려고 하는 이 시각에 자기를 떠올린 것은 어쩌면 새로운 배우자로, 자기편으로 나를 마음에 담아두었기 때문이 아닐까?

생각이 여기에 미치자 그는 그녀에게 진심을 묻고 의향을 확실히 알고 싶었다. 언제까지 이 집에서 젊은 미망인과 마주 앉아 있을 수도 없는 노릇이다. 모레는 돌아가야 한다. 그렇다면 서둘러야 했다. 파리에 돌아가기 전에 은근히 그녀의 의중을 떠보아야 한다. 파리로 돌아와서 이 여자가 다른 남자의 구애를 받아들이는 돌이킬 수 없는 약속을 하지 않도록 수단을 강구해야 한다.

방안은 깊은 침묵에 잠겨 있었다. 벽난로 위에서 시계추가 규칙적으로 내는 금속성 소리밖에 들리지 않았다.

그는 중얼거렸다.

"무척 피곤하시겠네요."

그녀는 대답했다.

"네, 완전히 녹초가 됐어요."

그들은 서로의 목소리가 음침한 방안에서 야릇하게 울림을 일으키자 소스라치게 놀라며, 두 사람은 무의식중에 죽은 사람의 얼굴을 쳐다보았다. 시체가 갑자기 꿈틀대며 몇 시간 전처럼 말을 걸어올 것 같은 느낌을 받았기 때문이다.

뒤르와는 말을 이었다.

"당신께는 정말 엄청난 타격일 겁니다. 인생이 단번에 바뀔 테니까요. 마음만이 아니라 생활 전체가 완전히 바뀌는 게지요."

그녀는 대답 없이 긴 한숨만 내쉬었다.

그는 다시 말을 이었다.

"앞으로 부인처럼 젊으신 분이 혼자 지내시려면 무척 적적하시겠습니다."

그는 더 이상 잇지 못했다. 그러나 아무 말도 없었기 때문에 다시 중얼거렸다.

"모쪼록 먼저 한 약속은 기억하시죠? 부탁할 일이 계시면 언제든 말

쏨해주십시오. 무엇이든 기꺼이 할 테니까요.”

그녀는 남자들의 뼈 속까지 뒤흔드는 애처롭고 상냥한 눈길을 보내며 손을 내밀었다.

“고마워요. 당신은 정말 친절하신 분이에요. 만약에 제가 당신에게 필요한 뭔가를 할 수 있는 상황이었다면 분명히 ‘저를 믿어보세요’라고 말했을 거예요.”

그는 그녀가 내민 손을 잡고 한동안 바라보다가 키스를 하고 싶은 강렬한 욕망에 손을 힘껏 쥐었다. 이내 마음을 굳게 먹고 그 손을 가만히 입술로 가져갔다. 그렇게 그는 뜨겁게 달아오른 그윽한 향기를 품은 피부를 한참 동안 입술에 대고 있었다.

하지만 친구로서의 감정 표현이 너무 지나치게 오래되는 것을 깨닫고 조그마한 손을 내려놓았다. 그 손은 느릿느릿 부인의 무릎 위로 돌아갔다. 그녀는 차분한 목소리로 말했다.

“그래요, 정말 저 혼자예요. 하지만 용감해지도록 노력해야죠.”

그는 저런 여자를 아내로 삼을 수만 있다면 얼마나 행복할까 생각했지만 그녀에게 진심을 전할 방법이 떠오르지 않았다. 더구나 그런 말을 시신을 앞에 두고 있는 지금 이 상황에서 할 수도 없는 노릇이다. 그러나 함축적이면서도 예의에 어긋나지 않는 적당한 문구는 있을 법하다고 생각했다. 말 뒤에 감추어진 함의를 지니고 있으며, 구태여 다 말하지 않아도 은연중에 진심을 전달할 수 있는 문구를 찾고 싶었다.

그러나 시신이 마음에 걸렸다. 눈앞에 뻣뻣하게 굳어 누워 있는 시신이 두 사람 사이를 헤집고 들어올 것 같았다. 게다가 어느 새인가 방 안의 공기 속에 언짢은 냄새가 차오르고 있다는 느낌을 받았다. 가슴이 부패하기 시작하면서 풍겨오는 퀴퀴한 숨결이었다. 침상에 누워 있는 불쌍한 시신이 밤샘하는 인척들에게 건네는 주검 최초의 숨결이며, 머지않아 공허한 궤짝 구석구석을 가득 메울 혐오스러운 숨결이었다.

뒤르와가 조심스레 물었다.

“창문을 열어도 될까요? 공기가 탁한 것 같습니다.”

그녀는 대답했다.

"네, 그러시죠. 저도 그런 것 같네요."

그는 일어나서 창문을 열었다. 상쾌하고 향기로운 밤기운이 한꺼번에 밀려들어 침대 옆에 켜놓은 두 개의 촛불을 일렁였다. 전날 밤처럼 둥그런 달은 별장의 하얀 벽과 반짝이는 넓은 바다 위로 조용한 빛을 교교히 흩뿌렸다. 뒤르와는 가슴 가득 숨을 들이마셨다. 순간 온몸을 전율시키는 짜릿한 행복감에 젖어들며 희망이 솟구치는 것을 느꼈다.

그는 뒤돌아보며 말했다.

"잠시 이리 오셔서 시원한 바람 좀 쐬십시오. 아름다운 계절입니다."

그녀는 차분히 다가와 그의 곁에서 팔꿈치를 괴었다.

그는 낮은 소리로 속삭였다.

"잠깐 드릴 말씀이 있습니다. 제가 말씀드리는 것을 잘 이해해주시기 바랍니다. 먼저 이럴 때 이런 말씀을 드리는 것에 대해 화는 내지 말아주십시오. 저는 어쨌든 모레는 떠나야 하고 당신이 파리에 돌아오신 뒤에는 혹여 때가 늦을지도 모르니까요…… 저는 아시다시피 재산도 없고 앞으로 위치도 만들어나가야 하는 하찮은 남자입니다. 그러나 제게는 강한 의지와, 제 자랑 같습니다만 약간의 지성도 갖추고 있습니다. 또한 제가 가고 있는 인생 여정은 올바르다고 생각합니다. 이미 출세한 남자라면 갈 길이 분명하겠지만 이제 막 여정에 나선 남자는 어디로 나아갈지 알 수 없습니다. 잘 될 수도 있고 못 될 수도 있죠. 언젠가 댁에서 제가 진정으로 바라는 꿈은 당신 같은 분을 아내로 맞는 일이라고 말씀드렸습니다. 그 희망을 오늘도 거듭 말씀드리고 싶습니다. 대답은 하지 마시고 제 말씀만 들어주십시오. 저는 지금 이 자리에서 당장 답을 달라는 것은 아닙니다. 오직 단 하나, 저를 행복하게 만들어주실 수 있다는 사실만은 잊지 말아주십시오. 저를 형제나 다름없는 친구로 삼든 남편으로 삼든 모두 당신의 자유입니다. 당신께서 원하시는 대로 하면 됩니다. 어쨌든 저의 심장과 저의 신체는 당신 것입니다. 이 자리에서 대답을 원하지도 않고, 또 더 이상 이야기하고 싶지도 않습니다. 파리에서 다시 만나뵐 때 어떤 결정을 하셨는지 알려주시면 됩니다. 그때까지는 이 문제에 대해 단 한마디도 언급하지 않겠습니다."

그는 마치 어두움 속으로 말을 흩뿌리듯이 한 번도 부인의 얼굴을 쳐다보지 않았다. 부인도 그 말이 귀에 들어오지 않는 듯 꼼짝도 하지 않고 망연히 파리한 달빛이 비치는 풍광에 시선을 고정시켰다.

그들은 팔꿈치가 서로 닿을 만큼 가까이 나란히 서서 오래도록 말없이 서로의 상념에 잠겼다.

잠시 후 그녀는 중얼거렸다. "약간 쌀쌀하군요." 그리고 돌아서서 침대 쪽으로 갔다. 그도 뒤를 따랐다.

침대 옆으로 다가서자 그는 포레스티에가 정말로 악취를 풍기기 시작했음을 깨달았다. 그는 그 부패한 악취를 오래 참아낼 자신이 없어 팔걸이의자를 조금 뒤로 물렸다. 그리고 입을 열었다.

"아침에 바로 입관해야 되겠네요."

그녀는 대답했다.

"네, 네. 준비는 해놨어요. 8시에 목수가 관을 가지고 올 거예요."

이윽고 뒤르와가 "가련한 친구!" 하고 한숨을 쉬자 그녀도 체념어린 한숨을 길게 내쉬었다.

처음에 그들은 그 죽음을 납득할 수 없어 조금 전까지도 반발하고 분노했지만, 이내 자신들도 똑같이 죽어야 하는 운명을 짊어지고 있다는 생각에 죽음이 익숙해져서인지 그다지 자주 유해 쪽으로 눈길을 보내지 않았다.

이제 그들은 격식에 맞게 말없이 뜬눈으로 시신을 지켰다. 하지만 자정 무렵이 되자 뒤르와는 잠이 들었다. 한잠 자고 깨어보니 부인 역시 자고 있었다. 그는 편한 자세로 다시 눈을 감으며 중얼거렸다. "제기랄! 역시나 이불 속이 편하군."

별안간 무슨 소리가 나는 바람에 그는 깜짝 놀라 일어났다. 간호사가 들어온 것이다. 이미 날은 밝아 있었다. 부인도 맞은편 팔걸이의자에서 놀란 듯이 몸을 일으켰다. 의자 위에서 하룻밤을 세운 터라 약간 창백하기는 했으나 그녀는 여전히 아름답고 싱그럽고 고상했다.

그때 문득 시신으로 눈길을 돌리던 뒤르와가 기겁을 하며 외쳤다. "아니? 수염이!" 살아 있는 남자의 얼굴이라면 대엿새는 족히 걸려야 할 정도의 길이로 몇 시간 사이에 썩어가는 육체 위로 수염이 불쑥 자라 있었다. 그들은 시체 위에서도 계속 이어지는 이 생명을 보며 망연자실했다. 마치 눈앞에 소름끼치는 기적을, 부활이라는 초자연적인 불길한 조짐을, 이성의 판단을 뒤흔드는 비정상적이고 공포스러운 사태를 직접 체험하고 있는 듯했다.

그들은 각자 방으로 돌아가서 11시까지 쉬었다. 그리고 샤를을 입관시킨 후에야 비소로 어깨에 짊어진 짐을 한꺼번에 내려놓은 듯했다. 그들은 이제 죽음과의 대면도 마무리했으니 마음을 위로할 수 있는 뭔가 밝은 이야기로 화제를 돌려 세상의 일상으로 되돌아가고 싶은 심정에서 점심식사를 주문하고 마주앉았다.

활짝 열어젖힌 창문으로 부드러운 봄기운이 흘러들었다. 그 속에는 문 앞에 피어 있는 카네이션 화단의 향기로운 숨결이 가득했다.

부인이 정원을 한 바퀴 산책하자고 했다. 그들은 전나무와 유칼립투스 향기가 담뿍 담긴 훈훈한 공기를 들이마시며 조그마한 잔디밭 주위를 천천히 거닐었다.

정원을 거닐며 그녀는 어젯밤 그가 2층에서 그랬듯이 상대편에게 얼굴을 돌리지 않은 채 낮고 진지한 목소리로 천천히 또박또박 말을 이었다.

"이보세요, 뒤르와 씨. 저는 당신이 제안하신 것을…… 이미…… 생각해봤어요. 그래서 제 대답도 듣지 않고 당신을 떠나시게 만들고 싶지는 않아요. 지금으로서는 좋다 싫다 말하지 않겠어요. 좀 더 시간을 두고 천천히 생각하며, 서로에 대해 더 잘 알 수 있도록 해요. 당신도 충분히 생각해보세요. 경솔하게 일시적인 감정에 매몰되면 안 돼요.

가엾은 샤를이 아직 무덤 속에 묻히기도 전에 제가 이런 말씀을 드리는 것은 당신께서 어차피 그런 말씀을 꺼내셨으니 적어도 제가 어떤 여자인지는 아셔야 할 것 같아서요. 만약 당신이 저를 이해하고 받아주실 수 있는…… 그런…… 성격이 아니라면, 저에게 말씀하신 그런 마음을 계속 품고 계시도록 할 수는 없으니까요.

제 말 잘 들어보세요. 저에게 결혼은 속박이 아니라 공동생활이에요. 이렇게 말씀드리는 것은, 제가 어떤 행동을 하든, 무슨 일을 하든, 어디를 가든 자유롭고 싶다는 거예요. 제 일에 대해 사사건건 지시를 한다거나 질투하거나 잔소리를 하는 것은 절대 받아들일 수 없어요. 물론 저 역시 남편 될 사람의 명예를 손상시킨다거나 세상의 비웃음거리가 되거나 수치스럽게 만드는 일은 절대 없을 거예요. 하지만 남편도 저를 자신과 동등한 존재로, 동맹관계를 맺은 사람으로 대우해주서야 해요. 흔히 자기보다도 열등한 여자니 순종적인 정숙한 아내니 하는 생각은 않겠다고 약속해주서야 해요. 제 생각이 일반적인 세상 여자들의 생각과는 완전히 딴판이라는 것을 저 자신도 잘 알아요. 하지만 저는 제 생각을 바꿀 마음이 전혀 없답니다. 제 이야기는 이게 전부다예요."

"저도 덧붙이겠습니다. 지금은 대답하지 마십시오. 소용없는 일이거니와 적절한 시기도 아니니까요. 언젠가 또 뵙고 모든 것을 이야기할 수 있겠지요."

"그럼, 산책이나 다녀오세요. 전 그분 곁에 있을게요. 그럼 저녁에."

그는 말없이 오랫동안 그녀의 손에 키스를 하고 자리를 떠났다.

그날 밤, 그들은 저녁식사 때까지 만나지 않았다. 저녁식사가 끝나자 서로는 녹초가 된 심신을 이끌고 각각 자기 방으로 올라갔다.

샤를 포레스티에는 이튿날 별다른 장례 의식 없이 칸 묘지에 매장되었다. 조르주 뒤르와는 1시 30분에 칸을 경유하는 파리행 급행을 타기로 했다.

부인은 역까지 전송했다. 출발 시간을 기다리는 동안 그들은 플랫폼을 조용히 걸으며 여러 이야기를 나누었다.

기차가 도착했다. 상당히 짧은, 글자 그대로 급행이어서 객차는 다섯 량밖에 없었다.

신문기자는 자리를 잡아놓고 다시 내려와 잠시 그녀와 이야기를 나누었다. 불현듯 서글픈 마음이 일었다. 혹시나 그녀를 영영 만날 수 없는 것은 아닐까? 그녀와 헤어지는 것이 너무나도 아쉬웠다.

차장이 외쳤다. "마르세유, 리용, 파리 방면 승차하십시오!"

차에 오른 뒤르와는 미련이 남는 듯 문에다 팔꿈치를 짚고 그녀와 서너 마디를 주고받았다. 기적을 울리자 열차는 조용히 움직였다.

청년은 창문 밖으로 몸을 내밀고 플랫폼에 꼼짝 않고 서 있는 부인을 지켜보았다. 그는 그 모습이 사라지기 직전에 갑자기 두 손을 입으로 가져가 키스를 날려 보냈다.

조심스러운 듯 망설이다가 그녀도 살그머니 키스를 담아 보냈다.

2부

1

조르주 뒤르와는 다시 예전 생활로 돌아갔다.

이제는 콩스탕티노플 거리 1층의 자그마한 방에도 익숙해졌고, 새로운 삶을 준비하는 기분으로 차분히 지냈다. 드 마렐 부인과는 이제 부부처럼 되어, 그로서는 멀리 않은 미래에 닥쳐올 일을 미리 연습하는 듯했다. 정부는 그들의 관계가 완벽한 안정을 이루었다는 사실에 놀라워하며 웃으면서 말했다.

"당신은 우리 남편보다 훨씬 가정적이에요. 이렇다면 굳이 상대를 바꿔치기할 필요도 없겠네요."

포레스티에 부인은 좀처럼 돌아오지 않고 오래도록 칸에 머물렀다. 마침내 4월 중순께 돌아오겠다는 편지가 도착했다. 하지만 헤어질 때 했던 이야기는 단 한마디 언급도 없었다. 그는 기다렸다. 만약 그녀가 지금에 와서 결혼하기를 주저한다면 그 어떤 수단이나 방법을 가리지 않겠다고 굳게 맹세했다. 그는 자신의 행운을 믿었다. 그는 막연하지만 그 어떤 여자든 거스를 수 없는 힘이 자신에게 있음을 확신했고, 그 매혹적인 힘을 믿었다.

드디어 결정적인 시간이 다가왔음을 알리는 짤막한 편지가 도착했다.

파리로 돌아왔어요. 방문해주세요.

마들렌 포레스티에

내용은 그뿐이었다. 편지를 아침 9시 배달 편에 받은 그는 그날 오후 3시에 부인을 찾았다. 부인은 아름답고 상냥한 미소를 띠며 그에게 두 손을 내밀었다. 그들은 잠시 서로의 눈 속을 그윽이 들여다보았다.

그런 다음 그녀가 나지막한 목소리로 말했다.

"그토록 힘들 때 먼 곳까지 와주셔서 정말 고마웠어요."

그는 대답했다.

"당신의 분부라면 무슨 일이건 해야죠."

그들은 마주 앉았다. 그녀는 왈테르 씨 집안과 신문사 동료 등 그간의 소식에 대해 물었다. 그녀는 신문에 관한 일을 항상 염두에 두고 있는 듯했다.

"신문과 연이 끊어졌다는 게 정말 안타까워요. 마음으로는 저도 신문기자나 다를 바 없는데. 하는 수 없죠. 그 일이 아주 맘에 들었는데."

그러면서 그녀는 입을 다물었다. 그는 그녀의 미소와 그녀의 어조, 그리고 그녀가 한 말 속에 뭔가 자신에게 부탁하고 있다는 듯한 느낌을 간파했다. 때문에 성급은 금물이라는 자신과의 약속을 잊어버리고 머뭇머뭇 말을 이었다.

"그렇다면…… 어째서…… 어째서 그 일을…… 다시 일을 시작하시지 않겠습니까…… 이를테면…… 뒤르와의 이름으로 말입니다."

순간 그녀는 진지한 표정으로 되돌아와 그의 팔에 손을 얹으며 중얼거렸다.

"아직 그 얘기까지는 안 했으면 해요."

그러나 그는 그녀에게 승낙의 의사가 있음을 알아차리고 무릎을 꿇고 열정적으로 그녀의 두 손에 키스를 하며 더듬거렸다.

"고맙습니다, 고맙습니다. 저는 진정 당신을 사랑합니다!"

순간 그녀가 일어섰다. 그는 함께 몸을 일으키며 창백해진 수줍은 그녀의 얼굴을 보았다. 그는 그녀가 훨씬 전부터 자기를 좋아하고 있었다는 사실을 깨달았다. 두 사람이 서로 마주 보던 상태라서 그는 그녀를 껴안고 한참 동안 그녀의 이마에 진지하고 애정 어린 키스를 했다.

잠시 후 그녀는 자신을 추스르며 그의 품에서 빠져나와 진지한 얼굴로 입을 열었다.

"보세요, 뒤르와 씨. 전 아직 결심을 하지 못했어요. 하지만 아마도 승낙하게 될 거라고 생각해요. 그래도 제가 좋다고 말씀드릴 때까지는 절대 비밀로 해주세요."

그는 굳게 다짐한 다음, 가슴 벅찬 환희를 담고 돌아갔다.

그 후로 그는 그녀를 방문할 때도 극도로 신중을 기했고, 좀 더 명확한 답변을 요구하지도 않았다. 왜냐하면 그녀는 장래에 대해서 이야기를 하면서 "나중에요"라고 하기도 하고, 또 둘이 함께할 생활에 대해 계획을 세우기도 하면서, 정식 승낙보다도 훨씬 명확하고 완곡하게 수락의 의사를 나타냈기 때문이다.

뒤르와는 열심히 일하면서 돈도 낭비하지 않고 무일푼으로 결혼하지 않기 위해 부지런히 돈을 모았다. 예전의 낭비하던 사람이 이제는 완전히 구두쇠가 된 것이다.

여름이 지나고 또 가을이 지났다. 그동안 그들은 자주 만나지도 않았고, 만나더라도 극히 자연스럽게 행동했기 때문에 아무도 그들 사이를 의심하지 않았다.

어느 날 밤, 마들렌은 그의 눈 속을 깊이 들여다보며 말했다.

"드 마렐 부인에게 아직 우리 계획을 알리지 않으셨죠?"

"당연하죠. 비밀을 지키겠다고 약속했기 때문에 아무한테도 말하지 않았습니다."

"좋아요. 그럼 이젠 알려도 좋아요. 전 왈테르 씨 쪽을 맡을 테니, 이번 주 안에 처리해요. 괜찮죠?"

그는 얼굴이 빨개졌다.

"네, 내일이라도."

그녀는 부끄러워하는 그의 모습을 보지 않으려는 듯 살짝 시선을 돌리며 말했다.

"괜찮으시다면 5월 초에 식을 올리도록 해요. 그러는 편이 좋을 것 같네요.”

“네, 기꺼이 따르겠습니다.”

“전 5월 10일 토요일이 좋다고 생각해요. 제 생일이기도 해서요.”

“좋습니다. 5월 10일로 합시다.”

“부모님께서는 루앙 근처에 사신다고 하셨죠? 언젠가 그렇게 들은 것 같아요.”

“네, 루앙 근처 캉트뢰입니다.”

“뭘 하시죠?”

“저어…… 대단치 않은 연금으로 생활하고 계십니다.”

“그래요? 어쨌든 가깝게 지내고 싶어요.”

그는 매우 난처해 하며 망설였다.

“그게…… 저어, 부모님들은…….”

그러나 그는 남자답게 당당하자고 결심을 하고 입을 뗐다.

“실은 부모님께서는 농사를 지으면서 동네 선술집을 하십니다만, 저를 공부시키시느라고 무척 고생하셨습니다. 저는 절대로 부모님들을 부끄럽게 생각지 않습니다. 단지 그분들이…… 순박한…… 그분들이…… 시골 분들이라서 당신한테 폐가 될까 싶어서요.”

그녀는 상냥한 표정으로 얼굴을 빛내며 활짝 웃었다.

“아니에요, 틀림없이 마음에 들어 하실 거예요. 언제 한번 뵈러가요. 꼭 가고 싶어요. 나중에 또 얘기하기로 해요. 저 역시 지체가 높은 집안 딸은 아니에요…… 부모님께서는 일찌감치 돌아가셨죠. 지금은 이 세상에 의지할 사람이 아무도 없어요…….” 그녀는 그에게로 손을 내밀며 덧붙였다……. “당신밖에는.”

벅찬 감동이 가슴으로 밀려들었다. 여태껏 그 어떤 여자에게도 이렇게 마음이 끌린 적은 없었다.

“제가 좀 생각해놓은 일이 있는데 왠지 말씀드리기가 거북하네요.”

그는 물었다. “무슨 일입니까?”

“그럼 말씀드리죠. 저도 한낱 여자에 불과해요. 저 역시…… 약점도 많고 천박하기도 해서 남의 눈에 띈다든가 듣기 좋은 말들을 좋아해요. 평소 귀족다운 이름을 흠모해왔어요. 저희들 결혼을 계기로 저어…… 이름을 귀족풍으로 바꾸면 어떨까요?"

그녀는 무례한 제안을 한 듯 얼굴을 붉혔다.

그는 아무렇지도 않다는 듯이 대답했다.

"저도 생각해보았습니다만, 간단치는 않은 것 같습니다."

"어째서요?"

그는 웃기 시작했다.

"세상의 조롱거리가 될까 봐요."

그녀는 어깨를 으쓱했다.

"어머, 천만에 말씀이에요. 천만에 말씀이죠. 세상 사람들이 종종 하는 일이에요. 아무도 비웃지 않아요. 이름을 둘로 나누어 뒤 르와*라고 하세요. 정말 멋져요."

그는 문제에 대해 능통하다는 듯이 곧바로 대답했다.

"아니, 그건 안 됩니다. 너무 간단하고 평범하고 흔한 방식입니다. 저도 처음에 고향 지명을 필명으로 삼으려고 생각하면서 제 이름에 갖다 붙이려는 생각도 해봤고, 또 나중에는 말씀하신 대로 이름을 둘로 나누는 것도 생각해봤습니다."

그녀는 물었다.

"고향이 캉트뢰라고 하셨죠?"

"네."

그녀는 주저했다.

"하지만 끝음절이 좋지 않네요. 혹시 그 이름을 바꿀 수는 없을까요…… 캉트뢰였죠?"

그녀는 펜을 들어 글자 모양이나 배열을 바꾸어 이리저리 휘갈겨 써보더니 갑자기 소리쳤다.

"보세요, 보세요, 이거예요."

---

* '뒤(du)'는 귀족 신분을 나타내는 표시가 된다.

그리고 종이쪽지를 그에게 건네주었다. 거기에는 '뒤르와 드 캉텔 부인'이라고 적혀 있었다.

그는 잠시 생각하다가 점잖게 대답했다.

"네, 아주 좋군요."

그녀는 매우 기뻐하며 되뇌었다.

"뒤르와 드 캉텔, 뒤르와 드 캉텔, 뒤르와 드 캉텔 부인. 정말 훌륭해요, 훌륭해요!"

확신에 찬 어조로 그녀는 덧붙였다.

"이 이름을 세상 사람들이 받아들이게 만드는 건 간단해요. 하지만 적당한 기회를 잡아야 해요. 때를 놓치면 안 돼요. 이렇게 해요. 내일부터 가십난 책임자 기사에는 D. 드 캉텔이라 서명하고, 가십 기사에는 단순하게 뒤르와라고 쓰세요. 신문에서 이런 일은 왕왕 있어요. 당신이 필명을 쓴다고 해도 시빗거리로 삼지 않을 거예요. 그리고 결혼할 때쯤 약간은 또 바꿔도 돼요. 친구들에게는 전에는 직책을 고려해서 겸연쩍은 마음에 '드'를 생략했었다고 하면 될 테고, 아무 말을 안 해도 상관없을 거예요. 그런데 아버님 성함은 어떻게 되시죠?"

"알렉상드르."

그녀는 "알렉상드르, 알렉상드르" 하고 서너 번 중얼거리면서 하나하나 철자의 음에 귀를 기울이다가 새하얀 종이에 이렇게 썼다.

저희 알렉상드르 뒤 르와 드 캉텔 부부는 아들인 조르주 뒤 르와 드 캉텔이 마들렌 포레스티에 부인과 부부의 연을 맺게 되었기에 삼가 알립니다.

그녀는 뒤로 물러서서 자신의 필체를 바라보며 기쁨에 찬 얼굴로 말했다.

"조금만 궁리를 한다면 뭐든지 훌륭하게 해낼 수 있을 거예요."

거리로 나선 그는 이제부터 뒤 르와, 또는 뒤르와 드 캉텔이란 호칭을 사용해야겠다고 굳게 다짐했다. 그는 갑자기 자신이 위대해진 것 같았다. 그래서 고개를 똑바로 들고 수염을 치켜 올리며 마치 귀족처럼 어깨를 으쓱이며 걸었다. 너무 기쁜 나머지 지나가는 아무라도 붙잡고 말하고 싶었다.

"저는 뒤 르와 드 캉텔이라 합니다."

그러나 집으로 돌아가자 드 마렐 부인 문제가 마음에 걸렸다. 그는 내일 방문해달라고 편지를 썼다.

'단단해 준비해야지.' 그는 생각했다. '초특급 태풍이 한바탕 휘몰아치겠군.'

그는 아무리 불쾌한 일이라도 그다지 신경을 쓰지 않고 운명이라고 받아들이며 쉽게 생각했다. 그는 생각을 접고, 예산 균형을 확보하기 위해 정부가 계획하고 있는 새로운 세금제도에 대해 얼토당토않은 기사를 써내려갔다.

이를테면 귀족의 성에 붙이는 '드'라는 칭호에는 1년에 100프랑, 남작부터 대공의 칭호에는 500프랑에서 1,000프랑의 세금을 부과하자고 역설했다.

그리고 서명했다. 'D. 드 캉텔.'

이튿날 오후 1시에 오겠다는 정부의 프티 블뢰를 받았다.

그는 초조한 마음으로 기다렸다. 만나자마자 처음부터 모든 것을 털어놓으며 후다닥 이야기를 진행시키겠다고 마음먹었다. 그러고 나서 한 차례 태풍이 잦아들면, 차분하게 언제까지나 독신으로 지낼 수는 없는 노릇이고, 또 드 마렐 씨가 오래도록 살 것 같으니 합법적인 배우자로 다른 여자를 생각할 수밖에 없는 현실을 설명하리라 작심했다.

하지만 마음은 진정되지 않았다. 초인종이 울리자 그의 심장은 요동치기 시작했다.

그녀는 품안으로 뛰어들며 인사했다. "안녕, 벨아미."

그러나 곧 어색한 포옹을 눈치채고, 그의 표정을 말똥말똥 쳐다보며 물었다.

"왜 그러죠?"

"일단 여기 앉으시오. 심각한 이야기가 있소."

그녀는 베일을 이마 위까지만 올리고 모자도 벗지 않은 채 앉아서 그의 말이 떨어지기를 기다렸다.

그는 눈을 내리깔고 첫 마디를 떠올렸다. 그리고 천천히 이야기를 시작했다.

"내 사랑, 당신도 잘 알겠지만 지금부터 난 민망하고 난처한 일을 고백하려고 해요. 어떻게 말해야 할지 모르겠어요. 나는 당신을 사랑하오. 당신을 진정으로 사랑하오. 하지만 내가 하는 말에 당신 괴로워할 것을 생각하니 정말 가슴이 찢어질 것 같아요."

그녀는 몸을 부르르 떨며 창백해지더니 더듬거렸다.

"뭔데요? 말해봐요!"

그는 탄식을 하면서도 분명한 어조로 말했다. 자신에게는 기쁘지만 상대에게는 불행한 일을 알릴 때 으레 꾸며내는 낙담한 듯한 어조였다.

"결혼하게 됐어."

커다란 충격에 실신 직전의 여성들이 그러하듯이 그녀는 가슴 깊은 곳에서 솟아오르는 비통한 한숨을 내뱉었다. 그녀는 목이 메어 말도 못하고 질식할 듯이 헐떡였다.

말 없는 그녀를 보며 그는 말을 이었다.

"내가 이런 결심을 하기까지 얼마나 괴로워했는지 아마 당신은 상상할 수 없을 겁니다. 내게는 지위도 재산도 없어요. 이 넓은 파리 바닥에 나 혼자뿐이지. 내게는 옆에서 충고도 해주고 위로도 해주고 힘이 되어줄 사람이 필요해요. 이를테면 함께 일하면서 내 편이 되어줄 사람 말이오. 그런 사람을 찾고 있었는데 이번에 가까스로 찾아냈지요."

그는 상대의 반응을 조용히 기다렸다. 여인의 처절한 분노와 거친 행동이나 심한 욕지거리를 각오했다.

그러나 그녀는 심장의 격한 고동을 억누르려는 듯이 가슴에 손을 댄 채 말이 없었다. 괴로움에 숨을 헐떡이며 가슴을 부들부들 떨고 어깨를 들썩일 뿐이었다.

그는 안락의자 팔걸이에 올려놓은 한쪽 손을 잡았다. 그러나 그녀는 매정하게 뿌리쳤다. 그리고 혼이 빠진 듯이 중얼댔다.

“아아!…… 어머나…….”

그는 그녀 앞에 무릎을 꿇었지만 그녀 무릎에 손을 댈 용기가 없었다. 노여움에 노발대발하는 것보다도 더 깊은 침묵에 그는 안쓰러워하며 더듬거렸다.

“클로, 귀여운 클로, 내 입장을 이해해주시오. 내 처지를 생각해주시오. 오오! 진정 당신과 결혼할 수 있다면 얼마나 기쁘겠소? 하지만 당신에게는 남편이 있소. 그렇다면 나는 어떡하면 좋겠소? 당신, 생각해봐요, 잘 생각해봐요. 나는 세상에 당차게 내 꿈을 펼치고 싶지만 가정이 없다면 그것은 불가능해요. 솔직히 말하면…… 당신 남편을 죽여버리면 어떨까 하고도 몇 번이나 생각했소…….”

그는 베일에 싸인 듯 부드럽게, 마치 음악처럼 귀속으로 흘러드는 매혹적인 목소리로 설명했다. 한 곳에 시선을 고정시킨 정부의 눈 속에서 눈물 한 방울이 천천히 고이더니 이윽고 뺨을 따라 흘러내리고, 또다시 눈가에는 눈물방울이 맺혔다.

그는 중얼거렸다.

“아아! 눈물을 거둬요, 클로. 눈물을 거둬요. 이렇게 애원하겠소. 당신의 눈물에 내 가슴이 찢어진다오.”

그녀는 겨우 정신을 가다듬으며 담대하고 의젓하게 보이려고 애썼다. 하지만 울기 직전의 울먹울먹한 목소리로 물었다.

“어떤 분이죠?”

그는 약간 망설였으나 어차피 말할 수밖에 없다고 생각하고 입을 열었다.

“마들렌 포레스티에요.”

순간 드 마렐 부인은 온몸을 부들부들 떨었다. 그녀는 입을 꽉 다문 채 그가 발밑에 있다는 것도 아랑곳하지 않고 깊은 생각에 잠겼다.

그동안에도 두 줄기 맑은 눈물이 쉴 새 없이 양쪽 눈에 괴었다가 떨어지고, 또 괴었다가 흘러내렸다.

그러더니 벌떡 일어섰다. 뒤르와는 그녀가 한마디 용서의 말도 하지 않고 떠난다는 것은 마치 커다란 모욕이라도 당한 듯 언짢게 생각되었다. 그래서 그녀를 붙잡기 위해 팔을 벌려 옷자락을 붙잡고 뒤에서 포동포동한 두 다리를 끌어안았다. 다리는 저항하듯 굳게 버텼다.

그는 애원했다.

"제발 부탁이니 그냥 떠나지는 마시오." 그러자 그녀는 아래위로 그를 훑어보았다. 절망감에 눈물이 뒤범벅된 눈길은 여인의 괴로운 마음을 여실히 드러내며 이루 형용할 수 없이 사랑스럽고 또 슬픈 듯했다. 그녀는 띄엄띄엄 말했다.

"내겐…… 내겐 할 말도 없고…… 내겐…… 어쩔 도리가 없죠…… 당신…… 당신도 무리는 아니에요…… 당신에게…… 당신에게…… 필요한 사람을 잘 선택하신 거예요……."

이렇게 말하면서 그녀는 뒷걸음치며 몸을 빼내서 나갔다. 그녀를 붙잡지 않았다.

혼자 남은 그는 머리를 호되게 얻어맞은 듯 정신이 몽롱해져 멍하니 일어섰다. 잠시 후 마음을 가다듬고 중얼거렸다. "어쨌든 낭패를 보았지만 잘됐어. 그래…… 커다란 소동이 벌어지지 않은 게 천만다행이야." 무거운 마음의 짐을 내려놓자 불현듯 자유로운 해방감이 밀려들었다. 앞으로는 생각한 대로 새로운 생활을 향하여 활개를 칠 수 있을 것 같았다. 그리고 운명에 맞서 승리를 거둔 듯이 자신의 성공과 활력에 도취된 그는 가볍게 뛰면서 벽 쪽으로 주먹을 휘두르며 권투 하는 시늉을 했다.

포레스티에 부인이 물었다. "드 마렐 부인께 말씀하셨나요?"

그는 담담하게 대답했다. "그렇고말고요……."

그녀는 맑은 눈길로 그의 모습을 살폈다.

"화를 내시지는 않던가요?"

"아뇨, 전혀요. 오히려 잘되었다고 하더군요."

그들의 소문은 얼마 안 가서 널리 퍼졌다. 어떤 이는 놀라고, 어떤 이는 진작에 감을 잡았다고 하고, 또 그리 이상할 것 없다는 식으로 싱글싱글 웃는 사람도 있었다.

이제 젊은이는 가십난 기사에는 'D. 드 캉텔', 가십 기사에는 '뒤르와', 또 이따금 쓰는 정치 기사에는 '뒤 르와'라고 서명했다. 그리고 틈만 나면 약혼녀의 집을 찾았다. 그녀는 친남매 같은 다정함으로 그를 맞이했다. 그녀는 마음 깊은 곳에서 샘솟는 은밀한 애정과 수줍음으로 그를 맞이했지만 그 속에는 설레임과 욕정이 베어 있었다. 그녀는 그것이 마치 약점이나 되는 양 남몰래 감추고 있었다. 그녀는 서너 사람의 증인만 불러 비밀리에 결혼식을 올리고, 그날 밤으로 루앙으로 출발하고, 이튿날 연로하신 시부모님께 인사하러 가서 며칠 동안 함께 지내자고 했다.

뒤르와는 그 계획을 단념시키려고 했지만 도무지 그녀가 듣지 않아 끝내 체념했다.

이윽고 5월 10일이 되자, 그들은 아무도 초청하지 않을 바에는 종교 의식마저도 굳이 할 필요가 없다고 하면서 잠깐 시간을 내서 시청에 들러 수속을 마치고 곧장 집으로 돌아와 짐을 꾸렸다. 그리고 생라자르 역에서 오후 6시 기차로 노르망디로 향했다.

기차 안에서 단둘이 될 때까지 그들은 입을 열지 않다가 기차가 달리기 시작하자 서로 얼굴을 마주 보고 웃었다. 서로가 쑥스러운 마음을 상대에게 내색하지 않으려는 듯했다.

기차는 속력을 늦추고 기다란 바티뇰 역을 빠져나와 파리 주위의 허물어진 성벽과 센 강까지 이어진 덕지덕지 옴에 걸린 듯한 평야를 질주했다.

뒤르와와 아내는 이따금 두서너 마디 의례적인 말을 주고받고 다시금 차창으로 고개를 돌렸다.

기차가 아니에르 철교를 건너는 동안 강 위에로 수많은 배가 떠 있고 사람들이 낚시를 하고 보트놀이를 하는 풍광이 펼쳐지자 덩달아 그들의 마음도 들뜨기 시작했다. 태양은 5월의 강한 햇살을 뱃머리와 강물 위로 비스듬히 던지고 있었다. 강은 석양의 열기와 강렬한 햇살에 짓눌려 흐름을 멈춘 듯 더없이 고요했다. 강 한복판에 떠 있는 한 척의 돛단배는 미세한 바람이라도 놓치지 않으려는 듯 양쪽 뱃전에 커다란 세모 모양의 새하얀 돛을 펼치고 있었는데, 마치 커다란 새가 당장에라도 날아오를 듯한 모습이었다.

뒤르와가 중얼거렸다.

"전 파리 근교가 정말 좋습니다. 언젠가 맛본 생선 튀김도 내 생애 최고의 추억 가운데 하나죠."

그녀는 대답했다.

"그리고 보트예요! 해질 무렵 물위를 미끄러져가는 모습은 너무 멋져요."

그들은 짧게 말하고 다시 입을 다물었다. 더 이상의 과거에 대한 감회를 피하려는 듯했다. 그들은 시를 음미하듯 지나간 시간의 회한을 떠올리며 한동안 말이 없었다.

뒤르와는 아내 맞은편에 앉아 그녀의 손을 잡고 천천히 키스를 했다.

"돌아오면 가끔 샤투*로 저녁식사 하러 갑시다."

그녀는 중얼거렸다.

"우리는 할 일이 너무도 많아요!" 그 어조에는 '의미 있는 일을 위해서는 즐거움은 희생해야 한다'라는 의미가 내포된 듯했다.

그는 그녀의 손을 잡고 있으면서 어떻게 애무로 진전시킬까 궁리했다. 아무것도 모르는 어린 처녀라면 이렇게 마음을 쓰지 않았을 것이다. 총명하고 눈치가 빠르고 호락호락하지 않은 마들렌에게는 함부로

---

* 샤투(Chatou)는 파리의 10km 서쪽, 센 강을 접하고 있는 근교 마을이다. 유명 레스토랑이 있으며 르누아르, 마네 등 인상파 화가들이 즐겨 찾던 곳이다.

덤빌 수가 없었다. 그는 우유부단하다든가 난폭하다든가, 혹은 눈치가 없다든가 너무 성급하다든가 하는 인상을 주어 바보 취급을 받지 않을까 두려웠다.

그는 손에 약간 힘을 주어보았지만 반응이 없었다. 그는 입을 열었다.

"당신이 내 아내라고 생각하니 참 기분이 묘하네요."

그녀는 놀란 듯이 물었다.

"어째서요?"

"저도 뭔지 잘 모르겠습니다만 이상해요. 당신에게 키스하고 싶어 못 견디겠고, 그럴 권리도 있는 셈인데 그게 믿기지 않으니까요."

그녀는 침착하게 뺨을 내밀었다. 그는 누이동생에게 키스를 하듯 뺨에 입을 가져다댔다.

그는 계속했다.

"우리 처음 만났을 때 기억나세요? (포레스티에 군이 초대해준 파티였다.) 그때 저는 '내한테도 저런 아내가 있었으면' 하고 생각했습니다. 그 생각대로 저는 이렇게 당신을 아내로 만든 거요."

그녀는 나직이 중얼거렸다.

"고맙군요." 그리고 밝은 미소를 머금은 눈길로 유심히 그를 바라보았다.

'나는 너무 조심성이 많아. 얼뜨기 같잖아?' 그는 생각했다. '좀 더 적극적으로 나서야겠다.' 그러면서 물었다.

"포레스티에 군과는 어떻게 알게 되었습니까?"

그녀는 도전하듯이 심술궂게 대답했다.

"그 사람 얘기하러 우리가 루앙으로 가는 건 아니잖아요?"

그는 얼굴을 붉히며 변명했다. "난 한참 모자라는 것 같아요. 당신 앞에만 서면 주눅이 드니 말이오."

그녀는 기쁜 듯이 말했다. "제가요! 그럴 리가요? 왜 그렇죠?"

그는 아내 옆으로 자리를 옮겨 바싹 붙어 앉았다. 순간 그녀가 외쳤다.

"어머! 사슴이에요!"

기차는 생제르맹 숲*을 지나고 있었다. 그녀는 당황한 암사슴 한 마리가 오솔길로 뛰어가는 모습을 본 것이다.

뒤르와는 그녀가 차창으로 밖을 내다보는 사이에 몸을 기울여 그녀의 목덜미의 머리카락에 연인의 긴 키스를 했다.

그녀는 잠시 가만히 있더니 고개를 들며 말했다.

"간지러워요, 그만하세요."

그러나 그는 멈추지 않고 하얀 살결에 곱슬곱슬한 콧수염을 조용히 미끄러뜨리며 성가시도록 오래 애무를 이어갔다.

그녀는 고개를 흔들었다.

"그만하시래도요."

그는 오른손을 뒤로 살그머니 넣어 그녀의 머리를 껴안으며 자기 쪽으로 돌렸다. 그러고는 독수리가 사냥감을 낚아채듯이 그녀의 입술로 덮쳐들었다.

그녀는 몸부림을 치며 밀어젖히며 그의 품안에서 간신히 빠져나오자 다시 한 번 되풀이했다.

"그만하시라니까요."

그는 그 말을 듣지 않고 주린 듯이 떨리는 입술로 그녀를 끌어안고 키스하면서 그녀를 의자 위로 넘어뜨리려고 힘을 주었다.

그녀는 필사적으로 그의 팔에서 빠져나오더니 벌떡 일어섰다.

"어머! 조르주 씨, 정말이지 그만하세요. 우린 아이들이 아니잖아요? 루앙에 도착할 때까지 기다리면 안 되나요?"

그는 새빨개진 얼굴로 굳어졌다. 그녀의 이성적인 언사에 감정이 얼어붙는 듯했다. 그는 어느 정도 침착함을 되찾고 들뜬 목소리로 말했다.

"좋아요, 기다립시다. 하지만 이제 겨우 푸아시**를 지나고 있는데 거기까지 도착할 동안 내겐 별로 할 이야기가 없습니다."

---

* 생제르맹 숲(foret de Saint-Germain)은 25km² 넓이의 파리 인근의 숲이다.

** 푸아시(Poissy)는 파리 서쪽 약 30km, 생제르맹-레이 9km 서쪽에 위치하는 도시다. 센 강이 뱀처럼 구부러져 흐르는 왼쪽 기슭에 있다.

"그럼 제가 이야기하죠." 그녀가 말했다.

그녀는 차분히 그의 옆에 와서 앉았다.

그녀는 파리에 돌아가서 해야 할 일을 명확하게 짚어나갔다. 그녀가 전 남편과 살던 아파트에 그대로 살기로 했고, 뒤르와는《라 비 프랑세즈》에서 포레스티에의 직무와 봉급을 이어 받을 것이라고 했다.

그녀는 결혼 전에 전문가처럼 꼼꼼하게 부부 간의 세세한 재산상의 문제까지 빈틈없이 정리해둔 상태였다.

두 사람의 결혼은 재산분리제(財産分離制)에 의거하여 사망, 이혼, 그리고 하나 혹은 여러 아이의 출생 등 있을 수 있는 여러 경우의 수를 대비했다. 신랑이 가지고 있는 돈은 뒤르와 본인의 말에 따르면 4,000프랑이지만 그 중 1,500프랑은 부채고, 나머지는 최근 1년 간 결혼을 염두에 두고 저축한 돈이었다. 신부는 4만 프랑이라는 포레스티에의 유산이 있었다.

그녀는 포레스티에에 대한 얘기를 꺼냈다. "그분은 아주 검소하고 매우 규칙적이고 일도 열심히 했죠. 그리고 얼마 지나지 않아 한밑천 쯤 잡았을 거예요."

뒤르와는 다른 생각에 정신이 팔려 듣고 있지 않았다.

그녀는 이따금 마음속의 잡념을 몰아내려는 듯 입을 다물곤 하면서 계속했다.

"앞으로 3~4년 지나면 당신도 1년에 3~4만 프랑의 수입은 될 거예요. 샤를도 살아 있었다면 그 정도는 받았을 테니까요."

조르주는 조목조목 따지는 이야기에 심드렁해져 말투를 바꾸었다.

"그 사람 얘기하러 우리가 루앙으로 가는 건 아니라고 사료되옵니다."

그녀는 그의 뺨을 가볍게 두드렸다.

"그러네요, 제가 잘못했어요."

그러면서 그녀는 웃었다.

그는 얌전한 아이처럼 일부러 두 손을 무릎 위에 올려놓았다.

“그렇게 계시니 얼간이 같아요.” 그녀는 말했다.

그는 응수했다.

“그게 내 역할 아니겠소? 당신이 아까 나한테 그러지 않았나요? 그러니 계속 이러고 있을 겁니다.”

“왜요?”

“왜라뇨? 집안일이건 내 처신이건 당신이 모두 지휘할 것 아닙니까? 실질적인 미망인으로서 그것을 다 도맡아하실 테니 말입니다!”

그녀는 깜짝 놀라며 물었다.

“그게 도대체 무슨 뜻이죠?”

“당신은 경험이 풍부하니까 무지몽매한 나를 여러 모로 깨우쳐줄 테고, 실제 결혼 생활도 했으니까 나 같은 순진무구한 독신자를 세련되게 만들어주실 거라는 말씀이죠!”

그녀는 외쳤다.

“그건 너무 심해요!”

그는 대답했다.

“그렇습니다. 전 여자를 잘 모르고, 저는— 그래요!— 당신은 남자를 잘 알고 계십니다. 당신은 미망인이니까요— 그래요!— 모든 것을 당신에게 교육 받아야죠……. 오늘 밤도— 그래요!— 만약 괜찮으시다면 지금 당장이라도 좋아요— 그래요!”

그녀는 기분이 들떠서 활기차게 외쳤다.

“어머, 참! 그런 것까지 저한테 기대하시다니!……”

그는 교습을 받는 중학생처럼 띄엄띄엄 말을 했다.

“그렇고말고요— 그래요! 기대하고말고요. 철저한 교육으로 완성해주시리라 믿습니다…… 20회 강의로…… 10회는 기초 과목…… 해독과 문법…… 그리고 나머지 10회는…… 반복 숙달과 수사학을 말입니다. 저는 아는 게 아무것도 없으니까요— 그래요!”

그녀는 매우 즐거운 듯이 외쳤다.

“정말 바보 같아.”

그는 다시 말을 이었다.

"당신이 이제야 허물없이 말을 놓으니 나도 당장 따라할 거요. 솔직히 말하면, 점점 더 시시각각 당신이 사랑스러워져 루앙으로 가는 길이 천릿길보다 멀게 느껴진다오!"

이제 그는 배우와 같은 톤으로 우스꽝스런 표정을 지어가며 이야기를 늘어놓았다. 문학도입네 하는 자들의 쾌활하고 호방한 태도와 농담에 익숙해 있는 이 젊은 여인은 그 모습을 보고 매우 흥거워했다.

그녀는 그의 얼굴을 곁눈질하며 정말로 매력적이라고 생각하면서 마치 나무에 달려 있는 과일처럼 한입 깨물어먹고 싶다는 욕망이 솟구쳤다. 하지만 식사 때까지 기다렸다가 먹는 것이 좋다고 충고하는 이성의 목소리에 주저했다.

그녀는 마음속에 솟구친 이러한 생각에 얼굴을 약간 붉히며 장난스레 말했다.

"이봐요, 꼬마 학생. 제 경험을 믿으세요. 제 풍부한 경험을 말예요. 기차 안에서는 아무리 키스를 해봤자 소용없어요. 그저 배만 더 고플 뿐이에요."

그녀는 얼굴이 더 붉어지며 소곤거렸다.

"채 익지 않은 밀은 베는 게 아니랍니다."

그는 아름다운 입술에서 배어나온 은근히 암시를 깨닫고 욕정에 몸부림치며 알겠다는 표정으로 빙그레 웃었다. 그는 기도문이라도 외우듯이 뭔가를 중얼거리며 성호를 긋고 이렇게 선언했다.

"자아, 이제 나는 유혹의 수호신 생앙투안*의 가호를 받았소이다. 앞으로 나는 청동 조각품이로소이다."

밤이 조용히 드리우며 오른편에 떨쳐지는 넓은 평야는 가벼운 실크 망사를 두른 것처럼 투명한 어둠으로 덮였다. 기차는 센 강을 따라서

---

* 생앙투안(Saint Antoine)은 이집트 사막에서 수도하는 도중 수많은 초자연적인 유혹을 물리친 왕으로, '생앙투안의 유혹'은 스페인 화가 살바도르 달리나 프랑스 소설가 플로베르의 작품 등 유럽의 예술과 문학에서 자주 등장한다.

달렸다. 선로 옆쪽을 흐르는 강물은 광택이 날 정도로 잘 닦아놓은 폭넓은 금속 리본처럼 구불구불 이어졌다. 하늘에는 석양이 불길처럼 새빨간 얼룩을 문질러놓고 스러졌다. 젊은 부부는 그 붉은 얼룩이 반사되어 강물 위로 일렁이는 모습을 조용히 바라보았다. 어느덧 그 빛도 차차 엷어져 거무스름한 빛이 되며 처연히 스러졌다. 평야는 황혼녘마다 이 지상을 두려움에 떨게 하는 전율, 그 불길한 죽음의 전율을 뒤로하고 어둠 속에 잠겼다.

열려진 차창으로 저녁나절의 애수가 불어들어 방금 전까지 재잘거리던 젊은 부부의 가슴에 스몄다. 그들은 말이 없었다.

그들은 서로 바싹 붙어 앉아 5월의 밝고 아름다운 하루가 사라져가는 임종의 순간을 지켜보았다.

망트*에 도착하자 조그마한 석유램프에 불이 켜지며 희색 바탕의 의자 쿠션 위로 흔들리는 노란 빛을 뿌렸다.

뒤르와는 아내의 몸을 안고 힘주어 껴안았다. 방금 전의 격렬한 욕정은 이제 조용한 애정으로, 부드러운 애정으로 변했다. 마치 어린 아이를 어르는 것처럼 세심한 동작으로 포근하게 애무해주고 싶었다.

그는 나직이 속삭였다.

"사랑해, 귀여운 마드."

부드러운 음성은 젊은 여인을 감동에 젖게 만들었다. 온몸으로 짜릿한 전율이 흘렀다. 그는 그녀의 따스한 젖가슴에 뺨을 대고 있었다. 그녀는 허리를 구부리고 그에게 입술을 내주었다.

깊고 말없는 키스가 길게 이어졌다. 그러다가 그들은 소스라치듯 벌떡 일어나 난폭한 포옹으로 이어졌고, 별안간 짧은 숨을 헐떡이고 뒤엉키며 격렬하고 어색하게 첫 관계를 끝냈다. 둘은 약간 실망스럽기도 했지만 노곤한 터라 포근하게 서로를 껴안았다. 기적 소리가 다음 역이 가까워졌음을 알릴 때까지 그렇게 있었다.

그녀는 관자놀이에 흐트러진 머리칼을 손끝으로 가볍게 두드리며

---

* 망트(Mantes)는 파리에서 서쪽으로 48km 정도 떨어진 도시다.

말했다.

"바보 같이. 정말 어린애 같아요, 우린."

그는 그녀의 양손을 붙잡고 열에 들뜬 듯이 연신 양쪽을 번갈아가며 키스했다.

"사랑해, 귀여운 마드."

루앙에 도착하기까지 그들은 뺨과 뺨을 맞댄 채 거의 움직이지 않고 이따금 마을의 불빛이 불현듯 스치고 지나가는 창문 밖의 어둠을 응시했다. 그들은 서로 흐뭇하게 붙어 앉아 곧 닥쳐올 좀 더 긴밀하고 자유로운 결합을 예감하며 몽상에 잠겼다.

그날 밤은 창문이 강변 쪽으로 나란히 이어져 있는 호텔에서 묵었다. 그들은 밤참을 조금 먹고 잠자리에 들었다. 이튿날 아침 8시가 되자 호텔 여직원이 깨우러 왔다.

침대 머리맡 탁자 위에 놓인 차를 마신 다음 뒤르와는 감격스러운 듯이 아내를 바라보았다. 뜻하지 않은 보물을 횡재한 행복한 사내의 환희가 휘감겨왔다. 그는 그녀를 양팔로 껴안고 나직이 속삭였다.

"귀여운 마드. 난 당신이 무척…… 무척…… 무척……."

그녀는 자신감에 찬 만족스러운 미소를 머금었다. 그녀는 키스를 되돌려주며 소곤거렸다.

"저도 마찬가지로…… 그래요."

하지만 이제부터는 부모님을 뵐 일이 걱정스러웠다.

그는 몇 번이고 아내에게 다짐을 두며 각오하도록 준비시키고 다시한 번 더 강조했다.

"아시겠지만, 농사꾼이에요. 시골 농투성이. 코믹 오페라에 등장하는 그런 것과는 달라요."

그녀는 웃었다.

"알아요. 몇 번이나 말씀하셨잖아요. 자, 일어나세요. 제가 일어날수 없잖아요?"

그는 침대에서 뛰어내려 슬리퍼를 신으며 덧붙였다.

"집은 몹시 불편할 거요. 내 방에는 낡은 짚 매트 침대 하나밖에 없어요. 캉트뢰에는 매트를 올려놓는 침대 밑판이란 게 없으니까."

그녀는 몹시 설레는 듯했다.

"그것 참 잘 됐네요. 잠을 잘 못 자도 괜찮아요…… 옆에…… 옆에 당신만 있다면…… 그리고 수탉 우는 소리에 잠을 깨는 거예요."

그녀는 실내복을 입었다. 뒤르와가 예전에 본 적이 있는 새하얀 플란넬로 된 멋진 옷이었다. 그는 마음이 언짢았다. 무엇 때문일까? 그녀에게 실내복이 열두 벌은 넘는다는 것을 알고 있다. 물론 그것을 다 버릴 필요는 없지만 혼수용으로 한 벌 정도는 새로 사야 하는 것이 아닐까? 중요한 것은 아니겠지만 거실에서 입는 옷이, 잠자리 속옷이, 사랑을 나누는 옷이 전남편 때 입던 것이라 마음에 걸렸다. 그 부드럽고 포근한 옷감 어디엔가는 포레스티에와 접촉한 흔적이 배어 있는 것 같았다.

그는 담배에 불을 붙이고 창가로 나갔다.

날씬한 마스트를 세운 범선이며, 기중기가 우렁찬 소리를 내면서 짐을 올리고 있는 육중한 기선들이 가득 찬 항구며, 넓은 강의 경치는 눈에 익은 것이었지만 새삼스레 흥겨웠다. 그는 감탄했다.

"우와, 정말 멋진데!"

마들렌도 달려와서 남편의 한쪽 어깨 위에 두 손을 올려놓고 정답게 기대어 황홀하게 바라보았다. 그녀는 되풀이했다.

"어쩜, 예쁘기도 해라! 정말 예뻐요! 전 이렇게 배가 많은 줄은 몰랐어요!"

그들은 한 시간 가량 머물다가 출발했다. 너댓새 전에 전갈을 해둔 터라 부모님과 점심식사를 할 예정이었다. 포장도 안 두른 녹슨 마차가 둔탁한 쇳소리를 내며 그들을 싣고 갔다. 지저분한 큰 길을 한참 가다가 시냇물이 흐르는 목장을 가로질렀고, 다시 언덕을 오르기 시작했다.

마들렌은 피곤한 터라 낡은 마차 속에서 스며드는 태양의 애무에 몸을 맡긴 채 졸고 있었다. 그 모습은 마치 부드러운 빛과 전원의 공기 속에 평온히 몸을 담그고 목욕하는 듯했다.

남편이 그녀를 흔들어 깨웠다.

"저것 좀 봐요."

마차는 산의 7부 능선에 멈춰서 있었다. 그곳은 빼어난 전망으로 여행하는 사람이라면 누구나 들르는 명소였다.

눈 아래에는 커다란 골짜기가 넓게 깔려 있고, 그 사이를 밝게 빛나는 강이 이 끝에서 저 끝으로 커다랗게 굽이쳤다. 아득히 먼 곳에서 시작된 강은 점점이 박힌 수많은 섬을 지나 루앙을 가로지르기에 앞서 커다란 곡선을 그려냈다. 오른쪽 강가에는 아침 안개에 뿌옇게 가라앉은 시가지 지붕들이 햇빛에 반짝였다. 또한 시가지 위로는 날렵한 것, 뾰족하거나 작달막한 것, 가느다랗고 커다란 보석처럼 세공된 것 등 무수한 종탑들이 솟아 있었다. 꼭대기에 가문의 문장을 새겨 넣은 사각형 또는 원형의 탑들, 누각, 작은 종각 등 고딕 양식의 성당을 모두 망라한 듯했고, 그 위로 우뚝 솟은 대성당의 첨탑이 군림하고 있었다. 이 엄청나게 큰 청동 첨탑은 세상에서 가장 높은 탑이었지만 보기에는 흉측하고 괴이했다.

건너편 강기슭은 생스베르* 외곽의 공장 지대였다. 그곳에는 꼭대기가 둥그스름한 가느다란 원형 굴뚝이 숲을 이루고 있었다.

공장의 굴뚝은 대비를 이루는 종탑보다 많았는데, 아득히 먼 들판까지 우뚝 솟은 둥글고 긴 벽돌 기둥들이 이어졌고, 기둥들에서는 시커먼 석탄의 숨결을 푸른 하늘로 끝없이 내뿜었다.

그 가운데서 가장 높은 것은 증기펌프를 가동 중인 라 푸드르 공장**의 굴뚝이었다. 이집트 기자의 피라미드와 높이가 같은, 인류가 만들어낸 것 중에 두 번째로 높은 그 굴뚝은 자랑스럽게 이웃한 대성당 첨

---

* 생스베르(Saint-Sever)는 루앙 시의 한 구역으로, 센 강 왼쪽 기슭에 자리하고 있다.

** 라 푸드르(la Foudre) 공장은 루앙 인근에 있는 공장으로, 영국 스코틀랜드 출신 건축가 페어베안(William Fairbairn)에 의해 1846~1847년에 완공되었다. 당시에는 약 700여 명이 근무하던 지역의 주요 공장이었다.

탑과 어깨를 나란히 하고 있었다. 라 푸드르 공장 굴뚝이 검은 연기를 내뿜는 노동자들의 여왕이라면, 대성당의 첨탑은 수많은 뾰족탑 무리의 여왕이라 할 수 있었다.

저편 공장 지구 뒤쪽으로는 전나무 숲이 펼쳐져 있었다. 그리고 이 두 도시 사이를 관통하며 흐르는 센 강은 군데군데 흰 바위를 드러냈다. 강은 정상이 숲으로 뒤덮인 언덕의 기슭을 굽이쳐 커다란 반원을 그리며 지평선으로 사라졌다. 강에는 맹렬한 연기를 토하는 증기선에 이끌려 파리만큼 작아 보이는 배 몇 척이 오르내렸다. 물 위에 즐비하게 떠 있는 섬들은 서로 맞닿아 있는 것도 있고, 거리가 상당히 떨어진 것도 있었는데 마치 고르지 못한 녹색 묵주 알 같았다.

마부는 여행자가 충분히 감상하도록 기다렸다. 그는 노련한 경험으로 손님에 따라 시간이 얼마나 걸리는지 익히 하는 듯했다.

마차가 달리기 시작해서 얼마 후 뒤르와는 200~300m 저편에서 두 노인이 걸어오는 모습을 보았다. 그는 마차에서 뛰어내리며 외쳤다.

"저기 오시네. 틀림없어."

농부 차림의 남자와 여자는 걸음걸이도 온전치 못해 이따금 어깨를 부딪치며 흔들흔들 걸었다. 남자는 작달막한 키에 얼굴이 불그레하고 약간 배가 나왔지만 나이에 비해 건강해 보였다. 여자는 키가 크고 여윈 체구에 허리가 굽고, 안색은 어두웠다. 어렸을 적부터 일만 해온, 말 그대로 농투성이 여인으로, 남편이 손님과 술을 마시며 농지거리를 던져도 한 번도 웃어본 적이 없을 것 같은 노파였다.

마들렌도 마차에서 내려 초라한 부부가 가까이 다가오는 것을 비통한 심정으로 바라보았다. 그 모습에 그녀는 가슴이 먹먹해지며 여태까지 느껴보지 못한 슬픔이 목젖을 타고 올라왔다. 그들은 그 훌륭한 신사가 자기 아들이라 생각지도 못했고, 화려한 치장을 한 귀부인이 며느리일 줄은 꿈에도 생각하지 못했다.

그들은 말없이 기다리던 아들 앞을 그냥 지나치려고 했다. 그들의 눈에는 마차를 세워놓고 있는 화려한 도회지 사람들은 안중에도 없는 듯했다.

그들이 지나치려 할 때, 뒤르와가 웃으며 말을 걸었다.

"그간 무고하셨어요, 아버님!"

그들은 그 자리에서 걸음을 멈추었다. 어리둥절하다가 깜짝 놀라며 멍하니 서 있었다. 노파가 먼저 정신을 가다듬고 그 자리에 멈춰 서서 더듬거렸다.

"아니, 우리 아들 녀석이냐?"

젊은이는 대답했다.

"암요, 저예요. 제가 뒤르와예요." 그러면서 어머니 곁으로 다가가 두 뺨에 아들답게 점잖은 키스를 했다. 그리고 모자를 벗어들은 아버지의 뺨에 볼을 비볐다. 그 모자는 루앙에서 유행했던 검은 실크로 된 테가 높은 모자로, 소장수에게나 어울리는 것이었다.

이어서 조르주가 소개했다 "제 집사람입니다." 그러자 두 시골 늙은이는 마들렌에게 눈을 돌려 마치 무슨 구경거리라도 생긴 듯 불안스럽게 주저하며 들여다보았다. 아버지는 성공했구나 하는 듯한 흐뭇한 빛을 띠우고, 어머니는 은연 중에 질투 섞인 경계심을 드러냈다. 활달한 성격의 아버지는 연한 사과주와 알코올에 젖어 기분이 좋아진 터라 눈 꼬리에 장난기 어린 주름을 만들며 대담하게 부탁했다.

"부인에게 키스를 해도 괜찮겠니?"

아들은 대답했다. "그럼요." 마들렌은 불편했지만 어쩔 수 없이 양 볼을 내밀었다. 농부는 그 뺨에 커다란 소리가 나도록 키스를 하고 입술을 손등으로 닦았다.

노파도 적의를 드러낸 채 며느리에게 키스했다. '아니다. 이건 우리 아들 마누라로 생각했던 여자가 아니다. 아들 녀석의 여자는 발그레한 사과 같고 씨암말처럼 퉁퉁한, 넙데데하고 서글서글한 농사꾼 여자인 게야. 그런데 이 여편네는 지나친 치장에 사향 냄새를 풍기는 게 꼭 창녀 같은 품새야.' 노파에게 향수는 모두가 사향처럼 느껴졌던 것이다.

모두들 신랑 신부의 짐을 실은 마차 뒤를 따라 걷기 시작했다.

노인은 아들의 팔을 붙잡고 뒤따르며 이해타산에 밝은 눈초리로 물었다.

"어때? 일은 잘 되어가냐?"

"그럼요, 아주 좋아요."

"그것 참 잘된 일이구나! 그리고 네 아내는 돈푼이나 있냐?"

조르주는 대답했다.

"4만 프랑."

아버지는 감탄스럽다는 듯이 가볍게 휘파람을 불며 중얼거렸다.

"이 녀석, 참!" 너무나 엄청난 액수에 넋이 나간 것이다. 그러다가 진심으로 공감한다는 어투로 덧붙였다. "그래, 그래. 정말 멋쟁이구나!"

노인도 젊은 시절에는 그 방면에 일가견이 있었다. 그녀는 그의 취향에도 꼭 들어맞았다.

마들렌과 어머니는 나란히 걷고 있었지만 한마디도 하지 않았다. 남자들이 그 뒤를 따랐다.

이윽고 마을에 도착했다. 길거리를 따라 형성된 조그마한 마을로 양쪽에 열 가구 정도씩 농가와 오두막이 줄지어 있었다. 벽돌집도 있고, 진흙을 바른 집도 있고, 초가집도 있고, 얇은 점판암으로 지붕을 덮은 집들도 섞여 있었다. 뒤르와 영감의 선술집인 '아 라 벨뷔'는 마을 입구 왼쪽 첫머리에 있었다. 단층에 다락방이 딸린 초라한 술집이었다. 오래된 관습에 따라 문 앞에는 솔가지를 꽂아놓아 누구든 출입할 수 있는 술집임을 알렸다.

주막에는 탁자를 두 개 맞대어 식탁보를 씌운 곳에 식사 준비가 되어 있었다. 일을 도와주러 왔던 이웃 아낙네가 아름다운 귀부인이 들어오는 것을 보자 공손하게 인사를 하다가 조르주를 알아보고 외쳤다. "하나님 맙소사! 아니 니가 그 꼬맹이냐?"

그는 쾌활하게 대답했다.

"네, 저예요. 브뤼랭 아주머니!"

그리고 곧바로 아버지 어머니에게 한 것처럼 키스했다.

그러고서 아내를 돌아다보며 말했다.

"어디 방에 들어가서 모자라도 벗지."

그는 오른편 문으로 아내를 들어가게 했다. 타일 바닥에 사방을 하얗게 회칠한 썰렁한 방이었다. 침대에는 면 커튼이 드리워 있었다. 이 말쑥하고 살풍경한 방을 장식하고 있는 것이라곤 성수 받침대 위에 걸어놓은 십자가와 컬러로 인쇄된 그림 두 장뿐이었다. 하나는 파란 종려나무 그늘에 폴과 비르지니*를 그린 것이고, 하나는 갈색 말에 올라탄 나폴레옹 1세를 그린 것이었다.

단둘이 있게 되자 그는 마들렌을 껴안고 말했다.

"고마워, 마드. 난 어르신들을 만나니 마음이 놓여. 파리에 있을 때는 생각이 나지 않았지만 만나니까 역시 기쁘군."

그때 아버지가 칸막이벽을 두드리며 고함을 쳤다.

"자, 자, 수프 다 됐다."

그들은 식탁에 앉았다.

구운 양의 넓적다리고기 뒤에 오믈렛이 나오고, 그다음에 순대가 나오는 등 전혀 식사 예법과는 동떨어진 농사꾼의 긴 점심식사가 이어졌다. 뒤르와 영감은 사과주와 몇 잔의 포도주에 기분이 거나해졌다. 그는 큰일 치를 때를 위해 아껴두었던 가장 재미있는 농담 보따리를 줄줄이 풀어냈다. 온갖 친구들에게 벌어졌던 추잡하고 외설적인 이야기를 현장을 직접 목격했다면서 늘어놓았다. 조르주는 그런 이야기를 다 알고 있었으나 고향 분위기에 취해 재미있다는 듯이 웃었다. 그는 태어난 고장이자 어렸을 때 정든 고장에 대한 본능적인 애정에 마음을 빼앗겼다. 또한 오래간만에 접하는 여러 가지 감동이나 추억, 혹은 여러 가지 옛날 일들, 이를테면 문짝에 그어진 자국, 사소한 사건을 떠올

---

* 폴과 비르지니(Paul et Virginie)는 베르나르댕 드 생피에르(Bernardin de Saint Pierre)의 소설 「폴과 비르지니」의 주인공으로, 4부로 된 소설 속에는 목판화 삽화가 곁들여져 있었다. 그 삽화를 채색해놓은 것 같다.

리게 하는 절름발이 의자, 흙냄새, 부근 숲에서 불어오는 송진과 나무 향이 깃든 상큼한 미풍, 집 냄새, 시냇물 냄새, 두엄 냄새 등 하잘것없 는 자질구레한 일에까지 마음이 옮아갔다.

뒤르와 노파는 침울하고 무뚝뚝한 표정을 풀지 않고 여전히 말이 없 이 속으로 증오심을 끌어올리며 며느리를 흘겨보았다. 그 증오심은 고 된 노동으로 손가락이 다 닳아빠지고, 손발도 흉하게 일그러진 일벌레 같은 노파가, 투박스런 노파가 도회지 여성에 대해 품는 적개심이었 다. 이 노파에게 이 여자는 신의 저주를 받아 버림받고도 수치를 모르 는 여자, 혹은 타락하고 방종한 죄악으로 부정을 탄 여자처럼 생각되 어 몹시 싫었다. 그녀는 수시로 일어나 접시를 가져왔고, 물병에 든 노 랗고 시큼한 음료를 잔에 따르고, 탄산 레모네이드를 딸 때처럼 병마 개가 튀어 오르는 거품이 이는 달콤한 갈색 사과주를 잔에 따랐다.

마들렌은 좀체 음식을 입에 대지 않았다. 말도 하지 않았고, 기운도 전혀 없었다. 입가에는 의례적인 미소를 머금고 있었다. 생기라고는 전혀 없는 체념하듯 받아들이는 미소였다. 실망하고 낙담한 듯한 그녀 의 표정에 그는 생각했다. 무엇 때문일까? 그녀가 오자고 했다. 농사꾼 중에서도 아주 보잘것없는 농사꾼이라는 것도 잘 안다. 그렇다면 평상 시 공상에는 빠지지 않던 그녀가 도대체 어떤 사람들이라고 기대했던 걸까?

알고 있던 것 아닌가? 여자란 존재하지 않은 그 무엇을 기대하고 있 단 말인가! 이 늙은이들을 멀리서 경원하며 시처럼 아름답게 생각했던 말인가? 아니다. 하지만 좀 더 문학적이고 숭고하고 정겹고 자신이 돋 보이리라 생각했는지 모른다. 그렇다고 소설에 나오는 농부처럼 재치 있는 사람을 기대한 것도 아니었다. 그렇다면 어째서 이 늙은이들의 눈에 잘 띄지 않는 극히 사소한 일에, 딱히 꼬집어 얘기할 수 없는 무 례한 언동에, 천박한 기질에, 그들의 말, 행동거지, 거나하게 들뜬 모 습에 그토록 기분이 상했단 말인가?

마들렌은 여태까지 누구에게도 이야기한 적은 없는 자기 어머니를 떠올리고 있었던 것이다. 어머니는 생드니*에서 여학교를 나온 초등학교 선생이었지만 남자에게 농락당해 그녀를 낳고, 마들렌이 12살 때 가난과 슬픔으로 죽었다. 누군지 낯모르는 남자가 어린 계집아이인 그녀를 데려다 키웠다. 아버지였을까? 누구였을까? 그녀는 어렴풋이 짐작은 했지만 정확히는 알지 못했다.

점심식사는 좀처럼 끝나지 않았다. 그러는 동안 손님이 들어와서 뒤르와 영감과 악수하고 아들 칭찬을 늘어놓으며 젊은 여인을 곁눈질해 보고 심술궂게 눈을 찡긋했다. 그것은 '아니, 세상에! 흠잡을 데가 없어, 조르주 뒤르와 색시는!' 하는 의미였다.

그다지 친하지 않은 사람들은 나무 탁자에 앉아 "포도주 한 병!— 맥주 한 조끼!— 코냑 두 잔!— 라스파유 한 잔!—" 하고 주문했다. 그러면서 흑백 골패를 요란스레 탁자에 내리치며 도미노 게임을 했다.

뒤르와 노파는 여전히 언짢은 얼굴로 쉴 새 없이 가게 안을 돌아다니며 손님 시중을 들기도 하고, 돈을 받기도 하고, 파란 앞치마 자락으로 식탁을 훔치기도 했다.

흙으로 구워 만든 파이프 담배와 1수짜리 잎담배 연기가 실내에 가득 했다. 마들렌은 기침을 하며 남편에게 말을 건넸다.

"밖에 나가지 않으실래요? 더 이상 참을 수가 없어요."

하지만 식사가 아직 끝나지 않은 터라 아버지는 불만스런 표정을 지었다. 그녀는 일어나서 거리를 향한 문간 의자에 앉아 시아버지와 남편의 커피 잔과 조그마한 술잔들이 비워지기를 기다렸다.

조르주가 곧바로 다가왔다.

"센 강까지 내려가보지 않겠소?" 하고 말했다.

그녀는 반색했다.

"아! 좋아요. 가봐요."

그들은 산을 내려가서 크루아세**에서 보트를 빌어 이름 모를 섬으

---

* 생드니(Saint-Denis)는 파리 북부 교외에 있는 도시다.
** 크루아세(Croisset)는 캉트뢰에 있는 마을로 센 강 기슭에 있다.

로 갔다. 그리고 그 섬의 버드나무 그늘 아래에서 부드러운 봄기운 속에 잔잔히 일렁이는 물결을 바라보며 나머지 오후 시간 내내 꾸벅꾸벅 졸았다.

해질 무렵 산을 올라 돌아왔다.

마들렌에게는 촛불 밑에서 하는 저녁식사가 점심때보다 더 괴로웠다. 만취한 시아버지는 이제 말도 제대로 잇지 못했고, 시어머니는 여전히 퉁명스러운 얼굴이었다.

희미한 불빛은 사방의 회색 벽에 커다란 코가 붙은 얼굴과 커다란 몸짓의 그림자를 비췄다. 누군가가 잠깐 몸을 돌려 흔들리는 노란 불꽃에 얼굴 옆모습을 가져다대면 괴물처럼 쩍 벌린 입으로 쇠스랑 같은 포크를 들어 올리는 거인의 손이 비쳐졌다.

저녁식사가 끝나자 마들렌은 남편을 밖으로 끌어냈다. 낡은 파이프 담배 진액과 엎질러진 술 때문에 코를 찌르는 냄새가 짙게 밴 곳에서 더 이상 참고 앉아 있을 수가 없었다.

그들은 밖으로 나갔다.

"벌써 지겨워졌군요."

그녀가 변명을 하려고 하자 그가 가로막았다.

"아니요, 잘 알아요. 당신이 원한다면 우리 내일이라도 돌아갑시다."

그녀는 중얼거렸다.

"그래요. 그럼 그럴까요?"

그들은 천천히 거닐었다. 포근한 밤이었다. 촉촉하고 깊은 어둠은 가벼운 소리, 나뭇잎 스치는 소리, 온갖 생명들의 숨소리로 충만했다. 이윽고 길 양쪽으로 높다란 나무들이 무성하게 드리운 평탄한 오솔길로 들어섰다. 양쪽은 헤집고 들어갈 수 없을 정도로 숲이 시커멓게 우거져 있었다.

그녀가 물었다.

"여기는 어디죠?"

그가 대답했다.

"삼림지대지."

"규모가 큰가요?"

"아주 크지. 프랑스에서 가장 큰 곳 중에 하나라오."

흙과 나무와 이끼 냄새가, 새싹의 수액과 시들어 곰팡이가 핀 풀숲에서 나는 울창한 수풀의 산뜻하고도 오래 묵은 냄새가 그 오솔길에 잠들어 있는 듯했다. 마들렌이 고개를 들어보니 나무들 우듬지 사이로 별들이 반짝였다. 가지가 흔들릴 정도의 잔바람도 없었지만 왠지 그녀는 무거운 나뭇잎들이 망망한 푸른 바다의 물결처럼 자신을 옥죄고 있다는 느낌을 받았다.

이상한 전율이 그녀의 마음을 꿰뚫고 지나며 소름이 돋았다. 걷잡을 수 없는 불안이 가슴을 죄어왔다. 무엇 때문일까? 그녀는 알 길이 없었다. 마치 길을 잃었든가, 물에 빠졌든가, 위험에 휩싸였든가, 혹은 모든 사람에게 버림받고 홀로, 이 세상에 홀로 저 하늘 위로 흔들리는 산의 둥그런 아치 아래에 놓인 것 같았다.

그녀는 중얼거렸다.

"전 무서워요. 돌아가요."

"그래요, 돌아갑시다."

"그리고…… 우리 내일 파리로 떠나면 어때요?"

"그래요, 내일."

"내일 아침요?"

"그게 좋다면 내일 아침에."

그들은 집으로 돌아왔다. 노인들은 이미 잠들어 있었다. 그녀는 귀에 낯선 갖가지 시골 소리에 자주 잠이 깨어 제대로 잠을 이루지 못했다. 부엉이가 울고, 벽을 사이에 둔 돼지우리에서는 돼지가 꿀꿀거리고, 수탉은 한밤중부터 울어댔다.

먼동이 트기 시작하자 그녀는 떠날 채비를 했다.

조르주가 이만 떠나겠다고 하자 노인들은 어안이 벙벙해하다가 곧바로 누구의 의향인지 알아차렸다.

아버지는 대수롭지 않게 물었다.

"머잖아 또 만날 수 있지?"

"그럼요. 올 여름에 또 올게요."

"그렇다면 좋아."

어머니는 불쾌하게 중얼거렸다.

"이미 저질러진 일이니 네가 후회나 안 했으면 좋겠다."

그는 부모님의 불만을 가라앉히기 위해 선물로 200프랑을 내놓았다. 근처에 사는 어린 아이에게 부탁한 마차가 10시경에 왔다. 신랑 신부는 늙은 농사꾼 부부에게 키스를 하고 길을 나섰다.

마차가 언덕을 내려가자 뒤르와는 갑자기 웃기 시작했다.

"그것 봐요, 말한 대로지. 역시 우리 부모님, 뒤 르와 드 캉텔 부부에게 당신을 소개하지 않을 걸 그랬어요."

그녀도 웃으며 대답했다.

"하지만 전 지금 기뻐요. 선량한 분들이어서 저도 좋아할 수 있을 것 같아요. 파리로 돌아가면 뭐 맛있는 거라도 보내드려요."

그리고 그녀는 중얼거렸다.:

"뒤 르와 드 캉…… 두고 보세요. 아무도 우리들의 결혼 사실을 이상하게 생각하지 않을 테니까요. 당신 부모님 댁에서 일주일 동안 머물다 왔다고 이야기해요."

그녀는 그에게 다가서서 콧수염 끝에 가볍게 키스했다. "축하해요, 조오!"

그도 응답했다. "축하해, 마드." 그는 팔을 돌려 그녀의 허리를 껴안았다.

멀리 골짜기 밑으로 넓은 강물이 아침 햇살을 받아 은빛 리본처럼 굽이치고, 또 눈길 아래로는 석탄 연기를 하늘로 뿜어내고 있는 공장의 굴뚝과 옛 시가지 위로 솟아오른 뾰족한 첨탑이 숲처럼 펼쳐졌다..

2

뒤 르와 부부는 파리로 돌아왔고, 이틀 후부터 신문기자는 다시 예전 일을 시작했다. 그는 머지않아 가십난 담당을 그만두고 포레스티에가 맡았던 직무를 통째로 인계받아 정치분야에 전념할 생각이었다.

그날 밤, 그는 이제는 자기 집이 된 옛 남편의 집으로 행복한 가슴을 안고 식사를 하러 돌아갔다. 조금이라도 빨리 아내에게 키스하고 싶었다. 그는 이미 그녀의 육체적인 매력과 저항할 수 없는 통솔력에 완전히 빠져버렸다. 노트르담 드 로레트 거리로 가는 길목의 어느 꽃집을 지나치며 그는 문득 마들렌에게 꽃을 사다줘야겠다는 생각이 들어, 막 피어나는 커다란 장미 꽃다발을 샀다. 아직 봉오리인데도 향기는 짙었다.

새로운 집의 계단을 한 층 한 층 올라갈 때마다 그는 전신 거울에 비친 자신의 모습을 즐거운 마음으로 감상했다. 처음 이 집에 왔을 때 일이 자꾸 떠올랐다.

열쇠를 챙기지 않아 초인종을 누르자, 예전부터 있던 하인이 문을 열었다. 그는 아내의 의중에 따라 그 하인을 그대로 고용했다.

조르주가 물었다.

"마님은 돌아오셨는가?"

"예, 나으리."

그러다가 식당을 지나치며 식기가 세 벌 준비되어 있는 것을 보고 의아해 했다. 더구나 휘장을 걷어 올린 거실 저편에서 마들렌이 자기가 사온 것과 똑같은 장미 꽃다발을 벽난로 위 꽃병에다 꽂고 있었다. 그는 모처럼의 배려와 아이디어를 통해 기쁨을 만끽하리라던 기대를 모조리 도둑맞은 것 같아 속상하고 못마땅했다.

그는 들어서자마자 물었다.

"그런데, 당신 누구를 초대했나요?"

그녀는 돌아다보지도 않고 꽃을 만지는 손길을 멈추지 않은 채 대답했다. "아니에요. 오랜 친구이신 보드렉 백작님이 월요일마다 여기에 와서 식사를 하시는데, 오늘도 오시는 거예요."

조르주는 중얼거렸다.

"아! 그래요."

그는 꽃다발을 손에 든 채 그녀 뒤에 서 있었다. 꽃다발을 어디에 감추든가 버리든가 하고 싶었다. 그렇지만 이렇게 말했다.

"아니, 나도 장미꽃을 가져왔는데!"

그녀는 얼른 돌아보고 활짝 웃으며 외쳤다.

"어머! 어떻게 이런 데까지 자상하게 마음을 쓰셨어요?"

그녀는 정말로 기쁜 듯이 두 팔을 벌리고 입술을 내밀었다. 그것으로 그의 기분은 풀렸다.

그녀는 꽃을 받아들고 깊게 향기를 들이마시더니 어린 아이처럼 기뻐하고 좋아하며 나란히 놓여 있던 다른 빈 꽃병에 꽂았다. 그리고 그 모습을 보며 중얼거렸다.

"정말 보기 좋아요! 이제 벽난로 위가 화려해졌어요."

그녀는 곧바로 확신에 가득 찬 어조로 덧붙였다.

"하여간 보드렉 씨는 좋은 분이에요. 당신도 곧 친해질 거예요."

초인종이 울리면서 백작의 방문을 알렸다. 그는 마치 자기 집처럼 익숙한 듯 침착한 태도로 들어왔다. 그는 젊은 여자의 손에 정중하게 키스를 하고 남편 쪽으로 돌아서서 진심어린 태도로 다정하게 손을 내밀며 말했다.

"안녕하시오, 뒤 르와 씨."

그는 예전처럼 딱딱하고 거만한 기색 없이 매우 친밀한 태도였다. 이런 모습은 두 사람의 관계가 전과는 완전히 달라졌음을 암시하는 것이었다. 신문기자는 당혹스러워하며 상대의 태도에 응대하기 위해 정중하게 맞이하려고 했다. 5분쯤 지나자 마치 10년은 넘게 사귀어온 사람처럼 되었다.

마들렌이 활짝 핀 얼굴로 말했다.

"두 분은 여기 계세요. 주방에 좀 다녀올게요." 그러고는 두 남자의 눈길을 받으며 나갔다.

그녀가 돌아왔을 때, 그들의 화제는 어떤 새로운 희곡에서 연극으로 옮아가고 있었다. 더욱이 그들의 의견은 완벽하게 일치했다. 서로의 눈 속에는 그토록 빨리 완벽한 사상의 일치를 보인 것에 대한 동료의식이 담겨 있었다.

만찬은 기분 좋게 흉금을 터놓고 화기애애한 분위기에서 끝났다. 백작은 그 집의 새로운 부부의 정성어린 대접에 매우 흡족해 하며 밤늦도록 이야기를 나누었다.

그가 떠나자마자 마들렌은 남편에게 말했다.

"나무랄 데 없는 분이죠, 안 그래요? 성공했다는 평판을 얻은 분이에요. 정말 신뢰할 수 있고 헌신적이고 충실한 좋은 친구예요. 아! 저 분이 안 계셨다면……."

그녀의 상념을 미처 다 말하기도 전에 조르주가 대답했다.

"그래요, 참으로 기분 좋은 분이오. 마음 잘 맞는 친구가 될 것 같아요."

그녀는 곧바로 말을 이었다.

"그건 그렇고, 오늘 밤 자기 전에 할 일이 있어요. 보드렉 씨가 오셔서 식사 전에 얘기할 기회가 없었어요. 아까 중대한 소식이 들어왔어요. 모로코 문제 말이에요. 하원의원인 라로슈 마티유 씨 있잖아요, 장차 장관이 될 거라는 바로 그분이 말씀해주신 거예요. 지금부터 우리 둘이서 훌륭한 기사를, 커다란 센세이션을 일으킬 기사를 쓰기로 해요. 사실관계나 수치는 제가 다 알고 있으니까 지금 바로 시작해요. 자, 램프 좀 갖다 주세요.”

그가 램프를 가져오자 그들은 서재로 들어갔다.

서가에는 전처럼 책이 꽂혀 있고, 그 위에는 포레스티에가 죽기 전 날 주앙 만에서 구입한 꽃병 세 개가 놓여 있었다. 탁자 밑에는 속에 모피를 댄 고인의 슬리퍼가 뒤 르와의 발을 기다리고 있었다. 뒤 르와는 자리에 앉아 전 남편이 이빨로 약간 깨물어놓은 상아 펜대를 집어 들었다.

마들렌은 벽난로에 팔꿈치를 짚고 담배에 불을 붙이면서 새 소식을 상세하게 이야기하고 자기 의견이며 머릿속에 있는 기사의 계획을 설명했다.

그는 주의 깊게 이야기를 들으며 난잡하게 기록했다. 그러한 과정이 끝나자 여러 다른 논거를 들며 문제를 다시 검토하고 확대시켜 단순한 기사에 머무르지 않고 현 내각을 공격할 작전 계획을 세웠다. 신랄한 공격을 데뷔작으로 삼았다. 아내는 담배 피우는 것도 멈췄다. 남편의 생각까지 반영시키자 새로운 흥미가 솟구치고 시야가 멀리 확 트이는 느낌을 받았다.

남편이 말하는 동안 그녀는 이따금 중얼거렸다.

“맞아요…… 맞아…… 아주 좋아요…… 훌륭해요…… 정확해요…….”

남편이 말을 끝내자 그녀는 다시 말을 이었다.

“그럼 이제 쓰기 시작해요.”

하지만 언제나 그에게는 첫 구절이 힘겨웠다. 그는 적당한 말을 찾기 위해 안간힘을 썼다. 그러자 그녀는 다정하게 남편 어깨에 기대어 나지막이 문구를 그의 귀에 불어넣었다.

이따금 그녀는 주저하며 물었다.

“당신이 하고 싶은 말, 이걸로 충분해요?”

그는 대답했다.

“그래, 완벽해요.”

날카로운 필치를 지닌 그녀는 총리를 공격하기 위해 여성 특유의 독기에 찬 문장을 만들어냈다. 그리고 총리의 정책과 얼굴 생김새를 연관 지으며 조롱을 늘어놓았는데, 필시 그것을 읽는 독자들이라면 배꼽을 쥐고 웃으며 예리한 통찰력에 탄복할 것 같았다.

뒤 르와는 이따금 서너 줄을 추가해서 공세의 파급력을 한층 더 강력하고 심오하게 만들었다. 뿐만 아니라 그는 가십 기사에 반향을 일으키기 위해 쓰던 악랄한 암시의 수법을 잘 터득하고 있었다. 그래서 마들렌이 확실한 사실이라 해도 약간은 미심쩍고 후환이 있을 사항에 대해서는 독자들에게 지레 짐작케 하면서도 단정하는 것 이상으로 강력한 인상을 주는 장치를 마련해주는 등 능수능란한 수완을 발휘했다.

기사가 완성되자 조르주는 낭독하듯이 억양을 넣어 큰 소리로 다시 읽었다. 그들은 매우 훌륭하다고 공감하며 서로가 비로소 상대의 진가를 확인했다는 기쁨과 놀라움에 마주 보며 웃었다. 그들은 경탄과 감동에 겨워 서로의 눈을 깊숙이 쳐다보다가 영혼에서 육체로 전해지는 애욕의 정열에 충동되어 서로가 달려들 듯 포옹했다.

뒤 르와는 다시 램프를 들고 눈빛을 반짝였다. “자, 그럼 잠자리로 갑시다.”

그녀는 대답했다.

“앞장서시죠, 나으리. 앞길을 밝히셔야죠.”

그가 앞장을 서자 그녀는 뒤따라 침실로 들어오며 남자를 채근하듯이 목덜미와 머리카락 사이 맨살을 손가락으로 간질였다. 그는 그렇게 하는 애무를 가장 못 견뎌 했다.

기사는 조르주 뒤 르와 드 캉텔이라는 이름으로 발표되었고 평판도 매우 좋았다. 의회에서도 굉장한 파문이 일었다. 왈테르 영감도 필자의 공적을 높이 평가하며 《라 비 프랑세즈》 정치면 일체를 맡겼다. 가십난 책임자 자리는 다시 브와르나르에게 돌아갔다.

그렇게 신문은 국정을 담당하는 내각에 대해 능수능란하고도 격렬한 공격을 퍼부었다. 충분한 자료 확보를 통해 공격은 교묘하게 이어 졌다. 때로는 빈정거리고, 때로는 진지하게, 이따금 조롱하고, 이따금 신랄하게 정확하고 끈질기게 공세를 퍼부어 세상 사람들을 아연실색 케 했다. 여타 신문들은 끊임없이 《라 비 프랑세즈》를 인용했고, 전체 기사가 통째로 인용되는 경우도 종종 있었다. 정부에서는 당국자와 이 정체불명의 집요한 적에게 재갈을 물릴 방법을 논의하기도 했다.

뒤 르와는 정치단체 사이에서 유명해졌다. 만나는 사람들의 힘찬 악 수와 정중하게 모자를 벗는 태도에서 자신의 입지가 넓어졌음을 느꼈 다. 한편 아내의 명석한 두뇌와 능수능란한 정보 수집력, 폭넓은 인맥 에는 경악과 찬미를 금할 수 없었다.

집으로 돌아가면 거실에는 항상 상원의원이나 하원의원, 법관이나 장군들이 와 있었다. 그들은 모두 마들렌을 오랜 친구로서 진지하고 허물없이 대했다. 그런 사람들과 어디서 다 알게 되었을까? 그녀의 말 로는 사교계라고 했지만 어떻게 그들의 신뢰와 애정을 얻었을까? 전혀 감이 잡히지 않았다.

'외교관이 됐으면 굉장했을 거야' 하고 생각했다.

그녀는 종종 저녁식사 시간을 넘긴 채 가쁜 숨을 몰아쉬며 돌아오곤 했다. 빨갛게 상기된 얼굴로 흥분감에 몸을 부르르 떨며 베일도 벗기 전에 말했다.

"오늘은 군침 도는 것을 가져왔어요. 법무장관이 말이죠, 합동위원 회에서 법관을 둘이나 임명했다는군요. 우리 흠씬 두들겨 패서 본때를 보여줘요."

그 장관은 호되게 얻어터졌는데, 그것은 한 번만이 아니라 다음 날 도, 그다음 날도 계속되었다. 하원의원인 라로슈 마티유 씨는 월요일 마다 오는 보드렉 백작을 비껴서 매주 화요일 퐁텐 거리의 만찬에 오 곤 했다. 그는 과장된 동작으로 매우 기뻐하며 부부의 손을 잡고 끊임 없이 되풀이했다. "정말 멋진 작전이더군요. 우리가 성공을 못 한다면 말도 안 되겠죠?"

그는 오래전부터 마음에 두고 있던 외무장관의 자리를 어떻게든 차지하려고 기회를 엿보고 있었다.

이 사람은 줏대 없는 정치인의 전형으로, 확고한 신념도 없고 별반 수완도, 용기도, 조예 깊은 지식도 없는 시골 변호사 출신으로 지방 도청 소재지의 변변치 않은 인사였다. 그는 양 극단의 당파 사이를 요령 있게 헤엄쳐 다니는 위선적인 공화주의자 혹은 미심쩍은 자유주의자로서, 보통선거라는 민중의 퇴비더미를 자양분으로 몇 백 개씩 생겨나는 버섯과 같은 부류였다.

시골 동네에서 익힌 그의 권모술수는 동료들의 패거리, 즉 하원의원 따위의 무뢰한이나 부랑자 사이에서 제법 대단한 인물처럼 통하게 만들었다. 그는 정성스럽고 예의 바르고 붙임성 있고 상냥했기 때문에 출세할 수 있었다. 사교계의 평판도 나쁘지 않았는데, 그 사교계란 것은 현재의 고위 공직자들과 다양한 부류의 사람들이 뒤섞인 애매하고 약간은 수준이 떨어지는 사교계였다.

도처에서 사람들이 그를 이야기하며 "라로슈는 장관이 될 거야"라고 했고, 그 자신도 '라로슈는 장관이 되겠지' 하고 그 누구보다 굳게 믿었다.

그는 왈테르 영감 신문사의 주요 출자자의 한 사람이며, 재정과 사업상의 동료였고 한패거리였다.

뒤 르와는 그를 신뢰하며 막연한 희망을 걸고 그를 지지했다. 그러나 그는 포레스티에가 하던 일을 이어서 하는 것에 지나지 않았다. 라로슈 마티유는 만약 승리의 그날이 오면 훈장을 주겠다고 포레스티에에게 약속했는데, 그 훈장이 마들렌의 새로운 남편 가슴으로 바뀔 뿐, 전반적으로 달라질 것은 없었다.

주위 사람들도 바뀐 게 없다는 사실을 명백히 알고 있었다. 뒤 르와의 동료들은 그를 놀려댔고, 그 때문에 그는 화를 내기 시작했다.

사람들은 진작부터 그를 포레스티에라고 불렀다.

그가 신문사에 등장하면 누군가가 소리쳤다. "이보게, 포레스티에!"

그는 못 들은 척하고, 자기에게 온 편지를 편지함 속에서 찾았다. 그러나 같은 목소리가 좀 더 힘을 주어 되풀이됐다. "헤이, 포레스티에!" 웃음을 눌러 참는 소리가 여기저기서 일었다.

뒤 르와가 사장실로 들어가려고 하자 방금 그를 부른 친구가 그를 붙잡으며 말을 건넸다.

"어이, 미안해! 자네한테 할 이야기가 있어 그래. 난 바보같이 자꾸만 자네하고 그 불쌍한 샤를하고 혼동을 해. 자네 기사가 정말 그 사람하고 똑같거든. 누구든 오해하기 십상이지."

뒤 르와는 대꾸를 하지 않았지만 화가 치밀었다. 꿀 먹은 벙어리 행세를 했지만 죽은 친구에 대해 분노가 치밀었다.

왈테르 영감에게도 어느 누군가가 문장이나 논조 등이 놀랍게도 신임 정치부장과 예전 정치부장이 매우 닮았다면서 이렇게 평했다고 그에게 전했다.

"맞아, 포레스티에하고 똑같아. 하지만 이번 포레스티에가 훨씬 거침없고 활기차고 남성적이지."

또 어느 때인가 우연히 뒤 르와가 빌보케 공이 들어 있는 캐비닛 문을 열었을 때, 전 주인의 빌보케 손잡이에는 상장(喪章)이 매여 있고, 그가 생포탱에게 배우며 연습할 때 사용하던 것에는 분홍빛 실크 리본이 매여 있었다. 모든 빌보케 공이 캐비닛 속에 크고 작은 순서로 박물관의 진열장처럼 한 줄로 진열된 가운데 다음과 같은 쪽지가 붙어 있었다. "과거 포레스티에 상점의 수집품. 상속인은 포레스티에 뒤 르와. 정부 보증 없음. 본 제품은 마모되지 않으며 또 어떠한 경우든, 여행 중에라도 사용할 수 있음"

그는 조용히 캐비닛 문을 닫으며 들으란 듯이 큰 소리로 말했다.

"어디에든 병신처럼 시샘하는 놈이 있지."

그러나 그는 자존심에 상처를 입고 자부심이 훼손당했다. 글 쓰는 사람 특유의 저 까탈스런 자존심과 허영심, 그것은 취재기자나 천재 시인을 불문하고 항상 주의하고 신경 쓰는 감수성의 원천이었다. 그것이 훼손당한 것이다.

'포레스티에'라는 말이 고막을 찢었다. 그는 그 말이 들려오는 것을 두려워했고, 그 말을 들으면 얼굴이 화끈 달아올랐다.

그에게 이 이름은 신랄한 조소였다. 아니 조소를 넘어 모욕에 가까웠다. 그것은 이렇게 외치고 있었다.

"네 일은 다 그 여자가 하는 거야. 전 남편의 일을 하듯이 말이야. 너는 그 여자가 없으면 아무것도 아니야.'

그에게도 마들렌이 없었다면 포레스티에가 별 볼 일 없었을 것이라는 데는 이론의 여지가 없었다. 하지만 나한테는 어림없는 소리다!

그러고 나서 집에 돌아왔지만 똑같은 생각이 머릿속에서 떠나지 않았다. 집안 전체가, 가구건 장식품이건 손에 닿는 모든 것이 친구를 떠올리게 했다. 처음에는 염두에도 두지 않은 문제였다. 하지만 동료들의 입에 오르내리며 마음이 상한 후로는 지금까지 눈에 띄지 않던 자질구레한 일까지 마음의 상처가 되었다.

이제는 무엇을 집어 들던 그 위에 샤를의 손때가 묻어 있으리라는 생각을 떨칠 수 없었다. 보는 것, 만지는 것 모두가 예전에 샤를이 쓰던 것이고, 그 무엇이든 샤를이 구입하고 사랑하고 소유했던 것이다. 조르주는 그 친구와 자기 아내의 예전 관계를 떠올리기만 해도 화가 치밀었다.

때로는 자신도 이해할 수 없는 분노에 놀라며 이렇게 생각하곤 했다. '대체 어찌된 노릇일까? 나는 마들렌에게 어떤 남자 친구가 있건 전혀 질투하지 않는다. 무슨 짓을 하건 상관 않는다. 그녀는 제멋대로 아무 때나 들락거린다. 그런데 저 샤를 놈만 생각하면 이렇게 화가 치밀다니!

그리고 속으로 덧붙였다. '사실 그 놈은 바보였어. 그것이 나를 속상하게 만드는 거야. 마들렌이 그런 바보 같은 놈을 남편으로 삼았다는 사실에 화가 나는 거야.'

그는 끊임없이 반문했다. '한순간이었겠지만 도대체 그녀는 왜 그런 짐승 같은 놈에게 빠졌을까?

매일같이 벌어지는 수많은 사소한 일들로 분노가 그의 가슴을 바늘처럼 쑤셔댔다. 마들렌이나 하인이나 청소하는 하녀의 말 한마디 한마디까지 끊임없이 전 남편을 떠올리게 만들었다.

어느 날 밤, 달콤한 요리를 좋아하는 뒤 르와가 물었다.

"왜 우린 앙트르메*를 먹지 않지? 당신은 한 번도 가져온 적이 없어."

젊은 여자가 명랑한 음성으로 말했다.

"그러게요. 미처 생각 못 했어요. 샤를이 그걸 싫어해서……."

그는 참을 수 없는 분노가 치밀어 말을 가로챘다.

"아니! 또야? 난 이제 샤를이 지긋지긋해. 여기 가도 샤를, 저기 가도 샤를, 일 년 내내 샤를 천지란 말이야. 샤를은 이걸 좋아했다는 둥, 샤를은 저걸 좋아했다는 둥. 하지만 샤를은 이미 이 세상 사람이 아니오. 그대로 내버려두는 게 어떻겠소?"

마들렌은 남편이 왜 갑자기 화를 냈는지 이해할 수 없어 멍하니 상대의 얼굴을 바라보았다. 하지만 워낙 영리한 여자라서 곧 남편의 심사를 어느 정도 짐작했다. 모든 것이 이전 남편을 떠올리게 했을 테고, 그것이 암암리에 죽은 남편에 대한 질투심으로 이어지고 있다고 판단했다.

그녀는 유치하다고 생각했지만 어색할 것 같아 아무 대답도 하지 않았다.

그는 또 그 분노를 감추지 못한 자신에게 화가 났다. 그런데 그날 밤 식사를 마친 뒤, 둘이서 내일 기사를 쓰고 있을 때, 속에 모피를 댄 슬리퍼가 눈에 거슬렸다. 뒤집어버리려고 했지만 뜻대로 되지 않자 그것을 발길로 걷어차며 웃으면서 물었다.

"샤를은 항상 발이 시리다고 징징댔나?"

---

* 앙트르메(entremets)는 서양 요리에서 구이 음식 다음에 나오는 요리다. 디저트의 일종으로 푸딩, 팬케이크, 아이스크림 따위처럼 단맛이 나는 것이 많다.

그녀도 웃으며 대답했다.

"네! 항상 감기에 걸릴까 봐 불안해 하며 지냈지요. 그는 가슴이 약해서요."

뒤 르와는 통쾌한 듯이 말을 이었다. "그래서 그것을 몸소 증명해보였던 거네." 그는 우쭐해 하며 덧붙였다. "그것이 내게는 오히려 다행이었지만." 그리고 아내의 손에 키스했다.

잠자리에 들어서도 그 생각이 떠나지 않아 그는 다시 물었다.

"샤를 녀석은 귀에 바람이 들어가지 않도록 나이트캡도 쓰고 잤겠네?"

그녀도 빈정거림에 이끌려 대답했다.

"아니요, 마드라스 무명으로 된 손수건으로 이마를 동여맸어요."

조르주는 어깨를 으쓱해 보이며 상대를 무시하듯이 내뱉었다.

"갓난애 같았겠군!"

그 후로도 샤를은 끊임없이 화젯거리로 떠올랐다. 무슨 일에건 샤를 얘기를 갖다 붙이면서 그때마다 불쌍해서 죽겠다는 듯이 "가엾은 샤를" 하고 혀를 찼다.

그리고 신문사에서 두어 번 포레스티에라고 부르는 소리를 듣고 돌아와서는 옛 친구에 대해 증오에 찬 조소를 퍼부었다. 마치 무덤까지 쫓아가 복수를 해도 모자를 것 같은 기세였다. 그는 두려운 경쟁자의 영향력을 아내의 마음속에서 쫓아내려는 듯 포레스티에의 단점이나 어리석은 점, 옹졸함을 떠올리며 그것을 재미있다는 듯이 장황하게 열거하며 자기만족을 하기도 했다.

그는 되풀이했다.

"여보, 마드. 언젠가 그 바보 같은 포레스티에 녀석이 뚱뚱한 남자가 마른 사람보다 정력이 좋다는 걸 증명하겠다고 억지를 부리던 일 기억나요?"

그는 고인에 대한 부부 간의 은밀한 비밀까지 세세하게 알고 싶어서 언짢아진 아내는 대꾸를 하지 않았다. 그는 떼를 쓰듯 멈추지 않았다.

"여보, 자, 나한테 얘기해봐. 그때 그 녀석 정말 우스웠지."

그녀는 마지못해 중얼거렸다.

"이제는 그 사람을 좀 가만히 내버려둬요. 이제 끝내요."

그는 계속했다.

"아냐, 말해봐! 잠자리에서 그 짐승은 정말 숙맥이었지."

그리고 언제나 결론을 맺듯이 말했다.

"에잇, 짐승 같은 놈!"

6월 말경의 어느 날 밤, 그는 창가에서 담배를 피우다가 너무 더워 산책을 하며 바람을 쐬려 했다.

그는 부인에게 물었다.

"여보, 마드. 숲으로 산책이나 하지 않겠소?"

"좋아요, 가요."

그들은 포장을 걷은 마차를 빌려 타고 샹젤리제로 갔다가 부아 드 불로뉴의 가로수 길로 접어들었다. 바람 한 점 없고 후끈 달아오른 파리의 공기가 화덕 속의 더운 김처럼 가슴속까지 파고들었다. 마치 한 증막에 들어앉은 듯한 밤이었다. 연인들을 태운 마차들이 줄지어 나무 그늘 속을 달렸다. 마차의 행렬은 끝없이 이어졌다.

조르주와 마들렌은 마차 속에서 껴안고 가는 남녀를 바라보며 즐거워했다. 여자들의 옷은 모두 화려했고, 남자는 검은 예복이었다. 달아오른 듯 후끈거리는, 별이 총총한 하늘 밑을 연인들이 거대한 물줄기를 이루며 숲 쪽으로 빨려들었다. 들리는 것은 오직 땅 위를 굴러가는 마차 바퀴의 둔탁한 울림뿐이었다. 마차마다 두 남녀가 좌석에 길게 기대어 말없이 굳게 껴안고 욕정의 환영에 취해 다가오는 정사의 기대감으로 설레면서 끝없이 지나갔다. 뜨거운 어둠은 키스로 가득 찬 듯했다. 주위를 가득 메운 애정과 넘실거리는 동물적 욕망이 숨 막히는 공기를 한층 더 답답하게 만들었다. 서로 껴안고 있는 모든 남녀가 느끼고 있는 똑같은 생각과 똑같은 열망이 일종의 열기로 승화되어 주위에 넘실거리는 것 같았다. 애욕을 싣고, 애무의 소용돌이를 일으키며 내달리는 마차는 지나간 후에도 은근히 사람의 심금을 뒤흔드는 관능적 숨결을 여운처럼 남겼다.

조르주와 마들렌도 격렬한 애정의 소용돌이에 차츰 빨려들었다. 대기의 중압감과 마음에 깃든 정념에 짓눌려 그들은 아무 말도 하지 않고 다정스레 손을 맞잡았다.

성벽 모퉁이를 돌며 몸이 기울어지는 순간, 그들은 서로 키스를 했다. 그녀는 겸연쩍은 듯이 중얼거렸다.

"루앙에 갔을 때처럼 또 어린 아이가 되어버렸네요."

수많은 마차의 행렬은 숲 입구에서 둘로 나뉘었다. 그들이 들어선 호수로 향한 길은 마차가 뜸했다. 짙은 어둠을 드리운 나무 그늘, 나뭇잎이 우거진 숲속, 졸졸졸 물소리가 들리는 울창한 나뭇가지 아래 시냇물의 습기로 생기를 되찾은 밤공기와 별을 흩뿌린 넓은 밤하늘의 상쾌함은 마차 속에 있는 연인들의 키스에 더 한층 오묘한 매력과 신비로운 그늘을 드리웠다.

조르주는 "오! 귀여운 나의 마드!" 하고 낮게 속삭이며 아내를 와락 끌어안았다. 그녀는 말했다.

"여보, 당신네 집 숲은 정말 을씨년스러웠어요. 흉측한 짐승이 우글대는 것 같았고, 가도 가도 끝이 없는 것 같았어요. 거기에 비하면 여기는 기분이 참 좋아요. 바람은 살결을 애무하는 듯해요. 숲 저편이 세브르*라는 것을 잘 알고 계시죠."

그는 대답했다.

"그렇군, 우리 집 숲에는 사슴이나 여우, 노루나 멧돼지밖엔 없고 군데군데 포레스티에**의 오두막이 있을 뿐이지."

전 남편의 이름이 나오자 그는 누군가가 우거진 숲속에서 그의 이름

---

* 세브르(Sèvres)는 파리 중심부에서 10km 정도 남서쪽에 있는 강에 인접한 마을이다.
** 포레스티에(forestier)는 '숲지기'라는 보통명사로서, 전 남편의 이름과 같다. 서구에서는 가문의 직업 등을 이름으로 사용하는 경우가 있는데, 예를 들어 스미스(Smith)는 '대장장이'고, 밀(Mill)은 '제분업자'다.

을 외친 것처럼 가슴이 철렁했다. 얼마 전부터 그의 삶을 어지럽히는 영문 모를 집요한 불쾌감이나, 가슴을 헤집어놓는 참을 수 없는 질투의 분노감이 다시 엄습했다. 그는 갑자기 입을 다물었다.

1분쯤 지나자 그는 물었다.

"가끔 이렇게 밤에 포레스티에하고 여기에 온 적 있어?"

"네, 가끔요."

그 말을 듣자 심장을 옥죄는 것처럼 초조해져 무작정 집으로 돌아가고 싶었다. 포레스티에의 영상이 머리에 되살아나 그의 가슴을 파고들어 부여잡았다. 그는 포레스티에에 관한 것 이외에는 더 이상 아무 생각도 할 수 없었고, 다른 말을 할 수도 없었다.

그는 심술궂은 어조로 물었다.

"보세요, 마드?"

"왜요?"

"그 얼간이 말고 다른 남자 만난 적 있어?"

그녀는 경멸하듯 중얼거렸다.

"어쩜, 언제나 똑같은 소리만 하시네요."

그는 단념하지 않았다.

"자아, 귀여운 마드. 솔직하게 말해봐요? 다른 얼간이를 만난 적 있지? 솔직히 말해봐요, 다른 얼간이를 만난 적 있지?"

모든 여자들이 그런 말을 들으면 마찬가지이듯이 그녀도 화를 내며 입을 다물었다.

그는 끈질기게 계속했다.

"빌어먹을, 아내가 바람을 피울 만한 사람을 꼽는다면 바로 그 녀석이 주인공일 거야. 아! 그래, 맞아! 그래, 얼간이 같은 포레스티에한테 오쟁이 진 마누라가 있었다면 정말 볼 만했을 거야. 흥! 그 바보 같이 순진한 표정, 정말 가관이었겠지."

그는 그녀가 어떤 추억이 떠올리며 살짝 웃었다고 여기면서 거듭 재촉했다.

"자아, 말해봐요. 그것이 아무려면 어떻겠소? 그 녀석 몰래 바람 피웠다는 얘기를 나한테 맨 먼저 고백하는 것도 재미있는 일 아니겠어?"

사실 그는 샤를이, 지긋지긋한 샤를이, 밉살스러운 전 남편이, 아무리 미워도 더 이상 미워할 수 없는 고인이 그런 우스꽝스러운 치부를 드러냈다는 사실을 확인하고 싶어 안달했다. 그렇지만…… 그렇지만 또 다른, 좀 더 막연한 어떤 생각이 그의 호기심을 부추겼다.

그는 되풀이했다.

"마드, 귀여운 마드. 제발 부탁이야. 그래 그런 건 모두 자업자득이야. 만약 당신이 한 번이라도 그 녀석을 놀라고 당황스럽게 만들지 않았다면 그건 오히려 당신이 잘못한 거야. 자아, 마드. 고백해봐요."

그녀는 이제 그의 짓궂은 고집이 재미있는 듯 드문드문 짤막한 웃음소리를 냈다.

그는 아내 귀에 입술을 가까이 대고 소곤거렸다.

"자, 어서…… 자, 어서…… 고백해봐."

그녀는 몸을 빼내며 불쑥 입을 열었다.

"당신도 참 바보네요. 그런 걸 묻는다고 대답하는 여자가 어디 있겠어요?"

야릇한 어조의 그녀의 말을 듣는 순간 남편의 혈관 속으로 차디찬 전율이 흘렀다. 그는 얼떨떨해서 몸이 굳어지며 심한 정신적 충격에 꺽꺽거리며 숨을 쉬었다.

마차는 이제 호숫가를 달리고 있었다. 물위에는 마치 하늘의 별들을 흩뿌린 듯했다. 두 마리의 백조가 천천히 물결을 일으키는 모습이 어둠 속으로 희미하게 드러났다.

조르주는 마부에게 외쳤다.

"돌아갑시다." 마차는 방향을 돌려 느릿느릿 다가오는 다른 마차를 스치고 지나갔다. 지나가는 마차의 커다란 전조등은 숲의 어두움을 뚫어지게 쏘아보는 것 같았다.

아내가 대답하던 말투는 이상야릇했다! 뒤 르와는 생각해보았다.

'그게 고백이었을까? 그리고 그녀가 전 남편을 속인 것은 의심할 여지가 없는 사실이라 판단되자 이번에는 도리어 화가 치밀었다. 질투심에 그녀를 마구 때려주고 목을 조르고 머리칼을 쥐어뜯고 싶었다.

아아, 만약에 그녀가 이렇게 대답했다면 얼마나 좋았을까! "하지만 여보, 그이 몰래 바람을 피웠다면 그 주인공은 바로 당신이었을 거예요." 그랬더라면 키스해주고 끌어안아주고 열렬하게 사랑해주었을 것이다!

그는 굳어버린 듯이 팔짱을 끼고 하늘을 쳐다보았다. 마음이 어수선해서 아무것도 생각할 수 없었다. 여인의 변덕스러운 욕망 앞에 모든 남자들이 흔히 겪는 끓어오르는 원한과 높아져가는 분노를 그는 몸으로 느꼈다. 그는 처음으로 의심에 사로잡힌 남편의 혼란스런 번뇌를 깨달았다! 어쩌면 그는 전 남편을 위해서, 포레스티에를 위해 질투하고 있었던 것이다! 아주 야릇한, 가슴을 에는 듯한 질투였다. 거기에 돌연 마들렌에 대한 증오가 비집고 들어왔다. 그렇게 바람을 피운 여자를 나는 과연 믿을 수 있단 말인가!

그리고 나서 차차 마음이 진정되자 그는 가까스로 번뇌를 억누르며 생각했다. '여자란 모두가 창녀다. 이용해 먹을지언정 절대 진심을 주어서는 안 된다!

쓰라린 감정이 경멸과 혐오의 어조로 바뀌어 입술로 화가 치밀었다. 그렇지만 입 밖으로 꺼내지 않았다. 그는 속으로 되풀이했다. '세상은 강자의 것이다. 강해져야 한다. 모든 걸 밟고 위로 올라서야 한다!

마차는 속도를 올렸다. 다시 성벽을 지나쳤다. 눈앞의 하늘에서 뒤르와는 용광로에서 삐져나온 희미한 불빛 같은 불그스름한 기운이 언뜻 비쳤다. 그리고 무수히 많은 서로 다른 소리가 뒤섞여 어수선한 소음으로 들려왔다. 어떤 것은 웅웅거리기도 하고, 가까이서, 혹은 아득히 먼 곳에서 들려왔다. 그 소리는 은은하고 경이로운 생명의 고동이며, 오늘 같은 여름날 밤, 피곤에 지쳐 기진맥진한 거인 같은 도시 파리가 내뿜는 숨결이었다.

조르주는 생각했다. '이런 일로 화를 낸다는 건 부질없는 짓이다. 각자 자기만 위하면 된다. 뻔뻔스러운 자가 승리한다. 모든 것이 이기적이다. 야망과 부귀를 탐하는 이기주의가 여인과 사랑을 뒤쫓는 이기주의보다 낫다.'

에트왈 광장의 개선문이 거인처럼 기괴한 모습으로 두 다리를 버티고 선 도시 입구로 들어섰다. 그것은 마치 당장에라도 눈앞에 펼쳐진 널따란 가로수 길을 내려가기 위해 성큼성큼 걸음을 옮길 태세였다.

조르주와 마들렌은 조용히 얼싸안은 수많은 커플을 집으로, 혹은 기다리는 침대로 데려가는 마차의 행렬을 만났다. 마치 모든 인류가 제 각기 환희와 쾌락과 행복에 취해 미끄러지듯 옆을 지나치는 것 같았다.

젊은 여인은 남편의 마음속에 뭔가 심상치 않은 일이 벌어지고 있음을 눈치채고 상냥하게 물었다.

"우리 낭군님은 무슨 생각을 할까? 30분 동안 한마디도 안 하고 말이에요."

그는 씁쓰레 웃으며 대답했다.

"저렇게 껴안고 있는 멍청한 놈들을 생각하고 있었지. 솔직히 말해서, 인생에는 다른 할 일이 정말로 많은데 하고 말이야."

그녀는 중얼거렸다.

"그래요…… 하지만 때로는 저것도 좋잖아요."

"거야 좋지…… 좋구 말고…… 다른 좋은 게 없을 때는 말이야!"

악의에 찬 분노에 충동받은 조르주의 생각은 인생에서 시적인 정취라는 허울 좋은 옷을 벗겨내며 거침없이 나아갔다. '얼마 전부터 나는 그랬지. 망설이거나 초조해 하고 번민하면서 내 스스로를 얽어맸던 거야. 정말 어리석은 짓이지.' 이윽고 포레스티에의 모습이 다시 머릿속에 떠올랐지만 그 어떤 반감도 일지 않았다. 두 사람은 서로 화해하여 예전처럼 친구가 된 듯했고, "안녕하신가, 고참 양반" 하고 인사를 건네고 싶었다.

그가 입을 열지 않아 거북스러웠던 마들렌이 물었다.

"집에 가기 전에 토르토니에 가서 아이스크림이나 먹어요."

그는 그녀를 곁눈질했다. 밝은 가스등을 화환처럼 늘어뜨린 음악 카페의 불빛이 우아한 금발의 옆얼굴을 또렷하게 비추었다.

그는 생각했다. '이 여인은 아름답다! 그래! 그건 다행이야. 동지로서 더없는 호적수지. 북극이 열대지방이 된다 해도 앞으로 나는 당신 때문에 초조해 하거나 안절부절못하는 일은 없을게야.' 그렇게 생각하며 대답했다. "좋아, 그렇게 하지." 그리고 상대가 자기의 마음을 읽어내지 못하도록 키스를 해주었다.

젊은 여인은 남편의 입술이 얼음처럼 차갑다는 느낌을 받았다.

카페의 계단 앞에서 마차를 내릴 때 그는 아내에게 손을 내밀며 평소처럼 미소를 머금었다.

3

이튿날 신문사에 도착하자마자 뒤 르와는 브와르나르를 찾았다.

"당신한테 부탁할 게 좀 있어요. 요 며칠 사이에 사람들이 농담 삼아 나를 포레스티에라고 부릅니다. 전 반드시 그 멍청이를 찾아낼 겁니다. 당신은 저에게 가장 호의를 베푸시는 분이니 부탁드립니다. 동료들이 또다시 그런 희롱을 한다면 뺨을 후려치겠다고 경고 좀 해주세요.

물론 그들의 판단이겠지만, 그런 농담이 검으로 결투할 정도의 가치가 있는지 말입니다. 당신께 이런 부탁을 하는 것도 당신은 불상사를 미연에 방지할 수 있는 냉철한 분이시고, 또한 제가 결투할 때 입회인이 되어주었기 때문입니다."

브와르나르는 그의 부탁을 받아들였다.

뒤 르와는 볼일을 보러 나갔다가 1시간 정도 지나서 돌아왔다. 아무도 그를 포레스티에라고 부르지 않았다.

집으로 돌아오자 거실에서 부인들의 목소리가 들렸다. 그는 물었다. "누군가?"

하인이 대답했다. "왈테르 부인과 드 마렐 부인입니다."

그는 잠시 가슴이 약간 두근거렸으나 자신을 다독이며 생각했다.

'괜찮아, 설마하니.' 그는 문을 열었다.

클로틸드는 벽난로 구석에 앉아 창문으로 들어오는 햇볕을 쬐고 있었다. 조르주가 보기에 그녀는 약간 창백해진 듯했다. 먼저 왈테르 부인과 엄마 양옆에 보초처럼 앉아 있는 두 딸에게 인사를 건네고, 그는 예전의 정부에게 다가갔다. 그녀가 손을 내밀었다. 그는 '나는 여전히 당신을 사랑해요'라고 하듯이 힘을 주어 그 손을 움켜쥐었다. 그에 화답을 하듯 그녀도 마주 쥐었다.

그는 물었다.

"한 100년은 못 뵌 것 같은데 그간 안녕하셨습니까?"

그녀는 스스럼없이 대답했다.

"네, 그럼요, 그래 벨아미 당신은?"

그러고 나서 마들렌 쪽을 돌아보며 덧붙였다.

"계속 벨아미라고 불러도 괜찮을까요?"

"물론이죠, 당신이 원하신다면야 그렇게 하세요."

그 말 속에는 조롱하는 듯한 뉘앙스가 담겨 있었다.

왈테르 부인은 독신으로 사는 자크 리발이 자기 집에서 성대한 무술 대회를 개최할 예정인데, 사교계 부인들도 초청한다고 했다. 그녀는 덧붙였다.

"무척 재미있을 것 같은데 전 큰일이에요. 그때쯤이면 저희 주인어른께서는 집에 안 계실 텐데 우리를 데려가달라고 부탁할 분이 없네요."

뒤 르와가 안내를 해주겠다고 하자 부인은 매우 기뻐했다. "그렇게 한다면 더할 나위 없이 고맙죠. 저나 이 애들이나."

그는 왈테르의 딸 중 어린 쪽을 바라보며 생각했다. '요 쉬잔이란 애는 괜찮은걸, 제법 쓸 만해.' 그 아이는 아주 조그마했지만 고상한 블론드 인형 같았고, 날씬한 몸매에 허리와 가슴이 우아한 곡선을 그리고 있었다. 또한 세밀화처럼 정돈된 얼굴에 화필로 그린 청회색 에나멜 같은 눈망울은 오밀조밀한 것이 마치 상상력이 풍부한 화가의 손에서 탄생한 듯했다. 살결은 희고 매끄러우며 윤기가 흐르고 주름이나 잡티도 없고 불그스름하지도 않았다. 흐트러진 곱슬곱슬한 머리칼은 잘 다듬은 덤불숲이나 매혹적인 가벼운 구름 같았고, 계집아이들이 호

사스럽게 곧잘 안고 다니는 자기 키만 한 인형의 머릿결 같은 느낌이
었다.

언니 로즈는 못 생겼고 볼품도 없고 이렇다 할 것이 없었다. 남의 눈
에 띄지도 않고, 말도 잘 건네지 않고, 화젯거리에 오르지도 않는 처녀
였다.

부인은 일어나서 조르주 쪽으로 돌아서며 말했다.

"그럼 다음 주 목요일 2시에 기다릴게요."

"네, 알겠습니다, 부인."

그녀가 돌아가자 드 마렐 부인도 일어섰다.

"안녕히 계세요, 벨아미."

이번에는 그녀가 힘을 주어 오랫동안 그의 손을 잡았다. 그는 이 무
언의 고백에 심금이 요동쳤다. 아마 진정으로 자기를 사랑할지도 모르
는, 이 자유분방한 프티부르주아* 여인이 갑자기 그리워졌다.

'내일 찾아가야지' 하고 그는 생각했다.

손님이 떠나고 아내와 마주 앉자마자 마들렌은 웃음을 터뜨렸다. 쾌
활하고 거침없이 웃음이었다. 그녀는 남편을 똑바로 쳐다보며 말했다.

"좌우지간에 왈테르 부인이 당신한테 푹 빠져 있다는 거 아세요."

그는 영문을 몰라 반문했다.

"그럴 리가 있나?"

"그렇고말고요. 보증할게요. 몹시 흥분하며 당신 얘기를 하더군요.
그분한테 그런 면이 있었나 싶었어요! 당신 같은 남편감을 두 딸에게
찾아주고 싶다나요?…… 다행히 그분은 그런 일에 휩싸일 턱이 없는
분이니까 말이에요."

그는 의미를 알 수 없었다.

"무슨 말이오, 그럴 일이 없다니?"

<hr>

* 프티부르주아(Petite bourgeoisie)란 마르크스주의의 용어로, 원래는 소규모 생산수단을
지닌 자작농이나 소상공인을 지칭했지만, 지식을 파는 변호사나 의사·공인회계사 등의
전문가, 재능을 파는 예술가나 배우도 포함시킨다. 소시민이라도 한다.

그녀는 자기 판단을 확신하는 여자답게 또렷한 어조로 대답했다.

"그분은 말예요, 여태까지 한 번도 이상한 소문이 난 적이 없어요. 당신도 아시겠지만 전혀 그런 일이 없었어요. 어디를 보아도 나무랄 데 없는 분이죠. 그 남편은 당신도 잘 알잖아요. 하지만 부인은 완전히 달라요. 그야 유태인*을 남편으로 삼고 있다는 걸 무척 괴로워하기는 하지만, 남편에게 충실한 아내였죠. 정말 정숙한 여자예요."

뒤 르와는 깜짝 놀라며 말했다.

"난 그분도 유태인인가 했는데."

"그분요? 천만의 말씀이에요. 마들렌 성당에서 하는 자선사업은 뭐든 앞장서세요. 결혼도 정식으로 성당에서 했고요. 하기야 사장은 세례 받는 흉내만 냈는지, 성당에서 눈을 감아주었는지 그야 알 수 없지만요."

조르주는 중얼거렸다.

"아니!…… 그렇다면…… 그분이…… 내게 호감이 있다는 말인가?"

"그럼요, 확실하다니까요. 만약에 당신이 독신이었다면, 아마 쉬잔에게 결혼을 청해보라고 했을 텐데…… 그렇지 않을까요? 어쨌든 로즈는 싫으시겠죠?"

그는 콧수염을 만지작거리며 대답했다.

"음! 부인도 아직은 찝쩍거릴 만해."

마들렌은 짜증스럽게 받았다.

"당신도 정말, 부인이야 당신 재주 나름이겠지만요. 전 하나도 걱정이 안 돼요. 그분이 그 세계로 발을 내딛기에는 나이가 지났잖아요. 하려면 좀 더 일찍 시작했어야죠."

---

* 유태인이 미움을 받는 것은 근본적으로 종교적 이유에서다. 유태인은 선민사상을 지닌 민족으로, 유태교의 핵심은 하느님께서는 유태인만을 구원하신다는 신앙인데, 예수를 구세주로도 인정하지 않는다. 당연히 로마 황제도 인정하지 않아 서기 70년경부터 중동에서 쫓겨나 2,000년간 방랑한다. 게다가 예부터 유태인은 상업에 능한 민족이었고, 유럽을 떠도는 동안 안정적 직업인 농부가 될 수도 없는 터라, 결국 떠돌이 장사나 고리대금업 등 소위 기피 직종에 종사하게 되고, 그런 이유로 또다시 경멸받게 된다. 셰익스피어의 대표작 「베니스의 상인」에도 악역으로 유대인 고리대금업자가 등장한다.

조르주는 생각했다. '그렇다면 나도 어쩌면 쉬잔을 차지할 수도 있겠네……'

그러다가 어깨를 추켜올리며 '말도 안 돼!…… 멍청한 생각이지!…… 영감이 허락할 턱이 없지.'

그는 이제부터 자신에 대한 왈테르 부인의 태도를 좀 더 유념해 보리라 다짐했다. 하지만 당장에 어떤 이득이 돌아올지는 가늠해보지 않았다.

밤새도록 클로틸드와 함께한 사랑의 추억이 머릿속에 맴돌았다. 소소한 애정의, 짜릿한 관능의 추억이었다. 그 여자의 맹랑한 짓이라든가 귀여운 짓이라든가 하릴없는 산책이 그리웠다. 그는 속으로 되풀이했다. '참 귀여운 여자야. 그래, 내일 만나러 가자.'

작심한 대로 이튿날 점심식사를 마치자 곧 베르뇌유 거리로 갔다. 예전의 하녀가 문을 열어주며, 프티부르주아 가정에서 흔히 접하듯이 다정하게 물었다.

"별고 없었죠, 선생님?"

그는 대답했다.

"암, 그렇고말고요, 아가씨."

거실로 들어서자 서투른 피아노 소리가 들렸다. 로린이었다. 그는 그녀가 달려와 목에 매달리려니 생각했다. 하지만 그녀는 조용히 일어서더니 어른처럼 공손하게 인사를 하고 말없이 나갔다.

그 모습이 마치 모욕을 당한 여자처럼 보여 그는 내심 놀랐다. 곧 어머니가 들어왔다. 그는 손을 잡고 키스했다.

"당신을 얼마나 생각했는지 몰라."

"당연히 저도요."

그들은 조용히 자리에 앉아 눈과 눈을 조용히 들여다보며 미소 지었다. 키스하고 싶은 생각이 입술을 간지럽혔다.

"귀여운 클로, 당신을 사랑해요."

"저도 마찬가지예요."

“그럼…… 그럼…… 나를 원망하지는 않았어?”

“그렇기도 하고, 안 그렇기도 해요…… 처음엔 무척 괴로웠죠. 하지만 당신도 무리는 아니라는 생각이 들었고, 하지만 ‘그래! 언젠가는 내게 돌아올 거야’ 하고 생각했어요.”

“난 돌아올 용기가 없었어. 당신이 어떤 표정을 지을지 몰라서…… 그래서 주저주저했지만 만나고 싶어 견딜 수가 없었어요. 그건 그렇고, 로린은 왜 저러는 거지? 제대로 인사도 않고 화가 난 듯 나가던데.”

“모르겠어요. 당신이 결혼하신 후로는 그 애한테는 당신 얘기를 꺼낼 수가 없더군요. 아마 질투를 하는가 봐요.”

“설마!”

“아뇨, 정말이에요. 그리고 당신을 벨아미라 하지 않고 포레스티에 씨라고 부르던 걸요.”

뒤 르와는 얼굴이 빨개졌다. 그는 젊은 여자 곁으로 다가갔다.

“당신 입술을 주시오.”

그녀는 입술을 내밀어주었다.

“앞으론 어디서 만날까?” 하고 말했다.

“어디라뇨…… 콩스탕티노플 거리죠.”

“아니!…… 그럼 그 방을 아직까지?……”

“네, 줄곧 제가 간직하고 있었어요.”

“당신이 간직하고 있다니?”

“네, 당신이 돌아오시리라 믿고요.”

자부심에 가득 찬 기쁨에 가슴이 부풀어올랐다. ‘그러니까 이 여자는 진정으로 변함없이 가슴속 깊이 나를 사랑하고 있었던 게야.’

그는 중얼거렸다. “진정으로 사랑하오.” 그러고 나서 물었다.

“남편께선 잘 지내시죠?”

“네, 잘 있어요. 한 달 가량 머물다가 그저께 떠났어요.”

뒤 르와는 터져나오는 웃음을 주체하지 못했다.

“타이밍이 절묘하네!”

그녀는 천진난만하게 말했다.

"네! 그래요, 절묘해요. 하지만 그이가 있다고 해도 방해가 될 건 없잖아요. 그렇잖아요?"

"그건 그래. 어쨌거나 호감이 가는 사람이지."

"그런데 당신은 어때요?" 그녀가 말했다. "신혼생활 재미는요."

"좋지도, 나쁘지도. 집사람은 친구 혹은 동업자 관계지."

"그것뿐이에요?"

"그뿐이지…… 애정 감정을 말하자면……."

"납득이 가요. 하지만 마음씨가 좋은 분이에요."

"맞는 말이오. 하지만 내 마음을 흔들어놓지는 못하지."

그는 클로틸드 옆으로 다가가며 속삭였다.

"언제 만날 수 있을까?"

"그럼…… 내일…… 괜찮다면."

"좋아요, 내일 2시에?"

"2시."

그는 돌아가려고 일어섰다. 그는 쑥스러운 듯 망설이다가 입을 열었다.

"저기 알겠지만, 이번엔 내가 콩스탕티노플 거리 방을 빌리고 싶어. 그렇게 해줘요. 더 이상 당신이 세를 내지 않게 말이오."

이번에는 그녀가 사랑의 생동감에 취해 그의 두 손에 키스하며 나직이 속삭였다.

"좋으실 대로요. 전 우리가 쓸 수 있도록 빌려놓은 것뿐이니까요."

그리고 뒤 르와는 떠났다. 가슴에는 만족감이 충만했다.

어느 사진관 진열장을 지나며 눈이 큼직하고 커다란 몸집의 여자 사진을 대하자 그는 왈테르 부인이 떠올랐다. '아무튼 그 여자도 아직은 쓸 만해. 어째서 전에는 그걸 깨닫지 못했을까? 목요일에 어떤 얼굴로 대할지 궁금하군.'

그는 환희에 겨워 행진하듯 걸으며 손을 비벼댔다. 그것은 다양한 방면에서 얻은 성공의 기쁨, 성공한 남자가 솜씨를 뽐내는 자기만족적인 기쁨, 여인의 사랑을 통해 은근히 허영심도 채우고 육체적 쾌락도 챙기는 절묘한 기쁨이었다.

목요일이 되자 그는 마들렌에게 말했다.

"오늘 리발네 집에서 열리는 시합에는 안 올 거요?"

"네! 안 가요. 전 흥미도 없고, 게다가 오늘은 하원에 가야 해요."

날씨가 아주 좋았기 때문에 그는 지붕 없는 마차를 타고 왈테르 부인을 맞으러 갔다.

그는 부인의 모습을 보며 깜짝 놀랐다. 그날따라 몹시 젊고 아름다웠다.

밝게 단장한 그녀는 가슴이 약간 패인 금발의 레이스가 달린 블라우스를 입고 있었다. 그 밑으로 탄력 있는 젖가슴이 윤곽을 그려내고 있었다. 여태까지 이 여자가 그토록 싱그럽게 보인 적이 없었다. 진정 탐낼 만한 여자였다. 그녀는 평소 조용한 분위기에 흐트러짐 없는 행동을 했고, 어머니다운 차분한 태도를 보였다. 때문에 환심을 사려는 많은 남자들에게는 거의 눈에 띄지 않았다. 그녀는 이미 알려진 사실이나 의례적이고 절제된 말밖에 하지 않았다. 현명한 사고방식에 논리정연하고, 이치에 어긋남이 없어 결코 지나침이란 것이 없었다.

온통 장밋빛으로 차려입은 쉬잔은 방금 니스 칠을 끝낸 와토*의 그림과 같았다. 언니 쪽은 이 인형처럼 아름다운 소녀를 모시는 가정교사처럼 보였다.

리발의 집 앞에는 마차가 문전성시를 이루었다. 뒤 르와는 왈테르 부인에게 팔을 내밀었고 두 사람은 함께 들어갔다.

대회는 파리6구역의 고아 구제 사업을 위해 개최하는 것으로《라 비 프랑세즈》와 관련 있는 상·하원 의원 부인들이 후원하는 행사였다.

왈테르 부인은 후원자 명단에 올리기를 거절했지만 딸들을 데리고

---

* 장 앙투안 와토(Jean-Antoine Watteau, 1684~1721)는 프랑스의 화가다. 그는 주로 당시 유행하던 이탈리아 희극과 궁정 생활, 병사들의 생활 등을 그렸다.

구경은 오기로 약속했다. 부인은 원래 종교단체가 주관하는 사업 이외에는 이름을 올리지 않았다. 그것은 신심이 각별해서라기보다 유태인과 결혼했기 때문에 어느 정도 종교적인 관심을 나타낼 필요가 있어서였다. 더구나 신문기자가 베푸는 이런 모임은 일종의 공화주의적인* 의미가 있고, 더욱이 반종교적으로 보일 가능성이 있기 때문이다.

3주일 전부터 각종 신문에는 다음과 같은 기사가 실렸다.

> 저명한 기자 자크 리발 씨는 파리6구역 고아 구제를 위해 온정에 찬 아이디어로 그의 독신 저택에 딸린 훌륭한 경기장에서 대대적인 검술대회를 열기로 했다.
>
> 상원의원 부인인 라르와뉴, 르몽텔, 리솔랭 등과 하원의원 부인 인 라로슈 마티유, 페르스롤, 피르맹 등이 발기인으로 초대장을 보냈다. 경기 휴식 시간에 한 차례 기부금을 거둘 예정이고, 답지된 성금은 6구역 구장 또는 구장의 대리인에게 전달될 예정이다.

이는 영악한 이 신문기자가 자신의 이득을 챙기기 위해 생각해낸 멋진 광고였다.

자크 리발은 현관 앞에서 손님을 맞았다. 간이뷔페가 마련되어 있었는데 그 비용도 기부금에서 공제하기로 되어 있었다.

그는 무기와 사격장이 마련된 지하실로 내려가는 좁은 계단을 자상한 몸짓으로 가리키며 말했다.

"아래쪽입니다, 부인. 아래로 내려가십시오. 경기는 지하실에서 열립니다."

사장 부인이 나타나자 그는 황급히 뛰어왔다. 그리고 뒤 르와와 악수를 했다.

---

* 공화주의(républicaine)는 군주 독재에 반하는 인민 주권에 의한 평등을 강조하는 공동의 정치형태로 이해된다. 때문에 기득권을 지닌 특권 귀족층으로서는 조심스러워하고 기피하고 싶은 사상이다.

"안녕하시오, 벨아미."

그는 깜짝 놀라서 물었다.

"아니, 누구한테 들었죠?……"

리발은 말을 가로챘다.

"여기 계신 왈테르 부인께서 그 별명이 아주 좋다고 하셨지."

왈테르 부인은 얼굴을 붉혔다.

"네, 맞아요. 예전부터 가깝게 지냈다면 로린처럼 저도 벨아미라고 부르겠지만 말이에요. 어쨌든 당신한테 잘 어울리는 이름이에요."

뒤 르와는 웃으며 받았다.

"그럼 부인께서도 그렇게 불러주십시오."

그녀는 눈을 내리깔며 말했다.

"아네요, 아직 그만큼은 친하지 않잖아요."

그는 나직이 소곤거렸다.

"그럼 앞으로는 더 친해질 수 있을 거라고 기대해도 좋을까요?"

"그래요, 언젠가는 그렇게 되겠죠." 그녀가 말했다.

그는 가스등으로 밝힌 좁은 계단 입구에서 몸을 돌려 부인들을 지나가게 했다. 대낮의 밝은 빛에서 노란 등불 빛 아래로 갑자기 들어선 터라 주위가 음침해 보였다. 나선형 계단으로는 지하실 특유의 냄새가 올라왔다. 후텁지근한 습기 냄새, 임시방편으로 더러운 것을 닦아내 습기를 머금은 벽 냄새, 종교 의식을 연상케 하는 안식향나무의 향 냄새, 그리고 뤼뱅 향기, 마편초 향, 붓꽃 향, 제비꽃 향 등 여자들의 향수 냄새였다.

좁다란 계단 입구로 떠들썩한 사람들의 목소리며 들뜬 군중들의 요란한 소음이 들려왔다.

습기로 인해 전체가 희끄무레한 초석(硝石)*으로 뒤덮인 지하실 벽은 나뭇잎이 무성한 나뭇가지로 가려놓았고, 그 앞쪽에 기다란 화환처럼

---

* 초석은 광물질로서 색깔은 무색, 백색, 회색을 띤다. 주로 동물의 사체나 배설물 등에 박테리아가 작용하여 생긴다.

띠를 이룬 가스등과 베니스풍의 초롱을 조명으로 장식해놓았다. 때문에 사람들 눈에는 나뭇가지밖에 보이지 않았다. 천정은 양치류 식물로 치장했고 바닥에는 나뭇잎과 꽃들을 가득 뿌려놓았다.

사람들은 그것을 보고 기발하고 멋진 아이디어라고 칭찬했다. 안쪽의 지하실에는 검술을 위한 무대가 마련되어 있고, 그 양쪽으로 심판관들의 의자가 줄지어 있었다.

지하실에는 구석까지 벤치가 좌우로 열 개씩 놓여 있어 대략 200명 정도는 수용할 수 있었다. 하지만 초대된 사람은 400명이었다.

무대 앞에는 시합 복장을 한 늘씬한 젊은이들이 팔다리를 스트레칭하고 뒤로 허리를 젖히고 카이저수염을 뽐내며 관객들에게 그럴 듯한 모습을 연출했다. 관객들은 몸을 풀고 있는 사람들을 보면서 펜싱 사범은 누구고, 취미로 하는 사람은 누구며, 거물급 전문가가 누구인지 이름을 거명하며 손가락질했다. 그들 주위로 프록코트를 입은 젊고 늙은 여러 축의 신사들이 모여 펜싱복을 입은 사람들과 이야기를 하며 가족처럼 친하다는 면모를 과시했다. 그들도 관객들의 주목을 받고 자기를 알아보고 거명되기를 바라는 듯했다. 그들 역시 평상복을 입고 있었지만 검술의 대가였고 그 방면의 권위자들이었다.

거의 모든 벤치가 여자들로 메워졌다. 옷자락을 스치는 소리, 서로 소곤거리는 소리로 장내는 수선스러웠다. 푸른 잎으로 뒤덮인 지하실은 벌써 한증막처럼 달아올라 여자들은 모두들 연극을 볼 때처럼 부채질을 했다. 짓궂은 사람이 이따금 농담 삼아 외쳤다. "보리차! 레모네이드! 맥주우!"

왈테르 부인과 딸들은 지정된 맨 앞줄 자리에 앉았다. 뒤 르와는 그녀들을 앉히고 자리를 뜨면서 나직이 속삭였다.

"그럼 이만 실례. 남자가 염치없이 자리를 차지하고 있으면 안 되니까요."

하지만 부인은 주저하면서 대답했다.

"그래도 곁에 계시면 좋을 텐데. 선수들 이름도 가르쳐주시면서요.

그럼, 의자 옆에 서 계세요. 옆에 계시면 아무한테도 방해가 안 될 거 예요.”

그녀는 서글서글한 눈매로 그를 바라보았다. 그녀는 졸라댔다.

“그렇게 해요, 함께 있어요…… 저어…… 벨아미. 우리는 당신이 필 요해요.”

그는 대답했다.

“기꺼이…… 따르겠습니다, 부인.”

여기저기서 칭찬의 목소리가 들려왔다.

“이 지하실은 정말 멋지네요. 정말 매력적이에요.”

조르주는 이 지하실을 익히 알고 있었다. 그 천정이 둥근 그곳을! 예 전에 결투하기 전날, 이곳에서 보냈던 그날 아침을 어찌 잊을 수 있겠 는가? 저 건너 지하실 안쪽에서 왕방울 같은 눈으로 무섭게 노려보던 조그만 흰 표적과 마주하며 홀로 지냈던 그 아침 일을.

자크 리발의 목소리가 계단 쪽에서 울려왔다. “자아, 숙녀 여러분. 시작하겠습니다.”

그러자 앞가슴을 돋보이기 위해 몸에 꼭 낀 옷을 입은 여섯 명의 신 사가 무대 위로 올라 심판관 자리에 앉았다.

그들의 이름이 입에서 입으로 퍼져나갔다. 커다란 콧수염을 기른 작 달막한 남자는 심판장인 레날디 장군, 턱수염이 길고 몸집 큰 대머리 는 화가인 조제팽 루데, 멋진 옷차림의 청년 세 사람은 마테오 드 위자 르, 시몽 라몽셸, 피에르 드 카르뱅, 나머지 한 사람은 펜싱 사범인 가 스파르 메를롱이었다.

지하실 양쪽으로 두 개의 플래카드가 내걸렸다. 오른편에는 크레브 쾨르 씨, 왼편에는 플뤼모 씨라고 이름이 적혀 있었다.

둘 다 사범이었지만 2류급이었다. 둘 다 몸이 호리호리하고 동작이 약간 뻣뻣한 것이 군인 같은 분위기를 자아냈다. 꼭두각시 같은 동작 으로 검으로 인사를 나눈 후 겨루기를 시작했다. 아마포와 흰 가죽으 로 된 펜싱복을 입고 겨루는 모습은 마치 병사로 분장한 광대의 우스꽝스러운 장난 같기도 했다.

이따금 "찌르기!" 하며 기합소리가 들렸다. 그러자 여섯 명의 심판관은 제법 전문가답게 고개를 앞으로 내밀기도 했다. 관중들에게는 살아 움직이는 인형 두 개가 팔을 뻗치고 이리저리 움직이는 것으로 보였지만 모두들 기뻐했다. 하지만 두 인형의 움직임이 그다지 민첩하지 못해 어딘지 우스꽝스럽게 보였다. 새해가 되면 거리 장터에서 파는 목제 격투사 인형 같았다.

두 사람에 이어 플랑통 씨와 카라팽 씨가 올라왔는데 하나는 일반 사범이고, 다른 이는 군대 사범이었다. 플랑통 씨는 땅딸막했고, 카라팽 씨는 뚱뚱했다. 혹시나 펜싱 검에 찔리면 그 풍선은 가죽으로 만든 코끼리처럼 푹 꺼져버릴 것 같았다. 모두들 킥킥거렸다. 플랑통 씨는 원숭이처럼 폴짝폴짝 뛰었지만, 카라팽 씨는 너무 뚱뚱해서 팔만 움직일 뿐 다른 부분은 잘 움직이지 못했다. 그는 공격하기 위해 5분 정도에 한 번씩 앞으로 발을 내디뎠는데, 그토록 둔하고 그토록 애쓰는 그의 움직임은 일생일대 단호한 결단을 내린 사람처럼 보였다. 다시 몸을 일으켜 세우는 것 또한 대단한 고통인 듯했다.

전문가들은 그의 솜씨가 대단히 튼실하고 빈틈이 없다고 평했다. 관중들은 그 말을 믿고 그를 높이 평가했다.

뒤이어 포리옹 씨와 라팔므 씨가 등장했다. 한 사람은 사범이고 한 사람은 동호인이었다. 그들은 과도하게 준비운동을 하고 나서 미친 듯이 상대에게 달라붙어 심판관들마저 의자를 들고 뒤쪽으로 피해야 할 정도였다. 무대 끝에서 끝까지 밀고 밀리며 쫓고 쫓겼고, 상대가 발을 굴러 앞으로 다가서면 우스꽝스럽게 펄쩍 뛰며 뒤로 물러섰다. 귀엽게 깡총깡총 뛰며 물러설 때는 부인들도 재미있어 하며 웃었지만, 크게 도약하며 앞으로 나아갈 때는 그다지 감흥을 자아내지 못했다. 이 체조를 하는 듯한 경기를 보면서 어떤 맹랑한 젊은이가 재치 있는 한마디를 던졌다. "녹초가 돼서 쓰러지겠다. 그냥 시간이나 때워!" 좌중의 사람들은 눈치 없는 이 한마디에 언짢아하며 "쉿!" 하고 말렸다. 전문가들의 논평이 전해졌다. 검술가들은 매우 박력 있게 겨루기는 했지만 이따금 임기응변 능력이 부족했다고 평했다.

1부는 자크 리발과 벨기에의 저명한 교수 르베그의 수준 높은 겨루기로 막을 내렸다. 리발은 부인들에게 인기가 좋았다. 미끈한 몸매를 소유한 이 미남자의 유연하고 민첩한 몸놀림은 그때까지 무대에 오른 그 누구보다 출중했다. 그는 물러나며 방어할 때나 나아가며 공격할 때 사교계 인물다운 기품이 넘쳤다. 그것은 상대편의 활력 넘치는 평범한 동작과 묘한 대비를 이루어 보는 이들을 흐뭇하게 했다. "정말 고상한 기품이 있는 남자야" 하고 사람들은 소곤거렸다.

그는 멋지게 이겼다. 박수갈채가 이어졌다.

그러나 조금 전부터 위쪽에서 이상한 소리가 들려와 관객들의 궁금증을 자아냈다. 수많은 사람들이 왁자하니 웃으면서 발버둥치는 소리였다. 아마도 지하실로 내려오지 못한 200명 남짓한 손님들이 나름대로 즐기고 있는 것 같았다. 조그마한 나선형 계단에는 50명가량의 남자가 몰려 있었다. 아래쪽은 더위를 참기 힘들 정도였다. 여기저기서 고함을 쳤다. "통풍을 시켜!", "마실 것을 줘!" 사람들의 웅성거리는 소리를 뚫고 방금 전 그 익살꾸러기의 드높은 목소리가 울려 퍼졌다.

"보리차! 레모네이드! 맥주우!"

경기복을 벗지 않은 리발은 상기된 얼굴로 나오면서 말했다.

"뭐 시원한 것 좀 대접해야겠네." 그러면서 계단 쪽으로 달려갔다. 그러나 1층으로 올라가는 길은 꽉 막혀 있었다. 계단에 들어찬 사람을 헤집고 가는 것보다 천정에 구멍을 뚫는 게 빠를 것 같았다.

리발이 소리쳤다. "부인들께 아이스크림을 내려 보내주게나."

50명의 목소리가 한꺼번에 반복했다. "아이스크림!"

쟁반 하나가 겨우 들어왔다. 하지만 아무것도 없는 빈 접시였다. 내용물은 오는 도중에서 사라져버렸다.

누군가가 큰 소리로 고함쳤다. "숨 막혀 죽겠어! 빨리 끝내고 갑시다."

다른 목소리가 응수했다. "모금합시다!"

그러자 더위에 녹초가 된 관중들도 밝은 목소리로 합창을 했다. "모금…… 모금……."

그러자 경기를 주최한 여섯 명의 부인들이 벤치 사이를 돌기 시작했다. 돈주머니로 동전 떨어지는 소리가 조그맣게 들렸다.

뒤 르와는 명성 높은 인사들의 이름을 왈테르 부인에게 가르쳐주었다. 우선 사교계의 명사들과 신문기자를 일러주었다. 대형 신문사나 유서 깊은 신문사의 기자들이었다. 그들은 《라 비 프랑세즈》를 무시하는 것은 자명했지만, 워낙 경륜이 깊은 사람들이라 수상한 계획 하에 창간된 정치·경제 관련 신문이 한 내각의 붕괴에 휩쓸려서 하루아침에 사라져간 모습을 허다하게 보아왔기 때문에 섣부른 판단은 유보하고 있었다. 저편에는 화가와 조각가들이 눈에 띄었는데 그들은 대개 스포츠에 취미가 있는 사람들이었다. 또 아카데미 회원인 시인도 있어 사람들은 그의 이름을 들먹였다. 그리고 음악가 두 사람과 수많은 외국 귀족들을 일러주었다. 뒤 르와는 그러한 외국 귀족의 이름을 속삭일 때마다 '라스타'*라는 말을 반드시 붙였다. 그는 영국 사람들이 이름 뒤에 붙이는 '에스크'를 본뜬 것이라는 설명도 잊지 않았다.

누군가가 그에게 말을 걸었다.

"안녕하시오, 친구 양반?"

보드렉 백작이었다. 뒤 르와는 부인들께 양해를 구하고 악수하러 갔다.

돌아와서 그는 소개를 했다. "보드렉 씨는 멋진 분이죠. 유서 깊은 혈통의 가문이죠."

왈테르 부인은 아무 대답도 하지 않았다. 약간 피곤해보였고, 힘겹

---

* 라스타(Rasta)는 라스타쿼에르(Rastaquouiere)의 약자로, 1880년 이후에 사용되기 시작했다. 가죽 제조업이나 도매업을 통해 남아메리카로부터 많은 재산을 벌어들인 스페인 졸부를 칭하는 경멸적인 용어로 '미심쩍은 외국인'이라는 뜻이다. 소설이 쓰인 1885년경 당시에는 유행하던 신조어일 수 있다. 또한 에스크(Esq)는 에스콰이어(Esquire)의 약자로, 영국 등지에서 사용하기 시작했는데 기사(騎士)계급에게 붙이는 써(Sir)보다는 한 단계 낮은 신분을 나타내는 호칭이다.

게 숨을 내쉴 때마다 가슴이 솟아올라 뒤 르와의 시선을 사로잡았다. 이따금 '사장의 안주인'과 시선이 마주쳤다— 동요하고 망설이는 시선은 힐끗 그를 바라보다가 피하듯이 다른 쪽을 쳐다보았다. 그는 속으로 중얼거렸다. "어럽쇼…… 어럽쇼…… 요것 봐라…… 정말 나한테 빠진 거 아냐?"

기부금을 모으는 부인들이 앞을 지나갔다. 어느 주머니든 은화와 금화로 가득했다.

이윽고 새로운 플래카드가 무대에 내걸렸다. '어마어마어마하게 놀랄 경기'라고 적혀 있었다. 심판관의 얼굴들이 제자리에 돌아왔다. 모두 숨을 죽였다.

두 여자가 나타났다. 각자 손에 플뢰레* 검을 들고, 몸에 꼭 끼는 짙은 색 셔츠에 허벅지 중간까지 올라오는 짧은 스커트로 된 펜싱복 차림이었다. 가슴 보호대는 너무 두꺼워 고개를 제대로 숙일 수 없을 지경이었다. 젊고 아름다운 여인들이었다. 그녀들은 관중을 향해 인사하고 방긋 웃었다. 오래도록 갈채가 이어졌다.

그녀들은 환심을 사려는 남자들의 함성과 여인들의 소곤거리는 빈정거림의 한복판에 서 있었다.

심판관들은 싱글벙글 입가에 미소를 띠우며 멋지게 일격이 들어갈 때마다 나지막하게 "브라보"를 외쳤다.

관중들은 재미있어 하며 그녀들에게 성원을 아끼지 않았다. 남자들에게는 욕정을 충동질했고, 여자들에게는 귀엽지만 약간은 외설스러운, 우아하지만 천박스러워 보이는, 가식적인 친절과 가식적인 상냥함, 카페 콩세르**에서 노래하는 가수나 오페레타에 등장하는 노래 등 일반적인 파리지앵의 취향을 자극했다.

여자 선수들이 발을 내딛으며 일격을 가할 때마다 관중들 사이로는

---

* 플뢰레(fleuret)는 펜싱 경기 중 하나로 가드(날 밑)가 달린 유연한 검을 사용하며, 찌르기만이 공격으로 인정된다. 과녁은 머리, 다리, 팔 등을 제외한 금속재킷 부분에 한정된다.
** 카페 콩세르(café-concert)는 식사 · 음료를 하면서 음악 · 쇼 따위를 즐길 수 있는 곳이다.

환희의 전율이 물결쳤다. 또 둘 중 누군가가 관객석으로 포동포동한 등허리를 내보이기라도 하면 모두들 입을 쩍 벌리고 눈을 휘둥그렇게 떴다. 손목 동작 따위는 아예 눈에 들어오지 않았다.

시합이 끝나자 열광적인 박수가 이어졌다.

다음에는 사브르* 경기가 시작되었는데, 먼저 번 시합에 완전히 정신을 빼앗겨 아무도 관심을 두지 않았다. 그때 위쪽에서 이삿짐을 나르듯 가구를 여기저기로 움직이는 소리, 마루 위에서 잡아끄는 소리 등이 몇 분 동안 이어졌다. 그러더니 갑자기 천정에서 피아노 소리가 들려왔고, 박자에 맞춰 발을 굴러 운율을 맞추는 소리가 또렷하게 전해졌다. 위쪽 사람들이 시합을 보지 못한 것을 보상이라도 받으려는 듯 춤을 추기 시작한 것이다.

그 소리를 듣고 경기장의 관객들은 한꺼번에 웃음을 터뜨렸고, 어떤 여자들은 춤을 추고 싶은 욕망에 사로잡혀 무대 위의 시합은 아랑곳하지 않고 자리에서 일어나며 떠들어대기 시작했다.

뒤늦게 온 사람들이 어울려 댄스파티를 연다는 것은 재미있는 아이디어라고 생각했다. 그렇다면 따분하지도 않을 터이고, 자기도 차라리 위에 있었으면 좋았을 걸 하고 생각하는 사람도 있었다.

새로운 선수가 나와서 인사를 나누었다. 그들은 위풍당당한 태세를 취했기 때문에 사람들의 시선은 그들의 몸놀림에 쏠렸다.

그들은 공격을 할 때건 수비를 할 때건 탄력 있는 매력, 절도 있는 생동감, 정확한 힘의 안배, 절제된 동작, 기품 있는 행동을 연출하여 펜싱에 무지한 관객들도 탄성을 자아내며 그 매력에 흠뻑 빠졌다.

차분한 민첩성, 절도 있는 유연성이 돋보였고, 어찌 보면 느려 보였

---

* 사브르(sabre)는 펜싱 종목 중 하나로 플뢰레 · 에페와는 달리 베기 또는 찌르기가 가능하다. 공격 범위는 머리와 상체(허리보다 위)이며 양팔도 포함된다. 플뢰레와 다른 점은 아랫배가 공격 대상에서 제외되지만 팔 및 손목도 공격이 가능하다. 가드가 달린 유연한 검을 사용하며, 칼의 단면이 장방형이다. 칼날의 길이는 에페와 플뢰레가 90cm로 손잡이와 함께 110cm를 넘을 수 없는 데 반해, 사브르는 이보다 짧아 88cm의 칼날에 105cm로 길이가 제한된다.

지만 주도면밀한 상황 판단 하에 날렵한 동작을 펼쳤다. 그 완벽한 모습에 매료되어 관객들은 눈길을 떼지 못했다. 관객들은 세상에서 보기 힘든 아름다움을, 그 방면의 위대한 대가가 펼쳐내는 명승부를, 두 거장이 발휘할 수 있는 최대의 기량과 최선의 작전을, 검증된 기술과 육체적 기량을 보여주고 있음을 알 수 있었다.

이제는 모두들 숨을 죽인 채 시선을 집중시켜 그들을 지켜보았다. 마지막 일격이 끝나고 두 사람이 손을 굳게 잡자 열띤 환호와 함성이 터졌다. 사람들은 발을 구르며 목청껏 외쳤다. 그들의 이름을 모르는 사람이 없었다. 세르장과 라비냑이었다.

여차하면 결투도 불사하겠다는 듯한 흥분의 도가니였다. 남자들은 싸움을 한판 벌이고 싶다는 충동에 휩싸여 옆 사람을 힐끗거렸다. 상대편이 웃기라도 한다면 트집을 잡아 싸움을 벌일 기세였다. 평생 한 번도 검을 쥐어본 적이 없는 사람까지도 지팡이로 공격 자세를 취하거나 왔다 갔다 하면서 동작을 흉내 냈다.

이윽고 관객들은 점차 조그만 계단을 오르기 시작했다. 이제야 뭣 좀 마셔야겠다는 생각이었다. 하지만 위에서 춤추던 사람들이 간이뷔페를 말끔히 해치운 터라, 원래가 다 들어갈 수 없는 것을 알면서도 무리하게 200명이나 더 초대한 것은 무례한 처사라고 툴툴거리며 돌아갔다.

과자 한 조각, 샴페인이나 시럽, 맥주 한 방울도 남지 않았고, 봉봉 캔디도 과일도 말끔히 흔적도 없이 사라졌다. 약탈하고 겁탈하듯 깨끗이 먹어치운 것이다.

웨이터들에게 자세한 상황을 물으니 그들은 터져 나오는 웃음을 참으며 안 됐다는 표정으로 대답했다.

"부인들께서 남자들보다 더 심했습니다. 어쨌든 탈이 날 정도로 먹고 마시고 했으니까요." 마치 외적의 침입으로 모든 것을 송두리째 유린당한 도시에서 살아남은 사람의 이야기를 전해 듣는 기분이었다.

더 이상 어쩔 수 없는 상황이었다. 신사들 중에는 기부한 20프랑을 아까워하는 사람도 있었고, 위에 있던 녀석들은 한 푼도 내지 않고 잔뜩 먹고만 갔다며 분개하기도 했다.

발기인의 수중에 모인 돈은 3천 프랑이 넘었다. 모든 비용을 제하고 나니 6구역 고아들에게 보낼 돈은 고작 220프랑이었다.

뒤 르와는 왈테르 모녀 옆에 서서 마차를 기다렸다. 사장 안주인을 바래다주기 위해 그는 부인과 마차에 마주 앉았다. 또다시 동요하면서 자신을 피하는 듯한 다정한 시선과 마주쳤다. '우와, 이거 정말 나한테 빠졌네.' 그는 여자들에게 인기가 많다는 사실을 새삼 실감하며 싱글벙글 웃었다. 왜냐하면 다시 예전처럼 관계를 회복한 드 마렐 부인도 미친 듯이 그를 사랑하고 있었기 때문이다.

그는 경쾌한 발걸음으로 집으로 돌아왔다.

마들렌이 거실에서 기다리고 있었다.

"전해드릴 소식이 있어요. 모로코 사태가 복잡하게 되었어요. 프랑스는 2~3개월 안에 그곳으로 출정할지 몰라요. 아무튼 이 사건을 잘 주물러서 내각을 주저앉히는 거예요. 이 기회를 잘 이용하면 라로슈 씨는 외무장관 자리를 차지할 수 있을 거예요."

뒤 르와는 아내를 놀려주려고 일부러 그 말은 납득하기 어렵다고 평가했다. 튀니지에서 범했던 어처구니없는 실패를 되풀이할 만큼 정부 당국은 어리석지 않다고 했다.

그러자 아내는 답답하다는 듯이 어깨를 으쓱했다.

"제 말이 맞다니까요! 제 말이 맞아요! 그들이 크게 한몫 잡을 기회라는 걸 생각하지 못하는 것 같군요. 정치적 이해를 도모하려면 옛날엔 '여자를 찾아라'라고 했지만 요즘엔 '사건을 찾아라'라고 한다고요."

그는 중얼거렸다. "말도 안 돼!" 그녀의 부아를 돋우기 위해 일부러 경멸하는 투로 비웃었다.

그녀는 신경질적으로 말했다.

"어머나, 당신은 정말 포레스티에 못지않게 순진하네요."

남편의 심사를 건드려 화를 내게 만들 요량으로 내뱉은 말이었다. 하지만 그는 넉살좋게 웃으며 대답했다.

"마누라를 뺏긴, 그 오쟁이 진 남편 포레스티에 말이오?"

그녀는 충격에 사로잡혀 중얼거렸다.

"어머! 조르주!"

그는 아랑곳하지 않고 비웃는 듯 대답했다. "아무튼 그렇지 않은가? 요 전날 밤 포레스티에 몰래 바람피웠다고 고백했잖아?"

그리고 덧붙였다. "가엾은 놈." 진짜 측은하다는 어조가 짙게 배어 있었다.

마들렌은 응대할 가치도 없다는 듯이 등을 홱 돌렸다가 얼마 후 말을 이었다.

"화요일에 손님을 초대할 거예요. 라로슈 마티유 부인이 페르스뮈르 자작 부인과 함께 저녁식사 하러 올 거예요. 그러니까 당신도 리발 씨하고 노르베르 드 바렌 씨를 모셔 올래요? 저는 내일 왈테르 부인과 드 마렐 부인한테 갔다 올게요. 리솔랭 부인도 부를까 해요."

얼마 전부터 그녀는 남편의 정치적 입지를 이용해 여기저기 인맥을 만들고 《라 비 프랑세즈》의 후원을 필요로 하는 상·하원 의원 부인들을 자주 집으로 초대했다.

뒤 르와는 대답했다.

"좋지. 리발과 노르베르는 내가 맡지."

그는 흡족해 하며 손을 비볐다. 아내를 괴롭히면서, 숲속으로 산책을 갔다가 온 후 가슴속에 똬리를 튼 정체불명의 반감과 가슴을 헤집듯이 콕콕 찔러대는 질투심을 해소할 좋은 시빗거리를 찾았기 때문이다. 앞으로 포레스티에를 언급할 때는 반드시 '오쟁이 진'이란 형용사를 붙이리라. 그렇게 하면 제아무리 마들렌인들 끝내는 화를 내리라 생각했다. 그래서 그날 밤은 열 번이나 넘게 야유 섞인 동정어린 말투로 '오쟁이 진 포레스티에'를 되풀이했다.

포레스티에에 대한 감정은 사라지고, 이제는 고인을 위해 복수를 하는 것이었다.

아내는 못 들은 체하면서 생글생글 웃으며 마음에 두지도 않았다.

그녀는 이튿날 왈테르 부인을 초대하러 가기로 되어 있었다. 그는 그녀보다 먼저 사장 부인을 찾아가 정말로 자기에게 마음이 있는지 떠보기로 했다. 그 일은 재미도 있거니와 흥겹기도 했다. '그리고 어쨌거나…… 못할 게 뭐야…… 그럴 가능성도 있지.'

그는 2시 무렵에 말제르브 대로에 모습을 드러냈다. 응접실로 안내되었다. 그는 기다렸다.

왈테르 부인은 기쁜 마음에 손을 내밀며 종종걸음으로 들어섰다.

"어머나, 무슨 바람이 불어서 여기까지 오셨을까?"

"무슨 바람이 아닙니다. 뵙고 싶어 견딜 수가 없었죠. 이유는 알 수 없지만, 어떤 커다란 힘이 댁으로 끌어당긴 것 같습니다. 그래서 염치 불구하고 찾아뵙습니다! 이렇게 이른 시간에 찾아와 솔직하게 말씀드리는 무례함을 용서해주시겠습니까?"

그는 정색을 했지만 말은 약간은 익살스런 어조로 했다. 입가에는 미소를 띠고 있었지만, 음성은 진지했다.

그녀는 아연실색하여 얼굴을 약간 붉히면서 더듬더듬 말을 받았다.

"하지만…… 정말로…… 무슨 뜻인지 잘 모르겠어요…… 저한텐 너무 뜻밖이라서……."

그는 덧붙였다.

"당신께서 겁내시지나 않을까 해서 유쾌한 어조로 말씀드렸지만, 실은 사랑을 고백한 겁니다."

그들은 상대와 가까이 마주 앉아 있었다. 그녀는 유쾌하다는 듯이 그 말을 받았다.

"어머나, 사랑 고백을…… 진심으로요?"

"그렇고말고요! 오래전부터 말씀드리고 싶었습니다, 정말 오래전부터요. 하지만 저한테는 용기가 없었죠. 듣기에 엄격하고 강직하신 분이라……."

부인은 간신히 침착함을 되찾고 대답했다.

"그런데 왜 하필이면 오늘이에요?"

"잘 모르겠습니다." 그러더니 목소리를 낮추었다. "말씀드리기 쑥스럽지만 어제부터 줄곧 당신만 생각했기 때문이겠죠."

순간 그녀는 창백해지며 더듬거렸다.

"자아, 그런 어린애 같은 얘긴 그만두고 우리 다른 얘기해요."

순간 느닷없이 그가 무릎을 꿇자 그녀는 놀라며 일어서려 했다. 하지만 그는 의자에서 일어서지 못하도록 그녀의 허리를 양 팔로 단단히 끌어안고 격정에 찬 목소리로 되풀이했다.

"예, 그렇습니다. 오래전부터 당신을 진정으로 미칠 듯이 사모했습니다. 대답하지 않으셔도 됩니다. 어쩔 수 없었습니다. 전 미쳐버렸으니까요! 사모하는 저의 마음을…… 아아! 얼마나 사모하는지 알아주신다면!"

그녀는 질식할 듯이 헐떡이며 무슨 말을 하려고 했으나 목소리가 나오지 않았다. 그녀는 상대의 입이 자기 입술로 다가오는 것을 막으려고 그의 머리칼을 붙잡고 두 손으로 밀쳐냈다. 그러면서 그를 보지 않으려고 눈을 감고 이리저리 연거푸 고개를 저었다.

그는 드레스 위로 그녀의 몸을 만지고 쓰다듬고 더듬었다. 난폭하고 거친 애무에 그녀는 정신이 아득해졌다. 그는 느닷없이 몸을 일으키며 껴안으려고 덤벼들었다. 하지만 그 틈을 타서 빠져나온 그녀는 뒤로 펄쩍 뛰어 물러서며 안락의자 사이로 도망쳤다.

그는 더 쫓아가는 것도 우스꽝스럽다고 생각하며 의자에 털썩 주저앉아 두 손으로 얼굴을 가린 채 흐느끼는 시늉을 했다.

그러고 나서 다시금 일어서며 울부짖었다. "영원히 안녕! 안녕 영원히!" 그리고 도망치듯 나왔다.

그는 태연스레 현관에서 지팡이를 건네받고 거리로 나서며 생각했다. '빌어먹을! 이쯤 해두면 되겠지!' 그리고 전보국에 가서 이튿날 밀회를 위해 클로틸드에게 프티 블뢰를 보냈다.

평소 때와 마찬가지로 집으로 돌아와 아내에게 물었다.

"어때? 저녁식사 초대한 손님들은 모두 온다고 하던가?"

그녀가 대답했다.

"네. 하지만 왈테르 부인만은 아직 잘 모르겠어요. 왠지 우물쭈물하면서 약속이 어떻다느니 기분이 어떻다느니 알 수 없는 말을 하더군요. 뭔가 좀 이상했어요. 하지만 오실 거예요."

그는 가볍게 어깨를 으쓱했다.

"글쎄, 그러겠지. 오실 거요."

그렇지만 확신은 없었다. 손님을 초대한 당일까지 마음이 놓이지 않았다.

그날 아침 마들렌은 사장 부인에게 짧은 전갈을 받았다.

> 그럭저럭 형편이 되어 찾아뵐 수 있겠네요. 하지만 우리 바깥양반은 함께 갈 수 없습니다.

뒤 르와는 생각했다. '더 이상 찾아가지 않은 게 잘한 거야. 이제야 마음이 가라앉은 모양이네. 조심해야지.'

그는 약간 마음을 졸이며 부인이 오기를 기다렸다. 그녀는 차분했지만 약간은 냉랭하고 약간은 도도한 태도였다. 그는 완전히 움츠러들어 신중하고 유순하게 처신했다.

라로슈 마티유 부인과 리솔랭 부인은 남편과 함께 왔다. 페르스뮈르 부인은 상류 사교계에 떠도는 풍문을 전했다. 드 마렐 부인의 야릇한 느낌을 주는 독창적인 차림새는 그녀를 더욱 매혹적으로 만들었다. 노란색과 까만색을 배합한 스페인풍 의상은 우아한 몸매와 통통한 젖가슴, 포동포동한 팔을 한껏 드러내주었고, 자그마한 새처럼 귀여운 얼굴을 한층 더 돋보이게 만들었다.

뒤 르와는 오른쪽에 왈테르 부인을 앉게 했지만 식사시간 내내 과도하게 경의를 표하며 진중한 이야기만 꺼냈다. 이따금 클로틸드를 쳐다보았다. 그는 생각했다. '저쪽이 훨씬 아름답고 싱그럽지.' 가끔 아내 쪽으로도 눈길을 돌렸다. 마음속에서 끊임없이 솟구치는 악의에 찬 분노를 꾹 눌러 참고 있던 그였지만, 자기 아내도 그다지 빠지지는 않는다고 생각했다.

사장 부인은 그에게 난공불락에 도전하는 흥분감과 끊임없이 새로운 것을 탐하는 남성의 욕정을 부채질했다.

그녀는 일찍 돌아가려 했다.

"모셔다 드리겠습니다." 그가 말했다.

그녀는 사양했다. 그는 굽히지 않았다.

"왜 안 된다는 겁니까? 제 체면도 생각해주셔야죠. 절대 저를 용서할 수 없다고 생각하시는 것 같네요. 보시다시피 저는 이렇게 차분합니다."

그녀는 대답했다.

"하지만 다른 손님들도 계시잖아요."

그는 빙긋 웃으며 말했다.

"웬걸요! 20분 후면 돌아올 텐데. 아무도 모를 겁니다. 정말 끝까지 사양하신다면 제 심장은 산산조각으로 부서져 내릴 겁니다."

그녀는 중얼거렸다.

"그럼, 그렇게 하세요."

하지만 마차에 타자마자 그는 그녀의 손을 잡고 열정적으로 키스했다.

"당신을 사랑합니다. 당신을 사랑합니다. 부디 제 말씀만 들어주세요. 절대 손대지 않겠습니다. 단지 당신을 사랑한다는 말만을 할 수 있게 해주십시오."

그녀는 더듬거렸다.

"어머! 저한테 약속해놓고서…… 나빠요…… 나빠요……."

그는 필사적으로 마음을 진정시키는 것처럼 시늉하면서 차분한 목소리로 계속했다.

"보세요, 이렇게 자제하고 있습니다. 그렇지만…… 이 말만은 하게 해주십시오. 나의 사랑을 받아주십시오…… 매일 댁에 찾아가서 이 말씀을 드리고 싶습니다…… 그래요, 5분 동안 부인 발밑에 무릎을 꿇고 사무치는 얼굴을 바라보며 '나의 사랑을 받아주십시오'라는 세 마디만 할 수 있게 해주십시오."

그녀는 상대에게 손을 내맡긴 채 가쁜 숨을 몰아쉬며 말했다.

"아뇨, 그럴 수 없어요, 그럴 수 없어요. 사람들이 뭐라고 할지 생각해보세요, 하인이나 딸들도요. 아뇨, 아뇨, 불가능해요……."

그는 계속해서 말했다.

"저는 이제 부인을 뵙지 못하고는 살 수가 없습니다. 댁이건 다른 곳에서건 매일 1분이라도 만나뵙고 부인의 손을 만지고, 부인의 옷자락이 휘저어놓은 공기를 마시고, 부인의 몸매를 감탄스레 바라보고, 저를 미치게 만드는 커다란 아름다운 두 눈을 바라볼 수 있게 해주십시오."

그녀는 이 진부한 사랑의 노래를 가볍게 몸을 떨며 듣고 있었다. 그리고 그녀는 떠듬거렸다.

"아뇨…… 아뇨…… 불가능해요. 더 이상 아무 말씀도 하지 마세요!"

그는 이런 단순한 여자는 서서히 공략해야 하고, 처음에는 상대가 좋아하는 곳에서 일단 약속을 정하게 만들면서 원하는 대로 하게 놔둬야 한다는 점을 잘 알고 있었다. 그는 한층 목소리를 낮추어 귓불에 대고 소곤거렸다.

"보세요…… 무슨 일이 있어도…… 뵙고 말 겁니다…… 집 앞에서 기다릴 겁니다…… 궁색하지만…… 당신이 내려오시지 않는다면 제가 올라가겠습니다…… 어쨌든 뵙고 말 겁니다…… 뵙고 말 겁니다…… 내일이라도 당장."

그녀는 되풀이했다.

"아뇨, 아뇨. 하지 마세요. 절대로 만나지 않을 거예요. 우리 딸들도 좀 생각해주세요.”

“그럼 어디서 뵐 수 있을지요…… 길거리든…… 상관없습니다……
시간도 원하시는 대로요…… 당신만 뵐 수 있으면 됩니다…… 당신께
인사를 드리고…… ‘사랑합니다’ 이 한마디면 됩니다. 그리고 기꺼이
떠나겠습니다.”

그녀는 격정에 사로잡혀 망설였다. 그러다가 마차가 자기 집 현관문
앞에 당도하자 재빨리 중얼거렸다.

“그럼, 내일 3시 반에 트리니테 성당으로 갈게요.”

그러고 나서 마차에서 내려 마부에게 명령했다.

“뒤 르와 씨를 댁까지 모셔다 드리세요.”

집으로 돌아오자 아내가 물었다.

“어디 갔다 왔어요?”

그는 나직한 소리로 대답했다.

“급한 전보가 있어 전신국에 갔다 오는 길이야.”

드 마렐 부인이 다가오며 말했다.

“바래다주세요, 벨아미. 안 그럴 거면 이렇게 멀리까지 오지 않았을
거예요.”

그러면서 마들렌을 돌아보았다.

“질투하는 거 아니죠?”

뒤 르와 부인은 천천히 대답했다.

“네, 별로요.”

손님들은 떠날 채비를 했다. 라로슈 마티유 부인은 시골의 하녀 같
았다. 그녀는 공증인의 딸로 라로슈가 풋내기 변호사 시절에 결혼했
다. 나이를 먹은 리솔랭 부인은 거들먹거렸는데, 마치 독서 모임을 통
해 독학으로 공부를 해서 산파 자격을 딴 할머니 같았다. 페르스뮈르
백작 부인은 그들을 깔보는 듯한 인상이었다. 아마도 그 ‘하얀 손’은
평민의 손길이 닿는 것 자체를 거부하는 듯했다.

클로틸드는 레이스로 몸을 감싸고 계단으로 향한 문을 나서며 마들

렌에게 말했다.

"정말 완벽한 저녁 모임이었어요. 조금만 더 있으면 파리 최고의 정치 살롱이 될 거예요."

조르주와 단둘만 있게 되자 그녀는 바짝 다가서며 팔로 껴안았다.

"아아! 사랑스런 벨아미. 전 당신이 새록새록 좋아져요."

그들을 실은 마차는 배처럼 흔들리며 나아갔다.

"어쨌든 우리들 방이 최고죠?" 그녀가 말했다.

그는 대답했다. "그럼요! 여부가 있겠사옵니까?" 하지만 그는 왈테르 부인을 떠올리고 있었다.

4

트리니테 성당 광장은 7월의 눈부신 태양 아래 인적이 드물었다. 숨 막힐 듯한 더위가 파리를 짓누르고 있었다. 마치 불타는 듯한 묵직한 열기가 온 도시로 떨어져 내리고, 푹푹 찌는 답답한 공기에 가슴이 메어터질 듯했다.

성당 앞 분수도 힘이 없어 보였다. 분수는 더 이상 뿜어낼 수 없을 정도로 지친 듯 무겁게 축 늘어져 있었다. 나뭇잎과 종잇조각이 떠 있는 연못의 액체는 약간 초록빛이 감돌며 음울하고 농밀한 기운을 내뿜었다.

개 한 마리가 석제로 된 연못 테두리를 뛰어넘어 지저분한 물속을 헤엄치고 있었다. 네댓 사람이 정면 현관 앞 둥그렇고 작은 정원 벤치에 걸터앉아 그 개를 부러운 듯이 바라보았다.

뒤 르와는 회중시계를 꺼내 보았다. 아직 3시였다. 30분이나 일찍 왔다.

그는 이 밀회를 떠올리며 빈정거렸다.

"성당은 저 여자에게 여러 모로 유용하군. 유태인을 남편으로 삼은 것에 대해 위안을 받고, 정계에서는 정의를 위해 앞장서는 듯한 모습을 연출하고, 사교계에서는 품위 있는 분위기 연출을 보조해주고, 연인에게는 밀회할 장소도 제공해주고 말이야. 좌우간 종교를 빙자하는 게 습관이 되어버렸는지도 모르지. 날씨가 좋은 날에는 지팡이가 되고, 햇빛이 강한 날에는 양산이 되고, 비가 오는 날에는 우산이 되고,

외출하지 않을 때는 현관에 처박아둔다. 이렇게 마음씨 좋은 하느님을 우습게 여기는 여자가 아마 수백 명 넘을지도 몰라. 하느님에게 흉을 보고 화를 내다가도 때에 따라서는 뚜쟁이 노릇까지 시키니 말이야. 가구가 딸린 호텔로 가자고 하면 추잡한 짓이라고 펄쩍 뛰면서 성스러운 제단 앞에서 사랑의 물레를 돌리는 것은 아무렇지도 않단 말인가.”

그는 연못 주위를 천천히 거닐었다. 종탑의 커다란 시계를 다시 한 번 보니 자기 시계보다 2분이 빨랐다. 3시 5분을 가리키고 있었다.

성당 안에서 기다리는 편이 낫겠다고 생각하고 그는 안으로 들어갔다.

지하실처럼 시원함이 번져왔다. 그는 가슴을 열기라도 하듯 깊게 숨을 들이쉬고, 사전답사라도 하듯이 신자석이 있는 중앙 홀을 한 바퀴 돌았다.

높은 아치 천정 아래로 울려 퍼지는 그의 발소리에 화답이라도 하듯 널따란 건물 안쪽에서 또 다른 규칙적인 발소리가 이따금 끊겼다가 다시 이어졌다. 호기심에 그 발소리의 주인공을 찾았다. 뚱뚱한 대머리 신사가 뒷짐을 진 채 모자를 들고 천정을 올려다보며 걸음을 옮기고 있었다.

군데군데 나이 든 여자들이 무릎을 꿇고 얼굴을 두 손으로 감싸고 기도를 하고 있었다.

고독감과 적막감과 평안함이 영혼을 사로잡았다. 스테인드글라스로 여과되어 부드러워진 광선은 눈을 상쾌하게 만들었다.

뒤 르와는 생각했다. ‘정말 괜찮은 곳이네.’

그는 입구 쪽으로 되돌아와 다시 한 번 자기 시계를 보았다. 아직 3시 15분밖에 되지 않았다. 담배를 피울 수 없다는 사실을 유감스럽게 생각하며 중앙 통로 맨 앞쪽 의자에 앉았다. 성당 안쪽 저편 제단 근처에서는 그 뚱뚱한 신사의 느릿느릿한 발소리가 여전히 들려왔다.

누군가 들어섰다. 뒤 르와는 깜짝 놀라 돌아보았다. 모직 스커트를 입은 초라한 차림의 서민풍의 여자였다. 그녀는 입구 쪽 의자에 쓰러지듯이 꿇어앉더니 양손을 깍지 끼고 위를 올려다보며 꼼짝도 하지 않았다. 간절한 염원에 혼마저 빠져나간 듯했다.

뒤 르와는 그 여자에게 흥취가 일어 그 모습을 유심히 바라보며 생각했다. 그 어떤 슬픔과 괴로움, 혹은 절망이 이 가련한 가슴을 산산조각 냈을까. 가난의 굴레에서 허덕이고 있음을 단박에 알 수 있었다. 아니 가난뿐만 아니라 혹시 그녀를 매일 두들겨 패는 남편이나 곧 죽어갈 아이라도 있을지 모를 노릇이다.

그는 속으로 중얼거렸다. '불쌍한 집구석이야. 괴로워하는 사람들이 왜 이리도 많은가.' 그러자 이 무자비한 세상에 대해 분노가 치밀었다. '게다가 이 거지 같은 사람들은 적어도 저세상에서 누군가 자기들을 걱정해주고 자신들의 호적과 채권채무 관계가 하늘의 장부에 모두 기록되어 있을 거라고 믿고 있을 거야' 하는 생각에까지 이르렀다.

'천국'이란 게 도대체 어디에 있을까?

뒤 르와는 성당의 고요한 정막감에 짓눌려 한없는 공상을 했다. 하나님의 창조에 대해 이것저것 생각하다가 중얼거렸다. "정말 바보 같은 짓거리야."

옷자락 스치는 소리에 그는 흠칫했다. 그녀였다.

그는 일어나서 재빨리 곁으로 다가갔다. 그녀는 손도 내밀지 않고 나직이 속삭였다.

"잠깐 짬을 낸 거예요. 빨리 돌아가야 해요. 남의 눈에 띄지 않게 제 옆자리에 무릎을 꿇으세요."

그리고 제법 성당 내부를 잘 알고 있는 듯 편하고 안전한 장소를 찾아 넓은 중앙 홀 신자석 안쪽으로 그를 이끌었다. 그녀는 두터운 베일로 얼굴을 가렸고, 최대한 발소리를 죽이며 걸었다.

그녀는 안쪽 성가대 쪽으로 가더니 뒤를 돌아보며 성당 안내인처럼 비밀스런 의식을 하는 어조로 속삭였다.

"측랑(側廊)이 좋을 것 같네요. 사람 눈에 띄는 것도 고려해야죠."

그녀는 주 제단의 감실(龕室)*을 향해 깊숙이 머리를 숙였다가 다시

한 번 가볍게 인사를 했다. 그리고 오른쪽으로 돌아 입구 쪽으로 조금 오다가 마음을 정한 듯 기도대 하나로 들어가 무릎을 꿇었다.

조르주는 그 옆 기도대에 자리를 잡았다. 그는 기도를 하는 것처럼 꼼짝도 하지 않다가 입을 열었다.

"고맙습니다. 정말 고맙습니다. 저는 부인을 열렬히 사랑합니다. 기회가 있다면 언젠가는 말씀드리고 싶었습니다. 어떻게 부인을 사랑하게 되었는지, 처음 뵈었을 때부터 얼마나 마음이 끌렸는지를 말입니다…… 언제쯤이나 제 속마음을 털어놓고, 모든 것을 다 얘기할 수 있도록 해주시겠습니까?"

그녀는 아무것도 귀에 들어오지 않는 듯이 깊은 생각에 잠겼다. 그러다가 그녀는 손가락 틈새로 대답했다.

"이런 얘기를 듣고 있고, 여기에 온 것도, 이런 일을 하는 것도 정말 제 정신이 아닌 것 같아요. 당신께 이런…… 이런…… 이런 무모한 일을 벌일 수 있겠다는 여지를 제가 만들었군요. 이제는 다 잊어주시고, 부탁하건대 더 이상은 꺼내지 마세요."

그녀는 상대의 말을 기다렸다. 그는 대답할 말을, 열정에 찬 결정적인 낱말을 찾으려 애썼고, 게다가 그 말을 하면서 어떤 행동을 보여야 할지 감도 잡히지 않아 주눅이 들고 말았다.

그는 대답했다.

"전 아무것도 기대하지 않고…… 원하지도 않습니다. 오직 당신을 사랑할 뿐입니다. 당신이 뭐라 하시든 제 말을 이해해주실 때까지 저의 열과 성을 다해 몇 번이든 이 말만 되풀이하겠습니다. 저의 애정을 부인의 가슴속에 스며들게 하고, 영혼에 부어드리고 싶습니다. 매시간 매시간, 매일 매일, 한마디 한마디가 방울방울 떨어지는 달콤한 술이 되어 마침내 부인의 가슴을 채우고 마음을 누그러뜨리고 기분을 달래서 언젠가는 '저도 당신을 사랑해요'라고 말하도록 만들고 싶습니다."

---

* 측랑은 교회 내부에서 측면에 줄지어 늘어선 기둥의 바깥쪽에 있는 복도를 말한다. 감실은 성체(聖體) 등을 모셔둔 곳이다.

그는 자기에게 닿은 그녀의 어깨가 가볍게 떨리고, 가슴이 요동치고 있다는 것을 느꼈다. 그녀는 재빨리 입속에서 중얼거렸다.

"저도 당신을 사랑해요."

그는 소스라치게 놀랐다. 마치 머리를 크게 한방 얻어맞은 것 같았다. 그는 한숨처럼 내뱉었다.

"오! 하느님!……"

그녀는 가쁜 숨을 몰아쉬며 이야기를 계속했다.

"이런 말씀을 드려도 될까요? 저도 죄 많고 보잘것없는 여자예요…… 저는…… 두 딸이 있는데…… 하지만 어쩔 수 없었어요…… 어쩔 수 없었죠…… 전 믿어지지가 않아요…… 전 꿈에도 생각 못 했어요…… 생각조차도 못 했어요…… 하지만 어쩔 수 없었어요…… 제 힘으론 어쩔 수가 없어요. 저어…… 저어…… 당신 이외에는 그 누구도 사랑한 적이 없었어요…… 당신밖에…… 맹세해요. 하지만 일 년 전부터 남몰래 당신을 사모했어요. 제 심장 속에 자리 잡은 은밀한 비밀이었죠. 오오! 정말 괴로워하며 싸웠지요. 하지만 어쩔 수가 없었어요. 당신을 사모해서……."

그녀는 깍지 낀 손가락으로 얼굴을 가리고 울었다. 격한 감정에 온몸이 부들부들 떨리며 흔들리고 있었다.

조르주는 나직이 속삭였다.

"손을 주십시오. 손을 만지고, 꼬옥 쥐어주고 싶습니다……."

그녀는 얼굴을 감싸고 있던 손을 천천히 내렸다. 얼굴은 눈물로 뒤범벅이 되었고, 눈썹에 다시 맺힌 눈물 한 방울은 당장에라도 떨어질 듯이 가볍게 떨렸다.

그는 그 손을 잡아 꼭 쥐었다.

"오오! 당신의 눈물을 마시고 싶군요."

그녀는 매우 상심한 낮은 목소리로 신음을 하듯이 말했다.

"제발 저한테 덤벼들지 마세요…… 전 이제 파멸이에요!"

그는 웃음을 터뜨릴 뻔했다. 도대체 이런 데서 어떻게 덤벼들 수 있

단 말인가? 그는 쥐고 있던 손을 자기 심장에 대고 물었다. "제 심장의
고동소리가 느껴지십니까?" 더 이상 정열적인 문구가 떠오르지 않았
던 것이다.

그러나 조금 전부터 아까 그 신사의 규칙적인 발소리가 다가왔다.
그는 제단을 한 바퀴 돌고 다시 오른편 좁은 신자석으로 내려왔다. 그
는 적어도 두 바퀴 이상은 돌고 있는 셈이었다. 왈테르 부인은 숨어 있
는 기둥 가까이로 그 발소리가 다가오자 다급히 조르주에게 잡혀 있던
손을 빼내 얼굴을 가렸다.

그리고 둘은 무릎을 꿇고 태연자약하게 하느님께 열렬히 소원을 비
는 척했다. 뚱뚱한 신사는 그들 옆을 지나가다가 무심한 눈길로 힐끗
쳐다보더니, 여전히 모자를 손에 들고 뒷짐을 진 채 예배당 아래쪽으
로 멀어져갔다.

뒤 르와는 트리니테 성당이 아닌 다른 곳으로 약속을 잡아야겠다고
생각하며 속삭였다.

"내일은 어디서 만날까요?"

그녀는 대답이 없었다. 그녀는 생명이 다한 듯이 기도하는 조각상이
되어버린 것 같았다.

그는 되풀이했다.

"내일 몽소 공원에서 다시 뵐 수 있을까요?"

그녀는 다시 얼굴에서 손을 떼고, 끔찍한 고통으로 일그러진 창백한
얼굴을 돌리며 끊어지는 목소리로 말했다.

"내버려두세요…… 앞으로는 내버려두세요…… 저리 가세요……
저리 가세요…… 5분 동안이라도 좋아요. 당신이 곁에 계시면 괴로워
못 견디겠어요…… 기도를 드리고 싶은데…… 도저히 안 돼요…… 저
리 가세요…… 기도하게 내버려두세요…… 혼자…… 5분만…… 도저
히 안 돼요…… 제발 저희 주님께서 구원해주실 수 있도록 내버려두세
요…… 저를 구해주시도록…… 혼자 내버려두세요…… 5분 동안
만……"

그녀의 표정은 너무도 혼란스러워 보였다. 그는 말없이 일어서서 잠깐 망설이다가 물었다.

"조금 있다 와도 되겠습니까?"

그녀는 '그래요, 다녀오세요' 하는 것처럼 고개를 끄덕였다. 그는 사제석과 성가대가 있는 안쪽 내당으로 걸어갔다.

그 여자는 기도를 하려고 했다. 혼신의 힘을 다해 신을 향해 기도를 올렸다. 몸을 치떨며 열정적인 염원을 담아 하느님께 부르짖었다. "자비를 베푸소서!"

그녀는 멀어져가는 사내의 모습을 보지 않으려고 필사적으로 눈을 감았다! 그의 모습을 눈앞에서 쫓아버리고, 그의 매력에 무너지지 않으려고 몸부림쳤다. 하지만 그 절박한 마음에는 기다리던 하느님은 보이지 않고 오로지 청년의 곱슬곱슬한 콧수염만이 눈앞에 아른거렸다.

1년 전부터 그녀는 밤이면 밤마다 낮이면 낮마다 점점 커져가는 그 매혹과 싸워왔다. 꿈길마다 나타나고, 몸에 들러붙어 밤마다 잠자리를 뒤흔들어놓는 이 청년의 모습과 싸워왔다. 그녀는 그물에 걸려 몸부림치다가 옴짝달싹 못하게 된 동물처럼 그의 두 팔에 정복되어버렸고, 이 남자의 입술 위의 수염과 이 남자의 눈빛만으로도 매료되어버렸다.

그녀는 성당 안에서 하느님 바로 곁에 있었지만 자기 집에 있는 것보다도 더 무력해지며 의지할 곳을 잃고 파멸의 구렁텅이로 내동댕이쳐진 느낌이었다. 더 이상 기도를 올릴 수 없었다. 오로지 그에 대한 생각 외에는 아무것도 할 수 없었다. 그러나 온갖 열과 성을 다해 자기를 지키면서 하느님의 도움을 갈구하며 필사적으로 저항했다. 한 번도 파국에 빠진 적이 없는 그녀는 이렇게 나락에 떨어지느니 차라리 죽는 편이 낫겠다고 생각했다. 미친 듯이 기도문을 읊조렸다. 하지만 귀는 둥근 천정 아래 저편으로 멀어져가는 조르주의 발소리를 좇고 있었다.

그녀는 모든 것이 끝났고, 아무리 저항해도 소용이 없다는 것을 깨달았다! 하지만 이대로 맥없이 무너질 수는 없는 노릇이다. 발작에 빠진 여자들이 곧잘 그러듯이 그녀는 온몸을 떨고 울부짖으며 바닥에서 몸부림칠 듯한 충격에 사로잡혔다. 날카로운 비명을 내지르고 의자 사이 마룻바닥을 마구 나뒹굴어도 모자랄 지경이라 온몸을 부들부들 떨었다.

누군가 빠른 발걸음으로 다가왔다. 그녀는 고개를 돌렸다. 신부였다. 그녀는 순간적으로 일어나 두 손을 모아 앞으로 내밀며 달려갔다. 그리고 중얼거렸다.

"오오! 저를 구해주세요! 저를 구해주세요!"

신부는 놀라며 걸음을 멈추었다.

"무슨 일이십니까, 부인?"

"제발 저를 구해주세요. 저를 불쌍히 여겨주세요. 제게 힘이 되어주시지 않으면 제 인생은 이대로 끝장이에요."

그는 정신이 이상한 사람이 아닌가 생각하며 그녀를 유심히 보다가 말을 이었다.

"제가 도와드릴 일이 뭡니까?"

신부는 몸집이 크고 약간 뚱뚱한 청년으로 팽팽한 뺨은 약간 밑으로 처져 있고, 정성스럽게 깎은 검푸른 수염 자국이 드러났다. 돈 많은 여자들의 고해를 자주 접해본, 도회지의 부유한 동네에 어울릴 듯한 보좌신부였다.

"고해성사를 드렸으면 해요. 그리고 저에게 조언을 주시고, 저에게 힘을 주시고, 제가 어떻게 하면 좋을지 말씀해주세요."

그는 대답했다.

"매주 토요일 3시부터 6시까지가 고해성사 시간입니다."

그녀는 그의 팔에 매달려 힘껏 움켜쥐며 되풀이했다.

"안 돼요! 안 돼요! 안 돼요! 지금 당장에요! 지금 당장에요! 그렇게 해야 되요! 그 사람이 여기 있어요! 이 성당 안에 있어요! 저를 기다려요!"

신부는 물었다.

"누가 기다린단 말입니까?"

"남자예요…… 저를 파멸로 이끌…… 만약 신부님께서 구해주시지 않는다면 전 그 남자한테 붙잡히고 말아요…… 더 이상 도망칠 길이 없어요…… 저는 정말 약해요…… 정말 약해요…… 이렇게 약해요…… 이렇게 약해요!……."

그녀는 신부 무릎 앞에 쓰러지며 흐느껴 울부짖었다. "아아! 저를 불쌍히 여겨주세요, 신부님! 구해주세요, 하느님의 이름으로 구해주세요!"

그녀는 상대가 못 빠져나가도록 검정색 법의를 단단히 붙잡았다. 신부는 악의에 찬 사람이나 완고한 신자의 눈길이 자기 발밑에 쓰러져 있는 여인을 주시하고 있지나 않을까 염려하며 초조하게 주위를 둘러보았다.

하지만 마침내 이 여자에게 빠져나갈 방도가 없음을 깨닫고 말했다.

"일어나십시오, 때마침 저에게 고해실 열쇠가 있으니까요." 그는 호주머니에서 열쇠가 잔뜩 달린 고리를 꺼내 그 중 하나를 고르더니 잰걸음으로 자그마한 오두막집이 늘어선 쪽을 향했다. 그곳은 신자가 속세의 죄를 비우러 오는 영혼의 쓰레기통과 같은 곳이었다.

그는 중간 쪽에 있는 문으로 들어가더니 곧바로 문을 닫았다. 왈테르 부인은 자그마한 칸막이 속으로 뛰쳐들어 희망을 부여안고 열정적인 격정으로 미친 듯이 더듬거렸다.

"제게 신의 가호를 내려주세요, 신부님. 저는 죄를 지었어요."

*　　*　　*

뒤 르와는 사제석과 성가대가 있는 내당을 한 바퀴 돌고 나서 왼편 신자석으로 내려왔다. 중간쯤에서 여전히 평온한 발걸음을 옮기고 있는 뚱뚱한 대머리 신사와 마주치며 그는 생각했다.

'도대체 이 남자는 여기서 뭘 하는 거지?

그 역시 걸음을 늦추면서 뭔가 말을 걸어오고 싶은 눈치로 조르주를 쳐다보았다. 그는 가까이 다가서자 인사를 하며 정중하게 물었다.

"방해를 한 것 같아 죄송합니다만 선생님, 이 성당이 어느 시대에 건립되었는지 아십니까?"

뒤 르와는 대답했다.

"잘은 모르지만 20년이나 25년 전일 겁니다. 실은 저도 이 안에 들어오기는 오늘이 처음이니까요."

"저도 그렇습니다. 한 번도 온 적이 없습니다."

신문기자는 구미가 당겨 물었다.

"매우 세세하게 살피시는데 무슨 실태조사라도 하십니까?"

상대는 체념한 목소리로 대답했다.

"그냥 온 겁니다, 선생님. 아내가 여기서 만나자고 해서 기다리는 중입니다만 당최 안 오네요."

그는 입을 다물었다가 잠시 후 다시 이었다.

"바깥이 무척 덥네요."

뒤 르와는 그를 바라보며 호인답게 생겼다고 생각하다가 문득 포레스티에를 닮았다는 생각이 들었다.

"지방에서 오셨습니까?" 하고 물었다.

"네, 렌*에서 왔습니다. 그런데 선생님도 구경하러 오셨습니까?"

"아니요, 저도 여자를 기다립니다."

신문기자는 가볍게 인사를 하고 입술에 미소를 띠우며 떠났다.

정문 현관 쪽으로 오자 가난한 차림의 여인이 여전히 꿇어앉은 채 기도를 올리고 있었다. 그는 생각했다.

'제기랄! 끈덕지게 빌고 있네.' 이제는 일말의 감동도 동정심도 없었다.

그는 그 여자 옆을 지나쳐 천천히 오른편 신자석을 돌아 왈테르 부인이 있던 곳으로 되돌아가려고 했다.

---

* 렌(Rennes)은 파리 남서쪽 30km 지점으로 두 강이 합류하는 지점에 위치하여 예부터 교통의 요지였다.

그는 부인이 있던 곳을 멀리서 살펴보았으나 부인의 모습이 보이지 않아 의아하게 생각했다. 혹시 기둥을 착각하지 않았나 생각하며 마지막 기둥까지 갔다가 되돌아왔다. 그렇다면 그녀가 떠났단 말인가! 놀라움과 노여움이 동시에 밀려들었다. 하지만 부인도 자기를 찾고 있을지 모른다고 생각하며 다시 한 번 성당 안을 돌아보았다. 그러나 상대의 모습은 보이지 않았다. 그녀가 앉았던 의자에 앉았다. 그는 기다렸다.

이윽고 속삭이는 소리가 그의 귓전으로 전해졌다. 부근에는 사람의 그림자도 보이지 않았다. 그는 이 소곤대는 소리가 어디서 들리는지 의아하게 생각하며 일어서자 이웃한 예배당 고해실의 문이 눈에 들어왔다. 그 중 한 곳에 돌을 깔아놓은 바닥으로 여자의 옷자락이 삐져나와 있었다. 웬 여잘까 하고 그는 다가갔다. 부인이었다. 그녀는 고해를 하고 있었다!······.

그는 당장에라도 부인의 어깨를 움켜쥐고 고해실 상자에서 끌어내고 싶었다. 하지만 곧 생각을 바꿨다. '흥! 오늘은 신부 차지이지만 내일은 내 차례다!' 고해소의 작은 창문 앞에 조용히 앉아 그녀가 자기 차례가 될 시간을 기다렸다. 그는 뜻밖에 벌어지고 있는 이 상황을 보며 히죽히죽 웃었다.

오랫동안 기다렸다. 마침내 왈테르 부인은 일어서서 몸을 뒤로 돌려 그를 보더니 곁으로 다가왔다. 냉정하고 심각한 얼굴이었다.

"제발 부탁이에요. 저를 바래다주거나 뒤따라오지 마세요. 그리고 앞으로 절대 혼자 저희 집에 오시지 않도록 부탁드릴게요. 당신을 받아주지 않을 거예요. 영원히 안녕!"

그리고 그녀는 품위 있는 발걸음으로 떠나갔다.

그는 그녀를 그렇게 가도록 놔두었다. 어떤 일이든 무리는 금물이라는 것이 그의 주의주장이었다. 신부가 약간 상기된 표정으로 고해실에서 나왔다. 그는 성큼성큼 다가서서 상대의 눈을 노려보고 삿대질을 하며 불만을 터뜨렸다.

"당신이 그 기다란 옷만 안 걸쳤다면 그 바보 같은 낯짝에 따귀를 한방 올려붙일 텐데, 으이그!"

그러고는 발뒤꿈치로 몸을 빙그르 돌려 휘파람을 불며 성당을 나섰다.

방금 전 그 뚱뚱한 신사는 현관 부근에서 모자를 쓰고 양팔을 뒤로 돌려 뒷짐을 진 채 기다리다 지친 듯했다. 그는 널따란 광장과 그곳으로 연결되는 길들을 이리저리 훑고 있었다.

뒤 르와가 옆을 지나치자 그는 인사했다.

신문기자는 달리 할 일도 없어 《라 비 프랑세즈》 쪽으로 내려갔다. 신문사에 들어서자 사환들이 어수선하게 웅성거리는 것이 심상치 않은 일이 일어났음을 직감할 수 있었다. 그는 황급히 사장실로 달려갔다.

왈테르 영감은 초조한 모습으로 서성거리며 기사를 받아 적게 하고 있었다. 또박또박 문장을 불러주다가 문단이 바뀔 때마다 주위에 포진하고 있던 취재기자들에게 임무를 지시하고, 브와르나르에게는 방침을 일러주었다. 그러면서 편지를 뜯어보았다.

뒤 르와가 들어서자 사장은 반가운 듯이 외쳤다.

"아하! 마침 잘됐네, 벨아미가 왔어!"

그는 말을 끊으면서 겸연쩍은 듯이 변명했다.

"그렇게 불러서 미안하네. 아무튼 중요한 사건 때문에 정신이 팔려서 그랬어. 아무튼 집사람이든 딸들이든 온종일 자네를 '벨아미, 벨아미' 하고 불러대니 나도 그 말이 입에 붙어버렸지 뭔가? 언짢게 생각지는 않지?"

조르주는 즐거워했다.

"천만에요. 저도 그 별명을 불쾌하게 생각하지 않습니다."

왈테르 영감은 대답했다.

"옳거니, 그럼 이제 나도 남들처럼 벨아미라고 부르지. 그런데 이보게! 굉장한 사건이 벌어졌어. 내각이 310표 대 102표로 무너졌어. 우리 휴가는 연기야, 무기한 연기지. 오늘이 7월 28일이지만 말이야. 스페인이 모로코 문제에 분개하며 마침내 뒤랑 드 렌*과 그 패거리들이 나자

빠진 게지. 우리한테 완전히 궁지로 내몰린 거야. 마로가 후속 내각을 꾸리는 임무를 맡았지. 그는 부탱 다크르 장군을 국방장관으로, 내 친구 라로슈 마티유를 외무장관으로 앉히고, 총리와 내무장관은 본인이 겸할 모양이야. 우리 신문이 앞으로 정부 기관지가 되는 게지. 그래서 난 지금 사설을 쓰는 중이라네. 각부 장관들에게 그들이 나아가야 할 방향을 제시하는 간단명료한 원칙적 선언을 말이야."

호인다운 영감은 싱글싱글 웃으며 말을 이었다.

"물론 그들이 가고자 하는 방향에 대해서 말이야. 하지만 모로코 문제에 관해서는 뭔가 흥미를 끄는 기사가 필요해. 일대 센세이션을 일으킬 만한, 지금 시국에 걸맞는 그런 것 말이야. 자네가 한번 찾아보지 않겠나? 적당한 걸 나한테 찾아줘."

뒤 르와는 잠깐 생각한 후에 대답했다.

"마음에 드실 게 있을 겁니다. 아프리카에서 우리나라 식민지의 정치적 상황을 총체적으로 연구해보겠습니다. 왼쪽은 튀니지, 가운데는 알제리, 오른쪽은 모로코라는 식으로 시각을 넓혀서요. 이 광대한 지역에 사는 민족의 역사를 개괄하고, 덧붙여 피기그** 대오아시스까지 모로코 국경을 주파하는 기행문을 곁들이기로 하죠. 이 커다란 오아시스는 아직까지 유럽 사람의 발길이 닿은 적이 없고, 이번 분쟁의 발단도 그곳에서 비롯되었으니까요. 어떻습니까?"

왈테르 영감은 외쳤다.

"환상적이야! 그래 제목은?"

"튀니지에서 탕헤르***까지!"

"멋지네!"

---

* 렌(l'Aine)은 사람 이름을 나타내는 고유명사이기는 하지만, 통상적인 뜻은 '사타구니'라는 뜻이다. 모파상은 정치가에 대해 매우 경멸적인 이름을 붙이고 있다.

** 피기그(Figuig)는 알제리에 인접한 동부 모로코에 있는 도시로, 대추야자로 둘러싸인 오아시스 주변에 형성되었고, 산으로 둘러싼 사막에 자리하고 있다.

*** 탕헤르(Tanger)는 모로코 북단의 항구 도시다. 지브롤터 해협을 사이에 둔 스페인과는 불과 27km 거리다. 예부터 아프리카와 유럽을 연결하는 곳으로 중요시되었다.

그래서 뒤 르와는 소장하고 있는 《라 비 프랑세즈》 신문 뭉치에서 맨 처음 입사해서 썼던 「아프리카 연대 병사의 회상」이란 기사를 찾아냈다. 제목을 바꾸고 다시 손질해서 새롭게 꾸미면 제대로 써먹을 수 있을 것 같았다. 어쨌든 거기에는 식민지 정책이나 알제리 주민들 이야기와 오랑 지방 여행기이 들어 있었다.

45분 만에 그 기사를 뜯어고쳐 현 시국에 들어맞도록 했고, 당면 현실 문제를 덧붙이고 새로운 내각에 대한 찬사를 중간중간 끼워 넣으며 기사를 말끔하게 끝났다.

사장은 기사를 읽으며 호평을 했다.

"나무랄 데 없어…… 완벽해…… 완벽해. 자넨 정말 소중한 사람이야. 찬사를 받을 만해."

뒤 르와는 그 일로 기분이 좋아져 저녁식사를 하러 집으로 돌아갔다. 그날 트리니테 성당에서 당한 낭패는 그다지 마음에 담아두지 않고 언젠가는 반드시 그녀를 굴복시킬 수 있으리라 확신했다. 아내는 조바심을 내며 애타게 기다렸다. 그녀는 그에게 기다렸다는 듯이 외쳤다.

"라로슈 씨가 외무장관으로 기용되셨어요."

"알아요. 그 일로 방금 알제리에 관한 기사를 쓰고 오는 길이야."

"아니 뭐라고요?"

"왜 있잖아. 당신도 잘 알잖아. 우리 둘이서 함께 맨 처음에 썼던 「아프리카 연대 병사의 회상」이란 기사 말이야. 그걸 현 사태에 맞춰 약간 손질을 해서 새로 썼지."

그녀는 빙긋 웃었다.

"어머! 그래요. 그거라면 아주 괜찮을 거예요."

그리고 한동안 상념에 잠겨 있다가 입을 뗐다.

"저도 계속 생각하고 있었어요. 그때 당신이 쓰다가 만…… 진행하면 어떨까 하고요. 이제 그걸 다시 우리 둘이 시작하면 어떨까요? 현 시국에 딱 들어맞는 훌륭한 읽을거리가 될 거예요."

그는 포타주*를 앞에 두고 대답했다.

"물론이지. 그 오쟁이 진 포레스티에가 세상을 뜬 이 마당에 굳이 방해할 인간도 없을 테지."

그녀는 비위에 거슬려 퉁명스레 반박했다.

"그런 농담도 이젠 식상해요. 이 정도에서 그만두는 게 어때요? 우려먹을 만큼 우려먹었잖아요?"

그는 비비꼬며 응수하려 했다. 그러나 그때 속달이 배달되었다. 서명이 없이 다음과 같은 말만 적혀 있었다.

제정신이 아니었나 봐요. 용서하세요. 내일 4시 몽소 공원으로 와주세요.

그는 그 글의 의미를 알아차렸다. 하늘로 두둥실 떠오르는 기분이었다. 그는 파란 종이를 호주머니에 꾸겨 넣으며 말했다.

"앞으로 더 이상 입에 담지 않을게. 나도 쑥스러우니까. 잘 알고 있어."

그리고 식사를 했다.

식사를 하면서 그는 짤막한 글귀를 속으로 천천히 되뇌었다. '제정신이 아니었나 봐요. 용서하세요. 내일 4시 몽소 공원으로 와주세요.' 이 여자도 마침내 항복한 것이다. 속달의 의미는 이런 것이리라. "제가 졌어요. 당신이 원하면 언제나, 당신이 원하는 어느 곳에서든 당신의 소유물이 될게요."

자신도 모르게 미소가 피어올랐다. 마들렌이 물었다.

"무슨 좋은 일이 있으세요?"

"대단한 거 아니야. 오늘 오후에 만났던 아주 우스꽝스런 얼굴의 신부님을 생각했어."

뒤 르와는 이튿날 약속한 시간에 밀회 장소로 갔다. 공원 벤치마다 무더위에 시달리던 평범한 동네 사람들이 앉아 있었고, 무성의한 하녀

---

* 포타주(potage)란 고기·야채 따위를 넣어 걸쭉하게 끓인 수프다.

들은 돌봐야 할 아기들이 길바닥 모래 위에 나뒹굴고 있는데도 꾸벅꾸벅 졸며 꿈을 좇고 있었다.

왈테르 부인은 폐허가 된 자그마한 고대 건축물 근처에 샘물이 솟아나는 곳에 있었다. 그녀는 자그마한 기둥이 원형으로 둘러선 좁을 길을 쓸쓸하고 불안한 모습으로 걷고 있었다.

그가 인사를 하자마자 입을 열었다.

"이 공원엔 사람이 꽤 많군요!"

그는 기회를 놓치지 않고 받았다.

"정말 그러네요. 어디 다른 데로 갈까요?"

"어디요?"

"아무 데나 상관없죠. 이를테면 마차 안에라도. 부인께서 앉아계신 쪽 블라인드만 내리면 완벽한 피난처죠."

"그래요, 그게 낫겠어요. 여기는 너무 무서워요."

"그럼 5분쯤 후에 외곽 대로 쪽 문으로 나오세요. 마차를 잡아올 테니까요."

그는 뛰어가기 시작했다. 그가 구해온 마차에 올라타자 그녀는 자기 쪽 유리창의 블라인드를 완전히 내리고 물었다.

"마부한테 어디로 갈지 말씀은 해두셨나요?"

조르주는 대답했다.

"그런 건 염려 마십시오. 잘 알고 있으니까요."

사실 그는 마부에게 콩스탕티노플 거리에 있는 자기 방을 일러주었던 것이다.

그녀는 이야기를 계속했다.

"제가 당신 때문에 얼마나 괴로워했는지 아마 상상도 못 하실 거예요. 엄청난 고통을 겪으며 가슴에 폭풍이 휘몰아치며 혹독한 고문을 당하는 듯했어요. 어제 성당에서 그토록 매정하게 대한 건 어떻게든 당신 품에서 벗어나고 싶었기 때문이었어요. 당신하고 단둘이 있는 게 너무 두려웠어요. 저를 용서해주실 수 있나요?"

그는 그녀의 손을 굳게 움켜쥐었다.

"그럼요, 그럼요. 이렇게 사랑하고 있는데 도대체 용서하지 못할 일이 어디에 있겠습니까?"

그녀는 애원하듯이 그를 바라보았다.

"부탁드려요, 제 의사를 존중하겠다고 약속해주세요…… 이상한 일은 않겠다고…… 이상한 일은 않겠다고…… 그렇지 않으면 저를 더 이상 뵐 수 없을 거예요."

그는 즉석에서 대답하지 않았다. 다만 콧수염 밑으로 여자의 마음을 뒤흔드는 미소를 띠웠다. 그러고 나서 마지막에 중얼거렸다.

"노예처럼 따르겠습니다."

부인은 그가 마들렌 포레스티에와 결혼한다는 소식을 들었을 때, 비로소 사랑하고 있음을 깨달았다고 고백했다. 그러면서 세세한 날짜며 자질구레한 일화들을 시시콜콜 재잘재잘 늘어놓았다.

그러다 별안간 입을 다물었다. 마차가 멈춰선 것이다. 뒤 르와는 문을 열었다.

"여기가 어디예요?" 그녀가 물었다.

그는 대답했다.

"내려서 이 집으로 들어오시죠. 그 편이 훨씬 조용할 테니까요."

"그렇지만 여기가 어디예요?"

"저희 집입니다. 혼자 지낼 때 머물던 집인데 만나뵙기에 적당한 곳이라고 생각해서…… 사나흘…… 빌렸습니다."

그녀는 단둘이 마주 앉을 것을 떠올리며 겁을 먹고 마차 좌석에 달라붙었다. 그리고 나직이 더듬거렸다.

"아녜요. 아녜요. 그런 일 싫어요, 그런 건 싫어요!"

그는 단호한 어조로 억양을 높였다.

"부인의 의사를 존중하겠다고 맹세하겠습니다. 어서요. 자아, 어서요, 남들이 보고 있어요. 이러면 사람들이 금세 모여들 겁니다. 빨리요…… 서둘러요…… 내리세요."

그는 되풀이했다.

"부인의 의사를 존중하겠다고 맹세하겠습니다."

문 앞에 몸을 기댄 술집 주인이 재미있다는 듯이 그들을 지켜보았다. 그녀는 허둥지둥 집으로 뛰어들었다.

그는 계단을 올라가려는 그녀의 팔을 잡아당겼다.

"이쪽입니다. 1층이에요."

그러면서 그녀를 방안으로 밀어 넣었다.

곧바로 문이 다시 닫혔다. 그는 먹잇감을 향해 달려드는 맹수처럼 그녀를 부둥켜안았다. 그녀는 발버둥을 치듯 저항하며 더듬거렸다.

"오오! 하느님!…… 오! 주여!……"

그는 목덜미며 눈이며 입술에 미친 듯이 키스를 퍼부었다. 그녀는 광란에 휩싸인 그의 애무를 피할 길이 없었다. 이윽고 상대를 밀쳐내면서도, 상대의 입술을 피하면서도 자기 의지와는 상관없이 상대에게 키스로 응답했다.

그녀는 갑자기 몸부림을 멈추었다. 그녀는 완전히 무너져 내려 모든 것을 체념한 채 옷을 벗기는 그를 내버려두었다. 그는 하나씩 하나씩 능숙하고 재빨리 벗겨 내렸다. 몸시중을 드는 하녀처럼 가벼운 그의 손놀림에 그녀의 옷들은 하나씩 미끄러져 내렸다.

그녀는 그의 손에서 블라우스를 낚아채 얼굴을 파묻었다. 옷가지들이 발밑에 흐트러졌고, 그녀는 그 한가운데 새하얀 알몸을 드러낸 채 서 있었다.

그는 구두도 벗기지 않고 두 팔로 안아 침대로 옮겼다. 그러자 띄엄띄엄 끊어지는 목소리가 그의 귓불을 간지럽혔다.

"맹세해요…… 맹세해요…… 전 애인을 사귄 적이 한 번도 없어요." 그 소리는 마치 어린 여자 아이가 이렇게 말하는 것 같았다. "저는 정말 처녀라고 맹세할 수 있어요."

그는 생각했다. '천만에, 그건 그다지 중요한 게 아니야.'

가을이 되었다. 뒤 르와 부부는 여름 내내 파리에서 지내고, 하원의 짧은 휴가 중에도 《라 비 프랑세즈》의 지면을 통해 새 내각을 위해 정력적인 홍보활동을 펼쳤다.

아직 10월 초순이었으나 모로코 문제가 예사롭지 않았기 때문에 의회가 열릴 예정이었다.

의회 회기를 마치는 날 우파 하원의원인 랑베르 사라쟁 백작은 이전 내각이 튀니지로 파병을 했듯이 새 내각은 그 기조를 이어받아 탕혜르로 파병할 것이라고 했다. 그렇지만 실제로 탕혜르로 파병하리라고는 아무도 믿지 않았다. 그는 벽난로에 균형을 맞추기 위해 꽃병을 양쪽에 치장해놓는 것과 마찬가지라는 비유를 들며, 과거 인도의 유명한 총독이 그랬듯이 총리의 구레나룻과 자신의 콧수염을 걸고 내기를 해도 좋다는 재기발랄한 연설을 하여 중도파에게까지 박수를 받았다.

그리고 한마디 덧붙였다. "여러분, 프랑스에게 아프리카는 벽난로 같은 것입니다. 우리의 가장 양질의 장작이 타고 있는 벽난로입니다. 국립은행 지폐를 불쏘시개로 피어올린 활활 타오르는 벽난로입니다.

이미 여러분들은 예술적 상상력을 발동시켜 왼쪽 귀퉁이에 매우 비싼 돈을 들여 튀니지라는 허접한 골동품으로 장식했습니다. 이제 분명히 마로 씨는 전임자의 취향을 이어받아 오른쪽 귀퉁이를 모로코라는 허접한 골동품으로 장식할 겁니다."

한동안 입에 오르내린 이 유명한 연설을 소재로 뒤 르와는 알제리 식민지에 관한 기사를 10편이나 써서 신문사 입사할 때 썼다가 중단된 시리즈물을 완성했다. 그는 결코 그런 일은 벌어지지 않을 것이라고 확신하고 있었지만 군대 파병을 지지하며 거국적인 애국심을 부채질했다. 그는 상반된 이해관계로 반대하는 족속들에게 흔히 사용하듯이, 경멸적인 논거를 총동원해 마구잡이로 스페인을 비난했다.

《라 비 프랑세즈》는 권력층과의 밀접한 관계가 세상에 알려지며 대단한 세를 과시했다. 다른 저명한 신문보다 먼저 정치적인 뉴스를 특종으로 전하기도 하고, 흉허물 없이 친한 장관의 의중을 넌지시 전하기도 했다. 파리는 물론이고 지방의 신문들도 《라 비 프랑세즈》에서 정보를 얻었다. 그리고 이 신문의 기사는 인용되었고, 이 신문을 두려워했으며, 이 신문을 존중하기 시작했다. 이제는 정치 사기꾼들의 기관지가 아니라 명실상부한 내각의 기관지였다. 라로슈 마티유는 신문에서 중추적인 역할을 담당했고 뒤 르와는 그 대변인이었다. 말수가 적은 하원의원이자 음험한 사장인 왈테르 영감이 자기 정체를 숨기고 암암리에 모로코 구리광산을 미끼로 농간을 부리고 있다는 풍문이 세간에 나돌았다.

마들렌의 응접실은 막대한 영향력을 행사했고, 매주 몇 명의 각료들이 찾아들었다. 총리도 두 차례나 그녀의 만찬에 참석했다. 그녀 집을 드나들기 꺼려 했던 정치가의 부인들도 이제는 그녀의 친구인 것을 대놓고 자랑하며 그녀가 찾아가는 경우보다 찾아오는 경우가 훨씬 많았다.

부인의 집에서는 외무장관이 마치 집주인처럼 행동했다. 그는 시도 때도 가리지 않고 찾아와 공문서나 자료나 각종 정보를 가져왔고, 그때그때 형편에 따라 남편이나 아내에게 자기 비서나 되듯이 필기를 하도록 시켰다.

뒤 르와는 장관이 떠나고 마들렌과 단둘이 남으면 적의에 찬 노기 띤 목소리로 그 돼먹지 않은 벼락치기 벼슬아치의 행동을 책망했다.

그러나 그녀는 그런 남편을 경멸하듯 어깨를 추켜올리며 늘 같은 말을 되풀이했다.

“당신도 그분처럼 해요. 장관이 되는 거예요. 그렇게 되면 얼마든지 뽐낼 수 있어요. 하지만 그렇게 될 때까지는 잠자코 계세요.”

그는 아내를 곁눈질하며 콧수염을 비틀었다.

“내게 어떤 능력이 있는지 사람들이 지금은 잘 모르지만 머지않아 알게 될 거야.”

그녀는 철학적인 말로 대답했다.

“세월이 지나면 알게 되겠죠.”

의회가 다시 개회되는 날 아침, 마들렌은 잠자리에 누운 채 라로슈 마티유 씨 댁으로 점심 먹으러 갈 채비를 하는 남편에게 끊임없이 주의를 주었다. 뒤 르와는 이튿날 《라 비 프랑세즈》에 실릴 정치 기사에 대해 의회 개회 전에 외무장관의 지시를 받기 위해 방문할 예정이었다. 그 기사는 내각이 펼치려는 정책의 비공식 성명의 일환이었다.

마들렌은 말했다.

“사람들이 말하고 있듯이 무엇보다 벨옹클 장군이 오랑을 방문할 것인지 여부에 대한 질문은 절대 잊으시면 안 돼요. 아주 중요한 의미가 있으니까요.”

조르주는 신경질적으로 대답했다.

“나도 내가 해야 할 일쯤은 알고 있어. 그런 잔소리는 이제 그만둬.”

그녀는 차분하게 계속했다.

“하지만 당신은 항상 장관한테 전할 말을 절반쯤은 잊고 오시잖아요?”

그는 투덜댔다.

“당신의 그 장관 얘기는 지긋지긋해! 멍청이 같은 놈!”

그녀는 그래도 침착했다.

“내 장관만이 아니라 당신 장관도 되죠. 저보다는 당신한테 더 도움이 되잖아요.”

그는 빙긋이 웃으며 약간 아내 쪽으로 고개를 돌렸다.

“미안합니다만 소인한테는 살가운 말 한마디도 없던뎁쇼.”

그녀는 천천히 말했다.

"저한테도 마찬가지예요. 하지만 우리를 출세시켜주잖아요."

그는 입을 다물었다. 잠시 후 입을 열었다.

"당신을 떠받드는 사람들 중에서 굳이 선택한다면 난 그 어리버리한 보드렉 늙은이가 가장 나아. 헌데 그 늙은이한테 무슨 일이 생겼나? 일주일씩이나 안 보이네."

그녀는 측은한 기색도 없이 대답했다.

"아파요. 신경통으로 누워 있다고 편지가 왔어요. 오시는 길에 들러서 사정이 어떤지 보고 오세요. 그분은 당신을 정말 좋아하니까 틀림없이 기뻐할 거예요."

조르주는 대답했다.

"그래, 그렇게. 오후에 들러보지."

그는 몸단장을 끝내자 모자를 쓰고 복장에 소홀한 곳은 없는지 살펴보았다. 더 이상 흠잡을 데가 없어 침대 곁으로 가서 아내의 이마에 키스했다.

"여보, 다녀올게. 아무리 빨라도 7시 전에는 못 올 거야."

그는 집을 나섰다. 라로슈 마티유 씨는 그를 기다리고 있었다. 각료회의가 의회가 개회하기 전인 정오부터 열리기 때문에 10시에 점심식사를 하기로 했다.

라로슈 마티유 부인은 제때에 식사를 하겠다고 고집을 피워 식탁에 마주한 사람은 장관 개인 비서를 포함하여 단 세 사람이었다. 뒤 르와는 기사를 어떻게 쓸 것인지 이야기했다. 명함에 휘갈겨 쓴 메모를 참조하며 기사의 논지를 설명했다. 그것이 끝나자 물었다.

"어떻습니까? 어디 고칠 데는 없습니까, 각하?"

"별로 없군, 친구. 다만 모로코 문제에 대해서는 지나치게 단정적인 것 같아. 파병은 당연한 일이지만 실제로 그런 일은 벌어지지 않을 거라는 암시를 은근슬쩍 비쳐주게. 우리가 구태여 그런 모험에 끼어들 생각이 없다는 점을 독자들이 신문을 읽으며 느낄 수 있도록 말이야."

"지당하십니다. 알겠습니다. 독자들이 그렇게 이해하도록 해보겠습니다. 참 그 점에 대해서 말인데요, 아내는 벨옹클 장군이 오랑으로 파견될 예정인지 알아봐달라고 했습니다. 말씀하시는 투로 봐서 그럴 일은 없을 것 같습니다."

장관은 대답했다. "그렇소."

그 후에 비로소 새로 개회되는 의회 이야기가 나왔다. 라로슈 마티유는 거드름을 피우며 몇 시간 뒤 의회에서 동료들을 설득시킬 연설을 신파조로 늘어놓았다. 앞에 있는 상대는 안중에 두지 않고, 때로는 포크를, 때로는 나이프를, 때로는 한입거리 빵조각을 허공에 쳐들고 오른팔을 휘두르며 보이지 않는 의회의 동료들에게 호소했다. 그는 횡설수설하는 풋내기 청년처럼 입에 발린 웅변을 토해냈다. 비틀어 올린 아주 작은 콧수염은 입술 위에서 전갈 꼬리처럼 양쪽으로 뻗쳐올랐고, 기름 바른 머리는 이마 한복판에서 양쪽으로 갈라져 관자놀이 위에서 둥그렇게 뭉쳐진 시골 멋쟁이 같은 스타일이었다. 그는 비록 나이는 젊었지만 약간 비곗살이 붙어 퉁퉁했다. 둥그런 배는 조끼를 불룩하게 밀어냈다. 개인 비서는 그러한 능변을 듣는 데 익숙한 듯 태연하게 먹고 마셨다. 그러나 뒤 르와는 그의 성공에 질투심을 불태우며 속으로 생각했다. '뭐야, 이 멍청한 녀석은! 정치한다는 놈들은 모두가 바보천치인가!

그리고 자기 자신의 값어치와 거드름을 피우며 떠들어대는 장관을 비교하며 혼잣말로 중얼거렸다. "제기랄! 만약 나한테 단 10만 프랑만 있다면 우리 아름다운 고향 루앙에서 입후보하고, 음흉하고 덜떨어진 순박한 우리 노르망디 사람들의 되도 않은 욕심을 잘 농락한다면 나는 더없이 훌륭한 정치가가 될 수 있을 거야. 이런 한치 앞도 못 내다보는 애송이 녀석과는 차원이 다르지."

커피가 나올 때까지 라로슈 마티유 씨는 계속 연습을 했다. 그러다가 시간이 늦었다고 생각했는지 초인종을 울려 마차를 준비시켰다. 그리고 신문기자에게 손을 내밀며 말했다.

"그럼 잘 알겠지, 친구?"

"물론이죠, 각하. 절 믿으십시오."

뒤 르와는 기사를 쓰기 위해 천천히 신문사 쪽으로 걸어갔다. 4시까지는 할 일이 없었다. 4시에 콩스탕티노플 거리에서 드 마렐 부인과 만날 예정이었다. 그들은 매주 두 번, 월요일과 금요일을 정해놓고 만나기로 했다.

편집실로 들어서자 속달이 와 있었다. 왈테르 부인에게서 온 것이었다.

오늘 중으로 꼭 뵙고 싶습니다. 아주 중요한 용건입니다. 2시에 콩스탕티노플 거리에서 기다리세요. 당신한테 큰 도움이 될 겁니다.

죽도록 사랑하는 당신의

비르지니

그는 욕을 퍼부었다. "빌어먹을! 정말 성가신 여편네네." 너무나도 기분이 나빠 일이 손에 잡히지 않았다. 너무 화가 나서 곧바로 밖으로 나왔다.

6주일 전부터 그는 부인과 관계를 끊으려고 안간힘을 다했지만 그 집요한 애착의 굴레에서 벗어날 길이 없었다.

그녀는 타락에 빠진 것에 대해 끔찍하게 자책을 하며, 그 후 세 번이나 만나는 동안 끊임없이 연인에게 비난과 저주를 퍼부었다. 그는 그러한 태도에 염증을 느꼈고, 이 드라마틱하고 성숙한 중년 여인에게 신물이 났다. 그는 가급적 멀리 하면 자연스럽게 이 장난도 끝나리라 생각했다. 하지만 그럴수록 여자는 더욱 정신없이 달라붙었다. 마치 목에 돌을 매달고 물에 뛰어들듯이 이 사랑에 몸을 던져왔다. 그는 마음이 약해지기도 했고, 환심을 사야 하는 환경도 있고, 여러 모를 참작해서 관계를 회복했다. 하지만 그녀는 짜증스러울 정도로 광적인 욕정 속에 그를 가두어넣은 채 퍼붓는 애정의 공세에 그는 피해망상에 사로잡힐 지경이었다.

그녀는 매일 만나자고 하고, 쉴 새 없이 속달을 보내 거리 모퉁이나 백화점, 공원 같은 데서 하릴없는 밀회를 재촉했다.

그리고 그때마다 똑같은 짤막한 말로 당신을 얼마나 사랑하고 얼마나 우상처럼 떠받들고 있는지 누누이 강조했다. 그리고 헤어질 때는 되풀이해서 맹세했다. "당신을 만나서 너무나 행복했어요."

그녀는 그가 상상했던 것과는 전혀 딴판이었다. 어린 아이처럼 아양을 부리기도 하고, 나이에 어울리지 않게 터무니없이 유치한 사랑으로 그를 유혹하려고 했다. 그녀는 그때까지 정말 정숙하게 지내왔고, 마음은 처녀나 마찬가지라서 어떤 감정이든 귀를 막았고, 관능적인 쾌락에도 무지했다. 그다지 덥지 않은 여름이 지나고 찾아온 창백한 가을처럼 조용히 마흔 고개를 넘어서던 이 얌전한 여인에게 난데없이 이 일이 닥친 것이다. 마치 피어보지 못하고 시들어버린 봄날의 청춘, 철이 지나 피어난 조그마한 꽃들과 제대로 피어나지 못한 새싹들이 즐비한 비참한 봄날과 같은 청춘을 보낸 것이다. 뒤늦게 타오른 순진한 색정이 이 어린 여자애 같은 사랑에 기묘한 꽃을 피워냈다. 걷잡을 수 없는 정욕이나, 열여섯 처녀애처럼 키득거리고, 난감하기 짝이 없는 응석을 부리고, 뜨거운 젊음을 불태우지 못하고 늙어버린 여인의 진부하기 이를 데 없는 교태 등 예측 불가능의 연속이었다. 더구나 하루에 편지를 열 장이나 보냈는데, 이상야릇한 문체에 우스꽝스러운 시구(詩句) 등 제정신에 썼다고는 볼 수 없는 우스꽝스러운 것들이었다. 짐승이나 새 이름으로 가득한 것이 마치 아메리카 인디언들의 작품 같기도 했다.

단둘이 만나면 그를 끌어안고 뚱뚱한 말괄량이처럼 부담스런 교태를 부리고, 약간 괴기스런 모양으로 입술을 삐죽 내밀고, 이리저리 막춤을 추듯 돌아다닐 때는 블라우스 아래로 뒤룩거리는 젖가슴이 출렁거렸다. 그를 더욱 역겹게 만드는 것은 '나의 생쥐', '내 강아지', '내 고양이', '나의 보석', '나의 파랑새', '나의 보물' 하고 불러대는 것이었다. 그녀는 몸을 맡길 때마다 어린 아이처럼 부끄러워하는 시늉을 하기도 하고, 예쁘게 보인다고 생각했는지 약간 겁을 먹은 표정을 짓기도 하고, 무지하고 순진한 아가씨가 변태적인 행동에 맛을 들인 듯 못된 장난을 걸어오기도 했다.

그녀는 곧잘 "요 입은 누구 꺼?" 하고 물었다. 만약에 즉석에서 "그건 내 꺼!" 하고 대답하지 않으면 그가 신경질을 낼 때까지 끈질기게 물고 늘어졌다.

여자도 연애를 하려면 제대로 배워서 요령 있고 능수능란하고 용의주도하고 매우 시의적절하게 행동할 줄 알아야 할 것이라고 그는 생각했다. 하물며 상당한 나이에 한 집안의 어머니요, 사교계의 귀부인으로서 몸을 내맡길 때는 당연히 조신하게 열정을 억누르고 품위를 지켜야 한다. 설령 눈물을 흘리더라도 줄리엣의 눈물이 아닌 디도*의 눈물이어야 한다.

그녀는 끊임없이 그에게 되풀이했다.

"난 당신이 사랑스러워 못 견디겠어요. 우리 귀염둥이! 당신도 마찬가지로 제가 사랑스럽나요, 네, 우리 아가?"

그는 '우리 귀염둥이', '우리 아가'라고 부를 때면 화가 치밀어 '우리 할망구' 하고 퍼대고 싶은 마음이 굴뚝같았다.

그녀는 또 이렇게도 말했다.

"당신에게 넘어가다니 저는 정말 바보예요. 하지만 후회하진 않아요. 사랑한다는 건 정말 즐거운 일이에요."

그녀의 입에서 그런 말이 튀어나올 때마다 조르주는 화가 치밀어 견딜 수 없었다. 그녀는 순진한 처녀 역을 맡은 배우처럼 "사랑한다는 건 정말 즐거운 일이에요" 하고 소곤거렸다.

게다가 어설픈 그녀의 애무는 더욱 짜증스러웠다. 이 아름다운 청년의 키스는 이 여인에게 관능에 눈을 뜨도록 만들었고 그녀의 피를 솟

---

* 디도(Didon)는 그리스신화에 나오는 페니키아의 여왕이다. 카르타고를 건설했다고 하며, 영웅 아이네이아스(Aeneias)에게 실연당해 자살했다고 한다.

구치게 했다. 때문에 격정에 들떠 마음만 앞선 그녀의 포옹은 서투르기 짝이 없었다. 뒤 르와는 난생 처음 글을 배우는 늙은이처럼 전심전력을 다하는 그녀의 모습에 실소를 금치 못했다.

그녀는 젊음이 시들어가는 여인이 마지막 사랑을 불태우듯이 무시무시한 눈길로 깊이 응시하다가 뼈가 으스러지도록 껴안고, 녹초가 되었지만 주체할 수 없는 욕정에 뜨겁고 육중한 육체를 눌러대며, 소리 없이 떨리는 입으로 물어뜯었다. 그 와중에도 그녀는 어린아이가 아양을 부리듯 혀짤배기소리를 하며 몸을 배배 꼬았다.

"사당해, 우리 아가. 사랑해용. 자기도 우리 뀌여운 애기, 맘껏 사랑해쮜용!"

그럴 때는 정말 욕을 한바탕 퍼붓고 모자를 움켜쥔 채 문을 박차며 뛰쳐나가고 싶었다.

처음에는 이따금 콩스탕티노플 거리에서 만났지만 뒤 르와는 드 마렐 부인과 맞닥뜨리는 것을 우려해 지금은 이러저러한 핑계를 대며 그곳에서 만나는 것을 피했다.

그는 어떤 때는 점심나절에, 어떤 때는 저녁에 거의 매일같이 부인의 집에 들렀다. 부인은 그때마다 식탁 밑으로 손을 내밀어 그의 손을 잡았고, 문 뒤에서 입술을 내밀었다. 하지만 그는 쉬잔의 익살스러운 짓에 재미가 들려 쉬잔과 노는 것이 훨씬 좋았다. 인형 같은 이 아가씨의 몸 안에는 영민하고 짓궂은, 어디로 튈지 모르는 앙큼한 기지가 꿈틀거리다가 축제 때 공연하는 꼭두각시 인형처럼 튀어나왔다. 그녀는 세상 모든 것을 신랄하게 마음껏 조롱했다. 조르주는 발랄한 재치에 흥을 돋우어 더욱 빈정거리도록 부추겼다. 그들은 놀랍도록 죽이 잘 맞았다.

그녀는 쉴 새 없이 그를 불렀다.

"이보세요, 벨아미, 이리 오세요, 벨아미."

그가 어머니 곁을 떠나 딸 쪽으로 재빨리 달려가면, 여자 아이는 그의 귀에 대고 무슨 심술궂은 말을 소곤거렸는지 그들은 깔깔거리며 웃곤 했다.

그러면서 그는 그녀 어머니에 대한 애정에 점차 학을 띠며 주체할 수 없는 혐오감에 사로잡혔다. 이제는 얼굴만 봐도, 목소리만 들어도, 떠올리기만 해도 화가 치밀었다. 그래서 그 집에 발길을 끊고, 편지에 답장도 않고, 부름에도 응하지 않았다.

그녀는 그의 사랑이 식어버린 것을 눈치채고 몹시 괴로워했다. 하지만 그럴수록 그녀는 더욱 몸이 달아올라 그의 거동을 훔쳐보고, 뒤를 밟고, 신문사 앞이나 그의 집 문 앞, 그가 지나갈 만한 길목에서 마차에 블라인드를 내린 채 기다리곤 했다.

그는 그녀에게 매정하게 욕을 퍼붓고 뺨을 후려갈기고 분명하게 쏘아주고 싶었다. "빌어먹을, 이젠 질렸어. 귀찮아 죽겠다니까." 하지만 《라 비 프랑세즈》를 봐서라도 신중해야만 했다. 그는 냉담하게 굴며, 존경심을 가장해 서먹서먹하게 대하고, 때로는 무뚝뚝하게 응대하며 이제는 관계를 끊어야 할 때가 왔음을 일깨워주려고 노력했다.

하지만 그녀는 단념은커녕 교묘한 술책을 부려 어떻게든 그를 콩스탕티노플 거리로 끌고 가려고 했다. 그는 두 여자가 문 앞에서 맞닥뜨리지나 않을까 걱정이 되어 항상 마음이 조마조마했다.

하지만 역으로 드 마렐 부인과의 애정은 여름을 지내면서 한층 더 깊어만 갔다. 그는 그녀를 '말괄량이'라고 부르며 정말이지 못 견딜 정도로 좋아했다. 그들은 성격도 비슷한 점이 많았다. 분명히 그들에게는 인생을 방랑 속에 떠도는 모험적인 유랑자의 피가 흘렀다. 자신들은 깨닫지 못했지만 거리를 떠도는 보헤미안처럼 그들은 소위 사교계를 떠도는 유랑자였다.

그들은 달콤한 여름을 보냈다. 마음껏 놀고 즐기며 여름 방학을 보내는 학생과 같았다. 아르장퇴유나 부지발, 메종, 푸아시 등지로 점심이나 저녁식사를 하러 다녔고, 보트를 타고 나가 둑길을 따라 꽃을 따며 몇 시간을 보내기도 했다. 그녀는 센 강에서 잡히는 물고기 튀김이며, 토끼 고기 스튜며, 포도주와 양파로 요리한 물고기를 좋아했고, 푸른 덩굴로 덮인 선술집 정자나 뱃놀이 하는 사람들이 떠들어대는 소리를 좋아했다. 그도 화창한 날이면 교외선 철도의 지붕 위 좌석에서 은근히 야한 얘기를 주고받으며 부르주아들의 아담한 별장이 점점이 박혀 있는 파리 교외의 농촌 들판을 가로지르며 그녀와 함께 여행하는 것이 즐거웠다.

그리고 돌아오는 길에 부득이하게 왈테르 부인과 만찬을 함께 해야 할 경우에는, 강가 풀숲에서 타는 듯한 열정을 채워주고 욕망을 송두리째 뽑아내고 방금 헤어진 젊은 여인을 회상하며, 악착스런 늙다리 정부를 더 한층 증오했다.

그러다가 마침내 그는 사장 부인에게 관계를 정리하겠다는 의사를 거의 단도직입적으로 명확하게 표명했다. 그리고 비로소 부인에게서 손아귀에서 벗어났으려니 생각했다. 하지만 바로 그때 콩스탕티노플 거리로 2시까지 오라는 속달을 신문사에서 받은 것이다.

그는 걸으면서 다시 한 번 읽어보았다. "오늘 중으로 꼭 뵙고 싶습니다. 아주 중요한 용건입니다. 2시에 콩스탕티노플 거리에서 기다리세요. 당신한테 큰 도움이 될 겁니다. 죽도록 사랑하는 당신의 비르지니."

그는 생각했다. '마귀 같은 할망구가 도대체 무슨 일이 또 있다는 걸까? 분명히 나한테 달리 할 말도 없을 텐데. 또 사랑한다는 둥 하고 지껄이겠지. 하지만 모르지. 아주 중요한 용건으로 내게 큰 도움이 될 거라는데. 그런데 4시에 클로틸드가 온다고 했지. 아무튼 3시까지는 끝내버려야지. 빌어먹을! 둘이 마주치지 않아야 할 텐데. 어쨌든 여자들이란 심술 맞기 짝이 없어!'

그는 이상하게도 오직 자기 아내만큼은 결코 자신을 괴롭히는 일이 없다는 생각이 들었다. 그녀는 자기 취향대로 생활했지만 사랑하기로 정해놓은 시간만큼은 그를 매우 사랑하는 듯했다. 왜냐하면 그녀는 매일매일 일상을 정해진 규율 속에서 살면서 조금이라도 흐트러지는 것을 절대 용납 못 하는 성격이었다.

그는 사장 부인에 대한 감정을 속으로 삭이며 밀회할 집으로 느릿느릿 걸어갔다.

'그래! 만약에 나한테 아무 할 얘기도 없다면 진짜 본때를 보여줘야지. 캉브론*이 지껄인 프랑스어도 내 말에 비하면 아주 점잖다는 걸 깨우쳐줄 테다. 우선 두 번 다시는 그녀 집에 발을 들여놓지 않겠다고 선언해야지.'

그는 방으로 들어가서 왈테르 부인을 기다렸다.

얼마 후에 도착한 부인은 기다리던 그를 보자마자 소리쳤다.

"어머! 전보를 받으셨군요! 정말 다행이에요!"

그는 언짢은 표정을 했다.

"그래요, 마침 의회에 가려던 참이었는데 신문사로 왔더군요. 또 무슨 일로 보자고 하셨습니까?"

그녀는 키스를 하려고 베일을 들어 올리며 다가왔으나 매일 걷어차이는 암캐처럼 겁먹은 표정으로 주저했다.

"당신은 정말 잔인해요…… 매몰찬 말만 하시고…… 제가 당신한테 뭐라고나 했나요? 당신 때문에 얼마나 괴로워하는지는 생각하지 않는군요!"

그는 투덜거렸다.

"또 시작하는 겁니까?"

그녀는 상대가 미소를 보내거나 어떤 몸짓이라도 하면 당장에 상대품으로 뛰어들 듯한 태세로 옆에 바짝 다가섰다.

그녀는 중얼거렸다.

"이렇게 저를 냉대할 거라면 애당초 건드리지 말고 저 나름대로 조신하니 만족스럽게 살도록 놔두었어야죠. 성당에서 무슨 말씀을 하셨는지 기억하세요? 이 집으로 억지로 끌고 왔을 때도요. 그런데도 이제와서 그런 말씀만 하시다니! 어떻게 그러실 수 있어요! 하느님! 하느님!

____

* 캉브론(Cambronne)은 프랑스혁명 전쟁, 나폴레옹 전쟁 시기의 장군이다. 그는 워털루 전투에 참가해 항복을 강요하는 영국군에게 "근위대는 죽을지언정 항복하지 않는다"(La Garde meurt mais ne se rend pas.)라고 하면서 "똥이다!"(Merde!)라고 말하며 거부했다. 프랑스에서 '캉브론의 한마디' 또는 '5문자'란 이 "똥이다!"라는 말을 의미한다.

정말이지 너무 해요!"

그는 쿵쿵 발을 구르면서 거칠게 내뱉었다.

"아아! 이런, 또요? 이젠 지긋지긋해. 일분일초라도 만나기만 하면 그런 타령이니. 솔직히 말하면, 나는 천사처럼 순진한 열두 살 난 계집애를 낚아챈 것 같지는 않소. 아니 부인, 사실대로 얘기해봅시다. 제가 세상 물정도 모르는 처녀애를 꼬드긴 건 아니잖습니까? 당신은 분별력 있는 나이로 저한테 몸을 허락한 것 아닌가요? 저로서는 대단히 감사하죠. 황송할 정도로 감사하죠. 하지만 그렇다고 죽을 때까지 당신 치맛자락에 매달려 있어야 할 의무는 없다고 판단됩니다. 당신에게는 남편이 있고 제게도 아내가 있습니다. 둘 다 자유롭지 못한 몸이지요. 단지 사람들 눈을 피해 한순간 사랑을 나누었을 뿐입니다. 그게 전부입니다."

그녀가 말했다.

"아아! 너무도 잔인하네요! 너무도 상스럽고 파렴치하네요! 맞아요! 물론 저는 처녀 아이가 아니에요. 하지만 여태까지 한 번도 사랑하거나 사랑에 빠진 적이……."

그는 말을 잘랐다.

"그런 말씀은 골백번은 더 들어서 잘 압니다. 하지만 당신에겐 딸도 둘씩이나 있고…… 처녀의 순결을 빼앗은 것도……."

그녀는 뒷걸음쳤다.

"어머나! 조르주, 가증스러워요!……"

그녀는 끓어오르는 오열에 숨이 막혀 두 손을 가슴에 대고 헐떡거렸다.

그는 그녀가 울음을 터뜨리자 벽난로 구석에 놓인 모자를 집어 들었다.

"으이그, 또 징징대는군! 그럼 안녕, 갑니다. 그런 연극을 보여주려고 나를 또 불러낸 거였어?"

그녀는 한 발짝 앞으로 나서 그를 가로막으며 호주머니에서 손수건을 꺼내 재빨리 눈물을 닦았다. 그녀는 마음을 가라앉히고 목소리에 힘을 주었다. 하지만 치밀어 오르는 서글픔에 이따금 말이 끊어졌다.

"아녜요…… 여기에 온 이유는…… 어떤 정보를…… 정치적인 정보를…… 만약 원하신다면 5만 프랑은 벌 수 있는 방법을 알려드리려고…… 그 이상이라도…… 벌게 해드릴 생각에서예요……."

그는 갑자기 목소리가 부드러워지며 물었다.

"뭐라고요? 그게 무슨 말씀이죠?"

"어젯밤 우연히 저희 집 양반하고 라로슈 씨가 하는 얘기를 들었어요. 물론 제 앞에서는 두 분 다 말씀을 숨기거나 하지는 않죠. 왈테르는 장관한테 당신이 알면 곧바로 폭로해버릴 테니까 당신에겐 비밀로 해두라고 하면서요."

뒤 르와는 모자를 다시 의자 위에 놓고 상대의 이야기를 기다렸다.

"그래요, 뭐라고 하던가요?"

"모로코를 점령할 거래요."

"설마! 오늘 라로슈 씨하고 점심을 하면서 내각의 의중을 고스란히 적어왔는데요."

"아녜요. 그분들은 계략이 새어나갈까 봐 당신을 속인 거예요."

"우선 앉아보세요." 조르주는 말했다.

그리고 자기가 먼저 팔걸이의자에 앉았다. 그러자 그녀는 마루에 놓아둔 둥근 의자를 잡아당겨 젊은이의 두 다리 사이에 옹크리듯이 걸터앉았다. 그녀는 어리광을 부리는 목소리로 계속했다.

"전 언제나 당신 생각만 해요. 그래서 요즘 주위에서 남들이 속닥거리는 말도 당신을 위해 귀를 기울이곤 해요."

그녀는 차분하게 얼마 전부터 그에게는 비밀로 하면서 모종의 계획을 꾸미고 있다는 사실을 이야기했다. 그러면서 사장이 뒤 르와에게 일을 시키면서도 협력자로 만들기에는 부담스러워하고 있다는 것을 눈치채게 된 내막을 자초지종 설명했다.

그녀는 덧붙였다.

"그래요, 사랑을 하면 교활해지는 모양이에요."

어젯밤에서야 그녀는 알았던 것이다. 그것은 엄청난 사업, 은밀하게 계획된 굉장한 사업이었다. 그녀는 자신의 솜씨가 대견하다는 듯이 비로소 방긋 웃었다. 그리고 주식 투기라든가, 주가의 변동이라든가, 몇 천이나 되는 소시민이나 연금생활자들이 정계나 재계의 존경할 만한 명사들의 이름으로 보증된 주식에 투자해놓은 것을 단 두 시간 만에 파산시키는 격심한 시세 등락이나 급격한 시세 변동을 경험한 재정가의 아내답게 장황하게 설명하며 흥분했다.

그녀는 되풀이했다.

"정말이에요! 그분들이 무슨 일을 할 때면 정말 대단해요. 정말 대단해요. 모든 걸 왈테르가 주도하는데 그야말로 능수능란하죠. 정말이지, 일류급이에요."

그는 늘어놓는 말에 짜증을 냈다.

"자, 그건 그렇고, 어서 말해보세요."

"그게 말이죠, 이런 거죠. 탕헤르 파병은 라로슈 씨가 외무장관이 된 날부터 이미 두 사람 사이에 합의된 거예요. 그리고 64프랑인가 65 프랑으로 내린 모로코 공채(公債)를 조금씩 사들이기 시작했죠. 은밀하게 중개인을 내세워 세상 사람의 의심을 사지 않도록 교묘하게 했죠. 로스차일드* 쪽에서도 모로코 공채 주문이 자꾸 들어와 미심쩍게 생각했지만 그것도 교묘하게 속여 넘겼어요. 주문하는 사람들이 이름을 들으면 모두 형편없는 중개인들이라서 큰 거래처인 은행도 마음을 놓았던 거예요. 그러고 나서 그때부터 파병을 공식화하고 모로코를 점령하게 되면 프랑스 정부가 그 공채를 보증하는 셈이 되는 거예요. 그렇게 되면 그분들은 5∼6천만쯤은 거뜬히 벌게 되는 것이죠. 이젠 그 사업이란 게 뭔지 아셨죠? 비밀이 새어나갈까 봐 얼마나 세상 이목을 두려워하고 조심하고 있었는지 당신도 이젠 이해하시겠죠."

---

* 로스차일드(Rothschild)는 독일-유태계(German Jews) 혈통의 국제적인 금융 재정 가문이다. 오스트리아와 영국 정부로부터 귀족 작위를 받았다.

그녀는 젊은이의 조끼에 머리를 기대고 두 팔을 그의 무릎 위에 올려놓고 바짝 달라붙었다. 간신히 연인의 흥미를 끌 수 있음을 깨닫고 조금이라도 사랑스런 미소를 보내준다면 무슨 짓이든, 어떤 타락이든 불사하겠다는 모습이었다.

그는 물었다.

"정말 확실한 거요?"

그녀는 자신 있게 대답했다.

"그럼요! 그렇고말고요!"

그는 단호하게 말했다.

"정말 너무들 하는군! 어쨌든 저 라로슈란 비열한 자식, 아주 제대로 한방 먹여줄 테다. 제기랄! 불한당 같은 자식! 그 자식, 조심하라고 해!…… 그 자식, 조심하라고…… 장관이니 뭐니 해도 어쨌든 내가 목덜미를 움켜쥐고 있으니까!"

그는 곰곰이 생각하다가 중얼거렸다.

"하지만 이용해먹을 건 이용해먹어야지."

"공채는 아직 살 수 있어요. 72프랑밖에 하지 않으니까요" 하고 그녀는 말했다.

그는 대답했다.

"그래요, 그렇지만 융통할 돈이 있어야 말이죠."

그녀는 눈을 들어 그를 바라보았다. 안타까움이 넘치는 애원하는 듯한 눈빛이었다.

"저도 조금은 생각해보았어요. 당신이 다정하게, 다정하게 대해주신다면, 저를 조금만 귀여워해주신다면 빌려드릴 수도 있어요."

그는 거칠고 매몰차게 잘랐다.

"그럴 수는 없소, 있을 수 없는 일이오!"

그녀는 애원하는 목소리로 속삭였다.

"들어보세요. 정 그러시다면 돈을 빌리지 않아도 되는 방법이 있어요. 실은 제가 그 공채를 1만 프랑어치 사서 용돈을 조금 만들어볼까 했는데, 2만 프랑어치를 살게요. 그리고 당신께 절반을 나눠드리죠. 물론 그 돈은 왈테르에게 돌려줄 필요가 없는 돈이에요. 그리고 당분간은 구태여 갚을 필요도 없어요. 만약 잘만 되면 당신은 7만 프랑을 벌게 되는 거예요. 혹시나 잘못되더라도 아무 때나 형편이 되실 때 1만 프랑만 갚으시면 돼요.”

그는 여전히 완강했다.

“아니오, 저는 그런 얄팍한 수단은 좋아하지 않습니다.”

그러자 그녀는 작심하도록 만들기 위해 이러저러한 근거를 늘어놓았다. 솔직히 당신 말대로 1만 프랑의 도박을 하는 것이고, 상당한 모험을 하는 것은 맞지만, 그 돈은 왈테르 은행이 보증을 하는 것으로 자기한테 빌리는 것도 아니라고 설득했다.

그녀는 《라 비 프랑세즈》에서 정치적 쟁점으로 끌어내고 이 사업의 빌미를 제공한 당사자가 바로 당신인데, 그것을 이용해먹지 않는다는 것은 정말 세상 물정을 모르는 것이라고 덧붙였다.

그는 여전히 망설였다. 그녀가 덧붙였다.

“어쨌든 그 1만 프랑을 빌려주는 건 왈테르예요. 게다가 당신은 그 이상의 가치 있는 일을 해주고 있잖아요.”

“그럼 좋소.” 그는 대답했다. “그렇게 합시다. 당신과 함께하기로요. 그리고 만약 실패하면 1만 프랑을 당신한테 갚기로 하죠.”

그녀는 몹시 기뻐했다. 그리고 일어서더니 그의 얼굴을 두 손으로 감싸 쥐고 주린 듯이 키스를 퍼부었다.

그도 처음에는 그다지 거부하지 않았다. 하지만 그녀가 점점 대담해져 그를 끌어안고 정신없이 애무를 시작하자 생각을 정리했다. 조금 있다가 다음 여자가 또 올 테고, 괜히 여기서 마음을 약하게 먹었다가는 시간을 빼앗기는 것도 그렇지만, 늙은 팔에 안겨 정력을 소모하는 것보다는 젊은 여자를 위해 아껴두는 편이 훨씬 이득이리라.

그래서 그는 슬그머니 그녀를 밀어냈다.

“자아, 점잖게 처신하시죠.” 그는 말했다.

그녀는 슬픈 눈으로 그를 바라보았다.

“어머나! 조르주, 이제는 키스마저도 안 된단 말이에요.”

그는 대답했다.

“아닙니다. 오늘만은요. 두통이 조금 있어서 괴롭습니다.”

그러자 그녀는 다시 얌전하게 그의 두 무릎 사이에 앉아 물었다.

“저어, 내일 우리 집에 저녁식사 하러 오시지 않을래요? 그러시면 정말로 기쁠 거예요!”

그는 망설였으나 거절할 수도 없어 승낙했다.

“네, 가죠.”

“고마워요, 낭군님.”

그녀는 응석을 부리듯 젊은이의 가슴에 천천히 장단을 맞추며 뺨을 문질러댔다. 그러던 와중에 긴 검은 머리카락 한 올이 조끼에 얽혔다.

그것을 보자 그녀는 야릇한 생각이 떠올랐다. 그것은 여인에게는 때때로 이성을 대신하는 미신과도 같은 직관이었다. 그녀는 그 머리카락 한 올을 그대로 살그머니 단추에 감기 시작했다. 그리고 다른 머리카락을 다음 단추에 감고, 다시 그 위쪽 단추에도 또 한 올 감았다. 이렇게 그녀는 모든 단추에 머리카락을 얽어맸다.

‘이 사람이 일어설 때면 이 머리카락이 잡아 뽑히겠지. 그것은 나에게 아픔을 주겠지만 난 행복해! 한 번도 달라고 한 적이 없었지만 내 몸의 일부인 내 머리카락을 자기도 모르게 몇 가닥 가져가는 셈이니까. 이 사람을 나한테 묶어놓는 굴레가, 눈에 보이지 않는 비밀의 굴레가 되겠지. 마치 부적을 몰래 넣어주는 것처럼 말이야. 그러면 싫든 좋든 내 생각을 할 테고, 내 꿈을 꿀 테고, 내일은 좀 더 나를 사랑해주게 될지도 몰라!

그는 갑자기 말했다.

“자, 이젠 헤어져야 해요. 의회에서 회의가 끝날 때쯤 만나자는 사람이 있습니다. 오늘은 빠질 수가 없어요.”

그녀는 한숨을 지었다.

“어머! 벌써요?” 그러면서 체념한 듯이 말을 이었다.

“그래요, 당신. 하지만 내일 저녁식사 때는 와주시는 거죠?”

그러면서 그녀는 갑자기 몸을 돌렸다. 순간 바늘로 찔린 듯한 통증이 머리칼에 번졌다. 심장이 고동쳤다. 이 사람으로 인해 작은 아픔을 느낀다는 것이 오히려 만족스러웠다.

“안녕!” 그녀는 말했다.

그는 안타깝다는 듯이 미소를 지으며 그녀를 팔에 안고 양 쪽 눈 위에 형식적으로 키스를 했다.

그러나 그녀는 가벼운 접촉만으로도 새삼스레 정열이 불타올라 중얼거렸다. “벌써요!” 그녀의 타는 듯한 눈빛은 문이 열린 옆방을 향하고 있었다.

그는 여자를 밀어내며 다급하게 말했다.

“그럼 가보겠습니다, 늦어질 것 같아서요.”

그러자 그녀는 입술을 내밀었다. 그는 가볍게 입술을 스치며 그녀가 잊고 있던 양산도 챙겨주었다.

“자, 자, 서둘러야겠어요. 벌써 3시가 넘었으니까.”

그녀는 앞서 문을 나서며 다짐을 두었다.

“내일, 7시예요.”

“내일, 7시입니다.”

그들은 그곳에서 헤어져 그녀는 오른쪽으로, 그는 왼쪽으로 꺾어들었다.

뒤 르와는 외곽 큰길까지 걸어갔다. 그런 다음 말제르브 대로를 다시 내려오며 천천히 걸음을 옮겼다. 문득 과자 가게 앞을 지나치려다가 유리잔에 담긴 설탕에 절인 밤이 눈에 띄었다. 그는 ‘클로틸드한테 1파운드 사다줘야겠군’ 하고 그녀가 좋아하는 달콤한 밤 한 봉지를 샀다. 4시에 그는 젊은 정부와 만나기 위해 그 방으로 되돌아왔다.

그녀는 남편이 일주일 동안 휴가를 얻어 집에 와 있었기 때문에 약간 늦었다. 그리고 물었다.

"내일 저녁식사에 오실 수 있으세요? 당신을 만나면 그 사람이 좋아하실 텐데요."

"아니오, 내일은 사장님 댁에 가기로 했어요. 정치적인 문제와 재정적인 문제 등으로 의논해야 할 것이 많아서요."

그녀는 모자를 벗었다. 웃옷이 거북했는지 그녀는 그것도 벗었다.

그는 벽난로 위에 올려놓은 봉지를 가리키며 말했다.

"설탕에 절인 밤을 사왔어."

그녀는 손뼉을 치며 좋아했다.

"어머, 좋아라! 정말 자상하시군요."

그녀는 밤 봉지를 집어 한 개를 입에 넣고 기쁜 듯이 말했다.

"맛있어요. 하나도 남기지 않고 다 먹어야지."

그러면서 기분 좋은 육감적인 눈매로 조르주를 응시하며 덧붙였다.

"당신은 제 안 좋은 군것질 버릇까지 다 챙겨주시네요?"

그녀는 천천히 밤을 먹으면서 아직 남아 있는지 확인이나 하려는 듯 쉴 새 없이 봉지 안을 들여다보았다.

그녀는 말했다.

"자, 팔걸이의자에 앉으세요. 당신 무릎 사이에 웅크리고 앉아 내 봉봉사탕*을 조금씩 갉아먹어야지. 정말 기분 좋을 거예요."

그는 빙긋이 웃으며 의자에 앉아 방금 전 왈테르 부인에게 했던 것처럼 두 다리를 벌리고 가운데에 그녀를 앉혔다.

그녀는 한입 가득 밤을 집어넣은 채 고개를 쳐들고 말했다.

"모르시죠, 당신. 당신 꿈을 꾸었어요. 둘이서 낙타를 타고 먼 여행을 하는 꿈이었어요. 혹이 두 개짜리 낙타였는데 우리들은 각자 그 위에 올라타고 사막을 가로질러갔어요. 종이에 싼 샌드위치하고 포도주 병을 안고 낙타 위에서 먹었죠. 하지만 우리는 너무 멀리 떨어져 있어 아무것도 할 수가 없었어요. 전 따분해서 내리고 싶어졌어요."

---

* 봉봉(bonbons) 사탕이란 프랑스 옛말에서는 '남자의 불알'을 가리켰다. "내 봉봉사탕을 조금씩 갉아먹는다"는 표현은 매우 음탕한 비유다.

"나라도 내리고 싶었겠네."

그는 대답하며 이야기에 흥겨워서 웃고, 그녀의 쓸데없는 이야기에 부채질을 하며 연인끼리 주고받는 어린 아이 같은 달콤한 이야기를 줄줄이 늘어놓게 만들었다. 그런 분별없는 이야기일지라도 드 마렐 부인 입에서 나왔으니까 재미있어 했지 왈테르 부인이 그랬다면 짜증이 났을 것이다.

클로틸드 또한 그에게 '우리 애기, 귀여운 아기, 우리 고양이'라는 둥 했지만 그 말을 다정하고 귀염성 있게 받아줬다. 하지만 방금 전 다른 여자한테 들었을 때는 화가 치밀고 구역질이 날 지경이었다. 사랑의 속삭임은 언제나 똑같지만 나오는 입술에 따라 맛이 달라지는 게 세상 이치다.

하지만 그는 달콤한 희롱에 흥겨워하면서도 앞으로 수중에 들어올 7만 프랑에 관한 일이 머릿속에서 떠나지 않았다. 이내 그는 그녀의 머리를 손가락으로 가볍게 톡톡 치며 이야기를 멈추게 했다.

"들어봐요, 우리 애기. 당신 남편한테 이 말을 좀 전해주면 좋겠어요. 내일 72프랑 하는 모로코 공채를 1만 프랑 정도 사두라고 제가 권하더라고요. 석 달 내로 6만 내지 8만이 된다는 것을 내가 장담한다고 말이오. 하지만 절대 비밀은 지켜야 해요. 탕헤르 파병이 결정되고 프랑스 정부가 모로코 공채를 보증할 거라고 제가 말하더라고요. 하지만 다른 사람들한테 소문내면 안 돼요. 지금 한 이야기는 국가 기밀이니까."

그녀는 정색을 하며 귀를 기울였다. 그녀는 소곤거렸다.

"고마워요. 오늘 밤 당장 할게요. 그분은 정말 믿어도 돼요. 절대로 함부로 이야기하지 않을 테니까요. 그분은 확실한 사람이에요. 절대 위험하지 않을 거예요."

그리고 그녀는 다 먹은 밤 봉지를 두 손으로 꾸겨 벽난로 속으로 던지며 말했다.

"자, 이제 누워요." 그리고 그녀는 쪼그려 앉은 채 조르주의 조끼 단추를 풀기 시작했다.

갑자기 그녀는 손길을 멈추고 단추 구멍에 얽혀 있는 기다란 머리카락을 집어내며 깔깔거렸다.

"어머, 마들렌의 머리카락을 걸치고 나오셨군요. 아주 충직한 남편인데요!"

그러고 나서 다시 정색을 하며 눈으로도 잘 보이지 않는 머리카락을 손바닥 위에 올려놓고 줄곧 바라보다가 중얼거렸다.

"이건 마들렌 것이 아닌데. 그 여자는 밤색인데."

그는 빙그레 웃었다.

"아마도 하녀 거겠지."

하지만 그녀는 경찰관 같은 눈초리로 조끼 주위를 살피며 다른 단추에 말린 머리카락을 두 개째 풀어냈고, 세 개까지 찾아냈다. 그러다가 새파랗게 질리며 약간 몸을 떨다가 외쳤다.

"어머, 누군가 딴 여자하구 잤군요? 단추마다 머리카락을 얽어매놨는데요."

그는 깜짝 놀라며 더듬거렸다.

"그럴 리 없어. 바보 같이……."

순간 짐작이 가는 일이 있었다. 처음에는 그도 당황했지만 쓴웃음을 지으며 손사래를 쳤다. 하지만 그는 은근히 그녀에게 여자 복이 많다는 걸 보여주는 것 같아 그다지 기분은 나쁘지 않았다.

그녀는 고집스럽게 뒤져 머리카락을 더 찾아내고 재빠르게 풀어 카펫 위로 내동댕이쳤다.

그녀는 영리한 여자의 본능으로 내막을 직감하고 몹시 화를 내며 펄펄 뛰었다. 그녀는 당장이라도 울음을 터뜨릴 듯이 중얼거렸다.

"그 여자는 당신을 사랑하는 거예요…… 자기 몸의 일부를 당신이 가져가도록 만든 거예요…… 아아! 당신은 배신자예요……."

그러더니 그녀는 별안간 외쳤다. 발작적 고통에 휩싸인 날카로운 외침이었다.

"아!…… 아!…… 늙은 여자군요…… 흰 머리가 있잖아요…… 어쩜! 이번엔 늙은 여자랑 놀아났군요…… 그 여자라면 돈을 주겠죠…… 그렇죠?…… 돈을 주겠죠?…… 어쩜! 기가 막혀. 늙은 여자라니…… 그럼 나 같은 건 필요 없겠네요…… 그쪽이나 잘 관리하세요……."

그녀는 몸을 일으켜 웃옷을 벗어놓았던 의자 쪽으로 달려가 재빠르게 옷을 걸쳤다.

그는 부끄러워 우물쭈물하며 그녀를 붙잡으려고 했다.

"천만에…… 클로…… 바보 같이…… 난 뭐가 뭔지 도무지 모르겠어…… 들어봐…… 있어봐…… 자…… 있어봐……."

그녀는 되풀이해서 말했다.

"그 늙은 마나님이나 잘 관리하세요…… 잘 관리하세요…… 그리고 그 머리카락으로 반지를 하나 만들어달라고 하세요…… 하얗게 센 머리카락으로…… 여기 있는 거로도 충분하겠네요……."

그녀는 거친 동작으로 재빨리 옷을 입고 모자를 쓰고 베일을 내렸다. 그가 붙잡으려고 하자 팔을 휘둘러 따귀를 한 대 후려갈겼다. 그가 어리둥절하며 주춤하는 사이에 그녀는 문을 열고 뛰쳐나갔다.

혼자 남은 그는 치미는 분노에 심술궂은 왈테르 부인에게 욕을 퍼부으며 치를 떨었다. '아아! 언제가 한번 호되게 때려눕혀줄 테다. 기필코 혼꾸멍내줄 거야.'

그는 시뻘게진 뺨을 한동안 물로 식혔다. 그는 어떻게 복수를 할까 생각을 하며 문을 나섰다. '도무지 용서할 수가 없어. 아아! 더 이상은!'

그는 큰길까지 내려와서 거리를 서성거리다가 보석상 앞에서 걸음을 멈추었다. 전부터 몹시 갖고 싶어 했던 시계가 진열되어 있었는데, 값은 1,800프랑이었다.

그는 순간 '7만 프랑이 손에 들어오면 저걸 살 수 있겠지' 하고 떠올리자 기쁜 마음에 가슴이 요동쳤다. 그리고 7만 프랑이란 돈을 어떻게 쓸까 하고 이것저것 궁리하기 시작했다.

‘우선 하원의원 자리를 차지하자. 그리고 저 시계를 사고, 주식투자를 좀 해보자. 그러고서 또…… 그러고서 또…….’

신문사에는 들어가고 싶지 않았다. 왈테르를 만나 가사를 쓰기 전에 먼저 마들렌과 이야기를 하고 싶었다. 그는 집으로 돌아가기 위해 걷기 시작했다.

하지만 드루오 거리에 이르러서 걸음을 멈추었다. 쇼세 당탱 거리에 살고 있는 보드렉 백작에게 들르는 것을 잊었던 것이다. 그는 발걸음을 되돌렸지만 여전히 한가하게 걸으며 행복한 꿈에 잠겼다. 감미로운 일, 기분 좋은 일, 머지않아 손에 들어올 재산, 그리고 시답지 않은 라로슈, 심술궂은 늙어빠진 사장 여편네 등등 온갖 잡생각에 잠겼다. 클로틸드의 일은 마음에 담아두지 않았다. 머지않아 그녀의 분노는 가라앉을 테니까.

이윽고 보드렉 백작이 사는 집에 도착하여 관리인에게 물었다.

“보드렉 백작은 어떠신가? 요 며칠 편찮으시다고 들었는데.”

그는 대답했다.

“백작님은 매우 위중하십니다. 오늘 밤을 넘기기가 힘들다고 합니다. 통풍이 심장으로 올라왔다고 하던데요.”

뒤 르와는 뜻밖의 이야기에 깜짝 놀라 어쩔 줄 몰랐다. 보드렉이 죽어가다니! 막연한, 뭐라 말할 수 없는 온갖 상념이 떠올라 마음을 뒤흔들었다.

그는 중얼거렸다. “고마워…… 다시 오지…….” 그는 자기가 무슨 말을 하고 있는지 이해할 수 없을 정도로 멍했다.

그는 곧바로 마차를 타고 집으로 급히 달려갔다.

아내는 돌아와 있었다. 그는 허겁지겁 방으로 뛰어들어 아내에게 말했다.

“그거 알아요? 보드렉 백작이 오늘내일 한대요!”

그녀는 의자에 앉아 편지를 읽다가 눈을 들더니 세 번이나 연거푸 물었다.

"뭐라고요? 그럴 리가?…… 그럴 리가?…… 그럴 리가?……"

"보드렉 말이야. 통풍이 심장으로 올라와서 죽게 됐다는데."

그러고 다시 덧붙였다.

"당신, 어쩔 셈이오?"

그녀는 창백한 안색으로 얼굴을 신경적으로 일그러뜨리더니 두 손으로 얼굴을 가리고 울음을 터뜨렸다. 그녀는 치미는 오열에 온몸을 뒤틀며 비통에 잠겨 몸부림쳤다.

그러다 별안간 비통함을 눌러 삼키고 눈물을 닦으며 말했다.

"가봐야…… 가봐야겠어요…… 제 일은 신경 쓰지 마시고…… 늦을지도 모르니까…… 기다리지 마세요……."

그는 대답했다.

"그래요. 가요."

그가 손을 맞잡자 그녀는 장갑을 끼는 것도 잊고 허둥지둥 나섰다.

조르주는 혼자 저녁을 먹고 기사를 쓰기 시작했다. 장관의 의향대로 독자들에게는 모로코 파병은 이루어지지 않을 것임을 암시하는 내용의 글을 썼다. 그것을 신문사에 가지고 가서 잠깐 사장과 잡담을 나누고, 왠지 홀가분해진 마음에 담배를 피우며 돌아왔다.

아직 아내는 돌아오지 않았다. 그는 잠자리에 들어 곧바로 잠이 들었다.

마들렌은 밤중이 되어서 돌아왔다. 조르주는 깜짝 놀라 눈을 뜨고 일어나 앉았다.

"어떻게 됐어?"

그녀가 그토록 창백하고 비통에 젖은 얼굴을 하고 있는 것을 그는 본 적이 없었다.

그녀는 기어들어가는 목소리로 말했다.

"임종하셨어요."

"아니, 그러면…… 당신한테는 아무 말도 없었어?"

"네. 제가 도착했을 때는 이미 의식이 없었어요."

조르주는 곰곰이 생각했다. 여러 가지 묻고 싶은 것이 입술까지 나왔지만 꺼낼 수 없었다.

"잠자리에 듭시다" 하고 그는 말했다.

그녀는 재빨리 옷을 벗고 그의 옆으로 미끄러져 들어왔다.

그는 다시 물었다.

"임종 때 누구 친척이라도 왔던가?"

"조카 한 사람만요."

"아아! 그 조카란 분이 가끔씩은 왕래가 있던 분인가?"

"아뇨. 한 10년 동안은 만난 적이 없었어요."

"그밖에 친척이 또 있는가?"

"아뇨…… 없을 거예요."

"그렇다면…… 그 조카가 유산을 받겠네."

"모르겠네요."

"굉장한 부자였지, 보드렉은?"

"네. 정말 부자죠."

"남긴 유산이 도대체 얼마나 되는지 알아?"

"아니요, 자세히는 몰라요. 아마 100만이나 200만쯤 되겠죠."

그는 더 이상 말을 하지 않았다. 그녀는 촛불을 불어 껐다. 그들은 어둠 속에 나란히 누워 눈을 뜬 채 아무 말 없이 생각에 잠겼다.

그는 완전히 잠이 달아났다. 왈테르 부인이 약속한 7만 프랑이 갑자기 시시하게 보였다. 문득 마들렌이 울고 있는 것처럼 느껴졌다. 그는 확인이라도 할 심산으로 물었다.

"자요?"

"아뇨."

그녀의 목소리는 눈물을 머금은 채 떨리고 있었다. 그는 말을 이었다.

"아까 얘기하는 걸 잊었는데 당신 장관이 우리를 속였던데."

"어째서요?"

그러자 그는 라로슈와 왈테르가 꾸민 책략에 대해 자세하고 길게 설명했다.

"어떻게 알아내셨어요?"

그는 대답했다.

"그건 말 안 해도 돼겠지? 당신 나름대로 여러 정보를 알아내는 루트를 갖고 있지만 나도 그걸 캐묻지는 않잖아. 나도 내 정보망은 비밀로 해두고 싶어. 하지만 그 정보가 정확하다는 것만은 장담해."

그녀는 중얼거렸다.

"그래요, 가능성은 있어요…… 그분들이 우리 몰래 뭔가 꾸미고 있다는 것은 어렴풋이 눈치채고는 있었죠."

그러나 조르주는 좀처럼 잠을 이룰 수 없었다. 그는 아내 옆으로 다가가 귓불에 살그머니 키스를 했다. 그녀는 뿌리치며 말했다.

"부탁이에요, 가만히 놔두세요, 네? 그럴 마음이 아네요."

그는 단념하고 벽 쪽으로 돌아누웠다. 눈을 감고 있는 동안 어느새 잠이 들었다.

6

성당은 검은 장막이 드리워졌고, 정면 현관에는 관(冠)을 씌운 커다란 방패 모양의 가문 표식을 높이 세워 놓아 지나가던 사람들은 귀족의 장례식이라는 것을 금세 알 수 있었다.

장례 의식이 끝나자 참석한 사람들은 줄지어 보드렉 백작의 관과 그 옆에 서 있는 조카 앞으로 천천히 걸어갔다. 조카는 사람들에게 일일이 손을 내밀어 인사했다.

조르주 뒤 르와와 그의 아내는 성당을 나서자 어깨를 나란히 하고 집 쪽으로 걷기 시작했다. 두 사람 모두 생각에 잠겨 아무 말이 없었다.

얼마 뒤 조르주가 겨우 입을 열고 중얼거렸다.

"정말이지, 의외였어!"

마들렌이 물었다.

"무슨 말씀이에요, 여보?"

"보드렉이 우리한테 아무것도 남겨주지 않았다니 말이야!"

그녀의 얼굴이 별안간 붉어졌다. 마치 갑자기 붉은 장밋빛 베일이 새하얀 가슴에서 얼굴 쪽으로 펼쳐지는 듯했다. 그녀는 말했다.

"그렇다고 꼭 뭔가를 남겨줘야 하나요? 그럴 이유는 없잖아요!"

그러고 나서 잠시 말이 없다가 덧붙였다.

"아마 공증인한테 유언장이 있을 테죠. 아직은 아무것도 알 수 없어요."

그는 곰곰이 생각에 잠겨 있다가 잠시 후 소곤거렸다.

"그래, 그럴 수도 있겠네. 어쨌든 우리 두 사람에겐 가장 친한 친구였으니까. 매주 두 번씩이나 우리 집에서 저녁을 먹고, 아무 때나 드나들었잖아. 우리 집을 자기 집처럼 드나들며 당신을 친딸처럼 귀여워했으니까. 게다가 가족이라곤 형제, 자식도 없이 오직 조카 하나뿐이지. 자주 만난 적도 없는 조카지만 말이야. 그러니까 분명히 유언을 해두었겠지. 크게 기대는 안 하지만, 그가 우리를 생각하고 사랑했다든가, 우리의 애정에 감사했다든가 하는 것을 증명이라도 하듯이 말이야. 뭔가 우정의 징표를 남길 법은 하지."

그녀는 다른 상념에 잠긴 듯 건성으로 대답했다.

"그럴 수도 있죠. 아닌 게 아니라 유언이 있을지도 모르죠."

집으로 돌아오자 하인이 마들렌에게 편지 한 통을 건넸다. 그녀는 그것을 펼쳐보고 남편에게 건네주었다.

라마뇌르 사무소
　　공증업무
보즈 거리 17번지

부인,

부인에게 관계된 용건이 있습니다. 화요일, 수요일 또는 목요일 중 편한 날을 택하셔서 오후 2시에서 4시간에 저희 사무실로 방문해주십시오.

부탁드리며, 이하 생략.

라마뇌르

이번에는 흥분한 조르주의 얼굴이 붉어졌다.

"아무렴 그렇지. 하지만 법률상 호주인 내 명의가 아니라 당신 이름으로 되어 있다는 게 좀 이상한데."

그녀는 곧바로 대답하지 않고 조금 생각하고 나서 말했다.

"우리 지금 가보면 어떨까요?"

"응, 그렇게 하지."

그들은 점심을 먹는 둥 마는 둥 나섰다.

라마뇌르 씨 사무소로 들어서자 수석 서기가 몹시 공손한 태도로 두 사람을 라마뇌르 씨 방으로 안내했다.

공증인은 몸집이 자그마한 사내로 온몸이 그야말로 동글동글했다. 얼굴은 공처럼 둥그스름했는데, 그것은 공 같은 몸통 위에 놓인 것 같았고, 게다가 다리도 몹시 짧아 몸통 역시 다른 두 개의 공에 위에 놓인 것 같았다.

그는 인사를 마치자 의자를 가리키며 마들렌에게 말했다.

"부인, 방문을 요청드린 것은 당신과 관련된 보드렉 백작의 유언을 알려드리기 위해섭니다."

조르주는 낮은 목소리로 동의를 표했다.

"그럴 것이라고 예상했습니다."

공증인은 다시 말을 이었다.

"그러면 서류 내용을 낭독해드리겠습니다. 아주 짧으니까요."

그는 앞에 놓인 종이를 끼워놓는 상자에 손을 뻗쳐 종이 한 장을 꺼내 읽었다.

아래에 서명한 나 보드렉 백작, 폴 에밀 사프리앵 공트랑은 심신이 모두 온전한 상태에서 여기에 나의 마지막 의사를 표명한다.

임종이 다가오는 시기는 예측하기 어려우므로 나는 만일의 경우를 대비해 유언장을 작성하여 이를 라마뇌르 씨에게 기탁한다.

내게는 직계 상속인이 없으므로 유가증권 60만 프랑 및 부동산 약 50만 프랑을 포함한 나의 모든 재산을 클레르 마들렌 뒤 르와 부인에게 무상으로 조건 없이 유산으로 물려준다. 바라건대 깊고 성실하고 경의에 찬 우정의 표시로 이 옛 친구의 증여를 받아주시기를.

공증인은 덧붙였다.

"이것이 전부입니다. 서류는 작년 8월 날짜로 되어 있습니다만 2년 전 클레르 마들렌 포레스티에 부인 앞으로 작성된 똑같은 내용의 서류를 다시 작성한 겁니다. 최초의 유언장도 제게 있으니 친척 되시는 분 중에서 이의신청을 하실 경우에는 그것을 통해 보드렉 백작의 의사가 변하지 않았다는 사실을 입증하겠습니다."

마들렌은 창백한 안색으로 발끝을 지켜보았다. 조르주는 불쾌한 듯이 손가락 끝으로 콧수염을 비틀었다. 공증인은 잠시 멈추었다가 다시 말을 이었다.

"잘 아시겠지만 부인께선 남편 되시는 분의 동의가 없으면 이 유산을 물려받으실 수가 없습니다."

뒤 르와는 자리에서 일어서며 무뚝뚝한 어조로 말했다.

"잠시 생각할 시간을 주십시오."

공증인은 미소를 띠우며 고개를 숙였다. 그리고 상냥한 목소리로 말했다.

"주인어른께서 주저하시는 심정도 알 만합니다. 그리고 덧붙여 말씀드리자면 보드렉 씨의 조카 분은 오늘 아침 백부님의 마지막 의사를 아시고 만약 10만 프랑의 권리만 양도해주시면 그 어떤 이의도 제기하지 않겠다고 하셨습니다. 제 소견으로는 이 유언장은 하등의 이의를 제기할 여지가 없습니다. 하지만 소송이 걸리면 여러 모로 세상 소문이 나돌 테고, 가급적 그런 일은 피하시는 편이 좋으리라 사료됩니다. 세상이란 나쁜 쪽으로 생각하게 마련이니까요. 어쨌든 토요일까지 이 모든 것에 대해 답변해주실 수 있겠습니까?"

조르주는 고개를 숙였다. "그러죠, 선생님." 언짢은 표정으로 인사를 마치고 잠자코 있던 아내를 재촉하며 몹시 불쾌한 태도로 떠나갔다. 경직된 그의 표정을 보자 상냥하던 공증인도 미소를 거두었다.

집으로 돌아오자 뒤 르와는 거칠게 문을 닫고 모자를 침대에 던지며 소리쳤다.

“당신은 보드렉의 안방마님이셨네?”

베일을 벗으려던 마들렌은 정색을 하고 돌아보았다.

“제가요? 아니!”

“맞아, 틀림없어. 그렇지 않고서야 어떻게 전 재산을 송두리째 여자에게 줄 수 있지…….”

그녀는 노여움에 투명한 천에 꽂혀 있는 핀도 뽑지 못할 정도로 손을 벌벌 떨었다.

그리고 한동안 생각하더니 흥분한 목소리로 띄엄띄엄 말했다.

“어머나…… 어머나…… 어떻게 되셨나 보네요…… 어떻게…… 어떻게…… 당신, 정말 끔찍하군요…… 아까…… 당신도 말하셨잖아요…… 뭔가를 남겨줄 만도 하다고요…….”

조르주는 마치 재판관이 피고의 사소한 실수라도 놓치지 않으려는 것처럼 그녀 옆에 지켜 서서 말투 하나하나에 귀를 기울였다. 그리고 한마디 한마디에 힘을 주어 말했다.

“그래…… 그 사람은 나한테도 뭔가를 남길 만했지…… 나는 당신과 결혼했고…… 나도 그 사람 친구였고…… 알겠어…… 하지만 당신은 아니잖아…… 당신이 그 사람 애인이…… 당신은 내 아내잖아. 이런 구별쯤은 체면상으로건 재산상의 본질적인 요소로든 말이야. …… 그리고 세상의 평판도 생각해야지.”

그러자 이번에는 마들렌이 그의 눈 속에서 마치 무언가를 캐내려는 듯이 심오하고 야릇한 눈길로 유심히 지켜보았다. 그것은 평소에는 절대 드러나지 않는 미지의 인간 세계를, 혹은 상대의 일순간 방심이나 부주의로 인해 정신적 내면세계의 신비의 문이 잠깐 열리는 그 찰나의 순간을 놓치지 않고 꿰뚫겠다는 눈길이었다. 그리고 그녀는 또박또박 천천히 이야기했다.

“하지만 만약 그분이 막대한 유산을…… 당신한테 남겼다 해도 역시 남들은 이상하게 생각할 텐데…… 당신, 안 그렇게 생각해요.”

그는 퉁명스럽게 물었다.

"무슨 이유로?"

그녀는 대답했다.

"왜냐하면……."

잠시 망설이더니 그녀는 말을 이었다.

"왜냐하면 당신은 제 남편이기는 하지만…… 그분과 가깝게 지낸 시간도 얼마 안 되었고…… 하지만 저는 훨씬 전부터…… 친구…… 포레스티에가 살아 있을 때 쓴 맨 처음 유언장에도 제 이름이 적혀 있을 정도잖아요!"

조르주는 방안을 성큼성큼 걷기 시작했다. 그는 단언하듯 말했다.

"당신은 그걸 받으면 안 돼."

그녀는 대수롭지 않게 그 말을 받았다.

"아무래도 좋아요. 그럼 구태여 토요일까지 기다릴 필요도 없으니 지금 당장이라도 라마뇌르 씨한테 말하고 와요."

그는 아내의 앞에 얼굴을 마주하고 섰다. 두 사람은 오래도록 서로의 눈과 눈을 지켜보며 엿볼 수 없는 심중의 비밀까지 파고들어 진심이 무엇인가를 확인하려고 했다. 불꽃 튀는 무언의 질문으로 서로의 속내를 알몸뚱이가 되도록 파헤치고 싶었다. 그것은 함께 생활을 하면서도 상대를 이해하지 못하고 서로 의심하며 서로 캐보고 서로 엿보며, 영혼의 밑바닥까지 하나가 될 수 없는 두 사람만의 내밀한 갈등이었다.

그러다가 느닷없이 그는 아내의 얼굴에 내뱉듯이 중얼거렸다.

"자아, 이제 보드렉의 정부였다고 순순히 자백하시지."

그녀는 이해할 수 없다는 듯이 어깨를 으쓱했다.

"참 바보 같아요…… 물론 보드렉 씨는 저를 무척 사랑했어요…… 하지만 단지 그뿐이에요…… 결단코요."

그는 발을 구르며 걸어찼다.

"거짓말! 그럴 리가 없어!"

그녀는 침착하게 응수했다.

"하지만 그렇다니까요."

그는 다시 걷기 시작했다. 그러다가 멈춰 서며 말했다.

"나한테 설명해봐, 그럼. 어째서 당신한테 재산을 모조리 다 넘겨줬는지……."

그녀는 마치 남의 일 대하듯이 무심하게 대답했다.

"그건 간단해요. 조금 전에 말씀하셨듯이 그분에게는 친구라곤 우리들, 아니 저밖에 없었다고 할 수 있죠. 저에 대한 일은 아주 어렸을 적부터 잘 알고 계세요. 어머니가 그분 친척 되시는 분 댁에 일을 도우러 가서 머무르셨으니까요. 그래서 이곳에도 종종 들르셨고, 마땅한 상속인이 없었기 때문에 저를 생각하신 거예요. 제게 다소 마음을 두셨을지는 모르지만 어떤 여자라도 그런 사랑은 받는 법이에요. 그리고 남에게 숨겨두었던 비밀스러운 사랑에 마침내 마침표를 찍으며 처리하려고 할 때, 제 이름을 썼다고 해서 나쁠 것도 별로 없잖아요. 그분은 월요일마다 제게 꽃다발을 가져다주셨지만 당신은 조금도 이상하게 생각지 않았어요. 그때만 해도 당신에게는 아무것도 가져다주시지 않았어요. 맞죠? 오늘 제게 유산을 준 것도 똑같은 이유예요. 저 말고 줄 사람이 없었기 때문이에요. 반대로 당신에게 재산을 물려줬다면 오히려 이상하지 않을까요? 우선 그럴 만한 이유가 없잖아요. 당신은 그분에게 아무것도 아니었잖아요."

그 이야기는 너무도 자연스럽고 차분해서 오히려 조르주가 당황스러워했다. 하지만 더욱 고집을 부렸다.

"그야 마찬가지야. 아무튼 우리가 그런 이유로 그 유산을 받는다는 건 옳지 않아. 당치도 않은 게지. 세상에선 틀림없이 옳다 이거다 하며 숨어서 나한테 욕을 해대고 비웃음거리로 삼을 거야. 그렇잖아도 동료 녀석들이 나를 시기하며 사소한 일에도 트집을 잡으며 빈정거리지. 나는 체면치레만이 아니라 진정으로 명예를 존중받고 평판에 신경을 써야 할 처지야. 그래서 나로서는 오래전부터 당신과 그러저러한 사이라는 풍문이 도는 남자의 유산을 받는다는 것은 절대 용납할 수 없는 일이지. 아마 포레스티에라면 그렇게 했을지 몰라도. 하지만 난 달라.”

그녀는 부드럽게 속삭였다.

“그렇다면 여보, 우리 거절해요. 단지 100만 프랑이란 돈이 우리 주머니로 들어오려다가 나가는 것뿐이니까, 더 이상 말할 필요 없잖아요.”

그는 여전히 방안을 서성거리며 자기 생각을 떠들었다. 딱히 아내에게 하는 말은 아니었지만 들으라는 소리나 마찬가지였다.

“그렇게 하지, 좋아……. 100만 프랑은…… 하는 수 없지…… 그 남자는 그런 유언장이 어떤 안 좋은 결과를 가져올지 미처 생각 못했을 테고, 세상 예의범절이란 걸 완전 무시한 게지. 내가 얼마나 민망하게 되고 조롱거리가 될 것인지는 염두에도 안 둔 거야……. 세상만사가 다 미묘한 뉘앙스 차이지…… 내게 절반이라도 남겨줬더라면 아무 시빗거리도 없었을 텐데 말이야.”

그는 의자에 앉아 다리를 꼰 채 콧수염 끝을 비틀기 시작했다. 뭔가 귀찮은 일이나 걱정거리가 있어 궁리를 할 때 곧잘 하는 버릇이었다.

마들렌은 이따금 놓던 벽걸이 자수를 꺼내 털실을 골라내며 말했다.

“전 더 이상 할 말이 없어요. 이제는 당신이 생각할 차례예요.”

그는 오래도록 답이 없었다. 그러다가 망설이며 의사를 표시했다.

“세상 사람들은 보드렉이 당신만을 상속인으로 지정하고, 또 내가 그것을 허락한 이유에 대해 납득하지 못할 거야. 그런 식으로 유산을 받는다는 것은 당신으로서는…… 온당하지 못한 관계를 자백하는 꼴이 되고, 나는 파렴치한 배려를 했다고 떠들어대겠지…… 우리가 그것을 받아들인다면 남들이 어떻게 생각할지 당신도 잘 알지? 그러니까 우리는 그런 비난을 완화시킬 절묘한 방법을 찾아내서 그럴 듯한 명분을 얻는 게 중요해. 이를테면 보드렉이 재산을 둘로 나눠 우리 부부에게 절반씩 물려주었다고 생각하게 만들든가 말이야.”

그녀가 물었다.

“유언장의 내용이 명확한데 어떻게 그렇게 할 수 있다는 것인지 전

모르겠네요."

그는 대답했다.

"그거야 문제없지. 당신이 살아 있는 동안에 증여 형식으로 나한테 절반을 주면 돼. 우리한테는 아이가 없으니까 그렇게 할 수 있어. 그렇게 하면 세상 사람들의 낭설을 막을 수 있지."

그녀는 그 말에 약간은 참을 수 없다는 듯이 반박했다.

"그렇게 하면 세상 사람들의 낭설을 막을 수 있다는데, 어떻게 하자는 건지 잘 모르겠네요. 보드렉 씨가 서명한 유언장이 엄연히 있는데 말이에요."

그는 화를 내며 대꾸했다.

"굳이 그 유언장을 사람들에게 보여주거나 벽에 내다붙일 필요는 없잖아? 어리석기는 정말. 당신도. 사람들한테 보드렉 백작이 재산을 우리에게 절반씩 물려줬다고 하면 끝이야…… 그러면 그만이지…… 하여간 당신은 내 허가 없이는 그 유산을 받을 수가 없어. 그래서 세상 비웃음거리가 안 되도록 나누자는 건데…… 나눈다는 조건이 아니면 내 양심상 허락할 수도 없는 노릇이잖아."

그녀는 찌르는 듯 날카로운 눈초리로 그를 쏘아보았다.

"좋으실 대로 하세요. 전 감수할 테니까요."

그러자 그는 다시 일어서서 걷기 시작했다. 그래도 망설여지는지 이번에는 아내의 찌르는 듯한 눈초리를 피하며 말했다.

"아니야…… 정말이지 아니야…… 차라리 모든 걸 단념하는 편이 나을지 몰라…… 그 편이 훨씬 품위 있고…… 옳고…… 명예로운 태도지…… 그렇게 하면 세상 놈들이 이러쿵저러쿵 쓸데없는 상상을 할 여지가 없어질 테니까, 분명히 그렇게 될 거야. 아무리 억측을 잘하는 놈들이라도 머리를 수그리겠지."

그는 마들렌 앞에서 걸음을 멈추었다.

"글쎄, 그럴지는 모르지만, 여보. 당신만 좋다면 아무래도 내가 혼자서라도 라마뇌르 씨한테 가서 사정을 이야기하며 의논을 해보는 게 좋겠어. 내가 우려하는 바를 솔직히 털어놓고 사람들의 입방아를 막기 위해 편의상 유산을 반씩 나누기로 했다고 하지 뭐. 내가 유산의 절반을 수용한다는 것은 그 어떤 녀석도 빈정대지 못할 권리를 사는 거나 마찬가지지. 또 공공연하게 이렇게 언표하는 식이지. '내 아내는 남편인 내가 승낙했기 때문에 허락한 것이고, 아내의 행위는 나의 평판을 조금도 해치지 않는 것을 남편인 나 스스로 재판관을 자임하며 당당하게 선언한다'고. 그렇지 않으면 스캔들에서 벗어나기 힘들 거야."

마들렌은 짧게 중얼거렸다.

"좋으실 대로요."

그는 풍성한 말솜씨를 이어나갔다.

"그렇지, 이렇게 유산을 절반씩 나누면 거리낄 게 하나도 없지. 유산을 양도해준 우리의 친구는 둘 사이에 차별을 두거나 어느 한쪽을 더 배려한다는 편파적인 태도를 취하지 싶지 않았다고 세상에 공표하는 거나 마찬가지지. '나는 생전에 부부 중 어느 한 쪽을 더 사랑했으니까 죽은 뒤에도 그 배려를 했다'고 말하는 것이나 다름없지. 물론 내 아내를 더 좋아하기는 했지만 공평하게 두 사람한테 재산을 나누어줌으로써 그 사랑이 플라토닉했다는 점을 분명히 각인시켜주는 것이기도 하지. 아마 생전에 생각이 거기까지 미쳤다면 그 사람도 분명히 그렇게 했을 거야. 그렇게까지 깊이 생각하지 않아 어떤 파장을 몰고 올지 예측을 못했던 거야. 아까 당신도 분명히 말한 것처럼 그 사람이 매주 당신에게 꽃다발을 가지고 왔듯이, 마찬가지로 앞뒤 전혀 생각하지 않고 마지막 추억을 남겨주려고 했던 게지……."

그녀는 신경질적으로 그의 말을 가로막았다.

"잘 알아들었어요. 알겠어요. 그렇게 구구하게 변명하지 않아도 돼요. 얼른 공증인한테나 다녀오세요."

그는 얼굴을 붉히며 중얼댔다.

"당신 말이 맞아. 다녀올게."

그는 모자를 집어 들고 나가려다가 다시 물었다.

"조카 쪽의 요구는 5만 프랑으로 결말을 짓도록 흥정하려는데 어때?"

그녀는 잘라 말했다.

"아니요. 그쪽이 원하는 대로 10만 프랑을 주세요. 뭣하면 제 몫에서 떼어줘도 좋아요."

그는 갑자기 쑥스러워하며 중얼거렸다.

"아니, 그건 안 되지. 공평해야지. 둘이서 5만 프랑씩 내더라도 100만 프랑은 있으니까."

그러고 나서 다시 말했다.

"다녀올게, 마드."

그는 공증인에게 가서 아내의 뜻이라고 전하면서 해결방안을 제시했다.

이튿날 그들은 마들렌 뒤 르와로부터 남편에게 50만 프랑을 양도한다는 생전 증여 증서에 서명했다.

그리고 사무소를 나섰다. 화창한 날씨라 조르주는 큰 거리까지 걸어가자고 했다. 그는 상냥하고 자상하게 마음을 쓰며 존경과 애정을 표했다. 보는 것, 듣는 것, 그 모두가 그에게는 즐거웠지만 그녀는 무언가 생각에 잠겨 약간은 무뚝뚝한 표정이었다.

꽤 쌀쌀한 가을날이었다. 길을 가는 사람들은 바쁜 듯 종종걸음을 하고 있었다. 뒤 르와는 지나칠 때마다 부럽게 바라보곤 했던 시계를 진열해놓은 가게로 아내를 데리고 갔다.

"당신한테 보석이라도 선물하려는데 어때?" 그는 말했다.

그녀는 무덤덤하게 중얼거렸다.

"당신 좋으실 대로요."

그들은 출입구를 들어섰다. 그가 물었다.

"뭐가 좋을까? 목걸이, 팔찌, 아니면 귀걸이?"

그녀가 여태껏 짓고 있던 냉랭한 태도는 자그마한 금세공품과 보석들이 눈에 들어오자 눈 녹듯이 사라졌다. 그녀는 화려한 보석들이 가득 진열된 유리문 안을 두 눈을 빛내며 샅샅이 훑었다.

그리고 마음에 드는 것을 발견하고 흥분했다.

"어머, 멋진 팔찌가 여기 있네요."

그것은 특이한 모습의 사슬로 된, 고리 마디마다 커다란 보석이 하나씩 박혀 있었다.

조르주가 물었다.

"이 팔찌는 얼마요?"

보석상이 대답했다.

"3,000프랑입니다, 선생님."

"2,500프랑으로 깎아주면 흥정할 것도 없는데."

상대는 약간 망설이더니 대답했다.

"글쎄요, 선생님. 그건 불가능한데요."

뒤 르와는 말을 계속했다.

"자아, 그렇다면 이 시계를 1,500프랑으로 해서 합계 4,000프랑에. 현금으로 당장 지불하지. 괜찮겠소? 안 되면 다른 데로 가야지 뭐."

보석상은 난처한 기색을 보이다가 결국 승낙했다.

"좋습니다. 그렇게 드리죠."

신문기자는 주소를 가르쳐주고 덧붙였다.

"시계에는 남작(男爵)* 문양에 글씨를 잘 맞춰서 내 이름의 이니셜인 G, R, C를 새겨주시오."

마들렌은 남편의 매끄러운 일처리에 놀라움을 금치 못하며 미소를 띠웠다. 밖으로 나서자 그녀는 다정스럽게 변해서 남편의 팔짱을 끼었다. 그녀는 정말 처세에 능한 수완 좋은 남자라고 생각했다. 앞으로 평생을 은행 이자로 먹고살게 된 이상, 작위가 필요한 것도 당연했다.

---

* 남작(baron)은 귀족의 다섯 등급인 공작·후작·백작·자작·남작 중 맨 하위 작위다. 프랑스에서는 1870년 이후 남작 칭호는 공식적으로 인정되지 않았고, 역대 공화정부들도 이 칭호의 사용에 대해 너그러운 태도를 보였다. 이러한 정부의 입장으로 이렇다 할 자격이 없는 사람들도 남작으로 칭하게 되는 사례가 빈번했다. G, R, C는 Georges du Roy de Cantel의 이니셜이다.

상인은 정중하게 인사했다.

"잘 알겠습니다. 목요일까지 준비하겠습니다, 남작님."

그들은 보드빌 극장 앞을 지나쳤다. 극장에서는 새로운 공연을 하고 있었다.

"괜찮다면 오늘 밤에 극장에나 갈까? 칸막이 좌석을 예약할 수 있다면 말이오."

칸막이 좌석이 마침 있어 표를 끊었다. 그는 다시 권했다.

"어디 선술집에 가서 간단히 저녁이나 먹읍시다."

"아, 그래요. 그렇게 하세요."

그는 세상을 차지한 양 우쭐해 하며 뭔가 더 할 일이 없을까 생각했다.

"우리 드 마렐 부인 댁에 가서 오늘 밤 우리하고 함께 어울리자고 부탁해보면 어떨까? 남편이 돌아왔다니까 인사라도 나누면 좋을 텐데."

그들은 드 마렐 부인 댁을 방문했다. 조르주는 화를 내며 떠나버린 정부의 얼굴을 맞대는 것이 약간 두렵기는 했지만 아내와 함께라면 구차한 변명을 하지 않아도 될 테니 차라리 그 편이 낫겠다고 생각했다.

하지만 클로틸드는 그 일은 깡그리 잊은 듯 남편에게 강권을 하며 초대에 응하도록 만들었다.

만찬은 흥겨웠고 저녁 시간은 매혹적이었다.

조르주와 마들렌은 늦은 시간에 집으로 돌아왔다. 가스등은 이미 꺼져 있었다. 신문기자는 계단을 비추기 위해 이따금 성냥을 켰다.

2층 층계참에 이르러 성냥을 긋는 순간 불꽃이 크게 일며 어둠 속 계단을 오르는 그들의 그림자가 거울 속에 비쳤다.

그것은 흡사 어둠 속에 나타났다가 갑자기 사라지는 유령 같았다.

뒤 르와는 성냥을 든 손을 추켜올려 자신들의 모습이 확실하게 보이도록 했다. 그는 득의양양한 웃음을 터뜨렸다.

"이리 오너라, 백만장자들이 납신다!"

모로코 점령은 두 달 전에 마무리되었다. 프랑스는 탕헤르를 제압하고 트리폴리 섭정권까지 따내며 지중해 연안 아프리카를 손아귀에 넣었다. 그리고 새로 병합한 나라의 공채에 대해 보증을 했다.

풍문에 의하면 2천만 프랑의 이익을 본 장관이 둘이나 된다고 했는데, 라로슈 마티유의 이름은 공공연히 거론되었다.

또한 왈테르가 이중의 횡재를 했다는 사실을 파리 사람이라면 누구나 알고 있었다. 그는 공채로 3~4천만 프랑이나 벌어들인데다가 구리 광산이나 철광산에 투자했고, 또한 점령 전에는 공짜나 마찬가지인 광대한 토지를 구입하여 점령 이튿날 프랑스 척식회사에 팔아 800만 내지 1,000만 프랑을 벌어들였다.

불과 며칠 사이에 그는 전지전능한 금융업자로서 그 권세가 국왕을 능가하는 세계적인 패권자의 한 사람이 되었다. 사람들은 모두들 그에게 고개를 숙이고, 그의 앞에서는 감히 말도 제대로 하지 못했다. 사람들은 그의 앞에서 비굴하고 비열하게 굽실댔지만 인간 내면 깊숙한 곳에서 솟아나는 시기심도 있었다.

이제 더 이상 그는 수상쩍은 은행의 대표, 의혹투성이 신문사 사장, 미심쩍은 거래를 의심받는 하찮은 하원의원, 욕심쟁이 유태인 왈테르가 아니었다. 그는 자랑스러운 이스라엘의 후예, 대부호 왈테르 각하였다.

그는 그것을 세상에 과시하고 싶어 했다.

왈테르는 샹젤리제와 정원이 맞닿아 있는 포부르 생토노레 거리에 아름다운 저택을 지닌 칼스부르 대공이 돈이 쪼들린다는 사실을 알고, 24시간 내에 그 저택의 가구는 물론, 의자가 하나 옮기지 않은 상태에서 매입하겠다고 제안했다. 부른 값은 300만 프랑이었다. 대공은 그 금액에 마음이 끌려 승낙했다.

이튿날 왈테르는 새로운 거처로 이사했다.

그러면서 그는 또 다른 생각을 해냈다. 그것은 명실상부하게 파리를 장악한 정복자다운, 나폴레옹이 꿈꾸던 생각이었다.

당시 그림 상인인 자크 르노블 화방에는 헝가리 화가 칼 마르코비치가 그린 명작 「물 위를 걷는 그리스도」가 진열되어 있어 온 파리 사람들이 구경하러 모여들었다.

흥분한 미술 비평가들은 이 그림이야말로 금세기 최고의 걸작이라 칭해도 손색이 없다며 격찬했다.

왈테르는 그 그림을 50만 프랑에 사서 이튿날 곧바로 떼어내며 호기심으로 몰려드는 사람들의 물결을 막아버려, 파리 전체가 질투를 하든, 멸시를 하든 혹은 칭찬을 하든 그를 입에 오르내리도록 만들었다.

그리고 그는 이 예술 작품을 은닉했다는 비난을 잠재운다는 명분 하에 어느 날 밤 파리 사회의 명사 모두를 자기 집으로 초대하여 이 외국 거장의 작품을 감상하는 시간을 갖겠다고 신문에 광고했다.

저택을 전면 개방하며 누구든 가리지 않겠다는 것이다. 방문객은 입구에서 초대장을 제시하면 그만이었다.

그는 초대장에 이렇게 썼다.

왈테르 부부는 12월 30일 오후 9시부터 12시까지 칼 마르코비치의 작품 「물 위를 걷는 그리스도」를 전등 불빛 아래 전시하려고 하오니 왕림하시어 감상하시기 바랍니다.

그리고 하단에는 아주 작은 글씨로 "12시 이후에는 무도회를 개최

합니다"라는 추신을 달았다.

결국 남고 싶은 사람은 남아도 좋다는 말이었고, 왈테르 부부는 그들 중에서 앞으로 교제해나갈 사람을 선별하자는 심산이었다.

나머지 사람들로서는 그 그림과 그 저택과 그 소유자를 오만불손한 혹은 무심한 사교계 특유의 호기심으로 살펴보다가 올 때처럼 잠자코 떠나가면 그뿐이다. 하지만 왈테르 영감은 언젠가는 그들도 또다시 자기 집을 찾을 거라는 사실은 잘 알고 있었다. 이토록 대부호가 된 이스라엘 후예의 집안에 일단 발길을 들여놓으면 반드시 다시 찾게 되는 법이다.

무엇보다 종이 나부랭이에 곧잘 이름은 오르내리지만 형편이 안 좋은 귀족들이 그의 집을 드나들게 만드는 것이다. 불과 6주일 만에 5천만 프랑을 벌어들인 남자의 얼굴을 보기 위해서든, 그곳에 온 사람들의 머릿수를 세어보기 위해서든, 고상한 취미를 지닌 이스라엘 후예의 저택으로 그리스도교의 그림을 보러 오라는 초청 때문이든 상관없이 그들에게 저택으로 발길을 하도록 만드는 게 중요했다.

그는 그들에게 이렇게 말하고 싶어 하는 듯했다. "자 보시오, 나는 마르코비치의 종교적 걸작 「물 위를 걷는 그리스도」에 50만 프랑을 투자했소. 이 불후의 명작은 영원토록 내 집에, 내 눈길 아래, 유태인 왈테르의 집에 머무를 것이오."

사교계, 특히 공작 부인들이나 조케 클럽* 사람들 사이에 이 초대에 대해 의견이 분분했다. 마침내 그들은 지극히 사소한 사안으로 명예를 훼손당하는 일은 아니라고 결론지었다. 마치 프티** 씨 댁으로 수채화를 보러 가는 것이나 마찬가지라는 것이다. 걸작을 소유한 왈테르 부부가 하룻밤 자택을 개방하여 사람들에게 감상할 수 있게 한 것이니, 아주 바람직한 일 아니냐 하는 분위기였다.

---

* 조케 클럽(jockey club)은 독자적인 경마장이 있을 정도로 최상류층이 모인 사교 클럽이다. 조케란 '기수(騎手)'를 뜻한다.
** 조루주 프티(Georges-Petit, 1856~1920)은 갤러리를 운영하는 프랑스의 미술상이다. 인상파 화가의 주된 후원자 중 한 사람이었다.

《라 비 프랑세즈》는 2주일 전부터 매일 아침마다 12월 30일 파티에 관한 기사를 실으며 일반인들의 호기심도 자극했다.

뒤 르와는 득의양양한 사장을 보며 분개했다.

아내에게 50만 프랑을 빼앗았을 때는 남들처럼 부자가 된 기분이었다. 하지만 이제는 자신의 그 보잘것없는 재산과 왈테르 주위로 우박처럼 쏟아져 내린 수천만 프랑과 비교가 되었고, 더욱이 그 중에 단돈 한 푼도 건질 수 없었다는 사실을 상기하자 그는 자신이 초라한, 끔찍하게 가난한 거지처럼 생각되어 견딜 수가 없었다.

질투심에 광란하는 분노는 나날이 높아졌다. 모든 사람들이 원망스러웠다. 무엇보다 왈테르 부부에 대해 참을 수가 없었고, 그 집에는 발도 들여놓지 않았다. 라로슈에게 속아서 모로코 공채를 사지 못하게 말린 아내도 원망스러웠다. 하지만 무엇보다 분노를 삭일 수 없었던 인물은 일주일에 두 번씩이나 자기 집에서 저녁식사를 하면서도 자기를 이용해먹은 장관이었다. 장관에게 조르주는 비서이기도 했고, 대리인이기도 했고, 대변인이기도 했다. 때문에 종종 그가 하는 말을 받아쓰곤 했는데, 그는 반반한 얼굴에 미련 멍청이 같은 녀석이 으스대는 모습을 볼 때마다 달려들어 모가지를 분질러놓고 싶었다. 장관으로서 그다지 두각을 나타내지 못한 라로슈는 자기 자리를 지키기 위해 막대한 돈을 챙긴 듯한 눈치는 전혀 비치지 않았다. 하지만 조르주는 최근 들어 이 벼락출세한 변호사의 말투가 오만해지고, 거만한 태도나 단호한 입장 표명, 자신감에 찬 모습을 보며 분명 거액을 챙겼으리라 짐작했다.

라로슈는 이제 뒤 르와의 집을 완전히 장악했다. 보드렉 백작이 방문하던 요일도 그가 오는 날이 되었고, 백작이 누리던 지위도 그가 이어받은 듯했다. 하인이나 하녀들한테도 마치 주인처럼 행세했다.

조르주는 물어뜯고 싶지만 엄두를 내지 못하는 개처럼 부르르 몸을 떨며 참았다. 하지만 마들렌에게는 종종 퉁명스럽고 난폭하게 굴었다. 그럴 때면 마들렌은 어깨를 으쓱하며 마치 그를 애송이 어린애 취급하며 무시했다. 게다가 그녀는 항상 불만 가득한 그의 표정이 이해할 수 없다는 듯이 말했다.

"당신 마음은 종잡을 수 없네요, 항상 불만투성이니 말이에요. 그만하면 당신 지위도 괜찮잖아요."

그는 획하니 등을 돌리고 대꾸도 하지 않았다.

처음에 그는 사장 댁 만찬에 가지 않겠다고, 두 번 다시는 그런 더러운 유태인 집의 문턱을 넘지 않겠다고 큰소리쳤다.

두 달 전부터 왈테르 부인은 그에게 제발 자기 집에 방문해달라고 매일 같이 편지를 보내왔다. 또 마음에 드는 장소를 지정하면 그곳으로 나가 그를 위해 벌어놓은 7만 프랑을 건네주겠다고 했다.

그는 답장도 하지 않고 불 속으로 편지를 내던졌다. 자기 몫을 포기하자는 것이 아니라 상대를 초조하게 만들어 농락하고, 경멸하고, 짓밟아놓고 싶었기 때문이다. 그녀는 엄청난 부자가 아닌가! 그는 자기 자존심을 보여주고 싶었던 것이다.

마침내 그림 전시회를 하는 날이 되었다. 마들렌이 이런 자리에 빠지는 것은 커다란 결례라고 말하자 그는 대답했다.

"나를 귀찮게 하지 마. 난 집에 있을래."

그러나 식사가 끝난 뒤에 무슨 바람이 불었는지 갑자기 생각을 바꿨다.

"역시 귀찮은 일은 차라리 해치워버리는 편이 낫지. 빨리 채비해."

그녀는 그 말을 기다리고 있었다.

"난 15분이면 돼요." 그녀는 말했다.

그는 투덜투덜 불평을 늘어놓으며 옷을 입고, 마차 속에서는 마구 욕지거리를 해댔다.

칼스부르 저택 앞 광장은 네 귀퉁이마다 하나씩 마치 푸르스름한 작은 달처럼 빛나는 둥근 전등이 밝게 비추고 있었다. 높은 돌층계에는 화려한 카펫이 위로부터 아래까지 드리워 있었고, 층계마다 제복을 입은 남자가 한 사람씩 조각상처럼 서 있었다.

뒤 르와는 중얼거렸다. "허세가 이만저만 아니군." 그는 질투심에 부르르 떨며 어깨를 으쓱했다.

아내가 그에게 말했다. "이런 기회에 이런 걸 봐두는 것도 나쁘지 않을 거예요."

그들이 들어서자 하인이 다가와서 무거운 외투를 받아들었다.

여자들 여럿이 남편과 함께 모피가 달린 외투를 벗으며 소곤거리는 소리가 들렸다. "정말 아름답네요! 정말 아름다워!"

거대한 현관에는 모험을 상징하는 군신(軍神) 마르스와 미의 여신 비너스의 사랑을 그린 장식 융단이 걸려 있고, 커다란 둥근 계단이 좌우로 나뉘었다가 2층에서 합쳐졌다. 난간은 주철로 섬세하게 세공되어 있고, 오래되어 광택이 흐려진 금도금 장식이 붉은 대리석 계단을 따라 잔잔한 빛을 던졌다.

라운지 입구에는 작은 두 소녀가 한 아이는 장밋빛 폴리* 복장으로, 한 아이는 푸른 빛 폴리 복장으로 부인들에게 꽃다발을 건넸다. 사람들은 멋진 발상이라고 입을 모았다.

라운지는 이미 손님으로 가득했다.

여자들은 개인 집에서 여는 전시회에 참가하는 편안한 분위기를 만끽하려는 듯 대부분이 평상시 외출복 차림이었다. 무도회에 참가할 여자들은 팔과 가슴을 드러낸 복장이었다.

왈테르 부인은 두 번째 객실에서 부인들에게 둘러싸인 채 손님들의 인사를 받았다.

대부분의 사람들이 그녀의 얼굴을 알지 못하는 터라 집주인에게 인사도 없이 미술관에 온 것처럼 이리저리 돌아다녔다.

부인은 뒤 르와의 모습을 보자 놀라며 얼굴빛이 달라져 그를 향해 달려오려고 했다. 그러다가 순간 멈칫하더니 그가 다가오기를 기다렸다. 그는 정중하게 인사를 했다. 하지만 마들렌은 부인에게 한껏 애교

---

* 폴리(folie)은 희극에 등장하는 광대를 말한다. 트럼프의 '조커' 카드를 연상하면 될 듯 싶다.

를 떨며 살랑거리는 인사말을 늘어놓았다. 조르주는 아내를 사장 부인 곁에 남겨두고 인파 속으로 발길을 옮겼다. 분명 욕을 하는 사람도 있을 테니 들어나 보자는 심산이었다.

나란히 늘어선 다섯 개의 객실은 값비싼 천으로 벽을 두르고, 색조와 스타일이 다른 이탈리아제 자수나 근동지방의 카펫으로 장식해놓았다. 벽에는 고대 유명 화가들의 그림이 걸려 있었다. 사람들은 특히 루이 16세 양식의 조그마한 객실에 감탄하며 발걸음을 멈추었다. 부인의 침실 같은 방이었는데 연청색 바탕에 장밋빛 꽃다발을 수놓은 실크로 벽을 장식했다. 금박으로 장식된 나지막한 목제 가구들은 벽과 똑같은 천으로 덮여 있었는데, 그 섬세함은 감탄을 자아내기에 충분했다.

조르주가 둘러보니 저명인사들의 모습이 여기저기 눈에 띄었다. 테라신 공작 부인, 라브넬 백작 부부, 장군인 앙드르몽 공작, 빼어난 미모의 뒨 후작 부인, 그밖에 일류 사교 모임에 당연히 모습을 드러내는 신사숙녀들이었다.

누군가가 그의 팔을 잡아당기며 젊은 목소리가 들려왔다. 행복한 그 목소리는 그의 귀에 대고 소곤거렸다.

"어머! 드디어 오셨군요. 심술장이 벨아미. 한동안 우리를 보러 오지 않았는데 이유가 뭐죠?"

쉬잔 왈테르였다. 금발의 곱슬곱슬한 머리 밑으로 투명한 에나멜 같은 눈길이 그를 흘겨보고 있었다.

그는 기뻐하며 스스럼없이 손을 잡았다. 그러면서 변명했다.

"어쩔 수 없었습니다. 어찌나 일이 많은지 두 달 전부터는 밖으로 외출할 시간도 없었습니다."

그녀는 정색을 하며 그 말을 받았다. "그러면 안 돼요, 정말 안 돼요, 정말 안 돼요. 당신은 우리가 얼마나 힘들어 했는지 모를 거예요. 엄마나 저나 당신을 너무나 좋아하기 때문이죠. 당신이 없어서 정말 죽을 정도로 심심했어요. 제가 이렇게 솔직히 털어놓고 말씀드리는 것도 앞으로 다시는 사라질 권리가 없다는 점을 확인시켜드리기 위해서예요. 자 이제, 팔을 빌려주세요. 「물 위를 걷는 그리스도」에게 제가 직접 모실 테니까요. 저 안쪽 온실 뒤예요. 아빠가 그렇게 깊숙한 곳에 걸어놓은 이유는 사람들한테 온 집안을 두루 구경시키려는 뜻이죠. 이 저택을 가지고 아빠가 얼마나 으스대는지 정말 못 봐줄 지경이라니까요.”

그들은 조용히 사람들 틈을 헤집고 나갔다. 사람들은 매력적인 미남자와 인형처럼 사랑스러운 소녀를 흘끗흘끗 돌아보았다.

유명한 어느 화가가 외쳤다.

“저것 봐! 정말 아름다운 한 쌍이네. 아주 보기 좋은데.”

조르주는 생각했다. ‘내가 정말 가진 게 많았다면 아내로 맞이했을 텐데. 하지만 가능성이 없는 것도 아니지. 어째서 그걸 미처 깨닫지 못했을까? 어째서 여태까지 방치해놓았지? 정말 멍청했어! 사람이란 서둘러 움직이다 보면 충분히 생각하지 못하는 법이야.’

그리자 부러움이, 담즙처럼 씁쓰레한 부러움이 한 방울 한 방울 그의 영혼 속으로 떨어지며 즐거웠던 기분은 쓸개를 씹은 듯 씁쓸했다. 자신이란 존재가 한없이 가증스럽게 느껴졌다.

쉬잔이 말했다.

“오! 앞으로 자주 오세요, 벨아미. 이젠 아빠도 부자가 되었으니까 하고 싶은 대로 맘껏 할 수 있어요. 우리 정말 미친 듯이 재미있게 놀아요.”

그는 계속 자기 생각에 빠져 대답했다.

“아! 어쨌든 당신은 곧 결혼하겠지요. 파산지경에 처한 어느 미남자 공작하고요. 우리도 더 이상은 만날 수 없을 테고요.”

그녀는 분명하게 대답했다.

“어머! 아네요, 아직 멀었어요. 그리고 저는 제가 좋아하는 사람이 아니면 싫어요. 아주 마음에 꼭 들어야 해요. 완벽하게 마음에 들어야 해요. 저는 둘이 살기에 충분한 돈 많은 부자예요.”

그는 빈정거리듯이 거만한 미소를 머금었다. 그리고 그는 지나가는 남자들의 이름을 열거했다. 그 남자들은 대단한 귀족 집안의 녹슨 작위를 그녀와 같은 재력가의 딸에게 팔아버린 사람들이었다. 개중에는 아내와 별거 중인 사람도 있고, 아닌 사람도 있지만, 모두들 뻔뻔스럽게 자유로이 생활하면서 평성도 얻고 존경도 받았다.

그는 결론을 짓듯이 말했다.

"장담합니다만 6개월 이내에 당신은 저런 올가미에 걸려들 겁니다. 그리고 후작 부인이나 공작 부인이나 대공의 부인가 되어 나 같은 것을 저 높은 곳에서 내려다보겠지요, 아가씨 마님."

그녀는 화를 내며 부채로 그의 팔을 때리면서 진심으로 사랑하는 사람이 아니면 결코 남편으로 삼지 않겠다고 맹세했다.

그는 히죽히죽 웃었다.

"곧 알게 될 것입니다. 당신은 부자니까요."

그녀는 말했다.

"하지만 당신도 마찬가지로 유산을 상속받았잖아요?"

그는 자신을 동정하듯 "오호라!" 하면서 말했다.

"별 것 아닙니다. 연간 수입이 겨우 2만 리브르*인 걸요. 지금 시세로는 대단한 것이 아니죠."

"하지만 부인도 마찬가지로 상속받았잖아요."

"그렇죠. 둘이서 100만 프랑입니다. 연간 수입은 4만이고요. 그것 가지고는 마차 한 대도 제대로 못 굴립니다."

그들은 맨 안쪽 객실에 도착했다. 앞쪽에는 온실로 통하는 문이 열려 있었다. 겨울에도 따뜻한 그곳은 널따란 정원이었다. 열대지방의 커다란 나무가 빼곡하게 들어찼고, 그 아래에는 진귀한 꽃들이 흐드러졌다. 빛이 은빛 소나기처럼 스며든 어두컴컴한 초록빛 화초 밑으로 들어서자 축축한 흙에서 나는 풋풋하고 부드러운 기운과 짙은 꽃 내음이 숨결 속으로 빨려들었다. 부드럽고, 비위생적인 것 같으면서도 매

---

* 리브르(livres) 프랑스혁명 전 화폐단위로 24리브르가 1루이(louis; 20프랑)다. 2만 리브르는 프랑으로 환산하면 1만 7천 프랑 정도다.

혹적인, 모조품 같기도 하고, 황홀하고 보드라운 야릇한 감촉이었다. 작은 관목 덤불 사이로 이끼와 같은 카펫이 깔려 있었다. 뒤 르와는 문득 왼쪽에 우산처럼 드리운 커다란 종려나무 아래로 흰색 대리석으로 된 인공 수조가 눈에 들어왔다. 사람이 헤엄칠 수 있을 정도로 넓었고, 가장자리에는 델프트 산** 도기(陶器)로 된 커다란 백조 네 마리가 주둥이를 반쯤 벌린 채 물을 내뿜고 있었다.

황금빛 모래가 깔린 수조에는 엄청나게 큰 금붕어들이 헤엄치고 있었다. 툭 튀어나온 눈, 비늘에 푸른 띠를 두른 모습이 중국 괴물처럼 이상야릇했는데, 마치 중국 청나라 고위관료들이 물놀이를 하는 것처럼 보였다. 금빛 모래 위로 이리저리 헤엄치는 모습은 마치 중국의 기묘한 자수 작품을 연상케 했다.

신문기자는 고동치는 가슴으로 발길을 멈추었다. 그는 두근거리는 가슴으로 생각했다.

'이게, 이게 호사스런 생활이라는 거구나. 이런 집에서는 살아볼 만하겠네. 이렇게 벼락부자가 된 사람도 있구나. 나는 왜 이렇게 되지 못했지? 그는 이리저리 출세할 방법을 궁리했으나 도무지 떠오르지 않았다. 은근히 자신의 무력함에 부아가 치밀었다.

함께 온 처녀도 말없이 생각에 잠겨 있었다. 그는 그 모습을 곁눈질하며 다시 생각했다. '그렇지만 이 인형 같은 살덩이와 결혼한다면 충분할 텐데.'

그러나 쉬잔은 문득 꿈에서 깨어난 듯 소리쳤다.

"저것 좀 봐요!"

그녀는 그를 밀치며 길을 막고 서 있는 사람들의 무리를 파헤치고 나가더니 갑자기 오른편으로 돌려세웠다.

독특한 풀들이 숲을 이루고, 손가락을 벌린 듯한 가느다란 잎이 허

** 델프트((Delft) 도기는 17세기 이후 델프트를 비롯한 네덜란드 각지에서 제조된 유약을 바른 도기(陶器)를 말한다. 두께는 비교적 얇고, 유백색 바탕에 청색으로만 그림을 그린 제품이 많다. 디자인은 중국을 비롯한 동양풍인 것과, 당시 네덜란드 회화에 바탕을 둔 것 등 두 종류가 있다.

공에 드리워 파르르 떨고 있는 그 중앙에 한 사람의 사내가 꼼짝도 하지 않고 바다 위에 서 있었다.

참으로 경이로웠다. 좌우 양쪽이 흔들리는 푸른 신록에 가려진 그림은 마치 어두운 구멍으로 환상적이고 전율케 하는 먼 경치를 들여다보는 것 같았다.

자세히 보아야지 그 내용을 이해할 수 있었다. 액자 귀퉁이로 한복판이 잘린 배가 그려져 있고, 사도들 중 한 사람이 가장자리에 앉아 다가오는 예수에게 등불을 비추기 위해 애쓰고 있었다. 사도들의 모습은 그 등불 빛에 희미하게 대각선으로 반사되어 어렴풋이 드러났다.

그리스도는 물결 위로 한 발을 내딛고 있었다. 내딛는 걸음마다 물결은 움푹 패이며 평탄해져서 그 위를 지나는 신성한 발을 어루만졌다. 그리스도의 주위는 온통 캄캄했다. 오직 별빛만이 하늘에서 반짝였다.

주 예수의 모습을 비추는 등불의 희미한 물결 속에서 사도들의 안색은 놀라움에 부들부들 떨었다.

이야말로 진정 전지전능한 인물의 소산이요, 예측 불가능한 거장의 솜씨다. 사람들의 심금을 송두리째 뒤흔들고, 몇 년이 지나도 꿈속에 남을 작품이었다.

그림을 바라보는 사람들은 처음에는 아무 말 없이 서 있다가 깊은 생각에 잠긴 채 물러갔다. 어느 누구도 그 그림의 가치에 대해 쉽게 논하기가 어려웠던 것이다.

뒤 르와는 한동안 그림을 보고 있다가 입을 뗐다.

"저런 골동품을 살 수 있다면 정말 근사할 거야."

그러나 구경하는 사람들이 부딪치며 그들을 밀어냈다. 그는 계속 잡고 있던 쉬잔의 자그마한 손을 약간 더 꽉 쥐고 그 자리에서 떠났다.

그녀는 그에게 물었다.

"샴페인 한잔 하시겠어요? 뷔페로 가요. 아빠도 계실 거예요."

둘은 천천히 로비를 가로질러 빠져나갔다. 그녀의 집은 사람들의 물결로 넘쳐났다. 그들은 공식적인 축제에 등장하는 품위 있는 군중이었다.

순간 조르주는 누군가의 목소리로 전해지는 소리를 들었다.

"라로슈하고 뒤 르와 부인이야." 그 말은 아득히 먼 곳에서 실려 오는 바람처럼 그의 귓전을 스치는 것이 아닌가?

그는 주위를 둘러보았다. 과연 아내가 장관과 팔짱을 끼고 걷고 있었다. 그들은 미소를 지으며 매우 친한 듯이 나직이 소곤소곤 이야기를 주고받았고, 때로는 눈과 눈을 지그시 마주보기도 했다.

그는 사람들이 그런 모습을 쳐다보며 수군거리는 것이라고 생각했다. 그는 두 사람에게 달려들어 주먹으로 두들겨 패서 때려눕히고 싶은 노골적인 시기심과 참을 수 없는 충동을 느꼈다.

저 여자는 나를 조롱거리로 만들고 있다. 문득 포레스티에가 떠올랐다. '어쩌면 오쟁이 진 뒤 르와라고 수군댈지도 몰라. 어떻게 생겨먹은 여잘까? 오로지 교활함으로 약간 출세는 했지만 따지고 보면 대단한 것도 아니다. 사람들은 나를 두려워하거나 막강한 힘 때문에 나를 찾기는 하지만, 뒤에서는 신문기자의 보잘것없는 집안에 대해 떠들어대고 있을 것이다. 사람들이 우리 집을 끊임없이 미심쩍은 눈길로 바라보게 만드는 여자, 끊임없이 평판을 해치는 여자, 권모술수를 일삼는 뻔뻔한 모사꾼 여자와는 결코 성공할 수가 없다. 그녀는 내 발에 족쇄는 채우고 있는 것이다. 아아! 진작에 간파했더라면, 진작에 알았더라면! 그랬더라면 좀 더 대범하고 좀 더 강력하게 처신했을 텐데! 애당초 이 귀여운 쉬잔에게 도박을 걸었더라면 이 멋진 승부에서 이기고도 남았을 거야! 그것도 깨닫지 못하다니 정말이지 장님 아닌가?

그들은 식당으로 들어섰다. 둥근 대리석 기둥이 서 있는 넓은 방이었는데 벽에는 고풍스런 고블랭* 장식용 걸개가 드리워져 있었다.

왈테르는 자신의 시평 담당자를 발견하자 달려와서 손을 잡았다. 그

---

* 고블랭(Gobelins)은 파리의 국영 고블랭 직물 공장으로, 여러 색깔의 실로 인물이나 풍경 따위의 그림을 짜 넣은 두꺼운 장식용 벽걸이 직물, 즉 태피스트리(tapestry)로 유명하다.

는 기쁨에 도취해 있었다.

"자네 모두 다 보았나? 얘야, 쉬잔, 너 모조리 보여드렸니? 사람이 엄청나지, 안 그래, 벨아미? 게르쉬 대공을 만나뵈었나? 지금 막 여기서 펀치* 한 잔을 마시고 가셨다네."

그러고 그는 아내를 데리고 온 리솔랭 상원의원 쪽으로 달려갔다. 약간 경망스러워 보이는 상원의원의 아내는 노점에서 파는 듯한 기성복 차림이었다.

한 신사가 쉬잔에게 인사했다. 늘씬하게 큰 키에 금빛 구레나룻을 기르고 머리가 약간 벗어진, 전형적인 사교계의 인물다운 풍모였다. 조르주는 카졸 후작이라는 이름이 귓가에 들려오자 느닷없이 그 남자에 대해 질투의 불꽃이 타올랐다. 그녀와 언제부터 친분이 있었을까? 분명히 부자가 되고 나서부터겠지? 그는 틀림없이 구혼자일 거라고 생각했다.

누군가 그의 팔을 잡았다. 노르베르 드 바렌이었다. 번질번질 떡이 진 머리에 후줄근한 옷을 입은 이 늙은 시인은 무표정하고 지친 모습으로 서성이고 있었다.

"이걸 즐긴다고 칭하는 게지." 흰머리의 노신사는 말했다. "사람들은 곧 춤을 추겠지, 그러고 나서 침대에 몸을 뉘이겠지. 어린 아가씨들은 아주 만족스러워할 거야. 샴페인 한잔 하겠나? 탁월한 맛이야."

그는 술잔을 가득 채우도록 하고 잔을 든 뒤 르와에게 가볍게 머리를 숙이며 말했다.

"백만장자보다 더 고결한 인간의 영혼을 위하여 한잔!"

그러고 나서 감미로운 목소리로 덧붙였다.

"그런 백만장자도 나를 불편하게 만들 리 없고, 나도 그럴 생각은 없어. 다만 나의 인생철학에 따라 저항하는 게지."

조르주에게는 그의 말이 들어오지 않았다. 그의 눈길은 카졸 후작과 함께 사라진 쉬잔을 찾고 있었다. 그리고 그는 노르베르 드 바렌을 아

---

* 펀치(punch)는 럼주에 레몬·향신료 따위로 향을 첨가해 만든 음료다.

랑곳하지 않고 어린 처녀를 찾아 나섰다.

마시러 온 사람들이 몰려들어 제대로 발길을 옮길 수가 없었다. 겨우 사람들의 울타리를 헤치고 나오다가 드 마렐 부부와 마주쳤다.

부인과는 종종 만났지만 남편과는 오랫동안 만나지 못했다. 남편은 조르주의 두 손을 잡고 말했다.

"저번에 클로틸드를 통해 도움의 말씀 주셔서 정말로 고마웠습니다. 모로코 공채로 10만 프랑 정도 벌었습니다. 어떻게 보답해야 좋을지 모르겠습니다. 진정 당신은 나의 소중한 친구입니다."

남자들은 아름답고 우아한 갈색 머리의 여인을 돌아보고 있었다. 뒤르와는 대답했다.

"사례 대신 부인을 잠깐 빌리겠습니다, 선생님. 부인을 제 팔에 잠시 임대해주시죠. 이런 곳에서는 가급적 부부가 떨어져 있는 게 좋으니까요."

마렐 씨는 머리를 숙였다.

"맞습니다. 혹시나 헤어지게 된다면 한 시간 후에 여기서 만납시다."

"그렇게 하죠."

젊은 두 사람은 사람들의 물결로 섞여 들었다. 남편은 그들의 뒤를 따랐다. 클로틸드는 되풀이해서 말했다.

"왈테르 씨 댁은 정말 운이 트였나 봐요. 사업 능력을 갖춘다는 것은 굉장한 거예요."

조르주는 대답했다.

"글쎄요! 힘이 있는 사람은 성공하는 법이죠. 무슨 수단과 방법을 쓰던 말입니다."

그녀는 계속했다.

"게다가 두 딸은 각각 2~3천만의 지참금이 붙었다죠. 게다가 쉬잔은 예쁘고요."

그는 대답하지 않았다. 자신의 생각을 고스란히 남의 입을 통해 들는다는 것은 불쾌한 일이다.

그녀는 아직 「물 위를 걷는 그리스도」를 보지 않았다. 그는 그곳으로 안내하겠다고 했다. 그들은 아는 사람이 지나가면 흉을 보거나 남모르는 사람들의 행동을 헐뜯으며 재미있어 했다. 마침 생포탱이 그들 곁을 지나쳤는데, 그는 연미복 깃에 훈장을 주렁주렁 달고 있었다. 그들은 그 모습을 보며 몹시 웃었다. 전에 외국 대사(大使)를 지낸 사람이 바로 그 뒤를 따라왔는데 생포탱처럼 그렇게 많은 훈장을 달고 있지는 않았다.

뒤 르와는 내뱉듯이 말했다.

"온갖 계층이 모인 잡탕이군."

옆을 지나며 악수를 한 브와르나르는 예전에 결투하던 날 달았던 초록색과 노란색 띠로 된 훈장을 상의 장식용 단춧구멍에 달고 있었다.

육중한 몸을 요란하게 장식한 페르스뮈르 자작 부인은 루이 16세 양식의 자그마한 침실에서 어떤 공작과 다정하게 이야기를 주고받고 있었다.

조르주는 중얼거렸다.

"오붓하게 만난 연인이군."

하지만 온실을 지날 때 자기 아내가 라로슈 마티유와 나무 숲 그늘에 숨듯이 바싹 붙어 앉아 있는 모습이 눈에 띄었다. 그들은 이렇게 말하고 있는 듯했다.

"우린 여기서 밀회하고 있다. 이렇게 공공연하게 말이다. 남들이 뭐라고 하든 우린 신경 쓰지 않는다."

드 마렐 부인은 칼 마르코비치의 이 예수가 놀랄 만한 작품임을 인정했다. 잠시 후 그들이 되돌아왔을 때 마렐 씨의 모습은 보이지 않았다.

그는 물었다.

"그런데 로린은 아직까지 내게 화가 안 풀렸나요?"

"네, 여전해요. 절대로 당신과 안 만나겠다고 하면서 당신 얘기만 나오면 화를 내며 나가버려요."

그는 대답하지 않았다. 소녀의 반감이 그를 서글프게 만들고 기분을 우울하게 내리눌렀다.

어느 문 모퉁이에서 쉬잔이 두 사람을 붙잡으며 외쳤다.

"어머! 여기 계셨네요! 그럼, 벨아미 당신은 혼자 있어야 되겠네요. 아름다우신 클로틸드 아줌마를 모시고 가서 제 방을 보여드리게요."

그러고 두 여자는 재빨리 사람들의 혼잡 속으로 사라졌다. 그녀들은 군중 속을 헤쳐 나갈 때는 몸을 물결처럼 흔들고 뱀처럼 너울거려야 한다는 것쯤은 알고 있었다.

바로 그때 중얼거리는 소리가 들렸다. "조르주!"

왈테르 부인이었다. 그녀는 나직이 속삭였다. "어머! 당신은 정말 무자비하고 잔인해요! 저를 그토록 괴롭게 하시다니. 실은 제가 말씀드리고 싶은 게 있어서 저분을 쉬잔에게 모시고 가라고 했어요. 이봐요, 무슨 일이 있더라도…… 꼭 오늘 밤에는 들어주셔야 해요…… 안 그러면…… 안 그러면…… 무슨 일을 저지를지 몰라요. 온실로 가면 왼쪽에 문이 있어요. 그곳으로 들어가면 정원으로 나갈 수 있어요. 앞길로 곧장 가면 지붕이 푸른 잎으로 덮인 정자가 있어요. 10분 뒤에 그곳에서 기다려주세요. 만약 싫다고 하시면 전 당장 이 자리에서 소란을 피울 거예요!"

그는 거만하게 대답했다.

"좋아요. 10분 뒤에 말씀하시는 장소로 가겠습니다."

그러고 둘은 헤어졌다. 하지만 자크 리발을 만나서 하마터면 늦을 뻔했다. 그는 조르주의 팔을 잡고 매우 흥분한 듯 여러 이야기들을 주절거렸다. 뷔페에 있다가 온 것 같았다. 그는 마침 근처를 서성이던 마렐 씨를 발견하고 그에게 리발을 떠맡기고 간신히 벗어났다. 게다가 아내와 라로슈에게도 들키지 않게 조심해야 했다. 그들은 이야기하는 데 정신이 팔려 무사히 정원으로 빠져나왔다.

차가운 공기가 얼음을 끼었은 듯 스산하게 몸으로 스며들었다. 그는 생각했다.

‘제기랄, 감기 들기 십상이네.’ 그는 손수건을 넥타이처럼 목에 감았다. 그러고 천천히 오솔길을 걸었다. 로비의 휘황찬란한 불빛 속에서 나왔기 때문에 주위가 잘 보이지 않았다.

좌우로 낙엽이 진 관목들이 보이고 가느다란 나뭇가지들은 떨리고 있었다. 저택 창문에서 새어나오는 엷은 회색 불빛이 그 작은 가지들 사이에 흐르고 있었다. 정면 길 한가운데에서 희끄무레한 물체가 달려왔다. 팔과 가슴을 드러낸 왈테르 부인이 떨리는 목소리로 소곤거렸다.

“아아! 오셨군요! 당신은 저를 말려 죽일 작정이세요?”

그는 차분하게 대답했다.

“제발 쓸데없는 연극은 그만두십시오. 그렇지 않으면 당장 돌아가겠습니다.”

그녀는 그의 목에 팔을 감고 입술을 그의 입술 가까이 가져가면서 애원하듯 말했다.

“하지만 제가 뭘 그렇게 잘못했다는 거죠? 당신의 행동은 마치 무뢰한 같아요. 제가 뭘 그렇게 잘못했나요?”

그는 그녀를 떠밀어내려고 애썼다.

“저번에 만났을 때 내 단추에 머리카락을 감아놓지 않았나요? 덕분에 하마터면 아내와 다투고 헤어질 뻔했지.”

그녀는 순간 멈칫했다가 이내 ‘아니에요’ 하고 머리를 가로저었다.

“오! 부인은 그런 것에 개의치 않는 여자예요. 아마도 당신을 좋아하는 애인들 중에 누군가가 트집을 잡았을 테죠.”

“내겐 그런 애인이 없어요.”

“그만 좀 하세요! 그런데 왜 다시는 만나러 오시지 않은 거죠? 단지 일주일에 하루뿐인데 왜 함께 식사하는 것까지 거절하셨나요? 저는 참을 수 없이 괴로워요. 당신이 그리워서 당신 이외에는 아무것도 생각할 수 없고, 무엇을 보든 당신 모습만 어른거리고, 당신 이름이 튀어나올 것 같아 말도 제대로 꺼낼 수 없어요! 당신은 그런 걸 절대 이해하지 못할 거예요! 사나운 맹수의 발톱에 찍힌 것 같고, 자루 속에 갇힌 것 같고, 뭐가 뭔지 모르겠어요. 당신 생각이 끊임없이 떠올라 목을 죄어오고, 내 속을, 가슴을, 이 젖무덤을 쥐어뜯어요. 다리도 맥이 풀려 걸을 수도 없어요. 그리고 마치 얼빠진 짐승처럼 하루 종일 의자에 앉아 당신 생각만 하고 있어요.”

그는 몹시 놀라며 그녀를 지켜보았다. 그 모습은 더 이상 뚱뚱한 응석받이 말괄량이가 아니었다. 이성을 잃고 절망에 빠져 무슨 일이든 저지를 듯한 여자였다.

그렇지만 어렴풋한 계획이 떠올랐다.

그는 대답했다.

“보세요, 부인. 사랑이란 영원할 수가 없어요. 만났다 헤어졌다 하는 겁니다. 그것이 우리들처럼 길어질 때는 끔찍한 족쇄가 되는 법입니다. 전 그걸 원치 않는 거예요. 그게 진실입니다. 하지만 만약에 당신이 저를 친구처럼 점잖게 대해주신다면 예전같이 찾아오겠습니다. 그러실 수 있겠습니까?”

그녀는 드러난 두 팔을 조르주의 검은 옷 위에 올려놓고 중얼거렸다.

“당신을 만나기 위해서라면 무슨 일이든 할 수 있어요.”

“그럼 그렇게 합시다.” 그는 말했다. “우리는 친구일 뿐 그 이상도 그 이하도 아닙니다!”

그녀는 더듬거렸다.

“네, 그렇게 해요.” 그러면서 입술을 내밀며 애원했다.

“그럼 한 번만 더 키스해주세요…… 마지막으로.”

그는 부드럽게 거절했다.

“아뇨, 계약은 어디까지나 지켜야 합니다.”

그녀는 고개를 돌리고 눈물을 닦았다. 그리고 장밋빛 리본으로 동여맨 종이 꾸러미를 웃옷에서 꺼낸 뒤 르와에게 건넸다. “여기요. 이건 모로코 공채 이익 중에서 당신 몫이에요. 전 당신을 위해서 이만큼 벌어드릴 수 있어서 기뻐요. 여기요, 받아주세요…….”

그는 거절하려 했다.

"아닙니다. 저는 그 돈을 받을 수 없습니다!"

그러자 그녀는 화를 내기 시작했다.

"어머! 이제 와서 그럴 수는 없어요. 이건 당신 거예요, 당신 자신의 것이란 말이에요. 만약 당신이 받지 않으신다면 시궁창에라도 처박을래요. 그러지 마세요, 조르주."

그는 작은 꾸러미를 받아 슬며시 호주머니로 밀어 넣었다.

"그만 돌아갑시다. 혹시 폐렴에 걸릴지도 모르니까요." 그는 말했다.

그녀는 중얼거렸다.

"그 편이 나을지도 모르죠! 죽는 게 나을 수도 있죠."

그녀는 격정과 노여움과 절망을 담아 그의 손에 키스를 하고 나서 저택 쪽으로 도망치듯 사라졌다.

그는 깊은 생각에 잠겨 천천히 걸음을 옮겼다. 하지만 온실에 들어설 때에는 고개를 똑바로 세운 채 입가에는 엷은 미소를 띠고 있었다.

아내와 라로슈는 그곳에 없었다. 사람들이 많이 줄어들었다. 무도회까지 남은 사람은 그다지 많지 않은 것 같았다. 그는 쉬잔이 언니 팔을 끌고 오는 것을 보았다. 그들은 그가 있는 쪽으로 다가와서 라투르 이블랭 백작과 함께 넷이서 첫 카드릴*을 추면 좋겠다고 제안했다.

그는 불현듯 놀라며 물었다.

"저 분은 대체 뉘시죠?"

쉬잔이 짓궂게 놀렸다.

"언니 새 친구죠."

로즈는 얼굴을 붉히며 중얼거렸다.

"정말 짓궂구나, 쉬제트**. 저분은 너한테도 친구 아니니?"

---

* 카드릴(quadrille)은 네 쌍의 남녀가 사각형 모양을 이루며 추는 유서 깊은 춤이다. 원래 카드릴이란 4명의 말을 탄 기수가 네모진 형태의 대열을 만들어 연기하는 17세기의 군사 퍼레이드를 가리키는 말이었다.

** 쉬제트(Suzette)는 크레페 쉬제트(Crêpe Suzette)의 줄임말로, 팬케이크와 유사한 디저트의 하나다. 레스토랑 등에서는 화려한 볼거리를 위해 위쪽에 알코올을 붓고 손님의 눈앞에서 만들기도 한다. 쉬잔과 발음이 비슷하기 때문에 놀리면서 부른 말이다.

그녀는 방긋 웃으며 대답했다.

"하지만 내가 말하려고 하는 것은……."

로즈는 화를 내며 돌아서서 다른 곳으로 가버렸다.

뒤 르와는 옆에 남겨진 어린 소녀의 팔꿈치를 정답게 잡고 달콤한 목소리로 물었다.

"이봐요, 우리 귀여운 아가씨, 당신은 진정 나를 친구로 생각하시나요?"

"그럼요, 벨아미."

"나를 믿으세요?"

"완전히요."

"아까 내가 말한 거 기억하세요?"

"무슨 말이었죠?"

"당신의 결혼에 대해서 한 말, 더 정확히 말하자면 당신이 결혼할 사람에 대해서 한 말이요."

"네."

"그러면 나한테 약속 하나 하실래요."

"물론이죠, 어떤 거죠?"

"누구든 당신에게 구혼해올 때마다 나하고 의논할 것. 그리고 내 의견을 듣기 전에는 절대 승낙하지 않겠다고요."

"네, 좋아요."

"이건 우리 둘만의 비밀입니다. 아빠나 엄마한테도 마찬가지고요."

"한마디도 안 할게요."

"맹세하시겠습니까?"

"맹세하죠."

리발이 종종걸음으로 다가왔다.

"아가씨, 아버님께서 춤추러 오라고 부르십니다."

그녀는 말했다.

"가요, 벨아미."

하지만 그는 돌아가야 한다며 거절했다. 혼자 생각하고 싶었다. 너무 많은 새로운 상황의 등장에 머리가 혼란스러웠다. 그는 아내를 찾았다. 얼마 후 그는 뷔페에서 두 낯선 신사와 초콜릿 음료를 마시고 있는 그녀를 찾아냈다. 그녀는 남편을 소개했지만 상대는 이름을 밝히지 않았다.

잠시 후에 그가 물었다.

"우리 그만 갈까?"

"당신 좋으실 대로 하세요."

그녀는 그의 팔을 잡고 손님이 많이 빠져나간 로비를 가로질렀다. 그녀가 물었다.

"사장 부인은 어디 계시죠? 인사를 하고 가야 할 텐데."

"그럴 필요 없어. 잘못하다간 무도회에 붙잡힐 텐데, 난 지쳤어."

"그래요, 맞는 말이에요."

마차를 타고 돌아오는 동안 두 사람은 말이 없었다. 하지만 방에 들어서자마자 마들렌은 베일을 벗지 않은 채 싱글벙글 웃으며 말했다.

"당신 모르시죠? 당신한테 아주 놀랄 만한 선물이 있어요."

그는 관심이 없다는 듯 퉁명스럽게 받았다.

"뭔데?"

"알아맞혀 보세요."

"그러고 싶지 않은데."

"그럼 좋아요. 모레가 새해 첫날이죠?"

"그렇지."

"새해 선물을 주는 때죠."

"그렇지."

"여기 있어요. 라로슈 씨가 아까 제게 주셨어요."

그녀는 보석함처럼 생긴 까맣고 작은 상자를 그에게 건넸다.

무심하게 그것을 열자 그 안에는 레지옹 도뇌르* 훈장이 들어 있었다.

---

* 레지옹 도뇌르(Légion d'honneur) 프랑스 최고 권위의 훈장으로 1802년 나폴레옹 1세가 제정했다. 프랑스의 정치·경제·문화 등의 발전에 공이 있는 사람에게 대통령이 직접 수

그는 약간 얼굴이 창백해졌다가 미소를 띠우며 말했다.

"나는 현금으로 1,000만 프랑을 받는 편이 좋아. 이걸 준비하느라고 그 사람은 땡전 한 푼 들이지 않았을 테니까."

그녀는 남편이 기뻐하며 흥분하리라 기대했지만 냉담한 그에 모습에 신경질을 냈다.

"정말 알 수 없는 분이군요, 당신은. 이젠 그 어떤 것에도 만족하지 못하는군요."

그는 태연하게 대답했다.

"그 자식은 내게 진 빚을 갚았을 뿐이야. 하지만 아직도 꽤 많이 남았지."

그녀는 그의 말투에 아연실색하며 대답했다.

"하지만 훌륭해요, 당신 나이에는."

그는 말했다.

"모든 게 상대적이야. 이번엔 좀 더 받아도 괜찮아."

그는 상자를 받아 벽난로 위에 놓으며 뚜껑을 열고 그 속에서 빛나고 있는 별을 한동안 바라보았다. 그러고는 다시 뚜껑을 닫고 어깨를 한 번 으쓱하고 잠자리에 들었다.

1월 1일자 《오피씨엘》**에는 신문기자인 프로스페 조르주 뒤 르와 씨가 뛰어난 공적으로 레지옹 도뇌르 슈발리에*** 훈장을 수여한다고 공표되었다. '뒤르와'라는 성이 공식적으로 '뒤 르와'라고 두 개로 나뉘어 있었다. 조르주에게는 훈장보다 그것이 더 기뻤다.

공표된 뉴스를 읽은 뒤 한 시간쯤 지나서 훈장 수여를 축하해주고 싶으니 부인과 함께 저녁식사 초대에 응해주면 감사하겠다는 사장 부인의 짤막한 편지가 도착했다. 그는 잠시 주저하다가 중언부언 애매한 말을 늘어놓더니 편지를 벽난로 속에 내던지며 마들렌에게 말했다.

여한다. 5등급(1등급 그랑크루아, 2등급 그랑도피씨에, 3등급 코망되르, 4등급 오피씨에, 5등급 슈발리에)으로 나뉜다.

** 오피씨엘(L'Officiel)은 관보를 뜻한다.

***슈발리에(chevalier)는 레지옹 도뇌르 훈장 중 가장 낮은 5등급이다.

"오늘 저녁 먹으로 왈테르 씨 댁에나 갑시다."

그녀는 놀라며 말했다.

"정말요! 그 댁에 완전히 발길을 끊으신 줄 알았는데."

그는 혼잣말로 중얼거렸다.

"생각이란 바뀌는 게지."

그들이 들어서자 사장 부인은 친한 손님을 맞기 위해 마련된 루이 16세 양식의 작은 침실에 혼자 있었다. 검은 옷을 입고, 머리에 은빛 분을 뿌린 모습이 매혹적이었다. 멀리서 보면 나이가 들어 보였지만 가까이서 보면 젊어 보였고, 더 가까이 다가서면 사람을 사로잡기에 충분한 아름다운 눈매가 드러났다.

"상복을 입으셨군요." 마들렌이 입을 열었다.

사장 부인은 서글프게 대답했다.

"네, 그래요. 그렇다고 가까운 사람을 잃은 건 아니에요. 저도 세상에 작별을 고할 나이에 들어서게 되었네요. 오늘은 첫날이라 입은 거죠. 앞으로도 마음속으로는 입고 있어야죠."

뒤 르와는 생각했다. '글쎄, 그 결심이 오래나 갈까?

만찬은 왠지 약간 침울했다. 다만 쉬잔만이 쉴 새 없이 수다를 떨었다. 로즈에게는 근심거리가 있는 듯했다. 모두들 신문기자에게 축하의 인사를 건넸다.

식사가 끝나자 모두들 자리에서 일어나 로비와 온실 여기저기를 돌아다니며 이야기를 했다. 뒤 르와와 사장 부인이 그들의 뒤를 따라 걷게 되자, 사장 부인은 그의 팔을 잡았다.

"이보세요." 그녀는 나직이 말했다. "앞으로는 절대로 당신에게 아무 말도 하지 않을게요…… 하지만 만나러는 와주세요, 조르주 씨. 보시다시피 이젠 허물없이 친숙한 말투잖아요. 난 당신 없이는 도저히 살아갈 수 없어요, 불가능해요. 이 고통은 상상할 수도 없을 거예요. 당신은 밤이건 낮이건 제 눈 속에, 가슴속에, 몸속에 계시는 것만 같아요. 마치 당신이 저에게 독을 건네주었고, 그 독이 제 가슴을 쥐어뜯는 것 같아요. 더 이상 견딜 수가 없어요. 정말이에요. 그래서 저란 여자는 당신에게 한낱 나이 먹은 여자에 지나지 않을 거라고 생각하기로 작심했죠. 그 징표로 머리에 하얗게 분을 뿌린 거예요. 하지만 친구로서는 종종 찾아주세요."

그녀는 그의 손을 잡았다. 그리고 손톱이 살에 파고들 만큼 세게 움켜쥐었다.

그는 조용히 대답했다.

"잘 알겠습니다. 더 이상 강조하실 필요 없습니다. 오늘도 편지를 받고 곧바로 온 거니까요."

두 딸과 마들렌을 데리고 앞에서 걷고 있던 왈테르는 「물 위를 걷는 그리스도」 앞에서 뒤 르와를 기다리고 있었다.

"이보게, 한번 생각해보게." 그는 웃으며 말했다. "어제 우리 집사람이 마치 예배당처럼 이 그림 앞에서 무릎을 꿇고 있더군. 기도를 드리면서 말이야. 어찌나 우습든지!"

왈테르 부인은 확신에 찬 목소리로 반박했다. 그 목소리는 남모를 흥분감에 떨리고 있었다.

"이 그리스도야말로 제 영혼을 구제해주실 거예요. 바라볼 때마다 매번 용기와 힘을 주셨어요."

그리고 바다 위에 있는 하느님 모습 앞에 걸음을 멈추고 그녀는 중얼거렸다.

"정말 아름다워요! 이 모든 사람들이 얼마나 저분을 경외하며 사랑하는지, 저 표정과 눈을 말이에요! 간결하면서도 동시에 은총이 가득하잖아요!"

쉬잔이 외쳤다.

"어머! 저분은 벨아미 당신하고 닮았네요. 분명히 닮았어요. 당신이 구레나룻을 기르든가, 저분이 깎아버리면 두 사람이 똑같아요. 어머나! 정말 놀라워요!"

그녀는 그에게 그림 옆에 서보라고 했다. 그러자 모두들 확연히 깨달았다. 두 인물은 너무도 닮아 있었다!

저마다 놀라움을 금치 못했다. 왈테르는 참으로 요상한 일이라고 했다. 마들렌은 깔깔 웃으며 예수 쪽이 훨씬 남자답다고 했다.

왈테르 부인은 꼼짝도 않고 그리스도의 얼굴과 나란히 선 연인의 얼굴에 눈길을 고정한 채 응시했다. 그러더니 안색이 흰 머리카락처럼 새하얘졌다.

8

그 후로 겨울이 끝날 때까지 뒤 르와 부부는 종종 왈테르 씨 댁을 찾았다. 마들렌이 피곤해서 집에 있고 싶다고 할 때도 조르주는 혼자서 저녁을 먹으러 가기도 했다.

그는 매주 금요일을 왈테르 씨 댁을 방문하는 날로 정했다. 사장 부인은 금요일 저녁이면 아무도 초대하지 않았다. 오로지 벨아미만을 위한 시간이었다. 식사가 끝나면 카드놀이도 하고 금붕어에게 먹이를 주는 등, 마치 한집 식구처럼 즐겁게 지냈다. 왈테르 부인은 몇 번인가 문 뒤에서, 온실 나무 숲 뒤쪽에서, 또는 어두운 한구석에서 느닷없이 젊은이에게 매달려 힘껏 가슴에 껴안으며 귓불에 대고 소곤거렸다. "사랑해요!…… 사랑해요!…… 죽도록 사랑해요!" 그럴 때면 그는 언제나 싸늘하게 그녀를 밀쳐내고 무뚝뚝한 표정으로 핀잔을 주었다. "또다시 그런 말씀을 하시면 절대로 오지 않을 겁니다."

3월이 지나갈 무렵, 갑자기 두 딸에 대한 결혼 소문이 나돌았다. 로즈는 라투르 이블랭 백작과, 쉬잔은 카졸 후작과 결혼한다는 것이었다. 두 청년은 이 집안의 단골손님이 되었고, 특별한 배려와 괄목할 만한 특권을 부여받았다.

조르주와 쉬잔은 남매처럼 허물없이 다정하게 지냈다. 그들은 몇 시간이고 수다를 떨고 닥치는 대로 남의 험담을 하는 등 함께 있는 시간이 너무도 즐거웠다.

하지만 머지않아 닥칠지 모르는 결혼이나 모습을 드러낸 구혼자에 대해 그들은 일언반구도 꺼내지 않았다.

어느 날 사장이 뒤 르와를 점심에 초대했다. 식사가 끝난 뒤 마침 왈테르 부인은 집안 살림살이를 돌봐주는 납품업자를 만나러 가기 위해 집을 비웠다. 조르주는 쉬잔에게 말했다. "금붕어에게 먹이나 주러 가죠."

그들은 각자 식탁에서 커다란 빵 덩어리를 들고 온실로 갔다.

대리석 수조 주위로는 땅바닥에 쿠션이 깔려 있어 수조 가장자리에 무릎을 꿇고 물고기를 가까이 볼 수 있도록 해놓았다. 둘은 나란히 쿠션에 무릎을 대고 몸을 굽혀 빵을 조그맣게 손가락으로 뭉쳐 물 위로 던졌다. 금붕어 떼는 그것을 보자마자 모여들어 꼬리를 흔들어대고 지느러미를 너풀거리며, 툭 튀어나온 커다란 눈을 굴리며 같은 곳을 빙글빙글 돌기도 하고, 가라앉는 동그란 먹이를 쫓아 물속으로 자맥질하기도 하고 다시 떠올라 다른 먹이를 찾기도 했다.

금붕어들은 입을 요상하게 움직이며 갑자기 재빨리 튀어 오르는 등 조그마한 괴물처럼 기묘한 몸짓을 했다. 바닥의 금빛 모래 위로 타는 듯이 빨간색이 더욱 두드러져 그 모습은 마치 투명한 물속을 통과하는 불꽃같았다. 그러다가 갑자기 동작을 멈추면 비늘 가장자리의 푸른 띠가 드러났다.

조르주와 쉬잔은 거꾸로 물에 비치는 얼굴을 보며 미소를 지었다.

갑자기 그는 나지막한 소리로 말했다.

"무슨 일이든 나한테 숨기는 건 좋지 않아요, 쉬잔."

그녀는 물었다.

"무슨 말이죠, 벨아미?"

"저번 파티 날 밤에 바로 이 자리에서 저한테 한 약속을 잊지 않으셨죠?"

"무슨 말씀 말이에요!"

"누군가 당신에게 청혼을 하면 그때마다 저하고 의논한다고."

"그런데요?"

“그런데라뇨, 청혼을 받지 않았습니까?”

“누구한테요?”

“잘 알고 계시면서.”

“아니요. 그럴 리가요.”

“아니, 잘 아실 텐데요! 되게 거들먹거리는 카졸 후작 말입니다.”

“제가 보기에 그분은 거들먹거리지 않는데요.”

“그럴 수도 있죠! 하지만 아둔한 사람이죠. 놀음으로 파산을 한데다 방탕한 생활에 몸도 거덜 났죠. 참하고 싱그럽고 현명한 당신에게는 마땅한 결혼 상대가 결코 못 되죠.”

그녀는 쾌활하게 웃으며 물었다.

“그분한테 무슨 감정이라도 있나요?”

“제가요? 아무것도요.”

“아녜요. 그분은 당신이 말하는 그런 분이 아니에요.”

“천만에요. 어리바리하고 교활하죠.”

그녀는 물속을 들여다보다가 약간 몸을 돌렸다.

“아니, 왜 그러시는 거죠?”

그는 가슴 깊숙이 숨겨둔 비밀이라도 끄집어내듯이 힘겹게 입을 열었다.

“저어…… 저어…… 그를 시샘하기 때문이죠.”

그녀는 순간 놀라움을 금치 못했다.

“당신이요?”

“예, 그렇습니다, 제가요.”

“어머나, 왜요?”

“당신을 사랑하기 때문이죠. 잘 아시잖아요. 정말 짓궂으시군요!”

그러자 그녀는 싸늘한 어조로 말했다.

“머리가 어떻게 되신 거 아니에요, 벨아미!”

그는 대답했다.

“제정신이 아니라는 건 저도 잘 압니다. 저는 결혼한 몸이고, 당신은 처녀인데 그런 말은 당치도 않은 것 아닙니까? 전 완전히 미쳤습니다. 전 죄인입니다. 전 파렴치한입니다. 희망을 걸 구석이 하나도 없다는 생각에 이성을 잃어버린 겁니다. 당신이 결혼을 한다는 소식을 듣자 저는 닥치는 대로 누구든 죽여버릴 듯한 분노에 몸을 치떨었습니다. 저를 용서해주세요, 쉬잔.”

그는 입을 다물었다. 물고기들은 빵을 던져주지 않자 영국 병사들처럼 한 줄로 늘어선 채 움직이지 않고, 더 이상 자기들을 상대하지 않는 두 사람의 얼굴을 쳐다보는 것 같았다.

젊은 아가씨는 기쁨과 슬픔에 섞여 중얼거렸다.

“당신이 결혼했다는 게 안타까울 뿐이에요. 할 수 없잖아요? 아무것도 할 수 있는 게 없잖아요. 다 끝나버렸는데!”

그는 별안간 몸을 돌려 그녀의 얼굴에 닿을 듯이 바싹 들이대고 물었다.

“만약 내가 자유의 몸이라면 결혼해주시겠습니까?”

그녀는 진심어린 어조로 대답했다.

“네, 벨아미. 당신과 결혼할게요. 전 다른 어떤 분보다 당신이 좋아요.”

그는 일어나서 중얼거렸다.

“고맙습니다…… 감사합니다…… 제발 부탁인데 누구한테도 승낙하지 않으실 수 있죠? 조금만 기다리세요. 이렇게 애원합니다! 그렇게 약속해주실 수 있죠?”

그녀는 약간 당황한 채로 상대의 의중을 파악하지 못하고 중얼거렸다.

“저는 약속할 수 있어요.”

뒤 르와는 손에 들고 있던 빵 덩어리를 물속으로 내던지더니 실성한 사람처럼 인사도 하지 않고 뛰어나갔다.

물고기들은 손으로 뭉치지 않아 물위로 둥둥 뜬 빵 덩어리를 향해 게걸스럽게 달려들더니 탐욕스런 주둥이로 물어뜯었다. 그리고 수조 끄트머리로 끌고 가서 물결을 일으키며 물 밑에서 미친 듯이 들러붙는 물고기들의 모습은 마치 움직이는 빨간 열매 송이 같았고, 빙글빙글 도는 싱싱한 화초 같기도 했고, 또한 물속에 거꾸로 처박힌 한 송이의 싱그런 꽃 같기도 했다.

쉬잔은 그의 행동에 놀라 불안해 하며 몸을 일으켜 천천히 발길을 돌렸다. 신문기자는 이미 사라졌다.

집으로 돌아왔을 때 그는 이미 침착함을 되찾았다. 편지를 쓰고 있던 마들렌에게 그는 물었다.

"금요일 왈테르 씨 댁 만찬에 안 갈래요? 난 갈 생각인데."

그녀는 주저했다.

"아니요. 몸이 좀 불편하네요. 전 그냥 집에 있을래요."

그는 대답했다.

"좋으실 대로 하시오. 억지로 갈 필요는 없으니까."

그러면서 그는 모자를 집어 들고 다시 나갔다.

오래 전부터 그는 그녀를 감시하고 추적해왔고, 미행해서 그녀의 행동거지를 상세하게 파악하고 있었다. 드디어 기다리던 때가 온 것이다. "전 그냥 집에 있을래요"라고 대답하던 아내의 어조에서 그는 자신의 추측이 옳다는 것을 확신했다.

그 후로 며칠 동안 그는 아내에게 자상하게 대했다. 평상시와는 다르게 더없이 쾌활해 보이기까지 했다. 그런 모습에 그녀는 이렇게 말하곤 했다. "당신, 요즘 들어 무척 다정해지셨네요."

금요일이 되자 사장 댁으로 가기 전에 두서너 곳에 볼일이 있다며 그는 일찌감치 옷을 갈아입었다.

그리고 6시경 아내에게 키스를 하고 집을 나서 노트르담 드 로레트 광장으로 가서 마차를 잡았다.

그는 마부에게 일렀다.

"퐁텐 거리 17번지 앞에 마차를 멈추고 내가 출발하라고 할 때까지 기다리게. 그런 다음 라파에트 거리 코크프장* 레스토랑으로 가면 되네."

---

* 코크프장(Coq-Faisan)은 '수꿩'을 뜻하는 말로 '사기꾼', '협잡꾼'이란 의미도 있다.

마차는 느린 걸음으로 나아갔다. 뒤 르와는 창문 블라인드를 내렸다. 자기 집 문 앞에 이르자 그는 문에서 눈을 떼지 않고 기다렸다. 10분쯤 지나자 마들렌이 집을 나와 외곽 큰길 쪽으로 올라가는 모습이 보였다.

그녀의 모습이 멀어지자 그는 마차 앞으로 목을 내밀고 외쳤다.

"갑시다."

마차는 달리기 시작했고 그를 코크프장 앞에 내려놓았다. 그곳은 부르주아들이 자주 드나드는 지역의 유명 레스토랑이었다. 식당에 들어선 조르주는 이따금 시계를 보면서 천천히 식사를 했다. 커피도 한 잔 마시고, 고급 브랜디 두 잔에 향기 좋은 잎담배를 유유히 태우고 나니 7시 반이 되었다. 음식점을 나선 그는 빈 마차를 불러 라로슈푸코 거리까지 가자고 했다.

그는 마부에게 일러준 집 문 앞에 도착하자 건물 관리인에게 아무것도 묻지 않고 4층까지 올라갔다. 하녀가 문을 열자 그는 물었다.

"기베르 드 로름 씨는 댁에 계시죠?"

"네, 계십니다."

그는 응접실에 안내되어 잠시 기다렸다. 이윽고 키가 크고 훈장을 단 군인풍의 남자가 들어왔다. 나이는 많지 않아 보였지만 머리는 희끗희끗했다.

뒤 르와는 예를 표하고 입을 열었다.

"서장님, 제 예상대로 제 아내가 지금 평소 마르티르 거리에 빌려놓은 아파트에서 정부와 저녁을 먹고 있습니다."

경찰서장은 고개를 숙이며 말했다.

"그렇다면 조처를 취해야겠군요."

조르주는 다시 말했다.

"9시까지 시간이 가능한 거죠, 안 그렇습니까? 그 시각이 지나면 개인 주택으로 간주되어 간통 사실을 확인할 수 없을 테니까요."

"네, 그렇죠. 겨울에는 7시까지고 3월 30일 이후에는 9시까지입니다. 오늘은 4월 5일이니까 9시까지 괜찮습니다."

"그럼 서장님, 아래에 마차를 기다리게 했으니까 경비 중인 경찰들을 태우고 가서 문 앞에서 좀 기다리기로 합시다. 늦게 도착할수록 현행범을 잡을 기회가 많게 될 테니까요."

"예, 좋으실 대로 하시죠."

서장은 나가서 삼색 띠가 감추어진 경찰복 오버코트를 입고 돌아왔다. 그는 뒤 르와를 먼저 나서도록 권하며 옆으로 물러섰다. 신문기자는 우울한 상념에 사로잡혀 뒤를 따르겠다고 사양하며 말했다. "먼저 나가시죠…… 먼저 나가십시오."

서장은 예를 갖추었다.

"자아, 나가시죠. 여기는 저희 집이니까요."

그는 가볍게 예를 표하고 상대보다 먼저 문을 나섰다.

그들은 우선 경찰서로 사복 경찰을 데리러 갔다. 조르주가 오늘 밤 간통 현장을 덮치러 간다고 낮에 통지해둔 터라 세 사람이 기다리고 있었다. 한 사람은 마부와 나란히 마부석에 앉고 다른 두 사람은 마차 좌석에 올라탔다. 마차는 이윽고 마르티르 거리에 도착했다.

뒤 르와가 말했다.

"저한테 아파트 약도가 있는데 3층입니다. 맨 앞에 현관이 있고, 다음이 식당, 그 안쪽이 침실입니다. 세 곳은 모두 이어져 있습니다. 도망칠 곳은 없습니다. 여기서 좀 더 가면 열쇠업자가 있습니다. 부르면 언제든 오기로 했습니다."

목적한 집 앞에 이르렀을 때는 8시 15분이었으므로 그들은 20분 이상을 말없이 기다렸다. 그러다 45분이 되려고 하는 것을 보고 조르주가 말했다. "자, 들어갑시다."

그들은 수위를 아랑곳하지 않고 계단을 올라갔다. 당연히 수위는 그들을 눈치채지 못했다. 경찰 한 사람은 출입구를 감시하기 위해서 길거리에 머물렀다.

네 남자는 3층까지 올라갔다. 뒤 르와는 우선 문에 귀를 바싹 들이

대더니 열쇠 구멍으로 들여다보았다. 아무 소리도 들리지 않았고 보이
는 것도 없었다. 그는 초인종을 눌렀다.

서장이 경찰에게 말했다.

"자네들은 여기서 기다려. 그리고 부르면 곧바로 오게."

모두들 기다렸다. 2~3분 지나서 다시 조르주는 몇 차례 계속해서
초인종을 눌렀다. 아파트 안에서 소리가 들리더니 가벼운 발소리가 다
가왔다. 누군가 문 쪽으로 다가와 밖의 동태를 엿보는 듯했다. 신문기
자는 손가락을 구부려 나무 문짝을 거칠게 두드렸다.

목소리, 일부러 목소리를 바꾼 여자의 목소리가 들려왔다.

"누구세요?"

파리 경찰서장이 대답했다.

"문을 여십시오. 법의 이름으로 명령합니다."

문안의 목소리가 되풀이했다.

"댁은 누구신데요?"

"경찰서장입니다. 문을 여십시오. 안 그러면 문을 부수겠습니다."

그 목소리는 재차 물었다.

"용건이 뭐죠?"

그러자 뒤 르와가 말했다.

"나야. 도망치려 해도 소용없어."

맨발인 듯한 가벼운 발소리가 잠시 멀어졌다가 다시 2~3초 지나서
되돌아왔다.

조르주가 말했다.

"열지 않으면 문을 부술 거야."

그는 구리 손잡이를 잡고 어깨로 천천히 밀었다. 안에서 응답이 없
자 그는 잔뜩 힘을 주어 몸을 문에 힘껏 부딪쳤다. 그러자 아파트의 낡
은 자물통은 전혀 지탱하지 못하고 부서졌다. 나사못이 판자에서 떨어
졌고, 그 바람에 청년은 앞으로 쓰러지며 현관에 있던 마들렌과 부딪
칠 뻔했다. 속옷 차림의 그녀는 헝클어진 머리에 맨발인 채 손에 촛대

를 들고 있었다.

그는 외쳤다. "이 여잡니다. 그들은 잡았습니다." 그러면서 방안으로 뛰어들었다. 서장도 모자를 벗고 뒤를 따라 들어갔다. 젊은 여인은 어찌 할 바를 모르고 촛대를 쳐들고 뒤를 따랐다.

그들은 식당을 가로질러 갔다. 식탁에는 아직 치워지지 않은 야식 찌꺼기가 널려 있었다. 빈 샴페인 병들, 뚜껑이 열린 채 있는 푸아그라 테린*, 닭고기 뼈, 절반 남은 빵 덩어리 등등. 찬장에 있는 두 개의 접시에는 굴 껍데기가 수북했다.

침실은 격투라도 벌인 양 헝클어져 있었다. 의자는 여자의 드레스로 뒤덮여 있고, 팔걸이의자 손잡이에는 남자의 바지가 걸쳐져 있었다. 또한 한 켤레는 크고 하나는 작은 두 켤레의 구두가 침대 발치에 되는 대로 나뒹굴고 있었다.

그곳은 흔히 볼 수 있는 가구 달린 셋집 특유의 역겹고 불쾌한 냄새가 감돌았다. 그것은 커튼, 매트리스, 벽, 의자 등에서 풍겨 나오는 냄새로, 누구나 들어올 수 있는 이 집에서 하루건 반년이건 유숙하거나 살림을 하던 사람들이 냄새였다. 그런 부류의 사람들은 으레 자신의 체취를 조금씩은 남겨놓고 떠나게 마련이고, 그것이 예전의 냄새와 뒤섞여, 이런 곳이라면 어디든 마찬가지인 들척지근하고 견딜 수 없는 역겨운 냄새가 풍겼다.

과자 접시 하나와 샤르트뢰즈** 술병 하나, 그리고 아직 절반은 남아 있는 조그만 술잔 두 개가 벽난로 위에 놓여 있었다. 청동 괘종시계 윗부분은 남자의 커다란 모자에 가려 있었다.

서장은 엄숙한 태도로 몸을 돌리고 마들렌의 눈을 쳐다보며 말했다.

"당신은 여기 계시는 신문기자인 프로스페 조르주 뒤 르와 씨의 공식적인 아내인 클레르 마들렌 뒤 르와 부인이 맞습니까?"

---

* 테린(terrine)은 유약을 바른 도기로 뚜껑이 있다. 파테(pâté) 등을 만들 때 사용한다. 파테란 간이나 자투리 고기, 생선살 등을 갈아 밀가루 반죽을 입혀 오븐에 구워낸 정통 프랑스 요리다. 쉽게 햄버거 등의 패티(patty)를 생각하면 된다.
** 샤르트뢰즈(chartreuse)는 샤르트르 수도원에서 만드는 약초 술이다.

그녀는 목이 죄어드는 목소리로 더듬거렸다.

"네, 그렇습니다."

"여기서 무얼 하고 계셨습니까?"

그녀는 대답하지 않았다.

서장은 다그쳐 물었다.

"여기서 무얼 하고 계셨습니까? 자택이 아닌 이런 가구가 딸린 아파트에서 거의 옷을 벗다시피 한 모습으로 계십니다. 부인은 대체 무얼 하러 여기에 오셨습니까?"

그는 잠시 기다렸다. 그러나 여전히 그녀가 침묵을 지키자 다시 말을 이었다.

"부인, 당신이 인정하시지 않는다면 부득이하게 조사를 할 수밖에 없습니다."

침대 시트 아래로 감춰진 사람의 윤곽이 드러나 있었다.

서장은 옆으로 다가가서 불렀다.

"이보시오, 선생?"

숨어 있는 남자는 꼼짝도 하지 않았다. 등을 돌리고 돌아누워 머리를 베개 밑에 파묻고 있는 것 같았다.

서장은 어깨라고 생각되는 부분을 건드리며 말했다. "이보시오, 선생, 난 거친 행동은 가급적 피하고 싶소이다."

하지만 이불을 덮어 쓴 사람은 죽은 듯이 꼼짝도 하지 않았다.

뒤 르와가 성큼성큼 앞으로 나서서 시트를 잡아채고 베개를 낚아채자 라로슈 마티유의 창백한 얼굴이 드러났다. 그는 정부의 몸에 올라타 목을 졸라 죽이고 싶은 충동에 몸을 치떨며 이빨을 닥닥 부딪치며 말했다.

"파렴치한 행동을 하려면 그만한 배짱은 있어야지."

서장은 재차 물었다.

"당신은 누굽니까?" 망연자실한 정부는 대답이 없었다. 서장은 되풀이했다.

"전 경찰서장입니다. 당신 이름을 말하시오!"

조르주는 야수 같은 노여움에 치떨며 재촉했다.

"이름을 대, 비겁한 놈아. 안 그러면 내가 말할 테니."

그러자 누워 있던 남자가 우물쭈물 말했다.

"서장님, 당신은 이 사람이 개인의 자격으로 저를 모욕하는 것에 대해 묵인하면 안 되는 것 아닙니까? 이 일을 주관하는 사람이 당신입니까, 저 남잡니까? 답변을 당신한테 해야 합니까, 저 남자한테 해야 합니까?"

그는 입안에 침이 마른 듯했다.

서장은 대답했다.

"접니다, 선생님. 저에게 하시면 됩니다. 저의 직무의 일환으로 당신께 묻고 있는 겁니다."

상대는 입을 다물었다. 그는 이불을 목까지 끌어당긴 채 당황한 두 눈을 굴렸다. 새하얗게 질린 안색 때문에 위로 말려 올린 짧은 콧수염은 더욱 시커멓게 보였다.

서장이 말을 이었다.

"답변을 하지 않으시겠습니까? 그럼 하는 수 없이 당신을 체포하겠습니다. 아무튼 일어나십시오. 착복을 한 후 심문하겠습니다."

침대 속의 몸은 뒤척거리고, 밖에 나와 있는 얼굴이 중얼거렸다.

"하지만 당신 앞에서는 그럴 수가 없소."

서장이 물었다.

"무슨 심산입니까?"

상대는 더듬거렸다.

"내가 실은…… 실은…… 아무것도 입고 있지 않아서요."

뒤 르와는 냉소를 지으며 바닥에 나뒹구는 속옷을 주워 침대 위로 내던지며 외쳤다.

"자아, 자…… 기상!…… 내 마누라 앞에서 옷을 홀라당 벗었으니까 내 앞에서는 입어도 괜찮아!"

그러면서 그는 등을 돌려 벽난로 쪽으로 갔다.

마들렌은 냉정함을 되찾았다. 이제 모든 게 끝장났으니 될 대로 되라는 심정이었다. 자포자기에서 오는 대담성에 그녀의 눈빛은 반짝였다. 그녀는 종잇조각 하나를 비틀어 불을 댕기더니 마치 손님이라도 맞이하는 듯 벽난로 양쪽에 놓인 지저분한 열 가닥의 촛대에 있는 초에 불을 붙였다. 그러고 나서 맨발인 그녀는 속치마 뒷자락이 엉덩이까지 말려 올라간 몰골로 사그라지는 벽난로 대리석에 등을 기댄 채한 쪽 다리를 구부리고 서 있었다. 그녀는 장밋빛 종이상자에서 담배를 꺼내 불을 붙이고 연기를 뿜어냈다.

서장은 그녀 곁으로 다가서며 공범인 남자가 옷을 챙겨 입기를 기다렸다.

그녀는 거만한 태도로 물었다.

"이런 일을 종종 하시나요?"

그는 근엄하게 대답했다.

"가급적이면 피하죠, 부인."

그녀는 비웃는 표정으로 말했다.

"경하드리고 싶군요. 그다지 적절한 일은 아니니까요."

그녀는 남편을 신경도 쓰지 않았고, 거들떠보지도 않았다.

그동안 신사는 옷을 입었다. 그는 바지를 입고 구두를 신고 조끼를 입으며 다가왔다.

서장은 그쪽을 돌아보며 말했다.

"자아, 선생. 이제 괜찮으시다면 이름을 밝히시죠."

상대는 응답이 없었다.

서장은 명확한 의사를 표명했다.

"그렇다면 체포하는 수밖에 없습니다."

그러자 남자는 느닷없이 호통을 쳤다.

"손대지 마시오. 난 면책특권이 있소!"

뒤 르와는 상대를 때려눕힐 듯한 기세로 뛰어나가며 그의 얼굴에 대고 소리쳤다.

"현행범이야…… 현행범! 내가 원하면 체포가 가능하지, 이를테면…… 그래, 당연히 원할 테고!"

그러고 나서 갈라지는 목소리로 말했다.

"이 자는 외무장관인 라로슈 마티유죠."

서장은 아연실색하여 뒤로 물러서며 더듬거렸다.

"선생님, 확실하게 성함을 말씀해주십시오. 정말로요."

상대는 작정을 한 듯 힘주어 말했다.

"오랜만에 이 한심한 작자가 거짓말을 안 하는군. 내가 바로 외무장관 라로슈 마티유요."

그러면서 팔을 내뻗어 조르주의 가슴에 달린 별처럼 반짝이는 빨간 작은 리본을 가리키며 덧붙였다.

"이 불한당은 내가 준 명예로운 십자훈장을 여전히 가슴팍에 달고 있군."

순간 뒤 르와는 안색이 창백해지며 재빨리 상의 장식용 단춧구멍에서 짧고 새빨간 리본을 떼어내 벽난로로 던져버렸다.

"너 같은 더러운 종자가 준 장식품은 이렇게 처리하는 게 마땅하지."

그들은 얼굴과 얼굴을 마주 대며, 이빨과 이빨을 드러냈고, 날렵한 구레나룻의 미끈한 사내와 갈고리 같은 카이저수염의 뚱뚱한 사내가 주먹을 불끈 쥔 채 노려보았다.

서장은 다급히 둘 사이에 끼어들어 양팔로 떼어놓으며 말했다.

"두 분 다 명심하십시오. 품위는 지키셔야죠!"

그들은 조용히 서로 등을 돌렸다. 마들렌은 꼼짝도 하지 않고 여전히 담배를 피우며 미소를 머금었다.

서장은 말을 이었다.

"장관 각하, 저는 여기 계신 뒤 르와 부인과 단둘이, 각하께선 침대에, 부인께선 거의 알몸 상태인 것에 놀랐습니다. 더욱이 각하의 옷은 방안에 난잡하게 흩어져 있었는데, 이것으로써 간통의 현행범죄가 성립됩니다. 명백한 증거는 부정할 여지가 없습니다. 더 하실 말씀 계십니까?"

라로슈 마티유는 더듬거렸다.

"더 할 말이 없소, 당신 직무를 수행하시오."

서장은 마들렌에게 말을 건넸다.

"부인, 이분이 당신과 연인 관계라는 것을 인정하시겠습니까?"

그녀는 당당하게 대답했다.

"저도 부인하지 않겠습니다. 그분은 저의 연인입니다!"

"네, 그것으로 충분합니다."

그런 다음 서장은 방의 모양과 배치에 관해 약간의 메모를 했다. 그가 펜을 놓자 이미 옷을 입고 외투를 팔에 걸친 채 모자를 들고 기다리던 장관이 물었다.

"나한테 더 필요한 게 있는가, 선생? 이제 어떻게 해야 되는가? 돌아가도 좋은가?"

뒤 르와는 그쪽을 돌아보고 미소를 띠우며 무례한 어조로 느글거렸다.

"아니, 왜 그래? 우리 일은 끝났어. 침대에 다시 눕지 그래, 선생. 더이상 우리는 방해할 의사가 없으니까."

그는 손으로 서장의 팔을 잡아끌며 말했다.

"돌아가시죠, 서장님. 더 이상 여기 있을 이유가 없으니까요."

약간 놀란 듯한 서장은 그의 뒤를 따라 나섰다. 그러나 조르주는 방문 앞에서 서장을 먼저 나가게 하려고 걸음을 멈추었다. 상대는 굳이 사양했다.

하지만 뒤 르와는 계속 권했다. "먼저 나가시죠." 서장이 대답했다. "먼저 가시죠." 그러자 신문기자는 머리를 숙이고 정중한 태도로 조롱하듯 말했다. "이번에는 당신 차례입니다, 서장님. 이곳은 저희 집이나 마찬가지니까요."

그런 다음 그는 정중하게 문을 닫았다.

한 시간 뒤, 조르주 뒤 르와는 《라 비 프랑세즈》 사무실에 모습을 드러냈다.

왈테르 영감은 이미 도착해 있었다. 그는 열과 성을 다해 지휘하고 감독하여 자신의 신문은 비약적으로 확장시켰고, 확대되어가는 은행 사업에 큰 힘을 실어주었다.

사장은 고개를 들고 물었다.

"어, 자넨가? 왜 그렇게 요상한 표정이야! 오늘은 왜 저녁을 먹으러 오지 않았나? 어디 갔다 오는 길이야?"

젊은이는 지금부터 말하려는 것에 대한 효과를 확신하며 한마디 한마디에 힘을 실었다.

"외무장관을 실각시키고 오는 길입니다."

사장은 농담을 한다고 생각하며 물었다.

"실각을 시키다니?…… 어떻게?"

"저는 내각을 경질시키려고 합니다. 더 이상은 말이 필요 없습니다! 그런 썩어빠진 작자는 진작 내쫓았어야죠."

어안이 벙벙해진 노인은 시평 담당자가 술에 취했으려니 생각했다. 그는 중얼거렸다.

"자아, 횡설수설은 그만둬."

"천만에요. 저는 지금 라로슈 마티유와 제 아내의 간통 현장을 적발하고 왔습니다. 경찰서장도 사실을 확인했습니다. 장관은 볼 장 다 본 거죠."

놀라서 말문이 막힌 왈테르는 안경을 이마 위로 추켜올렸다.

"나를 놀리는 건 아니겠지?"

"천만에요. 그것에 대해 제가 직접 가십난에 쓰려고 합니다."

"그래서 어쩌려고?"

"그 사기꾼을, 파렴치한 놈을, 공공의 적을 몰아내는 거죠."

조르주는 모자를 안락의자 위에 놓고 덧붙였다.

"제 앞길을 가로막는 자는 모조리 쓸어버릴 겁니다. 절대로 용서하지 않을 겁니다."

사장은 납득할 수 없다는 표정으로 주저하다가 중얼거렸다.

"하지만…… 자네 부인은?"

"날이 새면 곧바로 이혼소송을 제기할 겁니다. 그 여자는 고인이 된 포레스티에에게 돌려줘야죠."

"이혼하겠다는 건가?"

"물론이죠. 전 세상의 웃음거리였습니다. 얼간이 소리를 듣더라도 세상이 깜짝 놀라도록 명성을 쌓기 위해 모르는 척했습니다. 그래서 이 자리까지 왔고요. 이제 상황의 주도권은 저한테 있습니다."

왈테르 씨는 어처구니없어 했다. 그는 식겁한 눈길로 뒤 르와를 쳐다보며 생각했다. '우아, 이놈. 훌륭한 관리자 감인데.'

조르주는 계속했다.

"전 비로소 자유로워졌습니다…… 어느 정도 재산도 있지요. 10월 재선거에 출마할 예정입니다. 우리 고향에서도 명성이 자자하니까요. 세상 사람들의 의혹을 받던 여자와 살아왔기 때문에 제대로 발을 붙일 수도 없었고 존경도 받지 못했습니다. 그 여자는 저를 바보 취급하고, 그 여자는 나를 농락하고 얽매어놓았습니다. 하지만 저는 그 여자의 농간을 눈치채고 나서 조심해왔습니다, 그 허접쓰레기를 말입니다."

그는 웃으며 덧붙였다.

"불쌍한 건 오쟁이 진 포레스티에죠……. 오쟁이 진 것도 모르고 믿고 안심했으니까요. 저는 이제야 그에게 물려받은 고약한 계집을 말끔히 청산한 겁니다. 저는 이제 홀가분합니다. 앞으로는 출세해야죠."

그는 의자에 걸터앉았다. 그는 꿈을 꾸듯이 되풀이했다. "출세해야죠."

왈테르 영감은 안경을 이마에 걸치고 맨 눈으로 그를 응시했다. 그리고 속으로 생각했다. '그래, 이 녀석은 출세하겠어, 이 불한당은.'

조르주는 몸을 일으켰다.

"지금부터 기사를 쓰겠습니다. 신중하게 다루어야겠죠. 잘 아시겠지만 장관으로선 심각한 타격이겠지요. 녀석은 어쩔 줄 몰라 하겠지요. 하지만 구제불능입니다.《라 비 프랑세즈》로서도 이득이 될 게 없습니다.”

노인은 한동안 망설이다가 결심이 선 듯 말했다.

“해보게. 자기 스스로 제 무덤을 판 것인데 입장이 난처해도 어쩔 수 없지.”

9

석 달이 지났다. 뒤 르와의 이혼도 처리되었다. 그녀는 포레스티에라는 성(姓)으로 돌아갔다. 왈테르 집안이 7월 15일에 트루빌*로 피서를 떠날 예정이라 서로 헤어지기 전에 시골로 하루 놀러가기로 했다.

목요일로 날이 정해졌고, 속도감을 높이기 위해 말 네 필이 끄는 6인승 대형 여행마차로 일찌감치 아침 9시에 출발했다.

생제르맹에 있는 앙리 4세 파비용**에서 점심식사를 할 예정이었다. 벨아미는 이 파티에 남자 손님은 자기 혼자면 좋겠다고 했다. 카졸 후작과 자리를 함께하여 그의 얼굴을 보는 것이 싫었기 때문이다. 하지만 막판에 계획이 변경되어 라투르 이블랭 백작은 일어나는 대로 그의 집에서 데려가기로 했다. 그 전날 그에게는 통지를 했다.

마차는 전속력으로 샹젤리제 가로수 길을 달리고, 불로뉴 숲을 통과했다.

그다지 덥지 않은 것이 여름날을 만끽하기에 충분한 날씨였다. 제비들은 파란 하늘에 커다란 원을 그리며 활공을 했고, 그들이 사라진 뒤에도 사람들의 눈길 속에 남아 있는 듯했다.

세 여자는 마차 뒤에 자리를 잡고 어머니를 가운데에 앉혔고, 남자 둘은 왈테르의 양 옆에서 뒤를 향해 앉았다.

---

* 트루빌(Trouville)은 프랑스의 서북부, 영국 해협에 맞닿아 있는 항구 도시로서 휴양지다.

** 앙리 4세 파비용(pavillon Henri-IV)은 파리 도심에서 19km 떨어진 생제르맹앙레에 있는 고급 레스토랑이다. 파비용은 고급스런 건물인 '관(館)'을 의미한다.

센 강을 건너고 몽발레리앵* 기슭을 돌아 부지발에 다다라 르펙**까지 강을 따라갔다.

라투르 이블랭 백작은 약간 원숙해 보이는 남자로, 기다란 구레나룻이 보기 좋았다. 뒤 르와는 그의 수염 끝부분이 미풍에 흩날리는 모습을 보며 말했다. "바람이 불면 수염이 아주 매혹적이군요." 백작은 사랑스러운 눈길로 로즈를 지켜볼 뿐이었다. 그들은 한 달 전에 약혼했다.

조르주는 창백한 얼굴로, 마찬가지로 창백한 얼굴의 쉬잔에게 자주 눈길을 보냈다. 그들은 무언의 눈길로 남몰래 생각을 교환하며 서로 공감하고 공모를 하는 듯이 보였다. 그러다가 서로 시선을 피하기도 했다. 왈테르 부인은 평온하고 행복해 보였다.

점심식사는 오래 걸렸다. 잠시 후 파리로 돌아가기 전에 조르주가 테라스를 한 바퀴 돌자고 했다.

경치를 바라보기 위해 걸음을 멈추었다. 난간을 따라 한 줄로 늘어서서 아득히 펼쳐진 지평선을 바라보며 황홀해 했다. 센 강은 마치 녹음 속에 누워 있는 뱀처럼 긴 언덕 기슭을 흘러 메종 라피트*** 쪽으로 흐르고 있었다. 오른편 언덕 위에는 마를리의 고가식 수로****가 커다란 애벌레처럼 기다란 다리를 허공에 드리우고 있었다. 그 아래쪽에 있는 마를리 마을은 무성한 숲에 가려 보이지 않았다.

눈앞에 펼쳐진 광대한 평야 여기저기에 마을이 흩어져 있었다. 베지네 부근에 흩어져 있는 연못들은 작은 숲의 메마른 녹음과 대비를 이루며 더욱 선명하고 명료한 얼룩이 도드라졌다. 왼편 아득히 먼 저쪽

---

* 몽발레리앵(Mont-Valérien)은 파리 서쪽 교외에 있는 숲으로 1841년에 조성한 현대적인 요새의 일부다. 불로뉴 숲 건너편에 있다.

** 르펙(Le Pecq)은 파리 서쪽 근교에 있는 마을로, 파리에서 18km 정도 떨어져 있다.

*** 메종 라피트(Maisons-Laffitte)는 파리 서북쪽 18km 지점, 센 강 왼쪽 기슭에 위치한 마을이다.

**** 마를리 수로(aqueduc de Marly)는 루이 14세 시절에 건립된 수로이다. 길이는 643m로 폭은 2~4.4m이고, 높이는 10~20m다. 1953년 프랑스 문화유산으로 지정되었다.

으로 사르트루빌*의 뾰족한 종탑이 하늘을 찌르고 있었다.

왈테르는 단언하듯이 말했다.

"이 세상 어디를 가도 이토록 멋진 장관은 없을 거야. 이런 곳은 스위스에도 없을걸."

그러면서 모두들 좀 더 이 경치를 즐기기 위해 천천히 걸음을 옮겼다.

조르주와 쉬잔은 뒤에 처졌다. 다른 사람들과 대여섯 걸음 떨어지게 되자 조르주는 나직이 절제된 목소리로 소곤거렸다.

"쉬잔, 저는 당신을 사랑합니다. 미치도록 당신을 좋아합니다."

그녀는 중얼거렸다.

"저도 마찬가지예요, 벨아미."

그는 거듭 말을 이었다.

"당신을 내 아내로 맞이할 수 없다면 나는 파리를, 아니 이 나라를 떠나겠습니다."

그녀는 대답했다.

"그렇다면 아빠에게 말씀드려보세요. 아마 승낙하실 거예요."

그는 약간 초조한 듯한 몸짓을 했다.

"아니요, 그건 소용이 없을 겁니다. 벌써 열 번이나 말하지 않았습니까, 그건 소용이 없을 겁니다. 분명히 댁에도 드나들지 못하고 신문사에서도 쫓겨나고 당신 얼굴을 볼 수도 없을 겁니다. 정식으로 청혼한다면 좋지 않은 결과를 초래하리라는 것은 너무나 명백합니다. 분명 당신을 카졸 후작에게 결혼시키겠다고 약속했을 겁니다. 마음 놓고 기다리면서 당신이 끝내는 승낙하리라고 믿고 있을 테죠."

그녀는 물었다.

"그렇다면 어떻게 해야 되죠?"

그는 주저하다가 그녀를 곁눈질하며 물었다.

---

* 베지네(Vésinet)는 파리 서북쪽 16km 정도 떨어진 마을이고, 사르트루빌(Sartrouville)은 파리 도심에서 서북쪽으로 17km 정도 떨어져 있다.

"당신은 나를 위해서라면 터무니없는 일을 감수할 정도로 사랑합니까?"

그녀는 단호하게 대답했다.

"네."

"아무리 엉뚱한 짓이라도?"

"네."

"아무리 무분별한 행동이라도?"

"네."

"당신 아버지와 당신 어머니께 끝까지 맞설 용기가 있습니까?"

"네."

"진정이십니까?"

"네."

"그렇다면 방법이 있습니다, 단 한 가지! 하지만 내가 아니라 당신이 해야 할 몫입니다. 당신은 응석받이로 자랐으니까 하고 싶은 말은 다 해도 될 겁니다. 아무리 대담한 이야기를 꺼내도 그다지 놀라지 않을 겁니다. 이렇게 하면 됩니다. 오늘 저녁 집에 돌아가서 우선 어머니 혼자 계실 때를 기다리십시오. 그리고 저와 결혼하겠다고 털어놓으십시오. 어머니는 몹시 흥분하며 몹시 노하실 겁니다……."

쉬잔이 끼어들었다.

"아녜요! 어머니는 진심으로 원하실 거예요."

그는 격한 어조로 말했다.

"아닙니다. 당신은 모르십니다. 어머니는 더욱 분개하며 아버지보다 훨씬 더 노발대발하실 겁니다. 당신이 보기에는 막무가내로 반대하실 겁니다. 그렇더라도 꿋꿋하게 버티고 절대 굴복하면 안 됩니다. 끝까지 저와 결혼하겠다, 오직 한 사람, 나하고만 결혼하겠다고 되풀이하십시오. 가능하시겠습니까?"

"그럴 수 있어요."

"그런 다음 어머니 방을 나와 아버지한테 가서 똑같은 말을 진지한 태도로 단호하고 확고하게 말씀하십시오."

"네, 알았어요. 그다음은요?"

"그다음부터가 중요합니다. 만약 나의 아내가, 사랑하는 당신이, 사랑스런 귀여운 쉬잔이 굳게, 아주 굳게, 아주아주 굳게굳게 결심이 섰다면…… 저는 당신을…… 당신을 빼앗아 달아나겠습니다."

그녀는 기쁨에 겨워 하마터면 손뼉을 칠 뻔했다.

"어머! 너무 좋아요! 당신이 절 납치하는 거네요. 언제 저를 납치하실래요?"

한밤중의 유괴, 역마차의 의자, 시골 여인숙 등 진부한 시 구절과 책에서 읽은 여러 매력적인 모험들이 주마등처럼 그녀의 뇌리를 스치며 그 마법 같은 꿈이 당장이라도 실현될 것 같았다.

그녀는 되풀이했다.

"언제 저를 납치하실래요?"

그는 아주 낮은 목소리로 대답했다.

"하지만…… 오늘 밤…… 캄캄한 밤중입니다."

그녀는 바르르 떨며 물었다.

"그런데 우린 어디로 가나요?"

"그것은 저만의 비밀입니다. 앞으로 해야 할 일이나 유념해주십시오. 저와 일단 가출을 하게 되면 무슨 일이 있어도 제 아내가 되어야 합니다! 방법은 오직 하나 이것뿐입니다. 하지만 이건…… 이건 대단히 위험합니다…… 당신에게는."

그녀는 단호했다.

"각오하고 있어요…… 어디에서 만나죠?"

"당신 혼자 집을 빠져나올 수 있나요?"

"네. 작은 쪽문을 열 줄 알아요."

"좋습니다. 그렇다면 수위가 잠들고 나서 자정 무렵에 콩코르드 광장으로 오세요. 해군성 앞에 마차를 잡아놓고 기다리겠습니다."

"갈게요."

“정말이죠?”

“정말이에요.”

그는 소녀의 손을 잡고 힘껏 쥐었다.

“아아! 당신을 얼마나 좋아하는지 아시죠? 당신은 상냥하면서도 용기가 있군요! 그럼 카졸 씨하고는 결혼할 생각이 없었다는 얘기네요?”

“네. 맞아요.”

“당신이 ‘노’라고 했을 때 아버지께서 무척 화를 냈겠네요?”

“물론이죠. 저를 수도원에 보내버리겠다고 했어요.”

“더욱 단호해질 필요가 있다는 것을 잘 알고 계시죠.”

“그렇게 할 거예요.”

그녀는 유괴에 관한 상념이 머릿속에 가득 찬 채 드넓은 지평선을 바라보았다. 저 곳보다도 더 먼 곳으로 가는 거다…… 이 남자와!…… 납치되어 가는 거다!…… 그녀는 그것을 오히려 자랑스럽게 생각했다. 그녀에게는 세상의 평판이라든가 자신에게 닥쳐올 불명예 따위는 신경 쓰지 않았다. 게다가 그녀가 그것을 알 수나 있겠는가? 짐작이라도 할 수 있겠는가?

왈테르 부인이 뒤돌아보며 불렀다.

“어서 오너라, 아가야. 벨아미하고 무얼 하는 거니?”

그들은 일행에 합류했다. 그들들 머지않아 떠날 해수욕 이야기를 하고 있었다.

돌아오는 여정은 같은 길을 지나지 않도록 샤투로 빙 둘러서 왔다.

조르주는 더 이상 말을 하지 않았다. 그는 생각에 잠겼다. 그러니까 이 조그만 소녀가 약간만 대담해진다면 마침내 오랜 동안 꿈꿔왔던 소망을 달성할 수 있다! 석 달 전부터 그는 거부할 수 없는 애정의 그물로 그녀를 옭죄어왔다. 그는 소녀의 마음을 사로잡고 매혹시키며 사랑을 쟁취했다. 그리고 능수능란한 방법으로 호감을 얻으며 그녀가 좋아하도록 만들었다. 아무 어려움 없이 인형처럼 가벼운 소녀의 영혼을 사로잡은 것이다.

그는 먼저 카줄 후작의 청혼을 거절하게끔 만들었다. 그리고 이번에는 사랑의 도피에 승낙하도록 만들었다. 그것밖에는 다른 방법이 없었다.

왈테르 부인이 결코 딸을 내주지 않을 것이라는 사실을 그는 익히 알고 있었다. 부인은 여전히 그를 사랑하고 있었다. 전과 다름없이 집요한 열정으로 사랑했다. 그는 그것을 계산된 무관심으로 눌러왔지만, 채워질 수 없는 탐욕스러운 정념으로 그녀가 번뇌하고 있다는 사실도 알고 있었다. 결코 그녀의 욕망을 잠재울 수가 없었다. 그녀는 결코 쉬잔을 자기 아내로 내주지 않을 것이다.

하지만 일단 소녀를 데리고 멀리 떠날 수만 있다면 아버지와는 대등하게 교섭할 수가 있다.

이런 생각에 사로잡혀 사람들이 하는 말이 제대로 귀에 들어오지 않았고, 대답도 건성으로 했다. 파리로 들어서자 그는 비로소 제정신이 돌아온 듯했다.

쉬잔도 역시 생각에 잠겨 있었다. 네 필의 말방울 소리가 머릿속으로 울려 퍼지고, 끝없는 달빛 아래 한없이 이어지는 가도며, 가로지르는 울창한 숲이며, 길가의 허름한 여인숙이 머릿속에 맴돌았다. 말을 교체하는 마구간 사람들의 발걸음도 분주했다. 두 사람이 쫓기고 있다는 사실은 누구라도 짐작할 수 있었으니까.

마차가 저택 안마당에 당도했고, 조르주에게 저녁식사하고 가라고 간곡히 부탁했지만 그는 사양하고 집으로 돌아갔다.

집에 도착해 간단한 식사를 마친 후, 먼 여행이라도 떠나는 듯이 서류를 정리하기 시작했다. 평판에 해가 될 만한 편지는 태워버렸고, 그밖의 편지는 감추어두고, 몇몇 친구에게는 편지를 써두었다.

이따금 시계를 보며 그는 생각했다. '지금쯤 저쪽에선 난리가 났겠네.' 한 가지 걱정이 마음을 편치 못하게 했다. 만약 실패한다면? 하지만 두려워할 필요가 있겠는가? 골칫거리란 끊임없이 생기는 법이다! 그렇지만 오늘 밤 도박은 엄청난 각오가 필요하다!

그는 11시경이 되어 집을 나섰다. 얼마 간 시내를 서성거리다가 마차를 잡아타고 콩코르드 광장에 도착해 해군청의 기다란 아케이드에 멈추었다.

이따금 성냥을 켜서 회중시계의 시간을 확인했다. 자정이 가까워오자 마음을 졸이며 초조해 했다. 그는 쉴 새 없이 문 밖으로 목을 길게 빼고 주위를 살폈다.

멀리서 괘종시계 소리가 12번 울려왔다. 그러더니 좀 더 가까운 곳의 시계가 울리고, 이내 한꺼번에 두 개가 울리고, 그러고는 아주 멀리서도 울려왔다. 그 소리들이 그치자 그는 생각했다. '이제 끝장이다. 망쳤다. 그녀는 오지 않는다.'

하지만 그는 밤새 기다리리라 작심을 했다.

이런 경우에는 인내심이 필요하다.

그는 또다시 15분을 알리는 소리를 듣고, 30분, 45분을 알리는 소리도 들었다. 모든 괘종시계들이 자정을 알릴 때처럼 제각기 1시를 알렸다. 그는 더 이상 기다리지 않았다. 막연히 앉아 그녀가 왜 오지 않았을까 생각을 더듬어보았다. 순간 여인의 머리가 불쑥 마차 문 안으로 들이치며 물었다.

"벨아미 맞아요?"

그는 소스라치게 놀라 숨이 막힐 듯했다.

"쉬잔, 당신?"

"네, 저예요."

그는 정신없이 문의 손잡이를 돌리며 되풀이했다.

"아아!…… 당신이군요…… 당신이군요…… 타십시오."

그녀는 올라타서 그의 옆에 무너져 내리듯이 앉았다. 그는 마부에게 소리쳤다. "갑시다!" 마차는 달리기 시작했다.

그녀는 헐떡거리며 말을 잇지 못했다.

그가 물었다.

"그래, 어떻던가요?"

그러자 그녀는 기진맥진한 목소리로 중얼거렸다.

"아아! 정말 무시무시했어요. 특히 엄마가요."

그는 조바심에 목소리가 떨렸다.

"당신 엄마께서? 뭐라고 했죠? 나한테 말해봐요."

"아아! 정말 끔찍했어요. 전 엄마 방에 가서 마음속에 준비해둔 대로 그 일에 대해 줄줄 외웠어요. 그러자 어머니는 새파랗게 질리며 '절대 안 돼! 절대 안 돼!' 하고 고함을 치셨지요. 전 울고 화를 내면서 당신 말고는 누구한테도 시집가지 않겠다고 했어요. 전 그 자리에서 마구 두들겨 맞는 줄 알았어요. 엄마는 미친 사람 같았어요. 내일 당장 저를 수도원으로 보내겠다고 했어요. 엄마가 그렇게 화를 낸 적은 결코 없었어요! 엄마가 너무 큰 소리로 고함을 쳐서 아빠도 들어오셨어요. 아빠는 엄마만큼 화를 내시지는 않았지만, 당신은 그다지 훌륭한 신랑감이 아니라고 하셨어요.

그래서 저 또한 그분들처럼 화를 내고 더 크게 소리를 질렀죠. 아빠는 도무지 어울리지 않는 과장된 분위기로 저한테 나가라고 하는 거예요. 그래서 당신한테 도망쳐 오기로 결심을 했죠. 이렇게 온 거죠. 그래, 우리 어디로 가는 거죠?"

그는 부드럽게 그녀의 허리를 껴안았다. 두근거리는 가슴으로 그녀의 말에 귀를 기울이며 그는 그들 부부에 대해 치솟는 증오심을 주체할 수 없었다. 하지만 그들의 딸은 내 수중에 있다. 이번에는 그들에게 본때를 보여줄 테다.

그는 대답했다.

"이미 시간도 늦었고 기차도 탈 수 없으니까, 오늘 밤은 이 마차로 세브르에 가서 묵도록 합시다. 그리고 내일 라 로슈 기용*으로 갑시다. 망트와 보니에르 사이에 있는 센 강변의 예쁜 마을입니다."

---

* 라 로슈 기용(La Roche-Guyon)은 프랑스 북쪽 발두아즈 주(Val-d'Oise)에 있는 유서 깊은 작은 마을로 노르망디로 흐르는 센 강이 교차하는 곳에 장엄하게 자리 잡은 12세기에 건축된 성이 있다.

그녀는 머뭇거렸다.

"하지만 전 옷을 가지고 오지 못했어요. 아무것도요."

그는 신경 쓸 필요가 없다는 듯이 미소 지었다.

"에이! 그런 건 거기 가서 해결하면 되는 거예요."

마차는 기다란 거리를 달려 나갔다. 조르주는 소녀의 손을 잡고 정중하게 천천히 키스를 했다. 플라토닉한 애정 표현에 익숙하지 못한 그로서는 이런 상황에서는 무슨 말을 해야 할지 막막했다. 그러다 갑자기 그녀가 울고 있다는 것을 느꼈다.

그는 불안한 마음으로 물었다.

"아니, 왜 그래요, 우리 귀여운 아가씨?"

그녀는 눈물 젖은 목소리로 대답했다.

"불쌍한 우리 엄마는 지금쯤 제가 나간 걸 알았을 텐데 한잠도 못 주무실 거예요."

사실 그녀의 어머니는 잠을 이루지 못했다.

쉬잔이 방에서 나간 직후에 왈테르 부인은 남편과 얼굴을 마주하며 앉았다.

그녀는 이성을 잃고 망연자실한 채 물었다.

"맙소사! 어떻게 된 일일까요?"

왈테르는 노발대발하며 고함쳤다.

"그 모사꾼 같은 놈이 딸을 꼬드겨낸 거야. 카졸을 거부하게 만든 것도 그놈의 짓이고. 지참금을 노린 거야, 그렇고말고!"

그는 방안을 거칠게 왔다 갔다 하며 말을 이었다.

"당신부터가 항상 그놈을 끌어들였잖아. 그런 놈에게 알랑거리고 비위를 맞춰주고 그놈의 사탕발림에 홀랑 빠졌잖아. 여기서도 벨아미, 저기서도 벨아미, 아침부터 밤까지 그저 벨아미. 결국은 그 대가를 치르는 게지."

그녀는 창백한 얼굴로 중얼거렸다.

"제가요?…… 제가 끌어들였다고요!"

그는 얼굴을 들이대며 고래고래 고함을 질렀다.

"맞잖아, 당신! 당신이나 마렐 부인이나 쉬잔이나 다른 여자들 모두 그놈에게 미쳤잖아. 이틀이 멀다 하고 당신이 그놈을 여기에 끌어들였다는 걸 내가 모를 줄 알아?"

그녀는 비통한 얼굴로 일어섰다.

"저를 그렇게 말하지 마세요. 전 당신처럼 너저분한 곳에서 자란 사람이 아니라는 걸 명심하세요."

그는 멍하니 서서 천정을 쳐다보다가 느닷없이 "빌어먹을!" 하고 노기등등해 하며 문을 거칠게 닫고 나가버렸다.

홀로 남은 그녀는 혹시 얼굴이 달라지지나 않았는지 알아보려는 듯 본능적으로 거울 앞으로 다가가 얼굴을 비추었다. 지금 이런 상황은 있어서도 안 되고, 생각할 수도 없는 끔찍한 일이다. 쉬잔이 벨아미를 사랑하고 있다! 그리고 벨아미가 쉬잔과 결혼하고 싶어 한다! 아니다! 잘못 들었다. 있을 수 없는 일이다. 딸이 그 잘생긴 청년에게 반하는 것도 무리는 아니다. 어린 마음에 남편으로 삼고 싶고, 일시적인 감정에 휩싸인 것이다. 하지만 그 사람은? 그 사람은 그런 일에 동조할 사람이 아니다! 그녀는 커다란 재난을 앞에 둔 사람처럼 떨리는 가슴으로 곰곰이 따져보았다. 아니다. 벨아미는 쉬잔의 변덕스러운 반항기를 미처 깨닫지 못한 것이다.

그리고 그 사람이 자기를 배신하거나, 혹은 무관할 수도 있다는 가능성을 따져보며 오랫동안 생각에 잠겼다. 만약 그가 음모를 꾸몄다면 얼마나 파렴치한 일인가? 그리고 그렇다면 어떤 일이 벌어질까? 수많은 악영향과 번민을 그녀는 예상했다.

만약 그와 무관한 일이라면 모든 것을 다시 어떻게 해볼 수 있다. 쉬잔을 데리고 6개월쯤 여행을 하고 오면 마무리되는 일이다. 하지만 그렇더라도 어떻게 그를 다시 볼 수 있단 말인가? 그녀는 여전히 그를 사랑하고 있었다. 이제 그 정념은 화살촉처럼 그녀의 가슴속 깊이 파고들어 도저히 뽑아낼 수가 없었다.

그 사람 없이 사는 것은 불가능하다. 죽는 거나 마찬가지다. 그녀의 생각은 불안과 의심 사이를 방황했다. 머리가 쑤시는 듯이 아파왔다. 생각할수록 괴롭고 혼란스럽고 고통스러웠다. 그녀는 일의 내막을 자초지종 따져보려고 했지만, 도무지 알 수가 없어 짜증스럽기만 했다. 시계를 보니 1시가 지났다. 그녀는 속으로 생각했다. '이렇게 앉아 있을 수만은 없다. 이러다간 미쳐버리겠다. 어떻게든 내막을 알아봐야겠다. 쉬잔을 깨워 물어봐야지.'

그녀는 소리가 나지 않도록 신을 벗고 촛대를 들고 딸의 방으로 갔다. 살그머니 문을 열고 들어가서 침대를 보았다. 침대는 비어 있는 그대로였다. 처음에는 영문을 모르고 아직 딸이 아버지와 상의를 하고 있겠거니 생각했다. 그러다가 순간 막연한 두려운 의혹이 마음을 스쳤다. 그녀는 남편 방으로 달려갔다. 창백한 얼굴로 가슴을 졸이며 뛰어들었다. 그는 침대에서 무언가를 읽고 있었다.

그는 실색을 하며 물었다.

"아니! 뭐야? 무슨 일이야?"

그녀는 더듬거렸다.

"쉬잔 못 보셨어요?"

"내가? 아니, 왜?"

"그 애가…… 그 애가…… 사라졌어요. 자기 방에 없어요."

그는 카펫 위로 펄쩍 뛰어내려 슬리퍼를 신고 속바지도 입지 않은 채 셔츠 바람으로 딸의 방으로 뛰어갔다.

첫눈에 보니 의심할 여지가 없었다. 딸은 집을 나간 것이다.

그는 안락의자에 주저앉으며 램프를 앞쪽 바닥에 내려놓았다.

그의 아내가 쫓아왔다. 그녀는 더듬거렸다.

"맞죠?"

그는 대답할 기운도 없었다. 그는 화를 내는 것도 잊고 신음을 내뱉었다.

"현실이야. 녀석이 붙잡고 있어. 우린 어쩔 수 없어."

그녀는 그 의미를 이해하지 못했다.

"뭘 어쩔 수 없단 말이죠?"

"현실이 그래! 현재로선 그놈하고 결혼시키는 수밖에 없어!"

그녀는 짐승 소리 같은 외마디를 내뱉었다.

"그 사람한테요! 절대 안 돼요! 당신 미쳤어요?"

그는 한심하다는 듯이 대답했다.

"울고불고 해봤자 말짱 황이야. 놈이 데리고 갔어. 놈은 이미 농락했겠지. 놈에게 줘버리는 수밖에 도리가 없어. 잘 처리하면 소문이 돌지 않고 수습할 수 있을 거야."

그녀는 격한 감정으로 질책하듯 되풀이했다.

"절대 안 돼요! 절대로 그 사람한테 쉬잔을 줄 수 없어요! 전 절대로 동의할 수 없어요!"

왈테르는 의기소침해서 중얼거렸다.

"하지만 녀석한테 그 애가 있어. 현실이 그래. 그놈은 그 애를 손아귀에 넣고 우리가 양보할 때까지 감춰둘 거야. 어쨌든 사람들의 입방아에 오르내리지 않으려면 그렇게 해야 돼."

아내는 수치스러운 고통에 가슴을 쥐어뜯었다.

"아뇨! 아니요. 전 절대 동의할 수 없어요!"

그는 짜증을 내며 말을 이었다.

"하지만 더 이상 말해봤자 소용없어. 어쩔 수 없어. 아이쿠! 깡패 같은 놈, 우리하고 도박을 했구나…… 아무튼 대단한 놈이야. 신분으로 따지자면 더 훌륭한 사윗감을 얻을 수 있겠지만, 그놈만큼 머리가 잘 돌아가고 장래성 있는 놈도 드물어. 앞길이 창창한 놈이지. 하원의원이건 장관이건 해먹을 거야."

왈테르 부인은 악에 받쳐 소리쳤다.

"쉬잔과 결혼하는 건 절대 용납 못 해요…… 아시겠어요?…… 절대로요!"

그는 더 이상 화를 내지 않고 실리적인 사람답게 벨아미를 옹호하는 태도를 취했다.

"자, 이제 그만하시오…… 되풀이해봐야 소용없어…… 더 이상 소용없어. 불가능한 일도 아니야? 어쩌면 우리가 후회하지 않을지도 몰라. 저런 부류의 사내는 어디까지 올라갈지 종잡을 수가 없지. 지금만 보더라도 라로슈 마티유란 멍청이를 단 세 건의 기사로 보기 좋게 해치웠잖아. 남편의 입장으로서는 몹시 난감한 일이었을 텐데 품위 있게 잘 처리했잖아? 우리, 좀 더 두고 봅시다. 어쨌거나 우린 수작에 걸려든 거야. 하지만 이제 우리는 빠져나갈 방법이 없어."

그녀는 바닥으로 뒹굴며 울부짖고 머리채를 쥐어뜯고 싶었다. 그녀는 더욱 악이 받친 소리로 외쳤다.

"그 사람한테 못 줘요…… 나는…… 그런 일은…… 받아들일 수…… 없어요."

왈테르는 일어나서 램프를 들고 말을 이었다.

"자아, 자! 당신도 참, 다른 여자들처럼 어리석네. 감정에 치우치면 절대로 안 돼. 상황에 맞게 제대로 대처하지 못한다면…… 당신은 어리석은 거야! 나는 그 사람과 결혼시킬 거요…… 현실이 그래!"

그는 슬리퍼를 끌며 떠났다. 그는 잠에 취한 커다란 저택의 넓은 복도를 가로질러 자기 방으로 돌아갔다. 셔츠만 걸친 채 걸어가는 그의 모습은 대저택을 떠도는 우스꽝스러운 유령 같았다.

왈테르 부인은 참을 수 없는 고통에 마냥 서 있었다. 게다가 이러한 상황이 이해가 되지도 않았다. 오로지 고통스럽기만 했다. 그렇다고 밤새 그 자리에 서 있을 수도 없는 노릇이었다. 이윽고 이 자리를 떠나자, 발길 닿는 대로 달려가자, 어디로든 가자, 누군가 도움이 되어줄 사람을 찾아보자, 구원을 받아야겠다는 강렬한 욕구가 용솟음쳤다.

그리고 누구에게 찾아가서 호소해야 좋을지 떠올려보았다. 그 누구라도 좋았다! 하지만 아무도 없었다! 신부님이다! 그래 신부님이다! 그의 발 아래 몸을 던져 모든 것을 고백하고 나의 죄와 절망을 고백하자. 그렇게 하면 신부님은 그 파렴치한이 쉬잔과 결혼할 수 없다는 것을 이해해주고 어떻게든 말려줄 것이다.

당장 신부님을 만나야겠다! 하지만 어디에서 찾지? 어디로 가지? 어쨌든 그녀는 그곳에 그냥 있을 수는 없었다.

그러자 물 위를 걷는 그리스도의 온화한 형상이 눈앞을 스쳤다. 마치 그림에서 본 듯한 모습이 눈앞에 역력했다. 그래, 그리스도가 부르고 있다. 그는 이렇게 말하는 것 같았다. "내게로 오라. 내 발 아래 무릎을 꿇으라. 내 그대를 위로하고 해야 할 바를 가르쳐주겠나니."

그녀는 양초를 들고 방에서 나와 계단을 내려서서 온실로 향했다. 그리스도 그림은 온실 구석의 작은 방에 걸려 있었다. 그 방은 땅바닥의 습기에 그림을 상하지 않도록 유리문을 만들어놓았다.

어찌 보면 그 모습은 기이한 나무 수풀 속에 자리 잡은 예배당처럼 보였다.

왈테르 부인은 을씨년스러운 온실 속으로 들어섰다. 밝은 대낮에만 들어왔었기 때문에 그 깊은 어둠을 대하자 몸이 절로 떨렸다. 열대의 육중한 식물들이 내뿜은 숨결로 공기마저 무겁게 가라앉아 있었다. 최근에는 문을 연 적도 없었기 때문에 둥근 유리 지붕의 눅눅한 냄새에 갇힌 기묘한 숲의 공기는 숨을 내쉬는 것조차 괴롭게 만들었다. 그 기운이 폐로 들어오는 순간 현기증이 일며, 사람을 도취시키고 쾌감과 고통을 동시에 주고, 나른한 관능적 쾌락과 죽음이 뒤섞인 감정이 몸으로 전해졌다.

가련한 여인은 넘실대는 어둠 속으로 조심스럽게 걸음을 내딛었다. 하늘거리는 촛불 빛에 기기묘묘한 식물들은 마치 괴물 같은 형상이나 사람의 모습이나 추악한 모양으로 일렁였다.

갑자기 그리스도의 형상이 나타났다. 그녀는 가로막고 있던 문을 열어젖히고 쓰러지듯이 무릎을 꿇었다.

처음에는 미친 듯이 기도를 하다가 사랑의 말을 더듬거렸고, 열광과 절망을 담아 기도했다. 쏟아져 나오는 열의가 가라앉자 그녀는 그리스도 쪽으로 눈을 들었다. 하지만 다시금 번뇌가 몰려왔다. 흔들리는 하나의 촛불에 희미하게 비추어진 그리스도는 벨아미와 너무도 닮아 있어, 신이 아닌 애인이 자기를 내려다보는 것 같았다. 눈길도, 이마도, 얼굴의 표정도, 냉랭하고 거만한 태도도!

그녀는 더듬거렸다. "예수님! 예수님! 예수님!" 그러다가 입가로는 '조르주*'라는 말이 맴돌았다. 별안간 지금쯤이면 아마도 조르주가 딸을 품고 있겠다는 생각이 들었다. 그 남자가 어디에선가 방에서 딸과 단둘이 있다. 그 사람이! 그 사람이! 쉬잔과 함께!

그녀는 되풀이했다. "예수님! 예수님!" 하지만 그녀의 마음은 다른 곳을 향해 달리고 있었다…… 딸과 연인을 향해! 어딘가의 방에서 둘만이…… 이 한밤중에. 그녀의 눈앞에 선했다. 그림이 놓인 곳 앞에 똑바로 서 있는 모습이 역력했다. 그들은 활짝 웃었다. 그들은 포옹했다. 방은 어두웠고, 침대 이불은 반쯤 젖혀 있다. 부인은 다가가서 딸의 머리채를 움켜쥐고 포옹하는 그들을 떼놓으려고 몸을 일으켰다. 사내에게 몸을 맡기려는 딸에게, 괘씸한 딸에게 달려들어 목을 비틀고 싶었다. 그녀는 달려들었다…… 손이 캔버스에 부딪쳤다. 그리스도의 발 근처였다.

그녀는 커다란 비명을 지르고 뒤로 넘어졌다. 그 바람에 촛불도 엎어지며 꺼졌다.

그 후로 어찌되었을까? 그녀는 오랫동안 끔찍스럽고 이상한 꿈을 꾸었다. 항상 조르주와 쉬잔이 꼭 껴안고 나타났고, 예수 그리스도가 그들의 괘씸한 사랑을 축복해주고 있었다.

그녀는 막연하게나마 자기 방이 아니라는 것을 느꼈다. 그녀는 일어나서 도망치려고 몸부림쳤지만 마음대로 되지 않았다. 혼수상태에서 누군가에게 사지가 묶인 채 생각만 깨어 있는 것 같았다. 그렇지만 그 생각도 혼란스러웠다. 끔찍한, 비현실적인, 불가사의한 환상에 시달리며 걷잡을 수 없는 꿈속을 헤맸다. 그것은 최면상태로 이끄는 열대 수

---

* 예수님(Jéesus)의 프랑스어 발음 '제에주'와 조르주(Georges)란 발음은 유사하다. 작가는 연인에 대한 번민을 유사 발음을 빌어 비유했다.

목이 지닌 야릇한 형태와 강렬한 향기가 사람의 뇌리로 전해주는 기묘하고도 때로는 치명적인 꿈이었다.

날이 밝은 뒤에야 왈테르 부인은 「물 위를 걷는 그리스도」 앞에서 의식을 잃고 거의 질식 상태로 누워 있는 상태로 발견되었다. 매우 위중해서 생명마저 위태로울 정도였다. 그녀는 이튿날이 되어서야 비로소 의식을 완전히 회복했다. 그러나 그녀는 다시 눈물을 떨구었다.

쉬잔의 실종에 대해 집안사람들에게는 갑작스런 일로 수도원에 간 것으로 했다. 그리고 왈테르 씨는 뒤 르와가 보내온 장문의 편지에 딸과의 결혼을 허락한다는 답장을 했다.

벨아미는 그 편지를 파리를 떠날 때 부쳤다. 그날 밤 집을 나서기 전에 미리 써둔 것이다. 편지를 통해 그는 정중하게 경의를 표하고, 오래전부터 어린 딸을 사모해왔고, 사전에 서로 상의한 일이 아니라는 점을 강조했다. 하지만 오로지 딸이 자발적으로 '당신의 아내가 될게요' 하고 기쁜 마음으로 달려왔기에 부모님의 허락을 받을 때까지 따님을 지켜주고 또 몰래 숨겨주겠다고 허락했다는 사실과 더불어, 법률상으로 볼 때 부모님의 의향보다는 약혼자인 자신의 의향이 더 큰 효력을 지닌다고 했다.

그리고 회답은 어떤 친구가 찾아서 전해주기로 하였으니, 우체국 유치 우편으로 보내주기 바란다고 왈테르 씨에게 전했다.

바라던 대로 회답이 오자 그는 곧 쉬잔을 파리로 데리고 와서 부모님에게 보냈고, 자신은 한동안 사양하며 모습을 보이지 않았다.

그들은 센 강가의 라 로슈 기용에서 엿새 동안 지냈다.

어린 소녀는 그렇게 즐겁게 놀아본 적이 없었다. 그녀는 목가적인 분위기를 만끽했다. 그는 그녀를 누이동생처럼 생각했고, 그들은 자유롭고 순결한 친밀감 속에서 마치 사랑에 눈뜬 친구처럼 지낼 수 있었다. 그는 그녀의 정조를 존중하는 편이 낫겠다고 판단했다. 도착한 이튿날 그녀는 시골풍의 속옷과 외투를 사 입고 들꽃으로 장식된 커다란 밀짚모자를 쓰고 낚시를 했다. 그녀에게 그곳은 감미로웠다. 거기에는 오래된 종루와 낡은 성곽이 있어 마치 훌륭한 타피스리 벽걸이를 보는 것 같았다.

조르주는 그 지방의 가게에게 품이 넉넉한 어부의 작업복 상의를 사 입히고 쉬잔을 이리저리 데리고 다녔다. 긴 제방을 산책하기도 하고 배를 타기도 했다. 그들은 끊임없이 껴안았다. 순진무구한 소녀는 약간 가슴이 설렐 뿐이었지만, 남자는 끓어오르는 욕정에 미칠 지경이었다. 하지만 그는 자신을 통제할 줄 알았다. 그런 욕정이 솟구칠 때마다 남자는 말했다. "내일 파리로 갑시다. 아버지께서 결혼도 허락하셨으니까." 하지만 순진한 소녀는 속삭였다. "벌써요, 저는 당신 아내가 된 게 정말 재미있어요."

10

콩스탕티노플 거리의 작은 방은 아직 캄캄했다. 조르주 뒤 르와와 클로틸드 드 마렐이 때마침 입구에서 만나 동시에 들어섰기 때문이다. 그녀는 그가 블라인드를 걷어 올리는 것도 참지 못하고 입을 열었다.

"쉬잔 왈테르와 결혼을 한다는 게 사실이에요?"

그는 부드럽게 인정하며 덧붙였다.

"그걸 모르고 있었어?"

그녀는 뒤 르와 앞에 버티고 서서 악에 받쳐 소리쳤다.

"쉬잔 왈테르와 결혼이라니요! 너무하네요! 너무하네요! 그걸 감추느라고 석 달 동안 나한테 아양을 떨었군요. 사람들은 다 알고 있었는데 모른 건 저뿐이에요. 나한테 그걸 가르쳐준 사람은 우리 남편이에요!"

그는 겸연쩍어 하며 히죽히죽 웃었다. 그는 모자를 벽난로 구석에 놓고 안락의자에 앉았다.

그녀는 상대를 똑바로 쳐다보며 짜증 섞인 목소리로 비꼬았다.

"당신은 부인과 헤어지고 나서부터 찝쩍거리기 시작했군요. 그 공석을 메우려고 나를 정부로서 친절하게 대한 거네요? 망나니 같으니라고!"

그는 반문했다.

"뭐가 어때서요? 나도 아내한테 속은 거요. 그래서 이혼을 했고, 다른 여자를 얻었는데 그게 이상해요? 솔직한 거 아니오?"

그녀는 가볍게 몸을 떨며 중얼거렸다.

"아아! 당신처럼 교활하고 잔인한 사람도 없을 거예요."

그는 느물느물 웃기 시작했다.

"물론이지! 미련퉁이나 멍청이는 언제나 속여먹기가 좋지!"

그러나 그녀는 자기 생각을 쏟아냈다.

"애초부터 당신을 잘 간파해야 했어요. 하지만 아니야, 당신이 이 정도로 악당일 줄은 상상도 못했어요."

그는 의연히 그 말을 받았다.

"나오는 말이라고 다 하는 줄 알어, 조심해."

그녀는 분개하는 모습을 보고 더욱 대들었다.

"뭐라고요! 이제부터 새삼스레 말을 고분고분 하라고요? 처음 만났을 때부터 거지처럼 행동해왔는데 이제는 그러지 말자는 건가요? 모든 사람을 속여먹고, 모든 사람을 이용해먹고, 여자를 희롱하고 돈을 긁어내면서 나한테 올바른 사람이라고 얘기해달라고 강요할 수 있나요?"

그는 벌떡 일어서며 입술을 바르르 떨었다.

"닥쳐, 안 그러면 여기서 쫓아낼 테야."

그녀는 말을 더듬었다.

"쫓아낸다고…… 쫓아낸다고…… 여기서 나를 쫓아낼 셈이군요…… 당신…… 당신?……"

그녀는 화가 나서 씩씩거리며 말도 제대로 잇지 못했다. 그러다가 느닷없이 분노의 둑이 무너진 듯 마구 퍼부었다.

"여기서 나가라고요? 내가 맨 첫날부터 여기 방값을 냈다는 사실을 잊었나 보군요! 오오! 그래요, 당신도 때때로 내기도 했죠. 하지만 이곳을 얻은 건 누군가요?…… 저예요…… 이곳을 지금까지 유지해온 건 누군가요?…… 저예요…… 그런데 당신이 나보고 여기서 나가라고요. 닥치세요, 날라리 같으니! 어떻게 보드렉의 유산 절반을 마들렌에게 우려냈는지 내가 모를 것 같아요? 그리고 쉬잔에게 수작을 부려 따먹고 꼼짝없이 결혼하도록 만든 것도 잘 알아요⋯⋯.”

그는 그녀의 양 어깨를 두 손으로 붙잡아 흔들며 말했다.

“그녀 얘기는 하지 마! 그 얘긴 꺼내지 마!”

그녀는 울부짖었다.

“따먹은 거예요, 다 알아요.”

그는 그 어떤 말이건 그러려니 넘어갈 수 있었다. 하지만 그 ‘거짓말’만은 도저히 참을 수 없었다. 방금 자기 면전에 대고 소리친 사실에 대해 그는 분노로 몸을 치떨었다. 곧이어 그의 아내가 될 순결한 소녀에 대해 터무니없는 악담을 늘어놓자 그는 상대를 한 대 후려갈기고 싶은 격심한 충동에 손바닥이 아려오는 듯했다.

그는 되풀이했다.

“입 닥쳐⋯⋯ 조심하라구⋯⋯ 입 닥쳐⋯⋯.” 그는 나뭇가지에서 열매를 흔들어 떨어뜨릴 때처럼 그녀를 마구 흔들어댔다.

그녀는 헝클어진 머리에 충혈된 눈으로 입을 더욱 크게 벌리고 절규했다. “따먹은 게 아니고 뭐야!”

그는 그녀의 어깨를 놓고 세차게 따귀를 올려붙였다. 그녀는 비틀거리며 벽에 부딪혀 쓰러졌다. 하지만 그녀는 다시 얼굴을 그에게 돌린 채 두 손으로 바닥을 짚고 다시 한 번 울부짖었다. “따먹은 게 아니고 뭐야!”

그는 그녀에게 달려들어 위에서 짓누르며, 마치 남자를 때릴 때처럼 마구 후려 팼다.

그녀는 느닷없이 입을 다물고 상대의 주먹을 받으며 울먹였다. 그녀는 꼼짝도 하지 않았다. 그녀는 벽 모퉁이 마룻바닥에 얼굴을 처박고 구슬픈 울음을 토해냈다.

그는 때리는 것을 멈추고 일어섰다. 그러고 마음을 진정하기 위해 방안을 대여섯 걸음 거닐었다. 이윽고 생각이 난 듯 그는 침실로 가서 대야에 냉수를 떠놓고 그 속에 머리를 담갔다. 곧이어 손을 씻고 손가락을 정성스레 닦으며 여자가 어떻게 하고 있는지 보러 갔다.

그녀는 꼼짝도 하지 않았다. 그녀는 마룻바닥에 쓰러진 채 소리 없이 울고 있었다.

그는 빈정거렸다. "이제 그만 훌쩍대지?"

그녀는 반응이 없었다. 그는 방 한가운데에 버티고 섰다. 눈앞에 쓰러져 있는 그녀의 몸뚱이를 대하자 약간 거북하기도 하고 약간 부끄럽기도 했다.

그러다가 별안간 작심한 듯 벽난로 위의 모자를 집어 들었다.

"잘 있어. 준비가 되거든 열쇠를 경비원에게 맡겨줘. 당신 기분이 가라앉을 때까지 기다릴 순 없으니까."

그는 밖으로 나가 문을 닫고 경비실에 가서 말했다.

"집사람이 아직 있습니다. 곧 돌아갈 겁니다. 그리고 부탁이 있는데, 저 방을 10월 1일에 비우겠다고 집주인에게 전해주십시오. 오늘이 8월 16일이니까 시간은 충분할 겁니다."

그리고 그는 성큼성큼 밖으로 나섰다. 결혼 선물이 미처 다 준비되지 않았기 때문에 그걸 장만하기에 바빴다.

결혼식은 의회가 개원한 다음인 10월 20일로 결정되었다. 장소는 마들렌 성당이었다. 이 결혼에 대해 많은 사람들이 떠들어댔지만 정확한 실상은 밝혀지지 않았다. 여러 잡다한 소문이 떠돌았다. 아가씨를 집에서 납치했다는 수군거림도 있었지만 아무도 그것을 확인할 길은 없었다.

하인들의 말에 따르면, 왈테르 부인은 결혼이 결정된 날 한밤중에 딸을 수도원에 보내고 화가 나서 독약을 마셨다고 했다. 그 후로도 부인은 사윗감과 일체 말 한마디 하지 않는다고 했다.

사람들이 데려왔을 때 부인은 거의 초주검 상태였다. 물론 그녀가 다시 회복된다는 보장도 없었다. 현재 그녀는 머리카락도 완전히 백발이 되어 할머니나 마찬가지였다. 그리고 그녀는 신앙생활에 열심이어서 일요일마다 빠지지 않고 영성체를 했다.

9월 초순이 되자 《라 비 프랑세즈》는 뒤 르와 드 캉텔 남작이 신문사 주필로 취임하고, 왈테르 씨의 사장 직함은 그대로 유지된다고 발표했다.

그 후로 평판 좋은 전통 깊은 신문사나 저명 신문사의 유명 칼럼니스트, 가십 담당 기자, 정치 담당 기자, 미술 비평가, 연극 비평가 무리들이 돈의 힘에 이끌려 《라 비 프랑세즈》로 합류했다.

연륜 깊은 언론인이나 존경받는 주요 언론인도 이제는 더 이상 《라 비 프랑세즈》에 대해 언급할 때 미심쩍은 눈길을 보내지 않았다. 신속하고 완벽한 성공은 신문 창립 당시에 저명한 문필가들이 퍼부어대던 경멸을 완전히 잠재웠다.

얼마 전부터 조르주 뒤 르와와 왈테르는 세간의 호기심 대상이었기 때문에 그 신문사 주필의 결혼은 온 파리지앵의 입에 오르내렸다. 신문의 가십난에 이름이 오르내리는 사람들은 모두들 내심 이 결혼식에 참석하겠다고 마음먹었다.

결혼식은 화창한 가을날에 행해졌다.

오전 8시부터 마들렌 성당에서는 고용인들을 총동원하여 로얄 거리를 굽어보는 성당의 높은 계단에 폭 넓은 새빨간 카펫을 깔기 시작하면서 지나가는 사람들의 발길을 사로잡고 성대한 의식이 열린다는 사실을 알렸다.

출근길의 사무직원이나 어린 노동자들, 점원 등도 발길을 멈추고 멍하니 바라보며 부부가 되는 데 이토록 엄청난 돈을 퍼붓는 부자가 누굴까 생각했다.

10시경이 되자, 호기심 많은 사람들이 모여들었다. 그들은 금방이라도 식이 시작되지 않을까 기대하며 잠시 발길을 멈추었다가 떠나갔다.

11시가 되자, 경찰이 파견되어 곧바로 군중들의 왕래를 통제했다. 시시각각 군중들이 몰려들었기 때문이다.

오래지 않아 초대받은 손님들이 첫 모습을 드러냈다. 그들은 좋은 자리를 잡아 모든 것을 꼼꼼히 살펴보려는 사람들이었다. 그들은 성당 중앙 홀의 통로 쪽 의자에 앉았다.

차츰 다른 사람들도 도착했다. 부인들은 사락사락 비단 옷이 스치는 소리를 냈고, 거의 대머리에 가까운 점잖은 신사들은 사교계의 예의바른 몸가짐으로 품격에 어울리는 근엄한 모습으로 걸어 들어왔다.

성당은 점차 채워졌다. 열어젖힌 커다란 출입구로 태양이 물결처럼 들이치며 맨 앞쪽 자리까지 부드럽게 비추었다. 신부와 성가대가 있는 어둠침침한 안쪽의 제단은 밝혀놓은 촛불로 누런빛을 띠고 있었지만 커다란 문으로 들어오는 햇볕에 비하면 초라하고 파리했다.

사람들은 서로 아는 사람들에게 손짓을 하거나 부르기도 하여 무리끼리 자리를 함께했다. 문인들은 사교계 인사들처럼 예의를 차리지 않고 두런두런 이야기를 주고받았다. 그러면서도 그들의 시선은 부인들을 향해 있었다.

노르베르 드 바렌은 누군가 친구가 없을까 찾다가 늘어선 의자 중간쯤에 자리 잡은 자크 리발을 발견하고 그 곁으로 갔다.

"어떤가! 교활한 놈이 출세하는 법이지!" 하고 그에게 말했다. 그다지 시샘하지 않은 상대가 그 말을 받았다. "그 사람한테는 정말 잘된 일이지. 인생의 절정을 향해 나아가는 거지." 그리고 그들은 아는 사람들의 이름을 주워 담았다.

리발이 물었다.

"그런데 저 사람 아내는 어떻게 지내고 있는지 혹시 당신은 아시오?"

시인은 빙그레 웃으며 말했다.

"그럴 수도 있고, 아닐 수도 있지. 들리는 말에 의하면 몽마르트르 근처에 칩거하고 있는 모양이야. 그런데…… 그런데 말이야…… 얼마 전부터 《라 플륌》의 정치 기사가 포레스티에와 뒤 르와하고 매우 비슷한 논조를 띠고 있더군. 장 르 돌이라는 이름으로 나오던데, 그는 젊은 남자인데 잘생기고 머리도 좋고, 조르주와 비슷한 타입이지. 그 자가 그의 전처와 알고 지내는 모양이야. 그래서 나는 이런 결론을 내렸지. 그 여자는 풋내기를 좋아하고, 영원토록 그런 사람들을 좋아할 거라고

말이야. 게다가 그 여자는 돈도 많을 테지. 보드렉이나 라로슈 마티유
가 그 여자 집을 그냥 드나들진 않았겠지."

리발이 자기 의사를 표명했다.

"아무튼 마들렌이란 여자는 그다지 나쁘지 않아요. 매우 세련되고
아주 영특하죠! 그녀를 정복하는 것도 매력적인 일일게요. 그런데 궁
금한 게 있어요. 뒤 르와는 정식으로 이혼했는데 어떻게 성당에서 결
혼식을 올릴 수 있죠?"

노르베르 드 바렌이 대답했다.

"첫 번째 결혼을 성당에서 하지 않았기 때문에 성당에서 식을 올릴
수 있는 거지."

"무슨 뜻이죠?"

"우리 벨아미가 마들렌 포레스티에와 결혼할 때 종교에 무관심해서
인지 비용 절약을 위해서 그랬는지 모르지만 시청 수속만으로 충분하
다고 생각한 게지. 그가 성직자의 축복 없이 결혼했기 때문에 우리 성
모님의 성당에서는 단순한 내연관계로밖에 간주하지 않는다네. 따라
서 그는 오늘 총각 자격으로 온 것이고, 성당도 성대한 의식을 베풀어
줄 수 있는 게지. 왈테르 영감의 값비싼 희생으로 말이오."

둥근 천정 아래로 불어난 군중의 소음은 갈수록 커져갔다. 개중에는
거리낌 없이 큰 소리로 떠들기도 했다. 사람들은 저명한 인사들을 제
각기 손가락질했고, 시선을 받는 당사자들은 만족스러워하며 대중 앞
에 나설 때처럼 행동했다. 이러한 축하 행사에 단골로 드나드는 그들
은 자신들이 이런 자리에는 절대 빠질 수 없는 격조 높은 고미술품 같
은 장식품이라고 여기는 듯했다.

리발이 말을 이었다.

"이보시오, 친구. 사장 집에 곧잘 간다고 하던데 왈테르 부인이 뒤
르와하고는 절대 말을 하지 않는다는데 사실이오?"

"절대로. 부인은 작은 딸을 녀석에게 주고 싶지 않아 했지. 하지만
녀석은 지난날의 비리를 들춰내며 영감을 얽어맸겠지. 보아 하니 모로

코 건인 것 같아. 아무튼 무시무시한 일을 폭로하겠다고 영감을 협박했겠지. 그러자 왈테르는 라로슈 마티유의 전례를 떠올리며 곧바로 항복했을 테고. 하지만 어머니는 모든 여자들이 그렇듯이 특유의 고집스러움으로 사위하고는 말을 하지 않겠다고 신 앞에 맹세했다고 하더군. 둘이 마주 앉아 있을 때면 정말 가관이지. 장모는 복수의 여신상처럼 앉아 냉랭하게 대하고, 사위는 사위대로 아주 어색한 모습으로 앉아 있지. 물론 녀석은 태연자약하지. 처세에 능한 녀석이니까!"

몇몇 신문사 동료들이 와서 악수를 건넸다. 정치적인 화제를 이야기하는 소리도 들려왔다. 그리고 성당 앞에 모여들어 우글거리는 사람들의 먼 바다의 파도 소리 같은 소음이 햇살과 함께 입구로부터 밀려들어 둥근 천정 아래로 울려 퍼지며, 성당을 가득 메운 명사들의 조심스러운 웅성거림을 압도했다.

별안간 성당 문지기가 미늘창*의 나무 자루를 돌바닥에 세 번 두드렸다. 옷 스치는 소리와 의자를 뒤로 물리는 소리가 길게 이어지며 참석한 사람들은 일제히 뒤를 돌아보았다. 현관의 눈부신 햇살 속으로 아버지의 팔짱을 낀 신부가 모습을 드러냈다.

그녀는 여전히 인형 같았다. 머리에 오렌지 꽃 화관을 두른 순백의 매력적인 인형이었다.

그녀가 입구에서 잠깐 걸음을 멈추었다가 성당 안으로 한 걸음 내딛는 순간, 파이프오르간의 우렁찬 금속성 소리가 위압적으로 울려 퍼지며 신부의 도착을 알렸다.

머리를 숙였지만 수줍어하는 기색은 없이 약간 흥분된 모습으로 들어서는 그녀는 사랑스럽고 매력적인 귀여운 신부였다. 그녀가 지나가는 모습을 보며 부인들은 미소를 지으면서 소곤거렸다. 신사들은 "우아해, 근사해" 하며 나직이 찬사를 보냈다. 왈테르 씨는 안경을 코에

---

* 미늘창은 할베르트(hallebarde)라고도 하는데 15~19세기 유럽에서 주로 사용된 무기다. 독일어로 '봉'을 나타내는 하름(halm)과 '도끼'를 의미하는 베르테(berte)로부터 나왔다는 설이 있다. 창과 도끼·갈고리가 결합된 길이 0.3~0.5m의 독특한 형태의 머리 부분과 2~3m 길이의 창 자루로 구성된 할베르트는 다목적 무기로서 당시 위용을 자랑했다.

걸치고 약간 창백한 얼굴로 위엄을 과시하며 걸어왔다.

똑같이 장밋빛 옷을 입은 네 명의 예쁘장한 들러리 소녀가 뒤를 따르며 이 주옥같은 여왕을 모셨다. 또한 잘 가려 뽑은 잘생긴 들러리 소년들은 마치 발레 선생에게 훈련받은 듯한 발걸음으로 그 뒤를 따랐다.

왈테르 부인은 또 다른 사위의 아버지인 일흔 두 살의 라투르 이블랭 후작에게 팔을 맡긴 채 등장했다. 그녀는 걷는 게 아니라 질질 끌려오는 것 같았다. 한 걸음 내디딜 때마다 혼절해 쓰러질 듯이 비틀거렸다. 그녀의 발바닥은 대리석 바닥에 들러붙어 앞으로 나가기를 거부하고, 그녀의 심장은 도망치기 위해 몸부림치는 짐승처럼 세차게 고동치는 듯했다.

부인은 매우 수척해 보였다. 새하얀 백발은 그녀의 안색을 한층 더 창백하고 푸석푸석하게 만들었다.

그녀는 자신의 마음을 괴롭게 만들었던 일을 다른 사람들에게 내색하지 않으려는지 오로지 앞만 보고 걸었다.

그리고 조르주 뒤 르와가 정체불명의 노부인과 함께 나타났다. 그는 고개를 꼿꼿이 세우고 약간 찌푸린 눈썹에 굳은 표정으로 눈길을 한 곳에 고정시키고 걸었다. 입술 위의 콧수염은 약간 성이 난 것처럼 보였다. 누가 봐도 훌륭한 미남자였다. 늘씬한 허리, 곧게 뻗은 다리의 그는 의기양양한 자태를 뽐냈다. 옷매무새도 말끔했고, 레지옹도뇌르 훈장의 붉은색 작은 리본은 핏방울처럼 선명했다.

이어서 친척들이 들어왔다. 6주 전에 결혼한 로즈는 리솔랭 상원의원과 나란히 들어왔다. 남편인 라투르 이블랭 백작은 페르스뮈르 자작 부인을 모시고 있었다.

끝으로 뒤 르와의 동료와 친구라는 명목 하에 기묘한 행렬이 이어졌다. 그는 그 사람들을 새로운 가족들에게 소개시킨 적이 있었는데, 그들은 모두들 누구하고나 쉽게 친해질 수 있는 파리의 중류급 사교계에서 명성이 높은 사람들이었다. 그들 중에는 때로는 벼락부자의 먼 친척으로 둔갑하기도 했지만, 대개가 몰락하거나 파산하거나 가문의 이름을 더럽힌 귀족이었다. 이따금 결혼한 사람들도 있었는데 그들이 가장 골칫거리였다. 그들은 드 벨비뉴 씨, 방졸랭 후작, 라브넬 백작 부부, 라모라노 공작, 크라발로프 대공, 발레알리 기사(騎士) 등이었다. 이어서 왈테르가 초대한 손님으로 게르슈 대공, 페라신 공작 부부, 빼어난 미모의 뒨 후작 부인 등이 뒤를 따랐다. 왈테르 부인의 친척 몇몇도 이 행렬에 섞여 시골 명사다운 품위를 지키고 있었다.

환희 혹은 고뇌에 찬 인간이 하느님을 향해 갈구하듯이, 웅장한 발성기관을 타고 흘러나온 파이프오르간의 요란한 소리와 리듬은 거대한 성당을 가득 메웠다. 이윽고 현관의 커다란 문이 닫혔고, 순간 성당은 태양을 몰아낸 듯 어두워졌다.

이제 조르주는 안쪽에서 신부와 나란히 불빛이 휘황한 제단 앞에 무릎을 꿇고 있었다. 새롭게 탕혜르의 주교로 임명된 사제가 하느님의 이름으로 두 사람을 결합시키기 위해 주교 지팡이를 손에 들고 머리에 삼각형 주교관을 쓴 채 제의실에서 나왔다.

그는 격식에 맞춰 질문을 하고 반지를 교환하게 한 다음, 쇠사슬처럼 둘을 묶어주는 기도를 해주고 새로운 부부에게 기독교적인 주례사를 했다. 그는 정중한 표현으로 변함없는 사랑에 대해 구구절절 늘어놓았다. 커다란 키에 뚱뚱한 신부는 불룩 나온 배가 위풍당당함을 돋보이게 하는 미남자였다.

돌연 흐느껴 우는 소리에 몇몇이 고개를 돌렸다. 왈테르 부인이 두 손으로 얼굴을 가린 채 울고 있었다.

그녀는 굴복할 수밖에 없었다. 달리 방법이 있겠는가? 하지만 돌아온 딸의 포옹을 거부하고 자기 방에서 쫓아낸 이후, 그리고 뒤 르와가 다시 자기 앞에 나타나 정중하게 인사했을 때 그의 면전에서 낮은 목소리로 "당신처럼 비열한 사내는 본 적이 없어요. 절대로 두 번 다시 나에게 말을 걸지 말아요, 절대로 대답하지 않을 테니까요!" 하고 말한 이후에 그녀는 마음을 진정시킬 수도 없고 참을 수도 없는 번뇌에 고통을 겪어왔다. 그녀는 끓어오르는 연정과 비통한 질투심이 뒤섞인 극도의 증오심에 사로잡혔다. 그녀는 쉬잔이 죽도록 미웠다. 그것은 생살을 도려내는 듯한, 고백할 수 없고, 가혹하고, 쓰라린 정념을 불태우는 어머니로서 또한 정부로서의 이상야릇한 질투였다.

그런데 지금 신부가 성당에서 2천 명의 손님 앞에서, 그녀 앞에서, 그녀의 딸과 그녀의 연인인 그 둘을 맺어주고 있다! 그녀가 무슨 말을 할 수 있겠는가? 막아 나설 수 있겠는가? "하지만 저 남자는 내 겁니다. 내 애인입니다. 당신이 축복해주는 이 결합은 파렴치한 것입니다" 하고 외칠 수도 없는 노릇 아닌가?

몇몇 여자들은 동정하며 속삭였다. "가련하기도 하지, 어머니로서 얼마나 서럽겠어요."

신부가 드높은 목소리로 낭독했다. "당신들은 최고의 부와 명예를 누리는 이 세상에서 가장 행복한 분들입니다. 특히 신랑은 그 누구보다 출중한 재능으로 문필을 통해 민중을 교육하고 조언하고 지도하는 사회의 목탁으로서 그 고귀한 소임을 완수하며, 나아가 세상에 훌륭한 모범을 보여주고……."

뒤 르와는 자부심에 도취되어 듣고 있었다. 로마 가톨릭교회의 고위 성직자가 자신에게 찬사를 보내고 있다. 더욱이 자기 등 뒤에는 자신을 위해 모인 군중과 고관대작 무리들이 앉아 있다. 그는 알 수 없는 힘이 자신을 공중으로 밀어 올리는 느낌을 받았다. 캉트뢰의 가난한 농부의 자식인 그가 이제 당당히 이 세상의 지배자 반열에 오른 것이다.

순간 눈앞에 루앙의 넓은 골짜기를 내려다보는 언덕 위의 허름한 주막과 그곳에서 농부들에게 술을 팔고 있는 부모님의 모습이 떠올랐다. 보드렉 백작의 유산을 차지했을 때 그는 부모님에게 5천 프랑을 보내주었다. 그는 이번에는 5만 프랑을 보내주어야겠다고 생각했다. 그 정도면 웬만한 땅도 살 수 있을 것이다. 그분들은 무척 만족해 하며 기뻐하실 것이다.

사제의 설교가 끝났다. 금빛 스톨라*을 걸친 신부가 제단 위로 올라갔다. 그리고 새로운 부부의 영광을 찬미하기 위해 다시금 파이프오르간 소리가 울려 퍼졌다.

때로는 거대하게 굽이치는 파도처럼 길게 이어지는 요란하고 힘찬 장중한 울림은 지붕을 밀어 올리고 뛰어넘어 푸르른 창공으로 뻗어나는 듯했다. 그 떨리는 음조는 성당을 가득 채운 사람들의 육체와 영혼을 전율케 했다. 그러나 잠시 후 그 울림은 잦아들고 가늘고 경쾌한 음색이 허공으로 울려 퍼지며 산들바람처럼 귓전을 스쳤다. 이어서 새가 나래 치며 날아오르듯 우아하고 가느다랗고 발랄한 아름다운 노래 가락으로 변했다. 그러다가 갑자기 그 음악이 다시금 커지며, 마치 한 알의 모래가 무한의 세계로 탈바꿈하듯이, 어마어마한 힘과 풍부한 울림으로 번져나갔다.

그리고 나서 사람의 목소리가 높아지며 고개 숙인 머리 위로 흘렀다. 오페라 극장 가수인 보리와 랑덱의 노래 소리였다. 향로에서는 안식향나무의 희미한 향기가 감돌고, 제단에서는 거룩한 미사가 진행 중이었다. 신부의 부름에 응한 하느님의 아들 그리스도가 지상에 강림하여 남작 조르주 뒤 르와의 권세를 찬양했다.

벨아미는 쉬잔 곁에 꿇어앉아 고개를 숙이고 있었다. 그는 그때 진심으로 하느님을 믿으며, 진심으로 신앙에 의지하고자 하는 마음이 일었다. 이토록 풍성한 은혜를 내려주고, 깊은 경의를 표하는 하느님에게 감사의 마음을 금할 길이 없었다. 그리고 하느님이 어떤 존재인지 명확히 알지는 못했지만 하느님에게 자신의 성공에 대해 감사했다.

미사가 끝나자 그는 일어서서 아내에게 팔을 내밀고 제의실로 들어갔다. 그러자 모였던 사람들이 긴 행렬을 이루어 그의 앞을 지나기 시작했다. 기쁨에 도취된 조르주는 국민들의 끊임없는 갈채를 받는 국왕이나 된 듯한 기분을 만끽했다. 그는 사람들과 악수를 하고, 무의미한 말을 주고받고, 고개를 숙여 인사하고, 축하의 인사에 대해 연신 "와주서서 감사합니다"를 되풀이했다.

---

* 스톨라(Stola) 또는 영대(領帶)는 기독교 성직자들이 예식을 수행할 때 입는 제복 중 하나다.

문득 드 마렐 부인의 모습이 눈에 띄었다. 순간 서로 주고받던 키스가, 그녀가 몸을 던져오던 순간들이, 기꺼이 자신과 함께했던 일들이, 그녀와의 애무와 상냥한 그녀와의 추억이, 그녀의 음성과 입술의 맛 등 온갖 추억이 그의 혈관을 타고 흐르며, 다시금 그녀를 갖고 싶다는 거친 욕망으로 끓어올랐다. 그녀는 예쁘고 우아하고, 여전히 말괄량이 같고 발랄한 눈매였다. 조르주는 속으로 생각했다. '역시 애인으로서는 나무랄 데 없는 여자야.'

그녀는 약간 수줍은 듯이 불안 불안한 모습으로 다가와 손을 내밀었다. 그는 그녀의 손을 잡고 잠시 쥐고 있었다. 그러면서 그는 그녀의 손가락에서 은근히 무언가를 전달하려는 느낌을 받았다. 가볍게 눌러오는 압력은 지난 일은 용서할 테니 다시 한 번 시작해보자는 의미가 담겨 있는 듯했다. 그도 화답을 하듯 고사리 같이 앙증맞은 손을 꼭 움켜쥐며 속으로 생각했다. '나는 여전히 당신을 사랑해요. 난 당신 거요!'

두 사람의 눈길이 마주쳤다. 미소를 띤 빛나는 눈길에는 애정이 듬뿍 담겨 있었다. 그녀는 상냥한 목소리로 소곤거렸다. "또 뵈요, 당신."

그는 기꺼이 화답했다. "또 뵙겠습니다, 부인!"

그러고 그녀는 멀어졌다.

다른 사람들이 밀어닥쳤다. 하객들의 물결은 그의 앞을 강물처럼 굽이쳤다. 마침내 인파는 엷어졌다. 마지막 손님까지 다 지나갔다. 조르주는 쉬잔의 팔을 잡고 다시 성당으로 들어섰다.

성당에는 사람들로 가득 했다. 그들은 너나 할 것 없이 먼저 있던 자리로 되돌아가 두 사람의 결혼 행진을 보려고 했다. 그는 고개를 꼿꼿이 세우고 햇살이 내리쬐는 현관의 커다란 입구에 시선을 고정시킨 채 천천히 걸었다. 그의 살갗 위로는 끊임없이 전율이 흘렀다. 벅찬 행복이 가져다주는 으스스한 전율이었다. 그의 안중에는 아무것도 보이지 않았다. 오로지 자신의 앞날만 생각했다.

현관으로 나서니 그곳에도 사람들이 몰려 있었다. 그를 보기 위해, 조르주 뒤 르와를 보기 위해 까맣게 모여들어 밀고 밀리며 웅성대는 인파였다. 파리 사람들이 모두 선망의 눈길로 그를 바라보며 부러워하고 있었다.

눈을 들자 아득히 저 먼 곳 콩코르드 광장 저편에 의사당 건물이 우뚝 솟아 있었다. 마들렌 성당 현관에서 팔레 부르봉 현관까지는 한달음에 뛰어넘고도 남을 것 같은 기분이었다.

그는 구경꾼들이 양쪽으로 늘어서 있는 높은 돌계단을 유유히 내려갔다. 그러나 그곳에 서 있는 사람의 얼굴도 눈에 들어오지 않았다. 그의 생각은 상상의 날개를 펼치며 과거로 향했다. 밝은 태양이 눈부시게 비추는 그의 눈앞에는 오로지 갓 침대에서 나온 드 마렐 부인이 거울 앞에 앉아 마구 흐트러진 앙증맞은 곱슬머리를 매만지던 모습만이 아른거렸다.

(끝)

남성의 로망과 마초적 근성을 폭로한
자기 고백적 사회고발 소설

기 드 모파상(Guy de Maupassant, 1850~1893)은 프랑스 자연주의(natural-ism), 사실주의(realism) 작가, 극작가, 시인이다. 그는 「여자의 일생」, 「벨아미」 등 6편의 장편소설과 「비곗덩어리」 등 260여 편의 단편소설을 발표했다.

모파상은 1850년 프랑스 로레인(현 노르망디) 지방에서 아버지 구스타브 드 모파상와 어머니 로르 르 푸아트뱅 사이에 맏아들로 태어났다. 하지만 그의 탄생에 대해 이러저러한 말들이 있다. 모파상이 미로메스닐(Miromesnil)의 저택에서 태어났다고 하는 어머니의 주장은 논란거리―부모가 그 저택을 빌렸을 가능성은 있지만, 실제로 그가 그 저택에서 태어났다는 것은 입증할 수 없다―가 되기도 했으며, 탄생에 대한 스캔들이 나돌기도 했다고 했다.

부모 모두가 노르망디인―소설 속에서는 노르망디인의 기질에 대한 이야기가 나온다―으로 아버지는 하급 귀족 가문 출신이었다. 이름에 붙어 있는 '드(de)'라는 관사는 프랑스혁명 때 박탈되었지만, 결혼하기 직전 신부(그의 어머니)의 압력으로 되살아났다―이 소설에서 마들렌 부인이 결혼을 앞두고 귀족 호칭을 갖자고 제안하는 대목과 맥이 닿아 있다.

부모의 결혼은 실패였다. 부부는 15년의 결혼생활 끝에 두 아들을 낳고, 맏아들 모파상이 11세 되던 해에 헤어진다. 이혼한 후 어머니는 두 아들을 키웠다. 아버지의 부재와 함께, 어머니는 모파상의 인생에서 지대한 영향을 미친다. 어머니는 독서를 즐기는 여성이었는데, 특히 셰익스피어를 좋아했다—소설 속 마들렌 부인과 어머니는 닮아 있다고 볼 수 있다—고 한다. 그는 13살 때까지 프랑스 북부 노르망디 해안에 있는 에트르타(Etretat)의 뛰어난 풍광을 함께하며 낚시와 여행을 다니는 등 행복하게 지냈다.

13세 되던 해인 1983년에 그는 평신도와 성직자를 모두 학생으로 받아들이는 이브토의 작은 신학교로 보내졌다. 처음부터 그런 형태의 생활에 반감을 지니고 있던 그는 일부러 사소한 교칙을 위반해 1868년에 퇴학당한다.

18살 되는 해, 그는 영국의 여성 시인이자 평론가인 앨저넌 찰스 스윈번(Algernon Charles Swinburne)의 시를 접하며 문학을 동경하기 시작했고, 이후 루앙에 있는 코르네유 고등학교로 전학하여 이듬해 대학입학 자격시험에 합격한다. 이곳에서 그는 문학의 스승이자 아버지를 만나게 된다. 바로 「보바리 부인」 등으로 유명한 사실주의 작가 플로베르(Gustave Flaubert)다.

1869년 가을, 파리대학 법학부에 진학한 그는 보불전쟁이 벌어지자 학업을 중단하고 용감하게 자원입대한다. 처음에는 기동대(Garde-mobile)로 복무하다가 나중에 아버지가 손을 써서 보급 부대로 전속된다. 그는 이 전쟁을 통해 적도 증오하지만 전쟁도 증오한다는 염전사상(厭戰思想)을 형성하게 되었고, 이 체험은 「비곗덩어리」 등 가장 뛰어난 몇몇 단편소설의 소재가 되었다.

1871년 7월에 제대한 후 그는 파리에서 다시 법률공부를 시작했고, 그의 아버지는 이번에도 그를 도와서 해군부에 일자리를 마련해주었다. 그는 관료사회를 좋아하지 않았지만, 사회적으로는 승진을 거듭했다. 아버지는 아들의 바람대로 1878년에는 공공교육부로 옮겨주었다.

모파상의 어머니 로르는 플로베르가 젊었을 때 가장 절친했던 알프

레드 르 푸아트뱅의 누이동생이었다. 1848년 32세의 나이로 오빠가
세상을 떠난 뒤에도 로르는 플로베르와 평생 동안 다정한 관계를 유
지했다—모파상의 전기 작가들 가운데 몇몇은 그가 로르와 플로베르
사이에서 태어난 사생아라고 주장하기도 할 정도였다(이를 뒷받침할 증
거는 없다).

이토록 가까운 관계였던 플로베르는 파리에 머물 때마다 그를 초대
해 문체에 대한 강의를 해주고, 미숙한 습작을 고쳐주곤 했다. 또한 가
구가 딸린 자신의 아파트로 찾아오던 에밀 졸라, 러시아 소설가 이반
투르게네프 등을 소개해주었고, 그곳은 사실주의 문학, 자연주의 문학
의 산실이 되었다. 플로베르는 모파상에 대해 "그는 나의 제자고, 나는
그를 친아들처럼 사랑한다"고 말하기도 했다.

1878년 공공교육부로 옮긴 그는 《르 피가로(Le Figaro)》, 《질블라(Gil
Blas)》 등의 신문에 글을 기고하기 시작했고, 짬짬이 소설이나 짧은 글
을 쓰기 시작한다. 관료사회를 좋아하지 않았지만, 이 시절은 그의 생
애 중 가장 행복한 나날이었다. 일요일이나 공휴일이 되면 센 강에서
취미 생활을 하며 여가를 즐겼다. 그와 절친한 에밀 졸라는 젊은 시절
의 모파상에 대해 "센 강에서 배를 타고 재미삼아 하루에 80km나 노
를 저을 수 있는 대단한 뱃사람"으로 묘사했다. 모파상은 바다와 강을
무척 좋아했다. 때문에 그의 소설의 무대—「벨아미」도 마찬가지다—
는 대부분 바다나 강이 빠짐없이 등장하고, 그 풍광 묘사를 즐겼다.

1880년 서른이 되던 해에 그는 인생의 전환점을 맞이한다. 모파상
은 에밀 졸라가 이끄는 6명의 작가들 가운데 한 사람이었는데, 그들은
전쟁에 관한 단편소설을 각각 1편씩 써서 『메당의 저녁(Les Soirees de
Medan)』이라는 제목으로 출판했다. 모파상이 이 책에 기고한 「비곗덩
어리(Boule de suif)」는 플로베르에게 '뛰어난 걸작'이라는 호평을 받으
며 그를 성공 가도로 이끌었다. 이후 10년간은 그의 인생에서 황금기
였다. 수많은 작품이 이 시기에 나왔고, 타고난 재능과 뛰어난 사업 감
각으로 많은 돈을 벌기도 했다.

1883년 첫 장편소설 「여자의 일생(Une Vie)」은 러시아의 대문호 톨스토이의 호평을 받으며 1년 만에 2만 5천부가 판매되었고, 1885년 발표된 「벨아미」도 넉 달 만에 37쇄를 찍었다.

이렇게 벌어들인 돈으로 그는 1883년에는 어릴 적 머물렀던 노르망디 에트르타에 별장을 지었고, 1885년에는 남프랑스 앙티브에 있는 별장을 사기도 했다. 1886년에는 요트를 구입—요트 이름을 '벨아미'라고 지었다—하기도 했다. 활발한 집필 및 출판 활동을 하면서도 여행을 자주 했는데, 해변의 물놀이를 특히 좋아했다.

그는 여성편력은 남다른 것으로도 유명하다. 어느 평론가는 그를 '색광증 환자'라고 꼬집었다. 매춘굴과 창녀들에게 강하게 매혹되었는데 이것은 「비곗덩어리」 등의 작품에 고스란히 드러나며, 이후 성공 가도를 달리며 상류 사회 여인들과도 밀접한 관계를 갖는다. 이는 이 소설 「벨아미」의 전개 과정과도 맥이 닿아 있는 듯하다. 전해지는 에피소드로는 모파상이 처음 영국을 방문하여 소설가 헨리 제임스의 초대로 점심식사를 하던 중에 갑자기 옆 탁자에 있는 여자를 가리키며 저 여자를 '사달라'고 부탁하여 그를 깜짝 놀라게 했다고 한다. 그는 결혼은 하지 않았다.

그는 1877년경부터 선천성 매독으로 고통을 받기 시작했다. 남다른 여성 편력을 보인 그였지만 선천성 매독이라 진단하는 이유는 그의 동생 또한 비슷한 원인으로 정신박약 증세를 보였기 때문이다. 그의 지병은 그의 인생에 질곡처럼 따라붙었고, 만년에는 자살을 기도한다. 그 일로 그는 파시(Passy)정신병원에 수용되었고, 그곳에서 1893년 6월 6일 43세를 일기로 생을 마감한다.

그의 묘비명에는 그가 늘 습관처럼 하던 말이 적혀 있다. "나는 모든 것을 갈망했지만 그 어느 것도 즐거움을 주지 못했다."

장황하게 모파상의 개인사에 대해 설명하는 이유는 소설 「벨아미」가 작가 자신의 인생 역정을 담은 자전적 소설의 강하기 때문에 작품에 대한 이해를 돕기 위해서다. 모파상 스스로도 이 작품에 대해 이렇게 말했다. "Bel-Ami c'est moi!(벨아미는 나다!)" 그렇다면 이 작품에는 그의 내면이 온전히 담겨 있을 터이고, 그의 인생 궤적을 좀 더 파악한다면, 한 사람의 인생, 당대 최고의 문호가 지닌 생각과 사상을 가늠해보는 즐거움도 배가될 것이다.

이 작품을 올곧게 읽어내기 위해서는 우선 '자연주의(naturalism)'에 대한 이해가 필요하다.

자연주의는 19세기말 프랑스에서 제창된 문학 이론이다. 자연주의는 사회적 상황, 유전과 환경이 인간의 성격을 형성하는 데 결정적인 역할을 한다는 점을 주장하는 문학 운동이다. 사실주의(realism)가 사물의 있는 그대로 묘사하는 데 치중한다면, 자연주의는 사실적인 묘사뿐 아니라 그 사람의 행동에 영향을 주는 환경이나 유전과 같은 인간 내면에 내재된 본능이나 의식들을 '과학적으로' 분석하고 설명하려고 시도한다. 때문에 이들은 자연이나 사회를 사실적으로 관찰하고 진실을 그려내는 데 치중하며, 그 어떤 미화도 부정한다. 당연히 낭만주의와는 대극을 이룬다.

이 흐름은 다윈(Charles Darwin)의 '진화론'의 영향으로 탄생되었다. 흔히 진화론이라 하면 생물시간에 점수를 위해 줄줄 외웠던 '적자생존' —진화론에 대한 의도적인 폄하일 수도 있다— 을 떠올리게 마련이다. 하지만 다윈의 진화론이 가져다준 인식의 핵심은 그것이 아니다. 핵심은 "모든 것은 환경에 따라 변화하며, 인간도 마찬가지라는 점"이다. 신(神)의 선택에 의한 차등적 존재가 아니라 모든 인간은 평등한 존재고, 그 모두는 각자의 자존감을 지닌다는 '신(神)으로부터의 해방 선언'이자 인간은 모두가 존엄하다는 '새로운 인식의 출발'이었다.

그러한 자각이 당대 문학가나 예술가, 지식인 사회에 풍미하며, 조류를 형성하게 된 것이다. 그들은 생각했을 것이다. 산업혁명 이후 자본주의의 비참한 현실을 보며 "왜 똑같은 인간인데 저들은 비참한 생활을 할까?” 물론 각자의 위치에서 사회 질서에 순응하며 사는 것도 하나의 방법일 수는 있다. 하지만 그들의 생각은 한 걸음 더 나아간다. “그들이 방치된다면 똑같은 ‘나’라는 인간도 그토록 보잘것없고 하찮은 존재 아닌가?” 하는 자기 존엄성의 대한 회의를 품으며, 나아가 “같은 인간으로서 짐승보다 못한 삶을 살아가는 모습을 방치한다는 게 인간의 도리에 맞는 것인가?” 하는 성찰과 더불어 구체적인 사회 비판과 실천으로 이어졌을 것이다.

이러한 인식을 바탕으로 당대 문화인, 지식인들이 사회의 부조리와 위선, 비리와 특권의식을 사실적으로 그려내고, 더불어 인간의 참모습에 대해 고찰하기 시작한 것이 자연주의의 출발점이라 할 수 있다. 모파상과 절친한 에밀 졸라는 드레퓌스 사건*을 겪으며 “나는 고발한다!(J'accuse!)”라는 장문의 공개편지로 프랑스 사회의 위선을 고발하기도 했다.

이제 작품으로 돌아가보자. 이 소설은 자연주의 작가들의 주된 관심의 대상이던 사회의 어두운 이면에 있는 삶의 모습과는 동떨어진 느낌이다. 소설 속에서 뒤 르와는 성당에서 기도하는 허름한 여인을 보며 약간의 동정심을 보이다가 ‘제기랄! 끈덕지게 빌고 있네’ 하며 냉소하는 분위기로 돌아설 뿐이다.

그렇다면 모파상은 소설 속에서 무엇을 담고자 했을까?

우선 남성들의 욕망을 솔직하게 그려내고 있다. 인간에게는 두 가지 본능적 욕망이 있다. 하나는 생물적 본능이고, 하나는 사회적 본능이다. 남성의 입장에서 본다면 ‘더 많은 여인을 탐하려는 생물적 본능’과 ‘더 많은 권력을 탐하려는 사회적 본능’이다.

이러한 남성의 욕망을 모파상은 소설 마지막 대목에서 극적으로 보

---

* 무고한 유태인 장교 드레퓌스를 간첩으로 몰아 프랑스 사회를 발칵 뒤집어놓은 사건으로, 그 배경에는 보불전쟁의 배상금 등으로 경제적 곤란에 처한 프랑스가 1882년 극심한 금융공황에 빠지자 로스차일드 등 금융가를 좌지우지하는 유태계에게 증오의 화살을 돌린 것이다.

여준다. 졸부 왈테르의 어린 딸과 강요에 가까운 결혼을 성사시킨 후 웨딩마치 속에 식장을 나서는 대목이다.

> ……파리 사람들이 모두 선망의 눈길로 그를 바라보며 부러워하고 있었다. 눈을 들자 아득히 저 먼 곳 콩코르드 광장 저편에 의사당 건물이 우뚝 솟아 있었다. 마들렌 성당 현관에서 팔레 부르봉 현관까지는 한달음에 뛰어넘고도 남을 것 같은 기분이었다.
>
> ……그의 생각은 상상의 날개를 펼치며 과거로 향했다. 밝은 태양이 눈부시게 비추는 그의 눈앞에는 오로지 갓 침대에서 나온 드 마렐 부인이 거울 앞에 앉아 마구 흐트러진 앙증맞은 곱슬머리를 매만지던 모습만이 아른거렸다.

갓 결혼한 그의 신혼의 꿈이자, 새로운 욕망은 하원의원이 되어 팔레 부르봉 하원의원 의사당에 진출하는 것(권력)과 연인과의 달콤한 밀회(여인)였다.

소설은 등장하는 여러 여인을 통해 여성에 대한 남성의 로망과 마초적 근성을 솔직하고 (상상을 초월할 정도로) 기발하게 그려내고 또한 여성들의 허위의식마저 꼬집는다.

"출세하는 데는 여자를 이용하는 게 최고지", "드디어 한 여자를, 남의 아내를! 상류사회의 여자, 진정한 상류사회 여자다! 상류층 파리지앵이다! 예상 외로 이렇게 간단하다니", "여자란 모두가 창녀다. 이용해 먹을지언정 절대 진심을 주어서는 안 된다" 등등 남성이 지닌 편견적 여성관을 주저함 없이 드러내며 남성들의 마초적 본성을 꼬집는다.

어찌 보면 이 소설은 가히 "작업의 정석"이라 볼 수도 있다. 때로는 다정스럽게, 때로는 폭압적으로, 때로는 감미롭게 계층과 연령대를 감안하여 능수능란한 여성 공략작업을 행한다. 이렇게 다양한 연령대의 다양한 여인에게 접근하는 그의 방식은 100년이 넘은 현재에도 손색이 없다—물론 이는 모파상 개인의 다양한 여성 편력의 단편을 보여주는 것일 수 있다. 드 마렐 부인과의 만남 과정, 신혼여행을 떠나며 기차에서 마들렌에게 거는 수작, 왈테르 부인을 유혹하는 수법, 어린 쉬잔을 충동질 하는 방법 등 그야말로 보통 남자들의 상상 가능한 여인에 대한 접근 방식이 총동원된다. 읽다 보면 '나라면 어떻게 했을까' 하며 빙그레 미소가 떠오른다. 이 모두는 약간 과장되게 표현하면 "여성에 대한 뭇 남성들의 로망"이라 할 것이다.

또한 다양한 사회 계층의 독선과 위선을 과도하다 싶을 정도로 질타한다. 특히 종교에 대해 두드러진다. 그는 노시인의 말을 인용하며 이렇게 말한다. "종교란 유치한 훈계와 이기적인 선민의식만이 난무하는 아둔한 짓거리요, 터무니없이 바보 같은 짓"이라고. 또한 성당(가톨릭교회)에 대해 조롱어린 평가를 내린다.

"성당은 저 여자에게 여러 모로 유용하군. 유태인을 남편으로 삼은 것에 대해 위안을 받고, 정계에서는 정의를 위해 앞장서는 듯한 모습을 연출하고, 사교계에서는 품위 있는 분위기 연출을 보조해주고, 연인에게는 밀회할 장소도 제공해주고 말이야. 좌우간 종교를 빙자하는 게 습관이 되어버렸는지도 모르지. 날씨가 좋은 날에는 지팡이가 되고, 햇빛이 강한 날에는 양산이 되고, 비가 오는 날에는 우산이 되고, 외출하지 않을 때는 현관에 처박아둔다. 이렇게 마음씨 좋은 하느님을 우습게 여기는 여자가 아마 수백 명 넘을지도 몰라. 하느님에게 흉을 보고 화를 내다가도 때에 따라서는 뚜쟁이 노릇까지 시키니 말이야. 가구가 딸린 호텔로 가자고 하면 추잡한 짓이라고 펄쩍 뛰면서 성스러운 제단 앞에서 사랑의 물레를 돌리는 것은 아무렇지도 않단 말인가."

모파상이 신학교를 자퇴한 이력을 지닌 때문인지 종교에 대한 태도는 과도할 정도로 시니컬하다. 사실주의 계열 작가 톨스토이가 민중에

대한 따스한 시선을 종교적 문제로 승화시키며 해결하려는 모습과는
사뭇 다르다. 금기에 가까운 종교 문제에 대해 과감하게 자기 의견을
피력하는 것은 자연주의 작가로서의 '작가적 양심'에 따른 소신이라고
볼 수도 있다. "적어도 나에게 종교는 그렇게 보였다"고 솔직하게.

　군대에 관련한 내용 또한 그러하다. 우리 사회에서 군대를 경험한
사람이라면 공감할 수 있는 정곡을 꼬집는 솔직한 평가다. 물론 그가
전쟁에 직접 참가하며 그 위선과 비참의 실상을 직접 경험했기 때문에
그의 날선 의식은 명쾌하다. 그는 군대 생활을 다음과 같이 묘사하며,
프랑스의 식민지 정책에도 일갈을 가한다.

　　　"그의 천성인 노르망디 기질은, 반복되는 병영의 일상 속에서 퇴색되어

　　　갔고, 아프리카에서의 약탈이나 부당한 이득, 야바위 짓 따위에 익숙해지

　　　며 느슨해졌다. 또한 군대에서 통용되는 공명심과 무공담, 애국심, 그리고

　　　하사관들 사이에 떠도는 허황된 풍문, 직업에서 오는 허영심 등이 그의 이

　　　런 생각을 부채질했다." "아랍인이란 병사들에게는 널려 있는 먹잇감으로

　　　여겨졌다."

　언론·정치인, 상류사회 인사에 대한 허위의식을 신랄하게 꼬집는
것 역시 놓치지 않는다. 그들이 벌이는 자선사업의 허구성, 무책임한
황색(yellow) 저널리즘을 폭로하고, 정치인에 대해서도 '사타구니'로도
읽힐 수 있는 경멸적 이름(고유명사)을 사용하며 조롱한다.

　상류사회의 허위의식에 대한 날카로운 시선을 보여주지만, 한편으
로는(솔직하게) 선망의 눈길도 보내고 있다. 그 선망의 시선은 자기 본성
에 내재된 솔직한 자기 심정과 자기 본 모습의 고백일 수 있다. 그런
생각의 일면은 소설 속에서 하층계급 여인에게 동정을 보이다가 부질
없는 값싼 동정이라고 치부해 버린다. 어찌 보면 어설픈 자신의 감정
―값싼 동정신과 연민―표현은 하지 않겠다는 솔직한 심정을 드러내
고 싶었는지도 모른다. 당대 자연주의·사회주의 작가나 지식인들이

과도하게 사회 참여를 앞세우며 무책임한 비판의 목소리를 높이고, 민중의 삶과 현실을 내세우며 말만 앞서던 주의주장과도 일정 선을 긋고 싶어 했는지 모른다. 그런 의미에서 모파상은 이 소설을 통해 자신의 솔직한 참 모습, '자기 내면 본성의 리얼리즘'을 실현하고자 시도했는지도 모른다.

이 작품의 또 하나의 특징이자 묘미는 다양한 풍치에 대한 영상을 보는 듯한 생생한 묘사다. 그곳들은 그가 익히 알고 있던가, 즐겨 찾던 곳들이다. "섬들은 푸른 물 위로 초록빛 반점을 두 군데 찍어놓은 것 같았고, 위쪽은 평평한 것이 커다란 나뭇잎 두 장을 띄워놓은 것 같았다." 포레스티에가 요양차 떠난 칸에 대한 사실적 묘사다. 또한 루앙 부근의 풍경을 이렇게 묘사한다.

"저편 공장 지구 뒤쪽으로는 전나무 숲이 펼쳐져 있었다. 그리고 이 두 도시 사이를 관통하며 흐르는 센 강은 군데군데 흰 바위를 드러냈다. 강은 정상이 숲으로 뒤덮인 언덕의 기슭을 굽이쳐 커다란 반원을 그리며 지평선으로 사라졌다. 강에는 맹렬한 연기를 토하는 증기선에 이끌려 파리만큼 작아 보이는 배 몇 척이 오르내렸다. 물 위에 즐비하게 떠 있는 섬들은 서로 맞닿아 있는 것도 있고, 거리가 상당히 떨어진 것도 있었는데 마치 고르지 못한 녹색 묵주 알 같았다."

마치 그 광경을 직접 바라보는 듯한 세밀한 묘사로 사실주의 작품의 전형을 마주하는 듯하다. 이러한 묘사는 소설을 읽으며 독자들의 머릿속으로 그 풍광을 고스란히 전해주며 소설의 맛을 더해준다.

* * *

어찌 보면 이 소설은 앞서 말한 '자연주의'와는 거리가 멀어 보일 수도 있다. 음란한 통속소설처럼 보일 수 있다. 하지만 작가가 의도한 것은 이것이 아니었을까?

외적인 사물이나 다른 이들의 삶을 바라보는 것이 아니라, 자신의 솔직한 욕망을 드러내고 보여주고 한껏 조롱 받으며, 지식인으로서의 위선이 아닌, 솔직한 자기 본 모습을 찾아가는 '자기 내면 본능의 리얼리즘'을 꿈꾼 것은 아닐까?

당대 자연주의가 경도되어 있던 '낮은 곳으로의 시선'—솔직히 말하면, 자신의 유년 시절 성장 배경이나 현재의 사회적 입지 등을 통해 형성된 본능 혹은 정서와는 이율배반적인—이 아닌, 본성에 충실한 자기 자신의 모습과 자신이 속한 상류 사회의 모습을 파헤치고, 그 위선과 허위를 폭로시켜 많은 이들의 공감을 불러일으키고, 그 위선적 모습에 조롱과 멸시를 보내도록 유도하고, 나아가 부유한 자신까지 포함된 상류 사회에 대해 '노블리스 오블리주'*를 촉구했던 것은 아닐까? 그것이 자신의 입장에서 보면, 가장 솔직하고, 충실할 수 있는, 현실성 있는 사회 참여라고 생각했던 것은 아닐까?

작품에 대한 해석의 옳고 그름은 존재하지 않는다. 오로지 독자 여러분 자신의 눈으로 바라보며 가슴에 간직하면 족하다.

세계적 문호의 작품을 이름 없는 한 포기 풀이 한 떨기 꽃으로 피워 독자들의 가슴에 바친다. 이 평범한 사람의 무모한 작업이 가능할 수 있었던 데는 20여 년 넘게 출근을 하며 끊임없이 재잘거리는—여전히 그런—아내의 역할이 너무도 크다. 감사드린다.

2012년 6월

이 창 래

---

* 노블리스 오블리주(noblesse oblige)는 직역하면 "귀족들은 의무를 강요받는다"이다. 사회 상류 계층의 책임의식을 말한다.

옮긴이 이 창 래
연세대학교를 중퇴하였으며, 출판사 운영 및 출판 기획·편집을 담당해
왔고, 한국서적경영인협의회 사무국장을 역임하는 등 서점업계에서도
활동했다. 출판서점계에 대한 한없는 애정으로 출판문화 발전을 위해
노력하고 있다.

벨아미

초판 1쇄 인쇄일 2012년 8월 25일
초판 1쇄 발행일 2012년 8월 30일

지은이 | 기 드 모파상
옮긴이 | 이창래
발행처 | 현대문화센터
발행인 | 양장목
출판등록 | 1992년 11월 19일
등록번호 | 제3-448호
주소 | 경기도 고양시 일산동구 백석동 1449-5
대표전화 | 031-907- 9690~1 팩시밀리 | 031-813-0695
이메일 | hdpub@hanmail.net
ISBN 978-89-7428-386-5 (03860)

*잘못 만들어진 책은 구입하신 서점에서 교환하여 드립니다.